Tausendundzwei Nächte

Elisabeth Graf

Wurde 1982 in Rottweil geboren und absolviert derzeit nach Abschluss ihres Abiturs eine Ausbildung zur Logopädin. Heute wohnt sie in einem kleinen Ort in der Nähe von Tuttlingen.

Elisabeth Graf

Tausendundzwei Nächte

Roman

ASARO VERLAG 2005

ASARO FIRST EDITION REIHE

ISBN 3-934625-71-1

ASARO Verlag Ottersberg
1. Auflage Printed 2005 in Germany

Umschlaggestaltung: T. Schroeder

Internet: www.asaro-verlag.de
E-Mail: mail@asaro-verlag.de

Neue deutsche Rechtschreibung nach Duden 2005

Für alle Menschen, die von Krieg
und Unterdrückung betroffen sind.

TEIL I

Gegenwart

»Sieh mal, Mama!« Omar deutet mit dem Zeigefinger auf irgendetwas im Fluss. Ehe ich erkenne, was er meint, legt er einen seiner üblichen Blitzstarts hin. Er stürmt die Uferböschung hinunter, die an dieser Stelle so steil ist, dass er mehr rutscht als rennt. Aber das beeindruckt ihn nicht im Geringsten.

Ich fühle Panik in mir aufsteigen – sehe ihn im Geiste schon kopfüber in den Fluss stürzen und davontreiben... »Langsam – du fällst ins Wasser!« Meine Stimme klingt fast hysterisch und tut sogar meinen eigenen Ohren weh.

»Nö, keine Sorge!«, ruft er gelassen über die Schulter zurück, ohne sein Tempo zu verlangsamen. »Ich bin doch nicht blöd!«

Und tatsächlich kommt mein vor Übermut und Tatendrang fast platzender Sohn wenige Zentimeter vor der Wasserlinie schlitternd zum Stehen.

Ich atme tief durch.

Aischa, die uns auf dem Spaziergang begleitet, greift nach meiner Hand und drückt sie kurz. Seit unserer gemeinsamen Kindergartenzeit ist sie meine beste Freundin. »Reg dich nicht auf, Sina! Wir haben Sommer. Ein kaltes Bad würde noch nicht seinen Tod bedeuten.«

Ich merke, dass meine Hände zittern und stecke sie rasch in die Hosentaschen. »Er hätte von der Strömung mitgerissen werden können und ...«

»Quatsch!«, unterbricht mich Aischa. Ein breites Grinsen erscheint auf ihrem hübschen Gesicht, dessen auffälligstes Merkmal die großen schwarzen Augen sind. »Der Junge schwimmt doch wie ein Fisch!«

Natürlich – sie hat absolut Recht!

Wieder einmal ärgere ich mich über mich selbst, meine schreckliche Überängstlichkeit in Bezug auf Omar.

Wie oft habe ich früher über Mütter den Kopf geschüttelt, die wie Glucken auf ihren Kindern hockten und bei jedem aufgeschlagenen Knie fast einen Herzinfarkt bekamen.

Nun habe ich den Verdacht, dass ich mich bei meinem Sohn manchmal genauso verhalte ...

Aischa scheint meine Gedanken zu erraten: »Du bist eine großartige Mutter, Sina! Und dass du um Omar besorgt bist, ist ganz normal.«

Ich seufze. »Ja, schon ... Trotzdem habe ich das Gefühl, dass ich es mit der Fürsorge oft etwas übertreibe.«

»Mama, Aischa!«, erreicht uns da Omars Stimme. »Ich habe ein Nest mit ganz vielen Enteneiern gefunden!« Er hat jetzt dem Fluss den Rücken zugekehrt und schaut mit vor Eifer blitzenden Augen zu uns hoch. Ein leichter Sommerwind spielt mit seinen dunklen Locken.

In meinem Inneren regt sich etwas. Eine Erinnerung streift mich – ich kenne diesen Blick, dieses Gesicht, dieses Haar ...

Ich denke an das Foto auf meinem Nachttisch: Ein junger Mann, der am Ufer eines Flusses steht und in die Kamera lächelt – Omars Vater! Als das Foto gemacht wurde, war er ein erwachsener Mann, der noch dazu einen Schnurrbart trug, während Omar ein kleiner Junge von sieben Jahren ist. Und trotzdem, die Ähnlichkeit zwischen den beiden erscheint mir in diesem Moment verblüffender als je zuvor.

»Wirklich, Omar? Das muss ich mir ansehen!« Aischas Stimme klingt wie aus weiter Ferne. Verschwommen nehme ich wahr, wie sie sich seitlich die Uferböschung hinuntergleiten lässt und sich zu meinem Sohn gesellt.

Unfähig, mich zu bewegen, stehe ich mitten auf dem Wanderweg, der am Rhein entlang führt.

Ein schnell herannahender Fahrradfahrer klingelt. Ich höre es kaum und reagiere nicht.

Ihm bleibt nichts anderes übrig, als mir mit einem wilden Schlenker auszuweichen. Er schimpft etwas, das ich nicht verstehe und fährt kopfschüttelnd weiter.

Hinter mir liegt das Dorf, in dem Aischa seit einigen Monaten lebt, vor mir der Wald.

Aber diese Dinge weiß ich nur noch in einem hintersten Winkel meines Bewusstseins. Der Rest meines Geistes hat sich auf eine Reise in die Vergangenheit begeben, die von Bildern, Stimmen und Geräuschen begleitet wird. Es ist wie ein Video, das schnell zurückläuft.

Dann plötzlich stoppt der Film.

Zum ersten Mal seit Jahren befinde ich mich wieder an jenem fernen Ort in einer anderen Zeit, wo alles begann ...

1

»Ich bin froh, dass du mitgekommen bist, Sina!« Aischa lehnte sich bequem in ihrem Korbstuhl zurück und streckte die langen Beine unter dem Tisch aus. »Ohne dich wäre mir doch etwas mulmig zu Mute. Das hier ist ein unsicheres Land.«

Ich nickte und dachte mit Unbehagen daran, dass meine Eltern mich in diesem Moment auf Mallorca wähnten, während ich in Wirklichkeit in einem Restaurant in Sarana saß – der Hauptstadt von Benit ...

›Bena'aschid‹ heißt dieses ölreiche arabische Land eigentlich – auf Deutsch einfach ›Benit‹. Wohl, weil der arabische Name für deutsche Zungen eine ernste Herausforderung darstellt. Aischa ist Halbbeniterin und lebte damals mit ihrer deutschen Mutter im selben Dorf wie ich.

Über die Heimat ihres Vaters wusste ich so gut wie nichts – und die Dinge, die ich gehört hatte, waren wenig verlockend: Benit wurde von einem machtbesessenen Diktator regiert, der die Bevölkerung gnadenlos unterdrückte, umliegende Länder mit schrecklichen Waffen bedrohte und bereits einige Kriege angezettelt hatte. Der letzte, der durch das Eingreifen der USA beendet worden war und Benit eine verheerende Niederlage gebracht hatte, lag erst vier Jahre zurück.

Seither wurde das Land von der UNO mit Argusaugen überwacht. Es bekam genau vorgeschrieben, welche und wie viele Waffen produziert werden durften, und über alle Dinge, die über die Grenzen ein- und ausgeführt wurden, musste Rechenschaft abgelegt werden.

Für die Wirtschaft des Landes war diese Sicherheitsmaßnahme äußerst hinderlich und führte dazu, dass das durch die Kriege ohnehin schon erschreckende Elend der benitischen Menschen noch verschlimmert wurde. Ein Großteil der Bevölkerung lebte unterhalb der Armutsgrenze und die Kriminalität war schwindelerregend hoch. Mord, Raub und Vergewaltigungen waren an der Tagesordnung.

Benit war also alles andere als ein ideales Reiseziel.

Aber in jenem Sommer vor dem Abitur beschloss Aischa, ihren Vater zu besuchen, den sie seit dem Krieg nicht mehr gesehen hatte. Und da sie nicht allein in dieses unsichere Land fliegen wollte, fragte sie mich, ob ich sie nicht begleiten könne.

Ich zögerte. Zwar war ich kein Feigling und platzte mit meinen achtzehn Jahren fast vor Abenteuerlust, aber ich musste an meine Eltern denken – besonders an meine Mutter. Immer, wenn ich abends nur eine Stunde später als verabredet nach Hause kam, stand sie Todesängste aus. Wie erst würde sie die Nachricht aufnehmen, dass ich vorhatte, in eine Krisenregion zu fliegen? Wahrscheinlich würde sie einen hysterischen Anfall bekommen.

So kam die Notlüge mit Mallorca zu Stande, obwohl ich Unehrlichkeit an sich verabscheute. Doch ich redete mir ein, dass ich ja für einen guten Zweck log: Ich ersparte meiner Mutter unnötige Sorgen und vier Wochen schlaflose Nächte.

Immerhin machte sie sogar wegen Mallorca noch einen Riesenaufstand ...

Während ich dabei war, meine Koffer zu packen, stand sie die ganze Zeit neben mir und stieß Befürchtungen, Mahnungen und Warnungen aus: Ich solle ja nie ohne Aischa auf die Straße gehen, nachts müssten unbedingt alle Türen und Fenster unseres Hotelzimmers verschlossen sein, mein Geld müsse ich immer versteckt im Bauchgurt bei mir tragen ... Und auf keinen Fall dürfe ich mit ausländischen Männern mitgehen!

Ich unterdrückte mit Mühe meinen Ärger über diese Predigt – schließlich war ich kein kleines Kind mehr und konnte selbst auf mich aufpassen – und nickte friedlich zu allem, was sie sagte.

Als ich endlich mit Aischa im Flugzeug saß, war ich heilfroh.

Wir landeten in der Hauptstadt Sarana und bekamen es am Flughafen gleich mit einigen unfreundlichen Zollbeamten zu tun.

Westliche Ausländer waren durch die Propaganda der Regierung und den letzten Krieg alles andere als beliebt. Unsere Pässe und Visa wurden fast eine Stunde lang unter die Lupe genommen und unser Gepäck mehrmals durchsucht.

Erst als die Beamten herausfanden, dass Aischa perfekt Arabisch sprach und außerdem einen Beniter zum Vater hatte, entspannte sich die Lage. Das Personal vom Flughafen besorgte uns sogar ein Taxi, das uns zum Haus von Aischas Vater bringen sollte – natürlich kostenlos. Man wünschte uns einen schönen Aufenthalt in Benit.

»Beinahe hätten die noch eine Leibesvisitation bei uns durchgeführt«, wandte sich Aischa halb lachend, halb ärgerlich an mich, nachdem wir es uns auf dem schmutzigen Rücksitz des Taxis so bequem wie möglich gemacht hatten.

Ich starrte sie an. »Aber das waren alles Männer! Leibesvisitationen bei Frauen dürfen doch nur weibliche Zollbeamte machen.«

Aischa konnte über meine Naivität nur den Kopf schütteln. »Wir sind hier doch nicht in Deutschland, Sina! Benit hat eine völlig andere Kultur. Es stimmt zwar, dass Frauen hier weniger unterdrückt werden als in anderen muslimischen Ländern, aber gleichberechtigt sind sie deswegen noch lange nicht. Kein Mann würde sich im Ernstfall auf eine Frau verlassen. Ich garantiere dir, dass du hier weder weibliche Polizisten, noch Soldaten, noch Zollbeamte sehen wirst.«

Ich ließ meinen Blick aus dem Autofenster zu einer Gruppe junger Beniterinnen schweifen, die vor einer lebensgroßen Bronzestatue des Diktators Khaled Mustafa standen. Sie trugen ganz normale westliche Kleidung und nicht die unförmigen langen Gewänder vieler Musliminnen. Ihre Gesichter waren unverschleiert.

»Die Sitten scheinen hier tatsächlich nicht so streng wie anderswo zu sein«, stimmte ich Aischa zu. »Wie kommt das?«

»Hier richtet sich alles nach dem Regime«, erklärte mir meine beste Freundin. »Präsident Khaled Mustafa ist kein religiöser Fanatiker – egal was man ihm sonst vorwerfen kann. Zwar lässt er sich freitags ab und zu schon mal in der Moschee sehen – aber wohl vor allem, um vor der Bevölkerung besser da zu stehen. Ansonsten ist die Macht für ihn wichtiger als Allah, und die islamischen Fundamentalisten in Benit verfolgt er gnadenlos. Dafür werden hier auch Andersgläubige eher akzeptiert als in den meisten arabischen Ländern.«

Tatsächlich sahen wir während der Fahrt durch Sarana neben den reich verzierten Moscheen auch immer wieder bescheidene, aber gepflegt wirkende Kirchen. Ich konnte meinen Blick die ganze Fahrt über kaum vom Fenster abwenden. Diese Stadt mit ihrer exotischen Schönheit schlug mich derart in ihren Bann, dass ich sogar die brütende Hitze vergaß, die einem als Mitteleuropäer fast den Atem nahm.

Ich betrachtete die Häuser, von denen viele alt und baufällig, andere dagegen mit wunderschönen Mustern verziert waren, staunte über die bunten Marktstände, die Menschen – manche in traditionellen arabischen Gewändern, andere in westlicher Kleidung, einige sogar in Beduinentracht.

Bettler saßen am Straßenrand – manche einfach so, andere spielten auf Flöten oder Zittern. Sogar einen Schlangenbeschwörer entdeckte ich.

Ich bewunderte das kunstvolle Pflaster in den engen Gassen, die Palmen am Rand des großen Flusses Ghaniim, dessen Wasser in der heißen Sonne glitzerte. Vor allem erstaunte mich, wie oft einem hier Khaled Mustafas Gesicht begegnete. Sein Bild hing als Gemälde oder Fotografie an unzähligen Wänden und war teilweise sogar als Mosaik im Straßenpflaster zu sehen. Außerdem standen überall Statuen von ihm herum.

»Dieser Khaled Mustafa scheint ein sehr eitler Mann zu sein«, meinte ich an Aischa gewandt.

Sie legte verstohlen einen Finger an die Lippen und deutete mit einem unauffälligen Kopfnicken nach vorne zum Fahrer unseres Taxis. »Du solltest in der Öffentlichkeit nicht von ihm sprechen!«, raunte sie mir zu. »Wir können sonst gewaltigen Ärger bekommen! Denk immer daran: Das hier ist nicht Deutschland, wo man ungestraft über den Bundeskanzler herziehen kann!«

»Aber du musst doch zugeben, dass es etwas übertrieben ist, wenn sich jemand an allen Straßenecken verewigen lässt – noch dazu in derart herrschaftlichen Posen.« Ich deutete auf eine riesige Statue von Khaled Mustafa. Er stand mit stolz erhobenem Kopf auf einem Marmorsockel, hatte die rechte Hand zum Gruß in die Luft gestreckt und hielt in der linken ein Schwert.

Aischa zuckte mit den Schultern. »Seine Macht stützt sich auf den Personenkult, den er um sich errichtet hat, und mit solchen Statuen und Bildern erhält er ihn aufrecht.«

Die Stadt hatte so viele Eindrücke zu bieten, dass ich fast enttäuscht war, als wir das Haus von Aischas Vater erreichten.

*

Auch heute noch, am zweiten Tag nach unserer Ankunft in Benit, hatte sich mein Staunen über die exotische Schönheit von Sarana nicht gelegt. Vom Fenster des Restaurants aus beobachtete ich das muntere Treiben in den engen Gassen und lauschte den klagenden Rufen des Muezzins von der nahen Moschee her, die alle gläubigen Moslems zum Gebet riefen.

Das Einzige, mit dem ich mich noch nicht so richtig anfreunden konnte, war die brütende Hitze. Gnadenlos brannte die Sonne vom Himmel und ließ während der Mittagszeit die Luft in den Straßen flimmern. Darum waren wir auch ins Innere des Restaurants geflohen, wo vier altersschwache Ventilatoren wenigstens etwas für Kühlung sorgten.

Aischa las mir die Speisekarte vor, die ich aufgrund der fremden Schrift nicht selbst entziffern konnte. Aber auch so sagten mir die Namen der Speisen überhaupt nichts. Ich musste mir von meiner besten Freundin der Reihe nach erklären lassen, was da angeboten wurde, und schon nach dem fünften Gericht war mir der Appetit vergangen: Oliven, Olivenöl, Oliven, Olivenöl ... Ich mochte keine Oliven.

Eben wollte ich Aischa in ihrem Vortrag stoppen und ihr erklären, dass ich doch nur etwas zum Trinken mochte. Da fiel mir auf, dass es im Restaurant plötzlich merkwürdig still geworden war. Die anderen Gäste hatten ihre angeregten Unterhaltungen unterbrochen.

Aischa verstummte ebenfalls und ließ irritiert die Speisekarte sinken.

Aller Augen waren zu den hohen Fenstern gewandert. Sogar die gerade noch so eifrig hin und her hastenden Kellner standen wie zu Salzsäulen erstarrt da – die Blicke nach draußen gerichtet.

Nur die Ventilatoren drehten sich ungerührt weiter. Ihr leises Summen verlieh der Stille zusätzlich etwas Unheimliches.

Direkt vor dem Eingang des Restaurants hatte eine schwarze Limousine mit abgedunkelten Scheiben gehalten. Sie wurde von vier kleineren dunkelgrünen Fahrzeugen flankiert, die ich auf den ersten Blick für Polizeiwagen hielt. Dann erinnerte ich mich jedoch, dass Polizeiwagen in Benit nicht grün sondern grau waren.

An den Seiten der Begleitfahrzeuge stand groß etwas in arabischer Schrift. Die weißen Buchstaben bildeten einen deutlichen Kontrast zu dem dunkelgrünen Hintergrund.

»Was steht da?«, wollte ich von Aischa wissen. Meine Stimme kam mir in der atemlosen Stille, die jetzt im Restaurant herrschte, sehr laut vor.

»Republikanische Sicherheit«, antwortete meine beste Freundin leise.

»Sind das so etwas wie Bodyguards?« Auch ich senkte nun unwillkürlich meine Stimme.

Aischa nickte. Sie hatte die Lippen zu einem schmalen Schlitz zusammengekniffen, wie sie es immer tut, wenn sie sehr aufgeregt ist. »Sie sind die Leibwächter von Khaled Mustafa und seiner Familie – eine speziell ausgebildete Elitetruppe«, erklärte sie mir. »Mir scheint, wir bekommen hier hohen Besuch.«

Wie gebannt starrte ich auf die schwarz glänzende Limousine. Bisher hatte ich in Benit nur alte, zum Teil schon sehr verrostete und zerbeulte Wagen gesehen ...

Zu meinem Erstaunen setzten plötzlich die Gespräche im Restaurant wieder ein, und die Kellner wandten sich betont gelassen ihrer Arbeit zu.

Niemand sah mehr nach draußen, obwohl sich in diesem Moment die Hintertüren der Limousine öffneten.

Zwei große, muskelbepackte Männer in grünen Uniformen stiegen aus. Um den Bauch trugen sie Gürtel mit Maschinenpistolen. Beide hatten dunkle Vollbärte und hart blickende braune Augen.

Mir lief bei ihrem Anblick ein kalter Schauer den Rücken hinunter. Mit diesen Kerlen war ohne Zweifel nicht zu spaßen.

Da stieg noch ein Mann aus der Limousine. Er war um einiges jünger und zierlicher als seine Begleiter und hatte außerdem so weit ich sehen konnte, keine Waffe bei sich. Eine Uniform trug er jedenfalls keine, sondern ein buntes Khakihemd und eine hellbeige Leinenhose. Sein Gesicht war scharf geschnitten und wurde von gepflegten dunklen Locken umrahmt.

Unter seiner schön geformten Nase zeichnete sich ein Schnurrbart ab, der den Eindruck eines stolzen Arabers entstehen ließ. Aber seine vollen Lippen und die schwarzen Augen wirkten sanft.

Für einen Moment erweckte er in mir den Eindruck eines Menschen, der etwas darzustellen gezwungen war, das er in Wirklichkeit gar nicht sein wollte. Doch diesen Gedanken schob ich rasch beiseite.

Der junge Mann musste ein Mitglied von Khaled Mustafas Familie sein. Das bedeutete, dass er in Benit unvorstellbare Macht besaß und außerdem steinreich war. Wem sollte ein solches Leben nicht liegen?

»Khaled Mustafas Sohn«, raunte Aischa mir zu. »Schau nicht hin! Es wird als Respektlosigkeit empfunden, ein Mitglied der Familie des Präsidenten anzustarren.«

Doch ich konnte mein Gesicht trotz dieser Warnung nicht von dem jungen Mann abwenden. Er war schön wie ein Prinz aus Tausendundeiner Nacht – und so etwas Ähnliches war er ja schließlich auch ...

Für einen Moment stand er einfach nur im Sonnenlicht und fixierte einen Punkt weiter oben in der Straße. Dann sagte er etwas zu den beiden Leibwächtern, die mit ihm ausgestiegen waren. Die Männer mit den dunklen Vollbärten nickten und hielten die doppelte Schwingtür des Restaurants für ihn auf. Als er eintrat, folgten sie ihm dicht auf dem Fuß.

Die anderen Gäste taten, als hätten sie den Sohn des Diktators nicht bemerkt. Aber mir entging nicht, dass ihm einige doch verstohlen mit den Blicken folgten, während er seinen Leibwächtern voran über den blauen Teppich schritt, welcher den Mittelgang bedeckte. Und alle schienen auf dem Sprung zu sein, ihren Platz sofort zu räumen, falls der junge Mann ihn beanspruchen sollte.

Dabei hatte dieser gar keinen Grund, jemandem den Platz wegzunehmen: Im hinteren Teil des Restaurants waren noch einige Tische frei.

Plötzlich richteten sich seine dunklen Augen auf mich – die einzige, die nicht anders konnte als ihn anzustarren. Er blieb mit einem Ruck stehen, und um ein Haar wären seine Leibwächter gegen ihn gestoßen.

Ich fühlte Panik in mir aufsteigen. Würden Aischa und ich jetzt wegen meiner Respektlosigkeit Ärger mit dem Regime bekommen?

Unsere Blicke trafen sich – meine und die von Khaled Mustafas Sohn. Im selben Moment wusste ich, dass er mich nicht bestrafen würde. Er lächelte, was in seinen Augen goldene Funken tanzen ließ.

Wie zuvor beim Anblick seiner Leibwächter lief mir ein Schauer den Rücken hinunter – diesmal nicht kalt, sondern heiß. Ich konnte gar nicht anders, als sein Lächeln zu erwidern.

Für einen Moment schien die Zeit still zu stehen. Dann setzte der junge Mann sich in Bewegung und kam auf unseren Tisch zu. Aus den Augenwinkeln bemerkte ich Aischas erschrockenes Gesicht. Doch ich fürchtete mich nicht mehr, nachdem ich dieses Lächeln gesehen hatte ...

Inzwischen hatten Khaled Mustafas Sohn und seine Leibwächter unseren Tisch erreicht, und unter den wachsamen Augen der bewaffneten Männer blieb er erneut stehen. Er nickte Aischa zu, die den Gruß erwiderte, ohne ihm in die Augen zu schauen. Dann wandte er sich an mich: »Do you speak English?«

Natürlich hatten meine blonden Haare und blauen Augen mich sofort als Ausländerin entlarvt. Ich antwortete ihm, dass mein Englisch nicht gerade rekordverdächtig sei, ich mich aber im Notfall in dieser Sprache verständigen könne.

Wieder lächelte er. Wie selbstverständlich reichte er erst mir, dann Aischa die Hand, die ganz offensichtlich nicht wusste, wie ihr geschah. Sie machte ein so dummes Gesicht, dass ich mir nur mit Mühe das Lachen verbeißen konnte.

Der junge Mann hatte einen festen, warmen Händedruck, der mir gefiel.

»Ich bin Saleh Khaled Mustafa al-Adnan«, stellte er sich vor.

Auch Aischa und ich nannten unsere Namen. »Sina Jäger«, wiederholte er und runzelte nachdenklich die Stirn. Es schien, als horche er dem für ihn fremdartigen Klang meines Namens nach. »Woher kommst du?«

»Aus Deutschland«, antwortete ich. »Aischa und ich machen hier nur Urlaub.«

Er musterte uns überrascht. »Nur ihr beiden ganz allein? In Benit?«

»Nicht ganz«, warf Aischa ein, die langsam ein wenig auftaute. »Mein Vater lebt hier. Bis vor vier Jahren war ich jede Ferien mit meinen Eltern in Sarana. Jetzt bin ich zum ersten Mal seit dem Krieg wieder hier.«

Saleh Khaled Mustafa ließ seinen Blick gedankenverloren zu der rot-gelb und weiß gekachelten Wand schweifen, wo ein Porträt des Diktators hing. »Ich würde auch gern ab und zu einfach irgendwo hinfliegen. Aber das ist leider nicht möglich.« Er verzog das Gesicht zu einer verzweifelten Grimasse. »Ohne meine Leibwächter kann ich keinen Schritt tun.«

Ich sah kurz die beiden uniformierten Männer an, die mit völlig unbewegten Mienen direkt hinter ihm standen. Unser Gespräch schien sie nicht zu interessieren – oder vielleicht verstanden sie auch einfach kein Englisch.

Sie erschienen mir wie Roboter, die auf etwas ganz bestimmtes programmiert waren: den Präsidenten und seine Angehörigen zu beschützen. Außer dieser Mission gab es für sie wahrscheinlich nichts.

»Setzen Sie sich doch, Herr Khaled Mustafa al-Adnan!« Ich zog den Stuhl zu meiner Rechten zurück.

»Saleh!«, verbesserte er mich, nahm den Platz jedoch dankend an. Dann wandte er sich auf Arabisch an seine Leibwächter.

Ich lauschte entzückt. Mir hatte diese schwierige Sprache schon immer gefallen, aber aus seinem Mund erschien sie mir wohlklingender als je zuvor.

Ich wechselte einen Blick mit Aischa, die mich prüfend musterte. Was sie in meinem Gesicht sah, schien ihr gar nicht zu behagen. Auf ihrer Stirn bildeten sich Sorgenfalten und sie schüttelte kaum merklich den Kopf.

Nur am Rande nahm ich ihr Missfallen – worüber auch immer – wahr. Der Großteil meiner Aufmerksamkeit galt Saleh, der in der fremden Sprache mit seinen Leibwächtern redete. Dabei deutete er auf die beiden noch freien Stühle an unserem Tisch. Doch die zwei Männer schüttelten nur respektvoll ihre Köpfe und blieben stehen.

Schließlich wandte sich Saleh mit einem Schulterzucken wieder uns zu.

»Und du bist wirklich Khaled Mustafas Sohn?«, erkundigte ich mich, noch immer leicht ungläubig. Dabei war die Frage eigentlich überflüssig: Seine Ähnlichkeit mit dem Mann, dessen Gesicht eine Zeit lang jeden Abend in den Nachrichten zu sehen gewesen war und das hier in Sarana von allen Wänden herunterschaute, war unverkennbar. Sogar den typisch arabischen Schnurrbart hatten Vater und Sohn gemeinsam.

Der junge Beniter nickte. »Ich kann es nicht leugnen.«

»Das muss ein Leben sein wie das eines Prinzen.«

Saleh zuckte gelassen mit den Schultern. »Ja, so ist es wohl.«

In diesem Moment eilte der Kellner herbei. Er senkte vor dem Sohn des Diktators respektvoll den Kopf.

»Was wollt ihr essen?«, fragte uns Saleh. »Ich lade euch ein!«

Das lehnten Aischa und ich entschieden ab.

»Wir sind vielleicht keine Kinder von Khaled Mustafa, aber am Hungertuch nagen wir deswegen noch lange nicht«, erklärte meine beste Freundin würdevoll.

Er lachte. »Das denke ich mir! Aber ich bestehe trotzdem darauf, euer Essen zu bezahlen. Oder wollt ihr mich beschämen?« Charmant zwinkerte er uns zu.

Wer konnte da ablehnen?

Während Aischa und Saleh bestellten, saß ich stumm auf meinem Platz.

»Was möchtest du, Sina?«, wandte sich Saleh da an mich.

»Ich möchte nur etwas trinken«, sagte ich schüchtern. »Cola – wenn es das hier gibt ...«

Seine Augenbrauen schnellten überrascht in die Höhe. »Du bist nicht etwa auf Diät? Eine so schöne Frau wie du hat das doch gar nicht nötig.«

Mein Herz machte unvermittelt einen Sprung und ich spürte, wie mir das Blut in die Wangen schoss. Aber ich fing mich schnell wieder. »Ich bin schön, meinst du? Da solltest du erst mal in den Spiegel schauen!«

In diesem Moment musste ich wieder an meine Mutter denken – diesmal stärker als je zuvor. Wie war das noch mal mit den ausländischen Männern, Mama? Nein, bisher bin ich mit keinem mitgegangen ... Aber ich sitze hier gerade neben Khaled Mustafas Sohn in einem Restaurant in Sarana und flirte mit ihm ...

»Übrigens bin ich gar nicht auf Diät«, fuhr ich hastig fort. »Ich mag nur keine Oliven.«

Saleh grinste. »Kein Problem!« Er wandte sich an den Kellner, der geduldig mit seinem Notizblock neben unserem Tisch stand und auf weitere Bestellungen wartete.

Ich hörte, wie der junge Beniter eine Cola bestellte und noch etwas anderes, was ich nicht verstand. Darauf zog sich der Kellner zurück.

»Was ist das für ein Essen?«, wollte ich misstrauisch wissen.

Aischa öffnete den Mund, um mir zu antworten, aber Saleh legte die Finger an seine Lippen und blinzelte ihr verschwörerisch zu. »Wird nicht verraten. Lass dich überraschen! Falls es dir nicht schmeckt, bestellen wir ganz einfach etwas anderes.«

Ja – so einfach war das für den Sohn eines Diktators. Wetten, dass der Kellner nicht protestieren würde, wenn Saleh das Essen zurückgab und dafür etwas anderes wollte ...

Solche Privilegien müsste man haben! schoss es mir durch den Kopf.

Der Kellner brachte mir mit Rindfleisch, sowie verschiedenen Obst- und Gemüsesorten gefülltes Fladenbrot. Es schmeckte mir so gut, dass Saleh seine Sonderrechte nicht in Anspruch nehmen musste.

»Das ist eine benitische Spezialität«, erklärte Aischa. »Eine der wenigen ohne Oliven oder Olivenöl.«

Ich verzog das Gesicht. »Na, tolle Aussichten!«

»Wir sind ja erst seit drei Tagen hier«, sagte sie lachend. »Vielleicht wirst du am Ende der Ferien Oliven sogar lieben.«

Das bezweifelte ich stark, ließ ihr aber die Hoffnung.

»Wie lange bleibt ihr in Benit?«, erkundigte sich Saleh.

»Vier Wochen«, antwortete ich.

»Und habt ihr inzwischen schon viel unternommen?«

Aischa schüttelte den Kopf. »Nein. Wir sind bisher jeden Tag nur durch die Stadt gebummelt – hauptsächlich über den Markt.«

»Ihr müsst euch auch die anderen Bezirke anschauen! Sarana hat weit mehr zu bieten als die Innenstadt. Außerdem solltet ihr unbedingt Ausflüge in den Rest des Landes machen: in die Wüste, ans Meer, in die Ebenen des Nordens, die Berge ...« Seine Augen leuchteten voller Begeisterung. Es war nicht zu übersehen, wie sehr er an seinem Land hing.

Ich konnte das nur zu gut verstehen. Schließlich hatte Benit auch mich vom ersten Augenblick an in seinen Bann gezogen. Wie viel mehr noch mussten die Menschen, die hier zu Hause waren es lieben?

»Leider hat mein Vater kein Auto, um uns herumzufahren«, bedauerte Aischa. »Außerdem fehlt ihm die Zeit, uns das Land zu zeigen: Er sitzt den ganzen Tag in seinem Laden. Und allein trauen wir uns nur an die belebten Plätze von Sarana.«

Saleh nickte verständnisvoll. »Das kann ich aus eurer Sicht gut verstehen. Junge Frauen, die noch dazu Ausländer sind, sollten hier einsame Orte meiden.« Er legte nachdenklich die Stirn in Falten. Dann hellte sich sein Gesicht unvermittelt auf. »Aber ich könnte euch doch herumfahren!«

Aischa und ich verschluckten uns fast an unserem Essen. Ungläubig starrten wir ihn an.

»Du?« Das klang wie aus einem Mund.

Er grinste nachsichtig. »Wieso nicht? Es würde mir Spaß machen.«

»Aber ...« Ich konnte es nicht fassen: Vier Wochen in Gesellschaft eines Mannes, der nett und wunderschön und dazu noch der Sohn des mächtigen Khaled Mustafa war? Das war Stoff für einen Kinofilm, aber es passierte doch nicht in Wirklichkeit.

Und doch saß Saleh Khaled Mustafa hier neben uns und hatte gerade dieses unglaubliche Angebot gemacht.

»Hast du denn sonst nichts zu tun?«, entfuhr es Aischa. Erschrocken über ihre Worte biss sie sich auf die Lippen.

Saleh nahm ihr die Bemerkung jedoch nicht übel. »Im Moment habe ich wirklich jede Menge Zeit«, sagte er. »Mein Studium ist beendet und in alles, was mit dem Regieren zu tun hat, führt mein Vater meinen Bruder ein – nicht mich.«

»Du hast noch einen Bruder?«, fragte ich.

Aischa antwortete an seiner Stelle: »Natürlich – Abdullah! Er wird als ältester Sohn eines Tages die Nachfolge von Khaled Mustafa antreten.«

»Aha!«, machte ich und kam mir wie eine unwissende Ausländerin vor – was ich ja auch war.

»Hast du noch mehr Geschwister?«

»Ja. Außer Abdullah habe ich noch drei Schwestern. Und du?«

Ich verdrehte die Augen. »Einen Bruder, vierzehn Jahre alt – also im schlimmsten Alter.«

Saleh seufzte. »Ja, ja – die Brüder!« Sein Gesicht verdunkelte sich plötzlich, als sei ihm etwas Unangenehmes eingefallen. Doch ehe ich mir Gedanken über den Grund machen konnte, war der Ausdruck schon wieder verschwunden. »Was haltet ihr denn nun von meinem Angebot?«, erkundigte sich der junge Beniter gespannt.

»Wir nehmen es natürlich gerne an«, sagte ich rasch, um Aischas Zögern zu überspielen. »Es ist wirklich lieb von dir, dass du dir diese Mühe für uns machen willst.«

»Kein Problem!« Er machte ein zufriedenes Gesicht. »Von mir aus kann die Besichtigungstour gleich morgen losgehen.«

Ich merkte Aischa an, dass sie alles andere als begeistert war. Aber sie sagte nichts.

Dabei hatte sie normalerweise eine sehr lose Zunge. Wenn ihr etwas gegen den Strich ging, hielt sie sich damit nicht hinter dem Berg.

Doch diese Situation hier war anders: Sie war zur Hälfte Beniterin, und der Respekt vor dem Regime war ihr quasi in die Wiege gelegt worden. Einem Mitglied der Präsidenten-Familie einen Korb zu geben, wagte sie nicht.

Ich fand ihre Zurückhaltung gegenüber Saleh albern. Möglich, dass mit seinem Vater nicht zu spaßen war, aber er selbst war anders. Das hatte ich gleich gemerkt.

Zum Glück kannte Saleh Aischa nicht so gut wie ich, so dass ihm ihre Skepsis entging. Er bezahlte unser Essen und fragte uns dann, wie wir nach Hause kämen.

»Mit dem Bus«, antwortete Aischa knapp.

Er winkte ab. »Das müsst ihr euch nicht antun! Wir fahren euch!«

Dieses Angebot nahm selbst Aischa mit ehrlicher Dankbarkeit an, denn die Busse in Sarana fuhren mehr als unregelmäßig. Zwar hingen an den Haltestellen zerfledderte Fahrpläne herum, aber nach denen richtete sich niemand – am wenigsten die Busfahrer. Und es war wirklich kein Vergnügen, bei fünfzig Grad im Schatten auf einen Bus zu warten, von dem man nie wusste, wann er kam. Außerdem waren sämtliche öffentliche Verkehrsmittel hoffnungslos überfüllt, so dass die Fahrgäste wie Sardinen in der Dose stehen mussten.

Die Leibwächter, die etwa eine Stunde lang reglos hinter Salehs Stuhl gestanden hatten, hielten wieder die Tür des Restaurants auf, damit ihr Schützling samt Aischa und mir ungehindert hindurchtreten konnte.

Die Hitze schlug uns wie eine Welle entgegen und nahm mir fast den Atem. Es roch nach Autoabgasen, heißem Asphalt, gekochtem Essen und einigen undefinierbaren Dingen.

Auch die Tür der Limousine wurde für uns aufgehalten.

Aischa und ich ließen uns rechts und links neben Saleh auf dem edlen, weichen Lederpolster nieder.

Auf dem Sitz vor uns, noch eine Stufe hinter dem Chauffeur, stiegen die beiden Leibwächter ein.

Fasziniert ließ ich meine Blicke durch den Innenraum des Wagens schweifen. Die Wände waren mit Holz verkleidet, das denselben hellen Braunton wie die Sitze hatte. Eine Klimaanlage spendete Kühlung, und direkt vor uns befand sich eine Ablage mit einem Fernseher, einem Radio, einem CD-Player und einem Kassettenrekorder – alles im Miniformat und an den Sitzen vor uns festgemacht. An den Seitenwänden der Limousine waren mehrere kleine Fächer mit Büchern, Akten und einem Telefon angebracht. Ohne Zweifel war dieser Wagen speziell auf die Bedürfnisse eines viel beschäftigten Regierungschefs abgestimmt.

Bei so viel Luxus verschlug es mir fast den Atem – und dabei hatte ich bisher erst einen winzigen Teil von der Welt Khaled Mustafas gesehen ...

Saleh fragte Aischa nach der Adresse ihres Vaters. Sie nannte sie ihm und er gab sie über ein Funkgerät, das eher wie ein Handy aussah, nach vorne an den Fahrer weiter. Dann ließ er den kleinen Apparat wieder in seiner Hosentasche verschwinden.

Wir fuhren los, begleitet von den Wagen der übrigen Leibwächter. Menschen am Straßenrand, an denen wir vorbeikamen, blieben stehen und sahen uns nach. Die anderen Verkehrsteilnehmer machten der Limousine respektvoll Platz.

»Ich fühle mich wie eine Königin«, sagte ich vergnügt auf Deutsch zu Aischa.

Diese warf mir einen rätselhaften Blick zu und schwieg.

Ich wandte mich an Saleh: »Wann treffen wir uns morgen?«

»Am besten gleich früh morgens, damit wir möglichst viel unternehmen können«, schlug er vor. »Sagen wir acht Uhr?«

»Gut, abgemacht! Treffen wir uns morgen um acht Uhr! Oder, Aischa?«

Sie nickte stumm.

»Wo sollen wir uns treffen?« Ich war voller Tatendrang wie lange nicht mehr.

»Ich hole euch zu Hause ab«, sagte Saleh.

»Das ist toll! Ich freue mich schon!«

Er lächelte mir zu und erneut fielen mir die goldenen Funken in seinen Augen auf. »Ich mich auch, Sina«, sagte er leise – fast im Flüsterton.

Unsere Augen trafen sich, und wie schon im Restaurant hatte ich dieses eigenartige, nie zuvor erlebte Gefühl, als würde die Zeit stillstehen.

Aischa brach den Bann: »Wir sind gleich da«, sagte sie.

Ihr Vater wohnte in einem der äußeren Stadtbezirke. Das Haus lag etwas erhöht auf einem Hügel, so dass man eine traumhafte Aussicht hatte.

Ein kleiner Laden schloss sich daran an, welcher das Ein und Alles von Aischas Vaters war und der Grund, warum es ihm unmöglich war, längere Zeit fortzugehen – zum Beispiel nach Deutschland zu seiner Tochter und seiner Ex-Frau. Und abgesehen davon, brachte er ihm sowieso selten genug Geld für eine Reise ein, die weiter war als zu seinen hundert Kilometer entfernt lebenden Verwandten ...

Das Gebäude war klein und alt. An manchen Stellen blätterte der Putz von den Wänden ab.

Ein Stück vom Kamin fehlte seit dem letzten Krieg und das Geländer des Balkons war so wackelig, dass man kaum wagte, es anzufassen – geschweige denn, sich daran abzustützen.

Doch im Vergleich zu vielen anderen Häusern in der Nachbarschaft war das von Aischas Vater direkt vornehm. Bei manchen wunderte man sich, dass sie überhaupt noch standen. Und dabei war das hier noch längst nicht das Armenviertel.

Dort waren Aischa und ich vor zwei Tagen mit dem Bus durchgefahren, und was wir gesehen hatten, hatte uns gereicht: Die Menschen hausten in Baracken, und der Müll türmte sich in den Straßen. Das Wasser wurde aus Ziehbrunnen geholt, von denen die Hälfte wahrscheinlich verschmutzt und die andere versiegt war.

Von solchen Zuständen war das Viertel von Aischas Vater meilenweit entfernt. Trotzdem musste es auf Khaled Mustafas Sohn schon sehr armselig wirken.

Ich schaute Saleh prüfend von der Seite an. Sein Gesicht drückte nicht, wie erwartet, Geringschätzung aus. Zwar blickte er aufmerksam aus dem Fenster, aber was er sah, schien ihn nicht abzustoßen. Ich atmete auf.

Wir erregten großes Aufsehen, als wir mit der Limousine, umgeben von den Fahrzeugen der Republikanischen Sicherheit, vor dem kleinen Laden hielten, welcher sich an das Haus anschloss. Sämtliche Nachbarn kamen aus ihren Häusern gelaufen, schauten von Balkonen herab oder rissen Fenster auf. Doch als wir ausstiegen, zogen sich alle zurück.

»Bis morgen früh, also!« Saleh reichte erst Aischa, dann mir die Hand.

Bildete ich es mir ein oder drückte er meine ein klein wenig länger als die meiner Freundin?

»Schönen Tag noch!«, sagte er. Dabei sah er mich an, obwohl er ja sicher auch Aischa meinte. Dann drehte er sich um und stieg in den Wagen.

Ich stand regungslos am Straßenrand und schaute der Limousine und ihren Begleitfahrzeugen nach – auch dann noch, als sie längst hinter der nächsten Straßenecke verschwunden waren.

Neben mir räusperte sich Aischa vernehmlich, was mich in meiner Versunkenheit zusammenzucken ließ.

Gereizt fuhr ich zu ihr herum. »Ist was?«, fragte ich kampfeslustig. Ohne zu wissen warum, fühlte ich mich angegriffen.

Aischas Gesicht zeigte eine Mischung aus Besorgnis, Ärger und Unverständnis – am meisten Besorgnis. »Allerdings!«, entgegnete sie kühl. »Lass uns hinein gehen! Ich muss dringend mit dir sprechen!«

Wir betraten den Laden, in dem es von Windeln bis Briefmarken so ziemlich alles zu kaufen gab. Tahir, Aischas Vater, stand hinter der Theke und studierte irgendwelche Papiere. Als er die Ladenglocke schellen hörte, hob er den Kopf.

Er war ein großer, sportlich wirkender Mann Mitte vierzig. Seine glatten, dunklen Haare begannen an den Schläfen grau zu werden. Die Nickelbrille verlieh ihm ein intellektuelles Aussehen, welches von der Tatsache unangetastet blieb, dass er am liebsten Baseball-Kappen, Jeans und zu groß geratene Schlabberhemden trug. Auch heute war er wieder so gekleidet.

In Deutschland war er Englischlehrer an einer Realschule gewesen und hatte alles andere als schlecht verdient. Doch als abzusehen war, dass es in seiner Heimat einen weiteren Krieg geben würde, hatte er seine ganze Existenz samt Frau und Tochter zurückgelassen und war nach Benit zurückgekehrt.

Er hatte es als seine Pflicht empfunden, dem Land und seinen Menschen moralischen Beistand zu leisten.

Seine Frau hatte dafür wenig Verständnis gehabt und ihm per Post einen Scheidungsantrag hinterher geschickt. So war er auch nach Ende Krieges in Benit geblieben, obwohl es ihm nicht möglich war, hier seinen Beruf auszuüben. In Benit durften nur Mitglieder der einzig zugelassenen Partei an Schulen unterrichten: der von Diktator Khaled Mustafa, welche Aischas Vater – ebenso wie den Staatschef selbst – aus tiefstem Herzen verabscheute. Er hatte sich geweigert, der Volkspartei beizutreten, hatte seinen geliebten und gut bezahlten Beruf an den Nagel gehängt und einen Laden eröffnet, von dem er gerade so leben konnte ...

»Hallo, ihr beiden!«, begrüßte er uns in seinem fast perfekten Deutsch. »Kommt her! Ich denke, ihr habt mir viel zu erzählen.«

Aischa runzelte misstrauisch die Stirn. »Wie meinst du das?«

Er schob die eng mit arabischen Buchstaben beschriebenen Papiere bei Seite, stützte sich mit den Händen auf der Ladentheke ab und musterte uns eindringlich. »Nun, ihr fahrt mit einer Limousine und der Republikanischen Sicherheit hier vor – da liegt die Vermutung nahe.«

Ich trat näher an die Theke heran. »Wir haben Saleh Khaled Mustafa al-Adnan getroffen, Tahir«, erzählte ich eifrig. »Er ist total nett und hat angeboten, uns die Sehenswürdigkeiten des Landes zu zeigen.

Ist das nicht unglaublich? Morgen früh sind wir mit ihm verabredet.«

Seine Stirn legte sich auf dieselbe Art in Falten wie eben die seiner Tochter. »Du bist ja richtig aufgedreht, Sina«, stellte er erschrocken fest. »Und deine Backen sind ganz rot. Das ist ein schlimmes Zeichen.«

Ich redete mir ein, dass ich keine Ahnung hatte, worauf er hinaus wollte. »Was meinst du?«, erkundigte ich mich voller Unbehagen.

Statt einer Antwort schüttelte er nur sorgenvoll den Kopf. »Der junge Mann ist nichts für dich, Mädchen! Lass bloß die Finger von ihm!«

»Ich verstehe nicht ...«

»Doch, du verstehst schon!«, unterbrach er mich, jetzt beinahe ungeduldig, was sonst gar nicht seine Art war. »Ich kenne Saleh Khaled Mustafa aus dem Fernsehen und weiß, dass er verdammt gut aussieht. Möglicherweise gibt er sich dazu nach außen hin auch noch umwerfend nett, aber ich sage dir eines: Sein Vater ist ein furchtbarer Verbrecher, und du kannst sicher sein, dass seine Kinder vom selben Schlag sind.«

»Ich glaube nicht, dass Saleh ein Verbrecher ist oder es eines Tages sein wird«, entgegnete ich angriffslustig. »Wie kommst du dazu, so von ihm zu sprechen? Du kennst ihn doch gar nicht.«

Er warf Aischa einen Hilfe suchenden Blick zu.

»Ich rede mit ihr«, versprach diese und zog mich am Arm hinter sich her ins Haus, die Treppe hoch und in unser Zimmer. Das ging so schnell, dass ich gar nicht die Gelegenheit fand zu protestieren.

2

»Du bist verrückt! Völlig durchgeknallt!« Aischa ging mit schnellen, energischen Schritten in dem kleinen Zimmer auf und ab, das wir uns teilten.

Ich lag auf dem Bauch, quer über meinem Bett, hatte den Kopf in die Hände gestützt und folgte ihr mit den Augen. Jedes Mal, wenn sie ihre Wanderung in den schmalen Gang zwischen unseren Betten führte, fürchtete ich, sie würde sich irgendwo das Schienbein anschlagen. Sie war nämlich ganz offensichtlich viel zu aufgeregt, um darauf zu achten, wohin sie ihre Füße setzte. Auch ihre Arme fuchtelten beim Sprechen wild und ziellos in der Luft herum.

»Weißt du überhaupt, wofür dieses Regime steht? Tausende sitzen ohne Gerichtsurteil in dunklen Gefängnissen, werden gefoltert oder getötet oder beides. Khaled Mustafa hat sogar schon Verwandte hinrichten lassen, weil er sie für Verräter hielt. Kannst du dir das vorstellen?« Sie holte tief Luft. »Und wie er sich seinen Nachbarländern gegenüber verhält, muss ich dir ja wohl nicht näher erklären. Oder weißt du nichts von den Kriegen, die er geführt hat?«

»Auch wenn ich nicht so aussehe, ich schaue ab und zu Nachrichten«, entgegnete ich würdevoll. »Aber ich weiß nur von drei Nachbarländern, gegen die er Krieg geführt hat. Davon haben zwei zuerst angegriffen, weil ihnen die Regierung von Benit zu wenig religiös war, und das dritte ...«

»... hat Khaled Mustafa aus purer Habgier überfallen, um seine Ölreserven an sich zu reißen«, vervollständigte Aischa ungestüm. »Und weißt du, dass er bekannt dafür ist, gegen seine Feinde Nervengas einzusetzen? Hast du eine Ahnung, was das bedeutet? Ich habe neulich einen Bericht im Fernsehen gesehen, wo beschrieben wurde, was für ein grauenhafter Tod das ist. Soll ich dir mal erklären, wie Nervengas wirkt? Es ...« Sie war wunderschön anzusehen, wie sie sich so aufregte. Ihre Augen blitzten und die langen, dunklen Haare fielen ihr wirr ins Gesicht. Sie sah wie eine wilde Zigeunerin aus.

Doch was genug war, war genug!

»Es reicht, Aischa!«, unterbrach ich sie, ehe sie mit ihren Schauergeschichten über die Wirkung von Nervengas beginnen konnte. »Komm bitte wieder auf den Boden zurück!«

Jetzt beendete sie zum ersten Mal, seit wir das Zimmer betreten hatten, ihren Lauf. »Das würde ich gern«, fuhr sie mich an. »Wenn du nur endlich vernünftig wärst!«

»Was meinst du mit vernünftig?«, fragte ich aufgebracht. »Soll ich Saleh morgen früh, wenn er kommt, sagen: ›Tut mir Leid, aber mit dir geben wir uns nicht ab, weil dein Vater seine Gefangenen foltern lässt und eure Nachbarländer mit Nervengas angreift!‹?«

Sie schüttelte heftig den Kopf. »Nein, um Himmels willen! Wir nehmen ihn als Reisebegleiter. Den Sohn des Präsidenten darf man nicht zurückweisen!« Ihre Stimme klang plötzlich fast wieder versöhnt, aber ihre Augen durchbohrten mich noch immer mit strengen Blicken. »Er wird unser Reisebegleiter sein – nur unser Reisebegleiter. Verstanden, Sina?«

»Natürlich! Was denn sonst?«

Aischa verzog das Gesicht zu einer humorlosen Grimasse. »Denkst du, mir sind die Blickwechsel zwischen euch beiden entgangen? Du bist dabei, eine Riesendummheit zu begehen, liebe Sina!«

Ich verlor langsam aber sicher die Geduld. Worauf wollte sie jetzt schon wieder anspielen?

»Kannst du mir nicht endlich sagen, warum du dich überhaupt so aufregst?«

Sie schnaubte ärgerlich. »Ich merke, dass du dabei bist, dich zu verlieben. Darum rege ich mich auf.«

»Ich mich verlieben? In Saleh?« Diese Frage war natürlich überflüssig. Wen sollte sie sonst meinen? Ich fragte auch eher, um Zeit zu gewinnen. Denn ich musste selbst erst einmal Ordnung in meine Gefühle bringen. Was empfand ich?

Ohne Zweifel hatte mich die Begegnung mit dem Sohn des Diktators irgendwie aus der Bahn geworfen. Dieser heiße Schauer, der mir über den Rücken gejagt war, als er mich zum ersten Mal angesehen hatte ... Der unvermittelte Sprung, den mein Herz angesichts des – bestimmt nur aus Höflichkeit gesagten – Komplimentes über mein Aussehen gemacht hatte ... Meine Freude über die Aussicht, ihn morgen wiederzusehen ...

War das der Anfang von Liebe? Ich wusste es nicht und wollte jetzt auch nicht darüber nachdenken.

»Selbst wenn es so wäre, müsstest du dir keine Sorgen machen!«, beruhigte ich Aischa. »Er interessiert sich bestimmt nicht für mich. Als Khaled Mustafas Sohn und mit diesem Aussehen liegt ihm doch bestimmt die ganze Frauenwelt von Benit zu Füßen. Wahrscheinlich ist er sogar verheiratet.«

Aischa ließ sich neben mich aufs Bett fallen. »Allerdings, das ist er.«

Wieder war da so ein undefinierbares Gefühl – diesmal ein alles andere als angenehmes.

Es war, als drehte sich mein Herz einmal um die eigene Achse und rutschte dann in die Zehen.

»Wirklich?« Ich versuchte, meine Stimme normal klingen zu lassen. Aber es gelang wohl nicht ganz ... Wie auch – mit dem Herz in den Zehen?

Aischa sah mich ernst an. »Ja, obwohl er bei der Sache wahrscheinlich kein Wörtchen mitreden durfte.«

»Wie meinst du das?«, wollte ich verständnislos wissen.

»Es ist eine vom Vater gewünschte Ehe.«

Ich starrte sie an. »Du meinst, Khaled Mustafa hat ihm die Frau ausgesucht, die er heiraten musste ... Obwohl er sie vielleicht gar nicht geliebt hat?«

Sie zuckte mit den Schultern. »So ist das hier üblich. Liebe spielt bei der Hochzeit nur in den wenigsten Fällen eine Rolle. Die meisten Ehen werden von den Eltern arrangiert – oft schon, wenn die Kinder noch ganz klein sind.«

»Warum erzählst du mir das?«, erkundigte ich mich bedrückt. Meine gute Laune war endgültig dahin.

»Um dir klar zu machen, dass du mit dem Feuer spielst«, antwortete Aischa ernst. »Khaled Mustafa hat Saleh eine Frau ausgesucht – und er hätte bestimmt etwas dagegen, wenn ein ausländisches Mädchen ihm den Kopf verdrehen würde. Du könntest verhaftet werden und in eines dieser grauenhaften Gefängnisse wandern. Die meisten, die dort landen, tauchen nie wieder auf!« Sie holte tief Luft. »Verstehst du jetzt endlich, warum ich mir Sorgen mache?«

Ich nickte matt. »Ja! Aber deine Sorgen sind wirklich unnötig. Saleh würde sich von mir niemals den Kopf verdrehen lassen. Dafür bin ich viel zu hässlich.«

»Da täuschst du dich gewaltig!«, widersprach mir meine beste Freundin entschieden. »Du hast ein hübsches Gesicht, eine tolle Figur ... Und mit deinen blonden Haaren und blauen Augen giltst du hier als exotische Schönheit.«

Das konnte mich jetzt auch nicht mehr aufmuntern. Trübe starrte ich auf meine Bettdecke, ohne zu wissen, warum ich überhaupt traurig war. Weil Saleh mir gefallen hatte? Wegen der Ungerechtigkeit, dass die meisten Beniter nicht aus Liebe heiraten durften?

Aischa klopfte mir aufmunternd auf die Schulter. »Nun mach nicht so ein Gesicht! Wir wollen uns wegen irgendwelchen hübschen Diktatoren-Söhnen doch wohl nicht den Urlaub vermiesen lassen, oder?«

Ich versuchte ein Lächeln. »Nein, natürlich nicht!«

»Warte – vielleicht kommt irgendwas Unterhaltsames im Fernsehen!« Aischa streckte sich, um an die Fernbedienung auf meinem Nachttisch heranzukommen.

»Unterhaltsam für dich vielleicht«, maulte ich. »Schon vergessen, dass ich kein Wort von dem verstehe, was da läuft?«

»Macht nichts!«, behauptete sie. »Ich übersetze für dich! Aber du solltest wirklich Arabisch lernen! Dann könnten wir jedes Mal in den Ferien zusammen nach Benit kommen und du hättest keine Probleme, dich zu verständigen.«

Ich schnaubte gereizt. »Sonst noch Wünsche? Mir reichen die englischen und französischen Vokabeln vollkommen, die ich in der Schule pauken muss. Und Arabisch ist doch irrsinnig schwer – allein diese Schrift ... Nein danke!«

Aischa grinste. »Feigling!« Sie schaltete den Fernseher ein, der an der gegenüberliegenden Wand des Zimmers auf einem Tischchen stand.

Es war das erste Mal, dass wir ihn benutzten. Bisher hatten wir jeden Abend entweder mit Tahir zusammengesessen oder in unserem Zimmer geplaudert oder Karten gespielt.

Ton- und Bildqualität waren schlecht und häufig traten Störungen auf. Doch damit, dass die moderne Technik in Benit zu wünschen übrig ließ, hatte ich mich inzwischen abgefunden – und schlechtes Fernsehen war schließlich immer noch besser als gar keines.

Im ersten Programm lief ein moralisch einwandfreier Liebesfilm.

»Schalt um!« Selbst in meinen eigenen Ohren klang meine Stimme ungewöhnlich schrill.

»Ja, ja!« Aischa gehorchte widerwillig. »Meine Güte, bist du heute aber empfindlich!«

Im zweiten Programm saßen sich zwei Männer an einem runden Tisch gegenüber und diskutierten über irgendetwas, das ich natürlich nicht verstand. Interessant schien es auf jeden Fall nicht zu sein, denn Aischa schaltete wieder um.

Im nächsten Programm lief Werbung, die sich im Grunde kaum von der im deutschen Fernsehen unterschied – nur in sofern, dass diese hier von einfacherer Aufmachung war: Eine junge Frau roch genüsslich an einem großen, strahlend weißen Handtuch, welches von einer Wäscheleine hing. Dann schmiegte sie sich mit einem strahlenden Lächeln hinein.

Ein Mann – vermutlich ihr Gatte – trat vor die Kamera und hielt triumphierend eine Packung Waschmittel hoch.

»Das war's«, seufzte Aischa und ließ die Fernbedienung sinken. »Mehr Programme gibt es nicht!«

»Kann man hier denn keine aus dem Ausland empfangen?«, fragte ich.

»Theoretisch – über Satellit. Aber das ist verboten.«

Ich starrte sie ungläubig an. »Es ist verboten? Wieso?«

Sie zuckte mit den Schultern. »Damit würde man nicht nur die Programme der umliegenden Länder, sondern auch die des ›feindlichen‹ Westens empfangen. Und Khaled Mustafa kann es sich nicht leisten, dass seine Bürger eine neutrale Sicht der Dinge bekommen. Wenn sie kapieren würden, wie sehr sie unterdrückt und manipuliert werden, könnte er einpacken. Aus dem gleichen Grund ist es auch verboten, westliche Radiosender zu hören – obwohl mein Vater Leute kennt, die das trotzdem tun. Die riskieren allerdings Kopf und Kragen, wenn man sie erwischt.«

Ich stand auf. »Ich gehe kurz raus!«

Aischa nickte. »Ist gut!« Und während ich durch die Glastür schlüpfte, die von unserem Zimmer aus auf den Balkon führte, richtete sie ihre Aufmerksamkeit wieder auf den Bildschirm.

Noch immer lief Werbung – jetzt für das antiquierte Modell einer Stereoanlage.

Die Nachbarin im Haus gegenüber – eine dicke Frau mittleren Alters – war gerade dabei, Wäsche aufzuhängen. Als sie mich auf dem Balkon bemerkte, nickte sie mir zu und murmelte etwas, das vermutlich ein Gruß war.

»Good evening!«, rief ich zurück. Vielleicht verstand sie ja Englisch, obwohl sie in diesem Land so abgeschottet vom Rest der Welt lebte. Alle multikulturellen Einflüsse konnte Khaled Mustafa schließlich nicht aussperren.

Die Frau grinste mich hinter ihrem geblümten Kopftuch hervor amüsiert an und ich sah, dass ihr ein paar Zähne fehlten. Sie schien nicht verstanden zu haben und fand wohl den Klang der fremden Sprache lustig.

Dann wandte sie sich wieder ihrer Wäsche zu und ich fragte mich, ob sie wohl mit dem Mittel aus der Werbung gewaschen war.

Ich trat an das wacklige Balkongeländer heran, wobei ich darauf achtete, es nicht zu berühren, atmete tief die trockene Luft ein und blickte über die flachen Dächer der Häuser hinweg dorthin, wo die Stadt zu Ende war.

Das Wasser des Ghaniim glänzte wie ein Goldband in der grünen Oase, die seine Ufer auf beiden Seiten großflächig umgab. Am Horizont erkannte ich kahle Hügel aus Sand und Steinen – nur hier und da von mickrigen Büschen bedeckt: die Ausläufer der Wüste.

All das lag zu meiner Linken, rechts die inneren Bereiche von Sarana.

Über mir breitete sich der Himmel in einem strahlenden Blau aus, wie ich es sonst noch nirgendwo gesehen hatte. Ich schloss die Augen vor der gleißenden Sonne, die schon einen leicht rötlichen Schimmer angenommen und begonnen hatte, sich über dem Horizont zu senken.

Es war nicht mehr ganz so heiß wie noch vor zwei Stunden und ich wusste, dass die Temperaturen in der Nacht noch weiter fallen würden.

Von irgendwo her erklang Musik – vielleicht aus dem Haus der dicken Nachbarin mit ihrer Wäsche. Eine brüchige Männerstimme schwoll klagend an und sank dann wieder ab.

Nie zuvor hatte mich eine Musik so tief im Herzen berührt wie die arabische. Ich lauschte mit angehaltenem Atem. Die fremde, wunderbare Musik weckte plötzlich eine heftige Sehnsucht in mir. Wonach, wusste ich nicht.

Das Gesicht der untergehenden Sonne zugewandt, dachte ich angestrengt nach – versuchte, den Ursprung dieser Sehnsucht zu ergründen.

Da tauchte unvermittelt ein Gesicht vor meinem inneren Auge auf – ein Gesicht mit dunklen Augen, in denen goldene Funken tanzten: Saleh ...

3

Aischa schaute ungeduldig auf ihre Armbanduhr. »Wetten, er kommt nicht! Sicher hat er eine bessere Beschäftigung gefunden, als uns in der Gegend herumzufahren.«

Doch ich war von ruhiger Zuversicht erfüllt. Saleh würde kommen. Irgendetwas musste ihn aufgehalten haben, aber früher oder später würde er auftauchen – da war ich sicher.

»Er kommt noch!«, sagte ich im Brustton der Überzeugung.

Meine beste Freundin warf mir einen ärgerlichen Blick zu. »Woher willst du das wissen? Kannst du neuerdings Hellsehen oder Gedanken lesen?«

Ich zuckte nur mit den Schultern, denn ich verstand nicht, warum ich Saleh blind vertraute. Ich kannte ihn doch nicht – wusste kaum mehr über ihn, als dass er Khaled Mustafas Sohn war.

Aber ein Instinkt sagte mir, dass auf den jungen Beniter Verlass war.

»Wir warten hier jetzt schon eine Dreiviertelstunde«, empörte sich Aischa. »Was glaubt dieser Kerl eigentlich, wer er ist?«

»Khaled Mustafas Sohn«, entgegnete ich trocken und verbiss mir mit Mühe ein Grinsen.

Aischa ist ein sehr ungeduldiger Mensch und wehe dem, der sie längere Zeit warten lässt. Da wird meine sonst so gutmütige Freundin zur Furie.

Zu einem unserer wenigen ernsthaften Zerwürfnisse kam es deshalb, weil ich vergessen hatte, sie vom Handball abzuholen und sie zwei Stunden umsonst vor der Turnhalle auf mich wartete.

Ein paar Wochen lang hat sie danach kein Wort mit mir gesprochen.

An dieses Drama aus unserer Grundschulzeit musste ich denken, während wir vor dem Haus ihres Vaters standen und auf Saleh warteten.

Ungeduldig trat Aischa von einem Bein aufs andere. »Und wenn er der Kaiser von China persönlich wäre, gäbe ihm das noch lange nicht das Recht, uns ohne Entschuldigung sitzen zu lassen«, zischte sie. »Na warte! Der bekommt was zu hören!«

»Hast du mir nicht gestern noch erklärt, wie dumm es ist, sich mit dem Regime anzulegen?«

Sie ballte die Hände zu Fäusten und stampfte wütend mit dem Fuß auf.

»Verdammt! Warum kann er nicht ein ganz normaler Mensch sein? Dann könnte er was erleben!«

Ich wandte das Gesicht von ihr ab, denn jetzt konnte ich mir das Lachen wirklich nicht länger verbeißen. Und das hätte sie mir übel genommen, wenn sie es bemerkt hätte.

In diesem Moment sah ich einen Wagen der Republikanischen Sicherheit um die Straßenecke biegen, gefolgt von drei weiteren und etwas, das ich auf den ersten Blick für einen Ferrari hielt. Erst als die kleine Kolonne näher kam, erkannte ich, dass der Wagen dafür insgesamt zu lang und die Karosserie zu bullig war. Außerdem hatte er nicht zwei Seitentüren, wie das bei normalen Sportwagen üblich war, sondern vier.

Mit einem Gefühl von Triumph wandte ich mich Aischa zu. »Siehst du, ich hatte Recht! Da kommt er!«

Meine beste Freundin – plötzlich wieder ganz respektvolle Beniterin – schluckte ihren Ärger hinunter.

Die fünf Fahrzeuge hielten neben uns am Straßenrand. Aus dem gelben Sportwagen stieg Saleh aus. Anders als gestern saß er heute persönlich am Steuer.

»Tut mir Leid, dass ich mich verspätet habe, Mädchen«, sagte er. »Meine jüngste Schwester hat heute Morgen ihr erstes Kind bekommen – mehr als einen Monat zu früh. Darum haben wir uns Sorgen gemacht. Ich habe zusammen mit ihrem Mann im Krankenhaus gewartet, bis die Ärzte uns sagen konnten, ob alles in Ordnung war.«

»Und?«, fragten Aischa und ich wie aus einem Mund.

»Mutter und Kind geht es gut. Der Kleine muss nicht einmal in den Brutkasten.« Sein Gesicht strahlte Freude und Erleichterung aus.

Mir wurde warm ums Herz. »Dann ist es also ein Junge?«

Er nickte. »Ja, ein wunderschöner, kräftiger Sohn.«

»Prima!«, freute sich Aischa, die ihm jetzt, da sie den Grund für sein Zuspät-Kommen kannte, nicht mehr böse war. »Wie heißt er?«

»Khaled – nach seinem Großvater ... Guten Morgen, übrigens!« Sich seiner guten Manieren erinnernd, reichte er uns nacheinander die Hand.

Wieder hatte ich das Gefühl, dass er meine ein klein wenig länger festhielt als die meiner Freundin und mir auch tiefer in die Augen schaute ...

Blödsinn! Das bildest du dir nur ein, liebe Sina!

Meine rechte Hand fühlte sich nach seiner Berührung seltsam schwach an – ein Gefühl, das sich rasch den Arm hinauf ausbreitete und mir geradewegs zu Kopf stieg. Außerdem schien es eine geheimnisvolle Verbindung zwischen seinen Augen und meinen Beinen zu geben, denn unter seinem Blick wurden diese weich wie Pudding. Für einen Augenblick fürchtete ich, sie würden meinem Gewicht nachgeben und ich auf die Nase fallen.

Reiß dich zusammen! ermahnte ich mich streng. Er ist verheiratet und dazu noch der Sohn des berüchtigten Khaled Mustafa.

Mit Unbehagen blickte ich zu den vier Fahrzeugen der Republikanischen Sicherheit hinüber. In ihnen waren Leibwächter, die wie zum Sprung bereite Wildkatzen auf ihren Sitzen kauerten und uns keine Sekunde aus den Augen ließen. Hoffentlich merkten sie nicht, was in mir vorging ...

Ja – was ging eigentlich in mir vor?

»Was unternehmen wir also heute, Herr Reisebegleiter?«, wollte Aischa in diesem Moment von Saleh wissen und ließ mir somit keine Zeit, diesen Gedanken weiter zu verfolgen. Im Grunde wollte ich das ja auch gar nicht ...

Meine beste Freundin warf mir einen flüchtigen strengen Blick zu, der Saleh entging – ebenso, dass sie das Wort ›Reisebegleiter‹ etwas mehr betonte als die anderen.

»Ich würde vorschlagen, wir sehen uns heute Sarana an und gehen später noch im Ghaniim schwimmen. Ist euch das recht?«

Ich strahlte ihn an. »Wir vertrauen uns da ganz dir an. Nicht wahr, Aischa?«

Diese schnappte kurz nach Luft, nickte dann aber. »Klar! Du bist schließlich in diesem Land zu Hause.«

Er grinste. »Du doch auch. Schließlich ist dein Vater Beniter.«

»Aber meine Mutter ist Deutsche, und ich bin in Deutschland geboren und aufgewachsen. Mein Vater ist erst nach Benit zurückgekehrt, als der Krieg gegen Amerika begann. Er wollte seinen Freunden und Verwandten hier beistehen.«

»Und deine Mutter?«, erkundigte sich Saleh. »Ist sie nicht mit ihm gegangen?«

Aischa schüttelte den Kopf. »Nein. Sie wollte mit mir nicht in ein Kriegsgebiet ziehen und hat meinem Vater nie verziehen, dass er dieses Risiko einging. Darum hat sie sich von ihm scheiden lassen.«

Er wirkte überrascht. »Geht das in Deutschland? Können Frauen sich einfach von ihren Männern scheiden lassen?«

»Natürlich!«, entgegnete Aischa energisch. Sie war eine glühende Verfechterin der Emanzipation. »Bei uns sind Frauen und Männer gleichberechtigt.« Der Blick, mit dem sie Saleh maß, sagte deutlicher als Worte: Wehe, du hast ein Problem damit! Dann bekommst du es mit mir zu tun!

Sie schien ganz vergessen zu haben, wer da vor ihr stand, und war bereit, den Fehdehandschuh hinzuwerfen.

Doch Saleh ging nicht auf ihre Herausforderung ein. Nachdenklich runzelte er die Stirn und nickte langsam. »Das ist gut! In diesem Land hier haben Frauen keine Rechte. Ich finde das schlimm – und wenn ich Präsident wäre, würde ich es sofort ändern. Leider glaubt mein Vater, dass er für die Frauen schon genug tut, wenn er ihnen erlaubt, unverschleiert auf die Straße zu gehen. Noch mehr Rechte stehen ihnen seiner Meinung nach nicht zu.« Er seufzte tief und zuckte hilflos mit den Schultern.

»Vielleicht wird dein Bruder in dieser Hinsicht etwas ändern, wenn er erst Präsident ist«, meinte ich.

»Abdullah?« Saleh schnaubte verächtlich. »Der ist noch viel schlimmer als mein Vater. Für ihn sind Frauen bloß Spielzeug – willenloses Spielzeug.« Mit düsterem Blick fixierte er sein eigenes Gesicht, das sich in der abgedunkelten Heckscheibe seines Wagens spiegelte.

Ich zog es vor, das Thema zu wechseln, denn offensichtlich wurde seine Stimmung durch dieses Gespräch erheblich getrübt.

»Wenn wir schwimmen gehen wollen, müssen Aischa und ich noch unsere Bikinis holen. Aber wir beeilen uns – Ehrenwort.«

Saleh winkte ab. »Lasst euch ruhig Zeit! Wir haben es nicht eilig ...« Ich merkte, dass er darum bemüht war, seine Stimme wieder unbeschwert klingen zu lassen.

»Du hattest Recht«, sagte Aischa, als wir in unserem Zimmer die Badesachen packten. »Er scheint ganz in Ordnung zu sein. Aber trotzdem bleibt er Khaled Mustafas Sohn – vergiss das bloß nicht!«

»Ja, ja – schon gut!«, wehrte ich ungeduldig ab. »Lass uns jetzt lieber aufbrechen! Dein Vater wartet schließlich im Laden auf seine Kundschaft. Und so lange Saleh da unten steht, wird die sich vor lauter Respekt sicher nicht blicken lassen.«

Da musste sie trotz ihrer Sorge um mich grinsen. »Stimmt! Beeilen wir uns besser!« Sie zog den Reißverschluss an ihrer Badetasche zu. Dann folgte sie mir aus dem Zimmer und die knarrende Holztreppe hinunter.

Saleh – ganz Gentleman – hielt uns die Beifahrertür seines Wagens und die dahinter auf.

»So, meine Damen, bitte einsteigen! Wer sitzt vorne, wer hinten?« Ganz offensichtlich hatte er seine gute Laune wiedergefunden.

»Ich hinten«, sagte Aischa sofort, wofür ich ihr äußerst dankbar war. Denn damit blieb mir der Platz neben Saleh.

Auf die Idee, mich zu meiner Freundin auf den Rücksitz zu setzen, kam ich gar nicht. Die Nähe des schönen Beniters war zu verlockend.

Fasziniert beobachtete ich seine feingliedrige, gebräunte Hand, die mir am nächsten war – wie sie den Zündschlüssel umdrehte, den ersten Gang einlegte, dann sich zu der anderen ans Steuer legte, während der starke Motor aufheulte und der Wagen anfuhr ...

»Stört dich die Musik, Sina?«

Ich zuckte zusammen. »Wa ...was?«, stotterte ich.

»Die Musik!« Saleh deutete auf den CD-Player. »Stört sie dich?«

»Nein. Ich finde arabische Musik schön.«

Saleh warf mir einen kurzen, skeptischen Blick zu. »Wirklich? Wenn nicht, kannst du es ruhig sagen! Ich habe auch ausländische CDs im Auto – nur nichts Amerikanisches. Wir – meine Familie und ich – hassen die USA. Sie haben uns und unser Land gedemütigt und tun es immer noch.« Seine weichen Gesichtszüge wirkten auf einmal hart und die Lippen waren fest zusammengepresst.

Ich zögerte. »Es stimmt: Die USA haben Krieg gegen euch geführt. Aber sie taten es im Auftrag der UNO. Die UNO ist es auch, die die Amerikaner eure Grenzen kontrollieren lässt und eure Waffenlager überwacht ... Und Deutschland ist eines der Länder, die zur UNO gehören. Also musst du mich auch hassen!«

Er schüttelte heftig den Kopf. »Nein, du irrst dich! Die UNO ist im Grunde nur der verlängerte Arm der USA. Was die Amerikaner sagen, wird gemacht. Denk an meine Worte, Sina: Eure Länder im Westen halten sich für frei in ihren Entscheidungen und in ihrer Sichtweise. Aber in Wirklichkeit werden sie gnadenlos manipuliert. Außerdem ...« Für einen Moment legte er seine rechte Hand auf meine Schulter. Die Berührung durchzuckte mich wie ein elektrischer Schlag. » ...dich könnte ich nie hassen.«

In mir tobte plötzlich ein Sturm der Gefühle: Freude, Trauer, Unsicherheit, Sehnsucht, Angst, Belustigung ... Mir wurde ganz schwindelig von diesem Gefühlschaos. Nie zuvor war etwas Ähnliches in mir vorgegangen.

»Lass ruhig die arabische Musik an!«, sagte ich und hoffte, dass meine Stimme normal klang. »Sie gefällt mir wirklich!«

Was war nur los mit mir? Wieso glaubte ich jedes Mal, den Verstand zu verlieren, wenn Saleh mich berührte? Hatte ich mich etwa doch in ihn verliebt – gegen die Warnungen von Aischa und ihrem Vater, sowie gegen meine Vernunft?

Unsinn! versuchte ich mir einzureden. Ich bin doch nicht verrückt.

»Was ist das eigentlich für ein Auto, das du fährst, Saleh?«, vernahm ich in diesem Moment Aischas Stimme vom Rücksitz her. Ich hatte sie total vergessen ...

»Es ist eine Sonderanfertigung«, antwortete ihr der junge Beniter.

»Heißt das, du bist einfach zum Hersteller gegangen und hast gesagt, wie du das Auto haben möchtest?«, fragte ich ungläubig.

Saleh zuckte mit den Schultern. »Wenn du der Sohn des Präsidenten von Benit bist, ist so gut wie alles möglich.« Er sagte das ganz sachlich, ohne einen Anflug von Arroganz.

Dann verzog er plötzlich das Gesicht. »Manchmal wünschte ich, ich könnte ein anderer sein«, seufzte er.

Eine Weile fuhren wir schweigend weiter.

Wieder beobachtete ich fasziniert das muntere Treiben in den Straßen der Hauptstadt. Es fesselte meine Aufmerksamkeit jedoch längst nicht mehr so sehr wie in den letzten Tagen, da Salehs Nähe mich ablenkte.

»Als Erstes möchte ich euch heute die Kischara-Moschee zeigen. Sie ist das Wahrzeichen von Sarana und jeder Tourist sollte sie gesehen haben.«

»Schade, dass nicht sehr viele Touristen nach Benit kommen«, bemerkte Aischa trocken.

Saleh sah sie im Rückspiegel kurz an. »Das war nicht immer so«, sagte er. »Vor den Kriegen war unser Land ein begehrtes Reiseziel. Heute ist es den meisten Menschen leider zu unsicher ...« Er wiegte betrübt den Kopf. »Schade, denn wir haben landschaftlich und kulturell einiges zu bieten ... Na, ihr werdet schon sehen.«

»Gewisse Beniter sorgen aber auch mit großem Talent dafür, dass Touristen um dieses Land einen weiten Bogen machen«, stellte ich vergnügt fest und erzählte ihm von den Zollbeamten, die Aischa und mich am Flughafen gefilzt hatten.

Saleh lachte. »Gut, dass mein Vater nicht weiß, was für Leute teilweise unsere Grenzen bewachen. Das würde ihm sicher schlaflose Nächte bereiten. Zwei harmlose deutsche Mädchen halten sie stundenlang auf. Aber den Präsidenten der Vereinigten Staaten würden sie für ein wenig Bargeld sicher unbehelligt passieren lassen.«

»Der hat bestimmt Besseres zu tun, als sich ins Lager der Feinde zu schleichen«, neckte ich.

Er grinste. »Stimmt! Das überlässt er seinen FBI- und CIA-Agenten. Ein Glück, dass die meisten von denen so dumm und leichtsinnig sind, dass sie schnell auffliegen.«

»Schickt doch selbst Agenten nach Amerika!«, meinte ich.

»Oh – wir haben unsere Leute dort«, entgegnete Saleh. »Meinem Vater unterstehen eine Reihe von Geheimdiensten.«

»Das ist bekannt«, murmelte Aischa mit wenig Begeisterung.

Saleh überging ihre Bemerkung. Wahrscheinlich hatte er sie gar nicht gehört.

Er deutete auf einen schlanken Turm mit goldener Kuppel, der hinter den Häusern aufragte. »Schaut: Das Minarett der Kischara-Moschee.«

Erst nachdem wir um eine weitere Straßenecke gebogen waren, sahen wir das ganze Gebäude zu unserer Linken. Es war durch einen riesigen gepflasterten Platz von der Straße getrennt, in dessen Mitte eine überlebensgroße Khaled-Mustafa-Statue stand.

Die Wände der Moschee waren mit prächtigen exotischen Mustern geschmückt und die Fenster liefen in einem geschwungenen Bogen nach oben hin spitz zu.

Saleh und seine Bewacher fanden mit Mühe und Not noch fünf freie Parkplätze.

Als wir ausstiegen, bildeten die Leibwächter sofort einen schützenden

Ring um uns. Das bereitete mir leichtes Unbehagen. Ich bemühte mich, die finster dreinblickenden Männer zu ignorieren.

»Die Moschee ist ganz schön groß«, stellte ich bewundernd fest.

Aischa nickte. »Klar – muss sie auch sein. Jeden Tag kommen ein paar Tausend Leute hierher, um zu beten.«

Ich blickte über den gepflasterten Platz hinweg, der voller Menschen war, auf das prächtige Gebäude. »Meinst du, ich darf da überhaupt hinein?«, fragte ich Saleh beklommen. »Ich würde mir die Moschee gern ansehen – aber ich bin christlich getauft, weißt du ...«

Er bedachte mich mit einem amüsierten Augenzwinkern, das meine Knie erneut weich werden ließ. »Na und? Religiöse Fanatiker haben in diesem Land nichts zu melden, Sina. Außerdem«, bedeutungsvoll breitete er die Arme aus und hob sein Gesicht in Richtung Himmel, »glauben wir doch alle an denselben Gott.«

Fasziniert betrachtete ich das Licht der Morgensonne in seinem dunklen Haar. Zu gerne hätte ich einfach meine Hand ausgestreckt und durch die glänzenden Locken gleiten lassen. Nur die wachsamen Augen seiner zwanzig Leibwächter, Aischas Gegenwart, sowie meine Schüchternheit und Vernunft hielten mich davon ab. Ich atmete tief durch und versuchte krampfhaft, einen klaren Kopf zu behalten.

Nein, ich war natürlich nicht in Saleh verliebt. Er gefiel mir nur äußerlich recht gut und war sympathisch. Mehr würde ich nicht zulassen – so einfach war das.

Nun wandte er das Gesicht wieder mir zu. Ein leichtes Lächeln lag auf seinen schön geschwungenen Lippen.

»Ja«, sagte ich. »Wir glauben an denselben Gott.«

Und dem – wer und wo auch immer er sein mag – danke ich von Herzen, das er mich zu dir nach Benit geführt hat.

Wir überquerten, umgeben von Salehs Leibwächtern, den Platz vor der Kischara-Moschee.

Saleh und seine Leibgarde wurden auch hier wieder sehr auffällig übersehen, wie ich es schon am Tag zuvor erlebt hatte.

Klar – ein Mitglied der Präsidenten-Familie anzustarren, galt als respektlos und wurde hart bestraft ...

Während wir Khaled Mustafas Statue passierten, musste ich unwillkürlich grinsen.

»Warum lachst du?«, wollte Aischa, die rechts neben mir ging, misstrauisch wissen.

Ich winkte ab. »Nichts Besonderes! Mir ist nur gerade etwas eingefallen.«

Vor dem Haupteingang der Moschee standen die Menschen schon Schlange. Saleh jedoch schritt einfach uns voran an den Wartenden vorbei.

»Sollten wir uns nicht auch hinten anstellen?«, erkundigte sich Aischa zögernd.

Er warf ihr einen überraschten Blick zu. Auf die Idee war er offenbar gar nicht gekommen.

»Das würden sie nicht zulassen«, meinte er. »Sie würden alle darauf bestehen, mir den Vortritt zu lassen.«

So erreichten wir ohne warten zu müssen das große Tor. Saleh und Aischa zogen am Eingang ihre Schuhe aus und stellten sie in die offensichtlich dafür vorgesehenen Regale an der Wand. Ich, die unwissende Ausländerin und Nicht-Muslimin, machte es ihnen nach. Einer der Leibwächter reichte Aischa und mir je ein schwarzes Gewand aus rauem Stoff und ein Kopftuch.

Das Gewand war schnell übergezogen – aber das Kopftuch? Verzweifelt versuchte ich, es irgendwie zu befestigen und hatte den Verdacht, dass ich nun wie eine Kreuzung zwischen Pirat und Bankräuber aussah. Ich schämte mich vor den vielen Leuten, die an uns vorbei in die Moschee strömten und vor allem vor Saleh. Er musste mich ja für völlig ungeschickt und bescheuert halten.

Zum Glück erkannte Aischa die missliche Lage, in der ich mich befand. Sie löste kurzerhand die Knoten um meinen Hals, die mich fast erwürgten, rückte das Kopftuch zurecht und band es erneut – diesmal richtig.

Gleich ging es mir besser. An dem schützenden Stoff vorbei wagte ich sogar wieder einen Blick zu Saleh hinüber.

Seine Miene war ausdruckslos. Nichts deutete darauf hin, dass er sich über mich lustig machte. Ich war unglaublich erleichtert ...

Als ich zwischen Aischa und dem jungen Beniter durch ein weiteres großes Tor den Hauptraum der Moschee betrat, fühlte ich mich wieder richtig gut. Alle Frauen um mich herum trugen das gleiche wie ich. Bestimmt fiel hier keinem auf, dass ich Ausländerin war und eigentlich nicht dazu gehörte – zumal meine blonden Haare unter dem Kopftuch verborgen waren. Meine blauen Augen würde in dem Dämmerlicht, das in der Moschee herrschte, keiner bemerken.

Die Tatsache, dass ich nicht von einer Beniterin zu unterscheiden war, gefiel mir. Ich schaute mich nach den Leibwächtern um, konnte sie in der Menge aber nicht entdecken.

»Sie warten draußen«, flüsterte Saleh mir zu, der meinen suchenden Blick bemerkt und richtig gedeutet hatte. »Hier brauche ich sie nicht, denn in der Moschee würde niemand ein Attentat verüben.«

»Woher willst du das wissen?«, erkundigte ich mich mit Unbehagen. Die Vorstellung, er könnte jeden Moment vor meinen Augen ... Nein, der Gedanke war zu schrecklich, um ihn weiter zu führen!

»An diesem Ort bin ich nicht Khaled Mustafas Sohn«, erklärte mir Saleh.

»Vor Allah sind wir alle gleich: die Armen, die Reichen, die Diener, die Mächtigen ... Darum bin ich hier sicher.«

Das beruhigte mich etwas, obwohl ich gewisse Zweifel hegte, dass man sich hundertprozentig auf die Gottesfurcht der Attentäter verlassen konnte.

Ich ließ meine Blicke durch den riesigen Innenraum der Moschee wandern. Trotz der exotischen Verzierungen und arabischen Schriftzeichen an den Wänden erinnerte mich die Atmosphäre stark an die einer Kirche. Statt Bänken gab es Gebetsteppiche und an der Decke in etwa zehn Metern Höhe befanden sich mehrere große Kronleuchter. Ihre zahllosen herabhängenden Glasperlen bewegten sich sacht in einem kaum wahrnehmbaren Luftzug und warfen bizarre Muster aus Licht an die Wände der Moschee.

Verstohlen beobachtete ich zahlreiche Männer, die auf den Gebetsteppichen kauerten. Wo waren nur die ganzen Frauen geblieben, die ich hatte in die Moschee strömen sehen? Ich fragte Saleh danach.

»Da oben!« Er deutete zu einer riesigen Empore hinauf, die über eine schmale Steintreppe zu erreichen war.

Tatsächlich konnte ich, wenn ich den Hals verrenkte, dort ein paar Schleier und Kopftücher erkennen. Männer und Frauen beteten im Islam also getrennt. Wieder hatte ich etwas dazugelernt.

»Und von wo predigt der ...?« Wie nannte man das hier bloß? » ...der Pfarrer ... Priester ...?«

»Der Imam, meinst du.« Er deutete auf eine Art Kanzel im vorderen Teil des riesigen Hauptraumes. Sie war mit denselben orientalischen Mustern wie die Wände und die Decke der Moschee verziert. Nur das am steinernen Geländer befestigte Mikrofon störte den Eindruck von Tausend und einer Nacht.

»Hier gefällt es mir«, vertraute ich Saleh an. »Alles ist still und feierlich wie in einer Kirche, aber das Gebäude ist schöner. Ich würde hier gerne einmal einen Gottesdienst miterleben. Geht das?«

Er nickte. »Natürlich! Wir können irgendwann zusammen das Freitagsgebet besuchen, wenn du möchtest.«

Irgendwie war ich mir seiner Nähe in diesem riesigen, feierlichen Gebäude mit dem schummrigen Licht noch deutlicher bewusst als draußen.

Als wir wieder im Freien waren, fühlte ich eine Mischung aus Bedauern und Erleichterung.

Aischa und ich zogen unsere schwarzen Gewänder und Kopftücher aus.

Saleh reichte uns unsere Schuhe, die er wie durch ein Wunder unter den Tausenden anderer wiedergefunden hatte.

Während ich die Schnallen meiner Sandalen schloss, hörte ich zu, wie er sich auf Arabisch mit seinen Leibwächtern unterhielt. Die zwanzig Männer waren wie aus dem Nichts wieder aufgetaucht, sobald wir die Moschee verlassen hatten.

Ich fand, dass Saleh sie überhaupt nicht wie Untergebene, sondern wie Gleichberechtigte behandelte. Er lachte mit ihnen, klopfte ihnen auf die Schultern und plauderte ungezwungen.

Bei den Leibwächtern jedoch hatte ich das Gefühl, dass sie eine gewisse respektvolle Distanz zu ihm hielten, obwohl sie in sein Lachen einstimmten und sich auf die Schultern klopfen ließen.

»Wisst ihr, was wir jetzt machen?«, fragte Saleh Aischa und mich geheimnisvoll, als wir über den belebten Platz zum Wagen zurückgingen.

»Nein, was denn?«, wollte meine beste Freundin gespannt wissen.

»Also ...« Er hakte sich bei uns unter. »Wir gehen auf den Markt, schauen uns dort ein wenig um und essen etwas ...«

»... und dann gehen wir schwimmen«, seufzte ich sehnsüchtig und wischte mir mit dem freien Arm den Schweiß von der Stirn.

Hinter den dicken Mauern der Moschee war es einigermaßen kühl gewesen, aber hier draußen brannte die Sonne schon wieder erbarmungslos vom Himmel.

Saleh lachte. »Auf jeden Fall, Sina!«

Ich mochte die Art, wie er lachte, wie er meinen Namen aussprach, meinen Arm umfasst hielt ... Dinge, die mir bei einem anderen Menschen gar nicht aufgefallen wären, fand ich bei ihm einfach umwerfend. Warum nur?

Wieder hielt Saleh Aischa und mir die Autotüren auf, ehe er selbst einstieg. Während ich auf den Beifahrersitz des Sportwagens kletterte, nahm ich aus den Augenwinkeln verstohlene, neidische Blicke einiger Passanten wahr. Es gab sicher keinen unter ihnen, der in diesem Moment nicht gerne an meiner Stelle gewesen wäre: Ein Platz an der Seite des Prinzen von Benit.

Mit einem Gefühl von Triumph schlug ich die Autotür hinter mir zu, doch dieses Gefühl verflog ebenso schnell wieder wie es gekommen war. Was konnte ich schon stolz auf Saleh sein? Er gehörte nicht mir, sondern seinem Vater und einer anderen Frau ...

Genau in diesem Moment fing ich seinen Seitenblick auf. »Was ist los, Sina?«, fragte er besorgt. »Du siehst plötzlich so bedrückt aus. Ist dir schlecht?«

Ich schüttelte den Kopf und versuchte ein Lächeln. »Nein, mir geht es gut!«

Wir fuhren durch eines der reicheren Viertel in Richtung Innenstadt. Die Straße folgte dem Lauf des Ghaniim, dessen ruhig dahinfließendes Wasser in der Sonne glänzte.

»Ich habe mich schon immer gefragt, wie ein Fluss durch eine Millionenstadt fließen und dabei so sauber bleiben kann.« Aischa schüttelte fassungslos den Kopf. »Wie schafft ihr das bloß?«

»Wir Beniter sind vom Ghaniim abhängig«, erklärte Saleh ernst. »Er ist unser Wasserspeicher und sorgt außerdem dafür, dass der Boden fruchtbar bleibt. Außerdem ist der Fluss das Markenzeichen unserer Heimat. Wir sind stolz auf ihn. Seit Urzeiten sind seine Ufer von Menschen besiedelt. Wer würde es über sich bringen, ihn zu verschmutzen?«

»Aber was geschieht mit euren Abwässern?«, wollte Aischa zweifelnd wissen. »Wo werden die hingeleitet, wenn nicht in den Fluss?«

»Die reicheren Stadtviertel sind alle an eine Kläranlage angeschlossen, und die armen liegen weit genug vom Ghaniim entfernt.«

So rückständig, wie ich gedacht hatte, war Benit also wohl gar nicht, wenn es hier Kläranlagen und einen Sinn für Umweltschutz gab. Kein Wunder, war es doch eines der erdölreichsten Länder der Welt. Erst durch die Kriege der letzten Jahre und die Handelsblockade der UNO musste es einen Großteil seines Wohlstandes eingebüßt haben.

Auf den Straßen, die am Morgen noch relativ ruhig gewesen waren, herrschte jetzt hektischer Betrieb. Autos hupten, drängelten oder drehten im mehr oder weniger fließenden Verkehr plötzlich um. Fahrer hielten ohne Vorwarnung – vorzugsweise mitten auf Kreuzungen – an, um ein Schwätzchen zu halten oder sich zu beschimpfen.

Funktionstüchtige Bremslichter und Blinker schienen in Sarana Mangelware zu sein, und falls den Fahrern irgendwelche Verkehrsregeln bekannt waren, so hielten sie sich einfach nicht daran.

In diesem Chaos nützte Saleh sein Prominentenstatus so gut wie nichts. Sicher hätten die Leute ihm und seinen Leibwächtern Platz gemacht, wenn Platz da gewesen wäre. Aber dem war eben nicht so. Saleh nahm es gelassen. »Wir haben ja Zeit und eine Klimaanlage«, sagte er, drehte die Musik lauter und lehnte sich bequem in seinem edlen Ledersitz zurück. »Ein Glück, dass ich nicht mein Vater oder mein Bruder bin und mich durch dieses Gewühl zu dringenden Regierungssitzungen kämpfen muss.«

»Beneidest du deinen Bruder denn gar nicht darum, dass er eines Tages die Stelle deines Vaters einnehmen wird?«, fragte ich vorsichtig. »Er wird unglaublich reich sein und zu den mächtigsten Männern des Orients gehören.«

Saleh sah mich kurz überrascht an, als habe er darüber noch gar nie nachgedacht. »Abdullah ist nun einmal der älteste Sohn, und damit steht ihm die Nachfolge meines Vaters zu«, sagte er einfach. »Außerdem möchte ich gar nicht Präsident werden. Das bedeutet zu viele Pflichten und zu wenig Freiheiten.« Er grinste leicht. »Hübschen Mädchen die Sehenswürdigkeiten des Landes zeigen ist da nicht drin.«

»Hör auf mit diesen Komplimenten!«, beschwerte sich Aischa mit gespieltem Ernst. »Du machst uns ja ganz verlegen!«

Sein Grinsen wurde breiter. »Oh, Entschuldigung! Aber es stimmt doch: Als jüngerer Sohn bin ich ein freier Mensch.«

Mein Blick fiel auf die Wagen der Republikanischen Sicherheit, die den gelben Sportwagen wieder schützend in ihre Mitte genommen hatten. Ich fand, dass es mit seiner Freiheit gar nicht so weit her war, wie er behauptete. Sicher wusste er das selbst ...

Ich stellte es mir schrecklich vor, ständig bewacht zu werden – keinen Schritt allein tun zu können.

Auch musste ich dauernd an das denken, was Aischa mir am Abend zuvor erzählt hatte: Dass er eine Frau heiraten musste, die sein Vater für ihn ausgewählt hatte ...

Wir erreichten den Rand der Fußgängerzone, wo die Marktstände aufgebaut waren. Hier wimmelte es derart von Menschen, dass ich mich unwillkürlich fragte, wie um Himmels willen wir da durchkommen sollten. Dieser Gedanke schoss mir in der Fußgängerzone von Sarana jedes Mal durch den Kopf.

Saleh und seine Leibwächter parkten ihre Wagen einfach am Straßenrand, was für Normalsterbliche wahrscheinlich verboten war, und wir stiegen aus.

Todesmutig stürzten wir uns in das Gewühl, und zum ersten Mal war ich froh um die Männer der Republikanischen Sicherheit, die uns einen Weg durch die Menge bahnten.

Ich war überwältigt von der bunten Vielfalt der Marktstände.

Es roch nach heißem Essen, exotischen Kräutern und Gewürzen. Die Händler priesen lautstark ihre Waren an, und dazwischen dröhnte arabische Musik.

Es gab bunte Tücher, Kleidungsstücke, Muscheln, Holzschnitzereien, Schuhe, Töpfe und Pfannen. Auf einem anderen Teil des Marktes wurden Tiere verkauft: Hühner, Hasen, Schlangen, Hunde, Katzen, Schafe, Ziegen und sogar ein mageres Maultier.

Die Tiere taten mir von Herzen leid, denn die meisten waren in enge Käfige gepfercht und in erbärmlichem Zustand.

Auch Aischa und Saleh gefiel der Anblick gar nicht. Rasch gingen wir weiter.

Erst an einem Stand mit wunderschönen Orientteppichen machten wir erneut Halt.

»Am liebsten würde ich mir so einen kaufen«, sagte ich sehnsüchtig. »Aber das kann ich mir nie im Leben leisten.«

Die Verkäuferin, eine füllige ältere Frau mit dicker Brille kam auf uns zugewatschelt. Sie trug ein schwarzes, formloses Gewand und das dazu passende Kopftuch. Offensichtlich hatte sie meinen sehnsüchtigen Blick auf ihre Waren bemerkt, denn sie schenkte mir aus ihrem beinahe zahnlosen Mund ein gewinnendes Lächeln.

Dann schien sie Saleh zu erkennen. Ihr Gesicht erstarrte und rasch wich sie einen Schritt zurück.

Der Sohn des Diktators sagte ihr etwas, das ich für einen Gruß hielt. Sie nickte ihm unterwürfig zu, ohne ihn anzusehen.

Ich wandte mich an Aischa und deutete auf den Teppich, der mir am besten gefiel: Gelbe, schwarze und weiße Muster auf rotem Hintergrund. »Fragst du sie bitte, was dieser Teppich kostet?«

Sie nickte und sprach die Frau an.

Ich versuchte, aus der Antwort irgendeine Zahl herauszuhören, verstand aber wie immer nur Bahnhof.

»Achthundertvierzig Beniti«, übersetzte Aischa.

Ich rechnete im Kopf nach. »Das sind ja nur dreißig Mark«, rief ich ungläubig. »Für einen echten Orientteppich?«

Meine beste Freundin zuckte mit den Schultern. »Wie du weißt, ist hier alles billiger. Und Orientteppiche sind nichts Besonderes. Viele benitische Frauen können sie herstellen.«

»Wie viel könnte sie denn in Deutschland dafür verlangen?«, erkundigte sich Saleh.

»Für diesen Teppich?« Ich überlegte. »Zwar bin ich kein Experte, aber ich würde behaupten, das Zehnfache auf jeden Fall.«

Da zog Saleh wortlos seine Geldbörse aus der Hosentasche und zählte der verdutzten Frau mehrere große Geldscheine in die Hand. Dann deutete er auf den Teppich, den ich mir ausgesucht hatte.

Die Verkäuferin starrte fassungslos auf das Geld hinunter, stotterte irgendetwas und deutete mit zitternden Fingern auf die Kasse. Natürlich – sie hatte nicht genug Wechselgeld. Woher auch, wenn sie ihre schönsten Teppiche für dreißig Mark verscherbelte?

Saleh winkte ab und sagte in beruhigendem Tonfall etwas zu ihr, worauf ihre Kinnlade herunterklappte. Zum ersten Mal sah sie ihn richtig an. Sie stammelte etwas, das nach Protest klang, doch Saleh unterbrach sie mit ruhiger, aber entschiedener Stimme. Geduldig deutete er erneut auf den Teppich.

Sie nahm ihn mit noch immer zitternden Fingern von der Stange, rollte ihn zusammen und reichte ihn dem prominenten Kunden. Dann verstaute sie das Geld rasch in der Kasse – so als hätte sie Angst, er könne es sich noch einmal anders überlegen.

Das tat Saleh natürlich nicht. Stattdessen drückte er mir den Teppich in die Arme. »Hier, schenke ich dir!«

Ich schluckte. »Das kann ich unmöglich annehmen, Saleh! Du hast ein Vermögen dafür ausgegeben.«

Er schüttelte den Kopf. »Nein, ich habe ihr nur das bezahlt, was sie in Deutschland bekommen hätte.«

»Aber ...«

»Nichts aber«, unterbrach er mich mit gespielter Strenge. »Der Teppich gehört dir. Betrachte ihn als Andenken. Schließlich möchte ich auf keinen Fall, dass du mich vergisst, wenn du wieder in Deutschland bist.«

Ein warmes Gefühl breitete sich in meiner Magengegend aus. »Ich vergesse dich sowieso nicht«, sagte ich.

Lächelnd strich er mir eine widerspenstige Locke aus der Stirn, die sich aus meinem Pferdeschwanz gelöst hatte. »Das hoffe ich!«

Wir kauften uns noch Essen zum Mitnehmen und kehrten dann zu den Autos zurück.

Saleh und seine Leibwächter dirigierten ihre Wagen auf Schleichwegen zur Stadt hinaus – wohl, um dem schlimmsten Verkehrschaos zu entgehen.

Kurz nachdem wir die letzten Häuser von Sarana hinter uns gelassen hatten, bogen wir auf einen schmalen Asphaltweg ein, der sich zwischen Wiesen und Dornenhecken einen sanften Hügel hinaufzog. Dann fiel der Weg zu einem Dattelpalmenwald hin ab. Kurz sah ich hinter den Bäumen das Wasser des Ghaniim schimmern und etwas Goldenes in der Sonne aufblitzen, das ich nicht einordnen konnte.

»Wo fahren die hin?«, rief Aischa in diesem Moment überrascht.

Verwundert drehte ich mich nach ihr um. »Wer?«, wollte ich wissen.

»Na, die Leibwächter. Sie sind doch gerade nach rechts abgebogen.«

Tatsächlich waren wir plötzlich allein auf dem schmalen Waldweg. Unsere Begleiter hatten uns verlassen.

Saleh grinste. »Keine Sorge! Die brauchen wir im Moment nicht. Hier kommt sowieso niemand her, der uns gefährlich werden könnte.«

»Woher willst du das wissen?«, erkundigte ich mich skeptisch.

Er deutete auf ein großes Schild am Wegrand, das wir gerade passierten. »Darum!«

Schon waren wir daran vorbei.

»Hast du gelesen, was da stand?«, fragte ich nach hinten zu Aischa.

Diese schüttelte den Kopf. »Nicht ganz! Dafür fahren wir zu schnell.« Sie warf Saleh einen vorwurfsvollen Blick zu, den er nicht bemerkte, da er sich ganz auf die Straße konzentrierte. »Irgendwas von ›Betreten verboten‹!«

Saleh zuckte mit den Schultern. »Ist auch nicht wichtig«, sagte er gut gelaunt. »Auf jeden Fall könnt ihr sicher sein, dass wir hier von niemandem belästigt oder bedroht werden. Es ist Privatgelände!«

Der Weg machte einen Bogen nach rechts und führte nun genau auf den Fluss zu. Wieder sah ich etwas Goldenes zwischen den Bäumen blitzen.

Saleh fuhr jetzt langsamer.

Plötzlich lichtete sich der Wald und ein hohes, schmiedeeisernes Tor versperrte uns den Weg. Rechts und links schloss sich eine mächtige Mauer aus hellem Stein daran an. Zusätzlich erhöht wurde sie von mehreren Reihen stabilen Stacheldrahtes, welche sie zu einem so gut wie unüberwindlichen Hindernis machten.

Saleh griff auf meine Seite herüber, öffnete das Handschuhfach und holte eine kleine Fernbedienung mit einem einzigen blauen Knopf heraus. Als er darauf drückte, öffnete sich das Tor mit einem leisen elektrischen Summen. Sobald wir durchgefahren waren, schloss es sich automatisch wieder.

Wir befanden uns in einem Park mit hohen, exotischen Bäumen, gepflegtem aber etwas trockenem Rasen und einem Springbrunnen.

Hinter dem Brunnen, ziemlich genau in der Mitte des Parks, stand ein ebenso riesiger wie prächtiger Palast.

Ich traute meinen Augen nicht. Mehr denn je fühlte ich mich in ein Märchen aus Tausendundeiner Nacht versetzt. »Wow!«, stieß ich atemlos hervor.

Die Außenmauern des Palastes waren mit goldenen und blauen Verzierungen geschmückt und vier Türme mit vergoldeten Kuppeln ragten in den Himmel – noch glänzender als das Minarett der Kischara-Moschee. Das musste es gewesen sein, was ich durch die Bäume hatte blitzen sehen.

Eine von Marmorsäulen eingefasste Treppe führte zu der schweren Eingangstür hinauf, auf der in goldenen arabischen Buchstaben etwas geschrieben stand. »Allahu akbar«, las Aischa halblaut. »Gott ist groß.«

Auch die Treppe war mit bunten exotischen Mustern verziert.

»Wohnst du hier?«, fragte ich Saleh fassungslos.

»Ab und zu«, antwortete er und bog nach links auf einen Seitenweg ab. Dort verbargen sich acht aneinander gereihte Garagen unter einer Ansammlung von Palmen.

Saleh steuerte die erste an. Das Tor öffnete sich automatisch, sobald sich der gelbe Sportwagen näherte, sodass wir direkt hineinfahren konnten.

Als wir mit unseren Badetaschen zu Fuß die Garage verließen, schloss sich das Tor automatisch hinter uns.

Ich blickte nervös zu den Palastfenstern mit den kuppelförmigen Spitzen und goldenen Rahmen hinüber. »Ist der Rest deiner Familie auch hier?«, wollte ich besorgt von Saleh wissen. Die Aussicht, hier dem berüchtigten Tyrannen von Benit zu begegnen, behagte mir gar nicht.

Doch zum Glück schüttelte unser Begleiter den Kopf. »Nein, wir sind heute allein hier. Mein Vater ist den ganzen Tag im Parlament und der Rest ist auf die anderen Paläste verteilt.«

»Die anderen Paläste?« Ich glaubte, mich verhört zu haben. »Ihr habt noch mehr?«

Er grinste. »Fünfundzwanzig Stück genau – im ganzen Land verteilt.«

»Fünfund ...« Das Wort blieb mir im Hals stecken.

Aischa nickte. »Stimmt! Das habe ich gehört.« Sie kicherte. »Aber ich hätte nie gedacht, dass ich einmal einen der Präsidentenpaläste aus der Nähe betrachten würde.«

»Für alles kommt seine Zeit«, meinte Saleh philosophisch.

»Wo habt ihr die ganzen Paläste her?«, wollte ich, noch immer fassungslos, wissen.

»Sie gehörten früher der Familie des Sultans von Benit«, erklärte Saleh. »Nachdem der letzte Sultan gestürzt war, standen seine Paläste leer. Mein Vater nahm sie an sich, als er an die Macht kam und seitdem gehören sie eben uns.«

Ich schüttelte nur den Kopf. »Wahnsinn!«

Wir gingen den Sandweg hinunter zum Fluss. Am Ufer setzten wir uns ins Gras und ließen uns das Essen vom Markt schmecken. Ich hatte natürlich wieder etwas ohne Oliven ausgewählt.

Nachdem wir alle satt waren, verschwanden Aischa und ich im Gebüsch, um unsere Bikinis anzuziehen.

»Pass auf, dass dir nicht die Augen rausfallen!«, sagte Aischa trocken und rückte ihr Bikinioberteil zurecht.

Ich blickte sie überrascht an. »Was meinst du denn damit schon wieder?«, fragte ich genervt.

Sie grinste, aber ich sah einen Anflug von Ernst in ihren dunklen Augen. »Nun ja – Saleh in Badehose ist sicher sehenswert. Meinst du nicht auch?«

Ich streckte ihr stumm die Zunge heraus. Dazu wollte ich mich nun wirklich nicht äußern ...

Doch als wir aus unserem Versteck heraustraten, musste ich meiner besten Freundin im Stillen Recht geben: Saleh sah in Badehose wirklich verdammt gut aus. Er hatte einen schlanken, geschmeidigen Körper und seine Haut war von einem natürlichen, satten Braun.

Während ich Aischas Rücken mit Sonnencreme einschmierte, wurden meine Augen immer wieder wie magnetisch von seiner eleganten Gestalt angezogen. Ich konnte nichts dagegen tun.

Als ich Aischa fertig eingecremt hatte, drehte ich ihr den Rücken zu, damit nun sie ihrerseits meinen Rücken einschmieren konnte.

»Halt! Das mache ich!« Saleh nahm ihr, ehe sie protestieren konnte, die Tube mit Sonnencreme aus der Hand.

Ich wusste nicht, wie mir geschah: Seine Hände wanderten langsam und sanft über meinen Nacken, die Schulterblätter und schließlich den Rücken hinunter. Es war wie eine Liebkosung.

Die Berührungen jagten mir heiße Schauer durch den ganzen Körper. Ich schloss die Augen und wünschte mir, die Zeit anhalten zu können. Ewig wollte ich so sitzen bleiben und seine Hände spüren.

Doch da war Saleh schon fertig. »Das hätten wir«, sagte er und ich merkte, dass er sich bemühte, seine Stimme unbefangen klingen zu lassen. War er etwa verlegen? Fühlte auch er die geheimnisvolle Spannung, die zwischen uns herrschte und die Luft fast hörbar knistern ließ?

»Soll ich dich auch eincremen?«, fragte ich ihn, um irgendetwas zu sagen, das den Bann brechen konnte.

Er schüttelte den Kopf. »Nicht nötig. Ich hatte noch nie einen Sonnenbrand. Trotzdem danke ...«

»Also, ich weiß nicht, was ihr hier am Ufer noch für Spielchen treiben wollt«, mischte sich in diesem Moment Aischa ungeduldig ein. »Ich gehe jetzt auf jeden Fall ins Wasser.«

Saleh und ich sahen uns an und lachten. Dann folgten wir ihr in den Fluss.

Das Wasser war herrlich warm, aber doch erfrischend. Den ganzen Nachmittag plantschten wir herum und amüsierten uns dabei wie kleine Kinder. Wir spritzten uns gegenseitig nass, schwammen und tauchten um die Wette. Aischa und ich tunkten Saleh, worauf er sich rächte, indem er mit uns dasselbe machte. Einmal hob er mich hoch und warf mich im hohen Bogen ins Wasser zurück.

Erst als die Sonne zu sinken begann und es allmählich kühler wurde, brachen wir auf.

Sobald wir das Tor zum Park hinter uns gelassen hatten, tauchten wie aus dem Nichts wieder die vier Wagen der Republikanischen Sicherheit auf und nahmen den Sportwagen in ihre Mitte, wie sie es den ganzen Tag getan hatten: Einer fuhr voraus, einer hinter uns her und die anderen beiden bezogen rechts und links von uns Stellung.

In dieser Formation kamen wir wieder vor dem Haus von Aischas Vater an.

»Fährst du jetzt noch zu deiner Schwester ins Krankenhaus?«, fragte ich Saleh, ehe wir uns verabschiedeten.

Er nickte. »Ja, ich möchte noch einmal schauen, wie es ihr geht – und ihrem Sohn.«

Ich nickte. »Das kann ich verstehen. Der Kleine ist sicher süß. Khaled heißt er, sagtest du?«

»Ja, nach seinem Großvater.« Er sah mich prüfend an. »Du magst wohl kleine Kinder, was?«

»Klar!«, stimmte ich ihm zu. »Ich habe eine Cousine, die gerade ein halbes Jahr alt ist. Jedes Mal, wenn ihre Eltern uns besuchen kommen und sie mitbringen, freue ich mich riesig.«

Saleh schenkte mir ein wohlwollendes Lächeln. »Willst du mit ins Krankenhaus kommen?«

Erschrocken schaute ich ihn an. »Das geht doch nicht! Deine Schwester hat gerade den Stress einer Geburt hinter sich. Bestimmt kann sie keine wildfremden Leute brauchen, die an ihrem Bett herumstehen.«

Er winkte ab. »Unsinn! Safia freut sich über jeden, der sie besuchen kommt. Sie liebt es, Menschen um sich herum zu haben.«

»Wenn das so ist ... Ich würde mir Khaled schon gerne ansehen ... Nimmst du meine Badetasche und den Teppich vom Markt bitte mit rein, Aischa?« Ich gab ihr beides und stieg wieder in den Wagen zurück.

»Na, dann los!« Saleh schlug die Tür hinter sich zu und startete den Motor.

Aischa winkte mir zum Abschied zu. »Bis später!«

»Bis später!«, rief ich zurück, ehe auch ich meine Tür schloss.

Nun war ich allein mit Saleh – zum ersten Mal. Es war ein merkwürdiges Gefühl, aber ich genoss es.

Wir sprachen nicht viel während der Fahrt. Die meiste Zeit lauschten wir stumm der arabischen Musik aus dem CD-Player. Doch es war kein unangenehmes Schweigen.

Das Krankenhaus lag etwas außerhalb des Zentrums von Sarana. Saleh und seine Leibwächter stellten die Wagen auf dem dazugehörigen Parkplatz ab.

Die Männer der Republikanischen Sicherheit blieben diesmal in ihren Autos sitzen. Immerhin waren es nur fünf Meter bis zum Haupteingang des Krankenhauses. Äußerst unwahrscheinlich, dass uns auf diesem kurzen Stück ein Attentäter auflauerte.

Saleh ging ohne anzuhalten an der Pforte vorbei. Der dicke Mann, der dort saß, nickte ihm respektvoll zu.

Wir fuhren mit dem Aufzug in den zweiten Stock hinauf und gingen einen nicht enden wollenden Gang entlang unter Schildern hindurch, die ich nicht lesen konnte.

Schließlich hielt Saleh vor einer Tür an und klopfte.

Von drinnen antwortete eine helle, fröhliche Stimme, worauf er eintrat. Ich folgte langsamer und blieb schon nach wenigen Schritten unschlüssig stehen.

Das Zimmer war groß und hell mit gelben Vorhängen. Im Gegensatz zum Rest des Gebäudes roch es hier kaum nach Desinfektionsmitteln.

Es gab eine Waschecke mit Klo, Waschbecken und Dusche, die halb hinter einem ebenfalls gelben Vorhang verborgen war.

Mein Blick fiel auf ein Tischchen mit Fernseher und wanderte weiter zu einem einzelnen Bett vor dem Fenster. Saleh stand schon am Kopfende und unterhielt sich auf Arabisch mit jemandem. Sein Körper verdeckte die Sicht auf die Person, die da lag.

Nach einer Weile drehte er sich zu mir um und winkte mich herbei. Zögernd trat ich näher, bis ich neben ihm stand.

Die Frau, die seine Schwester sein musste, war noch sehr jung – kaum älter als ich. Sie hatte ein hübsches, schmales Gesicht mit blitzenden schwarzen Augen, die mich an Salehs erinnerten. Doch im Gegensatz zu seinem lockte sich ihr Haar nicht, sondern fiel glatt und glänzend über ihre Schultern, als sie sich halb aufrichtete.

Sie sah frisch und munter aus, überhaupt nicht wie eine Frau, die gerade eine Geburt hinter sich hatte.

»Das ist Sina, von der ich dir erzählt habe.« Saleh sprach jetzt Englisch. »Sina, das ist Safia.«

Sie reichte mir ungezwungen die Hand. »Hallo!«, grüßte sie fröhlich. »Freut mich, dich kennen zu lernen!« Ihr Englisch war ebenso gut wie das ihres Bruders.

Ich nickte ihr zu. »Freut mich ebenfalls!« Dann beugte ich mich hinunter, um das Bündel in ihren Armen näher zu betrachten.

»Hallo, Khaled!«, sagte ich.

Der Junge blickte aus dunklen, noch verschleiert wirkenden Augen zu mir auf, als versuche er, mein Gesicht zu erkennen. Seine Haut war ganz schrumpelig und das Köpfchen kahl bis auf einen spärlichen schwarzen Flaum.

Vorsichtig berührte ich die winzige Hand, die auf dem Bettrand lag und sofort schlossen sich seine Finger mit festem Griff um meinen Daumen.

»Er hat schon ganz schön Kraft«, stellte ich anerkennend fest.

Safia lächelte voller Mutterstolz. »Ja, er ist ein prächtiger Junge. Willst du ihn mal halten?«

»Gern – wenn ich darf.«

Sie legte mir das Kind in die Arme.

»Wie winzig er ist«, flüsterte ich fasziniert.

Khaled zappelte mit seinen Händchen in der Luft herum. Offenbar wollte er mein Gesicht greifen.

Ich musste lachen. »Dafür sind deine Arme zu kurz, kleiner Mann.«

Er hielt inne und schien mich überrascht anzusehen. Und obwohl ich wusste, dass mich ein Säugling so kurz nach der Geburt bestenfalls als verschwommenen Schatten wahrnehmen konnte, hatte ich dennoch das Gefühl, als hielten seine dunklen Augen meine Blicke fest.

Ich fühlte eine stürmische Zuneigung zu dem kleinen Wesen im hellblauen Strampelanzug in mir aufsteigen. Salehs Neffe! dachte ich.

Ob er ihm wohl eines Tages im Charakter oder Aussehen ähnlich sein würde?

Plötzlich ertappte ich mich bei einem anderen Gedanken: Wenn ich von Saleh ein Kind hätte – würde es so aussehen?

Nein, so etwas durfte ich mir nicht ausmalen. Es war albern.

Rasch gab ich Safia ihren Sohn zurück.

»Saleh hat mir schon viel von dir erzählt.« Ich bemerkte, dass sie mich mit freundlichem Interesse musterte. »Du kommst aus Deutschland, nicht wahr?«

»Ja, ich bin nur auf Urlaub in Benit«, antwortete ich. »Dein Bruder war so nett, sich meiner Freundin und mir als Reisebegleiter anzubieten.«

Darauf warf sie Saleh einen Blick zu, den ich nicht zu deuten wusste. »Wie selbstlos«, bemerkte sie. Es klang reichlich ironisch.

Ich fühlte mich sofort verpflichtet, ihn in Schutz zu nehmen: »Natürlich ist es selbstlos. Was hat er für einen Nutzen davon, uns herumzufahren?«

Safia schenkte mir ein wohlwollendes Lächeln. »Du hast meinen Bruder gern, stimmt's?«

»Ja ... ähm ... schon ...«, stammelte ich und merkte, dass ich rot wurde.

Sie nickte zufrieden. »Das ist gut!«

Was zum Teufel meinte sie denn damit?

»Du magst Kinder, richtig? Hast du selbst welche?«

Die Frage überraschte mich etwas. Schließlich war ich erst achtzehn.

»Nein, ich habe noch keine Kinder, weil ich mich dafür noch zu jung fühle. Außerdem habe ich noch nicht den passenden Mann gefunden.«

Erstaunt kniff sie die Augen zusammen. »Zu jung? Aber man kann doch spätestens mit Sechzehn Kinder bekommen. Warum haben dir deine Eltern denn noch keinen Mann ausgesucht?«

»Safia, sie kommt aus einer anderen Kultur als wir«, erinnerte Saleh seine Schwester. »In Deutschland suchen sich die Frauen ihre Männer selbst aus und heiraten darum auch nicht so früh.«

»Stimmt!« Safia klatschte sich mit der flachen Hand auf die Stirn. »Daran habe ich nicht gedacht. Entschuldige bitte, Sina! Ich muss dich schockiert haben.«

»Du hast mich nicht schockiert«, beruhigte ich sie. »Tatsächlich gibt es dort, wo ich herkomme, auch Frauen, die schon mit fünfzehn Jahren ein Kind bekommen. Allerdings ist das recht selten und nur in den wenigsten Fällen beabsichtigt.«

Safia machte große Augen. »Müssen diese Mädchen dann nicht den Vater heiraten, ehe ihr Kind geboren wird?«

Ich schüttelte den Kopf. »Nein! In diesem Alter heiratet man in Deutschland noch nicht.«

Nun machte sie ein derart verblüfftes Gesicht, dass ich mir nur mit Mühe das Lachen verbeißen konnte.

»Komische Sitten habt ihr«, meinte die junge Beniterin.

Das war zu viel! Ich ließ mich auf die Bettkante sinken und prustete los. Saleh und Safia starrten mich für einen Moment verwundert an. Dann stimmten sie mit ein.

Wir lachten so lange, bis Khaled zu schreien anfing und eine Krankenschwester den Kopf ins Zimmer streckte. Mit einer Höflichkeit, die sie einem

Normalsterblichen unter diesen Umständen bestimmt nicht entgegengebracht hätte, wies sie uns darauf hin, dass wir zu laut seien.

Man musste kein Arabisch können, um den Sinn ihrer Worte zu verstehen. Bestimmt hatte unser Gelächter das halbe Krankenhaus aufgescheucht.

Saleh und Safia machten schuldbewusste Gesichter und murmelten etwas, das wohl eine Entschuldigung war.

Daraufhin zog sich die Krankenschwester zurück.

»Wie alt bist du eigentlich?«, fragte ich Safia, nachdem sie es geschafft hatte, Khaled zu beruhigen. Er lag nun, halb verdeckt durch ihr Schlafanzugoberteil, an ihrer Brust und nuckelte zufrieden. Ab und zu gab er ein leises Schmatzen von sich.

»Achtzehn«, antwortete Safia. »Und du?«

»Ich auch.«

Sie kicherte. »Großartig! Dann haben wir ja trotz der kulturellen Unterschiede auch etwas gemeinsam.«

Ich fand Safia in ihrer lockeren, offenen Art ausgesprochen sympathisch. Wie auch bei Saleh konnte ich mir nicht vorstellen, dass sie einen grausamen Diktator zum Vater haben sollte ...

Na, ja, vielleicht war die Mutter anders und beide kamen nach ihr. Ich beschloss, Aischa bei Gelegenheit nach Khaled Mustafas Frau zu fragen.

In diesem Augenblick öffnete sich die Tür und ein gut aussehender junger Mann mit sehr kurz geschnittenen Haaren trat ein.

Er war sehr elegant gekleidet: schwarzer Anzug, weißes Hemd und Krawatte. Unter den rechten Arm hatte er eine Aktentasche geklemmt.

Safia strahlte nun über das ganze Gesicht und streckte den freien Arm nach ihm aus.

Der junge Mann nickte Saleh und mir flüchtig zu. Er schien nichts Ungewöhnliches daran zu finden, dass wir hier waren. Dann eilte er auf Safia zu, nahm ihre Hand und sagte mit sanfter Stimme etwas zu ihr. Die beiden sahen sich kurz zärtlich in die Augen, doch schon einen Moment später blickten sie beschämt wieder weg und lösten ihre Hände. Schämten sie sich etwa, vor Saleh und mir ihre Gefühle zu zeigen? Das wunderte mich. Es war doch in Ordnung, wenn zwei Menschen sich gern hatten.

Safia wandte sich rasch an mich. »Das ist mein Mann Mohammed – der oberste Chef der Republikanischen Sicherheit nach meinem Vater. Mohammed, das ist Sina.«

Der junge Mann musterte mich neugierig. »Freut mich!«, sagte er.

So langsam wurde es auffällig: Alle Personen, die ich bisher aus Khaled Mustafas Umfeld kennen gelernt hatte, sprachen Englisch – sonst kaum jemand, dem ich bisher in Benit begegnet war. Woran mochte das liegen? Duldete der Diktator vielleicht nicht, dass seine Untertanen die Sprache der USA und damit der Feinde lernten?

Nein, das war nicht logisch. Wenn er so gedacht hätte, hätten seine Angehörigen erst recht nicht Englisch sprechen dürfen.

Oder fürchtete er, dass mit der westlichen Sprache auch die von ihm gefürchteten westlichen Einflüsse und damit der Ruf nach Demokratie und Menschenrechten kommen würde?

Auch das ergab für mich keinen Sinn. Wozu verbot er schließlich westliche Radio- und Fernsehsender? Selbst wenn die Beniter Englisch gekonnt hätten, wäre es ihnen nicht möglich gewesen, aus dem Westen etwas zu erfahren.

Nein, ich konnte mir keinen Grund vorstellen, warum der Präsident seinen Leuten verbieten sollte, Englisch zu lernen ...

Ich nickte Mohammed zu. »Freut mich ebenfalls!«

Saleh räusperte sich. »Ich denke, wir sollten gehen, Sina! Die beiden wollen jetzt sicher eine Weile mit ihrem Sohn allein sein.«

»Das kann ich gut verstehen«, sagte ich und wandte mich an die frisch gebackenen Eltern. »Herzlichen Glückwunsch übrigens!«

Sie strahlten mich glücklich an und bedanken sich herzlich.

Saleh und ich verabschiedeten uns rasch.

»Tschüss, Sina!«, rief Safia mir nach. »Ich hoffe, wir sehen uns bald wieder!«

Ich versicherte ihr, dass sie bestimmt von mir hören würde und winkte ihr zum Abschied zu.

»Safia scheint ihren Mann sehr zu lieben«, stellte ich fest, während ich mit Saleh durch den langen weißen Gang zurück zum Aufzug ging. »Durfte sie ihn sich wirklich nicht selbst aussuchen?«

Der junge Beniter schüttelte den Kopf. »Nein, aber mein Vater hätte keine bessere Wahl für sie treffen können.« Er seufzte. »Meine kleine Schwester hatte Glück.«

Gerne hätte ich ihn gefragt, ob er seine Frau auch liebte. Doch ich fand den Mut dazu nicht. Bisher hatte er sie mit keinem Wort erwähnt – wahrscheinlich ahnte er nicht einmal, dass ich von ihrer Existenz wusste. Wer konnte schon wissen, in was für Fettnäpfchen ich treten würde, wenn ich von ihr anfing?

Es war schon dunkel und ziemlich kalt, als Saleh mich vor dem Haus von Aischas Vater absetzte. In meinem T-Shirt und der dünnen Hose fror ich erbärmlich – zumal es am Tag so brütend heiß gewesen war.

Ich rannte die letzten Meter zur Tür und war erleichtert, als Tahir auf mein Klingeln sofort öffnete.

»Du kommst spät«, stellte er fest. »Aischa hat sich schon Sorgen gemacht ...« Er stockte und musterte prüfend mein Gesicht. »Ich hörte, du warst mit dem Sohn des Präsidenten unterwegs ...«

Verlegen wich ich seinem forschenden Blick aus. »Ja – Saleh und ich haben seine Schwester im Krankenhaus besucht. Sie hat heute Morgen ein Kind bekommen.«

Er stieß einen besorgten Seufzer aus. »Sei vorsichtig, Mädchen!«, mahnte er. »Du gibst dich mit den falschen Leuten ab.«

Ich murmelte irgendetwas und floh rasch die Treppe hoch.

Warum nur glaubten er und Aischa dauernd, mich warnen zu müssen? Schließlich wusste ich genug über Khaled Mustafas Schandtaten. Die Bilder des letzten Krieges waren mir aus dem Fernsehen noch lebhaft in Erinnerung.

Doch mein Wissen über die Politik von Salehs Vater spielte keine Rolle mehr.

Er hätte auch der Sohn von Adolf Hitler sein können und es wäre mir vollkommen egal gewesen, weil ... Ja, warum eigentlich? ...Weil nur noch zählte, dass er Saleh war.

4

Ich klebte wieder einmal voller Staunen an der abgedunkelten Fensterscheibe von Salehs Sportwagen. »Früher dachte ich, Benit würde nur aus Wüste bestehen.«

Vor fast zwei Stunden hatten wir Sarana verlassen und fuhren seitdem zwischen Wiesen, Getreide- und Gemüsefeldern, Weinbergen, Baumwoll- und Dattelplantagen. Zwar wirkten die Pflanzen jetzt im Hochsommer von der gnadenlosen Sonne etwas mitgenommen, doch immerhin gab es sie. Von Wüste keine Spur.

»Wir bewegen uns parallel zum Ghaniim«, erklärte Saleh. »Nur um seine Ufer herum und um die seiner Nebenflüsse ist der Boden fruchtbar. Der Rest des Landes besteht – außer des Nordens, wo es mehr regnet – wirklich fast nur aus Wüste.«

Ich dachte an die Szenen, die ich vor vier Jahren monatelang jeden Abend in den Nachrichten gesehen hatte: Benitische und amerikanische Soldaten, die sich auf kahlen Hügeln unter glühender Sonne blutige Kämpfe lieferten. Militärfahrzeuge, die im Sand feststeckten und mühsam befreit werden mussten, während darum herum Geschosse einschlugen. Sandstürme, die die Sicht raubten, sodass oft versehentlich eigene Leute beschossen wurden ...

Die Kämpfe am Boden hatten offensichtlich in den unwirtlichen Gebieten von Benit stattgefunden.

Kein Wunder, dass die USA sich hauptsächlich darauf beschränkt hatten, Sarana aus der Luft zu bombardieren.

Ihre Bodentruppen hielten die Amerikaner zurück, ehe sie auch nur in die Nähe einer der größeren Städte – geschweige denn in die Hauptstadt selbst – gelangen konnten. Verstreut in der Wüste warteten sie vergeblich auf den Befehl von oben zur Stürmung Saranas.

Es stellte sich schnell heraus, dass dem Regime durch die Luftangriffe nicht beizukommen war: Khaled Mustafa und seine Familie wechselten ständig ihre Unterkünfte, sodass die Kampfflugzeuge sie unmöglich orten konnten.

Schließlich gaben die Amerikaner auf. Tonnenweise Bomben nach einem

Mann zu werfen, der einfach nicht zu treffen war, kostete nur unnötig Geld. Außerdem war das eigentliche Kriegsziel – die Befreiung des von Khaled Mustafa besetzten Nachbarlandes – ja erreicht: Die benitischen Truppen hatten sich aus Bireh zurückgezogen, und der kleine, erdölreiche Staat stand nun unter dem Schutz der UNO. Niemand würde es wagen, ihn noch einmal anzugreifen.

Benit – besonders die Hauptstadt – lag in Schutt und Asche. Aber Khaled Mustafa war noch einmal mit einem blauen Auge davongekommen. Er durfte seine Macht behalten, musste aber alle Massenvernichtungswaffen zerstören, die er besaß und hinnehmen, dass die UNO jede seiner Aktivitäten in Zukunft mit Argusaugen überwachen würde.

An der Grenze zu Bireh wurde eine breite entmilitarisierte Zone eingerichtet, über deren Einhaltung die Amerikaner wachen sollten. So drehten seither Kampfjets der Army regelmäßig ihre Runden über diesem Gebiet – bereit, auf alles zu schießen, was nach Militär aussah.

Ich schaute Saleh verstohlen von der Seite an.

Uns im Westen war die Sache von den Medien damals ganz klar dargestellt worden: Gute Amerikaner kämpfen gegen böse Beniter. Guter Präsident der Vereinigten Staaten schlägt bösen Diktator.

Wie mochte Saleh den Krieg erlebt haben? Was hatte er in diesen Monaten gefühlt?

Angst um sein Leben und das seiner Familie? Hass auf Amerika? Patriotismus?

Gerne hätte ich ihn danach gefragt, fand jedoch nicht den Mut dazu. Um solche persönlichen Gespräche anzufangen, kannte ich ihn zu kurz.

»Wir kommen jetzt in die Sumpfwälder von Zara«, sagte er in diesem Moment.

Tatsächlich bemerkte ich, dass die Landschaft sich verändert hatte: Wir befanden uns in einer Art Dschungel mit mächtigen Bäumen und undurchdringlichem Dickicht. Dazwischen stand in größeren und kleineren Seen schlammiges, braunes Wasser.

»Es ist eigentlich kein Sumpf, sondern ein fast verlandeter Seitenarm des Ghaniim«, erklärte Saleh.

»Ich weiß«, sagte Aischa. »Hier war ich vor Jahren einmal mit meinen Eltern. Damals hatte ich Angst vor diesem düsteren Sumpf. Ich glaubte, im Gebüsch würden Monster lauern.«

Saleh lachte. »Da kann ich dich beruhigen! Monster gibt es hier nicht. Nur jede Menge Moskitos, Schlangen und sonstiges nettes Getier.«

Aischa holte tief Luft. »Okay, überredet: Ich setze keinen Fuß aus diesem Wagen.«

»Darum wollte ich dich aber gerade bitten!« Er blinkte und fuhr an den Straßenrand.

Die vier Wagen der Republikanischen Sicherheit parkten vor uns und hinter uns. So langsam gewöhnte ich mich an ihre ständige Gegenwart und die finster blickenden Insassen.

Als ich die Wagentür öffnete, schlug mir heiße Luft entgegen, aber es war eine andere Art von Hitze als ich sie bisher in Benit erlebt hatte: feucht und drückend. Dagegen war die trockene Hitze, die ich aus dem Rest des Landes kannte, eine Wohltat.

»Puh, das ist ja wie im Treibhaus«, jammerte Aischa, die trotz ihres Wissens um die Bewohner des Sumpfes ausgestiegen war. Aber sie setzte sehr vorsichtig einen Fuß vor den anderen.

»Wir gehen diesen Weg entlang!«, sagte Saleh und deutete in den Wald.

Ich schlug mit der Hand nach den Moskitos, die meinen Kopf umschwirrten und versuchte mit zusammengekniffenen Augen zu erkennen, was er meinte.

Es dauerte eine Weile, bis ich den Trampelpfad entdeckte, der von der Straße abbog. Er war schmal, matschig, von Sumpfpflanzen überwuchert und sah alles andere als vertrauenerweckend aus.

Aischa schien die gleichen Gedanken zu haben. »Ist das nicht gefährlich?«, erkundigte sie sich mit Unbehagen. »Was, wenn wir einsinken oder uns verlaufen?«

»Solange wir auf dem Weg bleiben, passiert uns nichts«, beruhigte Saleh sie. »Er ist extra ausgeschildert.« Er deutete auf einen verwitterten Wegweiser im Gebüsch, der mir bisher noch gar nicht aufgefallen war.

Was auch immer darauf stehen mochte: Es schien Aischa ein wenig zu beruhigen. Tapfer folgte sie Saleh und mir in den Sumpf.

Der Weg – ausgeschildert oder nicht – erwies sich als eine Katastrophe. Immer wieder mussten wir durch knietiefes, schlammiges Wasser waten, durch dichtes Gebüsch kriechen und über umgestürzte Bäume klettern. Außerdem wimmelte der Sumpf tatsächlich von Schlangen, die sich oft im letzten Moment vor unseren Füßen in Sicherheit brachten. Nun war klar, warum Saleh Aischa und mich an diesem Morgen ermahnt hatte, hohe, geschlossene Schuhe anzuziehen. So würde uns ein Biss dieser Sumpfbewohner – von denen einige sehr giftig waren, wie er sagte – nicht gleich aus dem Verkehr ziehen.

Für Aischa war die Wanderung wegen ihrer panischen Angst vor Schlangen trotzdem kein Vergnügen. Bei jeder, die ihr über den Weg kroch, stieß sie einen spitzen Schrei aus und wich zurück.

Mich dagegen störten die Moskitoschwärme, die sich blutrünstig auf alle freiliegenden Körperstellen stürzten, weit mehr.

»Wie groß ist dieser Sumpf eigentlich?«, fragte ich Saleh, als wir gerade einmal wieder durch schlammig braunes Wasser waten mussten.

Ein Schwarm bunter Vögel flog lautstark zeternd vor uns auf und Frösche flohen mit raschen Schwimmzügen. Bestimmt versetzten wir den gesamten Sumpf in Aufruhr.

Wir müssen ja auch ein merkwürdiges Bild abgegeben haben, wie wir da, gefolgt von zwanzig schwer bewaffneten Leibwächtern, durch den Matsch wateten.

Nicht nur die Tiere wirkten durch unser Auftauchen irritiert. Auch die wenigen schmutzverkrusteten Spaziergänger, denen wir begegneten, starrten uns an wie Wesen aus einer anderen Welt. Vor Überraschung, mitten im Sumpf auf Saleh Khaled Mustafa zu treffen, vergaßen sie glatt, respektvoll an ihm vorbeizuschauen ...

»Die Sümpfe von Zara sind hundert Kilometer lang und sechzig breit«, antwortete Aischa an Salehs Stelle auf meine Frage.

Ich sah sie überrascht an. »Woher weißt du das denn so genau?«

Sie zuckte fast entschuldigend mit den Schultern. »Ach, das weiß ich noch aus meiner Kindheit. Ich wollte von meinen Eltern wissen, wie weit ich wandern müsste, falls ich verloren ginge ...«

Saleh grinste. »Na, dann viel Spaß! Wir treffen uns also in ein paar Wochen in Zara. Sina und ich warten dort auf dich.«

Aischa, die inzwischen ihren anfänglichen Respekt vor dem Präsidenten-Sohn abgelegt hatte, streckte ihm die Zunge heraus. »Pass nur auf! Nachher bist du es noch, der verloren geht!«

Er winkte lachend ab. »Unsinn! Wieso sollte ich denn verloren gehen?«

»Ein Monster könnte dich so erschrecken, dass du einfach losrennst«, kicherte Aischa.

Saleh hob würdevoll den Kopf. »Ich habe keine Angst vor Monstern«, verkündete er.

Ich zwinkerte Aischa verschwörerisch zu.

»Schau mal, das Weiße Haus!«, rief ich dann plötzlich mit dramatisch erhobener Stimme und deutete ins Gebüsch.

Automatisch sah Saleh in diese Richtung.

»Da steht jemand am Fenster, der dich gleich ... anspringt!« Beim letzten Wort packte ich mit einem Ruck seine Schultern, sodass er erschrocken zusammenzuckte.

Aischa und ich krümmten uns vor Lachen. Nur die Mienen der Leibwächter blieben wie immer ausdruckslos.

Saleh stieß eine Art Kriegsgeheul aus und gab mir einen Rippenstoß. Da der Untergrund an dieser Stelle recht rutschig war, wäre ich um ein Haar mit dem Hintern voran im Schlamm gelandet. Im letzten Moment legte Saleh seinen Arm um meine Taille und fing mich auf.

»Hey, wir gehen erst später baden! Jetzt noch nicht!« Sein lachendes Gesicht war ganz dicht vor meinem und der feste Griff seiner Hand hatte mein T-Shirt etwas nach oben rutschen lassen, sodass seine Finger auf der nackten Haut meiner Taille lagen. Dort verursachten sie eine Gänsehaut und jagten heiße Schauer durch meinen ganzen Körper. Ich fühlte mich albern, schwindelig und wie berauscht. »Wenn du das nächste Mal vorhast, mich im Schlamm zu versenken, warne mich gefälligst«, kicherte ich atemlos.

Das Funkeln in seinen Augen ...

»Dann musst du mich aber auch vorwarnen, wenn mich das nächste Mal jemand aus dem Weißen Haus anspringt, verstanden?«

»Ehrenwort!«

Aischa räusperte sich vernehmlich. »Können wir jetzt vielleicht weitergehen?«

Saleh zog seine Hand zurück und mich durchzuckte ein heißer Schrecken. Was war bloß in mich gefahren, vor den Augen seiner Leibwächter wie ein verliebter Teenager mit ihm herumzualbern?

Prüfend beobachtete ich die Gesichter der schwer bewaffneten Männer aus den Augenwinkeln, die zum Glück nach wie vor keine Regung zeigten.

Eine Dreiviertelstunde später kamen wir vergnügt und bis zum Hals mit Schlamm beschmiert wieder bei den Autos an.

Auch die Uniformen der Leibwächter hatten ordentlich etwas abbekommen, was die finsteren Männer plötzlich erstaunlicherweise viel weniger bedrohlich wirken ließ.

Aischa stieß mich mit dem Ellenbogen an. »Es gibt sie doch, die Schlammmonster«, flüsterte sie.

»Du hast Recht«, stimmte ich ihr kichernd zu.

Nur mit Mühe konnten wir uns das Lachen verbeißen.

Vielleicht kamen die Leibwächter sich in ihren schmutzigen Uniformen selbst lächerlich vor, doch natürlich ließen sie sich nichts anmerken ...

»Was machen wir jetzt?« Aischa schaute halb betreten, halb belustigt an sich hinunter. »So können wir doch nicht unter Menschen gehen.«

»Müssen wir auch nicht«, meinte Saleh lächelnd. »Etwas außerhalb von Zara steht einer unserer Paläste – direkt am Ghaniim. Dort können wir unsere Kleider waschen lassen und schwimmen gehen, bis sie fertig sind.«

Aischa und ich fanden die Idee großartig, denn der Schlamm war – besonders an den Hosenbeinen und in den Schuhen – alles andere als angenehm. Unsere Sachen fühlten sich nass und klebrig an.

Sogar die Männer der Republikanischen Sicherheit zeigten, als Saleh ihnen seinen Vorschlag übersetzte, zum ersten Mal einen Anflug von Gefühlen: Ich las Erleichterung und Dankbarkeit in ihren Augen.

Schmutzig wie wir waren, stiegen wir ins Auto. Aischa und ich versuchten dabei krampfhaft, die edlen Ledersitze des Sportwagens nicht zu verschmutzen – ein Ding der Unmöglichkeit, da wir regelrecht trieften.

Aischa wies Saleh vorsichtig darauf hin, worauf er gelassen abwinkte.

»Nur keine Sorge! Meine Diener kriegen das wieder hin. Außerdem sehe ich genauso aus wie ihr, sodass mein Sitz nachher auch nicht sauberer sein wird.«

Nach zweistündiger Fahrt lichtete sich der Wald. Wir hatten die Sümpfe hinter uns gelassen und befanden uns wieder auf freiem Gelände mit ausgetrocknetem Gras.

Wir fuhren auf einer zweispurigen Straße direkt am Ufer des Ghaniim entlang.

Links, auf einer Hügelkette über dem glitzernden Wasser, lag eine Stadt. Helle Sandsteinhäuser mit flachen Dächern und mehrere Kirchtürme zeichneten sich gegen den blauen Himmel ab.

»Das ist Zara, Sina!«, sagte Aischa. »Hier leben fast nur Christen.« Sie wandte sich an Saleh: »Stammt nicht irgendein Mitglied der Regierung aus Zara?«

Er nickte. »Genau: Achmed Scharif – unser Premierminister. Mein Vater wählt seine Leute nicht nach ihrem Glauben, sondern ihrer Qualität aus. Und Scharif ist ein kluger und sehr tüchtiger Mann.«

Wir fuhren ein Stück den Hügel hinauf, genau auf die Stadt zu. Doch kurz bevor wir die ersten Häuser erreicht hatten, bogen wir nach rechts auf eine schmalere Straße ab.

Die vier Begleitfahrzeuge der Republikanischen Sicherheit dagegen jagten geradeaus weiter nach Zara hinein. »Sie müssen noch schnell in die Stadt«, erklärte Saleh Aischa und mir überflüssigerweise.

Die Straße führte steil bergab zum Fluss hin. Dann tauchte plötzlich der Palast vor uns auf. Er lag in einer Bodensenke nahe am Wasser und sah dem, den wir am Tag zuvor gesehen hatten, zum Verwechseln ähnlich: reich verzierte Außenwände und vier Türme mit goldenen Kuppeln.

Auch dieser Palast war von einer hohen Mauer mit Stacheldraht umgeben. Doch etwas sah anders aus und es dauerte eine Weile, bis ich darauf kam, was: Der Stacheldraht auf der Mauer hatte Lücken, in denen sich kleine gemauerte Türmchen mit Ziegeldächern befanden. Knapp unter den Dächern befanden sich etwa fünfzig Zentimeter hohe und etwas breitere Sichtfenster im Mauerwerk, sodass die Türme nach allen Seiten hin offen waren.

Ich machte Saleh darauf aufmerksam. »Ist das zur Verzierung?«

Er schüttelte mit einem nachsichtigen Lächeln den Kopf. »Nein, das sind Wachtürme!«

»Wachtürme?«

»Ja! Wir haben in allen Palästen sehr wertvolle Dinge. Darum müssen sie ständig bewacht werden – auch wenn wir nicht dort sind.«

»Warum hatte dann der Palast gestern keine Wachtürme?«, wollte ich wissen.

»Das liegt an seiner günstigen Lage. Die Wächter dort können sich im Dattelpalmenwald verstecken und haben trotzdem alles im Blick.«

»Du meinst, sie haben uns gestern die ganze Zeit beobachtet?«

Er nickte. »Das meine ich nicht nur, das weiß ich! Niemand, der dort nichts zu suchen hat, käme lebend auf das Gelände eines unserer Paläste. Die Wächter sind speziell ausgebildete Scharfschützen.«

»Komisch«, wunderte sich auch Aischa. »Ich habe gestern keinen einzigen von ihnen gesehen.«

Saleh zuckte mit den Schultern. »Auch hier werdet ihr die Wächter kaum zu Gesicht bekommen. Sie verharren ganz ruhig in ihren Wachtürmen, bis sie abgelöst werden. Aber es entgeht ihnen nichts.«

»Und wenn sich jemand bei Nacht anschleicht?«, zweifelte ich.

»Das wird ihm nichts nützen. Die Wachen haben Infrarotkameras – sogar an den Zielfernrohren ihrer Gewehre.«

Aischa hatte offenbar Recht gehabt: Sich mit dem Regime anzulegen war unklug. Khaled Mustafa verstand es eindeutig, sich und seine Familie zu verteidigen.

Auch das Tor zum Park dieses Palastes öffnete Saleh mit der Fernbedienung aus dem Handschuhfach. Sobald wir hindurchgefahren waren, schloss es sich automatisch wieder.

Ich schaute angestrengt zu dem Wachturm auf, der uns am nächsten war und sich nur wenige Meter rechts des Tores befand. Tatsächlich war in seinem dämmrigen Inneren ein dunkler Schatten auszumachen: einer der Scharfschützen. Ich hätte schwören können, dass er dem gelben Sportwagen mit den Augen folgte, als er in den Park hineinfuhr und hinter einer Gruppe von Orangenbäumen verschwand.

Mir lief es eiskalt den Rücken hinunter. Was für ein Glück, dass wir in friedlicher Absicht kamen.

Saleh steuerte seinen Wagen um den Palast herum.

Das Gebäude, das von Weitem schon majestätisch gewirkt hatte, war aus der Nähe betrachtet noch viel Ehrfurcht gebietender.

Hier könnten zwanzig Großfamilien wohnen! dachte ich. Und dann hätte immer noch jedes Mitglied ein eigenes Zimmer.

Auf der Rückseite des Palastes befand sich ein großer Parkplatz, wo mehrere Wagen der Republikanischen Sicherheit standen. Ich versuchte zu erkennen, ob auch die Fahrzeuge unserer Begleiter darunter waren, welche uns kurz vor der Auffahrt zum Palast plötzlich verlassen hatten.

Doch da die Wagen alle gleich aussahen und ich außerdem die arabischen Nummernschilder nicht auseinander halten konnte, war das unmöglich festzustellen.

Saleh parkte den Wagen und wir stiegen mit den Badetaschen, die Aischa und ich vorsorglich mitgenommen hatten, aus.

Diesmal führte unser Begleiter uns nicht direkt zum Fluss hinunter, sondern zu einer Seitentür des Palastes. Meine beste Freundin und ich wechselten einen erschrockenen Blick. Wir waren im Begriff, das zu Hause des Tyrannen von Benit zu betreten – eine unglaubliche, nahezu unverschämte Ehre. Doch ich bezweifelte, dass der Hausherr selbst besonders erfreut gewesen wäre, uns hier zu sehen ...

Aischa schien die gleichen Bedenken zu haben. »Bist du sicher, dass dein Vater nichts dagegen hat, wenn sich Fremde in seinen Palästen herumtreiben?«, fragte sie beklommen.

Saleh warf ihr einen überraschten Blick zu. »Was sollte er dagegen haben? Ihr seid doch meine Gäste – keine Fremden.«

»Ist dein Vater etwa hier?«, wollte ich alarmiert wissen.

Zu meiner Erleichterung schüttelte er den Kopf. »Nein, heute nicht!«

Aischa atmete hörbar auf und auch mir fiel ein Stein vom Herzen.

Gespannt folgten wir Saleh durch die Tür und fanden uns in einem langen Gang mit Marmorboden und –säulen, hohen Fenstern mit vergoldeten Rahmen und prächtigen Ölgemälden an den Wänden wieder.

Manche der Bilder zeigten Landschaften: Berge, die Wüste, den Ghaniim ...

Auf einem erkannte ich die Kischara-Moschee in Sarana, die wir am Tag zuvor besichtigt hatten.

Die anderen zeigten Menschen: Khaled Mustafa, Saleh, Safia und noch einige andere, die ich nicht kannte – Männer, Frauen und Kinder.

Wie magnetisch angezogen ging ich auf Salehs Porträt zu und blieb davor stehen.

Dem Künstler war es einigermaßen gelungen, den wachen, interessierten Gesichtsausdruck und die Schönheit seiner Züge einzufangen. Doch der Glanz in seinen Augen und die Ausstrahlung, die mich vom ersten Augenblick an gefesselt hatte, waren eben nicht zu kopieren ...

Aischa war neben mich getreten und musterte ebenfalls prüfend das Gemälde. »Ist das deine ganze Verwandtschaft, die da an der Wand hängt?«, erkundigte sie sich.

Saleh, der wenige Meter von uns entfernt ebenfalls stehen geblieben war, lächelte. »Nur die halbe! Mein Vater hat alle engeren Angehörigen porträtieren lassen.« Er deutete auf das erste Gemälde direkt über dem Eingang. »Das ist meine Mutter.«

Sie war eine sehr hübsche Frau mit schmalem Gesicht, dunklen Augen und halblangen blondierten Haaren. Irgendwie kam sie mir verblüffend bekannt vor, aber es dauerte einen Moment, bis ich darauf kam, warum: Die Frau war eine ältere Version von Safia.

Dagegen konnte ich zwischen ihren Gesichtszügen und denen von Saleh keinerlei Ähnlichkeit erkennen.

So ungern ich es zugab: Der junge Beniter hatte sein Aussehen eindeutig von Khaled Mustafa geerbt.

Mein Blick wanderte zum Porträt des Diktators neben dem seiner Frau. Auch er musste in jüngeren Jahren ein umwerfend schöner Mann gewesen sein.

Saleh deutete weiter: »Meine drei Schwestern, Onkel Mustafa Mustafa – der Halbbruder meines Vaters und Minister für Innere Sicherheit, mein Bruder ...«

Zwischen Khaled Mustafa, Saleh und Abdullah war ebenfalls keine Ähnlichkeit zu erkennen. Aber der älteste Sohn sah andererseits auch seiner Mutter nicht ähnlich. Er hatte ein rundes Gesicht mit groben Zügen. Seine Lippen waren fest zusammengepresst und die Augen blickten hart. Auf dem Bild wirkte er nicht gerade sympathisch. Doch das wollte schließlich nichts heißen. Vielleicht hatte der Künstler ihn nur schlecht getroffen.

»... Hatem, Vaters Lieblingscousin und Verteidigungsminister, mein Sohn Ali ...«

»Dein ...?« Ich starrte mit offenem Mund auf das Gemälde eines kleinen Jungen mit dunklen Locken.

Saleh hatte einen Sohn?

Na und? Wieso soll er keine Kinder haben? Er ist schließlich verheiratet.

Aus irgendeinem Grund vergaß ich das nur immer wieder ...

Er lächelte versunken in sich hinein. »Ali ist gerade sechs geworden und ein großartiger Junge. Gut – manchmal hat er einen ordentlichen Dickkopf und er stellt auch allerhand Blödsinn an, aber man kann ihm nicht lange böse sein.« Sein vor Vaterstolz strahlendes Gesicht wandte sich mir zu. »Du würdest ihn bestimmt mögen, Sina.«

Ich nickte. »Ja, glaube ich auch!« Und das entsprach absolut der Wahrheit. Wie hätte ich bei Salehs Sohn anders können, als ihn zu mögen? Trotzdem spürte ich einen unerklärlichen Stich im Herzen beim Gedanken daran, dass er ein Kind hatte.

Rasch überging ich dieses Gefühl. »Wo ist dein Sohn jetzt gerade?«, erkundigte ich mich.

»Ledan, meine zweitälteste Schwester, passt auf ihn auf«, antwortete Saleh.

»Und deine ...?« Ich schluckte, brachte das Wort nicht über die Lippen. » ...seine Mutter?«

»Sie ist zur Beerdigung einer entfernten Verwandten gefahren. Aber auch wenn sie zu Hause wäre, würde sie sich nicht um Ali kümmern. Sie glaubt, das sei nicht ihre Aufgabe.« Er zuckte mit den Schultern und ich merkte, dass er da entschieden anderer Meinung war. »Sie bringt ihn nicht einmal abends ins Bett oder weckt ihn morgens. Er sieht sie nur beim Essen.

Ansonsten hält sie sich von ihm fern.«

Ich fühlte Empörung in mir aufsteigen. »Das geht doch nicht! Der Junge braucht seine Mutter! Ich würde meine Kinder niemals den ganzen Tag abschieben.«

Saleh versenkte seinen Blick in meine Augen, als suche er dort eine Bestätigung dessen, was ich eben gesagt hatte. »Ich weiß«, sagte er leise.

Da war es wieder, dieses Gefühl, jenseits von Zeit und Raum zu sein ...

Auch diesmal brach Aischa den Bann: »Können wir uns jetzt bitte beeilen? Ich will endlich diese ekligen, schmutzigen Klamotten loswerden!«

Saleh nickte verständnisvoll. »So geht es mir auch! Ihr könnt euch im Bad umziehen ... Wartet – ich zeige euch den Weg!« Er hatte ganz vergessen, uns die Leute auf den restlichen Porträts vorzustellen.

Aischa und ich folgten ihm den Gang entlang, bis er vor einer dunkel glänzenden Holztür Halt machte, die sich nicht von denen unterschied, welche wir seit Betreten des Palastes massenhaft passiert hatten. Dahinter befand sich ein riesiges Badezimmer.

Meiner Freundin und mir verschlug es angesichts der Pracht, die sich unseren Augen bot, fast den Atem: Das Waschbecken, die Dusche mitsamt Vorhang und die Badewanne waren von einer Goldschicht überzogen – ebenso der Rahmen des großen Wandspiegels. Auch die Wände und die Decke waren hier wie überall im Palast mit goldenen Mustern verziert und der Boden aus edlem Marmor.

Wieder einmal fühlte ich mich auf nahezu magische Weise an ein Märchen aus Tausendundeiner Nacht erinnert, und der schöne Saleh mit seinem arabischen Schnurrbart passte hervorragend in dieses Bild ...

Er zog jenes Gerät aus der Tasche, das wie eine Mischung zwischen Handy und Funkgerät aussah, drückte ein paar Tasten und sprach auf Arabisch hinein.

Eine kratzige Frauenstimme antwortete kurz. Dann knackte es in der Leitung und Saleh steckte das Gerät wieder ein. Er wandte sich an Aischa und mich: »Ich gehe mich jetzt auch umziehen. Eure schmutzigen Kleider könnt ihr der Frau geben, die gleich kommt. Sie wird sie für euch waschen, während wir beim Schwimmen sind.« Damit verschwand er.

Aischa schloss rasch die Badezimmertür und drehte den Schlüssel um. Sie musterte mich prüfend aus zusammengekniffenen Augen. »Du genießt das hier aus vollen Zügen, stimmt's?« Das war keine Frage, sondern eine Feststellung.

»Was genieße ich?«, fragte ich so gelassen wie möglich.

Sie machte eine weit ausholende Handbewegung. »Das alles hier – diesen Palast, die Privilegien, die du an Salehs Seite hast ... Und vor allem ihn!« Sorgenvoll schüttelte sie den Kopf. »Gewöhn dich bloß nicht daran! Und halte um Himmels willen deine Gefühle im Zaum! Hörst du, Sina?«

»Ich habe keine Gefühle für Saleh, liebe Aischa!«, entgegnete ich aufgebracht. »Er ist mir sympathisch – mehr nicht.«

Sie seufzte und wechselte dann rasch das Thema: »Also, los, beeilen wir uns, dass wir ins Wasser kommen! Und diesmal creme ich dich ein – dass das klar ist!«

Nachdem wir unsere Bikinis angezogen und uns gegenseitig mit Sonnencreme eingeschmiert hatten, öffneten wir die Badezimmertür wieder. Davor stand eine dickliche Frau mittleren Alters, die ein fleckiges langes Gewand trug. Ihr Gesicht war unverschleiert und das an den Schläfen grau werdende Haar hatte sie zu einem Knoten hochgesteckt.

Sie nickte Aischa und mir unterwürfig zu, nahm wortlos unsere schmutzige Wäsche und verschwand damit hinter einer weiteren Tür.

»Komisch, dass sie uns gegenüber so respektvoll ist«, meinte ich. »Schließlich gehören wir nicht zur Familie von Khaled Mustafa.«

»Aber wir sind Salehs Gäste«, wandte meine beste Freundin ein. »Und Gäste werden hier sehr hoch geachtet – besonders natürlich, wenn sie von einem Mitglied der Familie des Präsidenten eingeladen wurden.«

»Ach so – die berühmte arabische Gastfreundschaft. Davon habe ich schon gehört.«

In diesem Moment kam Saleh die geschwungene Marmortreppe herunter, die in den ersten Stock führte, ein großes Handtuch lose um die Schultern geschlungen. Sonst trug er nur eine Badehose.

Mein Herz machte bei seinem Anblick unvermittelt einen gewaltigen Sprung.

Er zwinkerte uns verschmitzt zu. Aber ich bezweifelte, dass er sich seiner Schönheit bewusst war. »Auf geht's, Mädchen! Nichts wie in den Fluss!«

Das Wasser des Ghaniim war wohltuend weich und warm. Wir genossen es, uns von der schwachen Strömung treiben zu lassen und dabei zum anderen Ufer hinüberzuschauen. Die Palmen und sanft geschwungenen Hügel dort wirkten fern, und weiter flussabwärts, wo der Ghaniim eine Biegung machte, lag ein kleines Fischerdorf.

Wie so vieles in Benit hatte ich auch den breiten Fluss längst in mein Herz geschlossen.

Ich merkte, dass mir die Aussicht, am Ende der Ferien Abschied nehmen zu müssen, immer weniger schmeckte. Deutschland – das sichere, weltoffene und moderne Land – würde mir nach dem exotischen Zauber des Orients sicher kalt und öde vorkommen.

Rasch schob ich den Gedanken an unsere Abreise weit von mir. Vorerst wollte ich meine Ferien unbeschwert genießen.

»Kommst du mit aus dem Wasser?«, fragte mich in diesem Augenblick Saleh, der eine Weile schweigend neben mir hergeschwommen war.

Ich spähte zu Aischa hinüber. Sie befand sich ein paar Meter flussabwärts. Mit geschlossenen Augen lag sie reglos auf dem Wasser und sah nicht aus, als hätte sie in nächster Zeit vor, an Land zu gehen.

Saleh und ich legten uns im Schatten eines Olivenbaumes nebeneinander auf sein großes Badetuch. Wir beobachteten Aischa, die sich genüsslich von der Strömung treiben ließ und schauten träge den kleinen Motorbooten nach, die ab und zu an uns vorbeizogen. Ich seufzte zufrieden. »Herrlich! Hier könnte ich es stundenlang aushalten.«

Saleh rollte sich zur Seite und stütze den Kopf auf seine rechte Hand, sodass er mir ins Gesicht sehen konnte. »Erzähl mir von Deutschland!«, forderte er mich auf. »Wie ist es dort? Wie lebst du – deine Familie, deine Freunde und Verwandten?«

Ich lächelte. »Du kommst wohl nicht oft ins Ausland – wie?«

Er schüttelte den Kopf. »Nein, zumindest nicht in den Westen. In anderen arabischen Ländern, mit denen wir ein gutes Verhältnis haben, war ich schon. Die kann man allerdings an einer Hand abzählen.«

»Du kannst mich gerne einmal zu Hause besuchen«, schlug ich ihm vor. »Deutschland ist ja nicht Amerika und du hast schließlich nichts verbrochen. Es würde also keine Probleme geben.«

Er machte ein nachdenkliches Gesicht. »Hmm ... Ich weiß nicht ... Vielleicht werde ich kommen.«

»Das wäre schön!«

Wieder dieses warmherzige Lächeln. »Aber jetzt erzähle mir erst einmal von deinem Land, damit ich weiß, was mich dort erwartet! Ist es ein schönes Land?«

Ich zuckte mit den Schultern. »Es gibt schöne und weniger schöne Plätze. Aber so schön wie Benit ist Deutschland nicht.«

Er lächelte verträumt. »Habe ich erwartet. Es gibt überhaupt kein Land, das so schön ist wie Benit ... Aber erzähl weiter!«

»Lass mich nachdenken ...« Was gab es über Deutschland zu erzählen? »Es ist nicht so heiß wie hier und im Winter schneit es.«

Saleh grinste. »Tut es bei uns auch – aber nur oben in den Bergen.«

»Deutschland ist moderner und weltoffener als Benit. Wir stehen mit der ganzen Welt in Kontakt. Außerdem ist der Unterschied zwischen Arm und Reich nicht so groß wie hier ... Natürlich gibt es auch einige, die sehr viel Geld haben. Aber der Rest der Bevölkerung haust nicht in Baracken oder auf der Straße und nagt am Hungertuch. In Deutschland hat jeder vom Gesetz her Anspruch auf das Nötigste, was er zum Leben braucht.«

Er blickte mich mit großen Augen an. »Und das funktioniert? Wie macht ihr das?«

»Unser Staat stellt jedem, der keine Arbeit hat, einen bestimmten Geldbetrag im Monat zur Verfügung. Wir nennen das Sozialhilfe.«

Saleh winkte ab. »Das können wir uns nicht leisten. Benit ist nicht reich genug – leider.« Sein Gesicht drückte jetzt ehrliche Enttäuschung aus – und Zorn. »Diese verdammte Blockade des Westens! Wenn die nicht wäre, könnten wir in ein paar Jahren wieder ein wohlhabendes Land sein.« Er schüttelte verzweifelt den Kopf. »Wir leben in einem der erdölreichsten Länder der Welt: Es sprudelt hier aus allen nur erdenklichen Spalten. Aber wir dürfen nur einen Bruchteil davon exportieren.«

Ich sagte nicht, dass sein Vater sich die UNO-Handelblockade selbst zuzuschreiben hatte.

Wie kam ein Staatschef bloß auf die hirnrissige Idee, ein anderes Land wegen seiner Ölreserven zu überfallen, wo er doch selbst mehr als genug davon besaß?

»Die UNO kann euch nicht ewig überwachen«, tröstete ich Saleh. »Wenn ihr euch in den nächsten Jahren als friedlich erweist, werden sie sich sicher zurückziehen.«

»Meinst du?« Sein Blick zeigte eine Spur von Hoffnung.

Ich nickte überzeugt, obwohl ich von solchen Dingen wie Wirtschaft und Politik ja nun wirklich keine Ahnung hatte. Ich wollte Saleh einfach wieder fröhlich sehen.

»Ganz sicher! Die haben anderes zu tun. Schließlich gibt es, abgesehen von Benit, noch genügend weitere Krisengebiete auf der Welt.«

Eine Weile sah er mich schweigend an. Seine Augen drückten Wärme und Dankbarkeit aus. Dann nahm er zögernd meine Hand, die neben ihm auf dem Badetuch lag.

»Danke!«, sagte er leise. Es war fast ein Flüstern. »Du verstehst es, einen aufzumuntern.«

Kurz strich sein Daumen über meinen Handrücken.

Mein Herz klopfte derart heftig, dass ich mich unwillkürlich fragte, ob er es nicht hören konnte. Mir war heiß und schwindelig und in meinem Bauch schienen plötzlich tausend Schmetterlinge wild herumzuflattern.

Stumm schaute ich in Salehs glänzende, schwarze Augen und mir wurde mit einem Mal klar, dass ich seit unserer Begegnung vor zwei Tagen – war es wirklich erst zwei Tage her? – den Tatsachen ausgewichen war. Ich hatte versucht, mir etwas auszureden, wo es nichts auszureden gab. Es war sinnlos, mir länger selbst etwas vorzumachen: Ich hatte mich unsterblich in Khaled Mustafas Sohn verliebt. Doch zugleich wusste ich auch, dass er es nie erfahren durfte.

Der Gedanke tat weh ...

»Erzähl mir von dir!«, forderte Saleh mich mit sanfter Stimme auf. »Ich möchte wissen, wer du bist, Sina Jäger!«

Die Wärme seiner Hand, die noch immer meine hielt ... Gleich werde ich verrückt! schoss es mir durch den Kopf. Ich werde hysterisch lachen, schreien, weinen ... vielleicht auch alles auf einmal!

Ich atmete tief durch, da ich fürchtete, meine Stimme würde mir sonst nicht gehorchen. »Das Dorf, in dem Aischa und ich wohnen, liegt im Süden von Deutschland. Die größte Stadt in der Nähe heißt Stuttgart – falls dir das etwas sagt.«

Er schüttelte den Kopf. »Tut es nicht! Aber ich werde im Atlas nachsehen.«

»Von Stuttgart aus fährt man etwa zwei Stunden bis zu uns nach Hause. Das Dorf ist sehr klein – nur etwas über tausend Einwohner. Dort lebe ich mit meinen Eltern und meinem Bruder Julian. Eine Katze haben wir auch noch – Mimmie.«

Saleh lächelte. »Eine Katze? Dann wirst du dich sicher großartig mit meiner ältesten Schwester verstehen. Barif füttert auf dem Gelände unseres Palastes bei Soum ganze Scharen wild lebender Katzen. Sie ist ein absoluter Fan.«

»Katzen sind ja auch interessante Tiere.«

»Stimmt!«, gab Saleh mir recht. »Aber, erzähl weiter von dir! Was arbeitest du?«

»Ich gehe noch zur Schule. Nach den Sommerferien komme ich in die dreizehnte Klasse. In einem Jahr mache ich Abitur.«

»Abi-turr?«, wiederholte er. Das Wort hörte sich aus seinem Mund so komisch an, dass ich unwillkürlich grinsen musste. »Nie davon gehört. Was ist das?«

»Ich weiß nicht, wie es auf Englisch heißt«, entgegnete ich. »Es ist in Deutschland der höchste Schulabschluss. Danach kann man auf die Universität studieren gehen.«

Ihm schien ein Licht aufzugehen. »Ah, ...« Er sagte das arabische Wort.

Ich nickte, versuchte jedoch nicht, es nachzusprechen. »Ja, das wird es sein!«

»Für das Abi-turr musst du sicher viel lernen, oder?«

»Allerdings!«, seufzte ich und verdrehte die Augen. »Daran darf ich noch gar nicht denken.«

Er zeigte sein charmantes, lausbubenhaftes Grinsen und drückte kurz meine Hand. »Du schaffst das schon!«, meinte er aufmunternd. »Ein so kluges Mädchen wie du! Sogar ich habe meine Schulabschlussprüfungen und später das Studium geschafft.«

»Na, hoffentlich hast du Recht ...«, seufzte ich.

In diesem Moment wurde der Schatten des Olivenbaumes, unter dem wir lagen, von einem noch dunkleren überlagert. Aischa stand vor uns. Ihr Blick war starr auf unsere ineinander verschlungenen Hände gerichtet. Wie auf Kommando zogen wir sie zurück.

»Darf ich mich zu euch legen oder störe ich?«, fragte meine beste Freundin betont gleichgültig. Dabei musterte sie mich mit hochgezogenen Augenbrauen. Ich wich ihrem Blick aus.

»Natürlich störst du nicht!« Saleh rutschte zur Seite, um ihr Platz zu machen und lag dadurch noch näher bei mir. Unsere Schultern und Hüften berührten sich fast.

Diese Nähe raubte mir den letzten Rest meines Verstandes, der bis jetzt noch übrig gewesen war. Vor Sehnsucht, seinen Körper an meinem zu spüren, krampften sich meine Eingeweide schmerzhaft zusammen. Nie zuvor war ein Gefühl so stark gewesen.

Reiß dich zusammen! Zwischen ihm und dir darf es nie mehr als Freundschaft geben. Finde dich damit ab!

Aber ich konnte mich einfach nicht damit abfinden – das war völlig unmöglich ...

»Fahren wir nachher noch nach Zara hinein?«, wandte sich Aischa an Saleh. Auf unser Händehalten ging sie nicht näher ein, was ich mit Erleichterung aufnahm. »Ich wollte mir die Stadt schon immer einmal ansehen.«

Saleh nickte. »Natürlich besuchen wir Zara. Es ist eine der schönsten Städte Benits, und ihr müsst es einfach gesehen haben.«

»Dann sollten wir aber langsam aufbrechen«, meinte Aischa und setzte sich auf. »Meinst du, unsere Kleider sind schon trocken, Saleh?«

»Bestimmt!« Er erhob sich, reichte uns die Hände und zog uns ebenfalls hoch. »Die Sonne von Benit trocknet Wäsche in Windeseile – sogar in der relativ feuchten Luft in der Gegend um Zara.«

Wir packten unsere Badessachen zusammen und machten uns auf den Weg zum Palast hinauf.

Tatsächlich waren unsere Kleider frisch gewaschen, getrocknet und gebügelt, als wir sie von der fülligen Dienerin in Empfang nahmen. Aischa bedankte sich auf Arabisch, während ich der Frau nur zunickte. Den Versuch, die fremdartigen Silben meiner Freundin nachzusprechen, unternahm ich lieber nicht.

Aischa und ich zogen uns wieder in dem prächtigen Badezimmer um, während Saleh nach oben verschwand. Zurück kam er nicht nur fertig angezogen, sondern auch mit einem Fotoapparat um den Hals. Er zwinkerte uns zu. »Damit ich eine Erinnerung an euch habe, wenn ihr wieder nach Deutschland entschwindet.«

Ich stöhnte. »Du hast ja keine Ahnung, wie furchtbar ich auf Fotos aussehe.«

Saleh winkte amüsiert ab. »So schlimm wird es nicht werden! Ich bin ein guter Fotograf.«

Da wies ich ihn darauf hin, dass selbst der beste Fotograf nichts ausrichten könne, wenn ein Model – wie in meinem Fall – unansehnlich sei.

Er bedachte mich mit einem schiefen Lächeln. »Du hast ja keine Ahnung, wovon du sprichst, Sina!«

Ich öffnete den Mund, um ihn zu fragen, was er damit meinte. Doch Aischa unterbrach mich: »Eigentlich haben wir selbst Fotoapparate dabei. Wir lassen sie nur immer bei meinem Vater zu Hause aus Angst, die Taschendiebe zu sehr in Versuchung zu führen.«

»So lange meine Leibwächter da sind, müsst ihr euch keine Sorgen machen!«, sagte Saleh. »Kein Dieb würde sich herantrauen. Aber heute fotografiere ich eben euch.«

So mussten Aischa und ich in Zara immer wieder in die Kamera lächeln – auf dem Markt mit seinen bunten Ständen, beim Stöbern in Geschäften, vor Kirchen, auf Sitzbänken und vor dem Hintergrund des Ghaniim.

»Warte nur: Morgen wirst du aus allen nur erdenklichen Ansichten fotografiert!«, drohte ich scherzhaft.

Er zuckte ergeben mit den Schultern. »Wenn euch eure Filme nicht zu schade dafür sind – bitte!«

Während der Rückfahrt waren wir alle drei äußerst vergnügt. Auf Aischas und meinem Schoß stapelten sich große Tüten voller Andenken, die wir in Zara gekauft hatten.

Saleh und meine beste Freundin sangen lauthals zu der arabischen Musik aus dem CD-Player und ich summte mit.

Dann legte Saleh westliche CDs ein: Bekannte Lieder aus den Charts – die meisten Englisch, manche Spanisch. Nun musste auch ich mitsingen.

Ich hatte den Verdacht, dass wir trotz geschlossener Scheiben in den Begleitfahrzeugen der Republikanischen Sicherheit zu hören waren. Falls es stimmte, mussten einem die Leibwächter von Herzen Leid tun, denn unser Gesang war nicht ganz so melodisch wie er laut war ...

»Wo hast du nur diese ganzen CDs her, Saleh?«, wunderte sich Aischa. »Ich habe hier noch in keinem Geschäft eine vernünftige Auswahl gesehen. Nur einheimische Musik und Lieder, die vor Monaten einmal in den Charts waren – alles total überteuert.«

Saleh grinste. »Elektrische Geräte und ihr Zubehör sind in Benit eben teuer. Und du wirst lachen, Aischa, manche dieser CDs habe ich tatsächlich zu einem Wucherpreis in einheimischen Geschäften gekauft. Die meisten allerdings sind über das Internet bestellt. Moderne Technik macht es möglich.«

»Moderne Technik aus den USA«, stichelte Aischa.

Er hob lächelnd die Schultern. »Na, ja – sogar dort soll es Menschen mit guten Ideen geben ...«

Es war schon wieder spät, als wir uns vor der Einfahrt zu Tahirs Haus von Saleh verabschiedeten.

Aischas Vater öffnete uns die Haustür, als die Wagenkolonne abgefahren war. »Da seid ihr ja wieder«, begrüßte er uns. »War's schön? Aber wenn ich so in eure strahlenden Gesichter sehe, brauche ich das wohl gar nicht zu fragen.«

»Wir waren in einem riesigen Sumpf und dann im Ghaniim schwimmen«, sprudelte ich los.

»Ja, und danach sind wir noch nach Zara bummeln gegangen« Aischa hielt ihre Einkaufstüten hoch.

Tahir musste lachen. »Meine Güte! Bringt das schnell nach oben, ehe ihr noch unter dem Gewicht zusammenbrecht! War bestimmt kein Vergnügen für Saleh Khaled Mustafa, von euch kaufwütigen Frauen durch Zara geschleppt zu werden.«

Aischa kicherte. »Hast du eine Ahnung! Saleh fand unsere Kaufwut amüsant und hat uns bestimmt tausendmal fotografiert, als wir uns gerade auf etwas stürzten.«

Ich stimmte ihr zu. »Ja, und wir konnten ihn nur mit Mühe davon abhalten, uns alles zu bezahlen.«

»Ihr müsst mir das gleich beim Abendessen erzählen«, sagte Tahir. »Es steht schon auf dem Tisch.«

So fanden wir uns wenige Minuten später in der kleinen, gemütlichen Küche ein. Es war das erste Mal seit vier Tagen, dass wir alle gemeinsam zu Abend aßen.

Immer war etwas dazwischengekommen – verspätete Kunden vor allem. Für die Beniter schienen feste Ladenschlusszeiten nicht zu existieren. Tahirs Kunden kamen, wann sie wollten. Wenn geschlossen war, klingelten sie einfach an der Wohnungstür und er ließ sie immer herein. Gestern dann hatte ich bei Tisch gefehlt, weil ich mit Saleh bei Safia und Khaled im Krankenhaus gewesen war.

Aber heute nun saßen wir endlich einmal wieder alle zusammen beim Abendessen. Es gab Brot mit Butter, Käse, Wurst und sauren Gurken, was absolut nicht zum arabischen Flair des Hauses passte. Doch schließlich hatte Aischas Vater jahrelang in Deutschland gelebt und wohl einiges von dort übernommen.

Meine Freundin und ich berichteten mit Feuereifer, was wir an diesem Tag erlebt hatten: von den Sümpfen, dem Palast am Ghaniim und Zara mit seinen beeindruckenden Kirchen, den schönen Häusern und gepflegten Gassen. Es war eine der reichsten Städte Benits.

Tahir hörte unserem Bericht lächelnd zu, wurde aber unvermittelt wieder ernst, nachdem wir geendet hatten. »Es ist wirklich schön, dass ihr solchen Spaß habt und so viel zu sehen bekommt«, sagte er. »Aber ich mache mir auch große Sorgen um euch! Lasst euch nicht zu eng mit dem Regime ein! Das macht nur Probleme – ernste Probleme!«

Aischa schnaubte. »Sag das Sina – nicht mir! Sie lag heute Händchen haltend mit Saleh am Ghaniimufer, als ich aus dem Wasser kam.«

Ihr Vater verschluckte sich fast an seinem Wurstbrot und ich hätte ihr am liebsten gegen das Schienbein getreten. Leider saß sie zu weit weg am anderen Ende des Tisches.

»Ich halte Händchen mit wem ich will«, sagte ich mit erzwungen ruhiger Stimme. »Außerdem war das völlig harmlos.«

»Harmlos?«, wiederholte Aischa spitz. »Wenn das harmlos war, fresse ich meinen Hintern!«

»Ach, halt die Klappe!«, erwiderte ich mürrisch.

Tahir schaute von einer zur anderen. Sein Blick blieb auf mir hängen. »Ich hoffe, du weißt, was du tust, Sina!«, sagte er ernst. »Eine Affäre mit Khaled Mustafas Sohn ist keine harmlose Urlaubsromanze. Du würdest Kopf und Kragen riskieren.«

»Das weiß ich auch«, brauste ich auf. Ich war plötzlich wütend – auf ihn, Aischa, Khaled Mustafa, dieses Land, die ganze Welt ... »Und ich habe auch keine Affäre mit Saleh.«

Aischa und ihr Vater sahen sich an und schienen von meinen Worten nicht recht überzeugt zu sein. Ich war es selbst nicht ...

Zum Glück klingelte in diesem Moment das Telefon.

Tahir stand auf und verschwand aus der Küche. Gleich darauf hörten Aischa und ich, wie er sich auf Arabisch meldete. Dann herrschte plötzlich Stille. Sie dauerte verdächtig lange.

Schließlich sprach Tahir, doch seine Stimme klang anders als sonst – dünn und unsicher. Er stotterte und stammelte.

»Was ist los?«, wandte ich mich neugierig an Aischa.

Sie zuckte mit den Schultern. »Ich weiß nicht. Es scheint jemand dran zu sein, mit dem er überhaupt nicht gerechnet hat.«

Kurz darauf stand ihr Vater wieder in der Küchentür, einen verschreckten Ausdruck auf dem Gesicht. »Für dich, Sina!«, stammelte er und sah mich aus weit aufgerissenen Augen an. »Es ist Saleh Khaled Mustafa.«

Einen Augenblick lang saß ich wie vom Donner gerührt da, ehe ich seine Worte begriff. Dann sprang ich auf und eilte an ihm vorbei in den Gang hinaus, wo das altmodische Telefon auf einer Kommode stand.

»Hallo?«, fragte ich atemlos und mit klopfendem Herzen in den Hörer. »Saleh?«

»Hallo, Sina!« Seine Stimme klang durchs Telefon leicht verändert. »Hoffentlich störe ich dich nicht?«

Ich musste lachen. »Nein, du störst mich überhaupt nicht. Aber musstest du Aischas Vater einen derartigen Schrecken einjagen? Du hättest sein Gesicht sehen sollen.«

Er seufzte halb amüsiert, halb genervt. »So reagieren die Leute immer, wenn ich mich mit meinem Namen melde.«

»Ich würde jedenfalls nicht so reagieren«, verteidigte ich mich.

»Nein, du nicht!«, stimmte Saleh mir mit einem fast zärtlichen Unterton in der Stimme zu. »Du bist anders – ohne dieses ewige unterwürfige Getue. Und genau das gefällt mir an dir: Dass du mir das Gefühl gibst, ein ganz normaler Mensch und nicht der Sohn des Präsidenten zu sein.«

»Ich tue mir damit als Ausländerin wahrscheinlich leichter«, meinte ich. »Die Beniter haben eben einen Heidenrespekt vor deinem Vater.«

Saleh seufzte erneut. »Es stimmt, dass mein Vater gegen die Bevölkerung manchmal hart durchgreift, um seine Position und die Stabilität des Landes zu sichern«, sagte er betrübt. »Aber ich bin doch nicht er. Ich habe noch nie jemanden foltern lassen!«

Stürmische Zärtlichkeit durchflutete mich. »Du musst wirklich unbedingt einmal nach Deutschland kommen! Dort würden dich alle wie einen ganz normalen Menschen behandeln.«

Er zögerte. »Ich werde es mir überlegen«, sagte er.

Für einen Moment schwiegen wir beide.

»Du, Sina, aus unserem Ausflug morgen wird leider nichts«, fuhr Saleh schließlich fort. Er seufzte zum dritten Mal. »Ich muss mit meinem Vater und meinem Bruder zum Empfang eines ausländischen Politikers.«

Ich versuchte, mir meine Enttäuschung nicht anmerken zu lassen. »Macht nichts. Verschieben wir den Ausflug eben auf übermorgen.«

»Ich bin froh, dass du mir nicht böse bist.« Seine Stimme klang ehrlich erleichtert.

»Natürlich nicht! Jedem kann einmal etwas dazwischenkommen.«

»Stimmt ... Sag mal, hast du ein Mobilfunktelefon?«

Ich nickte, obwohl er das natürlich durchs Telefon nicht sehen konnte. »Ja, es liegt oben im Schlafzimmer. Wieso?«

»Nun, dann könntest du mir doch deine Nummer geben und ich dir meine. So können wir telefonieren, ohne Aischas Vater zu erschrecken.«

Mein Herz klopfte wild. »Ja, gute Idee! Warte – ich hole es, damit ich deine Nummer gleich einspeichern kann.« Ich legte den Hörer neben dem Telefon ab und flog regelrecht die Treppe zu unserem Zimmer hoch.

Kurze Zeit später hatten wir unsere Nummern ausgetauscht. Wir plauderten noch etwas über unsere Erlebnisse und Eindrücke des Tages und unsere Pläne für übermorgen. Saleh hatte vor, Aischa und mich zu einer uralten Stadt in der Wüste zu führen.

Außerdem fragte ich nach Safia und Khaled.

»Denen geht es bestens«, antwortete Saleh. »Sie sind schon wieder zu Hause.«

»Grüße sie von mir!«

»Das werde ich!«, versprach er.

Nachdem wir uns gegenseitig eine gute Nacht gewünscht hatten, legte ich atemlos den Hörer auf.

»Was wollte er?«, überfiel mich Aischa, kaum dass ich einen Fuß in die Küche gesetzt hatte.

Auch ihr Vater sah mich neugierig und mit gerunzelter Stirn an. Da ich die Küchentür hinter mir geschlossen hatte, war es den beiden nicht möglich gewesen, mitzuhören.

»Er kann morgen nicht mit uns wegfahren, weil er zum Empfang irgendeines Politikers muss. Außerdem hat er mir seine Handynummer gegeben, damit wir telefonieren können.«

»Seine Nummer ...?« Aischa starrte mich mit offenem Mund an.

Ihr Vater seufzte sorgenvoll. »Vielleicht ist es gut, dass aus dem Ausflug morgen nichts wird. Du und Saleh solltet nicht zu viel Zeit miteinander verbringen, Sina! Nur so lässt sich vermeiden, dass ihr euch zu nahe kommt.«

Ich schluckte eine ärgerliche Bemerkung hinunter und nickte. »Ja, wahrscheinlich ...«

Dabei wusste ich genau, dass es nicht so einfach war. Dass ich Saleh einen Tag nicht sah, würde an meinen Gefühlen für ihn bestimmt nichts ändern. Ich musste sie eben weiterhin vor ihm und so gut es ging auch vor Aischa und Tahir verbergen.

Doch niemand würde mich daran hindern können, die Zeit mit dem jungen Beniter zu genießen. Der schönste Urlaub meines Lebens lag noch größtenteils vor mir.

Ich würde einfach nicht daran denken, dass Saleh nicht mir gehörte und auch niemals mir gehören könnte ...

5

Aischa und ich verbrachten den folgenden Tag hauptsächlich mit Nichtstun. Wir standen später als gewöhnlich auf, frühstückten und duschten in aller Ruhe. Dann zogen wir mit einer Decke, einem Picknickkorb und mehreren Brettspielen zu einer schönen Stelle am Ghaniim außerhalb der Stadt. Aischa kannte diesen Platz von früheren Besuchen in Benit. Von Tahirs Haus bis dorthin waren es zu Fuß nur zehn Minuten.

Wir setzten uns an dem von Büschen und Bäumen beschatteten sandigen Ufer nieder und ließen die Seele baumeln.

Wie immer, wenn es in Benit auf Mittag zuging, war es absolut still. Kein Vogel zwitscherte und kein Lüftchen regte sich.

Sogar mitten im Zentrum von Sarana hatte ich diese Stille bemerkt: Die Autos fuhren langsamer und hupten weniger oft, die Menschen verzogen sich in ihre Häuser, in die Geschäfte oder ließen sich auf Bänken im Schatten nieder. Selbst die Straßenhändler, die sonst lautstark ihre Waren anpriesen, verstummten.

Die Hitze war aber auch wirklich kaum erträglich. Sogar wenn man im Schatten lag und keinen Finger rührte, trat einem der Schweiß aus allen Poren.

»Ist es hier eigentlich das ganze Jahr über so heiß?«, fragte ich Aischa.

»Oh – im Winter wird es schon kalt!«, antwortete sie. »Besonders in den Bergen. Dort kann man dann prima Ski fahren!« Sie grinste. »Und übrigens dürftest du inzwischen bemerkt haben, dass es hier in Sarana nachts ganz schön abkühlt. Das kommt daher, dass kalte Luft aus der Wüste herüberweht.«

Ich nickte. »Stimmt! Wenn wir abends spät noch draußen sind, friere ich immer ... Obwohl es wahrscheinlich nicht wirklich kalt ist. Es ist nur der Temperaturunterschied zum Tag, der einem zu schaffen macht.«

Aischa lachte. »Du warst noch nie in der Wüste! Dort ist es tagsüber noch heißer als hier und nachts hat es Temperaturen um den Gefrierpunkt.«

Ich schüttelte mich. »Puh! Da bin ich ja froh, dass dein Vater in Sarana und nicht in der Wüste wohnt!«

»Klar, deine Eltern würden sich bestimmt wundern, wenn du halb erfroren von Mallorca zurückkämst«, neckte mich Aischa.

Ich seufzte. »Allerdings! Diese Notlüge war so schon riskant genug. Ich muss heute Abend unbedingt mal zu Hause anrufen. Sonst macht Mama sich noch Sorgen und kommt auf die glorreiche Idee, deine Mutter nach unserer Adresse auf Mallorca zu fragen.«

Aischa stöhnte. »Au weia! Das wäre schlecht!«

»Wenn sie nur nicht so überängstlich wäre«, jammerte ich. »Dann hätte ich ihr die Wahrheit sagen können.«

»Mit Überängstlichkeit hat das nichts zu tun«, verteidigte Aischa meine Mutter. »Benit ist wirklich gefährlich! Das Auswärtige Amt rät immer wieder vor Reisen ab. Ich dürfte bestimmt auch nicht herkommen, wenn mein Vater nicht hier wohnen würde.«

Ich blickte nachdenklich auf den breiten Fluss mit seinen oasenartigen Ufern hinaus. Die Landschaft erstrahlte unter der heißen Sonne in einer Farbintensität, die mir noch nirgendwo sonst begegnet war. Auch der Himmel war mir an keinem anderen Ort jemals so blau erschienen.

»Es ist ein wunderbares Land«, sagte ich verträumt. »Egal, wer es regiert, welche Kriege es geführt hat und wie viele Verbrechen hier geschehen – am liebsten würde ich nie mehr weggehen ... Ja, du kannst mich ruhig auslachen!«

Doch Aischa lachte nicht. Sie sah mich ernst an. »Du bist nicht die Erste, die dieses Land in seinen Bann geschlagen hat und wirst bestimmt auch nicht die Letzte sein. Benit zog schon immer Menschen von überall her an und selbst heute, nach diesen schweren Zeiten, hat es seinen Charme nicht verloren.«

Stundenlang lagen wir so am Ufer und quatschten über dieses und jenes – von gemeinsamen Kindheitserinnerungen bis hin zu unseren Berufswünschen.

Im Gegensatz zu mir hatte Aischa eine klare Vorstellung davon, was sie nach dem Abitur machen wollte.

»Hast du dich schon beworben?«, fragte ich sie.

Meine beste Freundin schüttelte den Kopf. »Nein, noch nicht! Aber ich tue es, sobald wir wieder zu Hause sind. Je früher ich anfange, desto größer sind meine Chancen, dass ich einen Platz an der Uni bekomme.« Sie seufzte besorgt. »Hoffentlich klappt es! So viele wollen zurzeit Medizin studieren und bekommen keinen Platz an der Uni.«

»Bei deinen Noten musst du dir da wirklich keine Sorgen machen!«, tröstete ich sie und verzog das Gesicht. »Ich bin froh, wenn ich das Abitur überhaupt schaffe! In Mathe wird es ziemlich kritisch werden.«

»Das klappt schon«, meinte Aischa zuversichtlich. »Dafür bist du in Englisch und Französisch ein Ass! Hast du dir mal überlegt, auf die Dolmetscherschule zu gehen?«

»Überlegt schon«, entgegnete ich unbehaglich. »Meine Französischlehrerin hat mir sogar dringend dazu geraten. Aber ich weiß nicht ... Irgendwie habe ich noch überhaupt keine Vorstellung davon, was ich werden will.«

»Du hast ja auch noch fast ein ganzes Jahr Zeit«, beruhigte mich Aischa.

Dann wandten wir uns zum Glück wieder erfreulicheren Themen als Schule zu.

Nur über Saleh sprachen wir nicht, obwohl ich pausenlos an ihn dachte. Aischa hoffte vermutlich, mich von ihm ablenken zu können ...

Als wir Hunger bekamen, packten wir unser mitgebrachtes Essen aus. Anschließend dösten wir eine Weile vor uns hin, schwammen ein paar Runden und spielten ›Mensch ärgere Dich nicht‹.

Erst am späten Nachmittag kehrten wir nach Hause zurück. Tahir stand vor der Theke und unterhielt sich mit zwei Kunden, als wir den Laden betraten. Die beiden jungen Männer sahen sich so ähnlich, dass sie nur Zwillinge sein konnten. Sogar ihre Kleidung war absolut identisch: blaue Jeans und schneeweißes T-Shirt.

Einer von ihnen trug einen schwarzen Schnurrbart, was mich erneut an Saleh denken ließ – obwohl der junge Mann sonst keinerlei Ähnlichkeit mit ihm hatte.

Die beiden Kunden grüßten Aischa und mich mit einem Kopfnicken, als sie uns bemerkten. Dabei schauten sie uns kaum an und wandten sich sofort wieder Tahir zu. Ich wunderte mich nicht über ihr Verhalten, denn inzwischen wusste ich, dass es sich für arabische Männer nicht ziemte, eine unverschleierte Frau zu intensiv anzuschauen. Nur Saleh hatte damit keine Probleme: Aus irgendeinem Grund stand er über solchen strengen Sitten. Lag es daran, dass er der Sohn des Präsidenten war? Oder daran, dass Aischa und ich keine Beniterinnen waren? Vielleicht hielt er auch einfach nichts von übertriebenen Moralvorstellungen ...

Meine Freundin warf mir einen für Außenstehende nicht zu deutenden Blick zu. Nicht schlecht, signalisierte er.

Nein, schlecht sahen die beiden jungen Männer wirklich nicht aus mit ihren stolzen Wüstengesichtern. Doch sie waren eben nicht Saleh. Neben ihm mussten sie in meinen Augen unweigerlich erblassen.

Eben wollten wir an den drei Männern vorbei zur Tür gehen, die in die Wohnung führte – ›Privat‹ stand in arabischer Schrift und Sprache darauf. Da bedeutete uns Tahir mit einem Handzeichen zu bleiben. So ließen wir uns auf den zwei Barhockern hinter der Theke nieder und warteten.

Aischa musterte die Gesprächspartner ihres Vaters die ganze Zeit unauffällig aus den Augenwinkeln, während ich lieber dem Klang der arabischen Sprache lauschte.

Endlich hatten die drei Männer ihr Gespräch beendet. Die Kunden bezahlten und verabschiedeten sich. Tahir kam zu uns hinter die Theke.

»Wer waren die zwei?«, wollte Aischa sofort wissen.

»Sie wohnen einen Häuserblock weiter und kaufen etwa zweimal die Woche bei mir ein.«

»Klasse!«, freute sich Aischa und klatschte in die Hände.

Ihr Vater schüttelte mit einem nachsichtigen Lächeln den Kopf. »Mach dir keine Hoffnungen! Beide sind seit ihrer Kindheit einer Frau versprochen. Außerdem haben sie sowieso keine Zeit für Romanzen. Sie müssen sich um ihre Mutter kümmern.«

»Ist ihre Mutter denn krank?«, erkundigte ich mich.

»Sie hat im letzten Krieg bei einem Bombenangriff beide Beine, ihren Mann und die halbe Verwandtschaft verloren. Ihre Söhne müssen jetzt den Haushalt für sie führen. Später wird das die Aufgabe der Schwiegertöchter sein.«

Aischa machte ein enttäuschtes Gesicht und ich kicherte heimlich in mich hinein. Meine Freundin war der letzte Mensch, der wegschaute, wenn ein gut aussehender Mann auf der Bildfläche erschien. Und wäre sie nicht ein so entschiedener Regimegegner gewesen, hätte auch Saleh sie bestimmt nicht kalt gelassen.

»Was habt ihr heute eigentlich so gemacht, ohne euren prominenten Begleiter?«, fragte Tahir uns neugierig.

»Nicht viel«, entgegnete ich ehrlich. »Wir sind fast die ganze Zeit am Ghaniim herumgelegen und haben gefaulenzt.«

Er seufzte sehnsüchtig. »Ihr Glücklichen! So schön möchte ich es auch haben!«

»Könntest du doch!«, meinte Aischa. »Niemand zwingt dich dazu, ständig in diesem Laden zu stehen! Du könntest dir ruhig mal einen Tag frei nehmen!«

Ihr Vater nickte. »Genau das werde ich morgen tun! Da kommen nämlich meine drei Brüder mit ihren Familien zu Besuch – Mutter bringen sie auch mit. Tarik hat vorhin angerufen und mir das eröffnet.« Er sah uns prüfend an. »Jetzt wollte ich euch fragen, ob ihr es verschmerzen könntet, euren nächsten Ausflug noch einmal um einen Tag zu verschieben. Meine Verwandten möchten dich unbedingt einmal wiedersehen, Aischa. Und auf unseren deutschen Gast sind sie natürlich auch gespannt.« Er zwinkerte mir zu.

»Kein Problem!«, sagte Aischa eifrig. »Sina hat ja Salehs Handynummer. Wir können ihm absagen ... Meine Güte: Onkel Sayed, Hussein und Tarik – und Oma. Wie lange habe ich sie nicht mehr gesehen? Meine Cousins und Cousinen werde ich sicher gar nicht wiedererkennen.«

Ihr Vater nickte lächelnd. »Einige von ihnen sind bereits verheiratet.«

Aischa schüttelte ungläubig den Kopf. »Nicht zu fassen! Wie schnell die Zeit vergeht ...«

Tahir wandte sich an mich: »Dir macht es doch hoffentlich auch nichts aus, den Ausflug zu verschieben, Sina?«

Ich schluckte meine Enttäuschung entschlossen hinunter. »Nein, kein Problem! Ich rufe sofort Saleh an und sage ab!«

Salehs Handy war entweder ausgeschaltet oder er trug es nicht bei sich. Jedenfalls meldete er sich nicht, und natürlich sprach der Anrufbeantworter Arabisch. Doch nachdem die quäkende Stimme verstummt war, ertönte der mir bekannte Signalton.

Ich hinterließ meine Nachricht und legte erleichtert auf. Egal, welche Sprache diese Maschinen sprachen: Ich hasste es, mit ihnen zu reden!

»Sicher ist er noch mit diesem Politiker beschäftigt!«, meinte Aischa und stand von ihrem Barhocker auf. »Lass uns nach oben gehen!«

»Wir sehen uns beim Abendessen!«, rief Tahir uns nach, ehe wir den Laden verließen.

In unserem Zimmer angekommen, telefonierte ich gleich noch nach Hause, da ich das Handy nun schon einmal in der Hand hatte.

Es klingelte einmal, zweimal, dreimal ...

Als ich gerade wieder auflegen wollte, meldete sich die Stimme meiner Mutter.

»Hallo, Mama!«

»Sina? Ein Glück, dass du dich meldest! Ich wollte dich schon lange anrufen, aber ich kann den Zettel mit deiner Nummer nicht finden ... Ach, ich habe mir solche Sorgen um dich gemacht.«

Ich stöhnte. Das war typisch meine Mutter.

»Mama, ich bin gerade einmal eine Woche weg. Und was sollte schon sein?« Ich verschwieg ihr, dass ich vor meiner Abreise den Zettel mit meiner Handynummer hatte verschwinden lassen, der normalerweise an der Pinnwand über ihrem Schreibtisch hing. Es hätte mir gerade noch gefehlt, im Urlaub täglich von ihr angerufen zu werden ...

»Man weiß nie ... Aber jetzt erzähl: Wie ist es auf Mallorca?«

»Herrlich!« Das war nicht gelogen. »Es ist der tollste Urlaub, den ich je erlebt habe!«

»Das freut mich! Ihr habt sicher schönes Wetter, oder?«

»Traumhaft! Aber heiß ist es.« Auch das entsprach der Wahrheit.

»Und was macht ihr so den ganzen Tag? Doch hoffentlich nicht nur am Strand herumliegen?«

»Nein, natürlich nicht! Wir ... äh ...« Ich zögerte. »Wir haben einen Einheimischen gefunden, der uns das Land zeigt.«

»Einen Mann?« Jetzt klang die Stimme meiner Mutter alarmiert.

»Er ist ganz anständig, Mama, und belästigt uns gar nicht. Außerdem sind Aischa und ich ja zu zweit.«

»Trotzdem – seid bloß vorsichtig!«, mahnte sie besorgt. »Man kann nie wissen, was einem feurigen Spanier einfällt.«

»Natürlich, Mama!«

Wenn ich ihr jetzt sagen würde, dass der Spanier in Wirklichkeit Beniter und der Sohn von Khaled Mustafa ist, würde sie auf der Stelle in Ohnmacht fallen! schoss es mir durch den Kopf.

Rasch wechselte ich das Thema: »Was läuft zu Hause so? Wo ist Julian?«

»Julian macht mit ein paar Freunden eine Radtour. Er wird ordentlich nass sein, wenn er zurückkommt. Hier regnet es in Strömen.«

»Und Papa?«

»Der ist mit Mimmie zum Tierarzt gefahren.«

Ich erschrak. »Ist Mimmie krank?«

»Nein, aber sie muss endlich sterilisiert werden, sonst gibt es noch ein Unglück. Sie hat schon angefangen, sämtliche Kater aus der Nachbarschaft anzumachen.«

Vor Erleichterung musste ich lachen. »Ich hab dir doch schon vor einer Weile gesagt, dass sie langsam erwachsen wird.«

Meine Mutter schnaubte ärgerlich. »Ein Biest ist das! Sie hatte entschieden etwas dagegen, in die Transportbox gesteckt zu werden. Wie eine Wilde hat sie gefaucht und um sich gekratzt.«

»Sie hat eben ihren eigenen Kopf«, verteidigte ich unsere Katze. »Das ist doch nichts Schlechtes!« Ich seufzte schwer. »Hoffentlich tut der Tierarzt ihr nicht zu sehr weh!«

»Sie wird es überstehen«, meinte meine Mutter gelassen, was sie nie war, wenn es um Julian oder mich ging. »Wo bist du gerade?«

»Im Zimmer.«

»Ist Aischa in der Nähe?«

»Sie liegt auf ihrem Bett und liest.«

»Grüße sie von mir, ja?«

»Klar, mach ich!«

Meine Mutter stieß einen Seufzer des Bedauerns aus. »Wir müssen langsam Schluss machen! Sonst wird es zu teuer! Tschüss, Sina! Pass gut auf dich auf und ruf bald wieder an, hörst du?«

Ich versprach, mich zu melden und legte auf – erleichtert darüber, dass sie vergessen hatte, mich nach meiner Handynummer zu fragen.

Aischa hob den Kopf von ihrem Buch, das sie in Zara gekauft hatte. »Und? Was sagt sie?«

Ich verdrehte die Augen. »Das Übliche: Ich soll auf mich aufpassen und gegenüber Männern vorsichtig sein ... Ach, ja: Und ich soll dich grüßen!«

»Danke ... Was war das mit Mimmie?«

»Sie wird sterilisiert.«

Aischa verzog schmerzhaft das Gesicht. »Armes Tier!«

Ich zuckte mit den Schultern. »Ging wohl nicht anders. Wir haben viele

Kater in der Nachbarschaft. Es ist nur gut, dass Mimmie operiert wird, während ich im Urlaub bin. Ich würde wahrscheinlich mehr leiden als meine Katze.«

Aischa lachte. »Das glaube ich auch. Und bis du von Mallorca zurück bist, hat sie sich sicher längst erholt.«

Ich nickte nachdenklich. Natürlich würde Mimmie sich schnell erholen. Die Frage war eher, ob ich mich so leicht von der Krankheit erholen würde, mit der ich mich auf ›Mallorca‹ infiziert hatte. Diese Krankheit hieß Saleh Khaled Mustafa al-Adnan und ich hegte den geheimen Verdacht, dass sie unheilbar war ...

6

Aischas Verwandte kamen gleich nach dem Frühstück. Sie rückten mit einer ganzen Kolonne altersschwacher Wagen an, welche die gesamte Einfahrt und die halbe Straße blockierten.

Das Haus – es besaß nun einmal nicht gerade die Ausmaße einer Villa – quoll fast über vor Menschen.

Ich erkannte plötzlich, dass Aischa, die in Deutschland nur ihre Mutter, eine Tante und einen Cousin hatte, in Wirklichkeit Teil einer Großfamilie war ... Und sie schien sich mittendrin äußerst wohl zu fühlen.

Sie umarmte und küsste ihre Verwandten der Reihe nach, plapperte wie ein Wasserfall auf Arabisch und machte schließlich alle mit mir bekannt.

Ich schüttelte Hände und versuchte mit einer Mischung aus Englisch, Deutsch und Zeichensprache verständlich zu machen, dass ich über das Kennenlernen erfreut war.

Die meisten Namen vergaß ich gleich wieder, nachdem Aischa oder ihre Verwandten selbst sie mir genannt hatten. Es waren einfach zu viele und zu komplizierte, um sie zu behalten.

So versuchte ich mir wenigstens zu merken, wohin die einzelnen Personen gehörten: Aischas Großmutter, die Onkeln Hussein, Tarik und Sayed mit ihren Ehefrauen und insgesamt achtzehn Kindern, dazu noch neun Enkel. Der jüngste Gast war gerade zwei Jahre alt, der älteste – Aischas Großmutter – um die Siebzig.

Ich fühlte mich nicht ganz wohl in meiner Haut, als die weiblichen Gäste – manche mit Schleier, andere mit einem modern gebundenem Kopftuch, wieder andere ganz ohne Kopfbedeckung – plötzlich einen Kreis um mich bildeten und begannen, mich von oben bis unten zu mustern. Dabei unterhielten sie sich angeregt – ganz offensichtlich über mich.

Mein Unbehagen wuchs, je länger die Szene dauerte. Was mochten sie wohl reden? Lästerten sie über mich? Immer wieder fiel das Wort »hilwi«.

Hilfe suchend blickte ich zu Aischa hinüber. Zu gerne hätte ich erfahren, was dieses Wort bedeutete. Aber meine beste Freundin war in ein Gespräch mit den Männern vertieft, die sich abseits hielten.

Mir blieb nichts anderes übrig als zu versuchen, irgendwie meine Würde zu wahren. Ich sah starr geradeaus und bemühte mich, die schnatternden Frauen zu ignorieren. Es gelang mir jedoch nicht.

Es dauerte eine Weile bis ich begriff, dass die weiblichen Gäste wohl gar nichts Schlechtes über mich redeten: Die Blicke, mit denen sie mich betrachteten, waren neugierig – aber keineswegs unfreundlich. Wenn ich einer von ihnen ins Gesicht schaute, lächelte sie mir zu.

Eine von Onkel Sayeds Töchtern, etwas älter als ich, berührte beinahe ehrfürchtig mein Haar und andere machten es ihr nach.

Die junge Frau nickte mir zu. »Hilwi, hilwi!«, sagte sie. Was zum Teufel hieß dieses Wort?

Ob sie auch gerne blond gewesen wären? Ich konnte es mir nicht vorstellen, denn ich persönlich beneidete sie um ihr glänzendes, dunkles Haar. Schon als Kind hätte ich viel darum gegeben, wie Aischa auszusehen ...

Ich war froh, als die Frauen ihre Musterung endlich beendet hatten. Es war mir unangenehm, derart im Mittelpunkt zu stehen – sowieso bei fremden Leuten und wenn ich kein einziges Wort verstand, das geredet wurde ...

Während Aischa in der Küche verschwand, um Tee zu kochen, führte Tahir die Gäste ins Wohnzimmer. Die Großmutter, Onkel Tarik, Sayed und Hussein bekamen den Ehrenplatz auf dem Sofa, während wir anderen uns auf dem großen bunten Teppich am Boden niederließen. Mehr Sitzgelegenheiten gab es einfach nicht.

Stumm saß ich neben Tahir und lauschte den mir unverständlichen Gesprächen. Dabei fiel mir auf, dass Onkel Tarik mich die ganze Zeit unverhohlen beobachtete. Er wirkte nachdenklich.

Gerade wollte ich ihn durch Aischas Vater fragen lassen, ob etwas nicht in Ordnung sei, als er das Wort an diesen richtete. Dabei nickte er mit dem Kopf in meine Richtung.

Tahir wandte sich mit einem breiten Grinsen an mich. »Er fragt, ob du seinen jüngsten Sohn heiraten möchtest.«

»Wie bitte?« Ich glaubte, mich verhört zu haben.

Er lachte und hob entschuldigend die Schultern. »So ist das hier, Mädchen. Ehe du dich versiehst, wollen sie dich verkuppeln ... Schau: Das dort drüben ist der junge Mann! Willst du ihn?«

Onkel Tariks jüngster Sohn saß mir schräg gegenüber an die Wand gelehnt. Er war ein sehr hübscher Junge in meinem Alter und schenkte mir ein gewinnendes Lächeln. Doch ich lehnte dankend ab. Erstens war ich nicht zum Heiraten nach Benit gekommen und zweitens schlug mein Herz für einen anderen – auch wenn dieser davon nichts wissen durfte.

Onkel Tarik und sein Sohn reagierten enttäuscht und fast ein wenig verärgert auf meine Abfuhr.

Erst als Aischa mit dem Tee kam, entspannte sich die Lage.

Es wurde ein gemütlicher, geselliger Tag, obwohl ich mich aufgrund der sprachlichen Barriere manchmal etwas ausgeschlossen fühlte.

Wir aßen in der kleinen Küche zu Mittag, wobei die meisten wieder auf dem Boden sitzen mussten. Es schien jedoch niemanden zu stören und das Essen war wirklich gut. Nur die Oliven, die dabei waren, gab ich Aischa.

Nach dem Essen kehrten wir ins Wohnzimmer zurück, wo die angeregten Unterhaltungen fortgeführt wurden.

Gegen Abend gab es noch einmal Tee und danach Abendessen. Kurze Zeit später verabschiedeten sich die Gäste. Die Frauen und Kinder umarmten Aischa und mich, während die erwachsenen Männer mir nach europäischer Sitte die Hand gaben. Vor Aischa senkte dagegen jeder den Kopf und legten die rechte Hand aufs Herz; meine beste Freundin erwiderte die Geste. Das war die arabische Art, sich zu begrüßen oder zu verabschieden.

Tahir wurde nur von den Männern umarmt und die Frauen und Kinder verneigten sich vor ihm.

Als die Verwandten abgefahren waren, halfen Aischa und ich Tahir, die Berge von Geschirr zu spülen und den Küchenboden zu wischen, auf dem einige Essensreste gelandet waren.

Dann ging ich duschen und meine beste Freundin zum Fernsehen in unser Zimmer.

Ich hatte mich gerade fertig gewaschen und ließ noch etwas kaltes Wasser über meinen Körper rinnen, als Aischa den Kopf zur Tür hereinstreckte. »Komm schnell, Sina! Salehs Vater ist im Fernsehen!«

In aller Eile schlang ich mir ein Handtuch um die triefenden Haare, schlüpfte nass wie ich war in meinen Bademantel und folgte ihr in unser Zimmer. Khaled Mustafa stand an einem Rednerpult und sprach mit lauter, mitreißender Stimme ins Mikrofon vor ihm.

Die Wand im Hintergrund war vollständig von einer riesigen benitischen Flagge bedeckt.

Der Diktator trug einen dunkelblauen Anzug und seine ganze Haltung drückte Stolz und Würde aus. Seine dunklen Augen faszinierten und fesselten mich so, dass ich im Nacken Gänsehaut bekam. Hin und wieder wanderten sie zu dem Text, von dem er seine Rede ablas, aber die meiste Zeit waren sie genau auf die Kamera gerichtet, die ihn filmte – vielleicht auch auf ein für die Fernsehzuschauer unsichtbares Publikum. Diese Augen sprühten Feuer – ein Feuer der Macht, der Entschlossenheit und Unbesiegbarkeit.

Wie gebannt blieb ich mitten im Zimmer stehen und starrte auf das Gesicht von Salehs Vater.

Wenn er in Deutschland im Fernsehen gezeigt worden war, hatte ich stets Abscheu empfunden vor diesem Mann, der für den Tod tausender Menschen die Verantwortung trug.

Doch diesmal war es anders: Ich war unfähig, länger den Kriegsverbrecher und Tyrannen in ihm zu sehen. Stattdessen sah ich jemanden, der in seinen Gesichtszügen und Gesten auf verblüffende Weise an Saleh erinnerte.

Plötzlich empfand ich fast so etwas wie Sympathie für den Präsidenten von Benit und konnte dieses Gefühl nur mit Mühe abschütteln.

Gut – er mochte Saleh ähnlich sehen. Aber das waren Äußerlichkeiten – weiter nichts.

Khaled Mustafa war nicht der nette, charmante Junge, als den ich seinen Sohn kennen gelernt hatte, sondern ein skrupelloser Massenmörder. Das durfte ich nicht vergessen – egal, was ich für Saleh empfand.

Außerdem war der Diktator schließlich schuld daran, dass aus dem jungen Beniter und mir nichts werden konnte. Er hatte für Saleh eine Frau ausgesucht, die er für geeignet hielt.

Als ich daran dachte, war meine gute Laune schlagartig dahin und der beinahe mystische Bann, den Khaleds Augen verbreiteten, gebrochen.

Ich verspürte einen schmerzhaften Stich im Herzen.

Rasch wandte ich mein Gesicht vom Fernseher ab, warf mich auf mein Bett und starrte an die Decke.

»Ist was, Sina?« Aischas Stimme klang besorgt.

Ich reagierte nicht.

Da schaltete sie den Fernseher aus und setzte sich neben mich. »Geht es dir nicht gut?« Ihr Gesicht war jetzt genau über meinem.

Ich warf mich zur Seite. In meinen Augen brannten Tränen. »Das ist so unfair!«

Aischa beugte sich noch weiter über mich, um mir erneut ins Gesicht schauen zu können. »Was ist unfair?«, wollte sie irritiert wissen.

»Saleh ...« stieß ich hervor und schloss die Augen – wie als Kind, wenn ich traurig war und von der ganzen gemeinen Welt nichts mehr sehen wollte.

Aischa seufzte mitleidig. »Du liebst ihn wirklich, hm?«

Ich antwortete nicht, sondern kämpfte nur stumm mit den Tränen. Meine beste Freundin nahm mich tröstend in die Arme. Für einen Moment wollte ich sie zurückstoßen, tat es dann aber doch nicht. »Ich weiß, wie du dich fühlst, Sina. Als ich letztes Jahr mit meiner Mutter auf Zypern war, habe ich mich auch in einen Einheimischen verliebt. Er war verlobt und stand kurz vor der Hochzeit. Es hat mich total fertig gemacht, als ich davon erfuhr.

Aber sich durch so etwas den Urlaub verderben zu lassen, ist es nicht wert!« Sie nahm meinen Kopf in beide Hände und drehte mein Gesicht mit sanfter Gewalt in ihre Richtung. Automatisch öffnete ich die Augen. Sie sah mich ernst und eindringlich an. »Denk nicht daran, dass Saleh unerreichbar für dich ist! Freu dich lieber über die gemeinsame Zeit mit ihm!«

Ich nickte tapfer und beherrschte mich weiterhin mit aller Kraft. »Ich werde es versuchen!«, versprach ich mit dünner Stimme.

*

Es war mitten in der Nacht, als ich aus unruhigem Schlaf aufschreckte. Einen Moment lang lag ich regungslos da und überlegte, was mich geweckt haben mochte.

Dann fiel es mir ein: Der SMS-Signalton meines Handys!

Ich wollte kein Licht machen, um Aischa nicht zu wecken. So tastete ich im Dunkeln die glatte Oberfläche meines Nachttisches ab, bis ich das Handy in der Hand hielt.

Wer mochte mir geschrieben haben? Alle Bekannten, Freunde und Verwandten wussten doch, dass ich weit weg im Urlaub war – und meine Mutter hatte ja meine Handynummer nicht mehr ...

Neugierig drückte ich auf die Eingabe-Taste, die ich ohne Weiteres auch im Dunkeln fand, und der Text leuchtete auf.

Hallo, Sina! stand da. Kannst du vors Haus kommen? Warte dort auf dich, Saleh.

Mein Herz machte ein paar schnelle Schläge. Ich tastete in aller Eile nach meinen Kleidern, die neben dem Bett bereitlagen und schlüpfte blind hinein.

Auf Zehenspitzen huschte ich aus dem Zimmer und die Treppe hinunter.

Nachdem ich leise die Haustür hinter mir zugezogen hatte, blieb ich stehen und schaute mich erwartungsvoll um. Die Sterne strahlten hell vom Himmel. Das Licht des beinahe vollen Mondes warf geisterhafte Schatten über die Einfahrt, die niedrige Gartenmauer aus rauem Naturstein und die dahinter aufragenden Orangen- und Zitronenbäume.

Die Nacht war kühl und ich fröstelte. Erst jetzt fiel mir ein, dass es klüger gewesen wäre, eine Jacke anzuziehen. Aber wer dachte schon daran – bei diesen Temperaturen, die hier bei Tag herrschten?

Wie auch immer: Jetzt war es zu spät. Ich wollte nicht noch einmal ins Haus zurückkehren.

In diesem Moment sah ich Saleh. Er stand an seinen Sportwagen gelehnt da, der am Bürgersteig parkte, und blickte zu mir herüber. Ich hätte schwören können, dass er lächelte, obwohl das im fahlen Mondlicht auf diese Entfernung unmöglich zu erkennen war. Ich fühlte es fast körperlich.

Langsam und mit klopfendem Herzen ging ich auf ihn zu. Dabei sah ich mich nach den Männern der Republikanischen Sicherheit um. Es waren keine zu sehen.

»Bist du allein hier?«, fragte ich und blieb vor ihm stehen.

Er nickte und nun sah ich sein Lächeln wirklich. »Ja.«

»Ja ... Aber ... Ich meine ...«, stotterte ich. »Ist etwas nicht in Ordnung?«

Er blickte mich überrascht an. »Alles bestens – wieso?«

»Ich wundere mich nur, warum du mitten in der Nacht hier auftauchst!«

Saleh zuckte grinsend mit den Schultern. »Einfach so! Ich wollte dich sehen und fragen, ob du ein Stück mit mir spazieren gehst.«

Dieses Angebot konnte ich unmöglich ablehnen. Nun, da er wieder vor mir stand, wurde mir erst so richtig klar, wie sehr ich ihn in den letzten zwei Tagen vermisst hatte. Ich verging fast vor Sehnsucht, seine Nähe zu spüren und seine Stimme zu hören.

»Gerne! Es ist ja so eine schöne Nacht ...«

Wir gingen den Weg entlang, der aus der Stadt hinaus und schließlich zum Ghaniim hinunter führte.

»Ich habe deine Nachricht heute morgen bekommen«, sagte Saleh nach einer Weile des Schweigens. »Wie war euer Besuch?«

»Ganz nett! Nur manchmal kam ich mir ein wenig komisch vor. Zum Beispiel am Anfang: Plötzlich haben mich alle Frauen umringt und mich von oben bis unten betrachtet. Dabei haben sie sich die ganze Zeit auf Arabisch unterhalten. Ich war richtig verunsichert.«

»Hat Aischa dir nicht übersetzt, was sie geredet haben?«, wunderte sich Saleh.

Ich schüttelte den Kopf. »Nein, sie war gerade in ein Gespräch vertieft. Aber die Frauen sagten immer wieder ›hilwi‹ – oder so ähnlich.«

»Hilwi?« Saleh blieb stehen und sah mich mit einem schiefen Lächeln auf den Lippen unverwandt an. »Das trifft es wirklich gut!«

Nun war ich erst recht neugierig. »Was heißt dieses Wort?«

»Hilwi bedeutet hübsch.«

»Hübsch?« Ich spürte, wie ich rot wurde. Aber zum Glück konnte er das ja in der Dunkelheit nicht sehen. »Die haben davon geredet, dass ich hübsch bin?«

Er musste lachen. »Das sollte dich doch wirklich nicht überraschen. Oder schaust du nie in den Spiegel?«

Ich starrte ihn an. »Red keinen Unsinn! Ich sehe total langweilig aus.«

»Langweilig?«, wiederholte Saleh ungläubig – auf einmal wieder ganz ernst. »Ich finde dich nicht langweilig – und ich wette, die Männerwelt von Deutschland auch nicht.«

Angesichts eines solchen Komplimentes aus seinem Mund schlug mein Herz Purzelbäume.

Ich kicherte. »Du irrst dich! Die meisten Jungs wollen nichts von mir wissen – höchstens die, die keine Bessere abbekommen. Aber die will ich nicht.«

Er sah mir fassungslos ins Gesicht. »Heißt das, du hattest noch nie einen Freund?«

Ich grinste. »Oh, doch! Ein paar Wochen war ich mit einem Jungen aus meiner Klasse zusammen – nichts Besonderes. Mehr als Händchen halten war da nicht drin.«

Täuschte ich mich oder drückte Salehs Gesicht Erleichterung aus?

Blödsinn! redete ich mir ein. Er interessiert sich nicht für dich! Du bist ein Dorftrottel aus Deutschland und er der Sohn des mächtigen Khaled Mustafa. Außerdem ist er verheiratet. Wenn er dir Komplimente macht, dann nur aus Höflichkeit.

Aber wenigstens hatte ich den Trost, dass ich ihm sympathisch war. Sonst wäre er nicht mitten in der Nacht hierher gekommen, um mich zu sehen.

»Viele Araber halten westliche Frauen für Huren«, sagte er nachdenklich. »Weil sie gern viel freie Haut zeigen und den Männern schamlos in die Augen sehen.«

Ich schnaubte ärgerlich. »So ein Blödsinn!«

»Ja, ich weiß! Ihr habt nur eben eine andere Kultur als wir. Angehörige mancher Naturvölker laufen sogar ganz nackt herum und denken sich gar nichts dabei.« Er zwinkerte mir zu. »Ich habe gleich gemerkt, dass du keine Hure bist – und Aischa auch nicht.«

Schweigend gingen wir weiter. Ein schwacher Wind ließ die Palmen am Wegrand rauschen und im Gras zirpte eine einsame Grille. Ansonsten war alles still bis auf meine und Salehs gedämpfte Schritte und das Klopfen meines Herzens.

Wir erreichten den Ghaniim, dessen Wasser wie flüssiges Silber im Mondlicht glänzte.

Während ich neben Saleh am Ufer stand und auf den stillen Fluss hinausschaute, empfand ich ein tiefes Gefühl des Glücks und der Zufriedenheit. An den folgenden Tag, wenn der schöne Beniter wieder unerreichbar für mich sein würde, dachte ich nicht. Heute Nacht gehörte Saleh mir und ich genoss seine Nähe mit all meinen Sinnen.

Plötzlich streckte er die Hand in Richtung Fluss aus. »Ist er nicht wunderschön?«

Ich nickte verträumt. »Oh, ja – das ist er!«

Nachdenklich blickte Saleh auf das silbern glänzende Wasser, das ab und zu von kleinen Wellen gekräuselt wurde. »Während des letzten Krieges hat Vater ein paar Mal überlegt, meine Geschwister und mich mit unseren Ehepartnern und Kindern ins Ausland zu schicken. Er wollte uns in Sicherheit wissen, falls die Amerikaner bis zum Äußersten gehen sollten ...« Einen Moment schwieg er und schaute weiter auf den Fluss hinaus.

Schließlich wandte er mir das Gesicht zu. Das Mondlicht zeichnete scharf sein ebenmäßiges Profil nach und funkelte in seinen Augen. Mehr denn je erinnerte er mich an einen Prinzen aus Tausendundeiner Nacht.

»Ich hatte damals schreckliche Angst, all das für immer zu verlieren: den

Ghaniim, mein Land, diesen herrlichen Sternenhimmel ... In diesen Monaten ist mir klar geworden, dass ich nirgendwo anders leben möchte.«

»Das kann ich gut verstehen«, sagte ich. »Mir wird es bestimmt auch schwer fallen, nach den Ferien von Benit wegzugehen.«

Seine glänzenden schwarzen Augen schienen mir bis ins Herz zu schauen. Ich schmolz nur so dahin unter seinen Blicken. »Warum bleibst du nicht einfach hier? Ich könnte dir schnell eine Unterkunft beschaffen; und mit deiner Sicherheit würde ich ein paar Leibwächter beauftragen.«

Dieses Angebot klang unglaublich verlockend, aber ich musste es dennoch ablehnen.

»Ich kann nicht hier bleiben! Zu Hause warten die Schule, meine Familie und meine Katze. Meine Eltern wissen ja noch nicht einmal, wo ich wirklich bin. Ich habe ihnen vor der Abreise erzählt, Aischa und ich flögen nach Mallorca.«

Saleh zog überrascht die Augenbrauen hoch. »Mallorca?«

Ich zuckte beschämt mit den Schultern. »Mir blieb nichts anderes übrig. Meine Mutter hätte einen hysterischen Anfall bekommen, wenn ich ehrlich gewesen wäre.«

»Kein Wunder«, meinte er ernst. »Benit ist kein geeignetes Reiseziel für junge Frauen aus dem Westen!«

»Mir gefällt es hier!«, beharrte ich. »Und ich habe keine Angst!«

Saleh legte mir den Arm um die Schultern. »Ich weiß«, sagte er leise. »Und ich bin froh, dass du trotzdem hergekommen bist.«

Dann hielt er inne und musterte mich prüfend. »Du zitterst ja! Ist dir kalt?«

Erst als er es aussprach, fühlte ich wieder, wie sehr ich fror. Bis dahin hatte ich außer seiner Nähe nichts mehr wahrgenommen.

»Ein bisschen ...«, entgegnete ich ausweichend.

»Sollen wir zurückgehen?«, fragte Saleh. Seine Stimme klang besorgt. »Nicht, dass du dich erkältest in deinem dünnen T-Shirt. Es hat nur fünfzehn Grad.«

Doch ich schüttelte entschieden den Kopf. »Nein, ich möchte gerne noch etwas bleiben.«

Da öffnete er den Reißverschluss seiner Jacke und zog mich sanft zu sich heran. »Sie ist mir ein paar Nummern zu groß und reicht für uns beide.«

Zögernd lehnte ich mich an ihn und er zog den Reißverschluss wieder zu.

Die Jacke war wirklich so weit, dass wir beide darin Platz hatten. Es war etwas eng, aber das störte mich nicht – im Gegenteil ...

Salehs Wärme durchströmte mich sofort bis in die Zehenspitzen. Ich spürte seinen schlanken Körper an meinem Rücken und seinen Atem im Nacken. Mir war schwindelig vor Glück und am liebsten hätte ich die Zeit angehalten. Ich wollte ewig so stehen bleiben.

Nie zuvor waren wir uns so nah wie jetzt gewesen, und die Erfahrung elektrisierte mich. Unwillkürlich lehnte ich mich fester gegen ihn und schloss die Augen.

»Besser?«, fragte Salehs Stimme dicht an meinem Ohr leise. Sein Atem kitzelte meine Wange, was mir eine heiße Gänsehaut bereitete.

»Viel besser!«, antwortete ich mit nicht ganz fester Stimme.

Dann sprachen wir nicht mehr.

Schweigend standen wir in der kühlen Nachtluft, die uns nun nichts mehr anhaben konnte und beobachteten das Spiel des Mondlichts auf dem Wasser. Aus den Büschen am Ufer flog ein Nachtvogel auf. Mit protestierendem Geschrei sauste er dicht über unsere Köpfe hinweg und verschwand über dem Fluss in der Dunkelheit.

Ich konnte mir vorstellen, wie wir aus seiner Sicht wirkten: Ein einziges Wesen mit zwei Köpfen und vier Beinen. Bestimmt hatte er auf all seinen nächtlichen Streifzügen noch nie so etwas gesehen.

Ich weiß nicht, wie viel Zeit vergangen war, als Saleh auf seine Armbanduhr schaute. Er seufzte bedauernd. »Ich fürchte, wir müssen zurück. Sonst kommen wir morgen Früh nicht aus dem Bett!«

Ich nickte und bemühte mich, in die Wirklichkeit zurückzufinden – dorthin, wo es so etwas wie Zeit und Raum gab. Beides hatte für mich bis gerade eben nicht mehr existiert – ebenso wenig wie der Rest der Welt. Da waren nur noch Saleh, ich, der Ghaniim und der Sternenhimmel über uns gewesen ...

Obwohl ich protestierte, gab er mir für den Rückweg seine Jacke.

»Ich bin dicker angezogen als du«, behauptete er und deutete auf seinen dünnen Baumwollpulli.

»Und du frierst wirklich nicht?«, fragte ich ungläubig.

Saleh schüttelte den Kopf. »Nein, mir ist ganz warm.« Das stimmte wahrscheinlich nicht, aber er hätte es wohl nie zugegeben. »Mach dir keine Sorgen!«

Viel zu schnell erreichten wir das Haus von Aischas Vater.

Saleh strich mir zum Abschied sanft über die Wange. »Bis morgen, Sina!«

Ich grinste. »Du meinst wohl heute. Mitternacht ist doch längst vorbei.«

Er zwinkerte mir zu. »Na gut! Also, bis später! Und schlaf gut!«

»Du auch, Saleh!«

Erst nachdem er abgefahren war, merkte ich, dass ich noch immer seine Jacke trug.

7

Als ich erwachte, kamen mir die Erinnerungen an die vergangene Nacht wie ein schöner Traum vor: Saleh und ich allein in der Dunkelheit ...

Doch neben mir auf dem Kopfkissen lag der Beweis, dass es Realität und kein Traum gewesen war: Salehs Jacke aus dünnem Jeansstoff.

Ich vergrub mein Gesicht hinein und atmete tief seinen Geruch ein. Mein Herz klopfte vor freudiger Erwartung. In zwei Stunden würde ich ihn wiedersehen. Gedankenverloren ließ ich meinen Blick zum Fenster schweifen, hinter dem der Morgen dämmerte. Bald würde die Sonne aufgehen. Ich fragte mich, ob Saleh wohl mehr als Freundschaft für mich empfand.

Bei unserem nächtlichen Spaziergang zum Fluss hatte es Momente gegeben, in denen ich davon überzeugt war. Doch jetzt, nachdem ich darüber geschlafen hatte, erschien es mir wieder äußerst unwahrscheinlich. Sicher war alles nur Einbildung gewesen, da ich mir so sehr wünschte, dass er sich für mich interessierte.

In diesem Augenblick klingelte der Wecker und beendete mein Grübeln.

Ich hörte das Rascheln des Bettzeuges, als Aischa sich bewegte. »Sina, bist du wach?« Ihre Stimme klang noch recht verschlafen.

Rasch ließ ich Salehs Jacke unter meiner Decke verschwinden. »Ja, ich bin wach«, antwortete ich.

Wir duschten und frühstückten anschließend mit Tahir, der wie immer früh aufgestanden war.

Als es Zeit war, gingen wir vors Haus und warteten auf Saleh. Beide trugen wir dünne, weite Hemden mit langen Ärmeln, lange Hosen und Sonnenhüte, wie er es uns empfohlen hatte.

»In der Wüste darf man keine freiliegenden Körperstellen haben«, hatte er gesagt. »Die Sonne brennt einem sonst die Haut weg – besonders dir, Sina, weil du so hell bist!«

Er und seine Leibwächter erschienen diesmal mit bulligen, schwarzen Geländewagen, sodass wir sie im ersten Moment gar nicht erkannten. Doch die gewohnte Formation war unverkennbar: Saleh eingeschlossen zwischen den vier Fahrzeugen der Republikanischen Sicherheit.

Der junge Beniter und seine Leibwächter bremsten neben Aischa und mir am Straßenrand.

»Guten Morgen!«, rief er uns fröhlich zu. »Wie ich sehe, habt ihr heute tatsächlich eure Fotoapparate mit.« Er trug ein blütenweißes, fast bodenlanges Gewand und als Kopfbedeckung eine rot-weiß karierte Kefijeh, die von einer schwarzen Seidenkordel um seine Stirn gehalten wurde und ihm locker über den Rücken fiel. Er sah beeindruckend aus.

»Klar – wie versprochen!«, lachte Aischa. »Hallo, Herr Ölscheich!«

Saleh grinste und rückte seine Kefijeh zurecht. »Ich habe mich heute so gekleidet, wie es in der Wüste am besten ist«, bemerkte er.

»Das steht dir gut«, sagte ich. »Du solltest öfters traditionelle arabische Kleidung tragen!«

»Ab und zu ziehe ich mich gern so an«, erklärte er vergnügt. »Ich finde, man darf seine Wurzeln nicht ganz vergessen.«

Er kam um das Auto herum und hielt uns wie immer die Türen auf. Die Hände gaben wir uns nicht mehr. Wir waren inzwischen so vertraut miteinander, dass uns solche Formalitäten überflüssig vorkamen.

Während ich an Saleh vorbei auf den Beifahrersitz kletterte, wechselten wir einen Blick. Er zwinkerte mir zu und in seinen Augen lag ein solch warmer Ausdruck, dass meine Knie weich wurden.

Ich hätte schwören können, dass er Aischa nicht auf diese Weise ansah, obwohl er auch ihr gegenüber immer freundlich und zuvorkommend war. Ohne Zweifel mochte er mich ganz besonders. Aber ich wagte trotzdem nicht zu hoffen, dass er mehr als Freundschaft für mich empfand ...

Saleh schloss hinter mir und Aischa die Türen und stieg auf den Fahrersitz. »Na, dann wollen wir mal!«, rief er fröhlich und startete den Motor. »Alles anschnallen!«

Je weiter wir uns vom Ghaniim entfernten, desto trockener wurde das Land. Gras und Büsche wirkten immer dürrer und die letzten Bäume und Felder hatten wir schon lange hinter uns gelassen.

Dann befanden wir uns plötzlich in der Wüste. Nur hier und da sah man noch mickrige Dornbüsche, die dem lebensfeindlichen Klima standhielten. Die Hitze flimmerte über der kahlen Landschaft.

»Haltet euch fest!«, warnte Saleh Aischa und mich. »Gleich wird es holprig!«

Was für eine Untertreibung!

Die asphaltierte Straße endete abrupt in einer steil abfallenden Geröllhalde. Der Wagen wurde immer schneller, aber Saleh dachte gar nicht daran, auf die Bremse zu treten. Seine Augen leuchteten vor Vergnügen über diese rasante Abfahrt. Die Fahrzeuge der Republikanischen Sicherheit fielen zurück.

Ich klammerte mich verzweifelt an meinem Sitz fest. Der Geländewagen sprang federnd über Gesteinsbrocken hinweg und ich wurde gewaltig durchgeschüttelt. Aischa auf dem Rücksitz ging es nicht besser.

»Müssen wir gerade diesen Weg nehmen?« Ihre Stimme klang ausgesprochen kläglich.

»Es ist der Kürzeste«, erklärte Saleh mit einem amüsierten Schulterzucken.

Wieder hob mich ein heftiger Schlag, so weit es der Sicherheitsgurt zuließ, aus dem Sitz, ehe ich unsanft auf meinen Allerwertesten zurückplumpste. »Daran zweifle ich nicht«, bemerkte ich trocken.

Saleh warf mir einen kurzen, aufmunternden Blick zu. »Wir sind gleich unten«, tröstete er.

Tatsächlich erreichten wir schnell wieder ebenen Boden.

Wir befanden uns in einem engen Tal, dessen Grund von rissigem Lehm bedeckt war. Links und rechts wurde es von schrägen, mit Geröll bedeckten Hängen eingerahmt.

Saleh hielt an und wartete auf seine Leibwächter, deren Wagen um einiges langsamer als wir die Halde heruntergerollt kamen.

Während ich den steilen Hang hinaufschaute, lief es mir kalt den Rücken hinunter. Kaum zu glauben, dass wir diese Abfahrt heil überstanden hatten.

Zum Glück blieb mir jedoch keine Zeit, länger darüber nachzudenken, was alles hätte passieren können. Sobald die Wagen der Republikanischen Sicherheit zu uns aufgeschlossen hatten, ging es weiter.

Ich registrierte mit Erleichterung, dass Saleh die Halde nicht auf der anderen Seite wieder hinauffuhr, sondern dem Verlauf des Tals folgte.

Der Lehmboden war eben, und es gab fast keine Erschütterungen. Unsere schmerzenden Hinterteile konnten sich erholen.

»Warum ist der Boden hier so rissig?«, wollte ich wissen.

»Wir befinden uns in einem ausgetrockneten Flussbett«, antwortete Saleh.

Ich starrte ihn ungläubig an. »Du meinst, hier fließt normalerweise Wasser?«

Er nickte. »Alle paar Jahre, ja. Das solltet ihr sehen: Dann sind die Hänge um dieses Tal innerhalb weniger Stunden mit in allen Farben blühenden Blumen bedeckt.«

Meine Blicke wanderten über die öden Geröllhalden, welche uns links und rechts einschlossen. »Ich kann mir nicht vorstellen, dass hier irgendetwas wächst«, bemerkte Aischa wie ein Echo auf meine Gedanken.

»Der Schein trügt«, sagte Saleh ernsthaft. »Die Blumen ruhen im Boden und sprießen beim ersten Tropfen Wasser sofort hervor.«

»Das muss ein herrlicher Anblick sein!«, vermutete ich.

»Stimmt!«, gab er mir recht. »Ich wünschte, ihr könntet dieses Blütenmeer sehen!«

Nach einer Weile öffnete sich vor uns das Tal und gab den Blick auf die weite, sanft gewellte Wüstenlandschaft frei.

»Schaut – da vorne!« Saleh deutete auf den Horizont, wo mehrere weiße Säulen und die Ruinen von Häusern aus hellem Sandstein in den Himmel ragten. Ihre Umrisse schienen in der flimmernden Luft auf beinahe geisterhafte Weise zu verschwimmen.

»Ist das die Stadt, die du uns zeigen willst?«, erkundigte ich mich.

Er nickte. »Ja, das ist Keralon.«

»Keralon ...« murmelte ich. »Das klingt für mich gar nicht arabisch.«

»Ist es auch nicht«, entgegnete Saleh. »Keralon war eine griechische Stadt.«

»Willst du mich auf den Arm nehmen?«, fragte ich skeptisch.

Doch er schüttelte entschieden den Kopf. »Nein, es stimmt, Sina! Vor über zweitausend Jahren existierte Benit als Staat noch nicht. In diesem Gebiet gab es damals nur ein paar verstreute Nomadenstämme, und es war Teil des Weltreichs von Alexander dem Großen. Er hat hier einige Städte für seine Soldaten bauen lassen, aber von den meisten findet man heute so gut wie nichts mehr. Sie wurden dem Erdboden gleichgemacht, nachdem das Reich nach Alexanders Tod zerfallen war.«

Es führte keine richtige Straße nach Keralon, aber sich überlagernde Reifenspuren im Sand gaben wenigstens eine Art von Weg vor. Offensichtlich waren wir nicht die einzigen, die es in die uralte Stadt zog.

»Warum ist dann von Keralon noch etwas übrig?«, wollte ich wissen.

»Weil Keralon zu diesem Zeitpunkt längst unbewohnt war.«

»Weißt du, wieso die Bewohner die Stadt aufgegeben haben?«, erkundigte sich Aischa neugierig.

Er zuckte grinsend mit den Schultern. »Darüber gibt es bis heute haarsträubende Spekulationen, die von blutigen Familienfehden bis zu einer Invasion durch Außerirdische reichen. Wahrscheinlich ist die Erklärung aber viel einfacher ...«

»Ja?«, fragten Aischa und ich wie aus einem Mund. Er verstand es verdammt gut, eine Sache spannend zu machen.

»Wissenschaftler haben festgestellt, dass das Jahr, in dem die Bewohner Keralon fluchtartig verließen, extrem trocken war. Die Stadt liegt mitten in der Wüste und ihre Wasserversorgung wurde durch einen unterirdischen Fluss gesichert, der um die zwanzig Ziehbrunnen speiste.

Es ist gut möglich, dass der Fluss in diesem trockenen Sommer kein Wasser führte und die Brunnen versiegten – für die Bewohner von Keralon eine unvorstellbare Katastrophe. Um zu überleben, mussten sie ihre Stadt verlassen.«

Aischa seufzte enttäuscht. »Schade! Die Version mit den Außerirdischen hat mir besser gefallen.«

»Du schaust zu viel Akte X«, bemerkte ich trocken.

»Akte X?« Saleh warf mir einen verständnislosen Blick zu.

»Eine Fernsehserie aus den USA«, erklärte ich ihm. »In Deutschland ist sie sehr beliebt.«

»Und da geht es um Außerirdische?«

»Ja – um Außerirdische und alles Übernatürliche«, sagte Aischa. »Der Film ist klasse ...« Und während wir uns weiter der verlassenen Stadt näherten, erzählte sie unserem Begleiter von den FBI-Agenten Mulder und Scully und deren Abenteuern.

Als sie geendet hatte, verzog Saleh das Gesicht. »Hört sich ja richtig nett an«, meinte er ironisch. »Außerirdische, Psychopathen mit übernatürlichen Kräften, Monster, Zombies – und FBI-Agenten.«

Aischa und ich sahen uns an und lachten. Damit steckten wir Saleh an. Der Geländewagen brach kurz seitlich aus und hätte um ein Haar eines der Begleitfahrzeuge gerammt. Der Leibwächter am Steuer konnte gerade noch ausweichen.

Dann hatte Saleh sich immerhin wieder so weit unter Kontrolle, dass er das Steuer gerade halten konnte.

Als wir den Parkplatz vor der Stadtmauer erreichten, taten uns allen dreien vom Lachen die Bauchmuskeln weh.

Eigentlich war es gar kein richtiger Parkplatz, sondern nur eine ebene Stelle in der Wüste, an der einige Autos und altersschwache Reisebusse standen.

Keralon, das von weitem wie eine Geisterstadt gewirkt hatte, war bei näherer Betrachtung voller Leben. Menschen jeden Alters tummelten sich auf dem natürlichen Parkplatz und strömten durch Lücken in der Mauer ein und aus, die wohl einst Stadttore gewesen waren.

Die Leute reagierten auf Salehs Erscheinen so, wie ich es inzwischen gewohnt war: Sie vermieden es, ihn anzusehen und taten, als hätten sie seine Anwesenheit nicht bemerkt. Trotzdem wurde ich auch hier das Gefühl nicht los, dass uns verstohlene Blicke folgten, als wir uns dem Besucherstrom anschlossen und die Stadt betraten.

Die Männer der Republikanischen Sicherheit hatten wieder einen geschlossenen Ring um uns gebildet und behielten die Umgebung mit kurzen, ruckartigen Bewegungen ihrer Köpfe im Auge. Ich musste an in die Enge getriebene Raubtiere denken, die bereit waren, sich jeden Moment auf einen Angreifer zu stürzen. Ihre scharfen Blicke bereiteten mir nach wie vor ein gewisses Unbehagen. Aber immerhin konnte ich sicher sein, dass sie Saleh im Ernstfall schützen würden.

»Wow!« Aischas Stimme riss mich aus meinen Gedanken. Sie war wie angewurzelt stehen geblieben. »Das hier könnte die Kulisse für einen Film abgeben!«

Die in den Himmel ragenden Säulen hatten etwas Unwirkliches und Geheimnisvolles. Weder die Besuchermassen noch das grelle Tageslicht konnten darüber hinwegtäuschen.

Von einigen Gebäuden waren nur die Außenmauern übrig geblieben. Andere dagegen waren erstaunlich gut erhalten, wenn man bedachte, dass sie seit zweitausend Jahren verlassen waren.

Langsam gingen wir durch die engen Gassen.

»Die Straßen von Keralon wurden von den Bewohnern ordentlich mit Steinen gepflastert.« Saleh deutete auf den Boden, wo sich so weit ich sehen konnte nur Sand befand.

»Aber über die Jahrhunderte hinweg hat die Wüste alles zugedeckt.«

Unser Weg führte uns über verwitterte Treppen, durch Säulenhallen, die an die Akropolis in Athen erinnerten und einst Tempel gewesen waren, und vorbei an Statuen, die wohl Menschen oder Gottheiten darstellen sollten. Genau war das nicht zu erkennen, da die Figuren allesamt in schlechtem Zustand waren. Für mich sah es aus, als hätten Leute sie in blinder Wut mit Meißeln bearbeitet, und Saleh bestätigte diesen Verdacht: »Die alten Griechen hatten eine Vorliebe dafür, nackte Menschen in Stein zu hauen, was strenge Moslems sündhaft und unmoralisch fanden und finden. Darum wurden sämtliche Statuen in Keralon systematisch zerstört.« Er schnaubte zornig. »Es ist eine Schande! Das waren unersetzbare kulturelle Schätze!«

An einem Ziehbrunnen machten wir Halt.

»Es scheint, als würde er nach all diesen Jahren noch immer auf jemanden warten, der zum Wasser holen kommt«, stellte Saleh andächtig fest.

Und tatsächlich verstärkte der einsame Brunnen den unwirklichen Hauch der Ruinenstadt zusätzlich. Aischa beugte sich über den Rand aus groben, übereinander geschichteten Steinen. »Da wird wohl niemand mehr Wasser schöpfen«, sagte sie. »Alles versandet.«

»Gut, dass wir darauf nicht angewiesen sind und unser Trinken im Auto haben«, meinte ich.

Saleh nickte. »Ja, allerdings! So gut hatten es die Leute damals nicht.«

Gedankenverloren strich ich über den verwitterten Brunnenrand. »Wohin sie wohl gegangen sind, nachdem sie ihre Stadt aufgeben mussten?«

Saleh zuckte mit den Schultern. »Sie werden versucht haben, so schnell wie möglich aus der Wüste herauszukommen. Also sind sie vermutlich nach Westen gewandert – den Weg, auf dem wir gekommen sind.«

»Aber es sind schon mit dem Auto fast zwei Stunden bis zum Rand der Wüste«, meinte Aischa unbehaglich.

Saleh nickte. »Ja, natürlich! Sicher haben es viele nicht bis zum nächsten Gewässer geschafft – es sei denn sie haben unterwegs eine Stelle gefunden, wo sie trinken konnten ... Aber das werden wir wohl nie erfahren.«

Schweigend gingen wir weiter. Jeder hing seinen Gedanken nach.

Ich beobachtete, wie mehrere Leute durch die engen Eingänge in gut erhaltene Gebäude schlüpften.

»Ist das nicht gefährlich?«, fragte ich Saleh. »Die Häuser hier sehen aus, als könnten sie jeden Moment einstürzen.«

Er seufzte. »Natürlich ist es gefährlich! Und es hat auch schon einige Unfälle gegeben. Trotzdem zieht es viele Leute nach wie vor hinein: Die Wände hier waren früher mit wunderschönen Bildern verziert, die in den Gebäuden immer noch – zum Teil sogar recht gut – erhalten sind.«

Aischa schüttelte ungläubig den Kopf. »Wie kann man für ein paar Bilder an den Wänden sein Leben riskieren?«

»Genau!«, stimmte Saleh ihr zu. »Zumal man sie auch von außen sehen kann.« Und er führte uns durch einen Säulengang zum Eingang einer Villa.

Nacheinander spähten wir durch den schmalen Spalt, der einst die Tür gewesen war, ins Innere.

Tatsächlich waren die Wände und die Decke in leuchtenden Farben bemalt: Menschen in bunten Gewändern, Pferde mit und ohne Reiter oder vor Karren gespannt, eine Stadt – wahrscheinlich Keralon in seinen besten Jahren, die Wüste und der blaue Himmel darüber.

»Da muss man doch nicht hinein«, sagte ich. »Man sieht doch von außen genug.«

Saleh zuckte mit den Schultern. »Manche Leute sind eben nicht zu verstehen. Könnt ihr euch vorstellen, dass so ziemlich alles, was in dieser Stadt zurückgelassen und nicht von sittenstrengen Moslems zerstört wurde, inzwischen geplündert worden ist: Tongefäße, kleine Statuen, Münzen – sämtliche Dinge, die nicht niet- und nagelfest waren?«

Aischa und ich wechselten einen schockierten Blick. Wer konnte es über sich bringen, die letzten Schätze dieser alten Stadt zu rauben?

»Wird das nicht bestraft?«, erkundigte ich mich aufgebracht.

»Doch, schon! Aber diese Leute sind schlau genug, um sich nicht erwischen zu lassen. Sie kommen bei Nacht und Nebel und verkaufen die Waren auf irgendwelchen Märkten, was nicht überwacht werden kann. Vieles geht auch ins Ausland. Die dankbarsten Abnehmer sind die amerikanischen Soldaten, die um Benit stationiert sind. Sie nehmen diese Dinge gerne als Souvenirs in ihre Heimat mit ...« Seine Stimme klang bitter.

»Bist du sicher?«, fragte Aischa zweifelnd. »Das traue ich den Amerikanern überhaupt nicht zu. Sie respektieren die kulturellen Schätze fremder Länder.«

Saleh schnaubte verächtlich und warf mit einer heftigen Bewegung den Kopf zurück – wohl, weil ihn die Kefijeh störte, an die er nicht gewöhnt war. »Ich kann dir nur sagen, dass nie jemand schlimmer in Keralon gehaust hat als die während des letzten Krieges! Respekt vor kulturellen

Schätzen? Dass ich nicht lache! Dagegen waren die religiösen Fanatiker, die die nackten Statuen zerstört haben, direkt harmlos!«

Nachdem wir unseren Rundgang durch Keralon beendet hatten, kehrten wir zu den Wagen zurück und fuhren noch tiefer in die Wüste hinein.

»Östlich von hier gibt es eine große Oase«, sagte Saleh. »Dort können wir Rast machen.«

»Führen zu dieser Oase wenigstens normale Straßen?«, fragte ich hoffnungsvoll.

Im Moment sah es jedenfalls nicht danach aus. Unsere vier Begleitfahrzeuge und wir bewegten uns quer durch die Wüste, eingehüllt in eine Staubwolke, die die Sicht raubte.

Saleh sah mich kurz von der Seite an und ich bemerkte ein amüsiertes Blitzen in seinen Augen. »Wir sind mitten in der Wüste, Sina. Hier gibt es keine Straßen! Was glaubst du wohl, aus welchem Grund meine Leibwächter und ich heute die Geländewagen genommen haben?«

»Weil ein normales Auto nicht heil am Boden des Tales angekommen wäre, durch das wir nach Keralon gefahren sind?«

Er zwinkerte mir zu. »Kluges Mädchen!«

»Wenn du dich über mich lustig machst, fängst du dir gleich eine ein«, drohte ich scherzhaft.

»Was redest du da?« Saleh hob ergeben eine Hand vom Steuer. »Wie könnte ich mich jemals über dich lustig machen? Bitte, tu mir nichts! Sonst landen wir noch im Graben!«

»Zu deinem Pech ist hier gar keiner!« Ich boxte ihn in die Seite.

»Ganz ruhig – brave Sina!« Das klang, als rede er mit einem bissigen Hund, den man beschwichtigen musste. Dabei tätschelte er mir die Wange.

Wieder einmal erstaunte mich der Sturm der Gefühle, den seine Berührung bei mir auslöste.

Um meine Unsicherheit zu überspielen, schaltete ich die Stereoanlage am Armaturenbrett ein. Saleh hatte keine CD eingelegt und so lief automatisch das Radio. Eine brüchige Männerstimme quäkte etwas auf Arabisch. Ich schaltete so lange durch die Sender bis Musik kam.

Der fremdartige Klang der arabischen Lieder faszinierte mich noch immer.

»Das ist eine meiner Lieblingssängerinnen«, sagte Saleh und deutete mit einem Kopfnicken auf das Radio. »Sie singt nicht einfach nur, sondern legt ihre Seele in ihre Lieder. Das können nicht viele.«

Ich nickte. »Ja, ich verstehe, was du meinst.«

Während wir schweigend der arabischen Sängerin lauschten, holperte der Geländewagen über Geröllhalden, schlitterten über Sanddünen und durchquerte ausgetrocknete Bachbetten, die wohl seit Jahren kein Wasser mehr gesehen hatten.

Saleh war kein aggressiver Fahrer. Aber er genoss es offensichtlich, in flottem Tempo durch die Wüste zu düsen. Aischa und mir dagegen war die rasante Geländefahrt nach wie vor nicht ganz geheuer und ich spürte, dass meine Freundin genauso erleichtert war wie ich, als wir die Oase erreichten.

Das üppige Grün wirkte seltsam inmitten der Wüste. Hier wuchsen riesige Palmen, saftige Büsche und Blumen aller Art. Mitten durch die Oase floss ein Bach.

Saleh, Aischa und ich wanderten durch die lebendige Pracht, lauschten dem vielstimmigen Gesang der Vögel, atmeten tief den Geruch von Blumen und frischem Wasser ein.

Schließlich setzten wir uns ans Ufer des Baches. Wir ließen die Füße ins Wasser baumeln und aßen und tranken ausgiebig von dem, was wir mitgebracht hatten. Auch die Leibwächter gesellten sich zu uns. Sie hatten ebenfalls ihre Schuhe ausgezogen und die Hosenbeine ihrer Uniformen hochgekrempelt. Wie wir kühlten sie die Füße im Bach und aßen ihr Mitgebrachtes, das hauptsächlich aus gefüllten Fladenbroten bestand.

Der, der mir am nächsten saß, bemerkte meinen Blick.

»Die Abkühlung tut gut, nicht wahr?«, wandte er sich auf Englisch an mich.

Vor Überraschung verschluckte ich mich fast an meinem Essen. Es war das erste Mal, dass einer dieser bedrohlich wirkenden Männer das Wort an mich richtete – und seine Stimme klang ganz freundlich. Außerdem hatte er so eben meine Vermutung widerlegt, dass in Benit nur Mitglieder der Präsidenten-Familie Englisch konnten.

»J ... ja!«, stammelte ich. »Sehr sogar!«

Er nickte verständnisvoll. »Für Sie muss unser Klima hier unerträglich sein. Solch eine Hitze wie in Benit kennt man in Deutschland nicht.«

»Stimmt! Aber mir gefällt Benit trotzdem.«

»Das freut mich!«, sagte er lächelnd ... Wahrhaftig: Er lächelte, ohne von Saleh dazu aufgefordert worden zu sein. Ich konnte es kaum fassen.

Ich kam aus dem Staunen nicht mehr heraus. Zum ersten Mal war es mir gelungen, einen Blick hinter die bedrohliche Fassade eines Mitgliedes der Republikanischen Sicherheit zu werfen. Und mit einem Mal erkannte ich, dass sich dahinter ganz normale Menschen verbargen. Wenn sie ihre finsteren Gesichter aufsetzten, taten sie nur ihren Job – nämlich mögliche Angreifer von vorneherein abzuschrecken und so das Leben von Khaled Mustafas Familie zu schützen.

Als der Mann sich mit einem Kopfnicken wieder seinem Essen zuwandte, wusste ich, dass jenes mulmige Gefühl in der Magengrube, welches ich beim Anblick der Leibwächter bisher stets empfunden hatte, sich in Zukunft nicht mehr einstellen würde.

»Morgen würde ich gerne mit euch in den Norden des Landes fahren«, sagte Saleh, nachdem wir gegessen hatten. »Dafür sollten wir zwei bis drei Tage einplanen. Wie ist es, habt ihr Zeit?«

»Klar!«, rief Aischa sofort. »Der Norden ist der Teil von Benit, in dem ich noch gar nie war.« Sie sah ihn an. »Bei dir ist das wohl anders, denke ich. Deine Familie kommt von dort, nicht wahr: Aus einem Dorf bei Farul.«

Er nickte. »Ja, das stimmt!«

Ich musste unwillkürlich grinsen. Wie kam es nur, dass ein absoluter Regimegegner wie Aischa dennoch so gut über Khaled Mustafa und seine Familie informiert war?

»Ein Großteil unserer Verwandten lebt noch immer dort«, sagte Saleh. »Sie werden sich freuen, euch kennen zu lernen. Auch um Unterkunft und Verpflegung müsst ihr euch keine Sorgen machen!«

»Das klingt großartig!«, freute ich mich. »Nicht wahr, Aischa?«

»Ja, super!« Sie versuchte, ihre Stimme begeistert klingen zu lassen. Aber mir war klar, dass sie auf die Aussicht, Salehs Verwandtschaft zu treffen, nicht gerade erpicht war.

Ich dagegen hatte in dieser Hinsicht keine Berührungsängste mehr – so lange ich dem Diktator selbst nicht begegnen musste. Und der hatte bestimmt keine Zeit, sich im Norden herumzutreiben ...

Saleh nickte zufrieden. »Gut! Dann treffen wir uns morgen Früh wie gewohnt um acht Uhr bei euch!«

Aischa sah auf ihre Armbanduhr. »Wenn das so ist, sollten wir uns aber langsam auf den Heimweg machen.«

Als wir uns ein paar Stunden später vor Tahirs Haus von Saleh verabschiedeten, fiel mir etwas ein.

»Warte kurz, Saleh!« Damit verschwand ich ins Haus, sauste die Treppe hoch und holte seine Jacke unter meiner Bettdecke hervor.

Etwas atemlos kam ich wieder bei ihm und Aischa vor der Einfahrt an. Ich reichte ihm seine Jacke mit einem Augenzwinkern. »Da, bitte schön! Und vielen Dank auch!«

Er grinste. Die untergehende Sonne leuchtete golden in seinen dunklen Locken und tauchte sein Gesicht in warmes Licht. »Gern geschehen!«

Aischa sah verständnislos erst Saleh, dann die Jacke, dann mich an. »Wann hat er die dir gegeben, Sina? Das habe ich ja gar nicht mitbekommen.«

»Du musst auch nicht alles mitbekommen«, entgegnete ich trocken.

Sie streckte mir die Zunge heraus und tat, als sei sie beleidigt. »Jetzt habt ihr schon Geheimnisse vor mir«, rief sie mit gespielter Empörung.

Saleh und ich lächelten uns verschwörerisch zu. »Ja!«, antworteten wir wie aus einem Mund.

8

Ich kauerte mit Aischa vor ihrem Bett, auf dem sie eine Landkarte von Benit ausgebreitet hatte. Meine beste Freundin wollte mir zeigen, welchen Weg wir am nächsten Tag vermutlich nehmen würden.

»Ich schätze mal, dass wir auf der Autobahn bis Hadschid fahren.« Sie folgte mit dem Zeigefinger der breit eingezeichneten Straße bis zu einem roten Punkt, der die Stadt darstellte.

»Von dort aus müssen wir quer durch die Berge, wo die Straßen recht bescheiden sind – gelinde gesagt.«

Ich seufzte. »Heißt das, uns erwartet die gleiche Holperpartie wie heute?«

Aischa nickte. »Ja, holprig wird es auf jeden Fall! Aber wahrscheinlich nicht so schlimm wie heute. Wir werden nicht querfeldein fahren müssen, sondern können auf Straßen bleiben – wenn auch auf schlechten.«

Ich atmete auf. »Na, immerhin ein Lichtblick ... Und wie geht es dann weiter?«

»Sobald wir die Berge hinter uns gelassen haben, können wir hier« – Sie tippte mit auf die Stelle – »wieder zurück auf die Autobahn und bis Farul darauf bleiben.«

»Scheint eine verdammt große Stadt zu sein«, stellte ich fest und musterte den roten Fleck auf der Landkarte. Er war kaum kleiner als der, der Sarana darstellte.

Aischa nickte. »Farul ist die drittgrößte Stadt in Benit – nach Sarana und der Hafenstadt Soum.«

Sie faltete die Landkarte zusammen. »So und jetzt wollen wir mal unsere Koffer packen, damit wir für die weite Reise gerüstet sind!«

Ich stand auf, ging zu meinem Bett hinüber und zog die Reisetasche darunter hervor. »Irgendwie freue ich mich schon riesig auf den Ausflug. Ich kann es kaum erwarten, die Heimat von Salehs Familie zu sehen.«

Aischa verzog das Gesicht. »Mir ist nicht ganz wohl bei dem Gedanken, Sina! Du weißt, was ich von Khaled Mustafa halte. Und um ehrlich zu sein, ich habe eigentlich kein Bedürfnis, mich näher mit seiner Sippe einzulassen.«

Ich fühlte Ärger in mir aufsteigen. »Ach was! Du mit deinen Vorurteilen. Ich habe bisher zwei Mitglieder von Salehs Familie kennen gelernt und beide sind absolut in Ordnung. Warum sollte der Rest der Verwandtschaft anders sein?«

»Weil Khaled Mustafa anders ist«, entgegnete sie ebenso heftig. »Er ist ein machtbesessener Tyrann und Kriegsverbrecher – schon vergessen?«

»Vielleicht war er früher anders, als er noch nicht der war, der er jetzt ist«, warf ich ein. »Vielleicht ist ihm einfach nur die Macht zu Kopf gestiegen?«

Aischa warf mit einer ungeduldigen Kopfbewegung ihr langes, dunkles Haar zurück, um das ich sie so beneidete. »Vielleicht – vielleicht auch nicht«, rief sie aufgebracht. »Was spielt das für eine Rolle?« Dann schien ihr Ärger plötzlich verraucht zu sein. Sie atmete tief durch und blickte mich eindringlich an. »Jedenfalls müssen wir seiner Familie gegenüber vorsichtig sein! Okay, Sina?«

Ich nickte folgsam, auf ihren versöhnlichen Ton eingehend. »Okay!«

»Übrigens soll auch Abdullah Khaled Mustafa nicht der Beste sein«, bemerkte Aischa. Sie hatte immer gern das letzte Wort – besonders wenn es um die Mächtigen Benits ging.

»Salehs Bruder?«, fragte ich erstaunt. »Wieso? Was ist mit ihm?«

Sie zuckte mit den Schultern. »Vielleicht sind es nur Gerüchte, aber jedenfalls hat er einen verdammt schlechten Ruf. Er soll äußerst gewalttätig sein und ein Säufer. Angeblich hat er vor ein paar Jahren im Suff einen seiner Leibwächter erstochen.«

»Ob Saleh deshalb immer so ausweichend reagiert, wenn die Sprache auf ihn kommt?«, überlegte ich.

»Keine Ahnung! Wie gesagt: Ich habe das nur so gehört. Es könnte auch nichts weiter als ein Gerücht sein, das von irgendwelchen Regimegegnern in die Welt gesetzt wurde.«

In diesem Moment klopfte es an der Tür.

»Herein!«, rief Aischa und ihr Vater trat ins Zimmer. Er war bis jetzt im Laden gewesen und sah entsprechend müde aus.

»Guten Abend, ihr zwei!«, grüßte er uns und ich merkte genau, wie bemüht er war, seine Stimme munter und fröhlich klingen zu lassen. »Hattet ihr einen schönen Tag?«

Wir bejahten.

Er nickte zufrieden und wandte sich an Aischa. »Mein bester Freund heiratet morgen und wir sind eingeladen.«

Seine Tochter seufzte. »Eigentlich wollten wir morgen mit Saleh nach Norden fahren und dort zwei bis drei Tage bleiben.«

»Verschiebt das doch einfach auf übermorgen«, meinte er gelassen. »Saleh und der Norden laufen euch ja nicht davon.«

Aischa sah mich an. »Was meinst du, Sina?«

Ich versuchte, ein gleichgültiges Gesicht zu machen, was mir nicht gelang. »Geht schon in Ordnung!« Auch meine Stimme klang alles andere als überzeugend. Wie sehr hatte ich mich auf diesen Ausflug gefreut.

Tahir musterte mich prüfend. »Du scheinst nicht begeistert zu sein«, stellte er fest. »Möchtest du nicht mit zu der Hochzeit?«

Ich wand mich unbehaglich unter seinem Blick. »Doch, schon ... Es ist nur ... Ich kenne doch niemanden auf dem Fest und alle werden Arabisch reden. Dabei komme ich mir ziemlich komisch vor ... Außerdem war ich noch nie auf einer muslimischen Hochzeit und habe keine Ahnung, wie man sich da verhält.«

Aischa nickte nachdenklich. »Stimmt! Ich glaube, da würde ich mich an deiner Stelle auch unwohl fühlen.« Sie warf ihrem Vater einen ratlosen Blick zu. »Was sollen wir tun? Wir könnten ihr erklären, was bei den Hochzeiten hier abläuft, aber für einen Arabisch Crash-Kurs ist zu wenig Zeit.«

»Hmm ...« Tahir legte nachdenklich die Stirn in Falten. »Ich frage mich gerade, ob es Sina nicht sowieso mehr Spaß machen würde, mit Saleh nach Norden zu fahren.«

Aischa starrte ihn mit offenem Mund an. »Allein?«, rief sie entsetzt. »Das halte ich für keine gute Idee!«

»Sina kann selbst entscheiden, was sie möchte, Aischa!«, sagte ihr Vater bestimmt. »Sie ist intelligent genug, um sich über die Konsequenzen ihres Handelns im Klaren zu sein! Ich bin sicher, sie wird für einen gut aussehenden jungen Mann nicht ihr Leben riskieren.« Er sah mich ernst an – wohl, um seinen letzten Worten Nachdruck zu verleihen. »Nicht wahr, Sina?«

Ich wusste nicht, was ich sagen sollte. »We ... wenn das so ist, wü ... würde ich lieber nach Norden fahren«, stotterte ich.

Tahir zwinkerte amüsiert mit den Augen. »Hab ich mir fast gedacht!«

Aischas Gesicht dagegen drückte noch immer Unbehagen aus.

»Wenn du die Situation ausnutzt, um eine heiße Affäre mit ihm zu starten, erwürge ich dich, ehe Khaled Mustafas Schergen es tun!«, drohte sie, nachdem Tahir das Zimmer verlassen hatte.

Ich lachte nur. Natürlich würde Aischa mich nicht erwürgen und ich würde auch nicht so verrückt sein, eine Affäre mit Saleh anzufangen – zumal ich bei ihm sowieso keine Chance hatte.

Aber ich freute mich wie ein Kind auf die folgenden Tage ...

9

Saleh kam an diesem Morgen schon etwas früher. Als ich mit meiner Reisetasche aus der Haustür trat, parkten sein Sportwagen und die Fahrzeuge der Republikanischen Sicherheit bereits am Straßenrand.

Saleh stand an sein Auto gelehnt da und wartete. Doch er war nicht allein. Er hielt einen kleinen Jungen mit dunklem Wuschelkopf an der Hand.

Ich erkannte das Kind sofort: Sein Sohn Ali, den ich auf dem Porträt im Palast bei Zara gesehen hatte.

»Hallo, Saleh!«, grüßte ich und wandte mich dann an den Kleinen. »Hallo, Ali!«

Saleh strahlte mich an. »Du hast ihn sofort erkannt«, stellte er erfreut fest.

Ali schaute mit großen, schwarzen Augen zu mir auf. Er hatte den wachen Blick seines Vaters und auch in den Gesichtszügen erkannte ich Saleh wieder. Allerdings hatten die von Ali noch etwas kindlich Verschwommenes.

Der Junge musterte mich prüfend, schien ergründen zu wollen, ob ich sympathisch war oder nicht.

Seine Entscheidung fiel offensichtlich zu meinen Gunsten aus: Er erwiderte mein Lächeln, griff mit der freien Hand nach meiner und redete munter auf mich ein.

»Tut mir Leid!«, sagte ich entschuldigend. »Ich verstehe dich nicht!«

Saleh grinste. »Er findet, dass du schöne Haare hast und will auch solche, wenn er groß ist.«

Er sah sich prüfend um. »Wo ist Aischa?«

»Sie kann nicht mitkommen, weil der beste Freund ihres Vaters heute Hochzeit feiert«, erklärte ich.

»Schade!«, meinte Saleh. »Na, ja – fahren wir eben allein.« Unsicher schaute er mich an. »Es macht dir doch hoffentlich nichts aus, dass Ali mitkommt? Seine Mutter hat gestern Abend spontan beschlossen, mit ein paar Freundinnen ans Meer zu fahren und ich will den Kleinen nicht ständig an irgendwelche Verwandten abschieben.«

»Natürlich macht es mir nichts aus«, beruhigte ich ihn und blinzelte Ali zu.

Der Junge sah fragend zu seinem Vater auf und sagte etwas zu ihm. Meine Hand hielt er noch immer fest.

Saleh gab ihm Antwort und wandte sich dann an mich: »Er will wissen, wo die andere Frau bleibt und warum du so komisch sprichst. Ich habe ihm erklärt, dass die andere Frau keine Zeit hat, und du so komisch sprichst, weil du aus einem anderen Land kommst.«

»Woher weiß er von Aischa?«, fragte ich erstaunt.

Saleh zuckte mit den Schultern. »Ich habe ihm von euch erzählt.« Er schenkte mir ein warmherziges Lächeln, das mein Herz schneller schlagen ließ. »Besonders von dir!«

»Von mir?«, rief ich ungläubig. »Was hast du ihm da erzählt?«

Nun wich er verlegen meinen Blicken aus. »Oh, so allerhand ... Wie du heißt, woher du kommst, wie du aussiehst, dass du Kinder magst und sehr nett bist ... Darum war er auch gleich so zutraulich.«

Ich schüttelte lächelnd den Kopf. »Du bist unmöglich! Aber nett finde ich dich auch.«

Das Funkeln in seinen Augen hypnotisierte mich und ich rang verzweifelt um meinen klaren Verstand. Meine Gefühle für ihn schienen mit jedem Tag stärker zu werden und es fiel mir immer schwerer, sie im Zaum zu halten.

Zum Glück brach Alis muntere Kinderstimme schnell den Bann.

Saleh schüttelte auf das, was er sagte, entschieden den Kopf und der Kleine verzog schmollend das Gesicht. Das, was er seinem Vater jetzt antwortete, klang ausgesprochen patzig.

Saleh stöhnte genervt, aber ich merkte, dass er sich nur mit Mühe das Lachen verbiss.

»Er will vorne im Auto mitfahren«, erklärte er mir. »Ich habe ihm gesagt, dass das nicht geht, weil wir sonst Ärger mit der Polizei bekommen und er sich außerdem bei einem Unfall verletzen würde.«

»Und?«, fragte ich gespannt.

»Er meint, dass ich sowieso keinen Unfall baue und die Polizei ihm auch nichts tut, weil sein Großvater der Präsident von Benit ist.«

Ich lachte und drückte Alis Hand. »Kluger Junge! Und ich wette, er hat Recht! Oder würde es ein Polizist je wagen, dich anzuhalten?«

»Wahrscheinlich nicht«, gab Saleh grinsend zu. »Bisher hat es jedenfalls noch keiner getan.«

»Hab ich mir gedacht. Sag Ali, wenn er hinten einsteigt, kaufe ich ihm nachher etwas Schönes!«

Der junge Beniter schüttelte amüsiert den Kopf. »Dass ihr Frauen immer mit Bestechung arbeiten müsst.«

Ich zuckte mit den Schultern. »Hauptsache, es wirkt!«

Nachdem Saleh Ali mein Angebot übersetzt hatte, blickte mich der Kleine aus zusammengekniffenen Augen ungläubig an. Ich nickte zur Bestätigung und tatsächlich kletterte er nun brav auf den Rücksitz.

Es konnte losgehen.

Wir fuhren durch die Randbezirke von Sarana.

»Macht es dir etwas aus, wenn ich schnell Nachrichten höre?«, fragte mich Saleh. »Danach können wir auch gern eine CD einlegen.«

»Kein Problem«, sagte ich. »Du musst mich eigentlich gar nicht fragen. Schließlich ist das hier dein Auto.«

»Aber du bist der Gast!«

Mit rasendem Herzen beobachtete ich, wie er nach dem Anschaltknopf des Radios griff.

Wie immer, wenn ich neben ihm auf dem Beifahrersitz saß, fiel mir die Schönheit seiner Hände auf – unglaublich feingliedrige Hände, die sich mit derselben Eleganz wie sein restlicher Körper bewegten.

Ich dachte daran, wie es gewesen war, die Hand zu halten, die nun den richtigen Sender suchte – wie sie mich an der Taille berührt, mir den Rücken eingecremt, über die Wange gestrichen hatte ... Allein die Erinnerung ließ mich innerlich erbeben.

Rasch lenkte ich meine Aufmerksamkeit auf die Stimme im Radio. Ein paar wenige Worte ließen sich herausfiltern: Sarana, Bena'aschid, Khaled Mustafa ...

Aber so sehr ich auch versuchte, mich ganz auf die fremde Sprache zu konzentrieren: Ich konnte nicht anders, als Saleh ab und zu verstohlen von der Seite zu betrachten. Es war wie verhext. Immer wieder wanderten meine Augen einfach zu ihm hinüber ...

Er lauschte aufmerksam den Nachrichten, obwohl ein Großteil seiner Aufmerksamkeit dem Verkehrschaos der Hauptstadt und den gewagten Fahrmanövern seiner Leibwächter galt.

Sein Gesicht drückte bei den verschiedenen Meldungen abwechselnd Verwunderung, Freude, Misstrauen, Erleichterung und Ärger aus. Gerne hätte ich gefragt, worum es da im Einzelnen ging, aber ich ließ es dann doch lieber. Bestimmt wollte er in Ruhe die Nachrichten hören und nicht nebenher als Übersetzer fungieren müssen.

Mein Vater jedenfalls hätte mir eine solche Störung verdammt übel genommen. Als Julian und ich noch jünger waren, wurden wir regelmäßig aus dem Wohnzimmer geworfen, weil wir es wagten, uns zu unterhalten, während im Fernsehen die Nachrichten liefen.

Nachdem uns während eines Besuches bei einem Onkel dasselbe passiert war, hatte ich endgültig begriffen, dass es nicht ratsam war, einen wissbegierigen Mann bei den Nachrichten zu stören ...

In diesem Moment wandte Saleh sich an mich: »Vor Hadschid hat es einen schweren Unfall gegeben. Die Autobahn wird stundenlang gesperrt sein. Wir müssen einen Umweg fahren.«

»Was ist passiert?«, erkundigte ich mich, erleichtert darüber, dass er nicht wie mein Vater und Onkel war.

»Ein Tankwagen hat sich aus unerfindlichen Gründen plötzlich mitten auf der Straße quer gestellt und dadurch eine Massenkarambolage ausgelöst. Das ganze Öl ist ausgelaufen und hat Feuer gefangen.«

Ich schauderte. »Hört sich schlimm an!«

Saleh nickte betrübt. »Es hat einige Tote und Verletzte gegeben.«

Vom Rücksitz her meldete sich Ali.

Sein Vater schüttelte entschieden den Kopf und antwortete ihm. Dann übersetzte er seine eigenen Worte für mich: »Nein, wir fahren nicht zu dem Feuer!«

Ali schnaubte enttäuscht und wandte sein Gesicht wieder dem Fenster zu.

Wir hatten Sarana hinter uns gelassen und Saleh bog auf die Autobahn ein. Die anderen Verkehrsteilnehmer machten ihm und seinen Leibwächtern respektvoll Platz, sodass wir fast ungehinderte Fahrt hatten. Wieder kam ich mir wie eine Prinzessin vor und genoss die Sonderrechte.

Saleh gab Gas und der gelbe Sportwagen schoss wie ein Sektkorken aus der Flasche auf die breite Straße hinaus. Zum ersten Mal spürte ich so richtig, wie schnell sein Auto war.

»Du legst ein ganz schönes Tempo vor!«, stellte ich fest.

Er lächelte. »Trotzdem haben wir noch eine lange Fahrt vor uns. Daran ändern auch die fünfhundert PS unter meiner Motorhaube nichts ... Wie geht es unserem Plappermaul? Es ist auf einmal so verdächtig still da hinten.«

Ich drehte mich nach Ali um. Er hing leicht schief da, die linke Schulter ans Fenster gelehnt. Sein Kopf war ihm auf die Brust gesunken und er atmete gleichmäßig.

»Schläft wie ein Murmeltier«, berichtete ich grinsend.

Saleh seufzte erleichtert. »Gut! Dann haben wir für eine Weile Ruhe.«

Die Landschaft, durch die wir fuhren, wurde immer trockener. Wir entfernten uns rasend schnell von der fruchtbaren Ghaniimebene. Inzwischen fegten wir mit fast dreihundert Stundenkilometern über die Autobahn. Ich wunderte mich, dass die Wagen der Republikanischen Sicherheit da überhaupt noch mithalten konnten. Viel schneller hätte Saleh aber bestimmt nicht mehr fahren dürfen. Sonst hätten wir sie abgehängt.

Irgendwie hatte in diesem Land sogar die Wüste ihren Reiz mit den kahlen Hügeln unter strahlend blauem Himmel. Sie vermittelte ein Gefühl von Weite und Ungebundenheit.

Inzwischen war es Mittag und die Hitze flimmerte über dem Asphalt der Autobahn. Ich war froh um die Klimaanlage in Salehs Wagen, der noch immer wie ein Geschoss dahinflog. Nie zuvor hatte ich in solch einem Auto gesessen. Aber ich vertraute auf Salehs Fahrkünste und darauf, dass die Fahrer der anderen Wagen uns im Rückspiegel heranfliegen sahen und die Überholspur räumten.

»Bei der nächsten Ausfahrt müssen wir von der Autobahn runter«, sagte Saleh nach einer Weile. »Sonst geraten wir in den Stau, der sich inzwischen bestimmt vor der Unfallstelle gebildet hat!« Er nahm seine Funkgerät-Handy-Mischung aus der Halterung am Armaturenbrett und sprach hinein.

Wenige Sekunden, nachdem er verstummt war, kam die vielstimmige Bestätigung durch die Männer der Republikanischen Sicherheit.

Ich schaltete durch die spärliche Auswahl an Radiosendern. Nirgendwo kam mehr etwas, was mir gefiel.

»Ich glaube, ich würde jetzt wirklich gern eine CD einlegen«, sagte ich zu Saleh.

Er setzte den Blinker und lenkte seinen Wagen, umgeben von den Fahrzeugen der Republikanischen Sicherheit, auf die Abbiegespur. Erst als er das Tempo auf etwa sechzig Stundenkilometer verlangsamt hatte, wandte er sich mir zu. Er schenkte mir sein typisches Lächeln: spitzbübisch, aber doch zugleich sanft und zurückhaltend. Nie zuvor hatte mich ein Lächeln so tief im Innersten berührt wie seines.

»Klar! Such dir eine aus!«

Ich sah ihn zweifelnd an. »Egal welche?«

Sein Lächeln wurde breiter. »Keine Sorge. Das hier ist mein Wagen. Du wirst nur Musik finden, die mir gefällt.«

Ich zog irgendeine CD aus dem Fach unter meinem Sitz hervor und legte sie ein. Sofort erklang arabische Musik.

»Hat jeder in eurer Familie so ein tolles Auto?«

Er lachte. »Ein tolles Auto habe nur ich! Safia hat zwei, Barif und Ledan je drei und Abdullah besitzt im Moment neunundvierzig Stück!«

»Wie bitte?« Ich traute meinen Ohren nicht. »Neunundvierzig?«

»Genau! Und alle sind Spezialanfertigungen.«

»Was um Himmels willen macht er denn mit so vielen Autos?«

Saleh zuckte mit den Schultern. Das Lächeln war aus seinem Gesicht gewichen. »Er betrachtet sie, poliert sie und freut sich daran. Mein Bruder hat eine Leidenschaft für Statussymbole. Ob teure Autos oder schöne Frauen – er kann nie genug bekommen.«

Ich musterte prüfend sein Profil. Er hatte die Lippen fest aufeinander gepresst und starrte stur geradeaus durch die Windschutzscheibe.

»Du magst deinen Bruder wohl nicht besonders, wie?«, erkundigte ich mich vorsichtig.

Er warf mir einen kurzen Blick zu und seufzte tief. »Abdullah und ich sind sehr verschieden«, erklärte er. »Darum ist unser Verhältnis recht kompliziert. Ich verabscheue einige seiner Eigenschaften, und er wirft mir vor, ich hätte bei unserem Vater immer das liebe Kind gespielt und ihn so dazu gebracht, mich mehr zu lieben als ihn.«

»Stimmt das?«, wollte ich neugierig wissen. »Liebt Kha ... dein Vater dich mehr?«

Saleh winkte ärgerlich ab. »Unsinn! Er kommt nur mit mir besser zurecht als mit Abdullah! Der kann ganz schön schwierig sein, weißt du. Aber deswegen bedeutet er unserem Vater doch nicht weniger. Er liebt alle seine Söhne und Töchter gleich.«

»Du sagst, du hast nur dieses eine Auto«, wechselte ich rasch das Thema, weil ich merkte, dass er nicht gern über Abdullah sprach. Was hatte Aischa mir gestern Abend über ihn erzählt? Dass er gewalttätig und ein Säufer sei? Ob Saleh wohl das meinte, wenn er von Verhaltensweisen seines Bruders sprach, die er verabscheute, oder wenn er Abdullah als schwierig bezeichnete?

Saleh nickte. »Ja, das hier ist mein einziges.«

»Woher hattest du dann gestern den Geländewagen und die Limousine, mit der du bei unserer ersten Begegnung gefahren bist?«

»Von meinem Vater. Er besitzt etwa hundert Wagen – die meisten Limousinen. Aber auch Sport- und Geländewagen sind dabei.«

»Braucht er wohl als Staatschef«, meinte ich mit einem Schulterzucken, war aber doch beeindruckt.

»Hast du auch ein Auto?«, fragte Saleh.

»Ein eigenes nicht. Ich habe erst seit zwei Monaten den Führerschein. Aber meine Eltern besitzen einen VW-Passat. Damit darf ich fahren ... Natürlich nichts im Vergleich zu deinem Wagen – aber immerhin!«

Er lächelte sanft, sagte aber nichts dazu. Stattdessen deutete er plötzlich auf den Horizont. »Schau, Sina, die Berge!«

In der flimmernden Hitze bemerkte ich kahle Hänge und felsige Gipfel, die bizarre Muster bildeten. Einige davon ragten bestimmt dreitausend Meter in den Himmel und waren von glitzernden Schneefeldern bedeckt – ein merkwürdiger Anblick, wenn man sich in der erbärmlichen Hitze der Wüste befand.

Wir durchquerten eine kleine Oase, in der ein Dorf mit sandigen Straßen und zerfallenden Bauernhäusern lag. Ziegen, Hühner und Esel liefen frei herum, sodass Saleh und die Fahrer unserer Begleitfahrzeuge immer wieder scharf bremsen mussten. Ich sah Männer, Frauen und Kinder in traditionellen arabischen Gewändern. Sie trugen Körbe, arbeiteten auf ihren Feldern und holten in Blecheimern Wasser aus den Brunnen, um ihre Tiere zu tränken.

Unserer Wagenkolonne schenkten die Bewohner des Dorfes nur flüchtige Blicke, um sich sofort darauf gleichgültig abzuwenden. Nur ein kleiner Junge stand am Straßenrand und schaute uns mit großen Augen und offenem Mund entgegen. Sein blaues Gewand war schmutzig und die bloßen Füße voller Wüstenstaub.

Noch ehe wir auf gleicher Höhe mit dem Kind waren, kam eine streng verschleierte Frau aus dem Schatten eines Olivenbaumes gestürzt – ein form- und geschlechtloses Wesen. Vermutlich war sie die Mutter des Jungen – vielleicht auch eine große Schwester. Da ihr schwarzer Schleier nur einen schmalen Schlitz für die Augen ließ, war ihr Alter unmöglich zu schätzen.

Sie packte das staunende Kind am Arm und zerrte es energisch mit sich ins Haus.

Am Ende des Dorfes gab es einen heruntergekommenen Laden und eine kleine Tankstelle mit zwei Zapfsäulen. Einer der zwanzig Leibwächter tankte alle Wagen voll und ging dann in das schmutzige Gebäude, um zu bezahlen.

»Jetzt reicht das Benzin bis Farul«, sagte Saleh zufrieden.

Nachdem wir die Oase mit dem Dorf hinter uns gelassen hatten, stieg die Straße plötzlich stark an. Sogar Saleh musste bei seinem PS-starken Sportwagen in einen niedrigeren Gang schalten. Wir hatten die Ausläufer der Berge erreicht.

Bald erkannte ich, dass es nicht übertrieben gewesen war, als Aischa gesagte hatte, die Straßen in den Bergen seien schlecht.

Wir holperten Hänge hinauf und wieder hinunter, mussten ständig mitten auf der Straße liegenden Gesteinsbrocken ausweichen und ein Großteil der Strecke schien nur aus Schlaglöchern zu bestehen.

Hin und wieder warf ich einen Blick nach hinten zu Ali. Es war mir ein Rätsel, wie er bei diesem Geholper schlafen konnte. Das sagte ich auch Saleh.

Er lachte. »Wenn mein Sohn schläft, schläft er. Dann könnte man Kanonen neben ihm abfeuern und er würde nicht aufwachen!«

Je weiter wir in die Berge vordrangen, desto mehr veränderte sich die Landschaft. An den Hängen links und rechts von uns wuchs schon wieder spärlich Gras und ein paar Hecken; und mit jedem Kilometer, den wir zurücklegten, schien es grüner um uns zu werden.

»Der Norden von Benit hat ein ganz anderes Klima als der Süden«, erklärte Saleh. »Hier regnet es viel häufiger.«

»Komisch, dass die Regenwolken nie nach Süden ziehen«, wunderte ich mich.

»Die Berge halten sie auf, sodass das ganze Wasser im Norden abregnet.«

Im Moment allerdings gab es auch diesseits der Berge keine Spur von Regen. Die Sonne brannte von einem wolkenlosen Himmel – nicht weniger heiß als in Sarana.

Ali, der inzwischen wieder aufgewacht war, quengelte.

Saleh seufzte. »Er sagt, er hat Hunger und Durst und muss pinkeln. Macht es dir etwas aus, wenn wir hier unsere Mittagspause einlegen, Sina?«

»Nein, natürlich nicht«, antwortete ich. »Wir sind seit Stunden unterwegs und das hier ist eine schöne Gegend. Es spricht also nichts dagegen.«

Saleh wandte sich über Funk an seine Leibwächter, und kurz darauf bogen wir auf einen schmalen Lehmweg ab, der in ein wunderschönes Tal führte. Mitten hindurch floss ein kleiner Bach, dessen Ufer von Büschen und Bäumen beschattet wurden.

Saleh und die Männer der Republikanischen Sicherheit parkten ihre Wagen am Wegrand und wir stiegen aus.

Ich wollte mein Essen aus der Reisetasche auf dem Rücksitz nehmen. Aber Saleh hielt meinen Arm fest, als ich nach dem Türgriff fasste. »Du brauchst dein Essen nicht, Sina! Es gibt heute etwas Besseres.« Er deutete mit einem Kopfnicken auf die Fahrzeuge der Republikanischen Sicherheit, welche in Reih und Glied hinter seinem Wagen parkten.

Beim letzten stand der Kofferraum offen und ein Leibwächter hob eine große Kühltasche heraus.

Ein anderer trug plötzlich einen großen, zusammengerollten Teppich unter dem Arm – offenbar unsere Picknickdecke.

Also nahm ich nur meine Wasserflasche und den Fotoapparat mit. Ich war gespannt, was die Männer der Republikanischen Sicherheit wohl zum Essen mitgenommen hatten.

Ali hatte seine Blase an einem schlanken, hellen Baumstamm entleert und rannte uns mit übermütigem Indianergeheul voran zum Bach hinunter. Dabei bahnte er sich ohne Rücksicht auf Verluste einen Weg durch die Hecken.

Wir anderen folgten langsamer und vorsichtiger, denn die Büsche hatten zum Teil gemeine Dornen.

Als wir Ali endlich eingeholt hatten, waren seine Arme und Beine von Kratzern übersäht. Das T-Shirt und die kurze Hose wurden von mehreren größeren und kleineren Rissen geziert. Auch sein Gesicht hatte etwas abbekommen: Quer über die rechte Wange zog sich ein blutiger Striemen. Doch seine Schrammen schienen den Jungen nicht zu stören. Er stand am Ufer des Baches und strahlte uns entgegen. Seine gesunden weißen Zähne blitzten in dem kleinen, bronzefarbenen Gesicht und ich bemerkte in seinen Augen dasselbe Funkeln wie in denen von Saleh.

Dieser war über den Anblick, welchen sein Sohn bot, nicht gerade erfreut. Mit einem tiefen Seufzer begutachtete er Alis zerrissene Kleider. »Es ist immer das gleiche«, murmelte er ärgerlich. »Was man dem Jungen anzieht, geht kaputt!«

»So weißt du wenigstens, für was du dein Geld ausgeben kannst«, bemerkte ich gelassen.

Da musste er trotz seines Ärgers über Alis Achtlosigkeit grinsen. »Es ist nicht mein Geld, sondern das Geld meines Vaters. Aber es stimmt schon: Wir haben genug davon. Trotzdem« – Er blickte seinen Sohn streng an – »könnte er auf seine Sachen besser aufpassen!«

Ich fing Alis Hilfe suchenden Blick auf, dem trotz der fremden Sprache nicht entging, dass sein Vater sich über ihn aufregte.

Beschwichtigend griff ich nach Salehs Arm. »Beruhige dich! Er ist ein Kind! Und Kinder toben nun einmal gern durchs Gebüsch. Außerdem war auf den ersten Blick gar nicht zu sehen, dass die Hecken Dornen hatten.«

Saleh musterte mich kurz mit gerunzelter Stirn. Dann huschte ein Leuchten über sein Gesicht. »Du wärst wirklich eine gute Mutter.«

Verlegen ließ ich seinen Arm los. »Vielleicht!«, murmelte ich und setzte mich auf den aus roter und schwarzer Wolle gewebten Teppich, den die Leibwächter im Gras ausgebreitet hatten. Sofort ließ sich Ali auf meinen Schoß plumpsen und lehnte den Kopf an meine Schulter.

Saleh machte es sich uns gegenüber bequem.

Die Leibwächter reichten uns Porzellanschalen mit einer weißen, joghurtähnlichen Masse und dazu jeweils ein Stück Fladenbrot. Einen Löffel bekamen wir jedoch nicht.

Fragend blickte ich Saleh an und dieser zwinkerte mir aufmunternd zu. »Probier ruhig! Da sind keine Oliven drin!«

Er zeigte mir, wie ich kleine Stücke von dem Fladenbrot abbrechen und in die Masse tauchen sollte.

Ali brauchte im Gegensatz zu mir keine Anleitung. Noch immer auf meinem Schoß sitzend, aß er geschickt und mit Heißhunger. Es sah ganz leicht aus.

Ich versuchte, auf die Art zu essen, wie Vater und Sohn es mir vormachten und kleckerte prompt.

Ali lachte und ich konnte es ihm noch nicht einmal übel nehmen.

Saleh wischte den Joghurtfleck mit seinem Zeigefinger von meinem T-Shirt und streifte ihn dann im Gras ab. »Versuch es weiter!«, ermunterte er mich. »Beim nächsten Mal klappt es!«

Während ich mit Todesverachtung mein zweites Stück Fladenbrot eintauchte, musste ich unwillkürlich an eine Bemerkung meines Bruders im Obstgarten unserer Großeltern denken, als ich von der Leiter gefallen war und mir das Steißbein geprellt hatte: »Du bist sogar zu ungeschickt, um in der Nase zu bohren«, hatte Julian ohne eine Spur von Mitleid gesagt.

Normalerweise gab ich meinem Bruder aus Prinzip nie recht. Aber in diesem Moment der Depression in einem fremden Land mit fremder Kultur, war ich kurz davor, ihm aus tiefstem Herzen zuzustimmen.

Zum Glück schaffte ich es wenigstens beim nächsten Mal, das Brot mit der Joghurt-Masse ohne Kleckern in meinen Mund zu schieben. Auch der Rest der Mahlzeit lief ohne Zwischenfälle ab.

Meine Laune besserte sich schnell wieder – zumal es wirklich großartig schmeckte.

Nachdem Saleh, Ali und ich satt waren, brachte ein Leibwächter unsere leeren Schüsseln weg.

Nun konnten auch die Männer der Republikanischen Sicherheit an ihr Mittagessen denken, mussten sich allerdings mit dem begnügen, was wir übrig gelassen hatten.

Ich fühlte mich satt und rundum zufrieden. Das peinliche Missgeschick mit dem Joghurt war vergessen. Träge saß ich neben Saleh auf dem Teppich und beobachtete Ali, der bis auf die Unterhose ausgezogen im Bach herumplantschte. Klein, wie er war, reichte ihm das Wasser an den tiefsten Stellen bis zu den Hüften und immer wieder wurde er von der Strömung umgerissen. Er lachte und prustete und kreischte vor Vergnügen.

Ich empfand eine stürmische Zuneigung zu dem Jungen, der Saleh so ähnlich sah.

»Hast du eigentlich noch mehr Kinder?«, fragte ich seinen Vater.

Er schüttelte den Kopf. »Nein, Ali ist das einzige.«

»Warum?«

»Meine Frau ...« Saleh zögerte. »Wie du weißt, ist es bei uns nicht üblich, sich den Ehepartner selbst auszusuchen. Mein Vater hat bestimmt, welche Frau ich heiraten musste. Jamila ist die Tochter eines seiner besten Generäle, der in den letzten beiden Kriegen einen Orden nach dem anderen angesteckt bekam. Er ist in Benit ein sehr angesehener und reicher Mann ... Verstehst du – das ist es, was hier bei einer Hochzeit zählt: Reichtum und Ansehen!« Er hatte sein Gesicht von mir abgewandt und blickte zu den scharf gezackten Berggipfeln hinauf, als fesselten die glänzenden Schneefelder seine ganze Aufmerksamkeit.

Zu gerne hätte ich gewusst, was in ihm vorging. Seine Stimme klang emotionslos.

»Und Liebe?«, fragte ich vorsichtig. »Zählt die gar nicht?«

Langsam drehte er den Kopf in meine Richtung. Unsere Blicke begegneten sich.

»Liebe, wie man sie im Westen kennt, nicht«, sagte Saleh. »Eine Ehe wird hier nur nach praktischen Gesichtspunkten arrangiert.« Sein Gesichtsausdruck war undefinierbar, aber ich glaubte, einen Anflug von Bedauern in seinen schwarzen Augen zu erkennen.

Mein Herz klopfte heftig. Ich nahm all meinen Mut zusammen und stellte endlich die Frage, die mir auf den Lippen lag, seit ich von der Existenz seiner Frau erfahren hatte: »Liebst du sie?«

Verlegen wich er meinem Blick aus und begann, mit dem Zeigefinger das verschnörkelte Muster des Teppichs nachzufahren.

»Nein, ich liebe sie nicht«, antwortete er nach einem Moment des Schweigens leise. Dabei sah er kurz verstohlen zu den Leibwächtern hinüber, die im Stehen aßen und ihn und Ali keine Sekunde aus den Augen ließen.

Fürchtete er, sie könnten mithören?

»Sie ist ein nettes Mädchen; ich mag sie. Aber lieben kann ich sie nicht ...« Er blickte erneut zu Boden und ließ seinen Finger weiter über den Teppich wandern. »Am Anfang habe ich mich ein paar Mal gezwungen, mit ihr ins Bett zu gehen, denn bei uns gilt eine kinderlose Ehe als schlechte Ehe. Diese Schande wollte ich meinem Vater ersparen.

Seit Ali auf der Welt ist, bin ich wenigstens dazu nicht mehr gezwungen ...«

»Und deine Frau?«, erkundigte ich mich behutsam und unterdrückte die Zuversicht, die in mir aufkeimen wollte. Selbst wenn er seine Frau nicht liebte, hieß das noch lange nicht, dass ich Chancen bei ihm hatte! »Was sagte sie dazu?«

Er zuckte mit den Schultern. »Sie ist auch erleichtert, nicht mehr mit einem Mann schlafen zu müssen, den sie nicht liebt.«

Ich schüttelte fassungslos den Kopf. »Das ist doch kein Zustand!«

Saleh nickte, ohne aufzusehen. »Ja, ich weiß! Darum werde ich demnächst mit meinem Vater sprechen und ihn um Erlaubnis bitten, die Ehe lösen zu dürfen.«

»Wie lange seid ihr verheiratet?«, erkundigte ich mich.

»Fast zehn Jahre.«

»Und warum sprichst du dann jetzt erst mit deinem Vater?«

Er hörte abrupt auf, das Muster des Teppichs nachzufahren. Mit einem Ruck hob er den Kopf und sah mir in die Augen. »Es war das gute Recht meines Vaters, eine Ehefrau für mich auszuwählen, und ich habe seine Entscheidung nicht in Frage gestellt. Aber jetzt ...« Er stockte. »Jetzt hat sich etwas geändert: Ich bin einer Frau begegnet, die ich liebe.«

Nun war ich es, die das Gesicht abwandte. Mein Herz krampfte sich zusammen. Der Schmerz, den ich empfand, nahm mir fast die Luft zum Atmen. Verzweifelt kämpfte ich darum, nicht die Fassung zu verlieren. Wie hätte ich auch erklären sollen, dass ich in Tränen ausbrach?

Ich schluckte – einmal, zweimal, dreimal ... Ich atmete tief durch.

Dann hatte ich mich Gott sei Dank wieder unter Kontrolle.

Ein Glück, dass Saleh so in Gedanken war, dass er von meinem gerade noch abgewendeten Gefühlsausbruch nichts mitbekommen hatte ...

In diesem Moment kam Ali triefend vor Nässe angerannt und redete auf seinen Vater ein. Seine Stimme überschlug sich fast vor Eifer.

Saleh lächelte. »Er sagt, er hat ganz viele Fische gesehen.«

Ich versuchte ebenfalls ein Lächeln, hatte aber den Verdacht, dass es eher eine Grimasse wurde. »Schön!«, murmelte ich mit gespielter Begeisterung.

Verbissen kämpfte ich gegen meine Verzweiflung an.

Warum regst du dich auf? Es war doch von Anfang an klar, dass aus dir und Saleh nichts werden konnte! So ist es das Beste für alle!

Ja, natürlich hatte ich gewusst, dass meine Liebe zu Saleh unmöglich jemals Erfüllung finden konnte, aber ein Teil von mir hatte das einfach nicht akzeptieren wollen.

Die endgültige Erkenntnis tat weh – verdammt weh!

Trotzdem war ich entschlossen, mir nicht den Ausflug verderben zu lassen. Schließlich besaß ich immerhin Salehs Freundschaft und die Sympathie seines reizenden kleinen Sohnes – Grund genug, sich zu freuen. Doch die Freude fiel mir schwer.

10

Am späten Nachmittag erreichten wir Farul, das jenseits der Berge in den fruchtbaren Ebenen des Nordens lag.

Mein erster Eindruck der Stadt war allerdings nicht sehr berauschend: heruntergekommene Baracken und Müllberge, die sich in den Gassen türmten. Der Gestank drang bis in Salehs Wagen und Ali hielt sich angeekelt die Nase zu.

Die Straßen waren mit Lehm bedeckt und von Schlaglöchern übersäht.

In lumpige Kleider gehüllte Menschen, die sich in ihrer verwahrlosten Erscheinung kaum von den die Müllberge durchwühlenden Hunden und Katzen unterschieden, sahen unserer kleinen Wagenkolonne staunend nach – vermummte Frauen, magere Kinder und verbittert blickende Männer. Es kam wohl nicht häufig vor, dass ein Mitglied der Präsidentenfamilie hier durchfuhr.

In mir regte sich das schlechte Gewissen. Wie konnte ich neben dem schönen Saleh Khaled Mustafa in einem sündhaft teuren Auto mit Klimaanlage sitzen, während sie in ihrem Müll, ihrer Armut und der Hitze fast erstickten?

Auch Saleh schien sich alles andere als wohl in seiner Haut zu fühlen. Er fuhr so schnell wie es die schlechten Straßen eben zuließen – wohl, um diese Slums möglichst schnell hinter sich zu lassen.

»Das Armenviertel von Farul«, sagte er gepresst. »Schlimm, nicht?«

Für einen Moment war ich fast wütend auf ihn, wollte ihn fragen, warum er und seine Familie gegen dieses Elend nichts unternahmen. Doch im nächsten Augenblick wusste ich darauf die Antwort: Der gesamte Reichtum des Diktators hätte nicht genügt, um allen armen Menschen in Benit zu helfen. Dafür gab es einfach zu viele.

Ich sah Salehs betroffenes Gesicht und meine Wut verrauchte schlagartig. Stattdessen kamen die alten Gefühle wieder hoch – Gefühle, die ich vergessen wollte ...

Nein, bloß nicht an die andere Frau denken, die er liebt!

Bald hatten wir die Slums hinter uns gelassen und bewegten uns auf anständig asphaltierten Straßen und zwischen Häusern, die – wenn auch zum Teil alt und heruntergekommen – doch wenigstens keine Baracken waren.

Je näher wir dem Stadtzentrum kamen, desto nobler wurden die Häuser.

Endlich war er wieder zu spüren – mein geliebter Zauber aus Tausendundeiner Nacht: bunte Märkte mit exotischen Gerüchen, prächtig verzierte Gebäude, die goldenen Kuppeln von Moscheen ... Und natürlich Bilder und Statuen von Khaled Mustafa an jeder Straßenecke.

Jedes Mal, wenn Ali den Diktator irgendwo entdeckte, deutete er mit aufgeregtem Plappern auf ihn und hopste wie ein kleiner Kobold auf dem Rücksitz hin und her und auf und ab. Immer wieder stieß er dabei an meine Reisetasche, die seinen Turnübungen im Weg stand. Doch das schien ihn nicht zu stören.

»Er liebt seinen Großvater über alles«, erklärte mir Saleh mit einem amüsierten Augenzwinkern.

Ich konnte mir nicht vorstellen, dass der grausame Diktator sich mit einem sechsjährigen Kind verstand. Aber vielleicht war Khaled Mustafa Ali gegenüber ja anders als sonst. Möglich, dass er den aufgeweckten Jungen ins Herz geschlossen hatte.

»Wo fahren wir eigentlich genau hin?«, erkundigte ich mich.

»Zu einem Cousin meines Vaters, der zugleich Verteidigungsminister ist«, antwortete Saleh. »Wir sind bald da.«

Tatsächlich hielten wir kurze Zeit später vor einer Villa mit riesigem Garten an.

Das Grundstück war von einer hohen Mauer umgeben.

Auf Salehs Klingeln an der Gartenpforte öffnete ein kleiner, untersetzter Mann, der dem Sohn des Diktators unterwürfig zunickte und dann das Tor für uns aufschloss. Saleh und Ali grüßten auf Arabisch, ich auf Englisch.

Der Diener bedeutete uns wortlos, ihm zu folgen. Er führte uns mitsamt den zwanzig Leibwächtern, die Saleh dicht auf den Fersen blieben, ins Haus.

Khaled Mustafas Cousin erwartete uns im Salon. Er war ein athletisch wirkender, bärtiger Mann im grauen Anzug. Er hatte ein schmales, knochiges Gesicht, sodass seine eigentlich gut geformte Nase etwas zu groß wirkte. Saleh stellte ihn mir mit dem Namen Hatem vor.

Der Verteidigungsminister musterte mich – das Mädchen aus dem feindlichen Westen – wachsam, schien mich dann jedoch als harmlos einzustufen.

Er lächelte mir wohlwollend zu und versicherte, es sei ihm eine große Freude, mich kennen zu lernen. Er war bestimmt an die fünfzig Jahre und besaß einen umwerfenden Charme – weder auf seinem Kopf noch in dem gepflegten Vollbart zeigte sich ein einziges graues Haar.

Eine Weile redete er mit Saleh und mir über die Hitze, die Verkehrsverhältnisse in Benit und die Zustände in den Slums von Farul.

»An allem sind die Amerikaner schuld«, behauptete Hatem hasserfüllt. »Ohne diese verbrecherischen Dummköpfe hätten wir hier keine Probleme!«

Ich wechselte einen Blick mit Saleh und merkte, dass auch er sich nur mit Mühe das Lachen verbeißen konnte.

Offenbar lebte Khaled Mustafas Cousin nach dem Motto: Einer ist immer schuld! Und einer waren für ihn die Amerikaner.

Zwar mochten sie durch den Krieg tatsächlich zur Armut vieler Menschen beigetragen haben, aber ihnen die Schuld für das Wetter und die Unfähigkeit der benitischen Autofahrer zu geben, war doch etwas weit hergeholt.

Ali unterbrach Hatems Beschimpfungen, indem er ihm quengelnd am Hosenbein zog.

Sofort wurde das Gesicht des Verteidigungsministers weich. Er nahm den Jungen hoch und gab ihm einen dicken Kuss auf die Wange. Dann ging er mit Ali zur Wand neben der Tür und ließ ihn den kleinen runden Knopf an der Wand drücken. Ich hatte ihn bisher für einen Lichtschalter gehalten.

Irgendwo im Haus klingelte es. Sofort erschien der untersetzte Diener und Hatem gab ihm auf Arabisch einen Befehl. Der Diener nickte scheu, murmelte etwas und zog sich zurück.

»Setzt euch!«, forderte Hatem Saleh und mich auf und deutete mit der freien Hand auf die mit teurer Seide überzogenen Plüschsessel, welche im Halbkreis um einen Tisch ganz aus Glas angeordnet waren. Auf dem anderen Arm trug er noch immer Ali, der wie ein kleiner Schneekönig strahlte.

»Gleich bekommen wir Tee serviert.«

Nach dem Tee machten Saleh und ich einen Bummel durch die Fußgängerzone von Farul.

Ali blieb bei Hatem zurück, weil er unbedingt im Pool der Villa baden wollte, der sich in einer Art riesigem Wintergarten auf der Rückseite des Hauses befand. Um den Pool herum wuchsen in Tontöpfen allerhand exotische Bäume, Sträucher und Blumen, wie sie eigentlich im Regenwald zu Hause waren. Ein Springbrunnen in der Mitte des Pools sorgte für die nötige Luftfeuchtigkeit.

Man hatte wirklich das Gefühl in einem richtigen Dschungel zu sein – ein wahres Paradies zum Spielen für einen kleinen Jungen.

»Hatem hätte auch zu gerne einen Sohn«, erzählte Saleh mir, während wir gefolgt von fünf Leibwächtern durch die Fußgängerzone von Farul schlenderten – vorbei an den Straßenhändlern mit ihrer vielfältigen Ware. Unter dem Arm trug ich ein Paket, in dem sich das Geschenk befand, welches ich Ali versprochen hatte: ein ferngesteuertes Spielzeugauto.

»Aber es sind stattdessen acht Töchter geworden – eine schöner als die andere! Trotzdem ist er enttäuscht, dass alle Mädchen sind. Und seine Frau ist nun wohl zu alt, um noch weitere Kinder zu bekommen.«

»Wo sind seine Töchter und seine Frau gerade?«, erkundigte ich mich.

»Sie sind Freunde besuchen gegangen. Du wirst sie nachher kennen lernen.

Tatsächlich saßen die neun Frauen mit Hatem und Ali im Wohnzimmer, als Saleh und ich zurückkehrten.

Alis Haare waren noch nass vom Schwimmen. Er strahlte über mein Geschenk und genoss es, im Mittelpunkt zu stehen. Die Frauen waren hingerissen von ihm.

Die jüngste der Töchter war dreizehn, die älteste um die dreißig. Fünf von ihnen waren schon unter der Haube, wie ich erfuhr, und die sechste würde auch bald heiraten.

Saleh hatte nicht übertrieben: Alle acht waren bildhübsch! Leider sprach keine von ihnen Englisch, sodass wir uns nur mühsam mit Gesten verständigen konnten. Manchmal kamen wir trotzdem nicht weiter und Saleh oder Hatem mussten als Übersetzer einspringen.

Der nächste Tag war mit Besuchen bei allen möglichen Verwandten angefüllt. Wir jagten in Salehs Sportwagen von einer Villa in Farul zur nächsten und durch sämtliche umliegende Dörfer.

Khaled Mustafas Familie war wirklich riesig: fünf Halbbrüder und drei –schwestern, zahllose Cousins, Cousinen, Neffen, Nichten, Tanten, Onkel ...

Auch das Elternhaus des Präsidenten besuchten wir. Es war eine einfache Lehmhütte in einem Vorort von Farul und war heute eine Kultstätte für Regimeanhänger. Es wurde von mehreren Soldaten bewacht, die alle Leute kontrollierten, die das Häuschen anschauen wollten.

Am Abend schwirrte mir der Kopf von all den Gesichtern und Namen, und ich konnte nicht mehr sagen, wer jetzt wer war und wo dazugehörte. Doch eines hatte ich an diesem Tag erfahren: An sämtlichen bedeutenden Stellen im Staat saßen Khaled Mustafas Angehörige – bei der Polizei, der Wehrmacht, in den Gerichten, im Parlament, bei den Geheimdiensten ... Kein Wunder, dass die Herrschaft des Diktators unantastbar war!

Die zweite und letzte Nacht verbrachten wir in einem Palast von Salehs Vater, der am Stadtrand von Farul lag.

Ich schlief in einem weichen Himmelbett zwischen Decken und Kissen aus reiner, dunkelgelber Seide.

Vom Fenster meines Zimmers aus hatte ich eine wunderschöne Aussicht über halb Farul, den Fluss Umal und die Grasebenen des nördlichen Benit, auf denen Schafe und Ziegen weideten. Auch die Berge waren gut zu sehen.

Eine Dienerin, die tadellos Englisch sprach, betreute mich während meines Aufenthaltes im Palast und las mir jeden Wunsch von den Augen ab.

Diese Frau, die Saleh liebt, wird ein Leben wie eine Prinzessin führen! dachte ich unvermittelt, während ich am Morgen vor unserer Rückfahrt in der vergoldeten Wanne eines prunkvollen Badezimmers lag. Decke, Wände und Boden waren mit prächtigen orientalischen Mustern verziert, die ebenfalls von viel Gold durchzogen wurden.

Plötzlich spürte ich diesen Schmerz in der Brust, der seit jener Rast in den Bergen in mir gewesen war, und den ich bisher verdrängt hatte, mit aller Deutlichkeit.

So fühlte sich also Liebeskummer an! Warum nur hatte mir nie jemand gesagt, wie weh er wirklich tat?

Doch als ich frisch gebadet und mit noch feuchten Haaren zu Saleh und Ali in den Wagen stieg, schob ich rasch wieder beiseite, was mich belastete. Darin hatte ich ja inzwischen schon Übung.

Ich lachte mit dem schönen Diktatoren-Sohn, zerzauste dem kleinen Jungen seine ohnehin schon kaum zu bändigenden Locken und summte zu der Musik aus dem CD-Player.

Nach außen hin war ich fröhlich, aber im Herzen weinte ich um den geliebten Menschen, der immer unerreichbar für mich sein würde.

11

In der Nacht nach unserer Rückkehr aus dem Norden klingelte wieder mein Handy.

Da ich sowieso sehr unruhig geschlafen hatte, war ich sofort hellwach.

Aischa hatte am Abend sofort gemerkt, dass etwas mit mir nicht stimmte. Immer wieder musste ich mir die Frage anhören, ob Saleh und ich uns gestritten hätten.

Das verneinte ich wahrheitsgemäß. Doch Aischa gab nicht auf. Sie wollte ganz genau wissen, wie der Ausflug verlaufen sei.

Ich berichtete von oberflächlichen Ereignissen und versuchte, meine Stimme fröhlich klingen zu lassen.

Von dem Gespräch mit Saleh bei unserer Rast in den Bergen erzählte ich nichts.

Der Schmerz über die Existenz einer Frau, die der junge Beniter liebte, saß derart tief, dass ich nicht einmal mit meiner besten Freundin darüber sprechen konnte.

Als jetzt mein Handy klingelte, wusste ich sofort, dass es Saleh war, noch ehe ich die SMS las: Hallo, Sina! Kannst du runterkommen? Saleh

Er wartete wieder an den gelben Sportwagen gelehnt auf mich. Sein Gesicht sah im Licht des Mondes aus wie von einem großartigen Künstler gemeißelt.

Mir lief es heiß den Rücken hinunter – und das lag bestimmt nicht nur daran, dass ich diesmal eine Jacke trug ...

»Hallo, Saleh!«, sagte ich mit nicht ganz fester Stimme. Ich fühlte die Liebe zu ihm stärker als jemals zuvor. Alles in mir drängte in wilder, verzweifelter Sehnsucht zu ihm hin. Die Tatsache, vor ihm zu stehen und ihn nicht berühren zu dürfen, schmerzte mich fast körperlich.

Er lächelte. »Hallo, Sina!« Dann wurde er schlagartig wieder ernst. »Tut mir Leid, dass ich dich geweckt habe, aber ...« Er verstummte.

»Aber?«

Er holte tief Luft. »Ich muss dringend mit dir sprechen! Lass uns zum Fluss hinuntergehen, ja?«

Ich nickte. »Okay, machen wir also wieder einen Nachtspaziergang.«

Gespannt ging ich neben Saleh her. Über was er wohl mit mir sprechen wollte? Hatte er etwa bemerkt, dass mir etwas zu schaffen machte?

Angestrengt dachte ich nach, versuchte mir irgendeine plausible Erklärung für meinen Kummer einfallen zu lassen, um ihm nicht die Wahrheit sagen zu müssen.

Doch ehe ich zu einem Ergebnis kam, hatten wir den Ghaniim schon erreicht.

Das Wasser glänzte silbern im Mondlicht und plätscherte leise. Irgendwo schrie ein Nachtvogel – vielleicht der, den wir beim letzten Nachtspaziergang aufgeschreckt hatten.

Wie auf ein geheimes Zeichen hin blieben wir am Ufer stehen.

Mein Herz klopfte in einer Mischung aus Angst und Erwartung. Gleich würde Saleh mir sagen, warum er mich aus dem Bett geholt hatte.

Doch zu meiner Überraschung blieb er stumm.

Prüfend musterte ich ihn von der Seite. Er hatte seinen Kopf in den Nacken gelegt und blickte hinauf zu den Sternen.

»Was gibt es, Saleh?«, fragte ich.

Da richtete sich sein Blick auf mich. In seinen Augen spiegelten sich die Sterne.

Deutlich spürte ich sein Zögern. Was immer er mir sagen wollte: Es kostete ihn Überwindung.

»Ich ...« begann er. Dann verließ ihn offenbar der Mut.

»Was?«, bohrte ich.

Er schüttelte den Kopf. »Nichts!«

Ich war enttäuscht und weiterhin brannte die Sehnsucht nach seiner Liebe und körperlichen Nähe in mir. Ich konnte mich nicht dagegen wehren. »Du bist mir vielleicht einer, mich so auf die Folter zu spannen«, versuchte ich, die Situation ins Lustige zu ziehen.

Aber Saleh lachte nicht. Ernst schaute er mir ins Gesicht und ich blickte zurück. Wie immer, wenn ich mich in seine Augen versenkte, hatte ich das Gefühl, als befände ich mich jenseits von Zeit und Raum.

Plötzlich nahm Saleh meine Hand. »Wie schön du bist«, flüsterte er andächtig.

Mein Herz schien kurz auszusetzen und schlug im nächsten Moment einen Purzelbaum. Doch ich versuchte, mir nichts anmerken zu lassen. Verbissen kämpfte ich gegen die Leidenschaft an, die mich mit aller Macht überfluten wollte.

Wie war es bloß möglich, so für einen anderen Menschen zu empfinden?

»Na, na!« Ich drückte ein Kichern heraus. »Wenn das die Frau gehört hätte, von der du mir in den Bergen erzählt hast!«

Saleh ging nicht auf meinen erzwungen fröhlichen Ton ein, sondern sah mir weiter ernst in die Augen. »Du bist diese Frau, die ich liebe, Sina«, sagte er unvermittelt.

Mir wurde heiß und gleichzeitig begann ich zu zittern. Ich schwankte zwischen Lachen und Weinen.

Das ist ein Traum! dachte ich. Gleich werde ich aufwachen und merken, dass alles nur ein schöner Traum war!

Nichts hatte ich mir sehnlicher gewünscht, als genau diese Worte von ihm zu hören – nichts auf der Welt! Aber gleichzeitig war ich sicher gewesen, dass er sie nie sagen würde. Ich hatte geglaubt, ich sei zu uninteressant, sein Herz gehöre einer anderen ...

»Ich liebe dich auch, Saleh«, stieß ich krächzend hervor. Meine Kehle war plötzlich wie zugeschnürt.

Er hielt meinen Blick noch immer fest. Sanft legte er die Arme um meine Taille und seine Lippen näherten sich langsam den meinen. Ich hielt den Atem an.

Der erste Kuss war noch zögernd, aber dann übermannte uns beide die Leidenschaft.

Ich schlang die Arme um Salehs Hals und presste mich an ihn. Meine Lippen öffneten sich unter seinen und jede Faser meines Körpers schien zu beben.

Ich war überwältigt, hatte nie bei einem Kuss ähnlich empfunden. Aber bisher hatte ich ja auch noch nie Saleh geküsst.

Als wir uns wieder von einander lösten, klopfte mein Herz wie verrückt. Meine Knie waren so weich, dass ich fürchtete, sie würden mein Gewicht nicht mehr tragen können. Wenn Saleh mich nicht immer noch festgehalten hätte, wäre ich vielleicht umgefallen.

Er holte tief Luft. »Danke, Sina!« Seine Stimme klang zittrig.

Überrascht sah ich zu ihm auf, da er mich um einen Kopf überragte. Das Mondlicht glänzte in seinen dunklen Augen. »Wofür? Für den Kuss?«

Saleh lächelte. »Dafür natürlich auch! Aber da ist noch mehr ...« Er stockte, schien zu überlegen, wie er es sagen sollte. »Ich besitze mehr als die meisten Menschen sich je träumen können. Und doch hatte ich in den letzten Jahren immer öfter das Gefühl, dass mir irgendetwas fehlte.« Sacht strich er mir eine widerspenstige Haarsträhne aus der Stirn. »Jetzt weiß ich, dass du das warst.«

Vor Rührung stiegen mir Tränen in die Augen. »Oh, Saleh!« Ich ließ den Kopf an seine Schulter sinken und atmete tief seinen Geruch ein.

So standen wir lange Zeit eng umschlungen da.

Ich hielt mich an Saleh fest wie eine Ertrinkende an einem Stück Land.

Genau das hatte ich seit unserer ersten Begegnung gewollt: Saleh berühren und von ihm berührt werden.

Gerne wäre ich ewig mit ihm in dieser Nacht am Ghaniim geblieben.

Aber ein Blick auf meine Armbanduhr sagte mir, dass es höchste Zeit war, ins Bett zu gehen.

Saleh gab mir mit einem bedauernden Seufzer recht.

Hand in Hand machten wir uns auf den Rückweg.

Die Nacht kam mir plötzlich weniger kühl und viel heller vor. Sogar die Sterne und der Mond schienen mehr zu strahlen als vor Salehs Liebeserklärung.

Ich fühlte mich schwindlig und benommen vor Glück.

Vor Tahirs Haus blieben wir stehen und lächelten uns zu.

»Gute Nacht, Saleh!«, sagte ich sanft.

»Gute Nacht, Sina!«

Noch einmal küssten wir uns lange und innig. Es war wie ein Sturm, der über uns hinwegrauschte.

Ich winkte dem gelben Sportwagen nach, bis er um die nächste Straßenecke verschwunden war und wandte mich dann dem Haus zu.

Erst da sah ich, dass in unserem Zimmer im ersten Stock Licht brannte. Und hinter dem Vorhang bewegte sich jemand: Aischa! Wie lange sie wohl schon da stand?

Lange genug, wie sich herausstellte. Als ich unser Zimmer betrat, fiel sie sofort wütend über mich her.

»Du bist echt nicht zu retten!«, fuhr sie mich an. »Schlimm genug, dass du überhaupt mit ihm herumknutschst – aber dann tust du es auch noch in aller Öffentlichkeit.« Nie zuvor hatte ich sie so aufgebracht erlebt. »Ich hab dir von Anfang an gesagt, du sollst die Finger von ihm lassen! Warum zum Teufel kannst du nicht hören? Wenn Khaled Mustafa von euch erfährt ... Verdammt – ist dir dummem Huhn eigentlich klar, dass du dein Leben aufs Spiel setzt?«

Stumm zog ich mich aus, legte mich in mein Bett, drehte das Gesicht zur Wand und zog mir die Decke über die Ohren, während Aischa weiter auf mich einschrie.

Jede Diskussion wäre sinnlos gewesen, solange sie derart in Rage war. Außerdem konnte und wollte ich mir ihre Vorwürfe nicht anhören.

Meine Liebe zu Saleh war riskant – als ob ich das nicht selbst gewusst hätte.

Doch wie ich da in meinem Bett lag und noch immer seinen letzten Kuss auf den Lippen schmeckte, erkannte ich mit einem Mal, dass mir die Gefahr gleichgültig war.

Nun, da der Sohn des Diktators mir gestanden hatte, dass er mich ebenfalls liebte, konnte ich meine Gefühle nicht länger zügeln. Ich musste Saleh einfach besitzen und war bereit, mein Leben dafür zu riskieren.

12

Die Szene am Frühstückstisch erinnerte an einen schlechten Film: Aischa saß neben mir und hielt einen so großen Abstand, wie es die Breite des Tisches eben zuließ. Sie würdigte mich keines Blickes, sondern unterhielt sich mit gekünstelter Ungezwungenheit mit ihrem Vater, der uns gegenübersaß.

Aus dem Radio im Hintergrund tönte die blecherne Stimme eines Nachrichtensprechers, was die Atmosphäre aus irgendeinem Grund noch ungemütlicher machte.

Ich versuchte meinerseits, Aischa zu ignorieren. Betont gleichgültig trank ich meinen Kaffee und blätterte nebenher in der Tageszeitung.

Doch so kalt wie ich tat, ließ mich das Verhalten meiner besten Freundin in Wahrheit nicht.

Ich fühlte mich traurig und gekränkt. Nicht einmal der Gedanke an Saleh konnte mich so richtig aufmuntern. Seit Jahren hatte es zwischen Aischa und mir keinen ernsthaften Streit mehr gegeben.

Tahir merkte natürlich, dass der Haussegen schief hing. Zwar hörte er seiner Tochter mit erzwungener Aufmerksamkeit zu, die über derart oberflächliche Dinge wie unsere Schulfächer und die geplante Umgehungsstraße um unser Dorf sprach. Doch ich bemerkte, wie sein Blick verstohlen zwischen uns beiden hin und her wanderte.

»...und es wird wirklich Zeit, dass die Umgehungsstraße endlich kommt«, sagte Aischa gerade. »Was sich da täglich für Blechlawinen durch die Hauptstraße wälzen – furchtbar ...«

»Was ist los, ihr zwei?« Offenbar hielt ihr Vater es jetzt nicht mehr aus.

Aischa tat, als hätte sie seine Frage nicht gehört. »Gibst du mir bitte mal die Milch, Paps?«

Dabei stand die Milchkanne aus Porzellan direkt vor meiner Nase.

Tahir musste sich strecken, um daran zu kommen.

»Danke«, sagte Aischa, als er sie ihr reichte. »Im Moment stockt der Bau noch, weil ein paar Bauern sich weigern, ihre Felder aufzugeben. Hoffentlich ...«

»Habt ihr euch gestritten?«

Aischa, nun aus dem Konzept gebracht, seufzte genervt. »Was du immer denkst!«

Doch ihr Vater ließ sich nicht beirren: »Verkauf mich bloß nicht für dumm! Du redest über Straßenbau, was dich kein bisschen interessiert, und Sina liest in einer arabischen Zeitung, obwohl sie noch nicht einmal die Buchstaben entziffern kann! Und da willst du mir einreden, es sei alles in Ordnung zwischen euch?« Er musterte uns abwechselnd.

Ich klappte die Zeitung zu, schüttete den Rest meines Kaffees hinunter und stand auf. »Ich gehe Zähne putzen«, verkündete ich. »Saleh holt uns wie immer um acht Uhr ab. Wenn du willst, kannst du mitkommen, Aischa! Wenn nicht ... Auch egal.«

Da sah sie mich zum ersten Mal an diesem Morgen direkt an. »Natürlich komme ich mit.« Es klang trotzig.

»Gut!« Damit drehte ich mich um und verließ die Küche.

»Das geht dich nichts an!«, hörte ich Aischa noch ärgerlich zu Tahir sagen. »Es ist eine Sache zwischen Sina und mir! Also, halt dich raus!«

Rasch entfernte ich mich und verpasste dadurch seine Antwort. Ich war auch gar nicht erpicht darauf, sie zu hören.

Saleh kam pünktlich auf die Minute. Mein Herz schlug einen Purzelbaum, als er aus seinem Wagen stieg. Wie immer war er ganz einfach gekleidet: kurze Jeans und T-Shirt. Trotzdem musste ich bei seinem Anblick erneut an einen Märchenprinzen denken.

Unsere Blicke trafen sich und auf seinem Gesicht erschien ein warmes Lächeln, das fast etwas Verschwörerisches hatte.

Schlagartig waren meine Probleme mit Aischa vergessen.

Dieses Glitzern in seinen Augen ... Endlich konnte ich sicher sein, dass es nur mir allein galt.

Er zwinkerte mir zu. »Na, gut geschlafen?«

Was für eine Frage! »Ja, sehr gut! Und du?«

»So gut wie nie.« Er sah sich nach meiner Freundin um, die sich im Hintergrund hielt. »Hallo, Aischa!«

Sie murmelte irgendetwas, das wohl ein Gruß sein sollte. Sosehr sie es sonst auch vermied, ihre Ablehnung gegenüber Saleh oder seiner Familie zu zeigen – heute konnte oder wollte sie sich nicht beherrschen.

Saleh warf mir einen irritierten Blick zu und ich zuckte mit den Schultern.

Ich verspürte nicht die geringste Lust, ihm den Grund für ihr Verhalten zu nennen.

Wenn Aischa schon die beleidigte Leberwurst spielen wollte, sollte sie ihm ihre Motive gefälligst selbst nennen!

»Alles in Ordnung, Aischa?«, erkundigte sich Saleh besorgt.

»Klar – alles bestens!« Das klang ausgesprochen mürrisch. Kein Wunder, dass der junge Beniter es ihr nicht abkaufte.

Er sah sie mit ruhiger Beharrlichkeit an. »Was ist los?«

Aischa schnaubte ärgerlich. »Was interessiert dich das schon?«

Saleh warf mir einen Hilfe suchenden Blick zu. Bestimmt war er an solch einen Ton gegenüber seiner Person nicht gewöhnt und wusste nicht, wie er damit umgehen sollte.

»Nimm es nicht persönlich, Saleh!«, sagte ich. »Ihr ist eine Laus über die Leber gelaufen.«

»So?« Er strich nachdenklich über sein tadellos rasiertes Kinn. »Gibt es hier einen Ort, wo wir ungestört reden können?«

Ich nickte. »Ja – am besten oben in unserem Zimmer.«

»Gut! Dann wollen wir mal ... Wo ist der Schlüssel?« Er streckte auffordernd die Hand aus.

Ich sah meine Freundin bittend an. »Aischa ...«

Einen Moment zögerte sie, gab ihm dann jedoch den Schlüssel.

Saleh schloss die Haustür auf und bedeutete uns, einzutreten. Aischa und ich gingen ihm voran die Treppe hinauf.

In unserem Zimmer angekommen, drehte ich den Schlüssel im Schloss um. Ohne Zweifel stand uns ein ernstes Gespräch bevor. Zeugen waren dabei absolut unerwünscht.

Aber es war sowieso recht unwahrscheinlich, dass Tahir auftauchen würde. Er hatte um diese Zeit im Laden zu tun, da die meisten Leute einkaufen wollten, ehe die große Hitze kam.

»Also, jetzt noch mal: Was ist hier los?« Saleh schaute zwischen Aischa und mir hin und her. »Wieso habt ihr euch gestritten?«

Meine beste Freundin blitzte ihn zornig an. »Das weißt du genau!«, zischte sie.

Er schüttelte den Kopf. »Nein, eben nicht!«

Aischas Augen verengten sich – ein sehr schlechtes Zeichen. Sie stand kurz davor zu explodieren. »Stell dich nicht dümmer, als du bist!«, sagte sie gefährlich leise. »Das kann ich leiden wie die Pest!«

Unwillkürlich stellte ich mich schützend vor Saleh. »Hör auf, so mit ihm zu reden!«, rief ich aufgebracht. »Er hat dir verdammt noch mal nichts getan!«

Sie holte tief Luft. »Hat er dich jetzt schon so in der Gewalt, dass du sein Sprachrohr spielen musst?« Sie warf theatralisch beide Hände in die Luft. »Meine Güte! Wenn du ihm schon nach einem Kuss so hörig bist ...«

Am liebsten hätte ich ihr eine geklebt. Nur mit Mühe beherrschte ich mich. Aischa und ich waren weiß Gott zu alt, um uns zu prügeln!

»Ich bin ihm nicht hörig und ich bin nicht sein Sprachrohr«, fuhr ich sie an. »Aber ich liebe ihn! Warum zum Teufel kannst du das nicht endlich akzeptieren?«

Plötzlich herrschte Totenstille. Nur noch das leise Ticken des Weckers auf meinem Nachttisch war zu hören.

Aischa und ich starrten uns reglos an.

Dann stiegen ihr auf einmal Tränen in die Augen. Rasch wandte sie sich ab zur gläsernen Balkontür hin, als habe sie dort draußen etwas Interessantes entdeckt.

Saleh seufzte tief. »Du hast also gesehen, wie Sina und ich uns geküsst haben«, stellte er fest. »Ist das der Grund für deinen Ärger?«

Sie nickte kaum merklich.

»Warum?«, erkundigte sich Saleh fassungslos. »Was ist daran so schlimm?«

Aischa schluckte. »Sie ist meine beste Freundin.« Es klang gar nicht mehr wütend – nur noch verzweifelt. Ihre Stimme war dünn und zittrig. »Und du riskierst, dass dein Vater sie lyncht!«

Salehs Kinnlade klappte herunter und ich wusste nicht, ob ich lachen oder heulen sollte.

»Lynchen?«, wiederholte er geschockt. »Warum sollte mein Vater ein so großartiges Mädchen wie Sina töten?«

»Muss ich dir das noch extra erklären?«, stieß Aischa unter mühsam zurückgehaltenem Schluchzen hervor. »Er wird doch bestimmt stinksauer, wenn er erfährt, dass ein einfaches, ausländisches Mädchen dir den Kopf verdreht hat.«

Saleh warf mir einen kurzen Blick zu. Dann schüttelte er fassungslos den Kopf. »Ich weiß, dass mein Vater im Westen nicht gerade den besten Ruf hat. Aber glaub mir, Aischa, er ist kein Ungeheuer und er liebt mich. Nie – niemals! – würde er einem Menschen etwas antun, der mir wichtig ist.«

Aischa sah noch immer starr durch die Glastür hinaus. An ihrer Körperhaltung erkannte ich, dass seine Worte sie nicht überzeugt hatten. Auch Saleh schien das zu spüren. Er trat neben sie und legte ihr den Arm um die Schultern. »Ich weiß – du bist im Westen aufgewachsen! Darum kann ich nicht erwarten, dass du eine hohe Meinung von meinem Vater hast.« Seine Stimme klang ruhig und sachlich. Falls es ihm etwas ausmachte, dass Khaled Mustafa vor einem Großteil der Welt als Bösewicht dastand, so zeigte er es nicht.

»Aber eines schwöre ich dir: Ich würde nie etwas tun, das Sina in Gefahr bringen könnte. Und jeder, der ihr jemals ein Haar krümmen will, muss zuerst an mir vorbei – egal, wer er ist!«

Ich atmete langsam tief durch, um vor Rührung nicht in Tränen auszubrechen.

Ach, Saleh ... Ich wusste, dass er das ernst meinte.

Aischa wandte ihm das Gesicht zu und musterte ihn prüfend. Er erwiderte ihren Blick mit entwaffnender Offenheit.

»Ich glaube dir«, sagte Aischa schließlich leise.

Da wusste ich, dass alles wieder in Ordnung war. Mir fiel ein Stein vom Herzen.

Wir fuhren dann doch noch zum Palast etwas außerhalb von Sarana, um zu baden. Und wie sich herausstellte, waren wir nicht die einzigen, die diese Idee hatten.

Nachdem wir den kurzen Weg von der Garage bis zum Fluss zurückgelegt hatten, blieben Aischa und ich wie angewurzelt stehen.

Eine ganze Horde von Kindern tummelte sich im Wasser und drei junge Frauen saßen auf einem großen Handtuch am Ufer.

Niemand bemerkte uns, bis plötzlich ein schrilles »Sina!« alle anderen Stimmen übertönte. Sämtliche Blicke richteten sich auf Saleh, Aischa und mich.

Ein kleiner Junge mit zerzausten Locken war aus dem Wasser gestiegen und rannte wie ein Wilder über den sandigen Uferstreifen auf mich zu. Seine schwarzen Augen leuchteten.

»Ali!«, rief ich erfreut und breitete die Arme aus.

Er warf sich mit solcher Wucht gegen mich, dass ich um ein Haar das Gleichgewicht verloren hätte.

»Na, na! Du bist heute aber wieder stürmisch!« Nass wie er war drückte ich ihn an mich.

Saleh grinste. »Mein Sohn hat eindeutig einen Narren an dir gefressen.«

Ali fand jetzt offenbar, dass er mich genug begrüßt hatte und umarmte auch ihn.

»Hilfe! Lass mich leben!«

»Er sieht aus wie du, Saleh«, stellte Aischa fest und zwinkerte dem Jungen zu.

Ali, noch immer an seinen Vater gekuschelt, strahlte sie an. Dann winkte er uns zum Abschied zu und rannte zurück zu den anderen Kindern, die noch immer im Ghaniim herumplantschten.

Das Wasser spritze hoch nach allen Seiten, als Ali sich vornüber hineinfallen ließ.

Ich wechselte einen Blick mit Saleh. Wir lächelten uns zu. Wieder einmal vergaßen wir alles um uns herum.

»He, ihr zwei – ich bin auch noch da«, beschwerte sich Aischa.

Saleh lachte. »Natürlich! Wie könnten wir dich jemals vergessen?« Er hakte sich bei uns unter. »Kommt, ich stelle euch meinen Schwestern vor!«

Im Näherkommen erkannte ich, dass eine der drei Frauen auf dem Badetuch Safia war.

Sie stand auf und umarmte mich spontan. »Hallo, Sina! Schön, dich wiederzusehen!«

Ich war ganz gerührt über den herzlichen Empfang. Schließlich hatten wir uns erst einmal getroffen. Aber sie begrüßte mich wie eine alte Freundin.

»Wo ist Khaled?«, fragte ich.

»Da! Barif frischt gerade ihre Kenntnisse in Sachen Baby-Sitting auf, weil bei ihr demnächst auch wieder Nachwuchs kommt.« Sie deutete auf ihre Schwester.

Wirklich hielt Barif den kleinen Khaled im Schoß und wiegte ihn sacht hin und her. Er hatte die Augen geschlossen und schien zu schlafen.

Ich nickte der jungen Frau zu und sie schenkte mir ein glückliches Lächeln. Sie hatte ein rundliches Gesicht, schulterlanges, gelocktes Haar und dieselben ausdrucksstarken schwarzen Augen wie Saleh und Safia. Unter ihrem weiten T-Shirt zeichnete sich ein mächtiger Bauch ab, der nicht recht zu ihrer zierlichen Gestalt passen wollte.

Saleh machte Aischa und mich auch mit der dritten Schwester bekannt, die als Einzige der Frauen einen Badeanzug trug. Die anderen waren ganz unarabisch mit Jeans und T-Shirt bekleidet.

Sie hieß Ledan und sah ihrem Bruder von allen Geschwistern am ähnlichsten.

Leider sprachen Barif und Ledan kaum Englisch. Entschuldigend erklärten sie, sie seien kürzer als ihre anderen Geschwister zur Schule gegangen.

»Barif hat mit vierzehn geheiratet, ich mit fünfzehn«, erklärte mir Ledan.

Wir verständigten uns mit Hilfe von Zeichensprache, sowie Salehs, Aischas und Safias Übersetzerqualitäten.

Ich erfuhr, dass Alis sechs Spielgefährten und -gefährtinnen im Fluss ihre Kinder waren. Ledan hatte drei Söhne und Barif drei Töchter.

»Ich hoffe sehr, dass es diesmal ein Junge wird«, sagte die Hochschwangere und strich liebevoll über ihren runden Bauch.

»Aber Mädchen sind doch auch in Ordnung«, wandte ich ein.

Sie zuckte mit den Schultern. »Natürlich! Aber das höchste Ziel einer Frau muss es sein, Söhne zu gebären.«

»Aha ...« Diese Denkweise war mir fremd und ich wusste nicht, was ich dazu sagen sollte.

Saleh, Aischa, Ledan und ich gesellten uns zu den Kindern im Wasser.

Ich versuchte, mir ihre Namen einzuprägen, was gar nicht so einfach war.

Ledans Söhne hießen Nawir, Saad und Ismael, Barifs Töchter Nur, Samira und Amira.

Allein die letzten beiden auseinander zu halten, erschien mir unmöglich. Wie konnte man seinen Kindern bloß derart ähnlich klingende Namen geben?

»Araber suchen für ihre Kinder gern möglichst ähnliche oder sich reimende

Namen aus«, erklärte mir Aischa mit einem Schulterzucken. »Frag mich nicht, was das für einen Sinn haben soll!«

Saleh, der mein ratloses Gesicht sah, nahm unter Wasser meine Hand und zog mich an sich. »Irgendwann wirst du dich schon an unsere Sitten gewöhnen.«

Es tat gut, ihn zu spüren. Wieder hatte ich für einen Moment das Gefühl, als gäbe es nur noch den jungen Beniter, mich und das Klopfen meines Herzens. Aber wie auf eine geheime Absprache hin, küssten wir uns nicht vor Aischa, seinen Schwestern und den Kindern. Wir hielten uns etwas abseits von den anderen. Stumm schwammen wir nebeneinander her, lächelten uns immer wieder zu ...

Ich fühlte mich glücklich und geborgen mit ihm an meiner Seite, der heißen Sonne, die auf meinen Rücken brannte, der exotischen Atmosphäre Benits und dem Wissen, vom Wasser des Ghaniim getragen zu werden.

13

Die folgenden Tage vergingen wie im Flug, obwohl Saleh, Aischa und ich nur Kleinigkeiten unternahmen.

Wir badeten, bummelten durch Sarana und gingen abends tanzen oder ins Kino. Im Grunde war Sarana eine moderne Stadt, in der das Nachtleben florierte – zumindest in den reicheren Vierteln.

Zwar liefen in den Kinos nur einheimische Filme und die Lichteffekte der Diskos waren nicht wirklich berauschend, wenn man die in Deutschland gewöhnt war – aber immerhin!

Schließlich konnte man auch ohne gute Lichteffekte und auf arabische Musik tanzen. Und die Kinofilme waren für mich so oder so unverständlich – ob sie nun einheimisch waren oder nicht.

Zum Baden nahmen wir jetzt oft Ali mit, weil dieser untröstlich war, wenn er ausgeschlossen wurde.

Saleh sagte, seine Frau lasse sich in den letzten Monaten immer seltener blicken und zeige an dem Jungen keinerlei Interesse mehr.

Ali hing an mir wie eine Klette: Beim Spazierengehen hielt er meine Hand, beim Picknick bestand er darauf, auf meinem Schoß zu sitzen und beim Schwimmen musste ich Wasserschlachten mit ihm machen oder ihn vom Ufer aus in den Fluss werfen.

Wenn Aischa und ich uns verabschiedeten, weinte er oft herzzerreißend und wollte mich nicht gehen lassen. Es schien fast, als habe er mich zu seiner neuen Mutter erwählt, nachdem sich seine eigene immer noch mehr von ihm entfernte.

Aischa bezeichnete Ali manchmal scherzhaft als mein »Zusatzanhängsel« und behauptete, er sei nicht minder in mich verknallt als sein Vater.

Nach außen hin ging sie nun ganz locker mit dem um, was zwischen Saleh und mir lief. Aber ich wusste, dass sie in Wahrheit nach wie vor nicht damit einverstanden war.

Zwar schätzte sie Saleh inzwischen. Doch das änderte nichts daran, dass sie das benitische Regime aus tiefstem Herzen hasste. Der Gedanke, dass ich ein Verhältnis mit Khaled Mustafas Sohn hatte, ging ihr gewaltig gegen den Strich.

Oft sprach sie von unserer Rückkehr nach Deutschland, die mit für mich beängstigend großen Schritten näher rückte.

Sie machte sogar schon genau Pläne, wann wir losfahren müssten und welche Route durch die Stadt wir am besten nehmen sollten, um ja rechtzeitig am Flughafen zu sein.

»Nicht, dass wir unseren Flieger verpassen«, sagte sie. »Das wäre verdammt ärgerlich, denn dann würden wir hier eine Weile festsitzen.«

Sie sprach es nicht aus, aber mir war klar, dass sie darauf brannte, mich so schnell wie möglich aus Benit heraus und damit weg von Saleh zu schaffen.

Wie ernst meine Gefühle für den Sohn des Diktators wirklich waren, wusste sie nicht – oder wollte es nicht wahrhaben.

Ich vermied es krampfhaft, an den immer näher rückenden Abschied zu denken.

Jede Nacht trafen Saleh und ich uns jetzt für Spaziergänge zum Ghaniim.

Stundenlang standen wir am Ufer – redeten, schauten uns versunken in die Augen ... Unsere Küsse schienen von Mal zu Mal länger und leidenschaftlicher zu werden.

Oft fühlte ich mich so berauscht vor Glück, dass ich am liebsten die ganze Welt umarmt und in den klaren Sternenhimmel gejauchzt hätte. Salehs im Mondlicht glänzende Augen verrieten mir dann, dass es ihm genauso ging.

In einer dieser Nächte erzählte er mir, dass er nach dem Abendessen mit seiner Frau gesprochen habe.

»Sie hat mir gestanden, dass sie sich in einen anderen Mann verliebt hat und deshalb so oft weg ist«, erzählte er. »Wir haben eine Weile hin und her überlegt, wie es weitergehen soll. Schließlich sind wir zu meinem Vater gegangen.«

»Und?«, fragte ich gespannt.

»Ich habe ihm gesagt, dass Jamila und ich uns einfach nicht lieben können und uns darum trennen möchten.«

»Und er hatte nichts dagegen einzuwenden?«, rief ich ungläubig.

Saleh schüttelte den Kopf. »Nein, überhaupt nichts! Das hat mich auch gewundert. Aber ich denke, er hat seit Langem geahnt, wie unglücklich ich in meiner Ehe bin.«

»Was genau hat er gesagt?«

»Dass es meine Entscheidung sei und er sie akzeptiere.« Er sah mir ernst in die Augen. »Und noch etwas ...«

Sein Zögern beunruhigte mich. »Ja?«, fragte ich misstrauisch.

Saleh nahm mein Gesicht in seine Hände. »Mein Vater möchte dich kennen lernen.«

Ich zuckte zusammen. »Du hast ihm von mir erzählt?«

Er nickte. »Ja. Ich hielt es für besser, ihm die ganze Wahrheit zu sagen. Er weiß jetzt alles über uns ... Es macht dir doch hoffentlich nichts aus, ihn zu treffen?«

»Doch!«, gab ich ehrlich zu. Vor Aufregung und Unbehagen hatte ich zu zittern begonnen.

Khaled Mustafa war einer der berüchtigtsten Männer der Welt – und beim Gedanken daran, ihm gegenüber zu stehen, drehte sich mir der Magen um.

Saleh zwinkerte mir aufmunternd zu. »Keine Angst! Er wird dir nicht den Kopf abreißen.«

Ich blickte zweifelnd zu ihm auf. »Bist du dir da so sicher?«

Er lachte. »Klar! Denn er wird deinen Kopf viel zu schön finden, um ihm ein Leid zuzufügen.« Und ehe ich darauf etwas erwidern konnte, verschloss er meinen Mund mit einem Kuss.

*

Zwei Tage später empfing mich Khaled Mustafa tatsächlich in seinem Hauptpalast.

Ich hatte Aischa und Tahir nicht gesagt, wohin ich ging, sondern nur erwähnt, dass Saleh und ich etwas zu erledigen hätten. Das war schließlich nicht gelogen!

Der Hauptpalast des Diktators befand sich im Regierungsviertel, wo ich nie zuvor gewesen war. Der Ghaniim im Westen trennte es von der Fußgängerzone.

Während der Fahrt dorthin war ich so nervös, dass ich, wie sonst Ali auf dem Sitz hin und her rutschte.

»Entspann dich, Sina!«, sagte Saleh. »Du wirst sehen, er mag dich.«

Aber ich konnte mich einfach nicht entspannen. Zu tief hatten sich die schrecklichen Dinge, die ich über den Präsidenten von Benit gehört hatte, in mein Gedächtnis eingegraben.

Was, wenn er mich nun nicht sympathisch fand? Würde er Saleh den Umgang mit mir verbieten? Das war das Schrecklichste, was ich mir vorstellen konnte ...

Der Palast lag etwas erhöht direkt am Ghaniim – nur wenige Straßenblocks vom Parlamentsgebäude entfernt. Wie die anderen war er von einer hohen Mauer mit Wachtürmen umgeben. Aber hier hielten innerhalb des Grundstückes noch zusätzlich schwer bewaffnete Soldaten und Männer der Republikanischen Sicherheit Wache. Sie waren im ganzen Park verteilt und standen stramm, wenn wir an ihnen vorbeifuhren. Aus Überraschung darüber vergaß ich für einen Moment fast meine Angst vor der Begegnung mit Khaled Mustafa.

»Hier scheint es förmlicher zuzugehen als in euren anderen Palästen«, stellte ich fest.

Saleh nickte. »Natürlich! Hier empfängt mein Vater die hohen Gäste und regelt wichtige Regierungsangelegenheiten. Dieser Ort ist zusammen mit dem Parlament das Zentrum seiner Macht.«

Das Zentrum seiner Macht ...

Mein Unbehagen kehrte schlagartig zurück.

Saleh hielt vor der breiten Marmortreppe an, die zum Haupteingang des Palastes führte.

Vor dem großen Tor aus dunklem Holz standen ebenfalls zwei Männer der Republikanischen Sicherheit Wache.

Zwei Soldaten in Uniform eilten herbei, um Saleh und mir die Autotüren zu öffnen.

Etwas steif stieg ich aus. Das Herz klopfte mir bis zum Hals und ich hatte das überwältigende Bedürfnis zu fliehen – durch den ganzen Park und wenn nötig über die Mauer samt Stacheldraht. Ich kam mir vor wie ein Kaninchen, das in der Wolfshöhle gelandet war.

Erst als Saleh meine Hand nahm, fühlte ich mich ein wenig besser. Was konnte schon passieren, solange er bei mir war?

Er wechselte ein paar Worte mit den Wachposten am Haupteingang, woraufhin die beiden Männer höflich lächelten und nickten. Sie öffneten das Tor für uns und schlossen es wieder, sobald wir hindurchgetreten waren.

Ich zuckte zusammen, als die schwere Doppeltür mit einem Knall hinter uns ins Schloss fiel. Nun gab es kein Zurück mehr. Unwillkürlich umklammerte ich Salehs Hand fester und schaute mich um.

Wir befanden uns in einer riesigen Halle, deren Decke von weißen Marmorsäulen gestützt wurde. Innerhalb der dicken Mauern war es angenehm kühl, obwohl das Sonnenlicht ungehindert durch die nach oben hin kuppelförmig zulaufenden, hohen Fenster fiel. Die goldenen Muster, von denen Wände und Decke durchzogen waren, glänzten so sehr, dass ich geblendet das Gesicht abwenden musste.

Mein Blick fiel auf den blank polierten Steinboden, wo Khaled Mustafas Gesicht in Form eines riesigen Mosaiks zu erkennen war.

Dieser Palast war fast noch prächtiger als die beiden anderen, die ich bisher betreten hatte – und aus irgendeinem Grund verstärkte diese Tatsache mein Unbehagen noch.

Das hier war Khaled Mustafas Hauptsitz – wirklich ein besonderer Ort.

Irgendwo fiel eine Tür zu und erneut zuckte ich zusammen. Gleich darauf wurde die Stille des Palastes durch Schritte unterbrochen.

Saleh und ich blickten gleichzeitig zur Treppe, deren Stufen von einem weinroten Teppich bedeckt wurden. Sie war breit und machte zum ersten Stock hin einen leichten, geschwungenen Bogen. Das steinerne Geländer wurde ebenfalls von goldenen Mustern geziert.

Nun erschien eine Gestalt am oberen Ende, aber zu meiner Erleichterung war es nicht Khaled Mustafa sondern Safia.

Sie winkte uns zu und kam dann eilig die Treppe herunter, wobei sie ihre linke Hand über das Geländer gleiten ließ.

Ihr Aussehen weckte einen Anflug von Neid in mir. Sie war schön wie eine Königin, obwohl sie nur ein einfaches Kleid und dazu Sandalen trug. Das dunkle Haar fiel ihr lose über die Schultern und auf ihren Lippen lag das für sie typische lebensfrohe Lächeln.

»Da seid ihr ja, ihr beiden ... Können wir, Sina?«

Ich wandte mich mit einem fragenden Blick an Saleh.

»Bei uns ist es üblich, in wichtigen Angelegenheiten einen Vermittler einzuschalten«, erklärte mir dieser. »Safia wird dich zu meinem Vater führen und in eurem Gespräch als Übersetzer dienen.«

»Und du?«, fragte ich beklommen. »Kommst du nicht mit?«

Er schüttelte den Kopf. »Nein! Das würde die Wichtigkeit dieser Sache in den Augen meines Vaters abschwächen.« Kurz lehnte er sein Gesicht an meine Wange. »Ich liebe dich über alles, Sina! Und ich möchte, dass er das weiß.«

Ein warmes Gefühl durchströmte mich. Mit einem Mal wusste ich, dass nichts und niemand auf der Welt das zerstören konnte, was zwischen Saleh und mir gewachsen war – selbst der mächtige Khaled Mustafa nicht. Es spielte keine Rolle, wie mein Gespräch mit ihm verlaufen würde.

Ich straffte die Schultern und wandte mich an Safia: »Gehen wir!«

Aus den Augenwinkeln bemerkte ich Salehs Lächeln, das Stolz und Zuversicht ausdrückte.

Während ich hinter seiner Schwester her über das Khaled-Mustafa-Mosaik schritt, fühlte ich mich ungeheuer stark.

Safia steuerte zielstrebig auf eine Tür am anderen Ende der hohen Säulenhalle zu und klopfte an.

Von drinnen antwortete eine tiefe, klangvolle Stimme, die eindeutig keinen Widerspruch duldete.

Ein Großteil meines Hochgefühls verflog schlagartig und ich fragte mich, was zum Teufel ich mir bloß dabei gedacht hatte, hierher zu kommen. Doch natürlich war es entschieden zu spät für einen Rückzieher.

Safia öffnete die dunkel lackierte Holztür und ich musste ihr wohl oder übel in die Höhle des Löwen folgen.

Rechts und links der Tür zogen sich große, mit Büchern und Ordnern voll gestopfte Regale an den Wänden entlang – und ein paar Aktenschränke, in denen es vermutlich kaum anders aussah.

Khaled Mustafa saß hinter einem wuchtigen, dunklen Schreibtisch, den selbst mein unkundiges Auge als wertvolle Antiquität identifizieren konnte.

Vor dem Diktator waren mehrere mit arabischen Buchstaben beschriebene Blätter ausgebreitet. Außerdem erfassten meine Augen flüchtig ein Telefon und eine altmodische Schreibmaschine.

Der benitische Präsident trug statt seiner berühmten, mit zahlreichen Orden geschmückten Uniform einen eleganten Anzug und außerdem eine riesige Brille auf der Nase – aber abgesehen davon, sah er aus wie die Welt ihn kannte.

Safia sprach ihn auf Arabisch an, worauf er ihr zunickte und dann mich anschaute.

Ich erwiderte seinen Blick so gelassen wie möglich und hoffte, dass ihm meine Nervosität entgehen würde.

»Hello, Mr. President«, sagte ich und erschrak im nächsten Moment über mich selbst.

Mein Gott: »Mr. President« war die Anrede für den amerikanischen Präsidenten – seinen schlimmsten Feind!

Ich spürte, wie mir das Blut in die Wangen schoss und der Schweiß auf meine Stirn trat.

Doch Khaled Mustafa schien über die Anrede nicht beleidigt zu sein. Er schenkte mir ein wohlwollendes Lächeln, das mich sofort an Salehs erinnerte.

Der Diktator nahm seine hässliche Brille von der Nase, legte sie neben dem Telefon ab und erhob sich von seinem Stuhl.

Für einen Moment verdeckte sein Körper halb die hinter ihm an der Wand hängende Karte von Benit. Dann kam er auf mich zu, reichte mir die Hand und sagte etwas in seiner Sprache.

Der freundliche Ton überraschte mich und mehr noch sein etwas schlaffer Händedruck.

»Er freut sich, dich kennen zu lernen«, übersetzte Safia.

Ich versicherte, dass die Freude ganz meinerseits sei, obwohl ich mir da gar nicht so sicher war ...

Khaled Mustafa bot mir einen bequemen Ledersessel an, ehe er sich selbst wieder auf seinen Bürostuhl setzte. Nur Safia blieb stehen.

»Möchtest du Tee?«, fragte mich der Diktator.

»We ... we ... wenn das möglich ist ...« stotterte ich.

Wieder dieses Saleh-Lächeln. »Selbstverständlich! Sonst würde ich nicht fragen.«

Er griff nach dem Hörer des Telefons, wählte eine Nummer und sprach mit deutlichem Befehlston in die Muschel.

Nachdem er aufgelegt hatte und sich erneut mir zuwandte, wurde seine Stimme sofort wieder weich. »Saleh hat mir einiges von dir erzählt und du hättest erleben sollen, wie seine Augen dabei geglänzt haben.« Er zwinkerte mir zu. »Wirst du ihn heiraten?«

Die Frage überraschte mich. »Ich ... Ich weiß nicht«, entgegnete ich ehrlich. »Das kommt etwas plötzlich ... Ich muss in eineinhalb Wochen nach Deutschland zurück ...«

Der Gedanke an meine Rückkehr, den ich bisher so weit wie möglich von mir geschoben hatte, schnürte mir regelrecht die Kehle zu. Ich schluckte.

Bloß nicht vor dem mächtigen benitischen Diktator zu heulen anfangen!

Er musterte mich prüfend aus seinen dunklen Augen, während Safia meine Worte übersetzte.

Ich konnte in diesem scharf geschnittenen Gesicht, das beinahe eine ältere Version von Salehs war, nichts Grausames erkennen.

»Liebst du ihn?«

Auf diese Frage war die Antwort leicht. »Ja – sehr«, stieß ich erstickt hervor.

Da erschien erneut jenes warmherzige Lächeln auf dem Gesicht des Diktators, das ich von seinem Sohn so gut kannte. Er stand auf, trat vor mich hin und legte beide Hände auf meine Schultern. »Du bist ein gutes und ehrliches Mädchen«, stellte er befriedigt fest. »Und ich weiß, dass du zurückkommen wirst.«

»Herr Mustafa al-Adnan ...« begann ich.

»Khaled«, verbesserte er. »Nenn mich Khaled!«

»Na gut – Khaled ... Danke!«

In diesem Moment klopfte es an die Tür und eine Dienerin brachte den Tee.

Während Khaled, Safia und ich ihn tranken, stellte der Diktator mir Fragen zu Deutschland: Wie es dort sei, wer das Land regiere, wie die Menschen – insbesondere meine Familie – lebten ...

Ich antwortete ihm so genau wie möglich, gab aber ehrlich zu, dass ich von Politik keine Ahnung hatte. »Ich weiß gerade noch die Namen von unserem Bundespräsidenten und dem Kanzler«, sagte ich. »Viel mehr nicht.«

Da brach Khaled in herzhaftes Lachen aus. »Das wird denen nur allzu recht sein. Für einen Politiker ist es das Beste, wenn die Leute nicht zu viel über ihn und seine Politik wissen wollen. Ich spreche da aus Erfahrung.«

Beim Abschied reichte er mir wieder die Hand und erneut überraschte mich der kaum wahrnehmbare Druck. Bei diesem mächtigen, von aller Welt gefürchteten Mann hatte ich mindestens den Händedruck eines Generals erwartet.

Aber Khaled Mustafa schien keiner von der brutalen Sorte zu sein – jedenfalls privat nicht. Er umarmte Safia und öffnete dann galant die Tür für uns. Außerdem gab er mir noch Grüße an Aischa mit und wünschte einen schönen Tag.

Leicht benommen ging ich neben Safia her durch die große Säulenhalle zurück.

Und dieser sympathische Mann sollte tatsächlich Khaled Mustafa gewesen sein – jener Khaled Mustafa, der Kriege geführt und Nachbarländer mit Giftgas angegriffen hatte, der Menschen foltern und hinrichten ließ?

Safia musterte mich amüsiert von der Seite. »Du machst ein Gesicht, als seiest du gerade deinem Schöpfer begegnet, Sina.«

»So fühle ich mich auch«, stöhnte ich. »Ich dachte, er würde mir den Kopf abreißen ... Und nun ...«

» ...lebst du noch«, vervollständigte sie, meinen Tonfall aufnehmend. Das war so komisch, dass wir uns in die Arme fielen und in albernes Gelächter ausbrachen.

Safia schaffte es als Erste von uns beiden, sich zusammenzureißen. »Lass uns schauen, wo Saleh steckt! Er wird sicher darauf brennen zu erfahren, wie dein Gespräch mit Baba gelaufen ist!«

Tatsächlich mussten wir ihren Bruder nicht lange suchen – eigentlich überhaupt nicht: Er wartete gut sichtbar an der Treppe und fingerte an seiner Armbanduhr herum.

Dann hörte er unsere Schritte und hob den Kopf. Unsere Blicke trafen sich.

Sekundenlang standen wir einfach da und sahen uns über eine Distanz von zehn Metern an.

Ein erleichtertes Lächeln breitete sich über Salehs Gesicht aus – offensichtlich war mir anzusehen, dass mein Treffen mit Khaled gut gelaufen war.

Safia klopfte mir auf die Schulter, was ich aber nur nebenbei wahrnahm. Der größte Teil meiner Aufmerksamkeit gehörte Saleh: Wie er da stand und mich anstrahlte, als sei er ein kleiner Junge, der gerade ein tolles Geschenk bekommen hat ...

Wellen der Zärtlichkeit durchfluteten mich. Am liebsten wäre ich ihm um den Hals gefallen und hätte ihn geküsst. Doch instinktiv spürte ich, dass ihm das vor den Augen seiner Schwester nicht recht gewesen wäre. So hielt ich mich zurück.

»Ich gehe dann mal und lasse euch allein«, sagte Safia. »Tschüss, Sina! Bis später, Saleh!«

Lautlos wie ein Schatten huschte sie die Treppe hoch und war verschwunden. Mir blieb nicht einmal Zeit, ihr für ihre Dienste als Übersetzerin zu danken.

»Sina ...« flüsterte Saleh sanft und ich rannte los – auf ihn zu.

Auf dem blank polierten Boden kam ich ins Rutschen und fiel ihm genau in die Arme.

Nun machte sich die ganze überstandene Aufregung bemerkbar: Meine Knie begannen zu zittern und ich hatte plötzlich einen gewaltigen Kloß im Hals.

»Er fand mich nett, dein Vater«, flüsterte ich und konnte es noch selbst kaum glauben. »Und er ist anders, als ich gedacht habe ...«

Saleh lächelte und küsste mich auf die Stirn. »Ihr Leute aus dem Westen seid auch anders, als ich gedacht habe.«

»Apropos Leute aus dem Westen«, fiel mir da ein. »Wir müssen jetzt schnell zu Aischa! Sie macht sich bestimmt schon Sorgen.«

Wirklich erwartete uns meine beste Freundin voller Ungeduld vor Tahirs Haus.

Wie lange sie da schon im Schatten des Balkons stand, mochte ich lieber gar nicht wissen.

Sie musterte abwechselnd Saleh und mich prüfend mit gerunzelter Stirn.

»Lasst uns doch noch etwas baden gehen!«, schlug Khaled Mustafas Sohn vor.

Da sagten Aischa und ich nicht nein, denn wir waren beide wieder völlig erhitzt. An die Temperaturen in Benit würden wir uns wohl nie ganz gewöhnen. Selbst Saleh, der hier geboren war, stand der Schweiß auf der Stirn.

Oben in unserem Zimmer, von wo wir unsere Badesachen holen mussten, fragte mich Aischa misstrauisch, wo ich mit Saleh so lange gewesen sei.

»Doch hoffentlich nicht in seinem Bett ...«

Da konnte ich sie beruhigen. »Nein, nicht im Bett – Ehrenwort.«

»Wo dann?« Meine beste Freundin konnte verdammt hartnäckig sein!

»Im Hauptpalast. Ich hatte eine Verabredung mit Khaled Mustafa.«

Sie starrte mich an. »Das ist nicht dein Ernst, oder?«

»Doch! Er wollte mich kennen lernen, weil Saleh ihm von mir erzählt hat.«

Aischa sog scharf die Luft ein. »Er weiß von euch beiden?«

Ich nickte gelassen. »Ja, und er hat nichts dagegen. Übrigens kam er mir total sympathisch vor. Wir haben zusammen Tee getrunken und ganz locker geplaudert ... Da fällt mir ein: Ich soll dich von ihm grüßen.«

Nun war ihr Blick so, dass ich fürchtete, sie würde mir gleich eine kleben. Unwillkürlich wich ich einen Schritt zurück.

»Du bist dermaßen bescheuert«, fuhr sie mich an. »Wie kannst du dich vom Charme dieses Verbrechers blenden lassen?«

»Gehen wir nun schwimmen oder streiten wir uns?« Damit nahm ich ihr den Wind aus den Segeln.

Sie schnaubte verächtlich und folgte mir dann stumm die Treppe hinunter.

Die Fahrt über sprach sie kaum ein Wort.

Erst das einladend glitzernde Wasser des Ghaniim lockerte ihre Zunge wieder.

In der märchenhaften Atmosphäre dieses Landes konnte einfach niemand lange schlecht gelaunt sein.

14

Ich hatte die ganze Zeit versucht, nicht an ihn zu denken – hatte gehofft, dass er vielleicht fern bleiben würde, wenn ich ihn nur entschlossen genug verdrängte ...

Doch es hatte nichts genützt. Plötzlich war er da: Unser letzter Tag in Benit.

Morgens bummelten Aischa und ich noch einmal mit Saleh durch Sarana.

Ich sog die einzigartige Atmosphäre dieser Stadt förmlich in mich auf, öffnete all meine Sinne für ihre vielfältigen Eindrücke: Die bunten Märkte, die prächtigen Moscheen und Kirchen, die verschiedenartigen Menschen, das Hupen der Autos, die exotischen Gerüche ...

Ich versuchte, mir jede Straßenecke einzuprägen und verknipste meinen letzten Film.

Als wir gegen Mittag ein letztes Mal im Ghaniim baden gingen, prägte ich mir auch hier alles genau ein: das Glitzern des Wassers, das von kleinen Wellen gekräuselt wurde, den Park mit dem Springbrunnen, hinter dem der prächtige Palast aufragte, die exotischen Pflanzen an den fruchtbaren Ufern, den Dattelpalmenwald, welcher diesen Palast von der Außenwelt abschirmte ...

Noch einmal genoss ich die warme Weichheit des Wassers, fühlte die Intensität der Sonnenstrahlen auf meiner Haut und bewunderte das strahlende Blau des Himmels.

Wenn ich diesem Land schon wieder den Rücken kehren musste, so wollte ich es mir wenigstens in meiner Erinnerung bewahren.

Saleh war den ganzen Tag über schweigsam und wirkte bedrückt. Oft ertappte ich ihn dabei, wie er mich von der Seite betrachtete. Dann wurde sein Gesicht so traurig, dass ich fürchtete, er würde gleich zu weinen anfangen. Doch zu meiner Erleichterung hatte er sich unter Kontrolle.

Ich ließ im Gegensatz zu ihm meinen Kummer noch nicht zu, da ich diesen letzten Tag um jeden Preis genießen wollte. Erst in der Nacht, als ich mit meinem Freund einen letzten Spaziergang machte, übermannte auch mich der Abschiedsschmerz.

»Mein Freund« – so nannte ich Saleh jetzt, während Aischa darauf beharrte, dass er meine »Urlaubsromanze« sei ...

»Versprich mir, dass du mich nicht vergessen wirst!«, presste ich erstickt hervor. »Dass du mir immer schreiben und anrufen wirst!«

Er wischte mir mit der einen Hand die Tränen weg, während er mich mit der anderen fest an sich drückte. »Ehrenwort! Und du musst mir versprechen, dass du dich nicht in irgendeinen deutschen Adonis verlieben wirst ... Das könnte ich nämlich nicht ertragen.« Auch er kämpfte mit den Tränen.

»Ich verspreche es!«

Er atmete tief durch. »Gut, das beruhigt mich. Und denk daran, dass unser Abschied ja nicht für immer ist! Du kannst schon in deinen nächsten Ferien wieder nach Benit kommen.«

»Stimmt – im Herbst also ...«

Er schwieg und ich wusste, dass er dasselbe dachte wie ich: Zwei Monate konnten eine lange Zeit sein, wenn man jemanden vermisste!

Saleh streichelte sacht meine Wangen, meine Augenbrauen, meine Lippen.

Plötzlich spürte ich ein sehnsüchtiges Pochen in mir, das den Abschiedsschmerz in den Hintergrund drängte.

Das Plätschern des Ghaniim vermischte sich mit dem Rauschen des Blutes in meinen Ohren.

Ich legte die Arme um Salehs Nacken, zog sein Gesicht zu mir heran und küsste ihn mit aller Leidenschaft, die in mir war.

Wie weich sich seine Lippen anfühlten und wie gut es tat, seinen schlanken Körper an meinem zu spüren ...

Das Pochen in mir wurde stärker – schien jetzt meine ganze Seele auszufüllen, und der Geschmack seiner Lippen machte mich betrunken.

Unendlich langsam lösten wir uns von einander.

Saleh zitterte und ich ahnte, dass in ihm dasselbe vorging wie in mir.

Er legte den Mund ganz nahe an mein Ohr und als er sprach, klang seine Stimme leicht heiser.

»Wie sieht es aus, Sina, würdest du mit mir zum Palast fahren?«

Ich schluckte. Mein Mund war plötzlich seltsam trocken. »Du meinst ...«

Saleh nickte langsam. »Ja. Ich möchte, dass du ganz mir gehörst, ehe du gehst. Aber die Entscheidung liegt bei dir. Wenn es dir noch zu früh ist, macht mir das nichts aus. Ich kann warten.«

Entschieden schüttelte ich den Kopf. Mir war ganz schwindlig vor Verlangen. »Ich will es auch. Aber ich war noch nie mit einem Mann zusammen, weißt du ...«

Er nahm meine Hände. »Das macht nichts. Wir lassen uns Zeit!«

Im Eilschritt kehrten wir zu seinem Sportwagen zurück, der vor Tahirs Haus parkte.

Kurz darauf jagten wir durch die um diese Zeit verlassenen Straßen von Sarana. Sie waren stockdunkel. Um Punkt ein Uhr gingen hier alle Straßenlaternen aus, weil Strom gespart werden musste.

Weniger dunkel dagegen war es auf dem Grundstück um den Palast. Der Park mit dem Springbrunnen in der Mitte wurde von verstreuten Lichtpunkten erhellt – den Taschenlampen der Wächter. Außerdem glänzten die goldenen Kuppeln der Türme im Mondschein.

Saleh fuhr diesmal nicht in die Garage, sondern stellte seinen Wagen einfach am Zufahrtsweg ab.

»Ich habe keine Lust zu schauen, welche Garage frei ist«, sagte er. »Das wäre Verschwendung unserer kostbaren Zeit!«

Hand in Hand gingen wir am Springbrunnen vorbei zu einer Seitentür.

Ein Wächter rief etwas und richtete den Strahl seiner Taschenlampe auf uns.

Mir war es peinlich, ertappt worden zu sein. Jeder Blinde hätte sich denken können, warum Saleh und ich zu dieser späten Stunde hier auftauchten!

Doch der dunkel gekleidete Mann zuckte mit keiner Miene. Er nickte Saleh zu und verschwand dann wieder im nächtlichen Park.

Im Inneren des Palastes war es sehr still. Das Mondlicht fiel durch die Fenster des Hauptganges und warf geheimnisvolle Schatten über den blank polierten Fußboden und die prächtig verzierten Wände.

Saleh führte mich durch verwinkelte Gänge mit Marmorsäulen und zwei Treppen hinauf.

Dann traten wir durch eine Tür in ein Zimmer.

Viel war in der Dunkelheit davon nicht zu erkennen, aber mein Blick fiel auf ein vom Mondlicht beschienenes Himmelbett nahe am Fenster.

Saleh drehte den Schlüssel im Schloss um. Dann nahm er mein Gesicht in seine Hände.

»Hab keine Angst!«, flüsterte er. »Ich werde wirklich vorsichtig sein!«

Angst? Nein, die hatte ich nicht im Geringsten. Er war der richtige Mann für mich – ich wusste es so sicher wie ich wusste, dass in ein paar Stunden die Sonne aufgehen würde.

Ich fühlte kein Zögern, kein Unbehagen – nur dieses pochende Verlangen.

»Ich weiß«, entgegnete ich sanft und legte die Hände über seine, welche meine von der Nachtluft kalten Wangen wärmten.

*

Im Morgengrauen erwachte ich wie aus einem schönen Traum.

Saleh schlief noch. Sein linker Arm lag quer über meinem nackten Bauch.

Wir waren zur Hälfte aufgedeckt und ich fröstelte in der kühlen Morgenluft. Behutsam zog ich die mit Samt überzogene Bettdecke wieder richtig über uns.

Dann betrachtete ich Salehs bronzefarbenes Gesicht, das im Schlaf sehr unschuldig und kindlich wirkte. Daran änderte auch der arabische Schnurrbart nichts.

Mein Herz dehnte sich weit vor grenzenloser Zärtlichkeit. Nie hatte ich ein vollkommeneres Wesen als ihn gesehen – vollkommen in seiner äußeren und inneren Schönheit ...

Als habe er meine Blicke bemerkt, öffnete er plötzlich die Augen. Er lächelte mir zu, wurde aber sofort wieder ernst. »Alles in Ordnung?«

Ich küsste ihn sanft auf die Nasenspitze. »Ging mir nie besser.« Und das entsprach absolut der Wahrheit.

Wir hatten uns in dieser Nacht mehrmals geliebt und waren irgendwann erschöpft und glücklich eingeschlafen.

Die Erinnerung daran, wie zärtlich und leidenschaftlich Saleh gewesen war, jagte mir erneut heiße Schauer durch den ganzen Körper.

Nun, wie ich da im Licht der aufgehenden Sonne in seinen Armen lag, erschreckte mich auch der Gedanke, dass in wenigen Stunden mein Flieger nach Deutschland ging, nicht mehr so sehr.

Saleh gehörte mir und ich gehörte ihm. Nichts würde uns trennen können.

Trotzdem fiel mir der Abschied schrecklich schwer. Nur mit Mühe hielt ich die Tränen zurück, als ich erst Saleh die Hand gab und dann Ali umarmte, der unbedingt mit zum Flughafen hatte kommen wollen.

Der Kleine schluchzte herzzerreißend und klammerte sich verzweifelt an mir fest, bis Saleh seine Hände mit sanfter Gewalt von meinem T-Shirt löste.

Aischa gab ebenfalls Saleh die Hand und umarmte Ali. Ihr Vater hatte uns nicht zum Flughafen begleiten können, da er seinen Laden öffnen musste. Außerdem hegte ich den Verdacht, dass er – wie seine Tochter ein entschiedener Regimegegner – dem Sohn des Diktators nicht begegnen wollte.

»Pass auf dich auf, Sina!«, sagte Saleh gepresst.

Ich schluckte. »Du auch – und bis bald. Ich melde mich, sobald wir zu Hause sind!«

Da seine Leibwächter, Ali und Aischa dabeistanden, küssten wir uns nicht – selbst eine Umarmung war nicht möglich. Dabei hätte ich so gerne noch einmal seine Lippen auf meinen gespürt ...

»Nimm es nicht so schwer, Sina!«, sagte Aischa, nachdem wir den Check-in passiert hatten. »Jede Urlaubsromanze hat irgendwann ein Ende. So ist das nun einmal. Sieh es locker!«

Doch ich konnte es nicht locker sehen. Saleh war keine flüchtige Affäre für mich, sondern meine große Liebe.

Aber davon wollte Aischa natürlich nichts wissen. Sie redete sich ein, dass meine »Urlaubsromanze« mit unserer Heimkehr beendet sei, und ich empfand kein Bedürfnis, ihr diese Hoffnung zu zerstören.

Sie wusste auch nicht, was in dieser Nacht zwischen mir und Saleh gewesen war. Als sie aufgewacht war, hatte ich wieder ganz brav in meinem Bett gelegen ...

Wir nahmen unsere Plätze ein und schnallten uns an.

Sobald die letzten Passagiere an Bord waren, startete die Maschine.

Aus der Luft warf ich einen letzten Blick auf Sarana, den Ghaniim, die Wüste ...

Ich ließ dieses Land einfach so hinter mir. Aber ein Teil meiner Seele würde dort bleiben. Das spürte ich.

Mit einem Seufzer lehnte ich mich auf meinem Sitz zurück und schloss die Augen.

TEIL 2

»Mit Fleiß und Disziplin ist alles zu schaffen. Ich war ganz unten und wollte immer nur um jeden Preis nach oben. Das ist mir gelungen.«

Khaled Mustafa al-Adnan, Präsident von Benit.

15

Die folgenden Monate zogen sich schleppend hin. Das Wetter war die meiste Zeit grau. Es regnete oft und die Blätter der Bäume färbten sich bunt. Ohne Zweifel, in Deutschland begann der Herbst. Aber ich machte mir nichts vor: Es war nicht das bescheidene Wetter, das auf meine Stimmung drückte und auch nicht die Schule, die immer lästiger und anstrengender wurde.

Ich hatte Sehnsucht nach Benit – nach den leuchtenden Farben, den exotischen Gerüchen, dem Lärm in den Straßen von Sarana, dem Blau des Himmels, dem Ghaniim ... Und vor allem vermisste ich Saleh.

Wir führten jeden Abend lange Telefongespräche und mehr als einmal blieben meine Hausaufgaben oder sonstige Arbeiten darüber liegen.

»Wer ist das eigentlich, der da immer anruft?«, wollte meine Mutter wissen, nachdem sie mehrere Wochen lang stillschweigend in Kauf genommen hatte, dass das Telefon jeden Abend besetzt war.

Ich antwortete ihr, dass Saleh derjenige sei, der Aischa und mich im Urlaub herumgeführt habe.

Sie musterte mich besorgt. »Da läuft doch hoffentlich nichts zwischen dir und diesem Typen?«

Darauf wurde ich rot und schwieg. Was hätte ich auch antworten sollen? Meine letzte Nacht in Benit war nicht gerade »Nichts« gewesen ...

»Spanier sind Heißblüter«, mahnte meine Mutter in strengem Ton. »Die laufen jeder Frau nach!«

Ich seufzte genervt. »Du musst es ja wissen!«

Darauf reagierte sie gekränkt. »Ich warne dich nur, um dich vor Unglück zu bewahren. Aber natürlich hörst du nicht auf mich. Wäre ja auch das erste Mal ...«

Da mischte sich zu allem Überfluss auch noch Julian ein. Er saß mit einer Computerzeitschrift auf dem Sofa im Wohnzimmer, wo die Unterredung stattfand. »Sie ist eben verknallt, Mama. Ist doch süß.« Er grinste mich höhnisch an. »Wie heißt er denn, dein Liebhaber?«

Nichts gegen jüngere Geschwister – aber manchmal sind sie einfach unerträglich!

»Das ist nicht lustig, Julian«, fuhr meine Mutter ihn gereizt an, ehe ich etwas sagen konnte. »Sina stürzt sich Hals über Kopf ins Unheil und du machst noch Witze darüber!«

Er zuckte lässig mit den Schultern. »Ist doch ihr Pech!«

Ich nutzte die Gunst der Stunde, um mich aus dem Staub zu machen.

In meinem Zimmer angekommen, setzte ich mich auf den schönen Orientteppich, den Saleh für mich gekauft hatte. Er füllte den Raum zwischen Bett und Schreibtisch fast vollständig aus.

Ich atmete tief durch. Schlimm genug, dass Aischa mir pausenlos in den Ohren lag, ich solle endlich einen Schlussstrich unter meine »Affäre« ziehen. Jetzt fing meine Mutter auch noch an, mir Saleh ausreden zu wollen.

»Sein Vater ist ein Verbrecher«, sagte meine beste Freundin immer wieder. »Werde endlich vernünftig und sieh ein, dass es falsch ist, sich mit solchen Leuten einzulassen! Was du tust, kann nicht gut gehen.«

»Saleh ist in Ordnung«, verteidigte ich ihn. »Und sein Vater akzeptiert mich. Was soll also schief gehen?«

»Khaled Mustafa akzeptiert dich vielleicht eine Weile«, erwiderte sie aufgebracht. »Aber er will dich garantiert nicht als Schwiegertochter. Du kommst aus dem von ihm gehassten Westen und eines Tages wird er dich das spüren lassen!«

»Er hasst die USA – nicht Deutschland. Wir haben ihm nie etwas getan!«

Sie schnaubte verächtlich. »Glaubst du allen Ernstes, dass er da einen Unterschied macht? Deutschland ist Mitglied in der UNO. Und die Amerikaner haben ihren Feldzug gegen Benit mit dem Segen der UNO gestartet!«

Ich stöhnte. »Meine Güte, Aischa! Der Krieg liegt vier Jahre zurück. Ich war damals Vierzehn und hatte noch weniger Ahnung von Politik als heute. Warum sollte Khaled Mustafa mir die Verantwortung für das geben, was damals geschehen ist?«

»Er hat Leute schon für viel weniger triftige Gründe umbringen lassen«, behauptete sie.

Diese Gespräche verliefen immer gleich und führten zu nichts. Aischa war so in ihrem Hass auf das Regime gefangen – der nicht ganz unbegründet war, wie ich widerwillig zugeben musste – dass sie meine Gefühle für Saleh nie würde verstehen können.

Auch meine Meinung über Khaled Mustafas Politik hatte sich nicht geändert. Aber dass Saleh sein Sohn war, störte mich nach wie vor nicht.

Der junge Beniter und ich schmiedeten am Telefon eifrig Pläne, was wir in den Herbstferien alles unternehmen könnten und träumten zusammen von unserem Wiedersehen.

Mein Entschluss, wieder nach Benit zu fliegen, stand fest, obwohl mein

Umfeld entsetzt dagegen protestierte.

Meine Eltern fürchteten natürlich um meine Sicherheit, wenn ich allein auf »Mallorca« herumsaß.

Aischa, die nach wie vor als Einzige die Wahrheit kannte, hatte Angst, ich würde zu tief in die Machenschaften des Regimes hineingezogen. Sie wollte diesmal auch auf keinen Fall mit nach Benit, um das »Verhängnis« nicht noch zu unterstützen, wie sie sagte.

Der einzige, der sich auf meine Abreise freute – oder es zumindest vorgab – war Julian.

»Wieder für zwei Wochen keine nervende große Schwester im Haus.« Er rieb sich die Hände. »Das wird herrlich. Ich bin deinem Carlos richtig dankbar!«

»Idiot!«, sagte ich halb lachend, halb verärgert. »Zu deiner Information: Ich werde dich auch nicht vermissen!«

Julian nannte Saleh seit Neustem immer »Carlos«, nachdem ich mich standhaft geweigert hatte, ihm seinen richtigen Namen zu verraten. Und mein Bruderherz fand, dass »Carlos« gut zu meinem »Liebhaber« passte – wohl hauptsächlich deshalb, weil er sonst keine spanischen Namen kannte ...

*

Ich trat meine Reise diesmal also allein und gegen den Widerstand meiner Eltern und besten Freundin an.

Während des Fluges war ich so voller Aufregung und Wiedersehensfreude, dass ich kaum stillsitzen konnte. Endlich würde ich Saleh wiedersehen – und Ali und Safia!

Ich flog in einem Privatjet Khaled Mustafas – ein riesiges, luxuriöses Flugzeug ganz für mich allein: mehrere Schlafzimmer, ein Wohnzimmer mit Fernseher, Stereoanlage und Plüschsesseln, auf denen man sich während Start und Landung anschnallen konnte, und zwei große Badezimmer. Alle Einrichtungsgegenstände waren unauffällig am Boden befestigt. Wie die Präsidentenpaläste enthielt auch die Innenausstattung des Flugzeuges viel Gold.

Zwei Diener versorgten mich mit dem besten arabischen Essen – ohne Oliven – und erfrischenden Getränken. Ständig tanzten sie um mich herum, damit ihnen ja keiner meiner Wünsche entging.

Kurzum: Ich reiste wie eine Königin und musste keinen einzigen Pfennig dafür bezahlen – zum Glück. Denn einen weiteren Flug nach Benit in diesem Jahr hätte ich mir von meinem Taschengeld nicht leisten können.

Beim Landeanflug auf Sarana war es bereits dunkel und der Khaled-International-Airport, abgesehen von den bunten Lichtern auf dem Rollfeld, nur spärlich beleuchtet. Dafür schimmerte die Stadt unter mir als riesiges Lichtermeer.

Mein Herz klopfte immer heftiger vor freudiger Erwartung. Aber plötzlich mischte sich in meine Vorfreude auch ein klein wenig Angst.

Was, wenn Saleh nun auf einmal merken würde, dass er doch nichts für mich empfand? Dann stünde ich allein in einem fremden Land, das westlichen Ausländern wie mir feindlich gesinnt war und dessen Sprache ich nicht konnte ...

Ich besaß nämlich kein besonders ausgeprägtes Selbstbewusstsein und war mir im Klaren darüber, dass es in Benit Tausende Frauen gab, die attraktiver waren als ich.

Doch meine Sorgen erwiesen sich als unbegründet: Saleh stand, umgeben von zehn Männern der Republikanischen Sicherheit, in der Flughafenhalle. Er trug blaue Jeans und eine dünne Jacke aus dunklem Leder. Aber trotz der gewöhnlichen Kleidung sah er wieder ausgesprochen elegant und edel aus.

Der Blick seiner Augen sagte mir, dass er sich genauso über das Wiedersehen freute wie ich.

Mit einem strahlenden Lächeln kam er mir entgegen. »Willkommen, Sina!«

Fast hatte ich in den letzten zwei Monaten vergessen, wie schön er war, obwohl ich die Fotos des Sommerurlaubs oft betrachtet hatte. Auf den meisten davon war er zu sehen, doch sie reichten einfach nicht an das Original heran.

»Hallo, Saleh!«

Wieder fühlte ich dieses Knistern zwischen uns, das ich am Anfang unserer Bekanntschaft mehr oder weniger erfolgreich verdrängt hatte.

Ich verspürte den verzweifelten Drang, ihn zu umarmen und zu küssen. Doch ich wusste inzwischen, dass es in seiner Kultur nicht üblich war, in der Öffentlichkeit Zärtlichkeiten auszutauschen.

»Aber ich werde schon dafür sorgen, dass wir oft genug allein sind«, hatte Saleh mir vor ein paar Tagen am Telefon versprochen.

Rasch hatte ich ihm versichert, dass es mir nichts ausmache – was eigentlich auch stimmte: Ich respektierte und mochte die Kultur des Orients.

Aber in diesem Moment der Wiedersehensfreude wünschte ich sie zum Teufel.

Ob es ihm genauso ging? Wenn ja, ließ er es sich auf jeden Fall nicht anmerken.

»Hattest du einen guten Flug?«, fragte er mich.

Ich nickte. »Ja, herrlich. Die Aussicht war einfach traumhaft – und dann dieser Service ... Trotzdem bin ich froh, endlich hier zu sein!«

Er lächelte halb sanft, halb spitzbübisch. »Das hoffe ich doch. Ich bin nämlich auch froh, dass du hier bist – verdammt froh!«

Einer der Leibwächter bekam auf Arabisch den Auftrag, meine zwei schweren Reisetaschen zu nehmen. Selbstverständlich tat er es ohne Murren.

Ich hakte mich bei Saleh unter, und umgeben von den Männern der Republikanischen Sicherheit verließen wir das Flughafengebäude.

Der Himmel war sternklar und ein frischer Wind wehte, der den trockenen Geruch der Wüste mit sich führte.

Ich atmete tief ein und erlag sofort wieder dem geheimnisvollen Bann dieses Landes.

Wie ein Kind freute ich mich auf die beiden Wochen, die vor mir lagen und die ich im Kreise von Salehs mächtiger Familie verbringen würde.

Auf dem riesigen Parkplatz des Flughafens sah ich mich nach Salehs gelbem Sportwagen um, konnte ihn aber nirgendwo entdecken.

Stattdessen steuerten die Leibwächter eine große, schwarze Limousine an – vielleicht die, in der Saleh damals vor das Restaurant in der Innenstadt gefahren worden war.

»Hast du dein Auto zu Schrott gefahren?«, erkundigte ich mich verwundert.

Saleh schüttelte grinsend den Kopf. »Nein, zum Glück nicht. Aber zur Feier des Tages hielt ich die Limousine für angebrachter!«

Zwei Männer der Republikanischen Sicherheit hielten links und rechts je die mittlere der drei Türen für uns auf. Ein weiterer verstaute mein Gepäck im Kofferraum.

Als ich mich neben Saleh in den weichen Ledersitz sinken ließ, kam ich mir vor wie ein Filmstar. Die Leibwächter vor und hinter uns im Wagen und in den dunkelgrünen Begleitfahrzeugen verstärkten dieses Gefühl noch.

»Wir werden heute Nacht in einem Haus im Süden der Stadt schlafen«, klärte Saleh mich auf. »Es ist zwar nicht so groß wie unsere Paläste, aber dafür umso gemütlicher.«

»Ihr habt außer euren ganzen Palästen auch noch ein Haus?«, rief ich ungläubig.

Er lachte. »Eines? Wir haben insgesamt achtzig Unterkünfte im ganzen Land. Mein Vater und seine engen Angehörigen müssen jede Nacht an einem anderem Ort schlafen, weißt du. Auf diese Weise haben Attentäter keine Chance.«

»Heißt das, du legst dich keine zwei Abende hintereinander ins gleiche Bett?«

Saleh wiegte den Kopf hin und her. »Ab und zu schon, aber meistens nein. Ich kann es mir leisten, etwas unvorsichtiger zu sein. Immerhin bin ich nur der zweite Sohn. Ein Attentäter würde viel eher meinen Vater oder

Abdullah umbringen wollen.«

»Ich stelle mir das schrecklich stressig vor, jeden Abend anderswo zu schlafen«, meinte ich.

Darauf zuckte er gelassen mit den Schultern. »Man gewöhnt sich daran. Das meiste regeln sowieso die Republikanische Sicherheit und die Diener. Wir müssen unsere Betten nicht selbst richten.«

Das Haus, zu dem wir gebracht wurden, erwies sich als prächtige Villa mit großem Garten, Pool im Hauptgang und verschnörkelten Mustern an den Wänden.

Diener und Männer der Republikanischen Sicherheit hasteten hin und her und redeten wild durcheinander, verschwanden durch Türen, eilten die Treppen hinauf und hinunter, schleppten Stühle, Tische, Wäschekörbe, Handtücher ... Die Atmosphäre erinnerte an einen Ameisenhaufen und ich war froh, dass Saleh in diesem Chaos meine Hand hielt. Das gab mir Sicherheit.

So richtig wohl fühlte ich mich im Dunstkreis der Mächtigen eben doch noch nicht. Saleh und ich folgten einem Diener, der mein Gepäck übernommen hatte, den Gang entlang – vorbei am beleuchteten Pool. Dann traten wir durch eine Tür auf der Rückseite des Hauses.

Licht flammte auf und ich sah mich gespannt im Zimmer um.

Es enthielt einen Kleiderschrank, ein großes Regal mit arabischen Büchern, eine Kommode mit Fernseher, einen Schreibtisch, ein breites Himmelbett und mehrere Plüschsessel, die im Kreis um ein Tischchen angeordnet waren. Alle Möbel sahen nach teuren Antiquitäten aus, Wände und Decke waren an manchen Stellen mit orientalischen Mustern aus reinem Gold verziert und der Boden bestand aus blank poliertem Parkett.

Ich merkte, wie Saleh mich prüfend von der Seite musterte. »Gefällt dir das Zimmer? Wenn nicht, kannst du gerne ein anderes haben!«

»Keine Sorge«, beruhigte ich ihn. »Ich finde es wunderschön hier.«

Was für eine Untertreibung. Das Zimmer war wie das Gemach einer Prinzessin!

»Wohin soll ich Ihr Gepäck stellen, Frau Jäger?«, wandte sich der Diener, der immer noch meine schweren Reisetaschen hielt, auf Englisch an mich. Der Schweiß stand ihm auf der Stirn und er atmete schwer. Ich hatte ihn über meinem Staunen ganz vergessen gehabt.

»Oh, Gott! Entschuldigen Sie ... Stellen Sie die Sachen einfach vors Bett!«

Der Mann setzte mein Gepäck an dem gewünschten Ort ab, schüttelte seine schmerzenden Arme aus und verabschiedete sich mit unterwürfig gesenktem Kopf von Saleh und mir. Dann fiel die Tür hinter ihm ins Schloss.

Saleh und ich waren endlich allein. Das Herz in meiner Brust schlug wilde Purzelbäume.

Er zog mich an sich. »Du hast mir so gefehlt«, flüsterte er.

»Du mir auch«, murmelte ich, das Gesicht an seiner Schulter. Tief atmete ich seinen Geruch ein, während er mir sanft übers Haar strich. Ich hätte ewig so stehen bleiben können.

Doch viel zu schnell löste Saleh sich von mir.

»Wir müssen zum Hauptpalast fahren«, sagte er. »Mein Vater erwartet uns und Ali kann es kaum erwarten, dich wiederzusehen.«

Ich freute mich ebenfalls auf den kleinen Ali, aber der Gedanke an die bevorstehende Begegnung mit Khaled Mustafa bereitete mir erneut Lampenfieber.

Obwohl unser erstes Treffen absolut harmlos gewesen war, konnte ich mir nicht vorstellen, dem Tyrannen von Benit jemals wie einem gewöhnlichen Menschen gegenüber treten zu können.

Aber das sagte ich Saleh nicht.

»Wie geht es Ali? Ich habe oft an ihn gedacht. Vermisst er seine Mutter?«

Saleh schüttelte den Kopf. »Ich glaube nicht. Sie hat sich ja auch schon vor unserer Trennung kaum um ihn gekümmert. Jetzt lebt sie mit einem Mann in Soum und hat noch kein einziges Mal nach ihrem Sohn gefragt.«

»Das verstehe ich nicht. Ali ist doch so ein liebes Kind.«

Saleh zuckte mit den Schultern. »Sie wollte ihn nie – genauso wie sie auch unsere Ehe nie gewollt hat«, sagte er, während wir am beleuchteten Pool vorbei Richtung Ausgang gingen. »Nun kann sie mit dem Geld, das ich ihr zur Verfügung gestellt habe, ein neues Leben anfangen. Ich wünsche ihr, dass sie glücklich wird.«

Khaled Mustafa befand sich diesmal nicht in seinem Arbeitszimmer, sondern in einem Salon, der wohl eigentlich für den Empfang bedeutender Gäste gedacht war.

Der Boden wurde von einem kostbaren Orientteppich bedeckt. An der Decke hing ein riesiger, mit Gold und Perlen verzierter Kronleuchter, der das Zimmer erhellte. Die Wände schmückten Ölgemälde mit Khaled Mustafa in goldenen Rahmen. Wieder war ich halb entsetzt, halb erstaunt darüber, in welch herrschaftlichen Posen der Diktator sich darstellen ließ: Als König auf einem edlen Schimmel, als Feldherr an der Spitze eines Heeres ... Auf allen Gemälden hielt er ein Schwert oder ein Gewehr in der Hand und trug eine Uniform mit vielen Orden.

Der echte Khaled Mustafa saß auf einem Sofa mit roten, von goldenen Mustern durchzogenen Überzügen. Er trug einen dunkelgrauen Anzug, eine etwas schief sitzende Krawatte und unterhielt sich mit dem Kind auf seinem Schoß: Ali!

Mit blitzenden Augen schaute der Junge zu ihm auf, plapperte munter und hopste auf seinen Knien herum. Khaled hörte ihm aufmerksam zu und lächelte nachsichtig.

Schlagartig schwand mein Unbehagen. Dieser Mann auf dem Sofa war gar nicht der von aller Welt gefürchtete Diktator, sondern ein ganz normaler Großvater, der mit seinem Enkel spielte.

»Hallo, Ali!«, sagte ich und sofort schnellte der Kopf des Kleinen herum. Ein strahlendes Leuchten breitete sich auf seinem Gesicht aus, als er mich sah. Mir wurde ganz warm ums Herz.

»Sina!«, jauchzte er, sprang von Khaled Mustafas Schoß herunter und warf sich in meine Arme. Ich wurde derart wild gedrückt und abgeküsst, dass ich beinahe das Gleichgewicht verlor.

»Du bist ganz schön stark«, stellte ich atemlos fest, als er endlich innehielt. »Hast du in den letzten zwei Monaten Bodybuilding gemacht, Ali?«

Er strahlte mich an und redete in Arabisch auf mich ein.

Saleh lächelte. »Er sagt, er hat die ganze Zeit auf dich gewartet und immer nur mit deinem Auto gespielt ... Und jetzt darfst du nie mehr weggehen!«

Wirklich stand das ferngesteuerte Auto aus Farul auf dem niedrigen Tischchen vor dem Sofa. Ich hatte es schon ganz vergessen gehabt. Dass diesem Jungen, der doch wirklich alles haben konnte, was er wollte, mein Geschenk so viel bedeutete, rührte mich zutiefst.

Ich strich ihm übers Haar. »Ich würde ja gern hier bleiben, aber das ist nicht so einfach ... Auf jeden Fall werden wir die nächsten Wochen eine Menge Spaß zusammen haben. Das verspreche ich dir, Ali!«

Sein Lächeln vertiefte sich noch und er nickte zufrieden. Trotz der fremden Sprache schien er den Sinn meiner Worte verstanden zu haben.

Khaled Mustafa war vom Sofa aufgestanden und kam mit einem freundlichen Lächeln auf uns zu. Als er zu mir sprach, übersetzte Saleh seine Worte.

»Guten Abend, Sina!«, sagte der Präsident. »Schön, dass du zurückgekommen bist. Die beiden« – er nickte zu seinem Sohn und Ali hin – »haben dich schrecklich vermisst.«

»Ich habe sie auch vermisst«, gestand ich. »Und dieses wunderbare Land.«

Der Diktator nahm meine Hand und drückte sie kurz. »Komm, setz dich und trink einen Tee mit uns! Du bist sicher müde von der langen Reise. Möchtest du auch etwas essen?«

Ich schüttelte den Kopf. »Nein, danke! Ich hatte im Flugzeug mehr als genug zu essen. Aber einen Tee könnte ich wirklich gebrauchen.«

Sobald ich zwischen Saleh und Khaled auf dem bequemen Plüschsofa saß, merkte ich, dass ich tatsächlich müde war. Höflich trank ich meine Tasse Tee, da der Präsident meinetwegen extra den Diener angefunkt hatte. Doch danach fielen mir beinahe die Augen zu, obwohl Ali auf meinem Schoß herumturnte. Zum Glück fuhren wir bald zu der Villa zurück, denn auch für Khaled war es ein langer Tag gewesen.

Ali bestand darauf, dass ich ihn ins Bett brachte und zudeckte. Außerdem wollte er von seinem Vater und mir noch je einen Gute-Nacht-Kuss. Dann schlief er zufrieden ein.

»Er betrachtet dich schon als seine Mutter«, stellte Saleh halb scherzhaft, halb im Ernst fest.

Ich kicherte. »Erstaunlich, wie schnell man zu einem Kind kommen kann!«

Saleh blickte mich nachdenklich an. »Hast du nie daran gedacht, eigene Kinder zu haben?«

»Nein«, entgegnete ich ehrlich. »Bisher nicht, denn ich fühle mich selbst noch nicht wirklich erwachsen. Und erwachsen sollte man sein, ehe man Kinder in die Welt setzt – finde ich.«

Er nickte. »Da ist was dran. Wahrscheinlich war auch das ein Teil von Jamilas Problem: Sie hat Ali bekommen, obwohl sie innerlich noch gar nicht bereit war, Mutter zu werden. Darum konnte sie später nichts mit ihm anfangen.«

Ich nahm seine Hand. »Gut, dass man heutzutage frei entscheiden kann, wann man Kinder will!«

Vor meiner Abreise aus Deutschland hatte ich mir die Pille verschreiben lassen. Unser erstes Mal war leichtsinnig gewesen. Vor lauter Leidenschaft hatte keiner von uns an Verhütung gedacht und nur durch pures Glück war nichts passiert. Zukünftig wollte ich es aber nicht mehr einfach darauf ankommen lassen.

Saleh nickte ernst. »Ja, das stimmt.«

Hand in Hand gingen wir durch den schwach beleuchteten Flur zu unseren Zimmern, die direkt nebeneinander lagen.

Wie auf ein geheimes Zeichen hin betraten wir meines. Saleh drehte den Schlüssel im Schloss um.

Meine Müdigkeit war schlagartig wie weggeblasen, als er mich an sich zog und küsste.

Heiße Leidenschaft durchflutete mich und ich fragte mich unwillkürlich, wie ich es die letzten Monate bloß hatte ertragen können, von ihm getrennt zu sein.

In diesem Moment fiel mein Blick auf das Gemälde über dem Bett, das Khaled Mustafas Gesicht zeigte. Es wurde vom Mondlicht beschienen, das durchs Fenster fiel und wirkte dadurch sehr real.

»Dein Vater macht mich nervös«, flüsterte ich Saleh ins Ohr. »Ich habe das Gefühl, er schaut uns zu ...«

Der Sohn des Diktators sah ebenfalls hin. Er kicherte, zog sein T-Shirt aus und warf es über das Bild. »Besser so?«

Ich nickte zufrieden. »Viel besser!«

Und dann gab es für lange Zeit nur noch Saleh, mich und die Nacht hinter dem halb geöffneten Fenster, die nach Wüste und Ghaniim roch.

16

Ein Klopfen an der Tür ließ mich aus dem Schlaf hochschrecken. Mein erster Gedanke galt Saleh. Wenn jemand hereinkam und ihn bei mir im Bett fand ... Ich tastete mit der Hand nach links, um ihn wachzurütteln. Doch ich griff ins Leere. Saleh war verschwunden. Die Stelle, wo er gelegen hatte, war noch warm und der Geruch seines Rasierwassers hing als schwacher Hauch in der Luft.

»Herein!«, rief ich und zog die Bettdecke bis zum Kinn hoch, um meine Blöße zu verbergen.

Da öffnete sich die Tür und eine kleine, zierliche Dienerin mittleren Alters trat ein. Sie trug ein langes, geblümtes Kleid und hatte kurzes, von silbernen Strähnen durchzogenes schwarzes Haar.

Das Tablett, welches sie auf den Händen balancierte, wirkte viel zu schwer für ihren zerbrechlichen Körper. Im ersten Moment fürchtete ich, die darauf befindliche Porzellankanne und die Tasse würden samt Inhalt auf dem schönen Orientteppich landen. Zum Glück erwies sich die Dienerin jedoch als stark und geschickt genug, das Tablett festzuhalten.

Sie nickte mir zu und schlug dabei respektvoll die Augen nieder.

»Salam aleikum«, sagte sie mit dünner Stimme. Und dann zu meiner Überraschung in gebrochenem Deutsch: »Ihr Tee, Frau Jäger.« Damit stellte sie das Tablett auf meinem Nachttisch ab. »Soll ich Ihnen später beim Ankleiden helfen? Oder haben Sie sonst einen Wunsch?«

Ich war sprachlos. »Äh ... Nein ... Danke ...«

»Wenn Sie etwas brauchen, müssen Sie es nur sagen oder mich anfunken. Wie das geht, zeigt ihnen Saleh Khaled Mustafa noch.«

»Wo haben Sie das gelernt?«, fragte ich. Es klang wahrscheinlich ausgesprochen dämlich.

Ich musste den Schock, dass morgens jemand an mein Bett kam, um mir Tee zu servieren und mir beim Anziehen zu helfen, erst noch verdauen.

Die Situation war mir peinlich. Nicht in erster Linie, weil ich wie eine Prinzessin bedient wurde, sondern vor allem, weil ich splitterfasernackt im Bett saß. Ich wollte gar nicht wissen, gegen wie viele arabische Tabus das verstieß ...

»Was? Das Teekochen?«

»Nein – Deutsch zu sprechen.«

»Wissen Sie, Frau Jäger: Im Krieg bin ich nach Deutschland geflohen – nicht im letzten gegen Amerika, sondern in dem davor gegen Durah. Ich habe mehrere Jahre in Deutschland gelebt.«

Sie hob entschuldigend die Hände. »Leider ist mein Deutsch nicht gut. Aber Saleh Khaled Mustafa hat mich trotzdem als Ihre erste Dienerin ausgewählt. Er meinte, Sie würden sicher gerne in Ihrer Muttersprache reden können ...« An diesem Punkt stockte sie und senkte erneut betreten den Blick, nachdem sie es für einen kurzen Moment gewagt hatte, mir in die Augen zu schauen. »Ich hoffe, ich spreche nicht zu schlecht. Wenn doch, können Sie es Saleh Khaled Mustafa oder dem Präsidenten ruhig sagen. Es wird dann jemand geholt, der Ihre Sprache besser kann.«

Ich beeilte mich zu versichern, dass ihr Deutsch sehr gut sei, worauf sie erleichtert aufatmete.

»Was bedeutet das – ›erste Dienerin‹?«, wollte ich wissen. »Habe ich denn noch mehr?«

Sie starrte mich verwundert an, als hätte ich eine völlig überflüssige Frage gestellt. Doch ich nahm es ihr nicht übel, sondern war im Gegenteil froh, dass sie mich endlich direkt ansah. Bei dem unterwürfigen Verhalten, welches mir seit der Bekanntschaft mit Saleh in Benit immer wieder begegnete, fühlte ich mich stets aufs Neue unbehaglich.

»Natürlich! Ihnen stehen eine ganze Reihe von Dienern und Leibwächtern zur Verfügung. Saleh Khaled Mustafa hat sie alle persönlich ausgewählt.«

Aha – gut zu wissen, Saleh ...

»Danke für den Tee übrigens.«Ich griff mit der rechten Hand nach der Kanne, um mir einzuschenken, während ich mit der linken weiterhin krampfhaft die Bettdecke festhielt. »Bekommt man den hier jeden Morgen ans Bett gebracht?«

»Ja. Das ist in der Familie des Präsidenten so üblich.« Sie sah auf ihre einfache Plastikarmbanduhr. »Frühstück gibt es immer um neun Uhr im Esszimmer. Sie können es sich natürlich aber auch früher oder später ans Bett bringen lassen.«

»O ...äh ... Neun Uhr ist schon in Ordnung. Ich esse dann mit Kha ... dem Präsidenten und Saleh Khaled Mustafa!«

»Wie Sie wünschen, Frau Jäger.«

Sie wartete geduldig, bis ich meinen Tee – der gut, aber sehr heiß war – getrunken hatte. Dann räumte sie das Tablett ab und fragte, ob ich wirklich keinen Wunsch mehr hätte.

»Nein, ich komme schon zurecht. Vielen Dank ... Doch – einen Wunsch habe ich noch: Bitte nennen Sie mich Sina!«

Die Dienerin starrte mich entsetzt an. »Aber ... Das darf ich doch nicht ... Sie sind Saleh Khaled Mustafas Verlobte ...«

»Freundin – nicht Verlobte«, verbesserte ich. »So weit sind wir noch nicht. Und ›Sina‹ ist mir tausendmal lieber als ›Frau Jäger‹.«

»Aber ...«

»Wirklich! Ich meine es ernst.«

»Aber ...«

»Wirklich!«

Schließlich gab sie nach. »Gut – wenn Sie es wünschen ... Mein Name ist übrigens Souad.«

Als sie sich mit einem »Auf Wiedersehen, Sina!«, verabschiedete, triumphierte ich innerlich.

Ich sah auf meinen Wecker, den ich auf dem Nachttisch abgestellt hatte. Bis zum Frühstück war es noch fast eine Stunde – genug Zeit, um zu duschen und mir die Haare zu waschen.

Wo das herrliche, vergoldete Badezimmer schließlich nur eine Tür weiter lag. Von meinem Zimmer aus gab es einen direkten Zugang.

Ich blickte hoch zu dem Khaled-Mustafa-Porträt über meinem Bett.

»Echt klasse hier«, sagte ich. »So schön wie du sollte man es immer haben, Herr Präsident!«

Ich war gerade dabei, mir vor dem mit Gold umrahmten Spiegel über meiner Kommode die noch feuchten Haare zu kämmen, als es erneut klopfte.

Diesmal war es Saleh, der kam, um mich abzuholen. Erst da fiel mir ein, dass ich ja gar nicht wusste, wo sich das Esszimmer befand. Und in der riesigen Villa hätte ich es bestimmt auch nicht so schnell gefunden ...

Khaled Mustafa, Ali und ein paar andere Personen saßen schon am Tisch.

Als Saleh und ich eintraten, standen alle auf, um uns zu begrüßen.

Ali war der Erste, er legte mir die Arme um den Hals, zog mein Gesicht zu sich herunter und küsste mich auf die Wange.

Ich traute meinen Augen nicht: Der Präsident trug einen flauschigen Morgenmantel über seinem Schlafanzug. Nur mit Mühe verbarg ich meine Überraschung.

Auch Safia und Mohammed waren da – ebenfalls im Morgenmantel. Aber bei ihnen wunderte mich das nicht, da ich sie als ausgesprochen natürlich kennen gelernt hatte. Sie begrüßten mich voller Wiedersehensfreude – Mohammed mit einem warmen Händedruck, Safia mit einer herzlichen Umarmung.

Endlich lernte ich auch Selwa, die Frau des Diktators kennen. Sie saß auf dem Platz zur Rechten ihres Mannes und war, abgesehen von Saleh und mir, als Einzige fertig angezogen.

Ihre Haare waren schulterlang und hellblond gefärbt, was nicht so richtig zu ihrem dunklen Typ passte. Aber sonst gefiel sie mir.

Sie sah ihrer jüngsten Tochter verblüffend ähnlich. Doch von ihrer Persönlichkeit her waren die beiden völlig verschieden. Während Safia vor Offenheit und Temperament nur so sprühte, war Selwa ruhig und zurückhaltend.

Ich schätzte Khaled Mustafas Frau etwa auf Mitte Fünfzig. Aber noch immer war sie eine herausragende Schönheit mit beinahe faltenloser Haut und einer Traumfigur – kaum zu glauben, dass sie fünf Kinder geboren hatte!

Auch der Diktator und seine Frau begrüßten mich herzlich.

Selwa ließ mich durch Saleh fragen, ob ich gut geschlafen habe und mich wohlfühle.

Das konnte ich nur bejahen, obwohl mich der überschäumende Luxus und vor allem die Gegenwart des Präsidenten noch immer verunsicherten.

Dabei zeigte sich Khaled Mustafa mir gegenüber auch an diesem Morgen äußerst freundlich und beinahe väterlich. Er erklärte mir, es werde mit dem Essen leider noch etwas dauern, da wir auf Abdullah und seine Frau warten müssten. Besorgt erkundigte er sich, ob ich es noch so lange aushielte.

»Wenn du sehr hungrig bist, kannst du ruhig gleich essen«, sagte er. »Die Diener werden es schon überleben, wenn sie zweimal servieren müssen.« Und er zwinkerte mir verschmitzt zu.

Ich lehnte das Angebot dankend ab. »Wenn alle warten, warte ich auch. Ich will keine Sonderrechte.«

Saleh und sein Vater wechselten einen Blick. Der von Khaled schwankte zwischen Erstaunen und Anerkennung, der meines Freundes drückte derart tiefen Stolz aus, dass ich innerlich um mindestens zwei Meter wuchs.

Khaled nickte mir mit einem warmherzigen Lächeln auf den Lippen zu. »Bescheidenheit steht einer Frau gut, Sina. Mein Sohn kann sich glücklich schätzen.«

»Da ... danke«, stotterte ich und versuchte wieder einmal vergeblich, diesen charmanten, sympathischen Menschen mit den Gräueltaten in Verbindung zu bringen, die er begangen hatte.

Nun nahm er meinen Arm und geleitete mich zu dem langen Tisch mit der Seidendecke, die vom selben Weinrot wie die Sitzpolster der Stühle waren.

Saleh setzte sich auf den Platz rechts von mir. Ali sprang mit solchem Schwung auf den Stuhl zu meiner Linken, dass er um ein Haar nach hinten gekippt wäre. Er fing sich gerade noch ab.

»Oh!«, machte er und grinste mich lausbubenhaft an.

»Kommt ihr nachher mit baden?«, wandte sich Safia auf Englisch an Saleh und mich.

Ihr Bruder sah mich an. »Hast du Lust, Sina?«

»Klar doch! Aber können wir vorher vielleicht noch einen kleinen Bummel durch die Stadt machen? Ich habe Sarana vermisst ...«

Saleh nickte verständnisvoll. »Kann ich verstehen«, sagte er. Dann, an seine Schwester gewandt: »Geht ruhig ohne uns baden! Wir kommen vielleicht später nach. Ali möchte sicher gleich mit euch mitkommen.«

In diesem Moment öffnete sich die Tür zum Gang und eine magere junge Frau trat ein. Sie trug ein eng anliegendes, silberglänzendes Kleid und eine Kette mit Edelsteinen in verschiedenen Farben, Formen und Größen um den Hals.

Zögernd und mit sichtlichem Unbehagen kam sie näher und blieb schließlich noch etwa zwei Meter vom Tisch entfernt stehen. Alle starrten sie an.

Verlegen nickte die junge Frau in die Runde und murmelte mit dünner Stimme ein »Salam aleikum«.

Ich fragte mich, wer sie wohl sein mochte. Eine Dienerin?

Nein – entschied ich. Dafür wirkten ihr Kleid und der Schmuck viel zu teuer.

Andererseits hielt ich sie wegen ihrer verschüchterten, ängstlichen Art aber auch nicht für ein Mitglied der Familie.

Sie wandte sich an Khaled. Ihre Stimme war kaum mehr als ein Flüstern und zitterte leicht.

Aus dem, was sie sagte, konnte ich nur ein einziges Wort herausfiltern: »Abdullah.«

Es ging also um den ältesten Sohn des Präsidenten, von dem Aischa so böse Dinge gehört hatte und über den Saleh nicht gerne sprach.

Was er wohl angestellt hatte? Denn daran, dass er etwas angestellt hatte, konnte kein Zweifel bestehen: Das Gesicht von Khaled Mustafa sprach Bände. Es wirkte plötzlich finster wie eine Gewitterwolke, und Selwa starrte kummervoll vor sich hin auf den Tisch.

Der Diktator stellte der jungen Frau in ernstem Ton eine Frage, worauf sie seinem Blick auswich, den Kopf schüttelte und stotternd und stockend antwortete.

Ich warf Saleh einen fragenden Blick zu.

»Das ist Intisar – Abdullahs Frau«, raunte er mir zu. »Sie sagte, ihr Mann komme nicht zum Frühstück. Er sei die ganze Nacht weggewesen und gerade erst heimgekommen. Nun wolle er schlafen.« Er seufzte genervt. »Ich wette, er ist wieder sturzbetrunken und hat sie verhauen. Aber das würde sie natürlich nie zugeben.«

Ich starrte ihn mit offenem Mund an. »Wie bitte?«

Doch Saleh schüttelte kaum merklich den Kopf und schwieg.

Plötzlich herrschte eine Stille im Esszimmer, die äußerst bedrückend war.

Alle – sogar das lebenslustige Plappermaul Ali – blickten betreten vor sich hin.

Die junge Frau, die Intisar hieß, hatte Tränen in den Augen.

Es war Safia, die schließlich das einzig Richtige tat: Sie stand auf, legte den Arm um Intisars schmale Schultern, führte sie zu einem freien Stuhl und drückte sie auf das Polster nieder.

Khaled murmelte mit noch immer finsterer Miene etwas, das wohl eher ihm selbst als uns galt.

»Er sagt, dann essen wir eben ohne Abdullah – und ins Parlament wird er ihn nachher wohl auch nicht mitnehmen können«, übersetzte Saleh. »Außerdem wird er heute Abend ein ernstes Wort mit ihm reden.« Er schüttelte ratlos den Kopf. »Als ob das schon jemals etwas gebracht hätte ...«

Der Diktator zog eine dieser Handy-Funkgerät-Kreuzungen aus der Tasche seines Morgenmantels, drückte ein paar Tasten und gab irgendjemandem am anderen Ende Anweisungen.

Kurz darauf erschienen zwei Diener und servierten allerlei exotische Dinge, von denen ich die meisten nicht kannte.

Ich beschloss, auf Nummer sicher zu gehen und entschied mich für den dünnflüssigen Joghurt, den ich im Sommer bei der Rast in den Bergen schätzen gelernt hatte.

In Erinnerung an meine Kleckerei von damals tauchte ich das Brot sehr vorsichtig ein und führte es noch vorsichtiger zum Mund. Tatsächlich ging diesmal alles gut.

Saleh zwinkerte mir zu und ich strahlte ihn voller Stolz an.

Ali klopfte mir anerkennend auf die Schulter und sagte etwas, worauf die anderen lachen mussten. Damit verflog schlagartig die Spannung, die seit Intisars Auftauchen in der Luft gelegen hatte.

»Was hat er gesagt?«, wollte ich von Saleh wissen, nachdem das allgemeine Gelächter verstummt war. Sogar Intisar, die bis dahin stumm vor ihrem Teller gesessen und kaum etwas gegessen hatte, hatte mit den anderen gelacht.

»Er sagte, er findet es toll, dass du inzwischen gelernt hast, ohne Kleckern zu essen«, übersetzte Safia kichernd.

Ich sah Ali an. »Nicht gerade ein tolles Kompliment. Trotzdem danke, Ali!«

Der Junge schenkte mir ein lausbubenhaftes Grinsen und seine Augen blitzten vor Vergnügen. Wieder dachte ich, was für ein entzückendes Kerlchen er doch war – ganz der Vater ...

Nach dem Frühstück fuhren Saleh und ich in die Innenstadt – diesmal wieder wie gewohnt in seinem Sportwagen und begleitet von vier Fahrzeugen der Republikanischen Sicherheit.

Es war schön, wieder durch die engen Gassen von Sarana zu bummeln, zwischen den bunten Menschen und Marktständen herumzuschlendern und unter der glühenden Sonne zu schwitzen.

Während wir in einer Eisdiele – nur wenige Blocks von dem Restaurant entfernt, in dem wir uns kennen gelernt hatten – Rast machten, erzählte ich Saleh von meiner Überraschung, als die Dienerin mit dem Tee ins Zimmer gekommen war und mir ihre Hilfe beim Anziehen angeboten hatte.

Er lachte. »Daran musst du dich gewöhnen, Sina. So ist das hier nun einmal. Jeden Morgen um Punkt acht Uhr steht ein Diener vor der Tür und fragt nach deinen Wünschen.«

»Lässt du dich etwa von anderen anziehen?«, fragte ich ungläubig.

Saleh schüttelte entschieden den Kopf. »Nein, nie! Die einzige, die ab und zu von diesem Service Gebrauch macht, ist meine Mutter. Mir wäre das zuwider!«

»Die Dienerin hat gesagt, ich hätte noch eine Menge andere Diener und Leibwächter für mich allein, die du persönlich ausgesucht hast. Stimmt das?«

Nun wich er verlegen meinem Blick aus.

Wie ein kleiner Junge, der sich bei etwas besonders Mühe gemacht hat und dabei nicht ertappt werden wollte, dachte ich und eine neue Welle der Zärtlichkeit durchflutete mich.

»Weißt du«, begann er stockend. »Ich wollte, dass du dich hier besonders wohl fühlst ... Ich hoffe doch, dass du irgendwann ganz in Benit bleiben wirst ...«

Ich griff unter dem Tisch nach seiner Hand – unsichtbar für die fünf Leibwächter, die uns in die Eisdiele gefolgt waren und nun um uns und unsere Zitroneneisbecher herumstanden.

»Das ist wirklich süß von dir, Saleh. Aber ich kann nicht bei dir bleiben.« Ich seufzte. »In einem halben Jahr muss ich in Deutschland Abitur machen und meine Eltern wissen noch nicht einmal, wo ich im Moment wirklich bin. Außerdem ...« An diesem Punkt stockte ich. »Außerdem bin ich noch nicht bereit, ein solches Leben zu führen: Die ganzen Leibwächter und Diener und der Luxus ... Das alles macht mir ein wenig Angst ...« Unsicher musterte ich sein Gesicht in der Befürchtung, dort Unverständnis oder gar Ärger zu entdecken.

Doch Saleh sah mich nur mit nachdenklichem Interesse an und hielt meine Hand fest.

Er nickte. »Das kann ich aus deiner Sicht verstehen. Dein Leben in Deutschland sieht bestimmt ganz anders aus als unseres hier.« Sacht strich er mit dem Daumen über meinen Handrücken, was genügte, um mich innerlich erbeben zu lassen.

»Ich liebe dich wirklich über alles, Sina«, flüsterte er so leise, dass die

Männer der Republikanischen Sicherheit es nicht hören konnten. »Und ich werde auf dich warten – egal, wie lange es dauert!«

Wieder so ein Moment, in dem ich am liebsten sämtliche arabische Tabus gebrochen hätte ...

Doch ich musste mich damit begnügen, unter dem Tisch seine Hand zu streicheln. »Ich liebe dich auch, Saleh, und hoffe, dass ich dich nicht enttäuschen werde ...«

Dieses warme Lächeln und das goldene Funkeln in seinen Augen ...

»Das wirst du bestimmt nicht!«

Nach einem ausgiebigen Mittagessen im Palast am Ghaniim – wo wir die folgende Nacht verbringen würden, wie ich erfuhr – gingen wir wirklich noch mit Mohammed, Safia und Ali schwimmen. Auch der kleine Khaled war dabei – in einer außen mit Gold und Diamanten verzierten Wiege.

Ich staunte nicht schlecht. »Leihst du mir die Wiege, wenn ich selbst mal ein Kind bekomme?«, fragte ich Safia im Spaß.

Sie zwinkerte mir verschmitzt zu. »Ich werde daran denken – verlass dich drauf!«

Saleh und ich blieben nur kurz im Wasser.

Wir spielten ein bisschen mit Ali Wettschwimmen, wobei wir gnadenlos abgehängt wurden, und plauderten locker mit Safia und Mohammed.

Dann zogen wir uns mit unserem Badetuch hinter einen jungen Olivenbaum zurück, der die Blicke der andern abschirmte.

Salehs Kopf lag auf meinem Schoß. Seine nassen Locken kitzelten meine nackten Schenkel.

Sacht fuhr ich mit den Fingern die Konturen seines ebenmäßigen Gesichtes nach, prägte mir jede Einzelheit für die nächste Trennung genau ein: seine langen Wimpern, die Form seiner Augenbrauen, die sehr gerade Nase, den sorgfältig gepflegten Schnurrbart, die vollen, weichen Lippen ...

Er lag ganz still und genoss meine Berührungen mit geschlossenen Augen. Das Spiel von Licht und Schatten unter den Blättern des Olivenbaumes malte seltsame Muster auf seine bronzefarbene Haut.

Ewig hätte ich einfach dasitzen und ihn betrachten können, aber die traute Zweisamkeit war schnell vorüber: Ali stürmte heran und redete in seiner gewohnten Lautstärke auf uns ein.

Kurz darauf gesellte sich auch Safia zu uns. Mohammed musste weg zu einer Regierungssitzung.

Nun wagte ich es endlich, das heikle Thema Abdullah anzusprechen, das mir seit dem Frühstück unter den Nägeln brannte. Saleh und Safia waren schließlich meine engsten Vertrauten in Benit.

»Was ist eigentlich los mit ihm? Dauernd wird angedeutet, er sei schwierig und mache Probleme ... Aber Genaueres erfährt man nicht!«

Safia seufzte. »Er ist verrückt nach Statussymbolen, jungen Frauen und Alkohol. Mehr möchte ich dazu nicht sagen. Am besten, du lernst ihn selbst kennen und bildest dir dein eigenes Urteil.«

Ihr Bruder stimmte ihr mit finsterem Gesicht zu und damit war das Thema für beide abgeschlossen.

»Ich habe da übrigens ein Geschenk für dich, Sina«, sagte Saleh – wahrscheinlich hauptsächlich, um mich auf andere Gedanken zu bringen. Er zauberte eines dieser Funkgerät-Handy-Kreuzungen aus seiner Badetasche und überreichte mir das Gerät mit feierlichem Ernst.

Etwas ratlos starrte ich auf den kleinen Lautsprecher am oberen Ende, die Tasten mit den Zahlen von null bis neun, sowie die rote und die grüne ganz unten.

»Moderne Technik und ich – das ist eine verdammt schwierige Kombination«, meinte ich und verzog das Gesicht.

Saleh und Safia lachten und versicherten mir, dass die Sache ganz einfach sei.

»Sogar Ali kann schon mit den Dingern umgehen«, behauptete Saleh.

Ich erfuhr, dass ich die 60 wählen musste, um mit meinen Leibwächtern Kontakt aufzunehmen und die 61, um meine Diener zu rufen. Mit dem grünen Knopf erfolgte der Durchruf, mit dem roten wurde er beendet. Außerdem konnte ich mit dem Gerät wie mit einem Handy ganz normal telefonieren.

Wie die Leibwächter und Diener hatte jedes Familienmitglied eine eigene Nummer: Khaled die 1, Selwa die 2, Saleh die 4, Barif die 5, Ledan die 6, Safia die 7, Mohammed die 11, ich die 31 ...

Mir schwirrte der Kopf. Im Zahlenmerken war ich schon immer eine Null gewesen.

Safia hatte schließlich ein Einsehen und gab mir einen Zettel, damit ich mir die wichtigsten Nummern aufschreiben konnte.

»Du kannst das Gerät überall im ganzen Land benutzen«, erklärte mir Saleh. »Nur in den Bergen ist der Empfang manchmal gestört.«

Ali umarmte mich und redete mit überschäumender Begeisterung auf mich ein.

Sein Vater lächelte. »Er sagt, jetzt gehörst du zur Familie, weil du auch so einen Funk hast.«

Safia zwinkerte mir zu. »Willkommen im Hause al-Adnan, Sina!«

Obwohl das natürlich nur Spaß war, fühlte ich mich geehrt und glücklich.

Von Abdullah wurde nicht mehr gesprochen, an diesem Tag.

17

Ich dachte nicht mehr weiter über Khaled Mustafas ältesten Sohn nach. Dazu hatte ich gar keine Zeit. Mein Leben in Benit, im Kreis der Präsidentenfamilie, war von so viel Abwechslung und neuen Eindrücken geprägt, dass mein Gehirn kaum verarbeiten konnte, was es alles aufnahm.

Abends schwirrte mir regelrecht der Kopf von den Bildern, Erfahrungen und Erkenntnissen des Tages. Hinzu kam der verhängnisvolle Entschluss, Arabisch zu lernen, zu dem ich mich drei Tage nach meiner Ankunft durchrang. Der Hauptauslöser dafür war sicher Ali.

Ich liebte es, mit Salehs Sohn zu spielen, mit den unzählbaren Spielsachen in seinen Kinderzimmern, von denen jedes einzelne so groß wie bei uns zu Hause Wohnzimmer, Küche, Papas Arbeitszimmer, mein Zimmer und das von Julian zusammen waren. Fangen spielen durch die riesigen, verwinkelten Gänge der Paläste, wobei unsere Schritte auf den polierten Marmor- und Parkettböden dumpf widerhallten. Indianer in den ausgedehnten Parkanlagen, wobei Ali – vorzugsweise aus dem Gebüsch heraus – mit Lassos nach den Wache haltenden Männern der Republikanischen Sicherheit warf. Diese waren verständlicherweise nicht sehr begeistert, wagten es andererseits aber auch nicht, ihn zu maßregeln. Mehr als einen schwachen Protest äußerten sie nie. Bei diesem Spiel wurde auch schon einmal der Präsident persönlich an den Marterpfahl gefesselt, was er mit amüsierter Gelassenheit über sich ergehen ließ und brav um Hilfe schrie, wenn sein Enkel ihn dazu aufforderte ...

So lustig diese Spiele mit Ali waren, einen Haken hatte die Sache einfach: Der kleine Junge und ich konnten uns nur ohne Worte verständigen oder in schwierigen Fällen gar nicht.

Immer, wenn Ali mir mit leuchtenden Augen und sich vor Eifer überschlagender Stimme etwas erzählte, wünschte ich mir nichts sehnlicher, als seine Sprache zu verstehen.

So stand mein Entschluss, Arabisch zu lernen, irgendwann fest.

Bei jedem neuen Wort, das ich aufschnappte, fragte ich Saleh oder Safia nach der englischen Übersetzung und konnte mir ihrer Unterstützung schnell sicher sein.

Doch trotz meiner angeblichen Sprachbegabung, von der meine Lehrer seit der fünften Klasse schwärmten, erwies sich Arabisch als harte Herausforderung. Ehe ich mich versah, stand ich vor einem Berg – einem wahren Mount Everest! – von Lauten, für die es im Deutschen nicht einmal Buchstaben gab ... Geschweige denn konnte ich sie aussprechen!

Dann diese Schrift, die Saleh mir mit viel Mühe und Geduld näher zu bringen versuchte: Einige Buchstaben existierten wie gesagt im Deutschen nicht – und die, die ich kannte, sahen irgendwie alle gleich aus.

An die Grammatik wagte ich mich vorerst gar nicht heran ...

Kurz gesagt: Ich hatte wohl eine Beschäftigung für die nächsten fünfzig Jahre gefunden.

Trotzdem fand ich irgendwie noch die Zeit, diesen Urlaub aus vollen Zügen zu genießen und neue Eindrücke zu sammeln.

Der regelmäßige Tagesablauf von Salehs Familie half mir entschieden dabei, in der fremden Kultur den Überblick zu behalten: Jeden Morgen um Punkt acht Uhr brachte der erste Diener jedes Familienmitgliedes – oder dessen Stellvertreter – Tee ans Bett seines Vorgesetzten und fragte nach weiteren Wünschen.

Um neun Uhr gab es Frühstück, was wie das Mittag- und Abendessen eine gute Gelegenheit war, Salehs Angehörige kennen zu lernen. Jedes Mal waren andere Leute anwesend – je nachdem, wer sich gerade im gleichen Palast oder derselben Villa aufhielt: Khaled, Selwa, Safia und Mohammed, Barif und Ledan mit ihren Ehemännern und Kindern, Cousins, Cousinen, Onkel, Tanten und sonstige Verwandte.

Den Dienern und Dienerinnen, die den Tisch deckten und das Essen servierten merkte man genau an, ob der Diktator mitaß oder nicht. Wenn er nicht da war, wirkten sie viel lockerer und gelassener – unterhielten sich untereinander und beteiligten sich hin und wieder sogar an den Tischgesprächen.

War Khaled Mustafa dagegen da, huschten sie mit ausdruckslosen Mienen und gesenkten Blicken zwischen Küche und Esszimmer hin und her. Ihr Bemühen, ja nichts falsch zu machen und dem Präsidenten jeden Wunsch von den Augen abzulesen, schaffte eine Atmosphäre, die irgendwie merkwürdig war.

Ich fragte mich immer wieder, ob ich sie als Einzige wahrnahm oder ob die anderen sich schlichtweg daran gewöhnt hatten.

Inzwischen war ich mit Saleh so weit vertraut, dass ich es gewagt hätte, mich danach zu erkundigen. Doch sobald wir das Esszimmer verlassen hatten, rückte diese Frage jedes Mal angesichts anderer Dinge in den Hintergrund. Und irgendwann gewöhnte ich mich an das Verhalten der Diener in Khaleds Gegenwart.

Schließlich fühlte ich mich ihm gegenüber selbst unbehaglich und war nach wie vor auf der Hut. Noch immer geisterten die Dinge in meinem Kopf herum, die ich durch Nachrichten und Zeitung über ihn erfahren hatte: Folter, Hinrichtungen, Kriege, Angst und Schrecken.

Zwar hatte ich persönlich einen ganz anderen Khaled Mustafa erlebt, aber so ganz traute ich meiner Menschenkenntnis, was ihn betraf, nicht.

Gleichzeitig faszinierte er mich jedoch auf geheimnisvolle Weise. Er sah trotz seines Alters noch immer verdammt gut aus und besaß eine Ausstrahlung, wie ich sie noch bei keinem anderen Menschen erlebt hatte. Aber bis heute fällt es mir schwer zu beschreiben, was er genau ausstrahlte. Irgendwie vermittelte er ein Gefühl von Würde und Erhabenheit in Kombination mit umwerfendem Charme und einer wachen, lauernden Intelligenz.

Oft ertappte ich mich in diesen zwei Wochen dabei, wie ich ihn bei Tisch verstohlen beobachtete: Die Art wie er sprach, aß, lächelte ...

In vielen Dingen erinnerte er mich nach wie vor an Saleh. Doch je länger ich den Diktator und seinen Sohn kannte, umso deutlicher bewusst wurden mir auch die Unterschiede zwischen ihnen.

Saleh strahlte zwar dieselbe Würde wie sein Vater aus, aber nicht diese Erhabenheit – und während in Khaleds Gesichtszügen durchaus eine gewisse Härte lag, waren die seines Sohnes weich.

Am deutlichsten zeigte sich der Unterschied zwischen den beiden im Verhalten gegenüber den Dienern und Leibwächtern: Khaled gab ihnen deutlich zu spüren, dass sie Untergebene waren. Wenn er mit ihnen sprach, nahm seine Stimme einen barschen Befehlston an, der keinen Widerspruch duldete.

Ganz anders Saleh: Er war allen gegenüber gleich höflich und zuvorkommend – egal ob untergeben oder gleichgestellt. Im Gegensatz zu seinem Vater, dem Herrscher über Benit, war er einfach ein netter, bescheidener Junge, dem es nicht in den Sinn kam, sich als Despot aufzuführen.

Nach dem Essen schätzte Khaled eine kubanische Zigarre und teuren Whiskey. Auch den anderen bei Tisch bot er davon an, was jedoch meistens abgelehnt wurde. Sein Umfeld bestand zum größten Teil aus Nichtrauchern und Antialkoholikern.

»Eigentlich ist es Moslems verboten, Alkohol zu trinken«, erklärte mir Saleh einmal mit einem Schulterzucken. Und obwohl er behauptete, von strengen Sitten nichts zu halten, rührte er den Whiskey nie an – genauso wenig wie Selwa, Barif, Ledan und Safia.

Nur die Ehemänner von Khaleds drei Töchtern ließen sich ab und zu zu einem Glas überreden.

Dafür rauchten Saleh und ich manchmal eine Zigarre mit, obwohl es uns nicht schmeckte und mir hinterher immer leicht übel war.

*

Da mein Freund, Ali und ich viele Ausflüge unternahmen, waren wir zum Mittagessen selten da. Aber zum Abendessen im Kreise der Familie fanden wir uns meistens wieder ein. Und bei diesem Anlass begegnete ich fünf Tage nach meiner zweiten Ankunft in Benit zum ersten Mal Abdullah.

Wir befanden uns diesmal im Palast nahe Hadschid in den hügeligen Ausläufern der Berge.

Saleh, Ali und ich waren gerade verschwitzt, müde und hungrig von einer ausgedehnten Gebirgstour zurück.

Während meine beiden Männer beschlossen, sich so wie sie waren zum Essen zu begeben, ging ich zuerst duschen und mir frische Sachen anziehen. Dann machte ich mich ebenfalls auf den Weg zum Esszimmer.

Die Präsidentenpaläste waren riesig und jeder für sich eine kleine Stadt mit eigenem Kraftwerk, Kläranlage – beides unterirdisch und an ein gigantisches Bunkertunnelsystem angeschlossen – und einigen hundert Zimmern.

Was es bedeutete, sich in einem derart monströsen Gebäude zurechtzufinden, kann man sich leicht ausmalen.

Mein Orientierungssinn scheiterte regelmäßig an den verwinkelten Gängen, die in immer gleich aussehenden Hallen mit Marmorsäulen endeten, den vielen Treppen – Aufzüge gab es nicht, weil Khaled Mustafa sportliche Betätigung für äußerst wichtig hielt – und den unzähligen Türen.

Diesmal war ich jedoch sicher, den Weg zu finden. Ich stieg die erste Treppe hinunter, schritt mit stolz erhobenem Kopf an einigen in den Gängen patrouillierenden Leibwächtern vorbei und steuerte zielsicher eine Tür an, die ich für die des Esszimmers hielt ...

Schon wieder falsch! Ich befand mich in einem ganz anderen Raum und hätte mir vor Frustration und Ärger am liebsten selbst in den Hintern getreten, wenn das nur möglich gewesen wäre.

Ratlos ließ ich meine Blicke umherschweifen und fragte mich, was mit meiner geistigen Landkarte wieder schief gelaufen war.

Wie zum Teufel schafften die anderen es bloß, in diesem Labyrinth die Orientierung zu behalten? Sogar die kleinen Kinder verliefen sich im Gegensatz zu mir nie!

In dem Zimmer, in welchem ich mich nun befand, herrschte das reinste Chaos. Auf dem edlen Parkett lagen überall Kleidungsstücke verstreut, dazu ein faltiger Orientteppich und ein umgekippter Plüschsessel. Die Oberfläche des wuchtigen Schreibtisches am Fenster war fast völlig von Aktenordnern, losen Blättern und Büchern bedeckt. Außerdem stand die Tür an seiner Seite halb offen und ein riesiger Stapel Zettel quoll heraus. Auf einem Schränkchen rechts neben dem Eingang standen ein Fernseher und eine Stereoanlage. Darum herum lagen Videos und CDs auf dem Boden verteilt bis fast zu dem Kleiderschrank in der nächsten Ecke, der mindestens zehn Meter entfernt war.

An den Wänden hingen in goldenen Rahmen Fotos mir inzwischen zum größten Teil vertrauter Personen, die lächelnd oder ernst auf die Unordnung nieder blickten: Khaled Arm in Arm mit Selwa, Safia und Ledan am Ufer des Ghaniim, Barif mit zwei weißen Katzen im Arm, Ali und mehrere andere Kinder mit ernsten Gesichtern vor einer elektrischen Eisenbahn, zwei kleine Jungen, die steife Anzüge trugen ...

Die Person auf dem Doppelbett am anderen Ende des Zimmers bemerkte ich erst, als sie sich aufsetzte.

Es war ein junger Mann mit groben Gesichtszügen und sehr kurz geschnittenen Haaren. Die Bartstoppeln an seinem Kinn zeigten, dass er seit längerem keinen Rasierapparat mehr gesehen hatte, die glasigen Augen deuteten darauf hin, dass er einen über den Durst getrunken haben musste.

Ich wusste sofort, wer er war: Abdullah – der zukünftige Präsident von Benit.

Er trug einen beigefarbenen Morgenmantel und weiße Fellpantoffeln. Auf der Bettkante sitzend starrte er mich an wie ein Wesen aus einer anderen Welt.

Ratlos stand ich in der Tür und wusste nicht, wie ich mich verhalten sollte. Ich murmelte auf Englisch eine Entschuldigung und wandte mich zum Gehen.

Dann ging alles sehr schnell: Plötzlich war er neben mir und packte mich am Arm. Grob wurde ich von der Tür fortgerissen und ins letzte Abendlicht gezogen, welches durch die drei hohen Fenster hereinfiel.

»Sieh an: So schöner Besuch! Normalerweise muss ich mir die Frauen von meinen Leibwächtern anschleppen lassen.« Sein Englisch war schlecht und er lallte leicht. Dazu lispelte er. Mit begierigen Blicken musterte er mich von oben bis unten. Abdullah war sehr groß – sicher über eins neunzig.

Ich bekam es mit der Angst zu tun und versuchte, mich loszureißen. Aber der Griff um meinen Arm war eisern.

»Nimm deine Finger weg!«, keuchte ich, mich windend. »Oder ich schreie ganz laut!«

Doch er achtete weder auf meine Drohung noch auf meine Befreiungsversuche. Er verstärkte lediglich noch den Druck auf meinen Arm, sodass es jetzt richtig wehtat.

Sein Gesicht näherte sich dem meinen und ich roch Whiskey in seinem Atem.

»Du bist die Freundin meines lieben Bruders Saleh – richtig? Wie leichtsinnig von ihm, ein solches Geschöpf frei herumlaufen zu lassen ... Na, ja – selbst schuld! Wer seine Frauen nicht unter Kontrolle hat, muss damit rechnen, dass sie sich ein anderer nimmt.« Er grinste mich lüstern an. »Wir beide werden jetzt ein wenig Spaß zusammen haben. Nicht wahr, mein schönes Kind?«

Meine Angst verwandelte sich plötzlich in Zorn und für einen Moment war ich versucht, ihm das Knie zwischen die Beine zu rammen. Doch ich entschied mich dagegen. Er mochte ein betrunkenes Ekel sein, aber trotzdem war er nun einmal Salehs Bruder.

Ich griff mit der freien Hand nach dem Funk in meiner Hosentasche und wählte blind die 60. Abdullah versuchte, mir das Gerät zu entreißen, aber ich streckte es so weit wie möglich von ihm weg. Es wurde ein regelrechter Ringkampf.

»In Abdullahs Zimmer – ein Notfall!«, rief ich in Richtung des kleinen Lautsprechers und hoffte, dass ich trotz meiner Entfernung zu dem Gerät zu verstehen war. »Ich werde bedroht!«

Nun gelang es Abdullah doch noch, mir den Funk aus der Hand zu schlagen. Aber einen Moment später flog schon die Tür auf und fünf Männer der Republikanischen Sicherheit stürmten mit gezogenen Maschinenpistolen ins Zimmer.

Als sie erfassten, von wem ich bedroht wurde, zögerten sie. Nur Hassan, der Anführer meiner Leibwächter, richtete seine Waffe entschlossen auf Abdullah und fuhr ihn auf Arabisch an. Seine Stimme klang drohend und, meinen spärlichen Wortschatz zusammenklaubend, verstand ich etwas von »sofort loslassen«.

Angesichts seines Mutes besannen sich auch die vier anderen Männer, für wessen Schutz sie zuständig waren, und der älteste Sohn des Diktators blickte plötzlich in die Läufe von fünf Maschinenpistolen.

Mit einem wütenden Schnauben löste er den schmerzhaften Griff um meinen Oberarm.

Ich hob den Funk vom Boden auf, der zum Glück noch heil zu sein schien, und floh hinter die Rücken meiner Leibwächter. Langsam ließen die Männer ihre Waffen sinken.

Abdullah schwankte ein wenig. Aber er fing sich rasch wieder und schrie mit vor Zorn bebender Stimme herum.

Ich sah, wie sich die Haltung der Leibwächter versteifte und vermutete, dass er üble Drohungen ausstieß. Ein Verdacht, der bestätigt wurde: Freundlicherweise wiederholte er das Ganze für mich auf Englisch: »Dafür werdet ihr büßen! Ich finde bestimmt irgendwann einen Grund, euch alle töten zu lassen!«

Ich erschauderte, denn ein Gefühl sagte mir, dass die Drohung ernst gemeint und nicht nur das Gerede eines Betrunkenen war. In Abdullahs Augen loderte Mordlust. Nie hatte ich etwas Vergleichbares im Gesicht eines Menschen gesehen.

Meine Leibwächter hatten es gewagt, ihm in die Quere zu kommen. Das würde er ihnen nicht verzeihen ...

»Was ist hier los?« Saleh stand plötzlich in der Tür. Er hatte sich wohl auf die Suche nach mir gemacht, nachdem ich so lange nicht im Esszimmer erschienen war. Schließlich wusste er um meine Orientierungsprobleme in den Palästen seines Vaters.

Hassan schilderte ihm auf Arabisch kurz die Lage.

Der Ausdruck, den sein Gesicht daraufhin annahm, hatte ich bei meinem gutmütigen Freund noch nie erlebt und ihm auch nicht zugetraut. In seinen Augen flackerte wilder Zorn, der fast an den heranreichte, der mich eben bei Abdullah so erschreckt hatte. Für einen Moment fürchtete ich, er würde seinem Bruder an die Gurgel gehen.

Er trat ganz nahe an Abdullah heran und ballte die Hände vor dessen Gesicht zu Fäusten. »Wenn du es je wieder wagst, Sina anzurühren, bringe ich dich um – und zwar persönlich!«

»Ach ja?«, entgegnete Abdullah mit einem höhnischen Grinsen und schaute von oben auf Saleh herab, den er um einen halben Kopf überragte. »Das kannst du doch gar nicht! Dafür bist du viel zu brav!«

Die beiden Brüder starrten sich an wie Todfeinde.

Ich fasste Saleh am Arm. »Lass uns gehen!«, bat ich. Um jeden Preis wollte ich eine Schlägerei verhindern. In Abdullahs unbeherrschtem und betrunkenen Zustand hätte das für meinen Freund gefährlich werden können.

Saleh sah mich kurz an und seine Haltung entspannte sich. »Du hast Recht«, sagte er mit einem letzten vernichtenden Blick auf seinen Bruder. »Reine Zeitverschwendung.«

Gefolgt von meinen Leibwächtern verließen wir das Zimmer.

Abdullah rief uns noch ein paar Obszönitäten auf Englisch und Arabisch nach, aber wir drehten uns nicht mehr um.

»Hat er dir wehgetan?«, fragte Saleh um mich besorgt, nachdem die Tür hinter uns zugefallen war.

Obwohl mein misshandelter Arm wie Feuer brannte, schüttelte ich den Kopf. Ich wollte ihn nicht noch mehr in Rage bringen. »Alles in Ordnung!«, sagte ich. »Aber ich weiß jetzt, warum du nicht gerne über ihn sprichst.«

Er schnaubte zornig. »Der ist eine Plage! Du glaubst nicht, wie viele Mädchen er schon vergewaltigt hat! Er lässt sie von seinen Leibwächtern aufgreifen und in sein Zimmer schleppen.«

Ich nickte. »Das hat er mir gesagt.«

Saleh schnaubte erneut. »Eine Schande! Er nutzt seine Stellung schamlos aus ...« Er holte tief Luft. »Die arme Intisar! Sie liebt ihn wirklich aufrichtig, aber er benutzt und schlägt sie nur und steckt sie wie eine Puppe in teure Kleider.«

»Er war betrunken.«

»Natürlich – er ist gerade von einer seiner ewigen Sauftouren zurück!

Drei Tage war er wieder mit irgendwelchen zweifelhaften Freunden unterwegs! Wenn der erst Präsident ist. Ich darf gar nicht daran denken! Armes Benit.«

»Vielleicht ist er bis dahin vernünftiger geworden«, gab ich zu bedenken.

»Abdullah wird sich nie ändern«, behauptete er. »Der war schon als Kind so! Dauernd musste er andere quälen und sich als wer weiß was aufspielen! Aber dich wird er nicht anrühren – das schwöre ich!«

Inzwischen waren wir vor der Tür des Esszimmers angelangt und ich bedankte mich bei den Leibwächtern für ihre Hilfe.

»Das ist doch unser Job«, wehrte Hassan bescheiden ab.

Ich mochte den großen, breitschultrigen Mann mit den intelligenten Augen und dem unerschütterlichen Pflichtbewusstsein sehr. Und an diesem Tag war er in meiner Achtung noch weiter gestiegen. Wie er dem zukünftigen Diktator von Benit ohne Zögern seine Waffe an den Kopf gehalten hatte ...

Die Leibwächter zogen sich zurück und ich betrat mit Saleh das Esszimmer.

Khaled, Selwa, Ali, sowie Ledan und ihre drei kleinen Söhne hatten uns schon erwartet.

Saleh berichtete seinem Vater, was geschehen war.

Der Präsident machte ein ernstes Gesicht. »Ich werde mit Abdullah reden«, wandte er sich an mich. »So etwas kommt nicht mehr vor – das verspreche ich dir, Sina!«

»Ich mache mir Sorgen um die fünf Leibwächter, die mir geholfen haben«, sagte ich. »Er hat gedroht, sie umzubringen.«

Khaled schnaubte ärgerlich. »Das wäre nicht das erste Mal! Einen seiner eigenen hat er vor ein paar Jahren schon im Suff erschlagen! Daraufhin habe ich ihn zur Strafe acht Wochen ins Gefängnis stecken lassen, aber genützt hat es nichts.«

Ich holte tief Luft. Also stimmte die Geschichte vom Tod des Leibwächters, welche Aischa aufgeschnappt hatte!

Khaled legte beruhigend seine Hände auf meine Schultern. »Mach dir keine Sorgen! Ich kläre das! Bis jetzt habe ich mich wenig in Abdullahs Lebenswandel eingemischt, aber was genug ist, ist genug ... Über einen Gast herzufallen – das ist das letzte! Er sollte sich ausschließlich auf die Politik konzentrieren! Wenn er mein Nachfolger werden will, muss er noch viel lernen!« Mit großen Schritten verließ er den Raum.

Was genau der Präsident an diesem Abend mit seinem ältesten Sohn besprach, erfuhr ich nie.

Wir sahen beide nicht mehr – weder beim Essen noch später im großen Wohnzimmer, wo wir uns mit den Kindern zum Anschauen eines Zeichentrickfilms eingefunden hatten.

Ich verstand schon ein paar Worte und war richtig stolz, als die anderen mich deswegen überschwänglich lobten.

Egal, was für ein Ekel Abdullah sein mochte: Gegen den Rest seiner Familie war beim besten Willen nichts einzuwenden!

18

Der erste regnerische Tag, den ich in Benit erlebte, war ausgerechnet der, an dem Saleh, Ali und ich ans Meer fuhren. Und dabei ist das Wort ›Regen‹ gelinde gesagt eine Untertreibung: Die reinste Sintflut prasselte da vom Himmel!

Mein Freund nahm es gelassen und steuerte seinen Sportwagen mit einer Sicherheit, die einfach erstaunlich war. Ich fragte mich, wie er überhaupt sehen konnte, wohin er fuhr, denn das Wasser stand inzwischen fünf Zentimeter hoch auf der Straße, der dichte Regenschleier war mit den Augen kaum zu durchdringen und außerdem bewegten wir uns mitten in den Fontänen, die von den Rädern unserer Begleitfahrzeuge aufgewirbelt wurden. Beinahe nutzlos surrten die Scheibenwischer hin und her. Was da auf die Windschutzscheibe prasselte, konnten sie nicht mehr bewältigen.

»Ich wusste gar nicht, dass es hier so regnen kann«, bemerkte ich schwach.

Saleh zuckte mit den Schultern. »Der heutige Tag ist ein Vorbote des Herbstes. Den ganzen Sommer über regnet es im südlichen Benit keinen Tropfen – nur im Herbst und Winter.«

Er fuhr nicht schnell, aber für dieses Wetter meiner Meinung nach noch nicht langsam genug. Als ich ihn darauf hinwies, behauptete er, dass zu langsames Fahren einem derart starken Motor schade und wir außerdem zwei Tage bis zur Küste bräuchten.

Eine Weile stritten wir darüber halb scherzhaft, halb ernst herum. Dann stimmte Ali, der dieses Wetter liebte, auf dem Rücksitz ein arabisches Kinderlied über Regen an und wir mussten beide herzhaft lachen.

»Sing mit mir, Sina!«, forderte der Junge mich auf.

»Das geht nicht, Ali«, wehrte ich ab. »Ich kann doch kaum Arabisch.«

Aber keine Chance: »Es ist ganz leicht. Ich bringe es dir bei.«

So ging der Rest der Fahrt vorüber, indem ich das Lied lernte. Als wir uns Soum näherten, konnte ich tatsächlich alle drei Strophen singen.

Ali strahlte vor Stolz – ob über mein Talent oder seine Fähigkeiten als Gesangslehrer, war nicht zu ergründen.

*

Soum. Die große Hafenstadt wurde schnell zu einem meiner Lieblingsplätze in Benit, obwohl der erste Eindruck eher trostlos war: Grau und bleiern hing der Himmel über den flachen Hausdächern.

Es regnete noch immer – wenn auch längst nicht mehr so stark wie zuvor – und das Meer präsentierte sich stürmisch. Rauschend und mit weißen Schaumkronen rollten die Wellen heran.

Auf einer Klippe über der Stadt lag ein Palast, zu dem eine schmale, kurvige Straße hinaufführte. Schon von Weitem konnte man die goldenen Kuppeln erkennen – märchenhaft leuchtend vor dem wolkenverhangenen Himmel.

Aber wir fuhren nicht direkt dorthin, weil Saleh mir trotz des schlechten Wetters erst die Stadt zeigen wollte.

Rasch durchquerten wir die armseligen Randbezirke, wo die Menschen zum Teil in Baracken hausten, und fuhren weiter ins Zentrum.

In Soum herrschte dasselbe Verkehrschaos wie in Sarana; es war kaum kleiner als die Hauptstadt. Wie überall in Benit entdeckte man auch hier an jeder Ecke Fotos, Gemälde und Statuen von Khaled Mustafa. Fasziniert betrachtete ich die zum Teil herrlich verzierten Gebäude, das Leben in den engen Gassen, die Muster des Straßenpflasters ...

Trotz des schlechten Wetters war auch in Soum der Zauber aus Tausendundeiner Nacht lebendig, den ich so sehr liebte.

Wir aßen in einem teuren Restaurant in der Fußgängerzone zu Mittag. Sogar unsere Leibwächter setzten sich diesmal dazu, während sie sonst meist lieber stehen blieben.

Inzwischen bereitete mir der Anblick der bewaffneten Männer kein flaues Gefühl in der Magengegend mehr. Ich wusste, dass ihre finsteren Mienen einzig der Einschüchterung möglicher Attentäter und nicht mir galten.

Manchmal empfand ich ihre ständige Anwesenheit als lästig – das schon. Andererseits war es aber beruhigend zu wissen, dass die Männer der Republikanischen Sicherheit Saleh und Ali beschützten.

Ich gewöhnte mich immer mehr an die Leibwächter. Woran ich mich dagegen nicht gewöhnen konnte, war, dass es hier zu beinahe jedem Essen Oliven gab. Die Köche des Präsidenten wussten mittlerweile über meine Abneigung gegen diese Früchte Bescheid und stellten sich darauf ein. Aber jetzt im Restaurant bekam ich wieder einen ganzen Berg davon serviert. Zum Glück waren Saleh und Ali ganz verrückt danach, sodass ich ihnen meine Oliven überlassen konnte!

Nach dem Essen spazierten wir durch die Fußgängerzone. Der Regen hatte inzwischen aufgehört, aber der Himmel war noch immer wolkenverhangen. Vom Meer her wehte ein kräftiger Wind und für benitische Verhältnisse war es recht kühl.

Ali hopste vergnügt durch die Pfützen, dass das Wasser hoch aufspritzte. Die Leibwächter, Saleh und ich hielten ausreichenden Abstand. Doch viele Passanten reagierten nicht rechtzeitig genug und wurden ordentlich nass. Aber keiner beschwerte sich. Betreten blickten sie auf die Schmutz- und Wasserflecken an ihrer Kleidung, lächelten Ali gequält an, nickten Saleh respektvoll zu ... Viele taten, als hätten sie uns nicht erkannt und die Wasserspritzer nicht bemerkt.

»Das reicht jetzt, Ali!«, sagte Saleh schließlich streng. »Du machst ja alle Leute nass!«

Der Junge protestierte: »Es macht aber Spaß!« Und er sprang in die nächste Pfütze.

»Schluss jetzt – oder du gehst ins Auto und wartest dort auf uns!«, drohte sein Vater.

Ali verzog schmollend das Gesicht und trottete beleidigt hinter uns her. Aber er gehorchte.

Erst als wir an einen großen Spielzeugladen kamen, vergaß er seinen Ärger.

»Gehen wir da rein – bitte, Sina und Baba!«

Wir taten ihm den Gefallen und waren, ehe wir uns versahen, in einen Großeinkauf verwickelt.

Auf dem Rückweg zum Auto schleppten mehrere Leibwächter riesige Plastiktüten. Ali war kaum zu bremsen gewesen. Schließlich wusste er, dass sein Vater ihm so ziemlich alles kaufen konnte, was sein Kinderherz begehrte – und dementsprechend anspruchsvoll war er.

Doch dann ereignete sich eine Szene, die mich zutiefst rührte.

Wir kamen an einem Springbrunnen vorbei, auf dessen flachem Rand eine Frau mit zwei Kindern kauerte. Ihre Kleider waren durchnässte, schmutzige Lumpen und vor ihnen stand eine Blechdose in der Hoffnung, die Leute würden Geld hineinwerfen. Doch bis jetzt war sie leer.

In diesen schweren Zeiten der Wirtschaftsblockade konnte sich ein Großteil der Menschen so etwas wie Freigiebigkeit nicht leisten ...

Das jüngste der beiden Kinder – ein mageres Mädchen ungefähr in Alis Alter – hatte die Hände vors Gesicht geschlagen und weinte bitterlich. Bis zu uns, die wir einige Meter entfernt vorbeigingen, war das Schluchzen zu hören.

Die Mutter der Kleinen und der ältere Bruder starrten erschöpft und verzweifelt vor sich hin.

Wie immer, wenn ich einen der zahllosen Bettler von Benit sah, streifte mich ein Hauch von schlechtem Gewissen. Während ich mich mit den Mächtigen des Landes amüsierte, nagte ein Großteil der Bevölkerung am Hungertuch!

Ich wechselte einen Blick mit Saleh und erkannte, dass auch er sich in diesem Moment äußerst unbehaglich fühlte mit dem dicken Geldbeutel in seiner Tasche und den zwanzig Leibwächtern um ihn herum.

Dabei war er am Elend der benitischen Bevölkerung genauso unschuldig wie ich.

Die Macht über das Land hatte Khaled und würde zukünftig Abdullah haben. Wenn jemand etwas ändern konnte, dann diese beiden.

Während Saleh und ich betreten weitergingen ohne angehalten zu haben, handelte Ali: Blitzschnell schlüpfte er durch den uns umgebenden Kreis von Leibwächtern und rannte auf die Bettlerfamilie zu. Vor dem weinenden Kind kniete er nieder und betrachtete die Kleine aufmerksam.

Der große Bruder, vielleicht acht oder neun Jahre alt, und die Mutter, in ein löchriges schwarzes Gewand und den dazu passenden Schleier gehüllt, sahen verschreckt und verängstigt aus. Gehetzt blickten sie zwischen Ali und uns, die wir in einiger Entfernung stehen geblieben waren, hin und her.

»Ich hole Ihren Sohn, Saleh«, bot sich einer der Leibwächter auf Englisch an. »Er wird sonst Läuse und Flöhe bekommen.«

Doch Saleh winkte ab. »Nein, lass ihn! Es ist schon in Ordnung.«

Neugierig beobachtete ich, was weiter geschah.

Ali fragte das Mädchen in besorgtem Ton, was los sei und die Kleine antwortete schluchzend.

Ich verstand etwas von »kalt« und vermutete, dass sie fror.

Zwar war es für mitteleuropäische Begriffe warm, aber ein frischer Wind wehte vom Meer her. Ich konnte mir gut vorstellen, dass die vom Regen durchnässten Kleider unangenehm waren.

Dass ich das Problem der Kleinen richtig verstanden hatte, erkannte ich daran, dass Ali nun seine Jacke auszog und um ihre zuckenden Schultern legte.

Die Jacke war aus feinem Leder und hatte Fransen wie die eines Indianers. Ich wusste, wie stolz der Junge darauf war.

Er genoss es, dass seine Cousins Nawir, Saad und Ismael ihn glühend darum beneideten.

Nie hatte er einem anderen Kind erlaubt, sie zu tragen – und nun gab er sie ganz selbstverständlich dem frierenden Mädchen!

Die Kleine hörte sofort auf zu weinen und schaute ihn mit der tiefsten Dankbarkeit an, die ich je im Blick eines Kindes gesehen hatte.

Ali lächelte ihr zu und setzte sich neben sie auf den Brunnenrand. Die beiden begannen sich zu unterhalten, als gebe es keinerlei Standesunterschiede zwischen ihnen.

Dagegen schauten die Mutter und der Bruder des Mädchens noch immer drein, als erwarteten sie eine Katastrophe.

»Lass uns auch hingehen!«, sagte ich zu Saleh, worauf er zustimmend nickte.

Wir begannen ein Gespräch mit der Mutter. Anfangs war es recht steif und verkrampft.

Die Bettlerin war verängstigt und misstrauisch – konnte nicht verstehen, warum der Sohn des Präsidenten mit armseligen Bettlern sprach. Wahrscheinlich vermutete sie eine ganz gemeine Falle, und dass dieser Tag für sie in einem finsteren Gefängnis enden würde.

Saleh war so aufmerksam um sie bemüht, dass es schon richtig seltsam wirkte. Er gab ihr alles, was sich nach dem Einkauf noch in seinem Geldbeutel befand und entschuldigte sich, dass er nicht mehr hatte. Dabei war es ein Vermögen!

Mir kam es vor, als schäme er sich vor der Bettlerin für den Luxus, in dem er lebte.

Meine spärlichen Arabisch-Kenntnisse nutzend, versuchte ich, die Atmosphäre etwas aufzulockern. Schließlich war ich weder besonders reich noch besonders arm – stand also genau zwischen den beiden Extremen.

Und in der Tat wurde das Gespräch nach einer Weile entspannter. Ob es nun an meiner Vermittlung, der Sympathie zwischen Ali und dem Mädchen oder Salehs ruhiger, vertrauenerweckender Art lag, weiß ich nicht. Aber letztlich spielt das auch keine Rolle.

Wir erfuhren von der Frau, dass sie im Armenviertel in einer Baracke lebte. Ihr Mann war vor ein paar Jahren an einer Lungenentzündung gestorben und seither ging es der Familie noch schlechter als zuvor. Um ihre Kinder zu ernähren, musste die Mutter von morgens bis abends an den belebten Stellen der Stadt sitzen und betteln. Trotzdem verdiente sie oft nicht genug Geld, dass alle drei satt wurden.

Mit Tränen in den Augen bedankte sie sich für Salehs großzügige Spende.

Nachdem wir uns verabschiedet hatten und weitergingen, waren mein Freund und ich sehr nachdenklich.

Ali blieb noch einmal stehen, drehte sich zu seiner neuen Freundin um und winkte. Das kleine Mädchen und die anderen winkten ebenfalls.

Dann schloss Ali, seine geliebte Indianerjacke und die Hälfte des neu gekauften Spielzeuges zurücklassend, zu uns auf.

Er fasste mich an der Hand. »Du, Sina – sie sagte, sie hat gar keine Spielsachen zu Hause! Schenken wir ihr wieder mal was?«

Ich wechselte einen Blick mit Saleh und dieser zwinkerte mir zu.

Unser Sohn! dachte ich und merkte, dass ich für Ali schon richtigen Mutterstolz empfand. Laut sagte ich: »Wenn wir ihr wieder begegnen, machen wir das! Oder, Saleh?«

Dieser nickte ernst. »Auf jeden Fall.«

Ali lächelte zufrieden.

*

Vom Palast bei Soum aus hatte man die herrlichste Aussicht, die ich je gesehen habe: Der Blick reichte vom üppig grünen Ghaniim-Delta im Westen über die kahlen Wüstenhügel im Osten bis zu den schneebedeckten Berggipfeln im Norden.

Aber man musste gar nicht so weit in die Ferne schauen, um ins Schwärmen zu geraten. Auch die nähere Umgebung war sehenswert: Die Wellen, die sich am Fuß der Klippe brachen. Das Glitzern des Wassers, wenn die Sonne darauf schien. Die Schiffe, die vorbeizogen und bei der Einfahrt in den Hafen von Soum ihr dumpfes Tuten ertönen ließen. Bei den Großen war dieses Geräusch so durchdringend, dass wir nachts manchmal davon aufwachten. Aber ich mochte es.

Auch die Stadt selbst bot von oben einen prächtigen Anblick: Die weißen Häuser, die prächtig verzierten Minarette, die schlichten Kirchtürme in den christlichen Vierteln, die Palmen und sonstigen exotischen Pflanzen an den Straßenrändern, die aus der Ferne nur als grüne Flecken zu erkennen waren ...

Besonders schön fand ich den hellen Hafen mit seinen zahllosen großen und kleinen Schiffen.

Einige davon waren Privatyachten Khaled Mustafas, mit denen wir an windstillen Tagen öfter aufs Meer hinausfuhren. Andere gehörten seinen Verwandten oder sonstigen hochrangigen Mitgliedern seiner Regierung.

In der Mitte des Hafens gab es einen langen, ins Meer hineinragenden Betonsteg, an dessen Ende eine riesige bronzene Statue des Präsidenten allen ankommenden Schiffen mit zum Gruß erhobener Hand entgegenblickte.

*

Doch als ich an jenem Tag das erste Mal auf der Klippe über Soum stand, war der Himmel wolkenverhangen und die Sicht schlecht.

Saleh sagte, das sei sehr schade, denn normalerweise habe man hier eine traumhafte Aussicht.

Ich stimmte nicht in sein Bedauern ein. Schließlich wusste ich nicht, was mir wegen des trüben Wetters entging.

Erst einmal räumte ich meine Sachen aus dem Koffer, den meine erste Dienerin Souad sorgfältig gepackt und dessen Transport hierher sie überwacht hatte.

Außerdem war in meinem Gemach jedes Staubkorn entfernt, das Bett bezogen, der Parkettboden geputzt und gewienert, sowie das angrenzende Badezimmer auf Hochglanz gebracht und mit Seifen, Shampoos, Dusch- und Badegel, Körperölen und Handtüchern ausgestattet worden.

Ich konnte mich also im wahrsten Sinne des Wortes ins gemachte Bett legen, was ich allerdings noch nicht tat.

Stattdessen aß ich mit Saleh, Ali, Intisar, Abdullah, Barif, ihrem Mann Abed und deren Kindern zu Abend. Auch eine verwandte Familie war dabei: Mustafa Mustafa, ein Halbbruder Khaleds und zugleich Minister für innere Sicherheit, seine zwei Frauen und drei der sieben Kinder im Alter zwischen Saleh und mir.

Minister gab es in Benit eine verblüffende Anzahl – die meisten davon waren Verwandte Khaleds: Ein Bildungsminister, ein Handelsminister, ein Ölminister, ein Propagandaminister, ein Luftfahrtsminister, ein Industrieminister, ein Bewässerungsminister ... Um nur einige zu nennen.

Hatem, der Verteidigungsminister, war der einzige davon, mit dem ich bisher näher zu tun gehabt hatte.

Dieser Abend bot wieder eine derartige Menge von neuen Erfahrungen und Eindrücken, dass ich aus der Rolle der staunenden Beobachterin kaum herauskam.

Dass der Minister für innere Sicherheit zwei Frauen hatte ... Dagegen rebellierten mein Verstand und meine westlichen Moralvorstellungen.

Natürlich wusste ich, dass es in vielen arabischen Ländern möglich war, mehrere Frauen zu haben. Doch bis zu diesem Zeitpunkt war mir ein solcher Fall noch nie begegnet.

Mustafa spürte wohl mein Unbehagen, denn er begann eifrig zu erklären und zu rechtfertigen. Da er kaum Englisch sprach, brauchte ich wieder einmal Salehs Dienste als Übersetzer.

Ab und zu sprang auch Barifs Mann Abed ein, der ebenfalls sehr gut Englisch sprach und offensichtlich froh war, es einmal einsetzen zu können. Nebenher wiegte er Barifs Baby im Arm. Es war der Sohn geworden, den sie sich so sehr gewünschte hatte und hieß Asis.

Abed war ein hohes Tier bei der Volkspartei und stand tief in Khaleds Gunst. Darum hatte er dessen älteste Tochter zur Frau bekommen.

Mustafa sah mich ernst und eindringlich an, während er sprach. »Weißt du, Sina, eigentlich möchte Allah, dass jeder Mann nur eine Frau nimmt. Aber meine erste Frau konnte nach der Geburt unserer Tochter keine Kinder mehr bekommen. In so einem Fall noch einmal zu heiraten, ist in Ordnung. Allah versteht das.«

Allah vielleicht ... Aber die erste Frau?

Wenn ich an meine rasende Eifersucht dachte, die ich in Bezug auf Salehs Frau empfunden hatte ... Ich wusste, dass ich nie im Leben bereit gewesen wäre, ihn mit einer anderen zu teilen.

»Und was sagen die Frauen dazu?«, fragte ich vorsichtig.

»Sie fühlen sich wohl – teilen sich die Kinder und alles, was sie sonst haben. Sie sind wie Schwestern.«

Ich sah die beiden an, die einträchtig nebeneinander saßen, zustimmend nickten und lächelten.

Deutlicher als je zuvor begriff ich, dass ich zu einer völlig anderen Kultur gehörte.

Bei Saleh hatte ich dieses Gefühl der Andersartigkeit selten, denn er nahm mich so, wie ich war und stellte sich auf mich ein. Doch nun wurde mir wieder einmal bewusst, wie fremd mir die Araber nach wie vor waren.

Die zweite Überraschung des Abends hieß Abdullah. Er war frisch rasiert, ordentlich angezogen und schien absolut nüchtern zu sein.

Ganz normal unterhielt er sich mit den anderen bei Tisch, wobei er lediglich die Frauen etwas von oben herab anschaute. Aber ich vermutete, dass das keine böse Absicht, sondern alte Gewohnheit war.

Besonders ausgeprägt war dieses Verhalten der schüchternen Intisar gegenüber, die zu allem, was er sagte, sowieso nur unterwürfig nickte.

Offensichtlich hatte sie panische Angst vor ihrem Mann. Doch gleichzeitig sprach aus allen Blicken, die sie ihm zuwarf, die Liebe zu ihm. Wieder etwas, das ich beim besten Willen nicht begreifen konnte ...

Wahrscheinlich auf Abdullahs Wunsch hin, trug Intisar auch heute ein teures Seidenkleid und wertvollen Schmuck.

»Hat Saleh dir schon Soum gezeigt?«, erkundigte sich Abdullah bei mir. Sein Lispeln war auch in nüchternem Zustand zu hören, aber weitaus weniger ausgeprägt. Es störte kaum.

Ich nickte. »Ja. Schade nur, dass das Wetter heute nicht so toll war.«

»Der Regen ist ein Vorbote des Herbstes«, sagte er mit einem Schulterzucken – wie Saleh am Morgen auch bemerkt hatte.

»Trotzdem fand ich die Stadt wunderschön.«

Er lächelte. »Dann ist es ja gut.«

»Wir lassen uns von ein bisschen Regen doch nicht die Laune verderben! Nicht wahr, Sina?« Salehs Stimme klang heiter. Doch ich spürte eine gewisse Spannung zwischen den Brüdern, die sich nie völlig legte.

Nicht einmal, als wir nach dem Abendessen einen Spaziergang zum Strand hinunter machten: Saleh, Abdullah, Barif mit Asis auf dem Arm, Saad, Ismael, Nawir, Ali und ich.

Abed blieb mit Mustafas Familie im Palast zurück.

Der Wind war noch stärker geworden. Er ließ das Meer rauschen und zerrte an unseren Haaren.

Die Kinder tobten ausgelassen über den Strand und steckten uns mit ihrer guten Laune an.

Nur einmal gab es Tränen, weil Ali Ismael in einem kurzen Streit Sand in die Augen warf. Doch das war schnell wieder vergessen.

Wir befanden uns in einer von Felsen umgebenen, geschützten Bucht.

Der einzige Zugang war der schmale Klippenpfad, den wir genommen hatten. Er begann direkt hinter der den Palast umgebenden Mauer und wahrscheinlich benutzte ihn außer der Präsidentenfamilie niemand.

Saleh und ich hielten uns etwas abseits von den anderen.

Auf einem großen Stein sitzend beobachteten wir die Kinder, die mit Abdullah und Barif eine Sandburg bauten. Auch Intisar half mit, wobei sich ihr enges Kleid allerdings als hinderlich erwies.

Die Sonne, die nun doch noch einmal herausgekommen war, leuchtete als glühend roter Feuerball und versank langsam hinter dem Meer.

Ich lehnte den Kopf an Salehs Schulter und genoss die friedliche Abendstimmung, das Rauschen der Wellen, den Wind in meinem Haar und natürlich die Nähe des Mannes, den ich liebte.

»Jetzt ist so ein Moment, in dem ich gerne die Zeit anhalten würde«, sagte ich verträumt zu Saleh.

Mein Freund nickte. »Ich weiß, was du meinst! Ich kenne das Gefühl: Immer wenn du bei mir bist, vergeht die Zeit viel zu schnell.« Er seufzte. »In drei Tagen musst du schon wieder nach Deutschland zurück ...«

Ernst sahen wir uns an und ich registrierte den kummervollen Zug um seinen Mund. Die sanften braunen Augen drückten aus, wie sehr er mich liebte.

Mein Herz dehnte sich weit vor Zärtlichkeit. »Ich komme wieder, Saleh – schon in den nächsten Ferien. Du weißt doch, dass ich es nicht lange ohne dich aushalte.«

Er lächelte, noch immer ein wenig traurig. »Ich werde auf dich warten, mein Schatz.«

»Noch bin ich ja hier«, wandte ich ein. »Morgen und übermorgen gehören ganz uns. Das sind zwei Tage!«

Salehs Lächeln vertiefte sich. »Und drei Nächte«, vervollständigte er.

»Stimmt«, gab ich ihm recht. »Die Nächte gibt es auch noch ... Und sie sind nicht zu verachten.«

Während die Abenddämmerung schnell heraufzog, küssten wir uns.

Die anderen beachteten uns nicht. Sie waren zu sehr mit Sandburgen bauen beschäftigt.

19

Deutschland empfing mich mit Nieselregen und schneidendem Wind. Es kam mir noch trister und grauer als bei meiner Abreise vor. Der nahende Winter machte sich bemerkbar und je schlechter das Wetter wurde, desto mehr wuchs meine Sehnsucht nach Benit.

Aischa versuchte mich abzulenken, indem sie mich von einer Disko in die nächste schleppte. Aber ohne Saleh machte das Tanzen einfach keinen richtigen Spaß.

Viel lieber saß ich zu Hause in meinem Zimmer oder einer stillen Ecke im Straßencafé und betrachtete die Urlaubsfotos.

Auch hierbei leistete mir Aischa gern Gesellschaft und hörte meinen Erzählungen zu.

Sie bewunderte das viele Gold in den Palastbadezimmern, die Größe meiner Gemächer, Intisars lange Seidenkleider ...

Über ein Foto, auf dem ich mit einer kubanischen Zigarre im Mundwinkel neben Khaled Mustafa am Esstisch saß, lachte sie herzlich.

Man konnte deutlich meinen angewiderten Gesichtsausdruck und Khaleds amüsiertes Grinsen erkennen. Gleichzeitig war er damit beschäftigt, Alis und Saads Finger abzuwehren, die nach der Zigarrenschachtel auf dem Tisch griffen.

»Die beiden wollten an diesem Abend unbedingt mitrauchen«, erzählte ich Aischa. »Und es ging beim besten Willen nicht in ihre Köpfe, dass sie dafür noch zu jung sind.«

Aischa kicherte. »Da hatte Opa ganz schön was zu tun, richtig?«

Seit meiner Rückkehr aus Benit schien sie sich damit abgefunden zu haben, dass die Liebe zwischen Saleh und mir ernst war. Sie machte keinen Versuch mehr, mich zur Vernunft zu bringen. Aber ich wusste, dass sie unsere Beziehung nach wie vor nicht guthieß. Sie hatte wohl lediglich resigniert angesichts meiner strikten Weigerung, den Sohn des Diktators aufzugeben.

In den Winterferien wollte sie mich wieder nach Benit begleiten, würde aber im Haus ihres Vaters wohnen. Salehs Angebot, ihr in den Palästen Gemächer zur Verfügung zu stellen, lehnte sie strikt ab.

»Ich will mit diesen Leuten nichts zu tun haben!«, sagte sie entschieden zu mir. »Lieber würde ich auf der Straße schlafen als in einem ihrer Paläste.«

Ich konnte angesichts dieser Einstellung nur den Kopf schütteln. »Aber du findest doch selbst, dass Saleh nett ist! Wieso bist du seiner Familie gegenüber denn bloß so feindselig gestimmt?«

»Ja, ich finde Saleh nett«, gab sie zu. »Er ist warmherzig, klug, weltoffen, gut aussehend ... Wenn er nicht Khaled Mustafas Sohn wäre, würde ich sagen, er ist ein Traumtyp. Aber ich hasse, wofür dieses Regime steht!«

»Saleh gehört nicht zum Regime«, erinnerte ich sie. »Er hat mit der Politik nichts zu tun.«

Aischa winkte ungeduldig ab. »Schon möglich! Trotzdem sonnt er sich wie sein Vater im Luxus, während die Leute auf den Straßen verhungern! Hast du dir das mal überlegt?«

Darauf wusste ich nichts zu sagen. Es stimmte: Salehs Angehörige besaßen unglaubliche Reichtümer, während ein Großteil der Bevölkerung erschreckend arm war.

Aber was konnte mein Freund schon dafür, dass er in seine Familie hineingeboren war?

Aischa sah mich ernst an. »Wenn er wollte, könnte er auf den ganzen Luxus verzichten.«

»Würdest du das an seiner Stelle tun?«, fragte ich aufgebracht. »Mit deiner Familie brechen, allen Reichtum den Armen geben und leben wie ein Bettelmönch?«

Sie dachte kurz nach. »Wahrscheinlich nicht ...«, gab sie dann widerwillig zu.

»Na also!«, triumphierte ich.

Aischa seufzte. »Saleh ist in Ordnung! Ich habe wirklich nichts gegen ihn – das weißt du! Aber ich mache mir Sorgen um dich, denn ich fürchte, du hast keine Ahnung, wo du da hineingeraten bist.«

Ihre Besorgnis war rührend und wahrscheinlich nicht ganz unbegründet: Vom Dasein als einfaches deutsches Mädchen, das brav die Schulbank drückte und mit einem kleinen Taschengeld auskam, war ich schlagartig nach Benit ins Zentrum der Macht katapultiert worden.

Konnte ein solcher Kulturschock ohne Komplikationen abgehen?

Wohl eher nicht!

Meine widersprüchlichen Gefühle in Bezug auf Khaled, auf das unterwürfige Verhalten der Menschen, auf den überwältigenden Luxus ...

Seit Saleh mich zu seiner Familie mitgenommen hatte, wusste ich, wie nahe gegensätzliche Gefühle beieinander liegen konnten: Liebe und Hass, Sympathie und Abscheu, Angst und Glück, Unbehagen, Peinlichkeit und Genuss, Befremdlichkeit und Geborgenheit ...

Ich ahnte, dass diese Widersprüche Vorboten zukünftiger Probleme waren und zögerte die Entscheidung hinaus, die ich mir nach der Rückkehr aus Benit selbst auferlegt hatte: Konnte ich mir ein Leben an Salehs Seite vorstellen – ja oder nein?

Diese auf den ersten Blick einfache Frage war mir im Flugzeug ganz plötzlich in den Kopf geschossen und ließ mich seither nicht mehr los. Doch ich konnte und wollte sie noch nicht endgültig beantworten. Schließlich hatte ich Salehs Versprechen, dass er auf mich warten würde und musste ohnehin erst die Schule abschließen. Alles Weitere würde sich schon finden.

Trotzdem schrieb ich mich für einen Arabisch-Intensivkurs an der Volkshochschule ein, um meine gerade beginnenden Sprachkenntnisse voranzubringen.

Meine Eltern erklärten mich schlichtweg für verrückt.

»Dauernd beklagst du dich, dass du so viel Englisch und Französisch pauken musst«, bemerkte mein Vater kopfschüttelnd. »Und nun lernst du freiwillig eine dritte Fremdsprache.«

Meine Mutter musterte mich misstrauisch. »Woher kommt deine plötzliche Begeisterung fürs Arabische, Sina? Hat das etwas mit dem Orientteppich zu tun, der seit ein paar Monaten vor deinem Bett liegt? Woher du ihn hast, will ich gar nicht wissen! Du sagst mir ja doch nichts mehr in letzter Zeit – hast tausend Geheimnisse.«

Saleh hat mir den Teppich geschenkt, Mama – Saleh aus Benit, der Khaled Mustafas Sohn ist. Er hat ihn mir auf einem Markt in Sarana gekauft und der alten Frau ein Vielfaches von dem gezahlt, was sie eigentlich dafür wollte ... Mein Saleh ist eben einfach klasse – auch wenn du ihn nie als Schwiegersohn akzeptieren würdest!

Doch das sagte ich natürlich nicht laut. Ich murmelte nur etwas Unverständliches und zog mich in mein Zimmer zurück.

Dort überlegte ich, woher mein plötzlicher Eifer kam, diese wunderschöne aber komplizierte Sprache zu lernen. Schließlich hatte ich doch im Grunde alle Zeit der Welt und konnte warten, bis das Abitur vorbei war.

Aber irgendetwas in mir mahnte zur Eile. Warum, wusste ich nicht und kam auch nach längerem Überlegen nicht darauf.

Es schien, als ahne ein Teil von mir bereits, dass meine Zukunft in Benit lag.

Auch wenn ich mich noch nicht für ein Leben im Kreis der Präsidentenfamilie entschieden hatte, das Land am Ghaniim war längst mein zu Hause ...

20

Als ich am zweiten Weihnachtsfeiertag mit Aischa nach Benit zurückkehrte, lag in den Bergen Schnee und auch in Sarana war es kalt.

Den ersten Tag verbrachten Aischa und ich im Haus ihres Vaters. Wir saßen die meiste Zeit in Decken gewickelt um den kleinen Ölofen im Wohnzimmer herum, der unmöglich das ganze Zimmer heizen konnte.

»Warum um Himmels willen schaffst du dir keine Zentralheizung an, Tahir?«, fragte ich mit den Zähnen klappernd.

Aischas Vater hob gelassen die Schultern. »Das ist zu teuer. Hier haben alle – wenn überhaupt! – nur diese Öfen! Sie reichen ja auch völlig, wenn man sich davor setzt.«

»Aber man kann doch nicht den ganzen Tag vor dem Ofen sitzen«, meinte ich. »Du schon gar nicht. Dauernd bist du im Laden ...«

»Dort habe ich natürlich auch einen Ofen – direkt hinter der Theke.«

»Trotzdem ist das kein Zustand«, beharrte ich. »Ich werde mit Saleh sprechen. Er wir dafür sorgen, dass du eine Zentralheizung bekommst.«

Doch das lehnte er entschieden ab: »Ich verzichte auf die Almosen dieser Verbrecher!« Seine Stimme klang ungewöhnlich heftig. »Die Leute in den Armenvierteln haben überhaupt keine Heizung. Dort sollen die Mächtigen helfen, wenn sie plötzlich großzügig sein wollen.«

Ein Blick in mein Gesicht sagte ihm offenbar, dass er zu weit gegangen war. Er seufzte. »Tut mir Leid, Sina. Ich weiß, was der junge Mann dir bedeutet ... Aber hast du ihn mal gefragt, wie viele Menschen in diesem Land hungern? Wie viele in dunklen Verliesen sitzen, gefoltert und ohne Gerichtsurteil hingerichtet werden? Die meisten davon haben nichts getan. Wer den Präsidenten in irgendeiner Weise kritisiert oder eine andere Meinung als die Volkspartei vertritt, gilt sofort als Hochverräter – und das bedeutet den sicheren Tod!«

»Saleh kann nichts dafür, dass er Khaled Mustafas Sohn ist!«, brauste ich auf. Ich war wütend, dass er so schlecht über die Familie meines Freundes redete, dass die Abneigung gegen das Regime aus jeder Faser seines Körpers sprach.

»Und es ist mir sch ... vollkommen egal, wer sein Vater ist! Ich weiß, dass er nie jemanden foltern oder hinrichten lassen würde – nur das zählt für mich!«

Tahir sah mich ernst an. »Möglich, dass er nicht so grausam wie sein Vater ist«, gab er zu. »Aber ich bin sicher, dass er weiß, wie Khaled Mustafa regiert. Und indem er dagegen nichts tut, macht er sich in meinen Augen mitschuldig.«

»Deine Meinung interessiert mich nicht!«, fuhr ich ihn an. »Und von mir aus kannst du gerne weiter vor deinen Miniöfen sitzen und frieren.«

Aischa starrte mich mit offenem Mund an. »Was ist denn in dich gefahren, Sina?«, erkundigte sie sich fassungslos.

Ich wusste, was sie meinte: Normalerweise war ich – außer mir sehr nahe stehenden Personen gegenüber – eher schüchtern. Dass ich ihren Vater derart anpflaumte, war untypisch für mich und schockierte meine beste Freundin.

Ich war einfach so wütend gewesen, dass ich jede Zurückhaltung vergessen hatte.

Doch nun verpuffte der Ärger schlagartig wieder und ich hätte meine Worte gerne ungeschehen gemacht.

Ich mochte Tahir im Grunde sehr. Die Art, wie er jetzt betreten an mir vorbei zur Wand starrte, ließ mich das eben Gesagte bereuen – zumal ich wusste, dass seine Abneigung gegen das Regime durchaus ihre Berechtigung hatte.

War es etwa seine Schuld, dass ich Saleh liebte und Khaled als charmant, freundlich und warmherzig kennen gelernt hatte? Dass ich mich trotz eines gewissen Unbehagens im Kreis der Präsidentenfamilie wohlfühlte?

Ich entschuldigte mich ehrlich für meinen Ausraster und registrierte mit Erleichterung, dass Tahir mir nicht böse war.

»Schon gut, Mädchen«, sagte er. »Ich hätte eben nicht so hart zu dir sein dürfen. Wir haben schließlich keinen Einfluss darauf, in wen wir uns verlieben. Wenn du glaubst, dass Saleh Khaled Mustafa al-Adnan der Richtige für dich ist, hat keiner das Recht, ihn dir auszureden.«

*

Nach diesem Gespräch wartete ich am nächsten Morgen mit gemischten Gefühlen auf Saleh.

Während ich vor der Einfahrt zum Laden stand, meine große Reisetasche neben mir, fragte ich mich, wie es weitergehen sollte. Konnte aus Saleh und mir wirklich etwas werden, wenn sich mein Umfeld derart massiv gegen ihn sträubte? Und war es in Ordnung, ihn trotz meines Wissens um Khaleds Verbrechen zu lieben?

Doch als er dann mit seinem gelben Sportwagen vor mir hielt, warf ich sofort wieder alle Bedenken über Bord.

Saleh stieg aus und unsere Blicke trafen sich. Wie hypnotisiert schaute ich in seine dunklen, funkelnden Augen – registrierte die feinen Gesichtszüge und das sanfte Lächeln auf seinen Lippen. Mein Herz schlug einen Purzelbaum nach dem anderen.

»Willkommen, Sina!«, sagte er und kam um das Auto herum auf mich zu. »Schön, dass du wieder da bist!«

»Ich freue mich auch. Und wenn die da« – Damit nickte ich zu den Männern der Republikanischen Sicherheit hin, die ihn wie immer begleiteten. Zehn von ihnen waren ausgestiegen, der Rest saß noch lauernd in den Fahrzeugen. – »nicht wären, würde ich dir zeigen, wie sehr ich dich vermisst habe.«

Saleh zwinkerte mir zu. »Ich kann es kaum erwarten, bis wir endlich allein sind. Dann darfst du mir alles zeigen, was du willst!«

In diesem Moment kam Aischa aus dem Haus gelaufen, um ihn zu begrüßen und mich zu verabschieden. Sie musterte Saleh in der grauen Baumwollhose und dem dicken, etwas zu lang geratenen Pulli aus roter Wolle. Was sie sah, schien ihr zu gefallen, denn sie nickte anerkennend.

»Gut siehst du aus!«, stellte sie fest.

Er grinste spitzbübisch und warf mir einen zärtlichen Blick zu. »Na, ja: Abgesehen davon, dass ich neben deiner wunderschönen Freundin unweigerlich erblasse, ist mein Anblick einigermaßen erträglich ... Du siehst übrigens auch gut aus, Aischa.«

Wir redeten noch eine Weile über Aischas und meinen Flug – diesmal wieder mit einer öffentlichen Fluglinie, weil meine beste Freundin es so gewünscht hatte – , Salehs Fahrt von Hadschid nach Sarana, Ali, der krank im Bett lag und über die eisige Kälte in den Bergen.

Beim Abschied umarmte Aischa erst mich und klopfte Saleh dann freundschaftlich auf die Schulter. »Pass gut auf Sina auf, hörst du?«, sagte sie zu ihm.

»Natürlich«, versprach er. »Ich hüte sie wie meinen Augenstern.«

Ich boxte ihn spielerisch in die Seite. »Unterschätze nicht meinen Freiheitsdrang und überschätze nicht meine Fähigkeiten auf Skiern.« Wir hatten nämlich vor, die Ferien hauptsächlich mit Ski fahren zu verbringen.

Saleh zog mir im Spaß an den Haaren. »Notfalls wirst du in Ketten gelegt«, kicherte er.

Aischa winkte uns zum Abschied zu. »Viel Spaß, ihr zwei! Und grüß deinen Vater von mir, Saleh!«

Ich starrte sie ungläubig an. Meine beste Freundin, die überzeugte Regimegegnerin, vergab Grüße an Khaled Mustafa?

Auf meinen irritierten Blick hin zwinkerte sie mir zu. »Mein Vater hatte Recht mit dem, was er gestern Abend gesagt hat: Wenn du glaubst, dass er der Richtige für dich ist, steht es keinem zu, ihn dir auszureden.« Sie sprach jetzt Deutsch, sodass Saleh sie nicht verstehen konnte. »Ich werde das auch nicht mehr versuchen – Ehrenwort.«

Ich runzelte misstrauisch die Stirn. Hieß das etwas, dass sie zu unserer Beziehung ihr Einverständnis gab?

Sie lächelte und nickte mir zu.

Glücklich umarmte ich sie noch einmal, ehe Saleh und ich uns auf den Weg nach Hadschid machten.

Ali lag in mehrere Decken gewickelt auf der Couch in einem der riesigen Palastwohnzimmer.

Er hatte Fieber und war ganz grün im Gesicht. Aber er freute sich riesig, mich zu sehen.

»Hast du mir was mitgebracht, Sina?«, fragte er aufgeregt.

Ich lachte und zog sein Geschenk aus meiner Reisetasche: Irgendeine dieser amerikanischen Action-Figuren, für die er zur Zeit eine Vorliebe hatte und die in Benit kaum zu bekommen waren.

Seine Augen leuchteten und er umarmte mich stürmisch. »Danke! Du bist so lieb.«

Ich legte meine Hand auf seine heiße Stirn. »Schon gut«, sagte ich. »Du armer Kerl. Du glühst ja richtig. Geht es dir sehr schlecht?«

Ali schüttelte tapfer den Kopf. »Ich bin längst nicht mehr so krank wie gestern. Morgen will ich mit dir Ski fahren gehen.«

»Ja?« Ich hatte da meine Zweifel, ob das klappte. Bevor er hinaus in den Schnee konnte, müsste erst das Fieber weg sein. Und das ging wahrscheinlich nicht von heute auf morgen.

Doch ich wollte den Jungen nicht entmutigen und äußerte meine Bedenken nicht. »Wir werden sehen, was morgen ist, Ali.«

Er sah mit fiebrig glänzenden Augen zu mir auf. »Du sprichst jetzt gut Arabisch!«, stellte er fest. »Wo hast du das gelernt?«

»Zu Hause in Deutschland. Ich habe dort einen Sprachkurs gemacht.«

»Bringst du mir dann auch Deutsch bei?«

Ich lächelte. »Klar – wenn du möchtest. Aber jetzt ruh dich erst einmal aus und werde gesund!«

»Sina hat Recht, Ali«, sagte Saleh. »Schlaf ein bisschen!«

Der Junge verzog das Gesicht. »Ich bin aber gar nicht müde«, behauptete er. Dann wandte er sich wieder an mich: »Erzählst du mir eine Geschichte? Bitte!«

»Ich fürchte, so weit reicht mein Arabisch doch noch nicht«, gab ich zu bedenken. »Das sollte lieber dein Vater machen!«

Ali war einverstanden. »Gut! Aber du musst trotzdem auch bei mir bleiben!«

Als ich darauf nickte, schaute er Saleh auffordernd an. »Nun erzähl schon, Baba!«

Sein Vater warf mir einen kurzen, amüsierten Blick zu und begann dann zu erzählen. Die Geschichte handelte von zwei Kindern, die sich in der Wüste verirrt hatten und verzweifelt nach Wasser suchten. Unterwegs trafen sie einen Adler, eine Schlange und eine Eidechse, die auch nicht weiterhelfen konnten ...

Das Ende der Geschichte erfuhr ich nicht, denn Ali war schnell eingeschlafen.

Leise schlichen Saleh und ich aus dem Zimmer.

»Er hat dich wieder schrecklich vermisst«, sagte Saleh.

»Ich ihn auch. Irgendwie habe ich ihn schon fast so lieb, als sei er mein eigener Sohn.«

Saleh grinste. »Das wäre Ali auch gern – dein Sohn. Ich hoffe nur, dass uns trotz seines Faibles für dich noch genügend Zeit zu zweit bleibt.«

»Natürlich!«, versprach ich und schaute schnell den Gang auf und ab, ob jemand kam. Doch keiner war zu sehen.

Ich legte meine Arme um Salehs Hals und zog ihn an mich.

Erstaunlich, welchen Sturm der Gefühle es jedes Mal bei mir auslöste, wenn wir uns küssten.

Als sich unsere Lippen nach einem endlos scheinenden und doch viel zu kurzen Moment wieder voneinander lösten, war mir ganz schwindelig und ich hatte weiche Knie.

»Du wolltest mir noch etwas zeigen!«, erinnerte mich Saleh leise. Seine Stimme direkt an meinem Ohr klang ein wenig heiser.

Mein Herz klopfte wild. »Allerdings! Ich wollte dir zeigen, wie sehr ich dich vermisst habe.«

Ich nahm seine Hand. »Lass uns in mein Zimmer gehen!«

Später lagen wir unter meiner warmen Bettdecke mit Seidenüberzug und hielten uns im Arm.

Ich fühlte mich zufrieden und schläfrig – genoss es, Salehs Körper an meinem zu spüren.

»So sollte es immer sein«, flüsterte er, das Gesicht in meiner Halsbeuge vergraben. »Du und ich zusammen ...«

Ich streichelte seinen nackten Rücken und ließ die Blicke durch mein Gemach schweifen – über die wertvollen Möbel, die prächtigen Verzierungen an den Wänden, den großen Wandspiegel im goldenen Rahmen, den mit Edelsteinen und Perlen besetzten Kronleuchter ...

Ich traf eine Entscheidung.

»Es wird immer so sein, Saleh«, hörte ich mich sagen.

Er hob den Kopf und sah mich überrascht an. »Was ...?«

»Pass auf! Im Juni mache ich Abitur und gleich danach komme ich nach Benit zurück – für immer, wenn es dir recht ist.«

Er schluckte. »Meinst du das ernst? Bist du sicher, dass du das möchtest?«

Ich nickte. »Ja, absolut. Ich gehöre hierher – zu dir und zu Ali.«

Jetzt schimmerten Salehs Augen feucht. »Ich bin so froh, Sina.«, murmelte er erstickt und küsste mich leidenschaftlich auf den Mund.

Ich dachte nicht mehr an Khaleds Verbrechen, Aischa, Tahir und meine Familie, die nun wohl die Wahrheit erfahren musste.

Im Moment genoss ich es einfach, in Salehs Armen zu liegen und zu wissen, dass wir zusammengehörten.

*

Ali erholte sich rasch von seiner Grippe und tollte zwei Tage später schon wieder mit Saleh, Safia, Mohammed und mir durch den Schnee.

Auch Ledan, eine leidenschaftliche Skifahrerin, war oft mit von der Partie. Mit viel Geduld half sie mir, meine Fähigkeiten auf Skiern enorm zu verbessern. Am Ende der Woche konnte auch ich einmal einen Hang hinunterfahren, ohne auf die Nase zu fallen.

Dass ich nach den Ferien mit heilen Knochen nach Deutschland zurückkehrte, war wahrscheinlich ausschließlich ihr zu verdanken.

Wie in Benit üblich, verging die Zeit viel zu schnell: Ich fuhr Ski, baute mit Ali, seinen Cousins und Cousinen Schneemänner, machte mit Saleh und Aischa Sarana unsicher, besuchte unzählige Verwandte meines Freundes im ganzen Land und unterhielt mich abends oft mit Khaled.

Es fiel mir immer schwerer, in dem Präsidenten das Ungeheuer zu sehen, das er seinem Ruf nach war. Ich beobachtete, wie er friedlich seine Zigarren rauchte, mit seinen Enkeln spielte, im Kreis seiner Familie durch den Schnee wanderte ...

Regelmäßig brachte er uns allen kleine Geschenke mit, wenn er vom Parlament nach Hause kam: Bonbons, Schokolade, Haarspangen, teure Blusen, Krawatten, Schmuck ... Immer schien er genau zu wissen, was man gerade brauchte.

Außerdem liebte es der Diktator, zu erzählen – und nun, da mein Arabisch rasch Fortschritte machte, fand er in mir eine interessierte Zuhörerin.

Er sprach über Personen und Ereignisse aus der Geschichte seines Landes, zitierte aus alten Gedichten, Liedern und Legenden, die von einer glorreichen Vergangenheit zeugten.

Dabei verstand er es, seiner Stimme einen geheimnisvollen, fast mystischen Klang zu geben und die Betonungen exakt so zu setzen, dass die

Verse und Geschichten die gewünschte Wirkung erzielten. Von jedem einzelnen seiner Worte ging ein märchenhafter Zauber aus, dem ich mich nicht entziehen konnte.

Beinahe jeden Abend saß ich in diesen Winterferien neben Khaled auf dem Sofa – den Kopf gegen ein Kissen aus edelstem Samt gelehnt –, hing gefesselt an seinen Lippen und ließ mich von der Vergangenheit Benits in ihren Bann ziehen.

Khaled entführte mich in Welten voller leuchtender Farben und Exotik. Vor meinem inneren Auge ritten stolze Beduinenkrieger auf schneeweißen Pferden durch die Wüste. Könige fuhren in goldenen Streitwagen durch Stadttore – gefolgt von Soldaten mit glänzenden Säbeln, Helmen und Brustpanzern ...

Ich sah Frauen Wasser aus Ziehbrunnen holen, mit Sandalen bekleidete Füße durch heißen Sand eilen, Segelschiffe auf dem Ghaniim dahinziehen ...

Khaleds Lieblingsfigur und erklärtes Vorbild aus der Geschichte Benits war der erste König: Hassan Ibn al-Raschid, der vor siebenhundert Jahren die Nomadenstämme dieser Region gewaltsam unter seiner Herrschaft geeint hatte.

Bis heute trug der Staat, den er gegründet hatte, seinen Namen: Bena'aschid – abgeleitet von Ibn al-Raschid.

»Er regierte mit starker, strenger Hand«, sagte Khaled über den ersten König. »Sein Volk erzitterte beim Klang seines Namens und doch liebte es ihn.

Hassan Ibn al-Raschid brachte Benit Ruhm ein wie kein Herrscher nach ihm. Er war siegreich in jeder Schlacht und machte unser Land zu einer Zivilisation. Ein erstaunlicher Mann ...«

Der Diktator genoss es, dass ich ihm mit solcher Begeisterung zuhörte – ebenso, wie ich seine Geschichten genoss.

Unsere gemeinsamen Abende in den Wohnzimmern seiner Paläste und Villen knüpften ein Band zwischen uns, das ich niemals für möglich gehalten hätte: Was konnte einen der mächtigsten Männer des Orients schon mit einem einfachen deutschen Mädchen verbinden?

Und doch entwickelte sich zunehmend ein Vertrauensverhältnis zwischen Khaled und mir.

Wenige Tage vor meiner Rückkehr nach Deutschland änderte sich dann plötzlich an einem dieser Sofa-Abende etwas Entscheidendes: Auf einmal erzählte Khaled nicht mehr von seinem Land, sondern sprach von sich – von seiner Kindheit und Jugend.

Ich weiß bis heute nicht, wie wir auf dieses Thema gekommen sind. Es ist einfach geschehen ...

Khaled Mustafa al-Adnan wurde in eine arme Bauernfamilie hineingeboren, welche in einem kleinen Dorf nahe Farul lebte.

Er war erst wenige Tage alt, als sein Vater bei einer Messerstecherei ums Leben kam.

Damals herrschte in Benit auf dem Land noch weitgehend das Gesetz der Blutrache. Um ihr zu entgehen, bot der Mörder der Familie des Toten an, seine Witwe zu heiraten.

Und da bereits entjungferte Frauen in diesem Teil der Welt sehr schwer unter die Haube zu bringen waren, ging man auf den Handel ein.

Khaleds Stiefvater erwies sich jedoch als grausamer und äußerst jähzorniger Mann ...

»Wenn er wütend wurde, nahm er den erstbesten Gegenstand und schlug damit zu: Eisenstangen, Stühle, Gürtel, Kochtöpfe ... Mich traf es öfter und heftiger als meine Halbgeschwister, weil er mich verabscheute. Manchmal ließ er erst von mir ab, wenn ich das Bewusstsein verlor.« Er wandte mir den Rücken zu und hob sein Hemd ein Stück an.

Ich schluckte, wusste nicht, was ich sagen sollte.

Die Narben, die sich kreuz und quer über seinen Rücken zogen, waren mir bereits in den Herbstferien beim Schwimmen im Ghaniim aufgefallen. Damals hatte ich es nicht gewagt, den Diktator zu fragen, woher sie stammten. Ich hatte mich stattdessen bei Saleh erkundigt, der auch nichts darüber wusste: »Baba spricht nie über diese Narben. Als Kinder haben wir ihn alle fünf oft danach gefragt, aber er hat immer nur gesagt, dass wir das nicht wissen müssten. Irgendwann haben wir aufgegeben ...« Er hatte mit den Schultern gezuckt. »Ich glaube, diese Narben sind der Grund, warum es allen Fotografen verboten ist, ihn in Badehose von hinten zu fotografieren.«

Daraufhin hatte ich es natürlich erst recht vermieden, Khaled nach den Narben zu fragen.

Nun kannte ich die Wahrheit ...

»Was hatte dein Stiefvater gegen dich?«, erkundigte ich mich, um irgendetwas zu sagen. Es fiel mir schwer, mir mein Entsetzen nicht anmerken zu lassen.

Khaled ließ sein Hemd fallen und nahm einen tiefen Zug an seiner Zigarre. »Er hasste mich, weil er meinen Vater gehasst hatte und weil er mich durchfüttern musste, obwohl ich nicht sein richtiger Sohn war.

Ich kann mich nicht erinnern, dass er mich jemals bei meinem Namen gerufen hat. Immer hat er mich nur Dummkopf oder Bastard genannt.« Seine Stimme klang ruhig, doch in seinem Gesicht arbeitete es.

Zum ersten Mal beschlich mich eine leise Ahnung, dass dieser mächtige Mann im tiefsten Inneren verletzlich war ...

Khaleds Mutter war eine ängstliche, nervöse Frau gewesen, die vor ihrem Mann panische Angst hatte und ihre Stimme kaum je über ein Flüstern erhob. Sie war mit dem Leben an sich überfordert und konnte den

Kindern auch keine Wärme schenken.

Zu diesen familiären Problemen kam noch die erschreckende Armut hinzu: Die Kinder wurden regelmäßig zum Stehlen ins nahe Farul geschickt, damit genug zu essen auf den Tisch kam.

Fiel die Beute, welche sie nach Hause brachten, zu gering aus, setzte es wieder brutale Schläge.

Khaled erzählte mit einem Anflug von Stolz, dass er im Stehlen schnell große Geschicklichkeit erwarb.

»Nachdem mich ein paar Mal die Polizei verprügelt hatte, ließ ich mich nicht mehr erwischen.«

Mit der Zeit wurden die Straßen von Farul immer mehr sein zu Hause, da er dem gewalttätigen Stiefvater so lange wie möglich fernbleiben wollte.

Er begann, Kontakte mit dem Untergrund zu knüpfen: untergetauchte Kriminelle und radikale Gegner des benitischen Herrscherhauses gehörten bald zu seinem Freundeskreis.

Und dann – mit dreizehn – bot sich ihm die Gelegenheit, ganz in Farul zu bleiben: Ein in der Stadt lebender Onkel nahm ihn und mehrere seiner Geschwister bei sich auf, damit sie die höhere Schule besuchen konnten.

Zwar war auch diese neue Familie nicht gerade reich, aber doch wohlhabender als Khaleds Stiefvater.

Der Junge, der einst Präsident von Benit werden sollte, fühlte sich im Haus des Onkels wohl: »Er war ein warmherziger und geduldiger Mensch – nie schrie er herum oder schlug uns.«

Khaleds Onkel gehörte einer geheimen Partei an, die das Ziel hatte, den Sultan zu stürzen.

Der Junge bewunderte die Revolutionäre und wurde nach Abschluss seiner Schule einer von ihnen.

Mit Hilfe seines Onkels und eines unerschütterlichen Ehrgeizes stieg er rasch auf – wurde zum Anführer der wachsenden Untergrundarmee. Außerdem bekam er dessen Lieblingstochter zur Frau: seine Cousine Selwa.

Zunehmend verbrüderten sich die Soldaten des Sultans mit den Aufständischen und dem seit langem geplanten Militärputsch stand schließlich nichts mehr im Wege.

»Der Sultan war ein Versager, der nichts weiter tat als seine Untertanen auszubeuten. Alle wollten ihn loswerden. Die Anhänger flogen uns nur so zu.«

Der Umsturz fand genau an Khaleds siebenundzwanzigstem Geburtstag und etwa ein Jahr nach dem Tod seines Onkels statt.

Es war die Kugel aus seinem Gewehr, die den Sultan tötete, und das machte ihn schlagartig zum Nationalhelden. Die folgenden Präsidentschaftswahlen waren nur eine Formalität, da sein Sieg von vorneherein feststand.

Khaled wurde zum Herrscher über Benit – eine unglaubliche Karriere für diesen Jungen aus armen Verhältnissen.

»Mit Fleiß und Disziplin ist alles zu schaffen, Sina«, sagte er. »Ich war ganz unten und wollte immer nur um jeden Preis nach oben. Das ist mir gelungen.«

Ich empfand Abscheu vor dem, was er getan hatte: Einfach den Sultan aus dem Hinterhalt zu erschießen – das war bestimmt nicht der richtige Weg für eine politische Veränderung.

Andererseits bewunderte ich ihn aber auch für seinen Mut und das, was er erreicht hatte.

Ich mochte seine Stimme und die Art, wie er erzählte. Ich schätzte seinen Charme ...

Mein Verhältnis zu dem Diktator blieb gespalten.

21

Benit vermittelte auch im Winter ein Gefühl von Tausendundeiner Nacht: Der Himmel war oft blau und die Farben leuchtend wie immer. Selbst an regnerischen Tagen verlor das Land nicht seinen exotischen Zauber.

Saleh und ich hatten gerade mit Aischa einen Stadtbummel in Sarana gemacht und waren nun wieder allein.

Wir standen am Ufer des Ghaniim unterhalb des Palastes, wo sonst unser bevorzugter Badeplatz war. Doch um diese Jahreszeit war es dafür zu kalt.

Schweigend hielten wir uns an den Händen und blickten auf den Fluss hinaus. Ein leichter Wind kräuselte die Wellen und das Wasser glänzte in der Sonne wie die Kuppeln der Präsidenten-Paläste.

Ich schaute zu den fernen Palmen am anderen Ufer hinüber und atmete tief die würzige Luft ein. Sicher würde es bald wieder Regen geben. Am Horizont türmten sich bereits dunkle Wolken auf.

»Dein Land ist wirklich das schönste der Welt«, sagte ich zu Saleh.

Er lächelte mir zu. »Es ist auch dein Land, Sina. Denn alles, was mir gehört, gehört auch dir.«

Ich sah in sein ebenmäßiges Gesicht, registrierte die Wärme und Offenheit in seinen Augen ...

»Wenn dich meine Eltern doch nur so kennen könnten wie ich. Dann würden sie verstehen, warum ich dich liebe.« Ich seufzte. »Es wird sicher nicht leicht werden, ihnen alles zu erklären. Sie denken sehr schlecht über deinen Vater ...«

Saleh zuckte mit den Schultern. »Das tun wohl die meisten Leute im Westen. Dort richten sich alle nach der Meinung der USA. Die Feinde Amerikas gelten automatisch als Bösewichte.« Obwohl seine Stimme gelassen klang, bemerkte ich einen schmerzhaften Zug um seinen Mund.

»Keine Sorge – irgendwie regle ich das schon mit meinen Eltern«, versprach ich. »Sie werden begreifen müssen, dass wir zusammengehören.«

Er streichelte mit dem Daumen sacht meinen Handrücken. »Ich denke nicht schlecht von den Menschen im Westen – und schon gar nicht von deinen Eltern. Sie sind eben Kinder ihrer Kultur – und die wird nun einmal sehr stark von den USA beeinflusst.«

»Stimmt!«, gab ich ihm recht. »Man muss sich nur einmal die Filme ansehen, die bei uns in den Kinos und im Fernsehen laufen. Die allermeisten davon kommen aus Amerika.«

Saleh nickte. »Das wird wohl so sein. Trotzdem fasziniert mich die westliche Kultur. Ich habe sie ein paar Jahre lang an der Universität studiert und würde gerne noch mehr darüber erfahren.«

»Sprichst du darum so gut Englisch?«, fragte ich.

»Ja. Das gehörte zu meinem Studium.«

Ich überlegte. »Pass auf: Ich bringe meinen Eltern schonend bei, wer du bist. Sobald sie diesen Schock ein wenig verdaut haben, kannst du mich besuchen kommen.«

Er sah mich mit großen Augen an. »In Deutschland?«

Ich grinste. »Warum nicht? Du hast mir so viel von deiner Heimat gezeigt – nun zeige ich dir meine.«

Saleh zwinkerte mir verschmitzt zu. »Vor allem bin ich auf meine zukünftigen Schwiegereltern gespannt.«

Neugierig musterte er mich. Er wartete auf die Wirkung seiner Worte, die prompt erfolgte.

»Deine ...« Meine Kinnlade klappte herunter und jede Kraft wich aus meinen Beinen.

Saleh lachte über mein dummes Gesicht, wurde aber sofort wieder ernst. »Ich weiß ganz sicher, dass du die Frau meines Lebens bist, Sina!«, sagte er.

In meiner Kehle saß plötzlich ein gewaltiger Kloß. Stürmisch fiel ich ihm um den Hals.

»Ich liebe dich auch«, stieß ich halb lachend, halb weinend hervor. »Für immer!«

Er küsste sanft meine Tränen weg. »Dann sind wir uns ja einig«, bemerkte er zufrieden.

Erst da begriff ich so richtig, was eigentlich vor sich ging. »Sind wir jetzt verlobt?«, fragte ich zögernd.

Er nickte und in seinem Gesicht lag auf einmal ein strahlendes Leuchten.

Wir küssten uns und ich hätte vor Glück die ganze Welt umarmen können. Es war mir egal, was meine Familie, Aischa oder Khaled zu unserer Verlobung sagen würden. Ich wusste, dass Saleh und ich füreinander bestimmt waren – nur das zählte.

22

Zögernd trat ich in die Küche, wo meine Mutter gerade dabei war, Kartoffeln zu schälen.

»Mama ...« begann ich stockend. »Ich muss dir etwas sagen ...«

Sie hielt inne und blickte mich prüfend an. »Ja? Was gibt es?« Eine blonde Strähne hatte sich aus ihrem Pferdeschwanz gelöst und sie strich sie mit einer schnellen Bewegung hinters Ohr.

»Nun, ich ...« Mir fehlten plötzlich die Worte.

Wie um Himmels willen erklärte man besorgten Eltern, dass man mit dem Sohn eines der berüchtigtsten Diktatoren der Welt verlobt war?

Ich dachte an jenen Abend, als Saleh und ich mit dieser Neuigkeit zu Khaled gegangen waren: Der Präsident hatte über das ganze Gesicht gestrahlt und mich herzlich umarmt. Dann wurden die Diener beauftragt, ein Fest vorzubereiten.

Wir hatten im kleinsten Kreis gefeiert: Außer Saleh, Ali und mir waren nur Selwa, Barif, Ledan und Safia mit Familie, sowie Abdullah und Intisar da.

Aischa gratulierte mir übers Handy, fehlte jedoch bei der Feier. Ich wusste, dass sie dem verhassten Diktator nicht begegnen wollte.

Es war ein schöner Abend geworden, obwohl ich meine beste Freundin vermisste: Die Feier fand im Park des Palastes nahe Sarana bei Kerzenschein, Kaviar und arabischer Musik aus der Stereoanlage statt.

Selwa, Barif, Ledan, Safia und Intisar begannen irgendwann zu tanzen und zogen auch mich in ihren Kreis.

»Schau, Sina! So geht das!« Safia fasste mich an den Händen und zeigte mir die richtigen Tanzschritte.

Ich versuchte wie sie im Takt der Musik mit den Füßen auf den Boden zu stampfen, geriet jedoch immer wieder aus dem Rhythmus.

Entmutigt gab ich auf. »Ich kann das nicht«, stöhnte ich.

»Doch, du schaffst es schon!«, behauptete Selwa und die anderen Frauen stimmten ihr zu.

»Sina, Sina!«, feuerten mich die Kinder vom Rand der Tanzfläche her an.

Die Männer, die auf Teppichen rund ums Feuer saßen, beobachteten uns amüsiert.

Ich seufzte ergeben. »Also gut, aber wehe, jemand lacht über mich!«

Ich zog die Schuhe aus und fasste Safia und Selwa an den Händen. Zusammen mit den anderen Frauen bildeten wir einen Kreis und nun gelang es mir plötzlich, den Takt zu halten.

Ausgelassen tanzte ich zu der wunderbaren Musik, fühlte das weiche, kühle Gras an meinen bloßen Füßen und den nach Ghaniim riechenden Nachtwind in meinem Haar.

Ich sah zu Saleh hinüber, dessen Gesicht vom Feuerschein sanft erhellt wurde. Er lächelte mir zu und seine Augen funkelten ...

»Was willst du mir sagen, Sina?«, holte mich meine Mutter in diesem Moment in die Wirklichkeit zurück. »Hast du etwas angestellt?«

Ich zögerte noch immer. »Hmm, also ... Nicht direkt ...«

Dann gab ich mir einen Ruck und entschied mich für den direkten Weg: »Ich habe letzten Sommer den jüngsten Sohn von Khaled Mustafa kennen gelernt und nun sind wir verlobt«, kam ich ohne Umschweife zur Sache.

Meine Mutter verzog halb amüsiert, halb missbilligend das Gesicht. »Findest du das etwa witzig?«

»Ich meine es ernst, Mama«, beteuerte ich.

Sie grinste humorlos. »Natürlich! Khaled Mustafa und seine Familie verbringen jede freie Minute auf Mallorca. Sie haben hier im Westen ja so viele Freunde ...«

Ich atmete tief durch. »Ich war gar nicht auf Mallorca. Das war eine Notlüge. In Wirklichkeit bin ich mit Aischa zu ihrem Vater nach Sarana geflogen.«

Meine Mutter starrte mich entsetzt an in der jähen Erkenntnis, dass ich sie nicht veräppeln wollte. »Ihr wart in Benit?«

Ich nickte schuldbewusst, obwohl es dazu eigentlich keinen Grund gab. War ich etwa nicht alt genug, um eigene Entscheidungen zu treffen?

»Ja. Im Sommer, im Herbst und zuletzt diesen Winter ...«

Ihr Gesicht war kreideweiß geworden. »Was hast du dir dabei gedacht?«, fragte sie tonlos. »In ein derart gefährliches Land zu reisen und mit solchen Leuten ...« Sie stockte, schloss erschöpft die Augen. Dann holte sie tief Luft. »Wie soll das deiner Meinung nach jetzt weitergehen?«

Ich stellte mir Salehs Gesicht vor und wurde plötzlich ganz ruhig. »Ich werde Saleh heiraten, Mama«, sagte ich gelassen. »Sobald das Abi vorbei ist.«

Unsere Blicke trafen sich und ich las in ihren Angst, Entsetzen, Unverständnis und Trauer.

»Saleh«, murmelte sie. »So heißt er also. Saleh Mustafa ...«

»Saleh Khaled Mustafa al-Adnan!«, verbesserte ich, doch das interessierte meine Mutter überhaupt nicht.

Sie schüttelte hilflos den Kopf. »Wie kannst du uns das nur antun? Wieso lässt du dich mit diesen Verbrechern ein?« Jetzt blitzten ihre Augen vor Zorn. »Sein Reichtum hat dich geblendet, was?«

»Ich liebe ihn!«, rief ich heftig. »Und ich würde ihn auch lieben, wenn er nicht Khaleds Sohn wäre. Du wirst dich damit abfinden müssen!«

Aber das hörte meine Mutter schon nicht mehr. Wortlos verließ sie die Küche und schlug die Tür hinter sich zu. Ich war plötzlich allein mit den erst zur Hälfte geschälten Kartoffeln.

*

Abends, als ich gerade dabei war, Geschichte zu lernen, trat mein Vater ins Zimmer.

»Deine Mutter hat mir alles erzählt«, sagte er mit vor Zorn bebender Stimme. »Du wirst den Sohn dieses Verbrechers sofort dorthin zurückschicken, woher er gekommen ist: In die Wüste! Verstanden, Sina?«

Wütend sprang ich von meinem Bürostuhl auf. »Du hast mir keine Vorschriften zu machen! Ich bin volljährig. Außerdem kann er nichts dafür, dass er Khaled Mustafas Sohn ist. Er ...«

»Keine Diskussionen!«, unterbrach mich mein Vater streng. »Entweder lässt du diesen Typen sitzen oder du bist für mich gestorben!«

Ich funkelte ihn an. »Dann bin ich eben für dich gestorben!«

»Gut!«, sagte er kalt und verschränkte die Arme vor der Brust. »Pack deine Koffer!«

Ungläubig starrte ich meinen Vater an. »Was?«

»Du hast mich verstanden!« Sein Gesicht war eine einzige harte Maske und mit wachsendem Entsetzen erkannte ich, dass es sein Ernst war: Er warf mich aus dem Haus – einfach so ...

Ich öffnete den Mund, um etwas zu sagen, brachte aber kein Wort heraus.

Immer schon hatte ich Probleme mit meinem Vater gehabt, der von klein auf versucht hatte, mich mit Strenge nach seinen Wünschen hinzubiegen: Ich musste jahrelang Geige spielen, obwohl ich es hasste. Ich musste jeden Abend noch zwei Stunden Mathe üben, um den Sprung aufs Gymnasium zu schaffen. Außerdem wurde ich ins Ballett geschickt, obwohl ich dafür ungefähr so viel Talent hatte wie eine Kuh zum Radfahren ...

Doch ich war nie die brave Tochter und hatte mich all dem entschieden widersetzt: Die Geige flog regelmäßig in die Ecke, bis sie irgendwann kaputt war, anstatt zu lernen, saß ich über meinem Matheheft und träumte und dem Ballett blieb ich auch bald fern ...

In den letzten Jahren hatte sich das Verhältnis zu meinem Vater immer mehr verschlechtert. Er gab mir ständig das Gefühl, ihn zu enttäuschen.

Aber dass ihm so wenig an mir lag, hatte ich dann doch nicht erwartet ...

Stumm standen wir uns gegenüber und starrten uns an – ich ihn mit ungläubigem Entsetzen, er mich mit diesem harten Blick, der kein Erbarmen kannte.

Da war plötzlich von der Tür her die Stimme meiner Mutter zu vernehmen. Wir hatten beide nicht bemerkt, wie sie ins Zimmer getreten war. »Du kannst das Mädchen doch nicht einfach vor die Tür setzen, Georg!«, rief sie erschrocken. »Was ist bloß in dich gefahren?«

»Hast du eine Ahnung, was das hier im Dorf für einen Skandal gibt?«, fuhr er sie an. »Und was werden die Leute in meiner Firma und meine Mutter sagen? Wegen deiner Tochter können wir uns bald nirgendwo mehr sehen lassen.«

Meine Mutter warf mir einen Blick zu, wie ich da reglos neben der Kommode stand. Dann sah sie wieder ihren Mann an. »Dein guter Ruf ist dir also wichtiger als unsere Kinder?«, stellte sie tonlos fest.

»Wenn sie diesen Kriminellen nicht sofort sitzen lässt, zähle ich sie nicht mehr zu meinen Kindern!«, brauste mein Vater auf. »Entscheide dich: Entweder geht sie oder ich!«

Gelähmt vor Entsetzen schaute ich von einem zum anderen. Ihre Stimmen drangen nur gedämpft in mein überlastetes Gehirn vor und ich beobachtete sie wie durch einen Schleier hindurch. Für einen Moment überlegte ich, ob das nur ein Albtraum war.

Als meine Mutter nun wieder sprach, klang ihre Stimme erschöpft aber entschieden: »Dann leb wohl, Georg!«

Darauf verließ mein Vater wortlos das Zimmer.

Ich sank aufs Bett und brach in Tränen aus.

Mama setzte sich zu mir und nahm mich in die Arme. »Es ist nicht deine Schuld«, versicherte sie. »Zwischen uns kriselt es seit Monaten. Das hast du nur wahrscheinlich nicht mitbekommen, weil du ständig in Benit warst – und sei es nur in Gedanken.«

»Meinst du, er zieht wirklich aus?«, fragte ich erstickt.

Sie nickte gefasst. »Ja! Auf diese Gelegenheit hat er nur gewartet.«

»Oh Gott!«, stieß ich hervor.

Meine Mutter seufzte. »Männer machen nur Probleme, Sina – die allermeisten. Darum muss man sich auch den, den man für den Richtigen hält, sehr genau anschauen.«

Ich nickte unter Tränen. »Das habe ich, Mama. Saleh ist ein feiner Kerl. Und ich kann nicht mehr ohne ihn leben.«

Sie musterte mich prüfend. »Ich verstehe dich ja. Ich glaube, ich hätte Georg selbst dann genommen, wenn sein Vater der übelste Mensch der Welt gewesen wäre. Aber du musst auch verstehen, dass ich mir Sorgen um dich mache.« Traurig schüttelte sie den Kopf. »Du wirst in eine von Krisen geschüttelte Region ziehen, die noch dazu eine völlig andere Kultur hat ... Und du wirst mit wirklich üblen Leuten zu tun haben ... Wer weiß, ob sie dich nicht im goldenen Käfig gefangen halten.«

Nun war ich dran, sie zu beruhigen: »Keine Angst! Saleh liest mir jeden

Wunsch von den Augen ab. Er wird dafür sorgen, dass es mir gut geht.« Ich sah sie bittend an. »Übrigens kommt er in den Osterferien nach Deutschland. Bist du bereit, ihn kennen zu lernen?«

Sie schluckte kurz, nickte dann jedoch. »Natürlich! Wenn du schon entschlossen bist, ihn zu heiraten ...«

Ich seufzte. »Aber Papa ...«

Meine Mutter verzog das Gesicht. »Der kann bleiben, wo der Pfeffer wächst!«

*

So fuhr ich am ersten Tag der Osterferien mit dem verbliebenen Rest meiner Familie zum Stuttgarter Flughafen.

Julian rutschte auf dem Rücksitz hin und her. »Ich bin wirklich gespannt, ob dein Carlos so gut aussieht, wie du behauptest«, sagte er.

»Saleh!«, verbesserte ich. »Er heißt Saleh!«

»Stimmt!«, kicherte mein kleiner Bruder. »Daran kann ich mich einfach nicht gewöhnen ... Saleh Khaled Mustafa al-Adnan – was davon ist eigentlich Vorname und was Nachname?«

»Saleh ist sein Vorname«, antwortete ich. »Khaled ist der Name seines Vaters und Mustafa der seines Großvaters. Nachnamen in unserem Sinne gibt es im Arabischen nicht. Die Namen der Vorfahren werden dem Vornamen angehängt – meist bis zur zweiten Generation. Danach hört man normalerweise auf, weil der Name sonst zu lang wird.

Man kann auch ein ‚al-' dazwischen setzen – also zum Beispiel: ‚Saleh al-Khaled al-Mustafa'. Aber das kommt in Benit selten vor.«

»Und was ist dann mit al-Adnan?«, wunderte sich Julian.

»Das ist etwas anderes: Die benitische Bevölkerung ist in Stämme eingeteilt – ein Relikt aus grauer Vorzeit. Al-Adnan ist der Name von Salehs Stamm und das, was einem Nachnamen in unserem Sinne am nächsten kommt.«

Julian seufzte und verdrehte die Augen. »Meine Güte, ist das kompliziert.«

Ich musste lachen, denn auch mich hatte das Prinzip der arabischen Namensgebung anfangs furchtbar verwirrt. Aischa hatte lange gebraucht, um es mir zu erklären.

Es war ein wunderschöner Frühlingstag: Die Sonne lachte vom Himmel, es grünte und blühte überall und ich freute mich auf Saleh und Ali.

Doch ein klein wenig Angst hatte ich auch.

Meine Mutter würde ihren zukünftigen Schwiegersohn sicher sehr genau unter die Lupe nehmen. Was, wenn er ihren Ansprüchen nicht genügte? Wenn sie ihn nicht mochte?

Ich dachte an meinen Vater, der jetzt in seinem Elternhaus im Nachbarort lebte. Seit unserem Streit vor zwei Monaten vermied er jeden Kontakt mit mir.

Ab und zu rief er Julian an und wenn ich versehentlich den Hörer abnahm, legte er auf – genau wie seine Mutter.

Die beiden meinten es ohne Zweifel ernst: Ich war für sie gestorben.

Würde ich nun etwa auch noch meine Mutter verlieren?

Gut zu wissen, dass wenigstens Julian immer zu mir hielt, wenn es hart auf hart kam.

Sooft er mich auch ärgerte: In schwierigen Situationen war er mein engster Verbündeter und daher wenig begeistert, wenn unser Vater und unsere Großmutter mit ihm telefonieren wollten.

»Ich will mit denen nicht reden«, sagte er immer. »Wer Sina so behandelt wie die es tun, kann mir gestohlen bleiben.«

Das Flugzeug hatte Verspätung und ich wurde ganz kribbelig von der Warterei.

Was für eine Schlafmütze von Pilot hatte Khaled da bloß beauftragt?

Dann war es endlich so weit: Saleh und Ali tauchten aus der Menschenmenge auf. Es waren mehrere Flugzeuge gleichzeitig gelandet.

Jeder der beiden trug einen Koffer und zusätzlich einen Rucksack.

»Sina!« Der Sohn meines Verlobten ließ sein Gepäck fallen und warf sich in meine Arme.

Ich wirbelte ihn herum und küsste ihn auf die Wange. »Hallo, Ali! Hast du die weite Reise gut überstanden?«

Er nickte eifrig, ohne mich loszulassen. »Der Flug war toll! Ich habe das Meer gesehen und Flüsse und Städte ... Und ganz hohe Berge mit Schnee!« Seine Augen leuchteten vor Begeisterung.

»Wirklich? Ist ja ein Ding!« Ich zwinkerte dem Kleinen anerkennend zu und er strahlte mich an.

»So – und darf ich jetzt bitte auch deinen Vater begrüßen?«

Ali kicherte und ließ mich los. »Klar!«

Ich trat Saleh entgegen und schloss ihn einfach in die Arme. Schließlich galten hier in Deutschland keine arabischen Tabus.

Für einen Moment spürte ich seine Überraschung. Aber dann drückte er mich fest an sich.

Ich schloss die Augen und atmete tief seinen Geruch ein.

Wie sehr er mir immer fehlte. Bei jeder Trennung hatte ich das Gefühl, einen Teil von mir zurückzulassen. Erst jetzt, da ich ihn in den Armen hielt, war ich wieder ein ganzer Mensch.

Sekundenlang standen wir so da – regungslos inmitten von Koffern, sich freudig begrüßender Leute und hektischer Betriebsamkeit.

Doch für Saleh und mich existierte diese Welt außerhalb unserer Zweisamkeit in diesem Moment nicht mehr.

Wir hatten die Wangen aneinander gelegt und hielten uns eng umschlungen, als wollten wir uns nie wieder loslassen.

Aber schließlich besann ich mich, dass Mama, Julian und Ali auch noch da waren.

Stolz stellte ich meiner Familie die beiden Menschen vor, die für mich zu den wichtigsten überhaupt geworden waren.

Julian grüßte lässig auf Englisch und kaute weiter an seinem Kaugummi.

Meine Mutter lächelte Ali zu und gab dann Saleh die Hand. Dabei musterte sie ihn prüfend – wie ich erwartet hatte. »Sie sehen genau aus wie Khaled Mustafa«, stellte sie schockiert fest und zog rasch die Hand zurück.

Mein Herz sank. Das konnte ja heiter werden.

Atemlos und ängstlich wartete ich auf Salehs Reaktion. Doch dieser war zu meiner grenzenlosen Erleichterung nicht beleidigt. Er zeigte die für ihn typische Gelassenheit und Nachsicht, lächelte meiner Mutter verschmitzt zu.

»Wird schon seinen Grund haben«, sagte er freundlich. »Wir sind recht nahe verwandt.«

Mama blickte ihn kurz überrascht an. Dann musste sie lachen. »Stimmt! Wie dumm von mir.«

Ich atmete auf. Gott sei Dank: Saleh hatte die Situation gerettet.

Die Fahrt nach Hause verbrachte mein Verlobter auf dem Beifahrersitz und unterhielt sich angeregt mit Mama, während ich hinten bei Julian und Ali saß.

Amüsiert beobachtete ich die beiden Jungen, die sich trotz der Sprachbarriere auf Anhieb verstanden.

Ali hatte ungefähr ein Dutzend Plastikdinosaurier aus seinem bunten Rucksack herausbefördert und damit spielten sie nun. Die Welt um sie herum war vergessen.

Gerade hielt Ali seinem neuen Freund ein besonders großes, grell gelbes Exemplar mit scharfen Zähnen vor die Nase und redete munter drauflos.

Julian sah mich fragend an und ich übersetzte mit todernster Miene: »Das ist der gefährlichste Dinosaurier. Der frisst alles auf – auch Autos und Flugzeuge. Aber am liebsten frisst er Amerikaner, weil die böse sind.«

»Das ist ein Tyrannosaurus, Ali!«, sagte Julian. »Ty-rann-o-sau-rus!«

»Tyrannosaurus!«, wiederholte der Kleine fehlerlos und strahlte meinen Bruder voller Stolz an.

Julian nickte anerkennend. »Kluges Kerlchen!«

Und weiter ging das Spiel.

Ich wandte meine Aufmerksamkeit Saleh und Mama zu.

»Hoffentlich gefällt es dir bei uns, Saleh?«, fragte meine Mutter gerade besorgt. »Wir wohnen recht bescheiden in einem kleinen Haus.«

Er lächelte auf seine warmherzige Art. »Ist schon in Ordnung! Ich habe den ganzen Luxus sowieso satt.«

Gedankenverloren ließ er die Blicke aus dem Autofenster schweifen. »Hier kann ich zum ersten Mal im Leben richtig frei durchatmen.«

Wirklich fühlte er sich auf Anhieb wohl bei uns – zumal Ali fast die ganze Zeit mit Julian beschäftigt war und er auch diesbezüglich seine Ruhe hatte.

Saleh schloss gleich Freundschaft mit meiner Katze Mimmie, aß mit Begeisterung unser einfaches Essen, half meiner Mutter beim Geschirrspülen und Julian beim Rasenmähen.

Nachts schlief er auf einer dicken Matratze neben meinem Bett. Oft musste er sie noch mit Mimmie teilen, die immer und überall im Haus den Ehrenplatz beanspruchte. Er nahm es gelassen. »So sind Katzen eben. Du weißt ja, wie Barif springen muss, um ihre zufrieden zu stellen.«

Ich musste lachen, als ich an das Bild dachte, das sich manchen Morgen vor dem Palast bei Soum bot: Barif inmitten einer miauenden, fauchenden, sich raufenden Katzenhorde.

Sie trug einen seidenen Morgenmantel und war voll bepackt mit großen Blechdosen. Doch trotz der nicht zu verleugnenden Last, sauste sie leichtfüßig und mit wehendem Haar über den Rasen, um das Katzenfutter zu verteilen.

Wie sie diese Aktion über die Bühne brachte ohne zu stolpern, war mir ein Rätsel, denn die Katzen sprangen ihr mit Vorliebe genau zwischen die Beine ...

»Stimmt!«, gab ich Saleh recht. »Katzen sind einfach so.«

*

Es wurden wunderschöne Ferien mit dem dazu passenden Wetter.

Saleh, Ali, Julian und ich unternahmen jeden Tag Ausflüge in die Umgebung: Wir besichtigten den Schwarzwald, den Bodensee, besuchten Museen, Freizeitparks und sonstige Sehenswürdigkeiten.

Manchmal waren auch Aischa und meine Mutter mit von der Partie.

Besonders intensiv ist mir jener Tag in Erinnerung geblieben, an dem Saleh und ich eine ausgedehnte Radtour in die nähere Umgebung machten.

Wir durchquerten Wiesen mit üppigem Gras und blühenden Bäumen, grünende Wälder voller Frühlingsgerüche und Vogelgezwitscher.

Etwa zehn Kilometer von meinem Dorf entfernt stießen wir auf einen kleinen See, dessen Ufer teilweise mit Schilf bewachsen waren. Eine Holztafel wies ihn als Fischweiher aus und verbot das Baden.

Saleh und ich ließen uns direkt am Wasser nieder, kühlten die vom Radfahren strapazierten Waden und genossen die warmen Strahlen der Frühlingssonne.

Frösche quakten im Schilf und immer wieder sah man Fische springen.

Saleh seufzte glücklich. »Es ist so schön, frei zu sein. Das wird mir fehlen, wenn ich nach Hause komme und meine Leibwächter und Diener wieder am Hals habe.«

Ich legte den Kopf an seine Schulter. »Trotzdem ist Benit doch viel schöner als Deutschland.«

Er nickte. »Das stimmt. Aber ich müsste in meinem Land als ganz normaler Mensch leben können.« Nachdenklich blickte er über den See hinweg zum Wald hinüber. »Manchmal habe ich diese ganzen Privilegien so satt, dass ich am liebsten auf und davon gehen würde.«

Ich wusste, wie ernst es ihm mit dem war, was er da sagte – dass er seit seiner Kindheit darunter litt, der Sohn des Präsidenten zu sein. Er hasste es, wenn andere ihm zu Füßen lagen und er im Mittelpunkt stand.

Doch uns beiden war klar, dass es aus dieser Situation kein Entkommen gab – für Saleh nicht, weil er zu seiner Familie gehörte und für mich nicht, da ich ihn liebte ...

Stumm nahm ich seine Hand und drückte sie, worauf er mir einen dankbaren Blick und sein warmes Lächeln schenkte. »So lange ich dich habe, Sina, komme ich mit all dem schon zurecht«, sagte er.

»Sieh es einmal so: Andere würden alles für ein Leben geben wie du es führst. Du bist reich, mächtig, hast einen wunderbaren Sohn, nette Schwestern – und ich bin auch noch da.«

Saleh fuhr mir sacht durchs Haar und schüttelte über sich selbst den Kopf. »Du hast recht! Es könnte uns schlechter gehen.«

Er hob sein Gesicht dem strahlend blauen Frühlingshimmel entgegen. Die Sonne beschien seine bronzefarbene Haut und ließ die dunklen Locken noch mehr glänzen als sonst.

Wieder einmal verschlug es mir angesichts seiner Schönheit fast den Atem und eine Welle der Zärtlichkeit überrollte mich.

In diesem Moment lachte er plötzlich hell auf. »Meine Güte! Ich jammere hier herum wie eine arme, alte Frau. Und so einen willst du wirklich heiraten?« Er zwinkerte mir spitzbübisch zu, was mein Blut in Wallung brachte.

»Ja!«, sagte ich entschlossen, zog sein Gesicht näher zu mir heran und küsste ihn.

Seine weichen Lippen, die sich unter meinen öffneten, zusammen mit den Händen, die meinen Rücken streichelten, raubten mir fast den Verstand.

Alles in mir zitterte und bebte und ein Sturm rauschte in meinen Ohren.

Unsere Küsse wurden immer wilder und fordernder.

Saleh drängte sich an mich und seine Hände begannen, auf Wanderschaft zu gehen.

Höchste Zeit, es zu beenden, ehe ich vollends die Kontrolle verlor.

Sanft zog ich mich von ihm zurück. »Wir sind hier direkt neben dem Wanderweg, Saleh – und heute ist Sonntag. Da sind Scharen von Spaziergängern unterwegs.«

Saleh atmete tief durch. Ich merkte, wie er um seine Fassung rang.

Auch ich selbst kämpfte mit aller Kraft gegen das nagende Verlangen in mir an. Wieder einmal war ich erstaunt darüber, wie sehr eine Berührung des jungen Beniters mich aus der Bahn werfen konnte. Es schien, als habe er mich verhext.

»Du hast Recht!«, sagte Saleh mit nicht ganz fester Stimme. »Keine Ahnung, was plötzlich in mich gefahren ist.«

Ich musste lachen. »Liegt wohl am Frühling«, vermutete ich. »Da werden alle Männer verrückt ... Hör dir nur das an!« Ich deutete auf den Weiher, wo Dutzende Frösche im Schilf ein gewaltiges Konzert veranstalteten. Dieser nicht besonders melodische Gesang diente einem einzigen Zweck: Weibchen anzulocken.

Saleh stemmte mit gespieltem Ärger die Hände in die Seiten. »Willst du damit etwa andeuten, ich sei ein von seinen Trieben gesteuerter Frosch-Mann?«

Ich nickte grinsend. »Ja, genau das!« Dann sprang ich auf und suchte rasch das Weite.

»Na warte!« Er kam hinter mir her.

Lachend und schreiend rannte ich über die Wiese, gefolgt von Saleh.

Das frische Gras kitzelte meine bloßen Füße und ich war übermütig wie ein Kind. Immer wieder schlug ich Haken, um meinem Verfolger auszuweichen, der hinter mir wie ein Walross schnaubte. Er war schneller als ich und hätte mich bestimmt nach einer Minute haben können. Doch er ließ mir den Spaß und genoss die Verfolgungsjagd selbst. Ein Blick über die Schulter zurück sagte mir alles: Seine Augen leuchteten vor Vergnügen.

Der Waldrand bremste schließlich unseren Lauf.

Nach Luft schnappend blieb ich stehen und wollte mich eben zu Saleh umdrehen. Da entdeckte ich eine kleine Holzhütte, die sehr versteckt zwischen den Bäumen lag. Auch er hatte sie gesehen.

Wir wechselten einen Blick und er zwinkerte mir zu. »Wollen wir nicht hierher ziehen, Sina? Überleg mal: Keine Leibwächter, keine Diener, keine Bevölkerung, die zu dir aufschaut ... Das wäre die perfekte Freiheit.« Er sagte es natürlich im Spaß, aber doch lag ein klein wenig Ernst in seinen Augen.

»Und wovon sollen wir leben, sehr geehrter Herr Khaled Mustafa al-Adnan?«, fragte ich trocken.

Saleh zuckte grinsend mit den Schultern. »Ach – Aischa und deine Mutter bringen uns bestimmt ab und zu etwas zu essen vorbei.«

Probeweise stieß er gegen die Tür und sie öffnete sich mit einem lauten Quietschen.

Im Inneren der Hütte war es nicht wirklich dunkel, sondern lediglich dämmrig.

Durch einige Lücken in den Bretterwänden fiel etwas Licht und auch das Dach war nicht ganz dicht: Ihm fehlten ein paar Schindeln, die vermutlich der letzte Sturm davon geweht hatte.

In einer Ecke entdeckte ich einen losen Haufen duftenden Heus. Die Hütte diente wohl zur Lagerung von Wildfutter für den Winter. Jetzt im Frühling konnte man hier ungestört sein.

Von hinten legten sich Salehs Arme um mich. »Quak!«, machte er, auf die Frösche zurückkommend. Seine Lippen berührten mich sacht am Hals und sein Atem strich über meine Wange.

Ich bekam eine Gänsehaut und jede Kraft wich aus meinen Beinen. »Der Frühling hat es wirklich in sich«, flüsterte ich heiser.

In der Hütte schien die Zeit stillzustehen und als wir wieder heraustraten, erwachte ich wie aus einem Traum.

Ich blinzelte ins helle Sonnenlicht und Saleh zupfte wortlos die letzten Heuhalme aus meinem Haar.

Einem Impuls folgend hob ich einen spitzen Stein vom Waldboden auf und ritzte auf Englisch ›Salehs Haus‹ in die Tür. Dann gab ich ihm den Stein weiter und er wiederholte die Worte darunter in arabischer Sprache und Schrift.

Zufrieden betrachteten wir unser Werk, lächelten uns zu.

Schließlich kehrten wir Hand in Hand zu den Fahrrädern zurück.

23

Die Vorbereitungen fürs Abitur gingen in die heiße Phase und ich geriet zunehmend in Panik. Je näher die Katastrophe rückte, desto schlimmer wurde es: Ich stand ständig unter Stress, wurde immer gereizter und schlief nachts schlecht.

Aischa und den meisten Klassenkameraden ging es genauso, obwohl sie im Gegensatz zu mir die besten Chancen hatten, das Abitur zu bestehen.

»In Mathe sieht es übel aus«, vertraute ich meiner besten Freundin an. »Wenn ich Pech habe, falle ich deswegen durch.«

Wir saßen in ihrem Zimmer auf der bequemen Ledercouch – um uns herum mehrere Packungen Schokolinsen und Stapel von Schulbüchern.

Aischa zog die Knie an und winkte gelassen ab. »Unsinn!«, behauptete sie. »Das klappt schon. Andere vor uns haben das Abitur schließlich auch überstanden.«

Ja, ja! Sie hatte leicht reden mit ihren Eins-Komma-Schnitten in jedem Zeugnis und der Aufnahmebestätigung von der Uni in der Tasche.

Ich dagegen ... Nun, auf jeden Fall hatte ich Saleh und würde nach Benit ziehen, wo ich das Abitur sicher nicht brauchen würde. Aber für den Seelenfrieden meiner Mutter musste ich wohl oder übel versuchen, die Matheprüfung irgendwie zu meistern.

»Meine Mutter dreht durch, wenn ich nicht bestehe«, jammerte ich. »Bestimmt wird sie Saleh die Schuld geben – wie an allem, was in Bezug auf mich schief läuft.«

Aischa blickte mich erstaunt an. »Ich hatte in den Osterferien das Gefühl, dass Saleh und deine Mutter sich gut verstanden.«

»Das schon. Trotzdem findet sie, er ist nicht der Richtige für mich.«

»Er ist wirklich ein netter Junge, dein Saleh – und schön dazu«, hatte meine Mutter kurz nach seinem Abflug gesagt. »Trotzdem hoffe ich, dass du dir das mit der Hochzeit noch einmal überlegst. Zwei Menschen aus derart verschiedenen Kulturkreisen können auf die Dauer nicht glücklich miteinander sein.«

»Ach ja?«, hatte ich trotzig erwidert. »Wer sagt das?«

Sie seufzte. »Es ist erwiesen, dass die allermeisten dieser Ehen scheitern.

Außerdem – überleg doch mal, was du dir da auflädst: Einen sechsjährigen Stiefsohn, eine Großfamilie, einen machtbesessenen Schwiegervater ... Und du wirst keinen Schritt mehr ohne Diener und Leibwächter tun können. Damit hätte selbst ein reiferer Nicht-Araber Probleme – und du bist noch ein halbes Kind ...«

Wirklich rührend, die Sorgen einer Mutter. Aber ich würde Saleh trotzdem nach Benit folgen. Schließlich liebte ich ihn, hing an Ali und meinen zukünftigen Schwägerinnen – besonders mit Safia verband mich inzwischen eine innige Freundschaft.

Sogar den gefürchteten Khaled Mustafa mochte ich im Grunde sehr, obwohl ich ihm noch immer nicht ganz traute.

Ich würde schon klarkommen in Benit. Aber erst einmal musste ich das Abitur überleben ...

Diese monatelange Büffelei raubte mir den letzten Nerv und war besonders stressig, da ich nebenher auch weiter Arabisch lernte und zusätzlich noch Nachhilfeunterricht in Mathe bekam.

»Wenn meine mathematischen Fähigkeiten doch nur im selben Maße zunehmen könnten wie meine Arabischkenntnisse« sagte ich verzweifelt zu Aischa. »Dann müsste ich mir keine Sorgen machen.«

Sie lachte. »Nimm es mir nicht übel, Sina, aber ein mathematisches Genie wirst du nie!«

Als ob ich das nicht selbst gewusst hätte.

»Das gibt eine Katastrophe«, jammerte ich.

»Du schaffst es schon!«, wiederholte meine beste Freundin zum hundertsten Mal.

»Und wenn nicht?«

Sie zuckte mit den Schultern. »Dann ist es auch kein Beinbruch. Ich wette, dein Saleh nimmt dich auch ohne Abitur.«

Ich dachte an das Telefonat, das ich vor zwei Tagen mit meinem Verlobten geführt hatte: »Mach dich doch nicht so verrückt, Sina!«, war ich ermahnt worden. »Sogar Einstein ist durchs Abitur gefallen.«

Ich nickte. »Stimmt! Saleh legt auf so was keinen Wert. Trotzdem ...«

*

Entgegen all meiner Befürchtungen begann die Abschlussprüfung jedoch nicht als Katastrophe: In Deutsch und Englisch hatte ich ein gutes Gefühl. Dadurch gestärkt fasste ich ein wenig Zuversicht, dass auch in Mathe alles einigermaßen glatt gehen würde.

Dann, am Abend vor der letzten und zugleich kritischsten schriftlichen Prüfung, klingelte das Telefon.

Es war Saleh.

»Sina ...«, sagte er nur, dann Stocken. Ich hörte, dass er weinte.

Für einen Moment setzte mein Herzschlag aus. »Wa ... Was ist passiert?«, brachte ich mühsam hervor.

Saleh kämpfte um seine Selbstbeherrschung. »Jemand hat auf Abdullah geschossen!«

Abdullah – der brutale, arrogante Playboy, der zukünftige Herrscher über Benit ...

»Ist er ... Ich meine ... Wie geht es ihm?«

Salehs Stimme klang jetzt plötzlich ruhig und gefasst – beinahe kalt: »Sein Zustand ist sehr kritisch. Mehrere innere Organe sind verletzt, der rechte Oberschenkelknochen und beide Kniescheiben sind zertrümmert. Falls er überlebt, wird er nie wieder richtig laufen können.«

Seine letzten Worte trafen mich wie ein Schlag. Ich dachte an Abdullahs stolzen, leichtfüßigen Gang und wünschte für einen Moment, er würde sterben. Doch im nächsten Augenblick schämte ich mich schon wieder für diesen Gedanken. »Weiß man, wer es getan hat?«, hörte ich mich fragen. Als ob das eine Rolle spielte ...

»Ja. Es passierte im Garten seiner Villa in Sarana. Intisar und die Leibwächter haben die Schüsse gehört und sind sofort dazugekommen. Der Mann hat sich gleich ergeben. Angeblich hat Abdullah seine Frau vergewaltigt.« Wieder begann Saleh zu weinen. »Dieser verdammte Idiot!«

Ich begriff, dass er damit seinen Bruder und nicht den Attentäter meinte.

»Warte, Saleh! Ich nehme das nächste Flugzeug nach Sarana!«

»Nein«, schniefte er. »Du darfst doch deine Abschlussprüfungen nicht versäumen.«

»Vergiss das Abitur! Ich kann auch ohne leben.«

»Nein«, wiederholte Saleh schwach. »Das kann ich nicht zulassen, nachdem du jahrelang darauf hingearbeitet hast. Und wenn du hier wärst, würde das sowieso auch nichts ändern.«

Als ich den Hörer auflegte, merkte ich erst, wie sehr meine Hände zitterten. Kraftlos ließ ich mich auf den Hocker neben dem Telefon sinken und versuchte, irgendeinen klaren Gedanken zu fassen. Es gelang mir nicht. Der Schock über die Nachricht saß tiefer als ich es mir jemals hätte vorstellen können.

Wirre Bilder schwirrten durch meinen Kopf: Ich sah mich mit Abdullah in seinem Zimmer ringen, hörte seine Stimme, die meine Leibwächter bedrohte, beobachtete, wie er mit den Kindern Sandburgen baute ... Meine Gedanken wanderten zurück zu unserer letzten Begegnung:

Der Palast bei Farul.

Ich saß mit Safia in ihrem Gemach und betrachtete Fotos von meinem letzten Benit-Urlaub.

Zuvor hatte ich einige ihrer wertvollen Kleider anprobiert und trug nun das, welches mir am besten stand. Es war aus edler, dunkelroter Seide und mit Goldmustern bestickt. Der dazugehörende, hauchdünne Schleier war mit Diamanten verziert und umschmeichelte sanft mein Gesicht.

»Du siehst einfach wunderschön darin aus!« hatte Safia anerkennend bemerkt.

»Das liegt aber am Kleid – nicht an mir.«

»Doch, denn du siehst darin viel besser aus als ich. Du kannst das Kleid behalten. Ich schenke es dir.«

Das Geschenk eines Arabers durfte man nicht ablehnen – so viel wusste ich inzwischen. Aber ich kam mir fast schäbig vor, dass ich es nicht trotzdem getan hatte. Dieses herrliche Kleid konnte sie doch nicht einfach weggeben!

»Ich habe es an meiner Hochzeit getragen«, hatte Safia mir dann auch noch erklärt. »Rot steht in unserer Kultur für Fruchtbarkeit, Jugend, Kraft, Liebe, Reichtum und Schönheit. Es soll dir Glück bringen.«

Gerührt hatte ich sie umarmt und mich tausendfach bedankt. Aber für sie schien es ganz normal zu sein, ihr Hochzeitskleid zu verschenken.

Als ich sie nun beim Betrachten der Fotos vorsichtig fragte, ob sie das Kleid nicht doch lieber selbst behalten wolle, schüttelte sie entschieden den Kopf.

»Nein, ich brauche es nicht mehr. Und schließlich heiratest du auch bald. Ich werde mich geehrt fühlen, wenn du es zu diesem Anlass trägst.« Damit war das Thema für sie abgeschlossen und sie hielt mir das nächste Foto vor die Nase. »Schau nur, du und Ali allein in der Wüste! Wie süß.«

Ich sah mich neben Salehs Sohn im Schatten eines Dornbusches sitzen. Ali strahlte wie ein kleiner Kobold in die Kamera, während mein Blick gedankenverloren in die Ferne gerichtet war.

Es waren gelungene Bilder darunter: Saleh im Gespräch mit seinem Vater, ich Arm in Arm mit Safia und Ledan, Ali und seine Cousins, die am Ufer des Ghaniim wie verrückt Löcher gruben, Saleh und ich vor dem Panorama von Soum ...

Schließlich beendete Khaled Junior das Betrachten der Erinnerungsfotos, indem er heftig zu schreien anfing. Erst als Safia ihn aus der Wiege nahm, zärtlich zu ihm sprach und ihn sacht in ihren Armen wiegte, verstummte er.

»Er hat sicher Hunger«, meinte seine Mutter. »Hältst du ihn bitte mal schnell? Dann räume ich die Fotos weg.«

Vorsichtig nahm ich ihr Khaled ab. Wie immer, wenn ich sein kleines Gesicht mit den großen schwarzen Augen betrachtete, wurde mir warm ums Herz.

Er lächelte zu mir hoch und stieß zufriedene Gurgellaute aus.

Liebevoll strich ich über den weichen Flaum auf seinem Kopf und die runden Backen.

Plötzlich wurde die friedliche Stimmung durch einen Schmerzensschrei vom Gang her unterbrochen. Darauf folgte ein zweiter, ein dritter ... Khaled begann erneut zu schreien und rasch gab ich ihn seiner Mutter zurück.

»Ich sehe nach, was da los ist!« Mit diesen Worten eilte ich zu Tür und riss sie auf.

Mir bot sich ein erschreckendes Bild: Fünf kräftige Männer, die ich als Abdullahs Leibwächter erkannte, schlugen mit Händen und Füßen auf einen Diener ein. Dieser lag schon am Boden und wimmerte kläglich.

Ich wusste nicht, worum es ging und es interessierte mich auch nicht. Ohne mir über mein Tun Gedanken zu machen, fuhr ich mit fuchtelnden Armen dazwischen.

»Was fällt euch ein?«, schrie ich wie von Sinnen. »Wie könnt ihr zu fünft auf einen einzigen losgehen?«

Die Männer hielten inne und musterten mich in einer Mischung aus Erstaunen, Verärgerung und Verwirrung.

»Abdullah Khaled Mustafa hat uns befohlen, ihn zu bestrafen«, bemerkte einer ratlos. »Dieser Mann hat sein bestes Hemd zu heiß gewaschen. Nun ist es ruiniert.«

Ich traute meinen Ohren nicht. »Und das soll ein Grund sein, jemanden zu verprügeln?«, rief ich aufgebracht.

Der Leibwächter zuckte mit den Schultern. »Wir befolgen nur Befehle, Frau Jäger.«

»Macht, dass ihr wegkommt! Ich kümmere mich um Abdullah. Der Mistkerl kann was erleben!«

Sie zögerten kurz, gehorchten dann aber. Kleinlaut schlichen sie davon und ich half dem unglücklichen Diener auf die Beine. Er war noch sehr jung, kaum älter als Julian.

Seine Nase blutete, er hatte mehrere Platzwunden im Gesicht und eine geschwollene Oberlippe.

»Geh zu deiner Wäsche zurück!«, forderte ich ihn auf. »So etwas kommt nicht mehr vor – Ehrenwort.«

Er nickte mir unterwürfig zu, murmelte ein Dankeschön und entfernte sich ebenfalls.

Ich kochte vor Zorn und stürmte wie eine Furie in Abdullahs Zimmer.

Dieser lümmelte gerade auf seinem breiten Doppelbett herum und blätterte in einem englischen Pornoheft. Von Intisar war nichts zu sehen.

Bei meinem heftigen Eintritt hob der älteste Sohn des Diktators überrascht den Kopf.

Ich kam gleich zur Sache: »Für wen hältst du dich eigentlich, du Dreckskerl? Wenn du es besser kannst als die Diener, wasch deine Hemden doch selbst! Aber wehe, du lässt je wieder jemanden zusammenschlagen!«

Seine Augen verengten sich gefährlich. »Eine Frau hat mir nicht zu sagen, was ich zu tun oder zu lassen habe – schon gar keine kleine Hure aus dem Westen! Was fällt dir überhaupt ein, dich hier so aufzuspielen? Du willst wohl auch eine Tracht Prügel, wie?«

»Glaub bloß nicht, dass ich Angst vor dir habe!«, fauchte ich.

Das war eine Lüge: Ich hatte sehr wohl Angst – wusste ich doch um Abdullahs Gewalttätigkeit. Aber ich ließ mir nichts anmerken.

»Und wenn ich je wieder mitbekomme, dass du einen Diener hast verprügeln lassen, hetze ich meine Leibwächter auf dich!« Damit drehte ich mich um, verließ den Raum und schlug heftig die Tür hinter mir zu. Im selben Moment krachte von innen ein schwerer Gegenstand dagegen und ich hörte Abdullah üble Verwünschungen ausstoßen. Doch er kam mir nicht hinterher. Entweder fürchtete er Salehs Zorn, meine Leibwächter oder beides zusammen.

Ich atmete tief durch und kehrte zu Safia zurück.

Sie stellte keine Fragen und ich sprach weder mit ihr noch mit Saleh über den Vorfall.

Mir genügte, dass ich Abdullah den Kopf gewaschen und den Diener vor weiteren Schlägen bewahrt hatte.

Abdullah ... Er war eindeutig das schwarze Schaf der Familie. Und auch ich hatte geglaubt, ihn nicht zu mögen – ja, ihn sogar zu hassen. Aber nun ...

Während ich da auf dem Hocker neben dem Telefon kauerte, wünschte ich plötzlich, ich hätte ihn besser kennen gelernt.

*

Das Attentat wurde in den deutschen Nachrichten nur kurz erwähnt:

»Benit. Der älteste Sohn und designierte Nachfolger von Präsident Khaled Mustafa wurde heute Nachmittag bei einem Attentat schwer verletzt. Ein Regierungssprecher sagte, es sei ein persönlicher Racheakt gewesen. Ein politischer Hintergrund könne ausgeschlossen werden.

Der Zustand des Einunddreißigjährigen sei äußerst kritisch aber im Moment stabil. Näheres wurde nicht bekannt.«

Dann ging man zu bedeutenderen Ereignissen über: Ein Flugzeugunglück in Kenia, ein Erdbeben in Japan ...

Ich dagegen konnte an nichts anderes als an Abdullah denken und lag die ganze Nacht wach.

Am nächsten Tag verhaute ich die Mathematikprüfung.

24

Irgendwie brachte ich auch die mündlichen Prüfungen hinter mich – wie, kann ich nicht sagen. Ich war wie betäubt und registrierte nur verschwommen, was um mich herum vorging.

Meine Mutter, Julian und Aischa erkundigten sich jeden Tag, wie es Salehs Bruder ginge. Aber ich konnte ihnen auch nicht mehr sagen als das, was ich von meinem Verlobten erfuhr: Sein Zustand war unverändert kritisch und sein Leben hing an einem seidenen Faden.

Khaled hatte die besten benitischen und ausländischen Ärzte, die er auftreiben konnte, zur Behandlung seines Sohnes herbeigeholt. Ob Abdullah das etwas nützte? Es war mir ein Rätsel, wie er in seinem geschwächten Zustand die ganzen Operationen überstehen sollte, die nötig waren.

Aischa war nun nicht mehr in erster Linie Regimegegnerin, sondern meine beste Freundin. Sie hoffte und bangte mit um das Leben von Salehs Bruder.

»Ich werde für Abdullah beten«, versprach sie.

Obwohl ich auf die Wirksamkeit dieser Methode genauso wenig vertraute wie auf die Möglichkeiten der Ärzte, war ich ihr dankbar.

Ich erfuhr, dass ich das Abitur bestanden hatte – allerdings mit knapper Not.

Mehrere Lehrer machten mir Vorhaltungen über meinen mangelnden Fleiß und äußerten die Hoffnung, dass das Leben mir noch Vernunft einprügeln würde.

Solche Predigten prallten an mir ab wie Gummibälle.

Eine Fünf in Mathe, die zur Sechs tendierte, war kein Glanzstück – na und? Es gab Schlimmeres! Und immerhin hatte ich das Abitur in der Tasche und damit meiner Mutter einen weiteren Schock erspart.

*

Zwei Tage nach dem Schulabschlussfest, zu dem Aischa mich gegen meinen Willen geschleppt hatte, packte ich meine Koffer. Viel nahm ich von meinem ohnehin spärlichen Besitz nicht mit: Nur meine Kleider, Lieblingsbücher und sonstige Kleinigkeiten, an denen ich besonders hing.

Dann sagte ich Familie, Freunden und Vaterland Adieu und flog ab nach Benit.

Das Land am Ghaniim war schön, strahlend und exotisch wie eh und je. Doch innerhalb der Mauern der Präsidentenpaläste und –villen fehlte von Romantik jede Spur.

Khaled brüllte ständig mit seinen Dienern und Leibwächtern herum – als könnten diese etwas für Abdullahs Verletzungen ...

Selwa wurde oft von plötzlichen Weinkrämpfen gepackt und musste dann gestützt werden.

In diesen Situationen nahm sie nichts um sich herum wahr und nicht einmal ihr Mann kam an sie heran. Trotzdem versuchte er es immer wieder: »Abdullah schafft es schon«, sagte er, obwohl er davon wahrscheinlich selbst nicht so überzeugt war. »Er ist ein zäher Bursche.«

Selwa hörte ihn nicht. Eine Mutter, deren Sohn am Rande des Todes stand, konnte einfach nichts trösten.

Die anderen Familienmitglieder, sowie die Diener und Leibwächter, huschten wie Schatten durch die Gänge. Wenn überhaupt gesprochen wurde, dann nur im Flüsterton.

Ganz automatisch passte ich mich diesem Verhalten an.

Es war ein trostloser Zustand.

Oft lag ich nachts wach in meinem prächtigen Gemach und grübelte, wie es weitergehen sollte.

Wen würde Khaled zu seinem Nachfolger bestimmen, falls Abdullah starb? Etwa Saleh?

Im Licht des Mondes betrachtete ich meinen Verlobten, der schlafend neben mir im Bett lag.

Saleh, der es hasste, als etwas Besonderes betrachtet zu werden ... Der zukünftige Staatschef von Benit? Unmöglich!

Und wie würde Selwa mit dem Tod ihres Sohnes zurechtkommen? Sie war ja jetzt schon völlig am Ende.

Während sich Khaled in seine Regierungspflichten stürzte, hatte sie keine Möglichkeit, sich abzulenken.

Ich wusste, dass sie mit Intisar täglich Stunden im Krankenhaus verbrachte und ihren Sohn durch die Glasscheibe betrachtete. Zu dem Schwerverletzten ins Zimmer durfte niemand – nicht einmal der Präsident persönlich!

Ich war selbst einmal bei Abdullah gewesen, aber nur kurz. Der Anblick des jungen Mannes, der regungslos, schwach, blass und an alle möglichen Geräte angeschlossen dalag, hatte mich in Tränen ausbrechen lassen. Saleh hatte mich dann schnell weggeführt.

Auch an Intisar dachte ich in diesen langen Nächten. Was würde aus ihr werden?

Darauf wusste ich genauso wenig eine Antwort wie auf alles andere.

Und schließlich schlief ich von meinen Gedanken und Ängsten geplagt erschöpft ein.

*

Wochenlang kämpften die Ärzte um Abdullahs Leben – doch vergeblich: Bei einer der zahlreichen Operationen starb Khaleds ältester Sohn.

Saleh, Ali und ich hielten uns gerade im Palast bei Soum auf, als es geschah.

Ein Diener überbrachte mit blassem Gesicht und gesenktem Kopf die Nachricht. Mein erster Gedanke war: Gott sei Dank! Nun hat das Bangen ein Ende und Abdullah muss nicht als Krüppel weiterleben.

Dann traf mich die Erkenntnis der Endgültigkeit wie ein Schlag. Meine Kehle war plötzlich wie zugeschnürt.

Im Park stand ein von Khaled geschickter Militärhubschrauber bereit, der uns nach Sarana bringen sollte.

Während des Fluges sprachen weder Saleh noch ich ein Wort. Selbst das Plappermaul Ali starrte nur schweigend aus dem Fenster.

*

Abdullahs Villa lag im Zentrum von Sarana direkt am Ghaniim. Ich war nie zuvor dort gewesen. Sie hatte einen von einer Mauer umgebenen großen Garten. Die Außenwände waren prächtig verziert und zahlreiche Ecken, Winkel und Türmchen zeugten von Abdullahs verschwenderischem Lebensstil.

»Er hat dieses Haus geliebt«, sagte Saleh mit tränenerstickter Stimme, während wir darauf zu gingen. »Es war sein Rückzugsort.«

Von innen erschien die Villa nicht weniger prächtig als von außen: Marmorsäulen, edle Möbel, Orientteppiche, wunderschöne Kronleuchter ...

Doch mein Sinn fürs Ästhetische war im Moment wenig ausgeprägt. Ich dachte an den Mann, dem dieses Haus gehört hatte – und es tat weh. Wieder wünschte ich mir, unsere letzte Begegnung wäre anders verlaufen.

Safia kam uns mit verweintem Gesicht entgegen, nahm meinen Arm und führte mich in einen Gang zur Linken – weg von Saleh und Ali, die das offenbar ganz normal fanden und weitergingen.

»Wo gehen die beiden hin?«, fragte ich.

»Zu den Männern«, antwortete Safia.

Ich blickte sie verständnislos an – begriff nicht, wie sie das meinte. Mein Gehirn funktionierte sowieso nicht richtig. Irgendwelche Schaltkreise schienen überlastet zu sein ...

Safia öffnete eine Tür und wir traten hindurch.

Das Zimmer war voll gestopft mit Frauen jeden Alters. Sie saßen auf dem Sofa, dem Teppich, in den Sesseln oder standen in kleinen Grüppchen zusammen.

Einige trugen traditionelle arabische Gewänder, andere westliche Kleidung.

Ich fand es unerträglich laut – vielleicht lag das an meinen überstrapazierten Nerven.

Alle redeten durcheinander, hier und da schluchzte jemand und eifrige Dienerinnen klapperten mit dem Teegeschirr herum.

Unter den Frauen entdeckte ich auch die anderen beiden Schwestern des Verstorbenen, sowie Selwa und Intisar.

Safia und ich gesellten uns zu ihnen.

»Armer Abdullah«, sagte Barif leise und wiegte ihr Baby, den niedlichen Asis, im Arm. Ihre drei Töchter zwischen sieben und vier Jahren saßen auf einem Teppich bei einer älteren Frau, von der ich wusste, dass sie eine von Khaleds Halbschwestern war.

»Er hatte auch gute Seiten. Aber die Gier nach Alkohol und Frauen hat seine Seele vergiftet.«

Ledan und Safia nickten zustimmend.

Ich fühlte mich unbehaglich im Kreis der Trauernden und brachte es kaum fertig, Selwa und Intisar ins Gesicht zu sehen.

Die beiden trugen lange, schwarze Gewänder und Schleier, was sie stark veränderte.

Sie wirkten beide sehr gefasst – wiesen die Dienerinnen darauf hin, wer noch keinen Tee hatte, teilten den Leuten, die neu dazukamen, Plätze zu und beteiligten sich hier und da an einer Unterhaltung.

Nur Selwa brach einmal zusammen, als Kinderfotos von Abdullah herumgereicht wurden. Woher diese plötzlich kamen, weiß ich nicht. Aber sie waren zu viel für die leidende Mutter.

Selwa sank zu Boden und stieß schrille, wimmernde Laute aus, gemischt mit hilflosem Schluchzen.

Mit ein paar Schritten war ich bei meiner zukünftigen Schwiegermutter und versuchte, ihr aufzuhelfen. Doch da meine Hände so zitterten, schaffte ich es nicht.

Ledan und Intisar eilten mir zu Hilfe und mit vereinten Kräften bugsierten wir Selwa aufs Sofa.

Es wurde viel über Abdullah gesprochen, während er – das schwarze Schaf – sonst eher totgeschwiegen wurde. Nun, da er es wirklich war, bedeutete er seiner Familie plötzlich etwas.

Ich erfuhr, dass er schon als Kind schwierig gewesen war. Ständig war er in Raufereien verwickelt und wollte immer allen anderen überlegen sein.

Von seinem jüngeren Bruder Saleh trennte ihn eine rasende Eifersucht, da dieser beim Vater beliebter war.

»Baba nahm sich viel mehr Zeit für Saleh als für Abdullah«, erzählte Barif. »Natürlich liebte er beide Söhne, aber Saleh war eben einfacher.«

Ich dachte an Salehs sanfte, ruhig Art, verglichen mit Abdullahs Jähzorn und Arroganz – wie er mich bei unserer ersten Begegnung vergewaltigen wollte ...

»Stimmt«, sagte ich. »Saleh ist wirklich einfacher. Trotzdem tut es mir Leid, dass ich seinem Bruder nicht mehr Chancen gegeben habe ...« Meine Stimme versagte und ich musste ein paar Mal tief durchatmen, ehe es mir möglich war, weiterzusprechen.

Ich erzählte, wie ich in Abdullahs Zimmer gestürmt war, nachdem ich Zeugin von der Misshandlung des Dieners geworden war.

»Ich habe ihm angedroht, meine Leibwächter auf ihn zu hetzen, falls so etwas noch einmal vorkommt ...«

Safia legte den Arm um meine Schultern. »Du hast richtig gehandelt.«

Konnte schon sein – aber besser fühlte ich mich deswegen nicht ...

Noch am selben Abend wurde Abdullah beerdigt.

Sechs seiner Leibwächter trugen den Toten auf einer Trage vom Krankenhaus zum Friedhof, der fast am anderen Ende der Stadt lag. Zu diesem Zweck war die Hauptstraße durch Sarana komplett gesperrt worden.

Der Trage mit dem Toten folgte ein langer Zug seiner Verwandten und Freunde, mit denen er gern ausschweifende Feste gefeiert hatte.

An der Spitze gingen der Präsident, Selwa, Intisar und Saleh. Dahinter folgten Ledan, Barif, Safia und ich mit den Kindern. Ali hielt fest meine Hand umklammert. Seit der Nachricht vom Tod seines Onkels wirkte der Junge verwirrt und unsicher – beinahe ängstlich. Wahrscheinlich war es das erste Mal, dass er so etwas erlebte.

Der Trauerzug wurde von mehreren hundert Männern der Republikanischen Sicherheit und noch mehr Soldaten eingeschlossen. Ob sie zu unserem Schutz da waren oder um Abdullah die letzte Ehre zu erweisen, wusste ich nicht. Wahrscheinlich aus beiden Gründen.

Tausende von Menschen säumten den Weg, ließen den Toten und Khaled hochleben, weinten, stießen Beschimpfungen gegen den Attentäter aus, schwenkten benitische Flaggen ...

Es war mir ein Rätsel, wie die Nachricht von Abdullahs Tod derart schnell die Runde gemacht hatte.

Später erfuhr ich von Saleh, dass es in sämtlichen Radio- und Fernsehsendern ausgestrahlt worden war und außerdem, dass Abdullah bei der Bevölkerung eigentlich verhasst war. Seine Gewalttätigkeit wurde allgemein gefürchtet. Erfolglose Nationalsportler und schlechte Köche ließ er foltern, Kritiker seiner Person und Konkurrenten um die Gunst schöner Frauen köpfen. Und doch begleiteten nun wahre Menschenmassen seinen letzten Weg ...

Nach einem mir endlos erscheinenden Fußmarsch unter der glühenden Sonne, die nur langsam an Kraft verlor, erreichten wir den Friedhof.

Die Trage mit Abdullah wurde direkt neben der Grube abgelegt, die sein Grab werden würde. Den Körper des Toten bedeckte eine riesige Benit-Flagge, so dass nur sein Gesicht zu sehen war. Es war weiß wie Wachs – keine Spur mehr von Abdullahs südländischem Teint.

Nacheinander knieten alle Verwandten und Freunde neben der Trage nieder und küssten die Stirn des Toten. Nur ich brachte es nicht über mich – halb aus Ekel, halb aus Unsicherheit.

Ich stand mit Ali etwas abseits und starrte auf die Szene.

Nachdem alle Abdullah geküsst hatten, sprach der Imam ein Gebet und Soldaten feuerten Salutschüsse ab.

Zwei Leibwächter hoben den Toten von der Trage und betteten ihn sanft in die Grube, das Gesicht Richtung Mekka.

Die Trauergemeinde bedeckte ihn mit Erde. Dabei halfen auch Ali und ich mit.

Dann war es vorbei und alle gingen nach Hause – in den Sonnenuntergang hinein.

25

Im Schlaf spürte ich, wie jemand am Ärmel meines Nachthemdes zupfte.

Abdullah! dachte ich. Er ist zurückgekommen!

Das jagte mir einen solchen Schrecken ein, dass ich schlagartig hellwach war. Doch vor mir stand kein Gespenst, sondern Ali.

Im spärlichen Licht des Mondes waren die Umrisse seiner Gestalt nur schemenhaft zu erkennen.

»Ich kann nicht schlafen«, klagte er mit dünner Stimme und legte seine kleine, kalte Hand in meine.

Seufzend knipste ich die Nachttischlampe an und musterte meinen zukünftigen Stiefsohn. Die dunklen Locken standen ihm wirr vom Kopf ab und seine schwarzen Augen waren weit aufgerissen. Er wirkte zutiefst beunruhigt und verwirrt.

»Ist dir schlecht?«, fragte ich besorgt.

Er schüttelte den Kopf. »Nein, ich bin nur traurig.«

»Wegen Abdullah?«

Ali schluckte und blickte auf seine bloßen Füße. »Ja«, murmelte er.

Saleh seufzte im Schlaf und drehte sich auf die andere Seite. Von ihm war eindeutig keine Hilfe zu erwarten!

Ich zog Ali auf meinen Schoß und die Decke halb über uns, da der Kleine in der kühlen Nachtluft fröstelte.

Leise weinte er in meine Halsbeuge und ich streichelte stumm seinen Rücken und sein Haar. Ich konnte nichts für ihn tun – ebenso wenig wie für Saleh, Khaled, Selwa, Barif, Ledan, Safia, Intisar oder mich selbst. Die Begegnung mit dem Tod ging tief und hatte uns alle in unseren Grundfesten erschüttert.

Dass ein junger, starker Mensch wie Abdullah einfach so sterben konnte ... Wenn diese Tatsache schon für uns Erwachsene derart erschreckend und unfassbar war, wie erst musste es einem siebenjährigen Kind zu Mute sein?

»Wenn ich ganz fest bete, meinst du, dann wird Abdullah wieder lebendig?« Ali blickte mit tränennassem Gesicht zu mir auf.

Ich schüttelte den Kopf. »Nein, Ali, Tote können nicht wieder lebendig werden.«

»Warum?«

»Weil der Tod für immer ist. Er lässt sich nicht rückgängig machen.«

»Warum hat Allah dann überhaupt zugelassen, dass Abdullah stirbt?«, schluchzte Ali. »Er hätte den Mann danebenschießen lassen können. Warum hat er Abdullah nicht beschützt?«

Ich blinzelte und versuchte, einen klaren Kopf zu bekommen. Derart tiefgreifende religiös-philosophische Fragen mitten in der Nacht nach einem Tag, wie er mieser kaum sein konnte – das war fast etwas viel!

»Ich weiß nicht, warum solche Dinge passieren, Ali. Das weiß niemand, außer Gott ... Allah selbst. Wir müssen es einfach so akzeptieren!«

Er hörte auf zu weinen und kaute nachdenklich an seiner Unterlippe. In diesem Moment sah er Saleh besonders ähnlich. »Meinst du, Abdullah ist jetzt im Himmel?«

»Bestimmt ist er das.«

»Und meinst du, er kann mich von dort sehen?«

»Natürlich! Und es gefällt ihm überhaupt nicht, dass du hier sitzt und weinst, wo du doch längst schlafen solltest.«

Da erschien ein schwaches Lächeln auf Alis Gesicht. Ich gab ihm einen Kuss auf die Stirn und bettete ihn zwischen Saleh und mich.

Er war eingeschlafen, kaum dass sein Kopf das Kissen berührte.

Dafür lag nun ich eine Weile wach und grübelte über die zurückliegenden Wochen und vor allem den vergangenen Tag nach.

Beim Abendessen hatten alle stumm in ihre Teller gestarrt und kaum jemand hatte die von den Dienern aufgetragenen Köstlichkeiten angerührt.

»Abdullah hätte nie wieder richtig laufen können«, hörte ich Intisar mit tränenerstickter Stimme sagen. »Für ihn ist es gut, dass er gestorben ist ... Für uns ist es schrecklich, aber für ihn ist es gut ...«

Am meisten hatte Khaled gesprochen. Er sagte, Abdullah sei nun im Paradies und warte dort auf uns. »Und der, der ihm das angetan hat, hat seine Strafe erhalten. Ich habe ihn wegen Hochverrates steinigen lassen.« Die Härte in seiner Stimme hatte mich schockiert – nicht die Strafe für Abdullahs Mörder. Dabei war ich nach wie vor ein entschiedener Gegner der Todesstrafe. Doch ich hatte nach diesem Tag einfach nicht mehr die Kraft gehabt, auch noch Mitleid für den Attentäter zu empfinden.

Auch jetzt wollte ich nicht über ihn nachdenken. Stattdessen schweiften meine Gedanken zu Momenten ab, in denen Abdullah und ich uns verstanden hatten: An meinem ersten Abend in Soum, als wir uns beim Abendessen unterhalten hatten und später noch ans Meer hinuntergegangen waren ... Beim Skifahren in den Bergen ...

»Verzeih mir, Abdullah!«, sagte ich ganz leise in die Dunkelheit. »Verzeih mir, dass ich fast nur das Schlechte in dir gesehen habe!«

An diesem Punkt fiel ich in einen erschöpften, traumlosen Schlaf.

Gegenwart

»Mama!« Omars quengelnde Stimme reißt mich jäh in die Gegenwart zurück. »Wo bleibst du denn? Willst du die Enteneier gar nicht sehen?«

Ich stehe noch immer auf dem Wanderweg, Aischa und mein Sohn kauern am Rheinufer.

»Ich komme!«, sage ich und rutsche nun ebenfalls die Böschung hinunter.

Omar nimmt meine Hand und zieht mich näher ans Wasser heran. »Siehst du: Dort!« Er deutet auf einen Punkt im Schilf.

Da ich nicht seine scharfen Augen besitze, dauert es eine Weile, bis ich das Nest entdecke.

Die fünf Eier haben beinahe die gleiche Farbe wie die Äste und Federn, auf die sie gebettet sind, sowie das Schilf darum herum.

»Toll!«, staune ich und lächle meinem Sohn zu.

Omar blickt mich mit glänzenden Augen an. »Darf ich eins mitnehmen und zu Hause ausbrüten, Mama?«

Ich schüttle entschieden den Kopf. »Nein! Was denkst du, wie traurig die Enteneltern wären, wenn wir eines ihrer Kinder stehlen würden?«

Omars Gesichtsausdruck wechselt von enttäuscht zu nachdenklich zu zustimmend.

»Können wir dann wenigstens warten, bis sie ausschlüpfen?«

Diesmal schüttelt Aischa den Kopf. »Nein, Omar! Wir müssen zurück! Peter ist bestimmt schon wieder zu Hause.«

Peter ist Aischas frisch gebackener Ehemann. Erst vor zwei Tagen haben die beiden geheiratet. Das war auch der Anlass für mich, mit Omar hierher zu fahren.

Peter und meine beste Freundin haben sich auf der Uni kennen gelernt. Nun leiten sie zusammen eine Arztpraxis.

»Juhuu!«, freut sich Omar, der Peter sehr gerne mag. »Ich bin gespannt, was er so lange eingekauft hat.«

Aischa blickt zögernd erst mich, dann ihn an. »Er war gar nicht einkaufen, Omar«, rückt sie schließlich heraus. »Das habe ich nur so gesagt.«

Mein Sohn starrt sie mit offenem Mund an. »Heißt das, du hast gelogen? Das darf man doch nicht!«

Sie nickt betreten. »Ich weiß! Aber es war eine Notlüge! Wenn ich die Wahrheit gesagt hätte, wäre deine Mutter sofort mit dir abgereist ...«

Ein ungutes Gefühl beschleicht mich. »Wo war Peter denn wirklich?«, will ich wissen.

Sie sieht mich ernst an. »Am Flughafen – meinen Vater abholen.«

Ich erstarre. Meine Kehle schnürt sich zusammen. »Dein ...« Mehr bringe ich nicht heraus.

»Ja. Er hat es nicht geschafft, pünktlich zur Hochzeit zu kommen. Der Laden ... Du weißt schon.«

»Ich kann ihm nicht begegnen«, stoße ich hervor.

Tahir lebt nach wie vor in Benit. Er wird die Atmosphäre des Landes mitbringen und erzählen, wie es jetzt dort ist. Beim Gedanken daran dreht sich mir der Magen um.

Aischa legt beruhigend den Arm um meine Schultern. »Natürlich kannst du. Es wird dir gut tun.«

Ich mache mich von ihr los. »Nein, ich kann nicht ...« wiederhole ich schwach.

»Komm schon!« ermuntert mich Aischa. »Interessiert es dich gar nicht, was aus deinem Land geworden ist?«

Doch, selbstverständlich interessiert mich das! Mein Herz und meine Seele sind nach wie vor in Benit zu Hause. Aber wie soll ich es ertragen, jemanden von dort erzählen zu hören und gleichzeitig zu wissen, dass ich selbst nicht zurück kann – vielleicht nie mehr?

Mit schleppenden Schritten folge ich Aischa und Omar ins Dorf. Was bleibt mir auch anderes übrig?

Peter empfängt uns an der Tür zur Wohnung. Er ist das komplette Gegenteil von Aischa: Weizenblond mit blaugrauen Augen, um die sich kleine Fältchen bilden, wenn er lacht.

Er küsst Aischa, klopft mir auf die Schulter und zerwuschelt Omars dunkle Locken.

»Wir haben euch schon erwartet«, sagt er. »Das war ja ein langer Spaziergang.«

»Omar hat ein Entennest gefunden und wir haben uns die Eier genau angesehen«, erzählt Aischa. »Stimmt's, Omar?«

Mein Sohn nickt eifrig.

Wir folgen Peter in die Küche, wo Tahir vor einer Tasse Tee am Tisch sitzt.

Als wir eintreten, steht er auf.

»Baba!«

»Aischa!«

Vater und Tochter umarmen sich glücklich.

Dann fällt Tahirs Blick auf mich und er nickt mir mit einem Anflug von Unterwürfigkeit zu – alte Gewohnheit ...

»Salam aleikum, Sina! Wie geht es dir?«

»Aleikum salam! Mir geht es gut.«

Ich habe ihn seit vier Jahren nicht gesehen und bin erstaunt, wie sehr er sich verändert hat.

Sein Gesicht ist schmal geworden und das Haar fast völlig ergraut. Nur die Kombination Nickelbrille, Baseball-Kappe, Jeans und Schlabberhemd ist unpassend wie eh und je.

In diesem Moment tritt Omar neben mich und nimmt meine Hand. Er mustert den Besucher neugierig. Ich sehe förmlich, wie es in seinem Kopf arbeitet und er versucht, dieses ihm bekannt vorkommende Gesicht einzuordnen.

Tahir zwinkert ihm zu. »Na, Omar, du bist aber groß geworden!« Er spricht nun Arabisch.

Ein Strahlen der Erkenntnis erscheint auf dem Gesicht meines Sohnes. »Ich bin schon fast acht!«, verkündet er stolz – ebenfalls auf Arabisch. »Als Sie mich zuletzt gesehen haben, war ich ja noch ganz klein.«

»Du sprichst perfekt Arabisch«, staunt Tahir, worauf Omar gelassen mit den Schultern zuckt.

»Es ist die Sprache meines Vaters und meines Bruders.«

Tahir betrachtet ihn nachdenklich und wendet sich dann an mich: »Hat er noch die benitische Staatsbürgerschaft?«

Ich nicke. »Die Staatsbürgerschaft, ja – aber meinen Nachnamen.«

»Gut!«, sagt er zufrieden, lässt jedoch offen, ob er damit die Staatsbürgerschaft oder den Nachnamen meint.

Wir setzen uns an den Tisch und trinken mit ihm Tee.

»Wie sieht es aus in Benit?«, erkundigt sich Aischa schließlich mit einem Seitenblick auf mich.

Ihr Vater wirft mir ebenfalls einen kurzen Blick zu. »Ich bin zuversichtlich«, sagt er. »Wie du weißt, stehen die Wahlen vor der Tür und alles deutet darauf hin, dass Ibrahim al-Scharif Präsident wird. Er erobert die Herzen der Bevölkerung im Sturm.«

Aischa wirkt überrascht. »Ich dachte, die Amerikaner wollen Mohammed bin Hafa? Sie unterstützen ihn doch mit allen Mitteln.«

Er grinst triumphierend. »Natürlich! Bin Hafa ist ihre Marionette und wird dafür sorgen, dass uns die Besatzer erhalten bleiben. Den Amerikanern wäre es nur zu recht, sich noch eine Weile unsere Ölreserven sichern zu können.«

»Unter Ibrahim al-Scharif können sie das vergessen!«, prophezeit Aischa.

»Allerdings! Er und seine Partei sind die schärfsten Verfechter der Freiheit Benits. Sie verlangen den sofortigen Rückzug der amerikanischen Truppen –

mit Recht! Schließlich funktioniert unsere Demokratie inzwischen genauso gut wie die der Vereinigten Staaten! Wir brauchen keine Überwachung mehr.«

Ich schlucke – kämpfe mit der Trauer und Leere, die mein Herz ergriffen hat.

So muss es einer Mutter zu Mute sein, deren Kind selbstständig wird: Jahrelang hat sie es geliebt und bewacht und plötzlich braucht es sie nicht mehr. Sie muss es freigeben und auf eigenen Füßen stehen lassen ...

In meinem Fall will das Kind überhaupt nichts mehr mit mir zu tun haben – wünscht mich wahrscheinlich zum Teufel ...

Meine Familie und ich haben Benit jahrelang unterdrückt. Ob beabsichtigt oder unbeabsichtigt – es ist geschehen. Und nach uns kam eine fremde Besatzungsmacht ...

Wird Ibrahim al-Scharif dem Land nun endlich seine verdiente Freiheit bringen?

Uns braucht Benit auf jeden Fall nicht mehr und wird uns nie wieder brauchen. Diese Tatsache schmerzt nach wie vor. Doch gleichzeitig wünsche ich meinem Land von ganzem Herzen die Freiheit.

Ich trinke den starken Tee und meine Gedanken wandern erneut in die Vergangenheit zurück ...

TEIL 3

»Jeder mächtige Mann braucht eine starke Frau an seiner Seite!«

Khaled Mustafa al-Adnan, Präsident von Benit.

26

Saleh und ich heirateten Anfang August – ziemlich genau ein Jahr nach unserer ersten Begegnung und zwei Monate nach Abdullahs Tod.

Es war das erste richtig frohe Ereignis seit Wochen und der gesamte al-Adnan-Clan fieberte ihm entgegen.

*

Am selben Tag, an dem Khaled die bevorstehende Hochzeit seines Sohnes öffentlich bekannt gab, ließ er Saleh und mich zu sich ins Parlament rufen.

Nie zuvor hatte ich dieses prächtige Gebäude betreten. Bisher war ich nur daran vorbeigefahren und hatte jedes Mal die mit Gold verzierten Fassaden bewundert.

Von innen kannte ich es nur aus dem Fernsehen, wenn der Präsident dort seine Reden hielt oder Regierungssitzungen stattfanden.

Saleh führte mich durch den Sitzungssaal mit dem langen Tisch und der riesigen Benit-Flagge an der Wand.

Dort warteten einige Generäle und hohe Mitglieder von Khaleds Volkspartei – unter ihnen Premierminister Achmed Scharif und Safias Mann Mohammed, Chef der Republikanischen Sicherheit.

Viele der Anwesenden waren Verwandte Khaleds, die wichtige politische Ämter bekleideten.

Die näheren Angehörigen bedachten uns mit einem Augenzwinkern, die Generäle salutierten, der Rest nickte uns zu und senkte dabei unterwürfig die Blicke.

»Was immer Baba uns zu sagen hat, es muss wichtig sein«, raunte Saleh mir zu. »Sonst würde er nicht diese Leute warten lassen.«

Wir traten durch die schwere Tür am anderen Ende des Saales, vor der zwei Wachen postiert waren, und standen in einem hellen Büro zwischen Schränken voller Akten.

Hinter dem wuchtigen Schreibtisch saß Khaled und schenkte uns ein stolzes Lächeln. Dann nahm er seine zu groß geratene Lesebrille ab, stand auf und trat uns entgegen.

Die Szene erinnerte mich an meine erste Begegnung mit dem mächtigsten Mann Benits. Doch im Gegensatz zu damals, als ich am liebsten davongerannt wäre, fürchtete ich den Diktator jetzt nicht mehr. Ich wusste, dass er mich mochte und gerne als Salehs Ehefrau in seine Familie aufnahm.

»Gut, dass ihr kommt, meine Kinder!«, begrüßte er uns herzlich. »Setzt euch!«

Wir gehorchten und ließen uns in zwei der bequemen Ledersessel fallen.

»Was gibt es?«, erkundigte sich Saleh.

Khaled verschränkte die Arme hinter dem Rücken und blickte seinen Sohn eindringlich an. »Eigentlich betrifft diese Sache nur dich, Saleh. Aber trotzdem hielt ich es für wichtig, dass Sina dabei ist, denn jeder mächtige Mann braucht eine starke Frau an seiner Seite.«

Ich spürte förmlich, wie Saleh erstarrte. »Du meinst ...« Er brach ab.

Sein Vater nickte. »Ja! Du wirst der nächste Führer dieses Landes sein.«

Saleh schluckte und ich holte tief Luft.

Was hatte ich erwartet? Dass Khaled nach Abdullahs Tod einen Fremden zu seinem Nachfolger bestimmen würde? Das war absurd, wo er doch noch einen zweiten Sohn hatte.

Trotzdem: Irgendwie hatte ich gehofft, dass es eine andere Möglichkeit gab, einen Ausweg ...

Mein Saleh war viel zu gutmütig, um ein Land mit eiserner Hand zu regieren. Außerdem liebte er seine Freiheit und hasste es, im Mittelpunkt zu stehen. Er hatte eindeutig nicht das Zeug zum Diktator.

Und was war mit mir? Der Gedanke daran, die zukünftige First Lady von Benit zu sein, löste Panik in mir aus. Wie sollte ich, das einfache Mädchen aus einer völlig anderen Kultur, dieser Aufgabe jemals gewachsen sein?

»Ich will nicht Präsident werden, Baba!«, sagte Saleh schwach. »Und ich kann es nicht.«

Khaled trat auf ihn zu und legte ihm tröstend die Hände auf die Schultern. »Ich weiß, dass die Situation schwierig für dich ist. Aber du kannst das – ich weiß es! Du wirst der beste Präsident werden, den dieses Land sich vorstellen kann. Abdullah wäre sowieso nicht geeignet gewesen. Er war zu ... zu ...« Ihm fehlten die Worte.

Unwillkürlich nahm ich Salehs Hand. »Wir schaffen das, Khaled!«, hörte ich mich sagen. »Saleh und ich werden dich nicht enttäuschen. Mach dir keine Sorgen!«

Ein wehmütiges Lächeln erschien auf dem Gesicht des Diktators. Er beugte sich zu mir herunter und küsste mich auf die Stirn. »Ich danke Allah jeden Tag, dass er dich meinem Sohn geschickt hat«, sagte er.

Vor Verlegenheit und Rührung wären mir fast die Tränen gekommen, zumal Saleh noch einen draufsetzte: »Ja, sie ist das großartigste Mädchen der Welt!«, stimmte er seinem Vater zu.

Dann seufzte er ergeben. »Also gut! Ich werde die Herausforderung annehmen.«

Als wir wieder im Auto saßen, begann er jedoch hemmungslos zu weinen. Er brach förmlich hinter dem Steuer zusammen.

Ich zog ihn an mich und bettete seinen Kopf an meine Schulter. »Hast du Angst?«, fragte ich behutsam, worauf er nur nickte.

»Ich auch«, gestand ich. »Schreckliche Angst!« Doch gleichzeitig fühlte ich mich plötzlich seltsam ruhig. »Ich halte zu dir – egal, was passiert.«

Saleh hob langsam den Kopf und sah mich aus verweinten Augen an. »Danke, mein Schatz!«, schluchzte er. »Was täte ich bloß ohne dich?«

Im Schutz der abgedunkelten Scheiben des Sportwagens küsste ich seine Tränen weg.

*

Unsere Hochzeit wurde das rauschendste Fest, das ich jemals erlebt hatte und dauerte drei geschlagene Tage lang.

Doch bevor die Feierlichkeiten beginnen konnten, mussten Saleh und ich erst einmal überlegen, wie überhaupt gefeiert werden sollte.

Ich wusste inzwischen, wie arabische Hochzeiten ungefähr abliefen: Zwei Tage lang feierten die männlichen und weiblichen Gäste in verschiedenen Räumen.

Die Braut saß herausgeputzt wie eine Prinzessin bei den Frauen in der Ecke, schaute den anderen beim Singen und Tanzen zu, ließ sich bewundern und fotografieren.

Die Männer dagegen tanzten und sangen nicht. Sie saßen und redeten – unter ihnen der Bräutigam, von dem erwartet wurde, dass er Stolz und Würde ausstrahlte.

Der Tradition entsprechend fanden die Feierlichkeiten im Haus der Braut statt, was in unserem Fall nicht möglich war. Und es gab noch andere Probleme ...

»Ich sehe es nicht ein, dass wir uns die ganze Zeit in verschiedenen Zimmern aufhalten«, sagte ich zu Saleh. »Schließlich ist es unsere Hochzeit. Da will ich dich auch ab und zu zu Gesicht bekommen.«

Er grinste. »Mach das meiner Verwandtschaft klar! Aber du hast Recht: Man muss es mit den Traditionen nicht so genau nehmen.«

»Außerdem«, fuhr ich fort, »möchte ich nicht nur in einer Ecke sitzen und zusehen, wie die anderen tanzen.«

Salehs Grinsen wurde breiter. »Tu dir keinen Zwang an! Du siehst wunderschön aus, wenn du tanzt.« Dann seufzte er und verdrehte mit gespielter

Verzweiflung die Augen. »Das kommt davon, wenn man eine Frau aus dem Westen heiratet.«

Ihm gefiel die Aussicht, keine absolut den Traditionen entsprechende Hochzeit zu feiern.

Wir verbrachten lange Nächte wach im Bett, hielten uns im Arm und schmiedeten Pläne für das wichtigste Ereignis in unserem Leben. Dabei kamen immer verrücktere Ideen heraus, von denen sich Khaled – der Leiter der Festlichkeiten – leicht irritiert bis völlig schockiert zeigte.

Er gehörte schließlich einer konservativeren älteren Generation an und konnte es sich außerdem kaum leisten, vor seiner Bevölkerung das Gesicht zu verlieren.

Doch er war ein kluger und großzügiger Mann, der seinen Sohn über alles liebte. Und er besaß genug Verständnis, um zu begreifen, dass ich meine eigene Kultur nicht einfach über Bord werfen wollte.

»Auch als meine Schwiegertochter wirst du Teil des Westens bleiben«, sagte er ein paar Tage vor Beginn der Feierlichkeiten. »Wir sind alle die, als welche wir geboren werden.« Und obwohl er den Westen an sich hasste, schien ihn die Tatsache, dass ich eine »von denen« war, nicht zu stören.

Khaled war es dann, der die größte und nicht unbedingt der Tradition entsprechende Überraschung lieferte ...

Es gab nur zwei Punkte in Bezug auf die Ehe, bei denen Saleh und Khaled nicht mit sich reden ließen: Erstens, dass ich für die Öffentlichkeit einen anderen Namen tragen würde und niemand meine wahre Identität und genaue Herkunft erfahren dürfe. Zweitens, dass von nun an mehrere Doppelgängerinnen von mir im ganzen Land unterwegs sein müssten.

Beides geschehe zu meinem Schutz, wurde mir erklärt.

»Mein Vater und alle seine engsten Angehörigen haben Doppelgänger«, sagte Saleh. »Das muss aber weder dich noch uns kümmern. Die Republikanische Sicherheit und die Geheimdienste sind für sie zuständig.

Die Doppelgänger halten sich grundsätzlich im entgegengesetzten Teil des Landes auf wie wir, um Attentäter abzulenken.«

Ich fügte mich mit gemischten Gefühlen in mein Schicksal und machte mich auf die Suche nach einem schönen arabischen Vornamen.

Woher man die Doppelgängerinnen nehmen sollte, war mir ein Rätsel. Immerhin waren blonde und blauäugige Frauen in Benit eine Seltenheit ... Doch irgendwie trieben Khaleds Geheimagenten drei Stück auf, die ich allerdings nie zu Gesicht bekam.

*

Der erste Tag der Hochzeitsfeier fand im riesigen, mit viel Gold verzierten Festsaal des Hauptpalastes statt, der zweite in Zara.

Um die geladenen Gäste nicht gar zu sehr zu schockieren, feierten Männer und Frauen zwar nicht in verschiedenen Zimmern, aber doch räumlich voneinander getrennt: Die Männer im einen Teil des Saales, die Frauen im anderen.

Aischa flog extra aus Deutschland ein, aber meine Familie glänzte durch Abwesenheit.

Mama sagte mir am Telefon, sie könne nicht mit ansehen, wie ich den Grundstein meines Unglücks lege – und allein wollte Julian auch nicht kommen.

Ich redete mir ein, dass ihr Fehlen mich nicht störte ...

Die ersten zwei Tage aßen wir fast nur. Nie zuvor hatte ich solche Köstlichkeiten gesehen. Von Kaviar bis zur sechsstöckigen Sahnetorte war alles geboten. Und schon am Abend des ersten Tages äußerte ich gegenüber Saleh Bedenken, ob mir am nächsten mein Kleid noch passen würde.

Er lachte nur und meinte, meiner Figur könne nichts etwas anhaben.

Ich sah ihn zu Beginn der Feierlichkeiten fast nie aus der Nähe, da die Tradition von ihm erwartete, dass er sich bei den Männern aufhielt und seiner Frau keine Beachtung schenkte.

Wir fügten uns den Sitten in so weit, dass wir räumliche Distanz zu einander hielten.

Auch nachts kam Saleh nicht wie sonst in mein Bett.

Aber dass wir uns während der Feier über die Entfernung hinweg zuzwinkerten und in Zeichensprache unterhielten, war wohl nicht Sinn der Sache. Wir ernteten manchen strafenden Blick von Salehs Verwandtschaft dafür. Doch das störte uns nicht. Schließlich gingen wir sowieso keine rein arabische Ehe ein.

Es wurde reichlich getanzt – irgendwie musste man die gesammelten Kalorien ja wieder loswerden.

Khaled hatte eine der beliebtesten Sängerinnen des Landes samt Band engagiert. Die teils moderne, teils volkstümliche arabische Musik sprach alle Generationen an.

Nach wie vor war ich kein Meister orientalischer Tänze und es fiel mir schwer, mich in die fremdartige Musik einzuhören. Immer wieder geriet ich aus dem Takt. Doch da die anderen sich nicht daran störten, störte es mich auch nicht.

Ausgelassen wirbelte ich zwischen den Frauen herum, dass die Säume meines Kleides nur so flogen. Ich war glücklich und fühlte mich rundum akzeptiert und geborgen.

Aischa war immer an meiner Seite. Ich spürte, dass sie der überschäumende Luxus im Allgemeinen und Salehs Verwandtschaft im Besonderen beunruhigte. Doch sie versuchte, sich nichts anmerken zu lassen und genoss das Fest im Grunde auch.

Am Morgen des zweiten Tages der Feierlichkeiten hockte sie auf dem Rand der vergoldeten Wanne meines Badezimmers und beobachtete, wie meine erste Dienerin Souad meine Frisur richtete.

»Weißt du, Sina, irgendwie beneide ich dich schon«, gab sie zu, den Kopf auf die Hände gestützt. »Aber andererseits möchte ich nicht in deiner Haut stecken. Ich möchte nicht die Frau eines Diktators sein.«

Inzwischen hatte sich in Benit nämlich längst herumgesprochen, dass Khaled Saleh zu seinem Nachfolger bestimmt hatte.

»Hast du eine Ahnung, worauf du dich da einlässt?«

»Nein!« gestand ich ehrlich. »Aber ich liebe Saleh und er mich. Nur das ist wichtig. Der Rest wird sich finden.«

Sie nickte nachdenklich. »Ja, ich vermute, dass du damit klarkommst. Trotzdem möchte ich nicht an deiner Stelle sein. Obwohl ...« Sie zwinkerte mir zu. »Ich muss schon sagen: Saleh sieht verdammt gut aus. Vielleicht sollte ich ihn fragen, ob er nicht gleich noch eine zweite Frau braucht.«

Ich griff nach einem Kamm auf der Kommode vor mir und warf ihn nach ihr. »Untersteh dich!«

Aischa duckte sich gerade noch rechtzeitig und das Geschoss landete in der Badewanne.

»Schon gut!«, kicherte sie. »Der tägliche Quartierwechsel würde mich auf die Dauer sowieso aufregen. Ich möchte nicht jede Nacht in einem anderen Bett schlafen müssen.«

Wir hatten die letzte Nacht im Hauptpalast verbracht, die davor in Farul und befanden uns jetzt in Zara, wo heute gefeiert werden sollte.

Sie schüttelte halb lachend, halb ernst den Kopf. »Geht dir das etwa nicht auf die Nerven?«

Ich zuckte mit den Schultern. »Man gewöhnt sich daran. Schließlich geschieht es zu unserer Sicherheit. Außerdem bereiten die Diener und Leibwächter immer alles für den Umzug vor. Ich selbst muss keinen Finger rühren.«

»Versuch bitte, etwas stiller zu sitzen, Sina!«, ermahnte mich da Souad sanft. »Sonst misslingt noch deine Frisur.«

Ich seufzte. »Entschuldigung!«

Wann würde sie sich endlich diesen unterwürfigen Ton abgewöhnen und in normaler Lautstärke mit mir sprechen? Aber immerhin nannte sie mich jetzt Sina und hatte es aufgegeben, mir ihre Hilfe beim Anziehen anzubieten.

Doch nach wie vor stand sie jeden Morgen um Punkt acht Uhr vor meiner Tür und fragte nach meinen Wünschen. Daran hatte ich mich längst gewöhnt – ebenso wie daran, dass Saleh sich kurz vorher diskret in seine eigenen Gemächer zurückzog ...

Ich mochte die kleine, zierliche Dienerin und schätzte ihre mütterliche Fürsorge.

Und sie war – was ihr äußeres Erscheinungsbild nicht vermuten ließ – eine starke Frau.

Nach dem Tod ihres Mannes und ihrer drei Söhne im Krieg gegen Durah war sie nach Deutschland geflohen, hatte fließend die fremde Sprache gelernt und ihr aus den Fugen geratenes Leben neu organisiert. Dann war sie nach Benit zurückgekehrt und hatte sich in den Dienst des Regimes gestellt.

Ihre ganze Fürsorge, die sie früher ihrer Familie gewidmet hatte, galt nun mir.

Als sie mit meinen Haaren fertig war, begann sie, mich zu schminken.

Dann betrachtete sie zufrieden ihr Werk.

»Du siehst wunderschön aus«, stellte sie fest. »Die würdige Braut eines zukünftigen Präsidenten.«

Ich warf einen Blick in den mit Gold umrahmten Spiegel über der Kommode. Das Gesicht einer Puppe mit welligem, hellblonden Haar schaute mir entgegen. Wie schon gestern erkannte ich mich selbst kaum wieder.

»Na, ja!«, murmelte ich. »Du hast getan, was du konntest, Souad.«

An ihrer Schminkkunst lag es bestimmt nicht, dass ich leicht merkwürdig aussah. Schuld war die Tatsache, dass sich ein unscheinbares Dorfmädchen nicht über Nacht in eine schöne Prinzessin verwandeln konnte ...

Aischa musterte mich ebenfalls und pfiff durch die Zähne. »Du siehst umwerfend aus, Sina! Wie eine Prinzessin aus Tausendundeiner Nacht – nur, dass die normalerweise nicht blond und blauäugig sind.«

Ich zuckte resigniert mit den Schultern. »Hauptsache, ich gefalle Saleh.«

Meine beste Freundin kicherte. »Darauf kannst du wetten! Ihm fallen ja schon immer fast die Augen aus, wenn er dich ungeschminkt sieht.«

In diesem Moment stürmte Ali herein, gefolgt von Saad, Ismael, Samira und Amira. Auch die Kinder bewunderten mein Aussehen, ebenso wie Safia und Barif, die kurz nach ihnen mit Khaled Junior und Asis im Arm eintraten.

Ich fühlte mich geehrt und ging ihnen mit stolz erhobenem Kopf voran zum Salon, um die Gäste zu empfangen.

Der gesamte al-Adnaan-Clan war schon wieder versammelt und der an sich riesige Raum platzte fast aus den Nähten.

Ich drückte Hände, warf mit Grüßen um mich, lächelte in Kameras und bedankte mich mit bescheidenem Kopfnicken für bewundernde Bemerkungen.

Es machte mich verlegen, so im Mittelpunkt zu stehen. Doch ich spielte die Rolle der stolzen Diktatoren-Schwiegertochter.

»Ist mein Sohn nicht ein Glückspilz?«, hörte ich Khaled sagen und registrierte zustimmende Kommentare der Gäste.

Meine Augen wanderten zu Saleh hinüber, der am anderen Ende des Salons vor einem Porträt seines Vaters stand und einen eleganten Anzug mit dunkler Hose und goldenem Jackett trug.

Er unterhielt sich mit zwei seiner Cousins und Premierminister Achmed Scharif. Seine Haltung drückte verhaltenen Stolz und Würde aus, wie es von ihm erwartet wurde.

Als er meinen Blick bemerkte, huschte ein leichtes Lächeln über seine Lippen, das mein Herz sofort wieder höher schlagen ließ.

Ich lächelte zurück und bewunderte seine Schönheit und Eleganz, das goldene Funkeln in seinen schwarzen Augen ...

Dann begab sich die ganze Gesellschaft in den Festsaal des Palastes, wo das Essen, Trinken und Tanzen von gestern seine Fortsetzung fand.

*

Am Nachmittag des nächsten Tages fand die eigentliche Hochzeitszeremonie statt.

Dazu flogen wir und alle geladenen Gäste mit Militärhubschraubern in die Hauptstadt zurück.

Saleh, Safia, Aischa, Ledan, Barif, Khaled, Selwa, Ali und ich wurden in gepanzerten Limousinen und mit einem riesigen Leibwächter- und Polizeiaufgebot vom Flughafen zur Kischara-Moschee transportiert. Hier sollten Saleh und ich im Beisein eines Richters und eines islamischen Geistlichen den Ehevertrag unterzeichnen.

Das Gebäude war zu diesem Anlass für die Öffentlichkeit gesperrt worden.

Dutzende Wachposten schirmten das Gelände um die Kischara-Moschee weiträumig ab.

»Wollen Sie diesen Mann heiraten?«, fragte mich der Richter auf Arabisch, als Saleh und ich vor ihm standen.

Ich antwortete mit einem deutlichen »Ja!«, wie ich es in Deutschland getan hätte.

Er schien etwas erstaunt über die Inbrunst in meiner Stimme.

Von einer unterwürfigen Muslimin, die womöglich noch gegen ihren Willen verheiratet wurde, wäre das sicher anders gekommen. Doch ich heiratete schließlich aus Liebe und konnte das nicht verbergen.

Hinter mir hörte ich Safia und Aischa unterdrückt kichern. Selbst Selwa zu meiner Linken, die seit Abdullahs Tod meist ernst und bedrückt wirkte, grinste verstohlen.

Der Richter wandte sich rasch an Saleh und stellte ihm die gleiche Frage. Auch dieser bejahte.

Wir unterzeichneten den Ehevertrag und ich konnte bei dieser Gelegenheit gleich meine neue Unterschrift ausprobieren. Die arabischen Buchstaben gingen mir noch nicht ganz fließend von der Hand, aber immerhin war der Namenszug lesbar.

Ich hieß nun Sina Jäger Khaled Mustafa al-Adnan – für die Öffentlichkeit Leila Khaled Mustafa al-Adnan. Außerdem erhielt ich mit meiner Hochzeit automatisch die benitische Staatsbürgerschaft.

Khaled fügte meine und Salehs rechte Hand so zusammen, dass sich die Daumen berührten.

Dann rezitierte der Geistliche mit der Hochzeitsgesellschaft aus dem Koran.

Saleh und ich waren mit Gottes Segen verheiratet.

Noch etwas benommen ließ ich mich von Aischa und Safia umarmen, ehe ich an Salehs Seite dem Ausgang zustrebte.

Vor der Moschee wartete das benitische Volk. Die Soldaten und Männer der Republikanischen Sicherheit hatten alle Mühe, die ganzen Leute von uns fernzuhalten.

Millionen, so schien es mir, standen am Straßenrand – jubelten, schwenkten benitische Flaggen und warfen Blumen.

Die Hochzeitsgesellschaft startete eine Art Spießrutenlauf zu den einige hundert Meter entfernt geparkten Limousinen.

Ich hatte mich bei Saleh untergehakt. Wir lachten, winkten, schüttelten hier und da ein paar Hände und nahmen Blumensträuße und Gratulationen entgegen.

Ich hatte meine Schüchternheit vergessen und genoss das Bad in der Menge. Die Tatsache, Salehs Frau und Beniterin zu sein, verlieh mir regelrecht Flügel.

Während unser Chauffeur die gepanzerte Limousine durch die von Menschen gesäumten Straßen lenkte, hätte ich vor Glück die ganze Welt umarmen können.

»Heute ist der schönste Tag meines Lebens«, flüsterte ich Saleh so leise zu, dass die Leibwächter auf den Sitzen vor und hinter uns es nicht hörten.

Mein frisch gebackener Ehemann drückte verstohlen meine Hand und strahlte mich an. »Ich kann dir gar nicht sagen, wie glücklich ich bin, Sina.«

Im Park des Palastes am Ghaniim erwartete uns mit Einbruch der Dunkelheit Khaleds Überraschung: Ein gigantisches Feuerwerk!

Tausende von Feuerwerkskörpern verglühten zischend, heulend und knallend im sternklaren Firmament. Sie ließen das Wasser des Flusses in allen Farben schimmern und erhellten die Nacht.

Nie zuvor hatte ich ein solches Spektakel erlebt – und alles zu Ehren von Saleh und mir.

Ich drückte die Hand meines Mannes, schluckte einige Tränen der Rührung hinunter und atmete tief die trockene Luft ein, die schnell abkühlte.

Ali zupfte an den Rüschen meines Kleides, das vor mir schon Safia an ihrer Hochzeit getragen hatte.

»Was?«, erkundigte ich mich laut. Der Lärm des Feuerwerkes war kaum zu übertönen.

Mein Stiefsohn gab mir mit Handzeichen zu verstehen, ich solle näher kommen. Ich beugte mich zu ihm hinunter.

»Wie sagst du auf Deutsch zu deiner Mutter?«, fragte Ali leise.

»Mama«, antwortete ich. »Wieso?«

»Mama ...« wiederholte er mit gerunzelter Stirn. »Darf ich dich jetzt manchmal so nennen?«

Ich schluckte und legte den freien Arm um ihn. »Natürlich, mein Sohn!«

Ali strahlte von einem Ohr zum anderen und kuschelte sich dicht an mich.

So standen wir ein Stück von der Hochzeitsgesellschaft entfernt am Ufer des Ghaniim und beobachteten das Feuerwerk: Saleh, Ali und ich – endlich eine richtige Familie ...

27

Die Flitterwochen verbrachten Saleh und ich auf Hawaii. Das war Wahnsinn: Als Angehörige Khaled Mustafas in einen Teil der Vereinigten Staaten zu fliegen.

Der Diktator zeigte sich besorgt und meine Mutter fiel fast in Ohnmacht, als sie übers Telefon davon erfuhr.

Doch Saleh und ich hatten einfach das Bedürfnis, etwas Verrücktes zu tun – wenn wir uns schon bei der Hochzeitsfeier hatten zügeln müssen.

Was bot sich da mehr an als eine Reise ins feindliche Ausland? Außerdem vertrauten wir auf die falschen Pässe, die wir bei uns trugen.

Ali mussten wir allerdings schweren Herzens zu Hause lassen. Erstens aus Sicherheitsgründen, zweitens, weil er nun in die Schule ging und zu dieser Zeit keine Ferien hatte.

Niemand fand unsere wahre Identität heraus und wir genossen den Urlaub und die traute Zweisamkeit in vollen Zügen.

Die Leute auf Hawaii waren freundlich und das Essen großartig.

»Da zeigt sich doch, dass man Menschen nicht nach ihrer Herkunft beurteilen darf«, sagte Saleh, als wir in einer einsamen Bucht am Strand saßen und aufs Meer hinausblickten.

»Die Leute hier sind Bürger der Vereinigten Staaten von Amerika und trotzdem ausgesprochen nett und gastfreundlich.«

Ich kicherte. »Wenn sie wüssten, wer wir wirklich sind, hätten sie uns bestimmt anders empfangen.«

Er blieb ernst. »Mag sein. Trotzdem sind sie in Ordnung.«

Ich bemerkte den nachdenklichen Ausdruck seiner dunklen Augen und ahnte, dass einiges in ihm vorging. Doch ich beschloss, nicht zu fragen. Früher oder später würde er von sich aus darüber sprechen.

Wir unternahmen lange Wanderungen durch den Dschungel und kletterten über Hänge aus Vulkangestein. Es war schön, wieder einmal richtig frei zu sein – keine Diener und Leibwächter um sich zu haben.

*

Nach drei Wochen kehrten wir erholt und mit exotischen Geschenken für Ali, Khaled, Selwa, Safia und die anderen nach Benit zurück.

Für Saleh begann nun die Ausbildung zum Diktator und er hatte längst nicht mehr so viel Zeit für mich wie zu Abdullahs Lebzeiten. Oft kam er erst spät abends von irgendwelchen Regierungssitzungen nach Hause.

Auch Ali sah ich jetzt weniger. Jeden Morgen brachte ich ihn zur Schule, so weit das irgendwie möglich war.

Seine Schule lag nämlich in Sarana und wegen unserer ständig wechselnden Quartiere waren die Entfernungen oft zu groß, um sie mit dem Auto überwinden zu können. Dann flogen Männer der Republikanischen Sicherheit meinen Stiefsohn mit dem Hubschrauber hin.

Doch immer, wenn ich einigermaßen in der Nähe der Hauptstadt war, brachte ich Ali selbst zur Schule.

Es war die angesehenste und teuerste des ganzen Landes – ein großes, helles Gebäude mit langen Gängen und einem von einer riesigen Mauer umgebenen Schulhof.

Am Tor gab ich Ali einen Abschiedskuss, drückte ihm seine Schultasche in die Hand und ließ ihn dann schweren Herzens in der Obhut der Leibwächter zurück. Diese würden die ganze Zeit über ihn wachen: vor dem Klassenzimmer, auf dem Schulhof ...

Ali war eben kein gewöhnliches Schulkind, sondern Khaled Mustafas Enkel. Mit Entführern oder Attentätern musste immer gerechnet werden.

Ich hatte ein mulmiges Gefühl bei der Sache: Ein siebenjähriger Junge wollte sicher auch ab und zu ohne Beobachter mit seinen Freunden spielen!

Doch Ali schien sich an den Männern der Republikanischen Sicherheit nicht zu stören. Er kannte ja nichts anderes als ihre ständige Anwesenheit.

Trotzdem: Manchmal wünschte ich, mein Stiefsohn wäre ein ganz normaler Durchschnittsbürger gewesen ...

*

Die Vormittage verbrachte ich jetzt meistens mit Safia.

Khaled war im Begriff, laufen zu lernen und es war äußerst unterhaltsam, ihm zuzusehen: Er zog sich an irgendwelchen Gegenständen hoch, machte ein paar wacklige Schritte und plumpste dann auf seinen windelgepolsterten Po. Darauf machte er jedes Mal ein derart verdutztes Gesicht, dass seine Mutter und ich herzhaft lachen mussten.

Auch Intisar besuchte ich an diesen einsamen Vormittagen oft.

Sie hielt sich meistens allein in Abdullahs Villa in Sarana auf. Unter die Leute ging sie kaum noch und wirkte noch schüchterner als früher. Trotzdem hatte ich das Gefühl, dass sie sich über meine Besuche freute.

Ihre Diener und Dienerinnen hatten beinahe nichts mehr zu tun: Täglich putzte sie das riesige Haus selbst von oben bis unten, ohne dabei jemals auf die Idee zu kommen, die Sachen ihres Mannes wegzupacken.

Wenn ich kam, begrüßte sie mich jedes Mal mit einem herzlichen »Willkommen, Sina!« und strahlendem Lächeln. Dann führte sie mich in den Salon und beauftragte einen Diener, Tee für uns zu kochen.

Oft saßen wir stundenlang zusammen und unterhielten uns – über Ali, Saleh, Alltägliches ...

Nie ließ sie sich anmerken, dass sie litt. Doch ich sah es in ihren Augen und daran, dass sie immer schmaler wurde.

Obwohl sie von Abdullah unterdrückt, betrogen und geschlagen worden war, hatte sie ihn geliebt. Ohne ihn fehlte ihr jede Perspektive.

Khaled meinte immer, sie solle wieder heiraten und bot an, ihr bei der Suche nach einem geeigneten neuen Ehemann zu helfen. Doch wahrscheinlich wollte sie gar keinen.

*

Ich war froh um Salehs Großfamilie, da ich so nicht ständig allein herumsitzen musste, wenn meine »Männer« fehlten.

Trotzdem vermisste ich Saleh und Ali und hätte gerne mehr Zeit mit ihnen verbracht.

Erst nachmittags, wenn Ali nach Hause kam, wurde es besser.

Wir unternahmen kleinere Ausflüge, gingen spazieren oder baden. Auch bei den Hausaufgaben brauchte der Junge oft Hilfe. So hatte ich wenigstens eine Aufgabe, bis Saleh abends kam.

Mein Mann tat mir leid: Meistens war er todmüde und frustriert.

»Das schaffe ich nie!«, klagte er fast jeden Abend. »Politik ist nichts für mich.«

Ich versuchte, ihn zu trösten und versicherte, dass ich an ihn glaubte. Das tat ihm gut und er fasste immer wieder Kraft für den nächsten Tag.

Unser Liebesleben litt jedenfalls nicht unter seinem ständigen Stress – im Gegenteil: Saleh brauchte in diesen Monaten mehr Zärtlichkeiten als je zuvor. Er sagte, ich sei sein einziger Halt in all dem Chaos, das auf ihn einstürze.

Seit wir verheiratet waren, musste er sich morgens auch nicht mehr verdrücken.

Souad durfte ihn nun ruhig neben mir im Bett vorfinden.

Sie brachte jetzt einfach uns beiden Tee und auch das Frühstück, wenn wir es wünschten.

Dann musste Saleh schon wieder aufbrechen.

Es hatte eben nicht nur gute Seiten, verheiratet zu sein ...

28

Nach etwa einem halben Jahr hatte Saleh sich mit seiner neuen Aufgabe abgefunden und fand langsam sein inneres Gleichgewicht wieder.

Dafür frustrierte mich nun meine Situation zunehmend: Ich saß in den Palästen und Villen herum und hatte vormittags nichts anderes zu tun als mit meinen Schwägerinnen zu plaudern und mich von vorne bis hinten bedienen zu lassen. Das war kein besonders erfüllender Zustand.

Was ich brauchte, war eine Aufgabe. Doch woher sollte ich die nehmen? Mein Prinzessinnen-Dasein ließ keine Arbeit zu. Alles, was zu tun war, erledigten die Diener und Leibwächter.

Ich begann, die Last des goldenen Käfigs zu spüren und wurde zunehmend schwermütiger.

Nicht einmal Alis munteres Geplapper oder die von mir so geliebte exotische Atmosphäre Benits konnte mich aufmuntern.

Erst wenn Saleh abends nach Hause kam, fühlte ich mich besser. Deshalb ahnte er zunächst nicht, was in mir vorging.

Seine Schwestern dagegen merkten schnell, dass etwas nicht stimmte. Immerhin verbrachte ich einen Großteil des Tages in ihrer Gesellschaft.

Barif war es, die mich schließlich darauf ansprach.

Wir befanden uns im Park des Palastes bei Soum und hatten gerade ihre heiß geliebten Katzen gefüttert.

Nun schauten wir ihnen – es waren bestimmt ein paar Dutzend – beim Fressen und Zanken zu.

Asis schlief friedlich in seinem Kinderwagen mit dem edlen Seidenbezug.

»Ist dir nicht gut, Sina?«, erkundigte sich Barif.

Ich zuckte mit den Schultern. »Es geht so«, entgegnete ich ausweichend und zog eine zierliche, rot getigerte Katze auf meinen Schoß. Sie war die Ruhigste und Anschmiegsamste, die ich von der ganzen Bande am liebsten mochte. Ich streichelte sie geistesabwesend, und sie schnurrte genüsslich.

Barif musterte mich prüfend. »Bist du in anderen Umständen?«, fragte sie.

Im ersten Moment begriff ich nicht, was sie meinte. »Was?«
»Erwartest du ein Kind?«
»Ob ich schwanger bin? Das kann nicht sein! Ich tue etwas dagegen ...«
»Was ist dann los?«„ bohrte sie weiter. »Irgendetwas bedrückt dich doch.«
»Also, weißt du ...« begann ich zögernd. Es fiel mir schwer, mein Problem in Worte zu fassen – noch dazu in arabische.
»Du musst es mir nicht erzählen, wenn du nicht willst«, sagte Barif. »Aber vielleicht würde es dir gut tun, darüber zu sprechen.«
»Es ist so, dass ich mich in letzter Zeit oft langweile und mir überflüssig vorkomme ...«
»Überflüssig?«, wiederholte sie fassungslos. »Aber Saleh braucht dich doch und liebt dich über alles.«
Ich seufzte. »Ja, ich weiß! Trotzdem fehlt mir eine richtige Arbeit. Ich bin es nicht gewohnt, nur herumzusitzen. Das frustriert mich.«
»Was du bräuchtest, wären Kinder«, meinte Barif ernst. »Sie sind das einzige, was einer Frau Erfüllung bringen kann.«
»Ich habe Ali.«
»Das ist nicht dasselbe«, behauptete sie. »Du kannst zwar auch ein Kind, das nicht dein eigenes ist, sehr lieb haben – aber dasselbe ist es nicht. Es fehlen die Schwangerschaft und die Mühen der Geburt. Glaub mir: Dein eigenes Kind würde dir noch viel mehr bedeuten als Ali.«
»Dann will ich gar kein eigenes«, entgegnete ich unbehaglich. »Was meinst du, wie Ali zu Mute wäre, wenn er derart in den Hintergrund gedrängt würde? Er hat schon genug darunter gelitten, dass seine richtige Mutter nichts mehr von ihm wissen wollte. Und ich liebe ihn wirklich wie meinen eigenen Sohn.«
Sie nickte nachdenklich. »Ich weiß, dass du ihn lieb hast und ihm die beste Mutter bist ...
Aber um auf dein Problem zurückzukommen: Darüber solltest du mit Saleh sprechen. Sicher hat er eine Idee, womit du dich beschäftigen kannst.«

Ich befolgte ihren Rat: Abends, nachdem Ali im Bett war, schlug ich Saleh noch einen Strandspaziergang vor.
Unterwegs erzählte ich ihm, was mich bedrückte.
Wie immer hörte er mir aufmerksam zu. Als ich geendet hatte, nickte er verständnisvoll.
»Ich kann gut verstehen, dass du nicht nur untätig zu Hause herumsitzen möchtest. Verzeih mir, dass ich daran nicht gedacht habe!
Weißt du, bei uns ist es so üblich, dass der Mann arbeiten geht und die Frau zu Hause die Kinder hütet. Aber schließlich kommst du aus einer anderen Kultur.«
»Und?«, fragte ich gespannt. »Hast du einen Job für mich?«

Er runzelte nachdenklich die Stirn. »Ich habe da eine Idee ... Aber dazu muss ich Baba fragen.«

»Ja?« Wovon er wohl sprach?

»Du könntest mit mir in die Politik einsteigen – also das Gleiche lernen wie ich.«

Ich starrte ihn ungläubig an. »Du meinst, mich zum Präsidenten ausbilden lassen? Das ist doch verrückt!«

Saleh schüttelte ernst den Kopf. »Nein, überhaupt nicht! Du könntest dann später mit mir zusammen regieren.«

»Aber ich habe nicht die geringste Ahnung von Politik«, wandte ich ein.

Nun huschte ein kleines Lächeln über sein Gesicht. »Das hatte ich auch nicht. Ich ließ das Regieren immer Sache meines Vaters sein und ging davon aus, dass ich mich nie würde damit beschäftigen müssen.« Er zuckte mit den Schultern. »Abdullahs Tod hat alles verändert ...

Glaub mir, man lernt mit der Zeit schon, worauf es in der Politik ankommt.«

Ich war noch immer skeptisch. »Und das traust du mir wirklich zu?«

Da zog er mich an sich und küsste mich. »Niemandem eher als dir«, flüsterte er.

Ich lauschte auf das leise Rauschen der Wellen, die ein schwacher Wind an den Strand trieb, spürte sie frische Nachtluft auf dem Gesicht und Salehs Vertrauen in meinem Herzen.

Niemand vor ihm hatte mir je so viel zugetraut und in allen Situationen an mich geglaubt. Vielleicht kam daher das Gefühl ungeheurer Stärke, welches ich in seiner Gegenwart so oft hatte.

Ich schaute in sein vom Mondlicht schwach erhelltes Gesicht mit den feinen Zügen und ausdrucksstarken Augen ...

»Gut!«, sagte ich entschlossen. »Wenn dein Vater damit einverstanden ist, werde ich es versuchen!«

29

»Ali!« Meine Stimme bildete in dem riesigen Treppenhaus ein schauriges Echo. Wir befanden uns in einer Villa nahe des Flughafens von Sarana.

»Ali, wo bleibst du?«

Eine der letzten Türen des Flures nach Westen hin flog auf.

»Ich komme ja schon!« Mein Stiefsohn schlitterte über den blank polierten Parkettboden auf mich zu, seine Schultasche unter den Arm geklemmt. Er trug das T-Shirt verkehrt herum, sein Hosenladen war offen, beide Schnürsenkel hatten sich gelöst und seine dunklen Locken standen wirr nach allen Seiten ab.

Ich seufzte und brachte ihn mit ein paar Handgriffen in Ordnung. »Hast du alles?«

»Ja, Sina.«

»Gut, dann komm!«

Er musterte mich prüfend. »Wie siehst du denn aus?« Es klang beinahe geschockt.

Ich lächelte gequält. »Ich muss heute mit deinem Vater zusammen einen wichtigen Mann treffen. Dafür habe ich mich ein wenig schick gemacht.«

»Ist der Mann genauso wichtig wie mein Großvater?«, wollte Ali wissen.

»Kommt darauf an ...« Ich nahm seine Hand. »Los, komm! Wir haben keine Zeit, das jetzt zu erörtern.«

Mein feuerroter Ferrari – Salehs Hochzeitsgeschenk – wartete startbereit vor der Eingangstreppe. Ebenso die Wagen der Republikanischen Sicherheit, die Ali und mich eskortieren sollten.

Hassan, der Chef meiner Leibwächter, wusste um meine allmorgendliche Eile, wenn es darum ging, Ali zur Schule zu bringen.

»Guten Morgen, Sina!« Hassan schenkte mir ein wohlwollendes Lächeln. Er war außer den Mitgliedern der Familie meines Mannes der einzige in Benit, der mir keinen übertriebenen Respekt entgegenbrachte.

Ich fing mit der einen Hand die Zündschlüssel auf, die er mir zuwarf und bugsierte mit der anderen meinen Stiefsohn auf den Beifahrersitz. »Danke, Hassan! Was täte ich nur ohne dich?«

Hassan winkte bescheiden ab. »Ich tue nur meinen Job«, sagte er.

Die Verkehrsverhältnisse in Sarana waren wie immer eine Katastrophe. Da war ich froh um meinen Prominenten-Status und die Begleitfahrzeuge, die mir durch energisches Hupen und Drängeln einen Weg bahnten.

Ali amüsierte sich im Gegensatz zu mir köstlich: Er winkte den Wagen, die unsertwegen warten mussten, fröhlich zu und lachte über jede rote Ampel, über die wir fuhren.

Ich wünschte mir verzweifelt, die Welt noch einmal durch die unbekümmerten Augen eines Kindes sehen zu können. Mir selbst wurde es angesichts der Fahrmanöver, die ich vollbringen musste, beinahe schlecht, ich stand unter Zeitdruck und war nervös bis in die Zehenspitzen.

Um mein Make-up nicht zu verschmieren, das Souad an diesem Morgen mit besonderer Sorgfalt aufgetragen hatte, widerstand ich der Versuchung, mir den Schweiß von der Stirn zu wischen.

Seufzend schaltete ich die Klimaanlage ein. »Meine Güte! Ist das schon wieder heiß heute Morgen!«

Ali kicherte. »Wir sind hier auch in Benit - nicht in Deutschland.«

»Du klingst wie dein Vater«, bemerkte ich.

Inzwischen hatten wir die Schule erreicht, und ich hielt am Straßenrand.

Mein Stiefsohn küsste mich zum Abschied auf die Wange und verzog angewidert das Gesicht. »Igitt, du schmeckst nach Schminke!«

Da musste ich trotz meiner Nervosität lächeln. »Viel Spaß in der Schule, Ali!«

Er schulterte seine Schultasche und sprang aus dem Wagen. »Tschüss, Mama! Hab' dich lieb!« Damit warf er die Tür zu und weg war er - verschluckt von der Menge der anderen Kinder, die ins Schulgebäude strömten. Alle waren sie Söhne und Töchter wohlhabender Beniter. Manche wurden von ihren Eltern gebracht, andere von Chauffeuren.

Doch keines der Kinder war auch nur annähernd so prominent wie Ali.

Einer der fünf Leibwächter, die ihn bewachen sollten, kam auf mich zu, während die anderen vier dem Jungen folgten.

Ich ließ per Knopfdruck das Fenster herunter. Ein Schwall heißer, trockener Luft schlug mir entgegen.

»Holen Sie Ali heute selbst ab oder sollen wir ihn nach Hause bringen?«, erkundigte sich der muskelbepackte, bärtige Mann.

»Kommt darauf an, wie lange das Treffen dauert«, entgegnete ich. »Wenn ich bei Schulschluss noch nicht da bin, fahren Sie ihn einfach zum Palast am Ghaniim!«

»In Ordnung, Leila Khaled Mustafa!« Er nickte mir zu und ging davon.

Ich sah ihm nach. Der neue Name klang noch immer fremd in meinen Ohren, obwohl mich seit meiner Hochzeit fast alle Diener und Leibwächter so nannten. Doch für Hassan und Souad würde ich zum Glück immer Sina bleiben.

Ich nahm mein Funkgerät zur Hand. »Ich muss jetzt ganz schnell zum Hauptpalast. Ist das möglich?«

»Schwer zu sagen bei dem Verkehr«, meldete sich Hassans Stimme. »Kommt darauf an, wie schnell du dort sein willst.«

Ich warf einen Blick auf meine goldene Armbanduhr. »In zehn Minuten.«

Er seufzte. »Dann nichts wie los!«

Wir brauchten genau acht Minuten bis zum Hauptpalast. Ich überließ es Hassan, meinen Wagen in die Garage zu fahren und stürmte die Marmortreppe zum Eingang hoch, wobei ich die Säume meines langen Kleides festhalten musste.

Geistesabwesend nickte ich den beiden Männern der Republikanischen Sicherheit zu, die die mit kunstvollen Schnitzereien verzierte Tür für mich öffneten.

Mein erster offizieller Termin lag vor mir, und je näher er rückte, desto unsicherer und aufgeregter wurde ich: Ein Treffen mit Chang Le Ho, dem Gesandten des chinesischen Präsidenten.

Saleh hatte mir gesagt, es gehe hauptsächlich um die Handelsbeziehungen zwischen den beiden Ländern. Mitreden konnte ich da natürlich nicht. Meine Aufgabe würde lediglich darin bestehen, einen guten Eindruck zu machen. Aber ich wusste nicht, ob ich das schaffte. Womöglich würde man mir meine Nervosität und Verlegenheit mit geschlossenen Augen anmerken.

Ich atmete tief durch und funkte Saleh an. In dem riesigen Palast auf die Suche nach jemandem zu gehen, machte wenig Sinn.

»Wir sind im großen Wohnzimmer«, sagte mein Mann. »Du weißt schon: Wenn du im zweiten Stock den ersten Gang nach links nimmst ...«

»Ich weiß, welches Zimmer du meinst«, unterbrach ich ihn. »Es ist in der Nähe von Ledans Gemach.«

»Genau!« Er war hörbar stolz, dass ich mich so langsam in den Residenzen seiner Familie zurechtfand.

Die Diener waren eifrig damit beschäftigt, den Palast auf Hochglanz zu putzen und an jeder Ecke Blumen und Tücher zur Verzierung, sowie chinesische Flaggen anzubringen.

Ohne Zweifel wollte Khaled dem hohen Besuch gegenüber ordentlich Eindruck machen.

Jeder Diener, den ich in den Gängen werkeln sah, steigerte meine Aufregung noch zusätzlich. Hoffentlich würde ich meinen Schwiegervater nicht blamieren. Schließlich hatte ich keine Ahnung, wie man mit prominenten Chinesen umging. Woher auch?

Khaled und Saleh waren gerade dabei, mit einigen Dienern und Leibwächtern die letzten Vorbereitungen für den Empfang zu besprechen, als ich eintrat: War die Sicherheit gewährleistet? Standen das Militär und die Musiker bereit? Wo blieb der rote Teppich?

Unschlüssig blieb ich etwas abseits stehen und hörte zu, wie Khaled seine Anweisungen gab. Im Gegensatz zu mir wirkte der Präsident völlig ruhig und gelassen, obwohl das Treffen für Benit von großer Bedeutung war.

Er, der Herr dieses Landes, würde dem chinesischen Gast mit entsprechendem Stolz und Selbstbewusstsein entgegentreten.

Saleh, ebenfalls die Ruhe selbst – zumindest äußerlich – bemerkte mich als erster und winkte mich heran. Zögernd trat ich neben ihn.

»Was ist los, Schatz?«, fragte er mich besorgt auf Englisch, damit die anderen es nicht mitbekamen. »Du bist ja ganz blass! Fühlst du dich nicht gut?«

Seine rührende Fürsorge entlockte mir ein gequältes Lächeln. »Ich habe nur ein wenig Lampenfieber - nichts weiter.«

Er zwinkerte mir aufmunternd zu. »Du musst nicht nervös sein, Sina! Du siehst großartig aus und kannst gut mit Menschen umgehen. Bestimmt wirst du den Chinesen um den Finger wickeln.«

Ich seufzte. »Wer's glaubt, wird selig!«

»Was?«

»Oh - eine deutsche Redewendung! Ich kann sie nicht übersetzen.«

Inzwischen hatte Khaled alle Anweisungen erteilt. Diener und Leibwächter verließen das Zimmer.

»Seid ihr bereit?«, wandte sich der Präsident an Saleh und mich.

Wir nickten einstimmig.

»Gut! Dann lasst uns nach draußen gehen! Der Konvoi vom Flughafen ist schon unterwegs. Sie können jeden Moment hier sein.«

Der Park des Palastes glich jetzt einem Ameisenhaufen: Den Weg, der in gerader Linie von der Eingangstreppe zum Haupttor des Parks führte, bedeckte ein dreißig Meter langer roter Teppich. Links und rechts davon standen benitische Soldaten Spalier, und im Hintergrund hielt sich eine Musikkapelle mit Trompeten und riesigen Lautsprechern bereit.

Scharen von Kameraleuten, Fotografen und Reportern zertrampelten den gepflegten Rasen und redeten wild durcheinander.

Schaulustige Bürger spähten durch die Verstrebungen der schmiedeeisernen Tore – misstrauisch beäugt von einigen Männern der Republikanischen Sicherheit, die in jedem einen potenziellen Attentäter sahen.

Mit weichen Knien stand ich zwischen Saleh und Khaled auf der obersten Stufe der Treppe, umgeben von zahlreichen Leibwächtern mit schussbereiten Maschinengewehren.

Ich fühlte die neugierigen Blicke der unter uns versammelten Menschen, was mich noch nervöser machte.

Es war im Orient keineswegs alltäglich, dass eine Frau repräsentieren durfte - das wusste ich. Politik, Geld und öffentliches Ansehen waren Sache des Mannes. Die Frau blieb zu Hause, um für Haushalt und Kinder zu sorgen.

Khaled sah das zum Glück nicht so eng: Wenn Saleh mich als zukünftiger Präsident an seiner Seite haben wollte, war das in Ordnung – obwohl er selbst es wahrscheinlich nicht geschätzt hätte, wenn Selwa sich in seine Politik eingemischt hätte ...

Doch in dieser Hinsicht drohte ihm sowieso keine Gefahr: Selwa, wie auch ihre Töchter und Intisar, fanden, Politik sei reine Männersache. Darüber, dass ich mich damit einließ, konnten sie nur den Kopf schütteln.

»Wir Frauen sind dafür nicht gemacht, Sina«, hatte meine Schwiegermutter mir erklärt. Und Intisar, Barif, Ledan und Safia hatten gemeint, ich solle lieber zu Hause bleiben und Saleh einen Stoß Kinder schenken.

Obwohl ich wusste, dass ihre Bemerkungen nicht böse gemeint waren, hatten sie mich gekränkt – und ich fragte mich, ob in Benit alle so dachten.

Um mich von den Blicken der Leute abzulenken, betrachtete ich Khaled und Saleh. Vater und Sohn waren mit ihren dunklen Anzügen, ordentlich frisierten Haaren und gepflegten Schnurrbärten ausgesprochen elegante Erscheinungen.

Wieder einmal staunte ich über die Ähnlichkeit zwischen den beiden – in ihrer Haltung, in ihren Gesichtszügen und Blicken.

Saleh war so schön, dass es mir fast den Atem verschlug und ich mich fassungslos fragte, was er bloß an mir fand. Womit hatte ich diesen Mann verdient?

Doch auch Khaled sah gut aus. Er war fast sechzig, wirkte jedoch wesentlich jünger. Seine Haut war beinahe faltenlos und weder auf seinem Kopf noch im Schnurrbart zeigte sich auch nur ein einziges graues Haar.

Khaleds Gesichtszüge waren härter als die von Saleh - einem derart mächtigen Mann angemessen.

Zwischen den beiden fühlte ich mich wie ein hässliches Entlein - trotz meines mit Edelsteinen verzierten Kleides, des von Souad sorgfältig hochgesteckten Haares und der dicken Schicht Schminke im Gesicht ...

In diesem Moment wich die Menschenmenge auf Befehl der Republikanischen Sicherheit vom Tor zurück. Es öffnete sich, und drei Polizeiwagen mit Blaulicht kamen in den Park gerollt. Ihnen folgte eine von China-Flaggen umwehte Limousine mit abgedunkelten Scheiben. Männer der Republikanischen Sicherheit in Autos und auf Motorrädern flankierten den Wagen, in dem sich der hohe Gast befand.

Khaled, Saleh und ich gingen der Fahrzeugkolonne über den roten Teppich entgegen.

Sobald die Fahrzeuge zum Stehen gekommen waren, sprang ein muskelbepackter Chinese aus der Limousine, der neben dem Chauffeur gesessen hatte. Er öffnete die Tür hinter seiner, und der Gesandte des Präsidenten stieg aus.

Chang Le Ho war ein dicker Mann mit Nickelbrille, Knollennase und etwa in meiner Größe. Khaled und Saleh überragten ihn um einen Kopf.

Der Diktator grüßte seinen Gast auf Englisch und machte ihn mit seinem Sohn Saleh und dessen Frau Leila bekannt.

Chang Le Ho schüttelte uns die Hände und versicherte, dass es ihm eine große Ehre sei, hier zu sein. Wir hießen ihn herzlich willkommen.

Unter dem Blitzlichtgewitter der Fotografen schritten Saleh und ich hinter Khaled und dem Gast her über den roten Teppich.

Die Soldaten links und rechts von uns standen stramm. Die Musiker spielten die chinesische und die benitische Nationalhymne.

Zwei Reporter begleiteten uns ins Innere des Palastes. Alle anderen mussten draußen bleiben.

Im Esszimmer erwartete uns ein chinesisches Menü, das die Herzen höher schlagen ließ. Le Ho zeigte, wie man richtig mit Stäbchen aß, doch trotzdem hatten Khaled, Saleh und ich unsere liebe Mühe damit.

Erste belanglose, völlig unpolitische Gespräche zeigten, dass ein Dolmetscher überflüssig war. Saleh und ich konnten uns mit dem Chinesen problemlos auf Englisch verständigen.

»Darf ich mir die Frage erlauben, woher Sie kommen, Leila?«, erkundigte er sich mit einem Blick auf mein hellblondes Haar. »Sie sind doch keine Beniterin, oder?«

»Nein, ich bin Deutsche.«

»Deutsche?« Sein Gesicht strahlte auf. »Das ist ja erstaunlich! Erst vor ein paar Wochen hat mich Ihr Bundeskanzler empfangen ... Deutschland ist wunderschön – eines der schönsten Länder, die ich je gesehen habe! Und das waren schon einige!«

Ich zuckte mit den Schultern. »Benit gefällt mir besser«, entgegnete ich, was absolut der Wahrheit entsprach. Zwar empfand ich noch ab und zu leichte Sehnsucht nach meiner fernen Familie, meinen Freunden und meiner Katze Mimmie. Doch ernsthaft zurück nach Deutschland wollte ich auf keinen Fall und zu keiner Zeit.

Nach dem Essen zogen wir uns mit unserem Gast in den Salon zurück. Die beiden Reporter, die noch mit uns gegessen hatten, waren von dem nun folgenden Gespräch ausgeschlossen. Vier Männer der Republikanischen Sicherheit begleiteten sie hinaus.

Die zwei chinesischen Leibwächter, die dem Gesandten zur Seite standen, bezogen vor der Tür des Salons Stellung.

Im Inneren des Raumes wurde es bei Whiskey und kubanischen Zigarren nun richtig politisch.

Es ging um den Handel zwischen Benit und China - hauptsächlich ums Erdöl.

Ich verstand nicht viel von dem, was Khaled und Le Ho da besprachen.

Im Kern ging es darum, dass die Chinesen mehr benitisches Öl als bisher kaufen wollten, ohne es die USA wissen zu lassen.

»Ihnen dürfte bekannt sein, dass unser Land mit den Amerikanern seine Probleme hat, Herr Präsident. Sie verabscheuen unser politisches System und betrachten uns als Bedrohung, die man nur dadurch kontrollieren kann, indem man genügend Atomwaffen darauf richtet.

Wenn die USA erfahren, dass wir mit Ihnen Geschäfte machen, wird das die Spannungen noch verstärken.« Er räusperte sich und schüttelte sorgenvoll den Kopf. »Nehmen Sie es mir nicht übel: Aber die benitische Regierung ist den Amerikanern noch ein größerer Dorn im Auge als unsere.«

Khaled schnaubte und seine Augen blitzten zornig. »Natürlich sind wir der größere Dorn im Auge der Amerikaner. Wir sitzen auf Ölreserven, die zu den größten der Welt gehören – und nur unsere Anwesenheit hier hindert die USA daran, sie auszubeuten. Darum suchen sie seit Jahren einen Grund, mich mit Gewalt zu stürzen und eine Regierung einzusetzen, die nach ihrer Pfeife tanzt. Und nur wegen des Öls haben sie Krieg gegen uns geführt - es gab nie einen anderen Grund. Die Befreiung Birehs war nichts weiter als ein Vorwand.«

Chang Le Ho biss sich ärgerlich auf die Lippen. »Sie sind eine Bedrohung der ganzen Menschheit! Ständig müssen sie sich als Herrscher der Welt aufspielen und nebenbei irgendwelche Kriege anzetteln.«

Saleh seufzte. »Leider sind sie tatsächlich die Herrscher der Welt. Keine andere Nation kann es mit ihrer Waffengewalt aufnehmen.«

Der Chinese nickte. »Eben das beunruhigt unseren Präsidenten und mich - es sollte alle beunruhigen. Unsere Geschäftsbeziehungen müssen möglichst im Verborgenen ablaufen. Die Amerikaner dürfen nicht noch mehr Gründe bekommen, uns zu misstrauen.

Gerade erst – in den letzten Jahren – haben sich die Spannungen so weit gelöst, dass beide Seiten aufatmen konnten ...«

Natürlich: China wollte nicht vor der Welt - insbesondere den USA - in Ungnade fallen, weil sie sich mit dem berüchtigten Regime von Benit einließen. Bestimmt war das auch der Grund, warum der Präsident nicht persönlich nach Sarana gekommen war, sondern Le Ho geschickt hatte.

»Sagen Sie Ihrem Präsidenten, dass unsere Geschäftsbeziehungen auf jeden Fall diskret ablaufen werden.« Khaled lehnte sich gegen die Lehne des Sessels zurück und zog an seiner Zigarre. »Was die Menge des Öls angeht, die Sie geliefert bekommen: Darüber müssen wir noch sprechen. Selbstverständlich können wir noch mehr liefern - allerdings nicht unbegrenzt mehr. Die UNO schreibt uns noch immer genau vor, wie viel wir von welchen Waren aus- und einführen dürfen.«

Le Ho machte ein nachdenkliches Gesicht. «Gibt es keine Möglichkeiten, gewisse Dinge unbemerkt über die Grenze zu schaffen?«

Khaled seufzte. Er drückte seine Zigarre im Aschenbecher aus, trank einen Schluck Whiskey und zündete sich dann eine neue an. »Möglichkeiten gibt es immer, und gerade mit dem Öl haben wir es ein paar Mal versucht. Irgendwann sind die Amerikaner dahinter gekommen und haben drei unserer Bohrstationen mit Kampfhubschraubern dem Erdboden gleichgemacht. Seitdem hat mein Ölminister derartige Experimente nicht mehr gewagt. Er ist ein alter Mann und hält nicht mehr viel von Abenteuern.«

Le Ho kratzte sich am Kopf. »Dann ist es höchste Zeit, dass ein Jüngerer sein Amt übernimmt, der mehr Mut hat.«

Khaled funkelte ihn an. Es missfiel ihm sichtlich, dass dieser Ausländer ihm kluge Ratschläge gab. »Er ist ein sehr fähiger Mann. Einen geeigneten Ersatz für ihn zu finden, wird äußerst schwierig sein. Darum ist er immer noch im Amt.«

»Was ist mit Si ... Leila?«, warf Saleh in diesem Moment ganz beiläufig ein. »Sie könnte doch den Ölminister ablösen.«

Ich fühlte Khaleds und Le Hos Augen auf mir ruhen und war wie vom Donner gerührt.

Ich und Ölminister? Das war absurd. Doch ich ahnte schon, dass ich mich nicht würde drücken können ...

Saleh erkannte meine Bestürzung. »Der Ölminister wird dich ganz langsam in alles einführen«, tröstete er mich. »Er ist ein geduldiger Mann – und du lernst das schon!«

Er wandte sich an seinen Vater. »Erlaubst du Leila, das zu übernehmen?«

Khaled warf mir einen rätselhaften Blick zu und runzelte die Stirn. Dann lächelte er breit. »Na gut! Ich sehe schon, dass in Leila ein großer Politiker steckt. Pass nur auf, Saleh! Sonst wird sie noch an deiner Stelle mein Nachfolger.«

»Das wäre mir ganz recht«, entgegnete Saleh grinsend. »Du weißt doch, dass ich eigentlich gar nicht Präsident werden will ...«

Ich fühlte mich noch immer wie vor den Kopf gestoßen. Schon die Entscheidung, überhaupt in die Politik einzusteigen, hatte mich Überwindung gekostet. Und jetzt sollte ich auch noch ein wichtiges Amt übernehmen.

In was war ich da bloß geraten? Vielleicht hätte ich doch besser den Rat der Frauen befolgen sollen: Zu Hause bleiben und Kinder kriegen ...

Aber nun war es zu spät.

Ich griff nach der Whiskeyflasche vor mir auf dem Tisch und füllte mein

Glas, das ich bis jetzt nicht angerührt hatte. Es gab einfach Situationen, die nur unter Alkoholeinfluss zu meistern waren ...

Später fuhren wir noch zum Parlament, wo Khaled und Chang Le Ho die anderen Mitglieder der Regierung über den neuen Stand der Beziehungen zwischen Benit und China aufklärten.

Außerdem mussten die beiden Politiker noch den Reportern Rede und Antwort stehen. Welche Fragen dabei gestellt werden durften, war genau festgelegt. Hielt sich ein Reporter nicht daran, bedeutete das sofortiges Berufsverbot.

Als ich das von Saleh erfahren hatte, war meine Bestürzung groß gewesen: »Hat dein Vater noch nie etwas von Meinungs- und Pressefreiheit gehört?«

Darauf hatte mein Mann nur das Gesicht verzogen. »Wenn es diese Freiheiten hier gäbe, wäre es mit seiner Macht bald vorbei. Schließlich ist das mit ein Grund, warum sich die meisten Politiker in westlichen Ländern nicht länger als ein paar Jahre halten. Schade, denn eigentlich ist Meinungs- und Pressefreiheit eine gute Sache ...«

Jetzt war ich durch den Whiskey so unbekümmert geworden, dass mein Geist angesichts der vorgefertigten Fragen nicht mehr rebellierte ...

Khaled und Le Ho wurden noch unzählige Male einzeln und zusammen fotografiert – manchmal auch mit Saleh und mir. Dann verabschiedeten wir uns von dem Gast.

Die Republikanische Sicherheit brachte Le Ho und seine Leibwächter zum Flughafen, und wir fuhren nach Hause. Mein erster offizieller Auftritt war überstanden und es war gar nicht so schlimm gewesen – abgesehen davon, dass ich mich nun an das Amt des Ölministers würde wagen müssen ...

30

Nabil Jassir al-Karim, der Ölminister, war ein magerer alter Mann mit schütterem, weißen Haar und wachen, braunen Augen.

Ich mochte ihn auf Anhieb. Er hatte Sinn für Humor und gehörte dabei zu den Menschen, die mit Vorliebe über sich selbst lachen. Oft machte er sich über seine zu groß geratene Nase lustig, unter der er als junger Mann angeblich sehr gelitten hatte.

»Heute haben meine Nase und ich keine Probleme mehr miteinander. Wir sind über die Jahre richtig gute Freunde geworden. Und außerdem ist meine Nase heute das einzige an mir, wo noch etwas dran ist ...«

Nabil war der beste und geduldigste Lehrer, den ich je gehabt hatte. Das konnte ich nach dreizehn Jahren Schulzeit guten Gewissens behaupten.

Langsam führte er mich in die Erdölgewinnung, Probleme des Handels auf Grund der UNO-Blockade und den Umgang mit den Abnehmerländern ein.

An diesem heißen Tag im Juni saßen wir auf dem Marmorbalkon des Hauptpalastes mit Blick auf den Ghaniim.

Trotz der Sonnenschirme, welche die Diener uns gebracht hatten, schwitzten wir erbärmlich. Wahrscheinlich waren wir noch erhitzt von den letzten Stunden unter der glühenden Sonne: Wir hatten den ganzen Vormittag bei den Ölquellen in der Wüste verbracht, wo die Hitze beinahe unerträglich war.

Auf Grund seines Alters machten Nabil die hohen Temperaturen besonders zu schaffen.

Ich fand, dass er äußerst schlecht aussah, doch er klagte nicht. Mein Angebot, im klimatisierten Inneren des Palastes weiterzureden, wies er entschieden zurück.

»Ich bin doch nicht aus Zucker«, meinte er. »Ich schmelze nicht gleich, wenn es heiß wird – und eine Klimaanlage habe ich noch nie in meinem Leben gebraucht.« Er lächelte verträumt, als sei ihm gerade etwas besonders Schönes eingefallen. »Außerdem sitze ich gerne hier oben mit Blick auf den Fluss. Der Ghaniim hilft mir denken.«

Während wir Eiskaffee tranken, verriet Nabil mir Tricks, wie man beim Erdölhandel den meisten Profit machen konnte. Außerdem, bei wem diese Tricks anzuwenden und bei wem zu unterlassen waren: »Die Russen zum Beispiel merken es sofort, wenn man ihnen mehr Geld als unbedingt nötig abknöpfen will. Ich habe vor Jahren einmal versucht, ihnen überteuertes Öl zu verkaufen, worauf sie fast die Handelsbeziehungen gekündigt hätten.«

»Also, Vorsicht bei den Russen!«

Nabil nickte. »Genau! Wir können es uns nicht leisten, Handelspartner zu verlieren.

Natürlich muss uns das Wenige, das wir ausführen dürfen, so viel Gewinn wie möglich bringen - aber wir müssen mit Bedacht vorgehen! Verstehst du?«

»Ja.«

»Sämtliche afrikanische Staaten, sowie Indien und Pakistan sind das Gegenteil der Russen: Sie zahlen jeden Preis.«

Ich versuchte, mir alles einzuprägen, was er sagte. Aber die brütende Hitze unterstützte mich in diesem Bemühen nicht gerade ...

Mit einem schwirrenden Kopf fuhr ich ins hundert Kilometer entfernte Schafra, wo unser derzeitiges Quartier war.

Selbstverständlich hätte ich mich auch mit dem Hubschrauber hin fliegen lassen können. Doch ich zog meinen Ferrari vor, da ich beim Fahren über die in der Mittagszeit fast leere Autobahn besser meinen Gedanken nachhängen konnte.

Ich ließ das an diesem Tag neu dazu Gelernte noch einmal Revue passieren, um es mir besser merken zu können.

Die Hitze flimmerte über dem Asphalt, so dass die Umrisse meiner Begleitfahrzeuge verschwammen. Sie sahen aus wie Geistererscheinungen.

An manchen Stellen senkte sich die Straße an den Rändern leicht ab. Es war so heiß, dass der Asphalt weich wurde.

»Das gibt wieder Arbeit für die Bauarbeiter«, sagte mir Hassan übers Funkgerät. »Dieses Jahr wird besonders heiß werden.«

»So lange die Klimaanlage meines Wagens funktioniert, ist mir das egal – und ich denke, das wird sie. Sie ist ja noch fast neu.«

Ich hörte ihn lachen. »Freu dich nicht zu früh! Wir sind in Benit.«

Der Palast von Schafra thronte auf einem Hügel über der Stadt.

Saleh war schon zu Hause. Ich fand ihn vor dem Fernseher, in einen Western vertieft, der auf einem amerikanischen Kanal lief.

Kopfschüttelnd lehnte ich mich gegen den Türrahmen und verschränkte die Arme vor der Brust. »Schaust du immer die Fernsehprogramme deiner Feinde?«, fragte ich mit gespielter Empörung.

Grinsend zuckte er mit den Schultern. »Ich muss doch wissen, was in der Welt so läuft.«

»Der Rest der Bevölkerung darf aber genau das nicht« erinnerte ich ihn trocken.

»Die haben ja auch nicht meine Verantwortung.«

»Angeber!« Ich ließ mich neben ihn fallen, worauf er mich umarmte und küsste.

Mit einem genüsslichen Seufzer lehnte ich mich an ihn. Nach dem anstrengenden Tag brauchte ich nichts dringender als seine Nähe.

Saleh bestellte uns beiden einen Eiskaffee, und wir schauten den Western fertig, der wirklich spannend war.

Als er zu Ende war, schaltete ich den Fernseher aus. Ich sehnte mich nach Ruhe.

»Wie sieht es aus bei den Ölquellen?«, erkundigte sich Saleh.

»Schwer zu sagen. Ich lerne doch erst – und es ist ganz schön viel, was man da wissen muss. Mir schwirrt mal wieder der Kopf!«

Er nickte verständnisvoll und streichelte mein Gesicht. »Dieses Gefühl des schwirrenden Kopfes kenne ich gut. Da hilft nur Abschalten.«

»Ich fürchte, daraus wird nichts«, entgegnete ich gequält, das Ohr zur Tür gerichtet. »Da kommt Ali, und es riecht gewaltig nach Ärger!«

Auch Saleh hörte jetzt das laute Poltern und Stampfen im Gang. Er verzog das Gesicht zu einer verzweifelten Grimasse. »Allerdings!«

Im nächsten Augenblick stand Ali im Türrahmen. Seine Haare waren zerzaust, die Knie voller Grasflecken und das kleine Gesicht war eine einzige Gewitterwolke. »Diese saublöde Schule«, zischte er. »Ich gehe nie mehr da hin.«

»Hallo, Ali!« sagte Saleh tadelnd, ihn an seine guten Manieren erinnernd.

Sein Sohn knurrte irgendetwas, das wohl eine Begrüßung sein sollte.

»Was soll das heißen, du gehst nie mehr in die Schule?«, bohrte Saleh. »Hast du etwas angestellt?«

Ali funkelte ihn zornig an. »Das verstehst du sowieso nicht! Und es geht dich auch nichts an!«

Saleh holte tief Luft. »Nicht in diesem Ton!«, rief er aufgebracht. »Und es geht mich sehr wohl etwas an, wenn du Blödsinn machst!«

»Ich habe ja gar keinen Blödsinn gemacht!«, schrie Ali.

Rasch griff ich nach Salehs Arm und schüttelte kaum merklich den Kopf. Instinktiv spürte ich, dass tiefer Kummer hinter dem trotzigen Getue meines Stiefsohnes steckte.

»Was ist los, Ali?«, fragte ich ruhig.

Da brach der Junge unvermittelt in Tränen aus, drehte sich um und rannte aus dem Zimmer.

Nach kurzem Zögern folgte ich ihm.

Ich fand ihn auf seinem Bett liegend und hemmungslos in das Kissen schluchzend. Es brach mir fast das Herz, dieses sonst so fröhliche Kind derart verzweifelt zu sehen.

»Ali?«, sprach ich meinen Stiefsohn behutsam an. »Sag mir, was passiert ist!«

Er hielt im Weinen inne, hob jedoch nicht den Kopf. »Versprichst du, dass du mich nicht auslachst?«, murmelte er in sein Kissen hinein.

Ich nickte, obwohl er es ja nicht sehen konnte. »Ich lache nie über jemanden, der traurig ist.«

Darauf hob er langsam den Kopf und begann stockend zu berichten ...

»Ali wollte mit einem Mädchen aus seiner Klasse spielen, das ihm besonders gefällt«, erzählte ich Saleh. Nach meinem Gespräch mit Ali war ich gleich ins Wohnzimmer zurückgekehrt. Der Junge war über seinem Weinen eingeschlafen.

»Aber die Kleine hatte Angst vor seinen Leibwächtern und ist schreiend weggerannt.«

Saleh seufzte unglücklich. »Armer Ali! Dasselbe ist mir als Kind auch oft passiert. Viele, mit denen ich mich gerne angefreundet hätte, gingen mir aus dem Weg – aus Angst vor meinem Vater und den Leibwächtern.« Er schüttelte resigniert den Kopf. »So geht das eben, wenn man in einer Position wie der unseren ist! Man kann nichts daran ändern – aber es ist nicht leicht.«

Ich musterte ihn prüfend von der Seite. »Dich stört es heute noch, dass die Beniter Angst vor deiner Familie haben. Ich weiß das!«

Er nickte. »Natürlich! Ich will nicht, dass irgendjemand Angst vor mir hat. Aber es ist einfach so, dass mein Vater gegen die Bevölkerung manchmal hart durchgreifen muss. Ein Land wie Benit, wo so viele Bevölkerungsgruppen zusammenwohnen – Sunniten, Schiiten, Christen, Angehörige von Nomadenstämmen und so weiter – braucht eine starke Hand, die es führt. Ohne einen guten Präsidenten würde Benit gnadenlos in einen Bürgerkrieg schlittern.«

Ich wusste, dass er recht hatte. So viel hatte ich inzwischen schon über die politischen Verhältnisse gelernt, dass Benit im Grunde ein Pulverfass war. Sogar die Sunniten und Schiiten konnten nicht miteinander, obwohl sie sich beide Moslems nannten. Von den anderen Bevölkerungsgruppen ganz zu schweigen ...

Khaled musste jede radikale Bewegung im Ansatz ersticken, um Ruhe und Ordnung aufrecht zu erhalten. Was genau Saleh aber mit »hart durchgreifen« meinte, wollte ich lieber nicht wissen ...

Ich dachte an Ali. Der Junge tat mit leid. Was konnte er dafür, Khaled Mustafas Enkel zu sein?

»Wir werden am Wochenende mit ihm nach Farul fahren«, sagte Saleh wie ein Echo auf meine Gedanken. »Wie du weißt, gibt es in unserer Verwandtschaft zahllose Kinder in seinem Alter. Das wird ihn ablenken.«

Ich nickte zustimmend. »Gute Idee! Aber jetzt schlage ich vor, dass wir beide uns auch ein wenig von unserem stressigen Alltag ablenken! Lass uns zum Baden an den Ghaniim hinunter fahren, ja?«

Er zwinkerte mir zu. »Ja, das machen wir! Und danach essen wir in Schafra ein Eis. Ich trommle nur schnell die Leibwächter zusammen.«

»Gut! Dann hole ich die Badesachen und beauftrage Souad, auf Ali aufzupassen.«

Saleh verzog das Gesicht. »Die wird sich freuen. Bei der Stimmung, in der er ist ...«

Ich küsste ihn flüchtig auf den Mund. »Mach unseren Sohn doch nicht immer schlechter als er ist!«

Damit sauste ich los, um unsere Badesachen zusammenzusuchen.

31

Selwa half Souad, mich zu frisieren.

»Was für schöne Haare du hast!«, stellte meine Schwiegermutter bewundernd fest. »Ich lasse meine ständig neu blondieren, aber nie werden sie so aussehen wie deine.«

Ich zuckte mit den Schultern. »Ich hätte viel lieber dunkles Haar«, entgegnete ich. »Aber es kommt gar nicht auf die Haarfarbe an ... Blond werde ich mich heute genauso blamieren wie ich es als Dunkelhaarige auch würde ...« Ich seufzte schwer.

»Unsinn!«, behauptete Selwa. »Du wirst deine Sache gut machen!«

»Neulich hast du noch gesagt, Frauen seien für die Politik nicht gemacht«, erinnerte ich sie.

»Da habe ich mich in Bezug auf dich geirrt«, gestand sie freimütig. »Du bist nicht wie die arabischen Frauen und eignest dich sehr wohl dafür.«

Ich sagte nichts weiter dazu, obwohl ich da so meine Zweifel hatte.

Heute würde ich zum ersten Mal bei einer Regierungssitzung dabei sein, und wieder einmal hatte mich das Lampenfieber gepackt.

Souad vollendete meine Frisur, und Selwa tätschelte beruhigend meinen Arm. »Kopf hoch, Kind! Ich glaube ganz fest an dich!«

Ich seufzte hilflos.

»Geh jetzt! Khaled und Saleh erwarten dich!«

»Was ist mit Ali? Jemand muss ihn zur Schule bringen.«

»Das mache ich«, versprach Selwa. »Ich wecke ihn in ein paar Minuten.«

»Danke!« Ich hauchte ihr einen Kuss auf die Wange, nickte Souad zu und eilte dann zu Khaleds Gemächern am anderen Ende des Palastes.

Wie immer war der Präsident ehrlich erfreut, mich zu sehen.

Saleh war noch nicht da.

»Guten Morgen, mein Kind!«, begrüßte Khaled mich herzlich und drückte meine Hände. »Ich habe dich vorhin bei Tisch vermisst. Hast du heute im Bett gefrühstückt?«

Ich schüttelte den Kopf. »Nein, ich hatte keinen Hunger.«

Er musterte mich aus seinen wachen, schwarzen Augen prüfend. »Nervös?«

Ich nickte ehrlich. »Sehr!«
Da wies Khaled auf einen der bequemen Plüschsessel. »Setz dich! Ich bestelle dir etwas zu essen!«
Ich ließ mich auf den mir zugewiesenen Platz plumpsen. »Aber ich sagte doch ...«
»Ich weiß«, unterbrach mich Khaled freundlich, aber bestimmt. »Trotzdem kann ich unmöglich zulassen, dass du den ganzen Morgen mit leerem Magen herumläufst. Sonst kippst du mir noch um.« Er zog sein Funkgerät aus der Hosentasche und gab den Dienern Anweisungen. Dann setzte er sich in einen Sessel mir gegenüber und streckte die Beine unter dem Tischchen aus dunklem Holz aus, welches uns trennte.
Ich musterte diesen mächtigen Mann, der mein Schwiegervater war. Er strahlte eine derartige Ruhe und Erhabenheit aus, dass mir meine nächste Frage überflüssig vorkam. Aber ich stellte sie trotzdem: »Hattest du jemals Lampenfieber vor einer Regierungssitzung?«
»Bei meinen ersten – natürlich! Ich bin auch nur ein Mensch. Aber das gibt sich mit der Zeit.«
Er sah mich ernst an. »Etwas Nervosität schadet gar nicht, sondern ist im Gegenteil ein Zeichen von Pflichtbewusstsein und Verantwortungsgefühl.«
»Aber wie soll man einen guten Eindruck machen, wenn man derart aufgeregt ist?«, fragte ich verzweifelt.
»Indem man sich nicht unterkriegen lässt«, antwortete Khaled einfach. »Akzeptiere deine Nervosität und Unsicherheit als Teil von dir und trage trotzdem den Kopf hoch!«
In diesem Moment kam der Diener mit meinem Frühstück.
»Guten Appetit, Sina!«, sagte Khaled und lächelte mir aufmunternd zu.
Ich fragte mich plötzlich, wie ich diesem Menschen früher hatte misstrauen können. Alle Dinge, die ich je über seine Politik mitbekommen hatte, spielten keine Rolle mehr. Er war ohne Zweifel der beste Schwiegervater der Welt.

Ich hatte noch nicht zu Ende gegessen, als Saleh erschien. Er trug einen edlen dunklen Anzug, und der Duft teuren Rasierwassers umgab ihn. Bei seinem Anblick schlug mein Herz wie immer einen Purzelbaum.
Nachdem er seinen Vater zur Begrüßung umarmt hatte, ließ er seine Blicke auf mir ruhen. In den dunklen Augen las ich Zärtlichkeit und Fürsorge.
»Immer noch nervös, Schatz?«, erkundigte er sich.
Ich nickte und stieß einen tiefen Seufzer aus. »Ja, aber ich werde mich nicht unterkriegen lassen.«
Khaled zwinkerte seinem Sohn spitzbübisch zu. »Ich habe deiner Frau gerade erklärt, worauf es in der Politik wirklich ankommt.«
»Aha!«, machte Saleh. »Wäre nett, wenn du mir das auch verraten könntest.

Ich mache mir vor Lampenfieber gerade einmal wieder fast in die Hosen.«

Darauf mussten wir alle drei lachen, obwohl die Sache ja an sich überhaupt nicht komisch war. Aber immerhin löste sich auf diese Weise etwas die Spannung in mir und Saleh – den beiden Neulingen der Politik.

Eine schwer bewachte, schwarze Limousine brachte uns vom Palast am Ghaniim zum Parlament.

»Denkt daran: Ihr beide steht über allen Menschen in diesem Raum!« sagte Khaled leise, ehe wir, gefolgt von einigen Leibwächtern, den Sitzungssaal betraten. »Zeigt also Stolz und Würde!«

Saleh und ich wechselten einen tiefen Blick, in der Hoffnung, uns gegenseitig Mut zu machen. Ich wusste, dass mein Mann kaum weniger aufgeregt war als ich. Doch ich fand, er konnte es viel besser verbergen.

Was ich nun erlebte, war eine Sitzung des Kommandorates, die fast täglich stattfanden und im benitischen Fernsehen ausgestrahlt wurden – eine Art Dauerpropaganda sozusagen. Die Aussage war im Grunde immer dieselbe: Benit ist ein durch und durch demokratisches Land, und der Präsident hat alle Probleme im Griff.

Der Kommandorat setzte sich zusammen aus allen höchsten Befehlshabern des Landes aus Politik, Wirtschaft und Wehrmacht.

Im Blitzlichtgewitter der Reporter saßen wir um einen langen Tisch herum. An der Tür standen fünf Männer der Republikanischen Sicherheit. Diener huschten leise hin und her und füllten immer wieder unsere leer getrunkenen Wassergläser neu auf. Ab und zu surrte eine Filmkamera oder die Klimaanlage.

Ich saß zwischen Saleh und Nabil, was mir Sicherheit gab, und lauschte interessiert den Dingen, die da besprochen wurden. Anfangs ging es vor allem um die Landesverteidigung. Nach Aussage des Verteidigungsministers Hatem war die benitische Armee stark, obwohl das Waffenarsenal von der UNO stark beschränkt wurde.

»Sollten die Israelis eines Tages auf die Idee kommen, uns anzugreifen, hätten wir ihnen einiges entgegenzusetzen.«

Ich wunderte mich. Die Israelis? Wie kam Hatem darauf, dass sie Benit angreifen wollten?

Natürlich wusste ich, dass Israel mit dem Regime von Sarana seine Probleme hatte – wie mit den Regierungen vieler arabischer Länder. Aber dass es so ernst war ...

Khaled nickte zufrieden. »Das ist gut!« Er wandte sich an seinen Halbbruder Mustafa: »Wie sieht es mit der inneren Sicherheit aus?«

»Gut, Herr Präsident«, erwiderte Mustafa, der Minister für innere Sicherheit. »Die Kriminalität ist im Vergleich zu letztem Jahr um zwei Prozent gesunken.«

Dann meldeten sich mehrere Mitglieder der Geheimdienste zu Wort. Unter ihnen Walid al-Kawi, Khaleds bester Agent.

Al-Kawi hatte wie immer eine schwarze Baumwollmaske über seinen Kopf gestülpt, die nur Augen und Mund frei ließ.

»Es gibt kaum noch Aktivität fundamentalistischer Gruppen«, sagte er. Seine Stimme war volltönend und geheimnisvoll wie er selbst. »Ich bin zuversichtlich, dass wir diese Fanatiker in naher Zukunft ganz aus Benit vertrieben haben werden.«

Das hörte der Präsident natürlich gerne. Obwohl er gläubig war und regelmäßig die Moschee besuchte, hielt er nichts von religiösem Wahn. Khaled war offen und weltlich orientiert. Nie hätte er zum Beispiel Frauen den Schleier aufgezwungen oder ihnen die Teilnahme am öffentlichen Leben untersagt.

Seine moderne Einstellung brachte ihn bei den islamischen Fundamentalisten stark in Misskredit.

Ich wusste von ihm, dass terroristische Gruppen in der Vergangenheit bereits zwei Attentate auf ihn versucht hatten: Beim ersten Mal mit einer Autobombe, beim zweiten Mal lauerte ihm ein Heckenschütze auf. Nur Dank der Wachsamkeit seiner Leibwächter war er beide Male unverletzt geblieben. Nun verfolgte er die Fundamentalisten gnadenlos.

Ich trank einen Schluck Wasser und musterte Walid al-Kawi verstohlen aus den Augenwinkeln. Angeblich wusste nicht einmal der Präsident selbst, wer er wirklich war. Es hieß, er sei Syrer, aber auch das stand nicht mit absoluter Sicherheit fest. Und nie hatte man den Top-Agenten ohne seine Maskierung gesehen.

Er war wie ein Phantom, das lautlos auftauchte, wenn der Präsident einen Auftrag für ihn hatte. Danach verschwand al-Kawi ebenso lautlos wieder.

Beim Anblick dieses maskierten Mannes mit den stechenden dunklen Augen lief mir jedes Mal ein Schauer den Rücken hinunter. Etwas Mysteriöses umgab ihn, dem ich mich nicht entziehen konnte, obwohl ich wusste, dass er eigentlich auch nur ein Mensch war – vielleicht kein ganz gewöhnlicher, aber ein Mensch.

Als Nächstes kam man auf die Wirtschaft zu sprechen. Hier waren die Neuigkeiten nicht so rosig wie bei den Themen zuvor: Durch die UNO-Handelsblockade hatte sich die Wirtschaft seit dem letzten Krieg kaum erholt, und die Arbeitslosigkeit stieg weiter.

»Wir werden das schaffen«, sagte Khaled laut und deutlich, damit die Reporter auch ja jedes Wort verstanden. »Die Feinde Benits wollen uns am Boden halten, uns weiter demütigen. Doch ich weiß, dass das benitische Volk stolz und stark ist. Mit Allahs Hilfe werden wir den Westen irgendwann besiegen.«

Tosender Applaus der Leute von Fernsehen, Radio und Zeitung, sowie der Mitglieder des Kommandorates war die Antwort.

Auch ich ließ mich von der Begeisterung mitreißen. Natürlich konnten wir alle Probleme überwinden – wenn Khaled das sagte. Ihm würde schon etwas einfallen.

Doch irgendwo tief in mir schlummerte ein leises Unbehagen ... Nicht wegen Khaled als Person – das war lange vorbei. Aber ich wusste aus der Geschichte meines eigenen Landes, wozu ein Mann mit derartiger Redegewalt sein Volk bewegen konnte ...

Rasch versetzte ich dieses Unbehagen mit einem Hammerschlag in den Tiefschlaf zurück.

Nabil hatte sich nun zu Wort gemeldet und sprach über den Ölhandel, der in Zukunft ja auch mein Thema sein würde. Ich hörte aufmerksam zu.

Dass ich eines Tages selbst dem Präsidenten vor dem Kommandorat Bericht erstatten sollte – unvorstellbar! Niemals würde ich dabei Nabils Ruhe und Selbstbewusstsein ausstrahlen können!

Nach zwei Stunden schloss mein Schwiegervater die Sitzung. Er, Saleh und ich fuhren zum Hauptpalast zurück.

Wie immer um die Mittagszeit waren die Straßen von Sarana fast menschenleer. Die gnadenlose Hitze trieb die Leute in ihre Häuser zurück oder in die Geschäfte, Restaurants und Cafés. Nur die Markthändler hielten weiterhin Stellung und priesen lautstark ihre Waren an, obwohl ihnen gar niemand zuhörte.

Einige Kinder plantschten unter den wachsamen Augen ihrer Mütter im Ghaniim, eine Gruppe Jugendlicher lag dösend im Schatten hoher Palmen und ein Obdachloser schlief auf dem Sockel einer Khaled-Mustafa-Statue – direkt zu Füßen des Präsidenten.

Vom Autofenster aus beobachtete ich, wie zwei Polizisten auf den Mann zugingen und ihn energisch verscheuchten. Dann waren wir um die nächste Ecke gebogen.

Ich wandte mich an Khaled, der zwischen Saleh und mir saß, und fragte ihn, was es eigentlich mit Israel auf sich hatte. »Sind sie wirklich eine Bedrohung für Benit?«

Schlagartig verdunkelte sich sein Gesicht. »Die Juden sind eine Bedrohung für die gesamte arabische Welt. Man müsste sie alle vertreiben!«

»Nicht alle Juden sind gleich, Baba«, wandte Saleh entschieden ein. »Sicher gibt es unter ihnen auch gute Menschen.« Er warf mir einen Blick zu und ich wusste, dass er an die Leute auf Hawaii dachte – diese Amerikaner, die uns so freundlich empfangen hatten ...

Sein Vater starrte ihn wütend an. »Diese ›*guten Menschen*‹ besetzen unsere heiligen Stätten in Jerusalem und haben den Palästinensern ihr Land gestohlen. Sie hatten kein Recht, sich in diesem Teil der Welt niederzulassen und sollen dorthin zurück, woher sie gekommen sind.«

Saleh seufzte hilflos. »Nichts zu machen«, wandte er sich an mich. »Mein Vater hasst Israel und würde es am liebsten von der Landkarte radieren!«

Ich sah Khaled an. »Ich bin ein entschiedener Gegner davon, ein ganzes Volk zu verdammen«, sagte ich finster.

»Davon verstehst du nichts, Sina!«, war seine knappe Antwort. »Du kennst die Juden nicht!«

Ich fühlte Zorn in mir aufwallen. »Ich komme aus einem Land, das es sich einst auf die Fahnen geschrieben hat, alle Juden zu vernichten«, rief ich aufgebracht. »Sag du mir also nicht, ich verstünde nicht, wovon ich rede!«

Khaled hob beschwichtigend die Hände. »Schon gut, schon gut! Ich würde die Juden ja nicht vernichten, wie Hitler es getan hat. Aber ich würde gerne als der Befreier Palästinas in die Geschichte eingehen, indem ich sie vertreibe ...«

Saleh schüttelte missbilligend den Kopf. »Träum weiter, Baba! Das schaffst du nie – und das ist gut so!«

Khaled lächelte nachsichtig. »Wer weiß ...«

Dann wandten wir uns erfreulicheren Themen zu, doch mein Unbehagen war erneut erwacht.

Die Politik und die Ansichten dieses Mannes waren teilweise alles andere als human.

Doch andererseits mochte ich ihn wirklich sehr, und konnte beim besten Willen nicht mehr den Tyrannen und Kriegsverbrecher in ihm sehen wie einst.

Wieder fühlte ich mich hin und her gerissen zwischen meinen westlichen Werten und dem, was mich mit Salehs Familie verband. Rasch schob ich dieses unlösbare Problem beiseite. Ich wollte meine heile Welt jetzt nicht damit belasten ...

32

Meinen zwanzigsten Geburtstag feierte ich am dreißigsten Juni, am gleichen Tag, an dem auch Ali geboren war – allerdings zwölf Jahre nach mir.

Bereits Wochen vor dem Fest gab es hitzige Diskussionen im Hause al-Adnan.

Der Grund war ein etwas ausgefallener Wunsch meines Stiefsohnes ...

Seit er im Fernsehen die Rallye Dakar gesehen hatte, war er begeistert davon. Die Wände seiner Zimmer zierten inzwischen jede Menge Poster der schnellen Geländewagen.

Und genau so einen wünschte er sich jetzt.

Doch davon hielt Saleh gar nichts.

Ali einige Fahrstunden in den Jeeps seines Vaters zu geben – das hatte er in Ordnung gefunden und war sogar richtig stolz auf das fahrerische Geschick des Jungen gewesen.

Aber einem achtjährigen Kind ein Rallye-Auto schenken? Das ging dann doch zu weit.

»Wenn du den Führerschein hast, bekommst du deinen Geländewagen – vorher nicht!«

»Ich will aber Rennfahrer werden«, sagte Ali. »Da muss ich früh anfangen zu üben. Sonst schaffe ich es nie zur Dakar!«

Hier schaltete sich Khaled ein. »Rennfahrer, Dakar ...«, wiederholte er kopfschüttelnd. »Was sind denn das für Zukunftspläne? Du wirst eines Tages Präsident von Benit sein wie dein Vater und ich – nichts anderes!«

Ali blickte ihn trotzig an. »Nein, Großvater! Ich werde Rennfahrer! Du wirst schon sehen!«

»Schluss jetzt mit dem Blödsinn!« Khaled hob streng den Zeigefinger. »Ich will nichts mehr davon hören!«

»Ich werde auch nichts mehr davon sagen – sobald ich meinen Rennwagen habe!«

Ich, die ich dabeistand, verbiss mir ein heimliches Grinsen.

Wie Saleh und Khaled war ich dagegen, Alis Wunsch zu erfüllen. Er musste wissen, dass er nicht alles bekommen konnte, obwohl er der Enkel des Präsidenten war.

Saleh und ich verwöhnten ihn teilweise sowieso fast zu sehr. Wenn ich an seine vor Spielsachen überquellenden Kinderzimmer dachte, hatte ich beinahe schon ein schlechtes Gewissen.

Aber dieser kleine Dickkopf! Wie er entschieden auf seinem Rallye-Wagen bestand ...

»Ali, hör zu ...« versuchte Saleh, ihn zur Vernunft zu bringen.

»Nein!« Der Junge hielt sich die Ohren zu und sein Vater wandte sich mit einem Hilfe suchenden Blick an mich.

Ich zuckte mit den Schultern und hielt mich zurück. Schließlich hatte ich oft genug mit Alis Dickkopf zu kämpfen. Sollten die Männer ruhig auch einmal ihre Autorität walten lassen.

»Ich will so ein Auto!«

»Ali!« Khaleds Stimme war jetzt so, dass mein Stiefsohn unwillkürlich den Kopf einzog.

Dann verschwand er schmollend in sein Zimmer, wo er aus Wut und Enttäuschung ein paar Tränen rollen ließ.

»Unglaublich!«, knurrte der Diktator mehr zu sich selbst als zu Saleh und mir. »So hätte ich einmal mit meinem Vater oder Großvater reden sollen!« Damit entfernte auch er sich.

Sicher warteten in seinem Arbeitszimmer noch Dinge, die zu erledigen waren.

Ich wandte mich an meinen Mann. »Ich wusste gar nicht, dass dein Vater gegen seine Enkel so streng sein kann.«

»Das kommt auch selten vor«, entgegnete Saleh grinsend. »Aber gegen seine Kinder war er streng. Du glaubst gar nicht, wie oft ich übers Knie gelegt wurde ... Und Abdullah erst.«

»Wahrscheinlich hattet ihr es verdient«, neckte ich, worauf er mir einen Rippenstoß versetzte.

*

Ali gab nicht auf: Wochenlang ließ er keine Gelegenheit aus, seinen Vater, Khaled oder mich um den Geländewagen anzubetteln. Morgens, mittags und abends – immer das gleiche Drama! Bald konnte ich das Wort »Auto« nicht mehr hören.

Zwei Tage vor seinem Geburtstag quengelte er beim Abendessen wieder einmal besonders schlimm herum.

Da sprang Khaled unvermittelt von seinem Stuhl auf. »Das reicht!«, polterte er und schlug mit der Faust auf den Tisch, dass das Geschirr klirrte.

Saleh, Ali, Selwa, Ledan und ihr Mann Ijad, Saad, Ismael, Nawir und ich, die wir mit ihm im Palast bei Hadschid aßen, zuckten zusammen.

»Ich habe endgültig genug von dem Theater!« Und er stampfte wütend aus dem Esszimmer, ohne sein Abendessen auch nur angerührt zu haben.

Den ganzen Abend tauchte er nicht mehr auf und keiner wusste, wo er steckte – auch seine Leibwächter nicht.

*

Dann kam Alis Geburtstagsfest, das wir im Palast am Ghaniim feierten und das zugleich auch meines war.

Ali hatte die halbe Schule eingeladen.

Die Kinder machten angesichts der Pracht des Palastes große Augen, die sich noch mehr weiteten, als Khaled erschien, um alle zu begrüßen.

»Irgendwie habe ich mir den Präsidenten größer vorgestellt«, hörte ich einen Jungen einem anderen zuraunen. Dabei war Khaled über einsachtzig.

Unwillkürlich musste ich lächeln, als ich an meine ersten Aufenthalte in Benit dachte: Der unglaubliche Luxus von Khaleds Familie hatte mir immer wieder fast den Atem geraubt, und anfangs hatte ich es kaum fertig gebracht, dem Diktator in die Augen zu schauen ...

Neben Alis Kameraden aus der Schule kam auch die halbe Verwandtschaft angereist.

Bald stapelte sich ein riesiger Haufen Geschenke in einer Ecke des Salons. Und Ali schien durchaus zufrieden – obwohl kein Geländewagen darunter war.

Er war sogar so gut gelaunt, dass er sich von sämtlichen Tanten, Großtanten und sonstigen Verwandten küssen ließ, was er normalerweise hasste.

Er genoss es, im Mittelpunkt zu stehen, alberte mit seinen Schulkameraden und den verwandten Kindern herum und war sichtlich stolz, als er mit Selwa die riesige Geburtstagstorte anschneiden durfte.

»Von wegen Rennfahrer«, flüsterte Saleh mir zu. »Der ist ja jetzt schon ein kleiner Politiker.«

Darauf mussten wir beide lachen.

Auch ich war glücklich und trug voller Stolz Salehs Geschenk, das er mir an diesem Morgen überreicht hatte: Eine Kette mit einem großen Rubin in Form eines Herzens. Der Anhänger musste ihn ein Vermögen gekostet haben.

Nach dem Essen veranstalteten Safia und ich mit den Kindern Spiele im Park, womit wir uns bei den Kleinen sehr beliebt machten – aber nicht bei der Republikanischen Sicherheit.

Die Leibwächter zogen sich angesichts des anhaltenden Geschreis, Gekreisches und Gelächters diskret zurück, um in größerer Entfernung Wache zu halten.

Khaled – Safias Sohn – störte die Spiele immer wieder. Besonders beim Eierlaufen watschelte er dauernd in den Weg und erntete dafür manchen Tadel.

»Khaled, du Blödmann!«, schimpfte Ismael, nachdem er dem Kleinen gerade noch durch einen schnellen Haken ausgewichen war. Dabei hatte er sein Ei zerbrochen und deshalb verloren.

»Das nächste Mal renne ich dich um! Aber so, dass es wehtut!«

»Ismael!«, mahnten Ledan und Ijad ihren Sohn wie aus einem Mund.

Der Junge brach in Tränen aus. »Aber das ist gemein«, schluchzte er. »Ich hätte gewonnen.«

Rasch gab Safia ihm ein neues Ei und der Wettkampf wurde wiederholt.

Tatsächlich gewann Ismael gegen einen Jungen aus Alis Klasse, der also ein Jahr älter war als er. Darüber war er so stolz, dass er den Groll auf seinen kleinen Cousin schlagartig vergaß.

Schließlich wurde das »Problem Khaled« dadurch gelöst, dass Ali ihn beim Rennen auf den Rücken nahm. Dort oben kreischte der Kleine vor Vergnügen.

Safia wandte sich grinsend an Saleh und mich: »Ali wäre ein toller großer Bruder. Darüber solltet ihr beiden wirklich einmal nachdenken.«

Mein Mann und ich wechselten einen Blick.

Saleh zwinkerte mir zärtlich zu. »Diese Entscheidung überlasse ich Sina. Sie wird selbst wissen, ob und wann sie bereit ist, ein Kind zu bekommen.«

Bisher hatten wir über dieses Thema selten gesprochen.

»Irgendwann möchte ich bestimmt Kinder«, sagte ich. »Aber im Moment ist mir das noch zu früh.«

*

Ein paar Tage nach dem Fest lud Khaled Saleh, Ali und mich zu einer Spritztour in die Wüste ein. In eine Staubwolke gehüllt jagten wir mit den Jeeps über Sanddünen, rumpelten Geröllhalden hinauf und hinunter und schanzten über Bodenwellen.

»Schneller, Baba, schneller!«, kreischte Ali vergnügt vom Rücksitz her.

Ich hielt mich krampfhaft an dem Griff über der Beifahrertür fest, um nicht gar so heftig herumgeworfen zu werden und sah mich nach den anderen Fahrzeugen um. Der Wagen mit Khaled und Selwa, sowie die vier der Republikanischen Sicherheit blieben immer weiter zurück. Und Saleh beschleunigte noch mehr. Hätte ich nicht grenzenloses Vertrauen in seine Fahrkünste gehabt, wäre ich vor Angst wahrscheinlich gestorben.

So genoss ich die rasante Fahrt und amüsierte mich über das vor Übermut strahlende Gesicht meines Mannes. »Wir hängen sie ab!«, jubelte er. »Juhuu!«

In diesem Moment konnte ich mir gut vorstellen, wie er als kleiner Junge ausgesehen hatte.
Ich war glücklich und fühlte mich frei wie ein Vogel.
Die Luft flimmerte über den kahlen Hügeln und wenige vertrocknete Dornbüsche verloren sich in der unendlich scheinenden Weite der Wüste.
Die Sonne brannte von einem Himmel, der so blau war, wie es ihn nur in Benit geben konnte.
Mein Gott, wie ich dieses Land liebe! dachte ich verträumt. Es gibt keinen Ort auf der Welt, der schöner ist als Benit. Nie mehr möchte ich irgendwo anders leben! Das Piepsen meines Handy-Funkgerätes riss mich aus meiner Versunkenheit.
Khaleds Stimme meldete sich: »Sina? Saleh?«
»Ja, Khaled – was gibt es?«, erkundigte ich mich.
»Seht ihr rechts die Schlucht? Haltet dort bitte an, kurz bevor es den Abhang hinuntergeht! Ich möchte euch etwas zeigen!«
»Da bin ich aber gespannt!« Saleh fuhr einen Bogen und lenkte den Jeep auf die Schlucht zu.
»Na, und ich erst!« Ali rutschte aufgeregt hin und her.
Am Rand des Abgrundes hielt mein Mann an und stellte den Motor ab. Rasch schlossen die anderen Fahrzeuge zu uns auf.
Ali purzelte fast aus dem Auto, während wir anderen langsamer folgten.
Erwartungsvoll schaute sich mein Stiefsohn um. »Wo ist denn nun das, was du uns zeigen möchtest?«, wandte er sich ungeduldig an seinen Großvater.
Khaled zwinkerte ihm geheimnisvoll zu. »Folgt mir! Dann werdet ihr es sehen!« Und er begann langsam den steilen Abstieg in die Schlucht, der nichts für Menschen mit Höhenangst war.
Auf einem schmalen Pfad musste man sich nahe an einer Felswand zur Rechten entlang hangeln, während es links fast senkrecht hinunterging.
Mir war angesichts dieses Abenteuers nicht ganz wohl zu Mute. Immer wieder löste sich zu meinen Füßen Geröll und stürzte in die Tiefe.
Ich hielt mich eng an die Felswand.
Dagegen turnten Saleh, Selwa, Khaled, Ali und die Leibwächter vor mir munter bergab.
Als wir endlich festen Boden erreicht hatten, wischte ich mir unwillkürlich den Angstschweiß von der Stirn. Hoffentlich hatte ich diesen Weg nicht umsonst eingeschlagen. Denn das würde ich Khaled so schnell nicht verzeihen.
Der Präsident führte uns um einen Felsvorsprung herum und Saleh, die Leibwächter und ich blieben wie angewurzelt stehen. Nur Selwa, die offenbar schon vorher eingeweiht gewesen war, zwinkerte ihrem Mann zufrieden zu.

Derjenige, der von uns allen die größten Augen machte, war Ali. Er sah aus als wisse er nicht, ob er wach sei oder träume: Da stand ein dunkelblau lackierter Geländewagen – genau der, den er sich gewünscht hatte.

Beinahe liebevoll strich der Junge über den glänzenden Lack und blickte dann Khaled ungläubig an. »Für mich?«, fragte er vorsichtig.

Der Präsident nickte. »Ja, und es war verdammt schwer, diesen Wagen aufzutreiben. Die Autos, die bei der Rallye Dakar mitfahren, sind alle Prototypen. Ich musste einige Hebel in Bewegung setzen – das kannst du mir glauben. Pass also gut darauf auf, hörst du?«

Ali fiel ihm überglücklich um den Hals. »Danke, Großvater! Danke!«

Saleh schüttelte halb missbilligend, halb amüsiert den Kopf. »Du bist einfach unmöglich, Baba!«

Ich grinste still in mich hinein. So viel also zum strengen Großvater ...

33

In den Sommerferien kam meine Mutter zum ersten Mal nach Benit.

Ich freute mich riesig, denn es war eine ganze Weile her, dass ich sie zuletzt gesehen hatte:

Im Herbst letzten Jahres waren Saleh, Ali und ich in Deutschland gewesen – also vor beinahe einem Jahr.

Saleh und ich waren damals frisch verheiratet gewesen und ich hatte deutlich gespürt, dass meine Mutter darüber alles andere als glücklich war.

Nun hatte sie sich mit der Situation so weit abgefunden, dass sie bereit war, meine neue Heimat kennen zu lernen. Aber ich wusste, welche Überwindung sie diese Reise kostete.

Doch dann fühlte sie sich äußerst wohl in Benit. Sie bewunderte den Luxus, in dem wir lebten und staunte über die Schönheit des Landes und seiner Menschen.

Saleh und ich fuhren sie tagelang herum und zeigten ihr die schönsten Plätze in Benit.

Rasch freundete sie sich mit meinen Schwägerinnen, Selwa und vor allem Intisar an.

»Sie ist so schön, stark und klug«, sagte sie über Abdullahs Frau. »Eigentlich müsste es leicht für sie sein, wieder einen Mann zu finden ... Aber sie will keinen, stimmt's? Ach, wie traurig!«

Nur Khaled gegenüber blieb meine Mutter distanziert, was ich auch nicht anders erwartet hatte ...

»Privat mag er ja wirklich ganz nett sein, aber für die Verbrechen, die er als Politiker begangen hat, gibt es keine Entschuldigung.«

Ich widersprach ihr nicht, denn ich wusste, dass sie Recht hatte. Aber das änderte nichts an meiner Zuneigung zu Khaled als Mensch ...

Auch Ali verstand sich großartig mit meiner Mutter, obwohl er ein wenig enttäuscht war, dass sie seinen dicken Freund Julian nicht mitgebracht hatte.

Mein Bruder war mit seiner Clique im Zeltlager und ließ uns alle herzlich grüßen.

»Ich hätte ihm so gern meinen Geländewagen gezeigt«, meinte Ali traurig.

Nachdem ich meiner Mutter seine Worte übersetzt hatte, strich sie ihm tröstend über den Kopf. »Dann zeigst du ihn eben mir, deinen Geländewagen.«

Kurze Zeit später saß sie auf dem Beifahrersitz und wurde in rasantem Tempo durch die Wüste chauffiert.

Als die beiden schließlich zurückkehrten, war meine Mutter ganz blass um die Nase. Aber sie lobte Alis Fahrkünste, womit sie endgültig sein Herz eroberte.

Mit seinem Charme wickelte er sie regelmäßig um den Finger – und in diesen zwei Wochen war sie sein bevorzugter Spielkamerad. Die Sprachbarriere störte weder »Großmutter« noch »Enkel«.

»Ich kann verstehen, dass du dieses Leben gewählt hast«, sagte mir meine Mutter beim Abschied. »Trotzdem: Pass auf dich auf!«

Ich versprach es, obwohl ich keine Ahnung hatte, aus welcher Richtung die von ihr befürchtete Gefahr zu erwarten war ...

*

Eine Woche nach der Abreise meiner Mutter kam Saleh abends mit düsterem Gesicht nach Hause. »Zu Hause« war in diesem Fall der Palast bei Zara.

Stumm ließ mein Mann sich auf einen der Sessel in meinem Gemach fallen.

»Was ist los?«, fragte ich besorgt.

Er öffnete den Mund, um etwas zu sagen, doch in diesem Moment stürmte Ali herein. Sein Gesicht strahlte auf, als er seinen Vater erblickte. »Hallo, Baba!«

»Hallo, Sohn!« Saleh umarmte ihn flüchtig, schien dabei aber mit den Gedanken weit weg zu sein.

Meine Besorgnis wuchs, denn normalerweise konnte er beinahe alle Probleme hinter sich lassen, sobald er Ali sah. Etwas wirklich Schwerwiegendes musste ihm heute auf der Seele liegen.

Auch der Junge merkte, dass mit seinem Vater etwas nicht stimmte. Er wich von Saleh zurück und musterte ihn mit gerunzelter Stirn.

»Hast du deine Zähne geputzt, Ali?«, fragte ich.

Er nickte eifrig und zeigte mir seine gesunden Zähne. »Ja, schau: Sie sind ganz sauber!«

Ich brachte ein Lächeln zu Stande. »Stimmt! Die hast du gut geputzt.«

»Liest du mir vor dem Einschlafen bitte noch eine Geschichte vor, Sina?«, bat Ali mit einem letzten neugierigen Blick auf Saleh.

Ich nahm seine Hand. »Gut – aber nur eine kurze! Dein Vater und ich müssen noch etwas besprechen.«

Er nickte ernst. »Ich weiß.«

Während ich mit ihm in sein Kinderzimmer ging, dachte ich, dass er für einen Achtjährigen schon sehr verständig war.

Nachdem ich Ali seine Einschlafgeschichte vorgelesen hatte, kehrte ich zu Saleh zurück.

Noch immer kauerte er regungslos auf dem Sessel und starrte ins Leere. Mich bemerkte er erst, als ich mich neben ihn auf die gepolsterte Lehne setzte.

Er wandte mir das Gesicht zu und ich las Kummer und Entsetzen in seinen Augen. Unwillkürlich krampfte sich mir das Herz zusammen. Ich streckte die Arme nach ihm aus und zog ihn an mich.

»Es war schrecklich, Sina!«, sagte er schwach und ließ seinen Kopf gegen meine Brust sinken.

»Ich habe heute zum ersten Mal eine Verhandlung des obersten Gerichtes gesehen ... Du weißt schon: Alle Hochverräter müssen sich dort verantworten ...«

Ich nickte. »Ja, ich habe von diesem Gericht gehört.« Dann stellte ich eine Frage, auf die ich die Antwort eigentlich gar nicht hören wollte: »Wie war die Verhandlung?«

Saleh holte tief Luft. »Wer vor diesem Gericht landet, ist verloren«, brachte er mühsam hervor. »Die drei Richter haben ihr Urteil schon gefällt, ehe sie überhaupt wissen, was der Angeklagte genau verbrochen hat ... Und der Verteidiger entschuldigt sich zu Beginn der Verhandlung bei meinem Vater ...«

»Wofür?«

»Dafür, dass er diesen ›Landesverräter‹ verteidigen müsse.« Seine Stimme klang jetzt auf einmal gefasst und beinahe distanziert. Aber ich wusste, dass er in Wirklichkeit weder gefasst noch distanziert war.

»Oh, mein Gott! Und was passiert dann mit den Angeklagten?«

»Alle, die vor das oberste Gericht kommen, werden zum Tode verurteilt. Es hat nie eine Ausnahme gegeben, sagt mein Vater ... Aber vor ihrer Hinrichtung wandern sie noch eine Weile ins Gefängnis ...« Er stockte. »Das habe ich mir heute auch angesehen ...«

Schweigend drückte ich ihn fester an mich, streichelte seinen Rücken und das seidige, lockige Haar.

»Jedes Gefängnis hat vier Bereiche: Für leichte Verbrechen, schwere Verbrechen, Landesverrat und Landeshochverrat. Die leichteren Fälle kommen meistens mit ein paar Jahren Gefängnis und gezeichnet von den ›Abschreckungsmaßnahmen‹ – wie mein Vater das nennt – davon, zum Beispiel mit Narben von Peitschenhieben.

Die, die über die Regierung gelästert haben – also die leichteren Fälle unter den Landesverrätern – bekommen die Zunge herausgeschnitten ...«

Ich schluckte. Am liebsten hätte ich mir die Ohren zugehalten oder ihn angeschrieen, er solle aufhören. Doch ich ließ ihn reden, da ich hoffte, es würde ihm helfen.

»Die schweren Fälle kommen nicht so glimpflich davon: Sie werden vergast, geköpft, gesteinigt, verbrannt, erhängt oder erschossen. Davor sorgen Folterungen für die nötigen Geständnisse und die Namen beteiligter Personen ...« Saleh atmete tief durch und ich spürte, wie er um seine Fassung rang.

»Auch wenn mein Vater es dir anbietet, Sina: Schau nie in eines dieser Gefängnisse!«

»So schlimm?«

Er nickte mit zusammengebissenen Zähnen. »Noch schlimmer! Ich habe die finsteren, stinkenden Zellen gesehen. Die Gefangenen schlafen auf hartem Beton und teilweise inmitten ihres eigenen Drecks. Sie dürfen nämlich nur einmal am Tag aufs Klo und das halten die meisten nicht so lange aus ... Wenn etwas danebengeht, gibt es zusätzliche Schläge und sie müssen es natürlich selbst wegputzen. Mein Vater meint, diese Maßnahmen seien gut für die Disziplin der Gefangenen.«

Ich fühlte einen rasenden Zorn gegen Khaled in mir aufsteigen. Wie konnte er bloß diese Dinge veranlassen? Er, der seinen Angehörigen gegenüber so besorgt und liebevoll war.

Und warum musste er auch noch Saleh und mich da hineinziehen? Ahnte er nicht, wie schrecklich wir uns dabei fühlten?

»Ich habe auch die Räume gesehen, in denen diese Leute gefoltert und getötet werden, Sina«, sagte Saleh tonlos. »All die schrecklichen Instrumente ... Aber darüber kann ich nicht sprechen.«

Unwillkürlich musste ich an das denken, was Tahir mir bei unserer letzten Begegnung gesagt hatte: Dass sich jeder mitschuldig mache, der um die Verbrechen eines anderen wisse und nichts dagegen unternehme ...

Rasch schob ich diesen Gedanken beiseite. Hier ging es schließlich nicht um irgendeinen Tyrannen, sondern um meinen Schwiegervater.

Saleh klammerte sich wie ein Ertrinkender an mich. »Wenn ich an die Macht komme, werde ich als Erstes das Gerichtssystem reformieren.« Seine Stimme klang schwach, aber dennoch entschlossen. »Das verspreche ich, Sina!«

»Was sagt dein Vater zu dieser Idee?«, erkundigte ich mich skeptisch.

Saleh zuckte mit den Schultern. »Er weiß nichts davon und wäre auch nicht einverstanden. Im Grunde ist er ein guter Mensch, aber er gehört einer anderen Generation mit anderen Ansichten an. Er glaubt, seine Position nur durch Gewalt und Einschüchterung aufrechterhalten zu können.

Ich denke da anders: Wenn ich Präsident bin, will ich meine Macht dadurch sichern, dass mein Volk mich liebt.«

Mein Herz dehnte sich vor Zärtlichkeit. »Dein Volk wird dich lieben, Saleh!« flüsterte ich. »Das weiß ich.«

Langsam hob er den Kopf und ich sah, dass seine Augen jetzt einen feuchten Schimmer hatten.

Seine Lippen näherten sich den meinen und wir küssten uns so lange und innig, bis uns beide die Leidenschaft übermannte.

34

Die Zeit verging schnell in meinem Traum aus Tausendundeiner Nacht und wieder war es Sommer. Barfuß ging ich durch den Park des Palastes am Ghaniim. Ich trug ein züchtiges, gelbes Sommerkleid, das dennoch luftig war, und einen Sonnenhut. Trotzdem drang mir der Schweiß aus allen Poren – kein Wunder bei fünfzig Grad im Schatten.

Ali war noch in der Schule und Saleh bei der Einweihung eines neuen Kriegsschiffes. Er musste jetzt immer mehr politische Verpflichtungen wahrnehmen – auch ohne seinen Vater.

Ich selbst hatte inzwischen ganz das Amt des Ölministers übernommen und war gerade von einem Besuch mehrerer Ölquellen im Westen zurück.

Der Hubschrauber, der mich dorthin und wieder nach Sarana zurückgeflogen hatte, startete soeben mit lautem Knattern.

Als er im Tiefflug über meinen Kopf hinwegrauschte, winkte ich dem Piloten zu. Am liebsten hätte ich ihn gebeten, doch eine Weile über mir zu kreisen, denn der Wind der Rotoren tat gut. Aber schließlich waren die Militärhubschrauber zur Landesverteidigung da und nicht, um mir Luft zuzufächern.

Benit hatte viele Feinde, die ständig in Schach gehalten werden mussten.

Einer der gefährlichsten war Durah, das westliche Nachbarland, gegen das Benit jahrelang Krieg geführt hatte. Und auch heute noch – zehn Jahre nach der Niederlage Durahs – war mit den religiösen Fanatikern, die dieses Land regierten, nicht zu spaßen. Die Durahner warteten nur auf eine Gelegenheit, Benit erneut anzugreifen.

An die Gefahren, welche von den USA und Israel ausgingen, wollte ich lieber gar nicht denken. Diesen beiden Ländern hatte Benit an Waffengewalt wenig entgegenzusetzen. Ein Glück, dass Israel sich nach den Anweisungen der Amerikaner richtete und die USA sich an die Beschlüsse der UNO hielten.

So lange also die UNO nicht grünes Licht für einen erneuten Krieg gegen Benit gab, waren wir in dieser Hinsicht sicher. Wir duften dem Westen einfach nur keinen Grund zu unserer Vernichtung geben.

Und mit Durah würde Khaled auch irgendwie fertig.

Ich sah dem davonfliegenden Hubschrauber nach, klopfte mir den letzten Wüstensand aus dem Kleid und machte mich dann auf die Suche nach meinem Schwiegervater.

Er hatte seinen Funk ausgeschaltet und auch die Männer der Republikanischen Sicherheit, die im Park patrouillierten, wussten nicht, wo er war. Also ging ich davon aus, dass er sich irgendwo auf dem Gelände des Palastes aufhielt, denn sonst hätte er seine Leibwächter informiert.

Ich rief seinen ersten Diener an und dieser konnte mir endlich weiterhelfen: »Der Präsident ist vor etwa einer Stunde an den Fluss hinuntergegangen, um zu baden.«

Tatsächlich fand ich Khaled am Ghaniim.

Er lag lang ausgestreckt am Ufer auf einem großen Badetuch. Eine Gruppe hoher Palmen spendete ihm Schatten.

Neben dem Diktator standen eine schwarze Badetasche und ein Glas eisgekühlter Limonade.

Haare und Badehose waren noch nass vom Schwimmen. Er hatte die Augen geschlossen und schien zu schlafen.

Leise trat ich näher und betrachtete meinen Schwiegervater. Sogar im Schlaf wirkte er würdevoll und er hatte den Körper eines jungen Mannes.

Noch immer übte Khaled eine geheimnisvolle Faszination auf mich aus und ich verstand, warum ganz Benit seit Jahren seinen Befehlen gehorchte.

»Khaled?«, sprach ich ihn behutsam an.

Da öffnete er die Augen und grinste in seiner charmanten Art zu mir hoch. »Hallo, Sina! Ist alles in Ordnung bei den Ölquellen?«

Ich nickte. »Ja, soweit ist alles in Ordnung.«

Er setzte sich auf, schob die Badetasche zur Seite und deutete auf den dadurch frei gewordenen Platz zu seiner Rechten. »Komm, setz dich doch zu mir! Möchtest du ein Glas Limonade?«

Ich ließ mich neben ihn fallen. »Gerne!« Mein Mund war derart trocken, dass mir die Zunge am Gaumen klebte.

Khaled schaltete seinen Funk an und rief einen Diener herbei, der einen Augenblick später mit einem großen Glas Zitronenlimonade erschien. Dann zog er sich mit einem unterwürfigen Kopfnicken wieder zurück.

Während mein Schwiegervater und ich gemütlich im Schatten saßen und Limonade tranken, stellte ich ihm die Frage, die mir auf dem Herzen lag: »Du, Khaled: Was genau wird eigentlich durch die Handelsblockade der UNO bezweckt?«

Es brach mir nämlich fast das Herz zu sehen, welche Ölreserven Benit hatte und nur so lächerlich wenig ausführen zu dürfen.

Dabei hätte Benit dringend einen florierenden Handel gebraucht, um sich von den Krisen der Vergangenheit zu erholen.

Angesichts dieser Tatsache verspürte ich in letzter Zeit immer wieder einen rasenden Zorn gegen die UNO und den Westen, der mir dann stets ein schlechtes Gewissen bereitete.

Schließlich war ich im Westen geboren und aufgewachsen, hatte seine Kultur und Werte mit auf den Weg bekommen. Neben der benitischen Staatsbürgerschaft besaß ich nach wie vor die deutsche und gehörte demnach immer noch zu »denen« – wenn auch nur zur Hälfte ...

Durfte ich den Teil der Welt, aus dem ich kam, einfach ablehnen und beinahe hassen?

Nein – es musste Möglichkeiten geben, mit der UNO und dem Westen klarzukommen.

Khaled seufzte. »Die Handelsblockade ist dazu da, dass unser Geld möglichst nicht zur Produktion von Massenvernichtungswaffen reicht.«

»Aber westliche Truppen bewachen doch sowieso alle Grenzen. Du könntest das für den Bau nötige Material gar nicht einführen, selbst wenn du das Geld dafür hättest.«

Er zuckte mit den Schultern und schnaubte verächtlich. »Die wollen eben ganz sichergehen.«

»Und wenn du der UNO erklärst, dass du gar keine Massenvernichtungswaffen mehr bauen willst?«

Khaled verzog ärgerlich das Gesicht. »Die werden mir nicht glauben, Kind! Sie halten mich für ein Monster ohne jedes Gewissen. Einige von denen glauben sogar, dass ich nach wie vor irgendwo Nervengas versteckt halte.«

Ich sah ihn überrascht an. »Aber das stimmt doch nicht, oder?«

»Nein, natürlich nicht! Wo denn auch? Die durchsuchen doch ständig alles.«

Er musterte mich prüfend und musste plötzlich trotz seines Grolls auf den Westen lächeln. »Du kannst diese Art von Waffen nicht ausstehen, stimmt's?«

Ich nickte ehrlich. »Ja! Ich mag Waffen im Allgemeinen nicht besonders und diese am wenigsten.«

Khaled grinste. »Saleh verabscheut Massenvernichtungswaffen auch. Er findet sie schrecklich und unmenschlich.«

»Das sind sie ja auch.«

»Stimmt!«, gab der Diktator mir recht. »Aber andererseits sind sie auch sehr wirkungsvoll. Darum habe ich sie in der Vergangenheit eingesetzt.« Er blickte mich ernst an. »Auch die westlichen Länder würden ihre Atomwaffen einsetzen, wenn sie keine andere Wahl hätten. Glaub mir, Sina!«

»Du musst dich vor mir nicht rechtfertigen! Um zu verstehen, wieso du bestimmte Dinge veranlasst hast, müsste ich wahrscheinlich in deiner Position sein. Und was die Atomwaffen des Westens betrifft: Hoffen wir, dass sie nie eingesetzt werden müssen.«

»Ja, hoffen wir es.«

»Möglich, dass es nichts bringt«, kam ich auf mein eigentliches Problem zurück. »Trotzdem möchte ich gerne einmal mit einem Vertreter der UNO über die Wirtschaftsblockade sprechen. Meinst du, das geht?«

Khaled ließ seine Blicke nachdenklich über das glänzende Wasser des Flusses schweifen, wo gerade zwei kleine Fischerboote in Richtung Meer vorbeizogen. »Das liegt bei der UNO. Versuchen kannst du es auf jeden Fall. Vielleicht vertrauen sie dir mehr als mir. Immerhin bist du im Westen aufgewachsen und verstehst, wie diese Leute denken.« Er seufzte. »Mir sind sie bis heute ein unlösbares Rätsel geblieben.«

Unwillkürlich musste ich so lachen, dass ich beinahe meine Limonade verschüttet hätte. »Das seid ihr Araber für mich teilweise auch noch«, prustete ich.

Er zwinkerte mir zu. »Gut! Dann haben wir ja doch mehr gemeinsam, als ich dachte.«

Gleich darauf wurde er wieder ernst. »Morgen Abend treffen Saleh und ich uns mit einigen der Waffeninspekteure. An die musst du dich wenden.«

Ich nickte und versuchte, ein wichtiges Gesicht zu machen. »In Ordnung, Herr Präsident! Aber jetzt hole ich erst einmal meine Badesachen und gehe auch schwimmen. Diese Hitze ist ja nicht auszuhalten.«

Er musterte mich amüsiert. »Doch Heimweh nach dem kühlen Deutschland?«

Ich stand auf. »Nein«, entgegnete ich. »Auf keinen Fall!«

*

Das Treffen zwischen Khaled, Saleh und den Waffeninspekteuren fand wie geplant am folgenden Abend im Hauptpalast statt.

Es erschienen insgesamt vier Männer: Zwei Amerikaner, ein Franzose und ein Däne.

Die Stimmung war äußerst gespannt. Besonders die beiden Amerikaner brachten dem Präsidenten offene Abneigung entgegen.

»Es gibt wieder vermehrt Hinweise, dass Sie gegen das Waffenabkommen verstoßen, Präsident Mustafa«, sagte der erste Amerikaner kalt. Er war der Typ General mit lauter Stimme, breiten Schultern und etwa zwei Meter groß.

»Ich weiß nicht, woher Sie Ihre Hinweise bekommen«, entgegnete Khaled würdevoll. Obwohl der Kerl ihn an Größe und Breite ein gutes Stück überragte, ließ er sich nicht einschüchtern.

»Ich kann dazu nur sagen, dass Benit sich genau an die Bedingungen des

Friedensvertrages hält.«

»Das hoffe ich für Sie und Ihr Volk«, sagte der andere Amerikaner. Er bildete das perfekte Gegenteil seines Landsmannes: klein und schmächtig. Doch er war nicht minder unsympathisch.

»Ihnen ist hoffentlich klar, welche Folgen ein Verstoß gegen das Waffenabkommen hätte – vor allem für Sie.«

Khaled biss die Zähne zusammen und ballte beide Hände zu Fäusten. Ich merkte, dass er mühsam um seine Beherrschung rang. »Ja! Schließlich tut ihr Amerikaner seit sieben Jahren nichts anderes, als mich ständig darauf hinzuweisen.«

»Wir haben unsere Gründe, Ihnen zu misstrauen«, meldete sich da der Franzose in gemäßigterem Ton als die Amerikaner zu Wort. »Sie haben in der Vergangenheit bewiesen, dass Sie zu allem fähig sind.«

»Wir wollen keinen Streit mit der UNO und schon gar keinen Krieg mehr«, mischte sich Saleh ein. »Wieso glauben Sie uns das nicht?«

Der Franzose musterte meinen Mann prüfend. »Möglich, dass Sie ein friedliebender Mensch sind, junger Mann. Aber Ihr Vater war das leider nie und wir können uns nicht darauf verlassen, dass aus dem Wolf plötzlich ein Schaf geworden ist.«

»Gib es auf, Saleh!« wandte Khaled sich an seinen Sohn. »Die wollen keinen Frieden mit uns und hören nicht einmal zu, was du zu sagen hast.«

»Ich glaube Ihnen nicht, dass Sie kein Nervengas mehr besitzen«, brauste der große Amerikaner auf. Er funkelte Khaled hasserfüllt an. »Irgendwo haben Sie noch welches versteckt und ich schwöre Ihnen: Wir finden es! Und dann Gnade Ihnen Gott!«

Ich fühlte ohnmächtigen Zorn in mir aufsteigen. Wie konnte dieser Amerikaner es wagen, so mit Khaled zu sprechen und uns derart zu drohen? Nur weil er die stärkste Armee der Welt hinter sich hatte, glaubte er wohl, sich alles erlauben zu können.

Khaled war blass geworden vor Zorn und er öffnete den Mund, um etwas zu erwidern.

Doch der Däne, Chef der Waffeninspekteure in Benit, kam ihm zuvor: »Genug, Jones!«, wies er den Amerikaner in striktem Befehlston zurecht. »Sie gehen zu weit!« Dann wandte er sich an Khaled: »Wir werden auf jeden Fall Ihre Waffenlager noch einmal kontrollieren, Herr Präsident. Unsere Pflicht ist es, jedem Hinweis auf Massenvernichtungswaffen nachzugehen.«

»Tun Sie, was Sie nicht lassen können!«, murrte Khaled. »Sie mögen es als Ihre Pflicht bezeichnen – ich nenne das Spionage.«

»Ich versichere Ihnen: Wir sind nur daran interessiert zu erfahren, welche und wie viele Waffen Sie produzieren. Alles andere werden wir nicht anrühren.«

Khaled schnaubte ungläubig, aber ich war aus irgendeinem Grund überzeugt, dass der Däne die Wahrheit sagte. Er schien mir absolut fair und ehrlich zu sein.

Trotzdem empfand ich die Situation als ausgesprochen demütigend: Dass wir, die wir zu den Mächtigsten der arabischen Welt gehörten, vor der UNO zu Kreuz kriechen mussten ...

Khaled überreichte den vier Männern mit versteinerter Miene die Pläne einiger Waffenfabriken.

Der große Amerikaner riss sie ihm förmlich aus der Hand, aber er verkniff sich weitere Drohungen.

Als die Waffeninspekteure sich zum Gehen wandten, hielt ich den Dänen zurück.

»Dürfte ich einen Augenblick mit Ihnen sprechen?«

Der Mann sah erst verwundert mich, dann Khaled an. »In Ordnung«, sagte er leicht irritiert und nickte seinen Kollegen zu. Diese verließen unter den wachsamen Augen zweier Leibwächter des Präsidenten das Büro, in dem die Unterredung stattgefunden hatte.

Auch mein Mann und mein Schwiegervater gingen hinaus.

Saleh blinzelte mir zum Abschied aufmunternd zu und seine Lippen formten die Worte: »Viel Glück!«

Nun waren der Chef der Waffeninspekteure und ich allein – abgesehen von den Männern der Republikanischen Sicherheit, welche rechts und links der Tür Stellung bezogen hatten.

Für einen Moment herrschte Stille.

Dann sprach mich der Däne zu meiner Überraschung in fast perfektem Deutsch an: »Leila ist nicht Ihr richtiger Name, oder?«

»Nein.«

»Habe ich mir gedacht.«

»Woher wissen Sie, dass ich Deutsche bin?«, erkundigte ich mich.

»Ihr Akzent! Wissen Sie: Ich habe in Deutschland studiert – in Hamburg.«

Verwundert musterte ich den Waffeninspekteur. Ich hatte in seiner Gegenwart kaum mehr als zwei Sätze gesprochen. Und doch hatte er mich gleich als Deutsche identifiziert?

Er war um die vierzig, groß und schlank und hatte intelligente, wasserblaue Augen. Sein weizenblondes Haar war von ersten grauen Strähnen durchzogen und der schwarze Anzug mit Krawatte bildete einen scharfen Kontrast zu seiner hellen Haut.

»Bitte setzen Sie sich doch!« Ich wies auf einen der Stühle, deren seidene, rote Sitzpolster mit weißen orientalischen Mustern verziert waren.

Ehrfürchtig strich der Däne über die Stuhllehne. »Ist das echtes Gold?«

Ich nickte gelassen. »Ja. Der Stuhl, die Verzierungen an den Wänden, dieser Kugelschreiber da auf dem Schreibtisch ... Alles echt!«

Er schüttelte fassungslos den Kopf. »Unglaublich. Welch ein Luxus!«

»Oh – da sollten Sie erst einmal unsere Badezimmer sehen!«

Der Waffeninspekteur sah mich nachdenklich an. »Haben Sie deshalb Saleh Khaled Mustafa geheiratet? Um diesen unvorstellbaren Reichtum zu genießen?«

Ich schüttelte entschieden den Kopf. »Nein! Ich habe ihn geheiratet, weil ich ihn liebe.«

Die aufmerksame, ruhig Art des Dänen lockerte meine Zunge zunehmend. »Und wenn er nicht der gewesen wäre, der er ist, hätte ich ihn wahrscheinlich noch früher geheiratet. Aber am Anfang hat mir dieser ganze Luxus regelrecht Angst eingejagt. Zum Glück war Saleh bereit, auf mich zu warten.«

Er nickte mir anerkennend zu. »Ist ja auch ein großer Schritt von Deutschland nach Benit«, meinte er. »Aber wenn man jemanden wirklich liebt, ist man wohl bereit, alles zu tun. Ich würde mit meiner Frau und den Kindern auch bis ans Ende der Welt gehen, falls nötig.« Beim Gedanken an seine Familie blickte er mit einem verträumten Lächeln an mir vorbei zu der Karte von Benit an der Wand. »Haben Sie auch Kinder, Leila?«

»Einen Stiefsohn – Ali. Er ist ein großartiger, aufgeweckter Junge. Letzten Monat ist er neun geworden, aber er weiß schon genau was er will. Er möchte unbedingt Rallye-Rennfahrer werden und trainiert dafür jetzt schon fast täglich.«

Der Däne lachte. »Sehr gut! Die Zukunft braucht zielstrebige junge Menschen. Meine drei Töchter sind sieben, zehn und zwölf Jahre alt und haben auch ihren eigenen Kopf.«

Es tat gut, wieder einmal mit jemandem auf Deutsch plaudern zu können – und abgesehen davon, lagen der Waffeninspekteur und ich auch noch auf einer Wellenlänge.

Für eine Weile vergaß ich fast, dass er eigentlich nicht mein Freund, sondern mein Gegner war.

Aber schließlich kam ich doch auf mein Anliegen zu sprechen.

Ich erzählte ihm von den Problemen, welche die UNO-Handelsblockade Benit bereitete, von der entsetzlichen Armut, in der ein Großteil der Bevölkerung lebte ...

Er zeigte Verständnis. Seit neun Monaten war er nun Chef der Waffeninspekteure und in dieser Zeit hatte er einiges von Benit gesehen: Die rasant wachsenden Slums der Großstädte, die vielen Bettler und Obdachlosen, die zerfallenden Gebäude und die katastrophalen Straßen an einigen Orten des Landes.

»Ich weiß, dass die Wirtschaftsblockade Benit schwer zu schaffen macht«, sagte der Waffeninspekteur ruhig und doch bestimmt. »Aber Sie müssen auch uns verstehen: Diese Maßnahme der UNO ist nicht als Schikane gedacht, sondern dient dem Schutz der restlichen Welt. Bestimmte Waffen in Khaled Mustafas Händen sind ein zu großes Risiko.« Er sah mich ernst an. »Sie sind seine Schwiegertochter und kennen ihn. Bestimmt wissen Sie, dass er in der Vergangenheit Nervengas gegen Durah und Bireh eingesetzt hat und es jederzeit wieder tun würde.«

»Ja, das weiß ich«, entgegnete ich ehrlich. Wieder kämpften zwei widersprüchliche Gefühle in mir: Einmal die Zuneigung zu Salehs Vater, zum anderen die Abscheu vor einigen seiner politischen Handlungen.

»Er hat mir gesagt, diese Art von Waffen sei sehr ›wirkungsvoll‹ – und ohne den Friedensvertrag mit der UNO könnte ihn sicher niemand davon abhalten, weiter Nervengas zu produzieren. Aber ich bin sicher, dass er sich auch ohne Handelsblockade an die Abmachungen halten wird.«

Der Däne nickte nachdenklich. »Das könnte stimmen. Khaled Mustafa mag grausame Seiten haben, aber ich halte ihn für einen Mann, der zu seinem Wort steht.«

»Meinen Sie, Sie könnten bei der UNO ein gutes Wort für uns einlegen?«, fragte ich beklommen.

»Zur Aufhebung der Handelsblockade?« Er machte ein zweifelndes Gesicht. »Versuchen kann ich es. Aber die Chancen, dass es etwas bringt, sind gleich Null. Selbst wenn ich eine Mehrheit der Mitgliedsstaaten auf meine Seite bringen könnte, würde das nichts nützen. Die USA haben in der UNO ein Vetorecht – und in diesem Fall würden sie mit hundertprozentiger Sicherheit davon Gebrauch machen.«

Mein Mut sank. Er hatte recht: Die Amerikaner würden einer Aufhebung der Handelsblockade niemals zustimmen. Zu tief saß ihr Hass auf das benitische Regime ...

»Aber vielleicht könnte ich die Mitgliedsstaaten für eine Lockerung gewinnen«, fuhr der Waffeninspekteur fort. »Schließlich müssen selbst die USA einsehen, welch katastrophale Folgen die Handelsblockade für die benitische Wirtschaft und damit die Bevölkerung hat. Ich werde es versuchen.«

Am liebsten wäre ich ihm um den Hals gefallen. Doch ich musste ja meine Würde als Ölministerin und Diktatoren-Schwiegertochter wahren. So bedankte ich mich nur überschwänglich und befahl meinen Leibwächtern, ihn sicher bis zur UNO-Botschaft zu geleiten.

Zum Abschied reichte mir der Däne beide Hände und blickte mir ernst in die Augen. »Passen Sie auf sich auf, Leila!«, sagte er. »Die Amerikaner haben es nach wie vor auf Ihre Familie abgesehen. Dass die UNO sie zurückgepfiffen hat, ehe sie in Sarana einmarschieren konnten, ging ihnen gewaltig gegen den Strich.«

Ich stutzte. »Die UNO hat sie zurückgerufen? Ich dachte immer, sie hätten von sich aus aufgegeben.«

Er schüttelte langsam den Kopf. »So wurde es auch dargestellt – fragen Sie mich nicht, warum ... Die Amerikaner hätten Sarana um jeden Preis genommen und Ihren Schwiegervater zum Teufel gejagt. In der UNO wusste man das und wollte unnötiges Blutvergießen verhindern.

Aber ich weiß, dass in den USA immer noch einige Leute von dem Gedanken besessen sind, das Regime von Benit zu beseitigen. Es ist durchaus möglich, dass sie irgendwann einen Grund finden werden, um wieder anzugreifen.«

Ich versprach, auf der Hut zu sein, was ihn offensichtlich beruhigte.

Er lächelte mir zu, ließ meine Hände los und sagte, ich solle meinen Stiefsohn grüßen.

Die Grüße richtete ich aus, aber seine Warnung vergaß ich sofort wieder.

Ich hatte keine Angst vor den Amerikanern.

Sie mochten Khaled hassen, aber das hieß noch lange nicht, dass sie einfach so ein Land überfallen würden.

Einst hatte ich zu jenen Teenagern gehört, die am liebsten mit USA-Flaggen bedruckte Kleidungsstücke trugen.

Wie die meisten Menschen in meiner Kultur war ich im Glauben an dieses Land aufgewachsen. Die USA waren für mich der Inbegriff von Demokratie und Menschenrechten. Und an dieser Überzeugung hielt ich nach wie vor fest – egal, was Saleh oder Khaled von den Amerikanern denken mochten.

Dass ich mich eines Tages noch intensiv an die Worte des Waffeninspekteurs erinnern würde, ahnte ich damals nicht ...

35

Der Chef der Waffeninspekteure hielt Wort und setzte sich bei der UNO für mein Anliegen ein.

Es gab ein Hin und Her in der UNO und international einige hitzige Diskussionen in der Presse, im Fernsehen und im Radio.

Schnell teilten sich die Vereinten Nationen in zwei Lager: Die einen Länder waren für eine Lockerung oder gar Aufhebung der Handelsblockade, die anderen strikt dagegen.

Eine Abstimmung stellte schließlich wieder Einigkeit her: Wie erwartet wurde die Handelsblockade zwar nicht aufgehoben, aber doch zumindest gelockert.

Allerdings hatte die Sache einen Haken: Die USA hatten ihre Zustimmung an die Bedingung geknüpft, dass die Waffenkontrollen verschärft wurden.

Zukünftig würden die benitischen Waffenlager also nicht mehr halbjährlich, sondern alle drei Monate überprüft werden.

Diesen Wermutstropfen nahmen wir jedoch gerne in Kauf.

Khaled und Saleh ließen zu meinen Ehren in Farul ein Fest steigen, zu dem die gesamte Verwandtschaft und die halbe Regierung geladen war. Es dauerte fünf geschlagene Tage lang, und in dieser Zeit blieben fast alle Regierungsangelegenheiten liegen.

Wie bei allen arabischen Festen wurde jede Menge getanzt, gesungen, gegessen und getrunken.

Ich genoss das Feiern im Kreis meiner Großfamilie – zumal ich mit Ali so gut wie keine Arbeit hatte. Mein Stiefsohn spielte fast die ganze Zeit mit den zahlreichen verwandten Kindern, die er im Gegensatz zu mir alle auseinander halten konnte.

Für meine Begriffe war der al-Adnan-Clan viel zu riesig, um zu wissen, wie jeder hieß und wo er hingehörte.

Der Teil meiner deutschen Verwandtschaft, mit dem ich noch in Kontakt stand, beschränkte sich auf meine Mutter, Julian, zwei Tanten, meinen Großvater, einen Onkel und zwei Cousinen. Und viel mehr waren es vor dem

Streit mit meinem Vater auch nicht gewesen ...

Eine Großfamilienstruktur, wie in Benit üblich, war ich nicht gewohnt.

Einerseits fühlte ich mich darin wohl und geborgen. Andererseits gab es aber auch Momente, in denen ich mich ein wenig bedrängt fühlte.

So zum Beispiel auch am zweiten Tag der Feier in Farul:

Ich hatte mich gegen Abend mit einem Buch in meine Gemächer zurückgezogen, wie ich es häufig tat.

Das war oft die einzige Zeit, in der ich für mich sein konnte.

Tagsüber waren ständig irgendwelche Leute um mich herum: Leibwächter, Diener, Regierungsmitglieder, Reporter, Khaled, Selwa, Ali, Saleh, meine Schwägerinnen mit ihren Kindern und Ehemännern, sonstige Verwandte ...

Saleh respektierte mein kulturell bedingtes Bedürfnis, ab und zu allein zu sein, obwohl es ihm fremd war. Er sorgte dafür, dass mich in dieser Zeit möglichst niemand störte.

Doch an jenem Abend in Farul saß er noch bei den Männern, als ich mich zurückzog. Folglich achtete diesmal keiner auf meine Intimsphäre.

Gerade hatte ich es mir auf meinem Himmelbett – mit Blick auf die Berge und den Sonnenuntergang – bequem gemacht und das Buch aufgeschlagen. Da öffnete sich die Tür.

Erschrocken hob ich den Kopf.

Vor mir stand Khaleds älteste Halbschwester, einen Teppich unter dem Arm und in der freien Hand ihre Schuhe haltend.

Sie schien nicht minder überrascht, mich zu sehen als ich darüber, dass jemand ohne Anklopfen in mein Gemach stolperte.

»Bist du auch hier, um zu beten?«, wurde ich gefragt.

»Nein – um zu lesen«, entgegnete ich leicht gereizt.

Sollte das etwa ein erneuter Versuch sein, mich zu bekehren? Das kam nämlich in letzter Zeit häufig vor. Immer wieder schwärmte mir Salehs Verwandtschaft – besonders die älteren Vertreter und Vertreterinnen – Geschichten von Allah und seinem Propheten Mohammed vor. Diesen folgte dann stets die Aufforderung, mich doch endlich zum Islam zu bekennen.

Muslimin zu werden, wäre leicht gewesen: Einfach dreimal das islamische Glaubensbekenntnis im Beisein von Zeugen aussprechen: »Es gibt keinen Gott außer Allah und Mohammed ist sein Prophet.«

Premierminister Achmed Scharif – selbst überzeugter Christ – freilich meinte, ich soll doch regelmäßig in die Kirche gehen. Immerhin sei ich getauft und darum gebiete das die göttliche Pflicht ...

Ich war jedoch fest entschlossen, mich weder von der einen noch der anderen Religion vereinnahmen zu lassen.

»Ich glaube schon, dass es so etwas wie Gott gibt«, hatte ich einmal zu Saleh gesagt. »Aber die Entscheidung, welche Religion die richtige sein soll, maße ich mir nicht an. Da bleibe ich lieber neutral.«

Mein Mann sah das etwas anders: Er war vom Islam überzeugt und bezeichnete sich selbst als »liberalen Moslem«. Im Gegensatz zu seiner Verwandtschaft versuchte er nie, mich zu bekehren.

Missbilligend beobachtete ich jetzt Khaleds Schwester, die mit dem größten Recht neben mein Bett ans Fenster trat und ihren Gebetsteppich ausrollte.

»Ich möchte beten«, sagte sie ruhig.

»Warum ausgerechnet hier?«, fragte ich und bemühte mich vergeblich darum, meine Stimme freundlich klingen zu lassen. Es war eine berechtigte Frage, denn schließlich hatte der Palast von Farul noch Hunderte andere Zimmer ...

»Weil man von diesem Zimmer aus den besten Blick nach Mekka hat«, antwortete sie gelassen.

Mit einem unterdrückten Seufzer klappte ich das Buch zusammen und wollte hinausgehen.

»Nein, Sina!« hielt sie mich zurück. »Bleib ruhig! Du störst mich nicht! Ich bete doch sowieso auch für dich.«

Aus irgendeinem Grund war ich gerührt. »Danke!«, sagte ich leise und rückte auf meinem Bett etwas zur Seite, um nicht zwischen ihr und Mekka zu stehen.

Fasziniert beobachtete ich, wie sie sich leise murmelnd dreimal verbeugte und dann zu Boden warf. Ihr Gebet hatte etwas derart Natürliches und Aufrichtiges, dass ich mir für einen Moment wünschte, so glauben zu können wie sie. Ich verhielt mich ganz ruhig, bis sie ihr Gebet beendet hatte. Dann lächelten wir uns zu und kehrten in stillem Einvernehmen zu Gastgebern und Gästen zurück.

*

Nur ein paar Tage, nachdem die Feier beendet war, landete Aischa in Sarana.

Auch sie gratulierte mir herzlich zur erreichten Lockerung der Handelsblockade.

»Das ist nicht mir zu verdanken, sondern dem Chef der Waffeninspekteure«, wehrte ich ab. »Aber irgendwie glaubt mir das niemand. Seit zwei Wochen werde ich hier wie eine Heldin gefeiert.« Ich verzog mit gespielter Verzweiflung das Gesicht. »Ganz schön lästig auf die Dauer ...«

Wir hatten uns viel zu erzählen nach der langen Zeit, die wir getrennt gewesen waren.

Zwar telefonierten wir regelmäßig, aber das war eben einfach nicht dasselbe.

Aischa stand kurz vor dem vierten Semester ihres Medizinstudiums und wollte noch einmal richtig ausspannen, ehe der Stress im Oktober weiterging.

Es war fast wie bei meinem ersten Sommerurlaub in Benit, der nun drei Jahre zurücklag: Wir badeten mit Saleh im Ghaniim, bereisten die schönsten Plätze des Landes, alberten herum wie Teenager und genossen die exotische Atmosphäre.

Aber auf den zweiten Blick hatte sich doch einiges geändert:

Ich war eine verheiratete Frau, ›Mutter‹ eines neunjährigen Kindes und trug die ganze Verantwortung einer Ölministerin.

Aischa – obwohl noch immer entschiedene Regimegegnerin – hatte gelernt, mit der Präsidentenfamilie einigermaßen gelassen umzugehen. Sogar mit Khaled konnte sie sich hin und wieder ganz normal unterhalten.

Außerdem war sie jetzt gewissenhafte Studentin und wirkte viel erwachsener.

Wenn ich es mir recht überlege, hatte auch Saleh sich verändert. Zwar war er noch immer der schöne, bescheidene, aufgeschlossene Junge, in den ich mich verliebt hatte. Doch ganz so unbeschwert wie früher war er nicht mehr, seit er auf das Amt des Präsidenten vorbereitet wurde. Von uns allen hatte er die höchste Bürde zu tragen und seine Verantwortung für Benit wuchs rasch. Hinzu kam, dass er immer tiefer in die Politik seines Vaters eingeweiht wurde, an der ihm Vieles ebenso missfiel wie mir ...

Doch im Großen und Ganzen waren wir alle drei wir selbst geblieben und genossen diesen Sommer wie jenen vor drei Jahren.

Oft waren bei unseren Unternehmungen auch Safia, Ledan und Barif mit Familie dabei und fast immer Intisar und Ali.

Abdullahs Witwe war inzwischen ganz ins Leben zurückgekehrt. Sie ging wieder unter Menschen und kümmerte sich mit Vorliebe um die Kinder ihrer Schwägerinnen.

Nur an einer erneuten Hochzeit hatte sie nach wie vor kein Interesse.

»Du bist noch keine dreißig, Intisar«, versuchte Aischa, sie in dieser Beziehung umzustimmen. »Dein Leben hat gerade erst angefangen und du liebst doch Kinder so. Versuch es doch! Schließlich gibt es so viele nette Männer.«

»Ich werde Abdullah die Treue halten«, sagte Intisar ernst. »Und Kinder kann ich sowieso keine bekommen.«

Dieses Gespräch fand bei einem Picknick in den Bergen statt.

Alle blickten Intisar überrascht an.

Was hatte sie da gesagt? Dass sie keine Kinder bekommen konnte?

Davon hatte sie nie etwas erwähnt.

»Wusste Abdullah davon?«, erkundigte sich Safia behutsam.

Intisar nickte gefasst. »Ja. Er war sehr enttäuscht, denn er hätte gern viele Söhne gehabt.«

Ich verbiss mir die Bemerkung, dass ich mir Abdullah sowieso nicht hätte als Vater vorstellen können. Verantwortung zu übernehmen war nicht gerade sein Stil gewesen ...

»Mir ist es auch gar nicht wichtig, eigene Kinder haben«, fuhr Intisar fort. »So lange es eure gibt ...« Und sie blickte mit leuchtenden Augen zu ihnen hinüber.

Khaled junior, Ali, Saad, Ismael, Nawir, Amira, Samira und Nur spielten Fangen auf der leicht abfallenden Bergflanke, die von spärlichem Gras und mageren Büschen bedeckt war.

Der Jüngste – Asis – tapste ungelenk hinter den anderen Kindern her.

Weit unter ihnen leuchtete die Wüste in satten Gelb- und Brauntönen und reichte bis an den Horizont, wo sie einen scharfen Kontrast zum Blau des Himmels bildete.

Wie immer in der Mittagshitze war es sehr still. Kein Lufthauch regte sich, kein Vogel zwitscherte und keine Grille zirpte.

Barif sprach aus, was wir alle dachten: »Benit ist die Welt«, sagte sie verträumt.

*

Als sich Aischas Benit-Urlaub dem Ende zuneigte, begleitete ich sie einmal zum Haus ihres Vaters, den ich lange nicht besucht hatte.

Tahir war mir gegenüber anders als früher: respektvoll und zurückhaltend – beinahe distanziert.

Offensichtlich wusste er nicht recht, wie er mit mir umgehen sollte und er vermied es, in meiner Gegenwart über Khaled Mustafa zu sprechen. Dabei hatte er doch sonst nie ein Blatt vor den Mund genommen, wenn es um die Vergehen des Diktators ging ...

Seine Verschlossenheit und Zurückhaltung kränkten mich. Wieso konnte er nicht wie früher sagen, was er dachte oder mich wenigstens einmal »Mädchen« nennen?

Vertraute er mir nicht mehr? Glaubte er, ich könne meinem Schwiegervater verraten, was er über ihn sagte?

Das war absurd. Auch als Salehs Frau war ich doch immer noch Sina, die beste Freundin seiner Tochter – kein Spion.

Und warum brachte er mir plötzlich einen Respekt entgegen, welcher der Kaiserin von China angemessen gewesen wäre? Er kannte mich doch schon so lange.

Seine Nachbarn waren noch schlimmer: Sie vermieden es, mir in die

Augen zu schauen und schenkten mir statt eines herzlichen Grußes allenfalls noch ein unterwürfiges Kopfnicken. Meistens taten sie sogar, als bemerkten sie mich gar nicht. Es galt schließlich als Respektlosigkeit, ein Mitglied der Präsidentenfamilie anzustarren, wenn man es auf der Straße traf ...

Schmerzlich musste ich erkennen, dass ich nicht mehr zu den Normalbürgern von Benit gehörte. Ich war Khaled Mustafas Schwiegertochter und Mitglied der Regierung. Entsprechend wurde ich behandelt.

Ganz plötzlich stank mir alles: Der Luxus, die Leibwächter und Diener, das Gefühl, etwas Besonderes zu sein ... Ich hatte das Bedürfnis, wieder einmal als ganz normaler Mensch betrachtet zu werden und beschloss spontan, mit Aischa nach Deutschland zu reisen.

Ali und Saleh konnten mich diesmal nicht begleiten, da ihre Verpflichtungen es nicht zuließen. Meinen Job würde während meiner Abwesenheit der eigentlich pensionierte Nabil übernehmen.

Er freute sich riesig, wieder einmal Öl schnuppern zu dürfen und ich wusste, dass auf ihn hundertprozentig Verlass war. Ohne Zweifel würde er mich gut vertreten.

*

Meine Mutter und Julian waren etwas überrascht über meinen spontanen Besuch. Aber sie empfingen mich herzlich. Mimmie geriet vor Wiedersehensfreude derart aus dem Häuschen, dass sie mir eine halbe Stunde lang schnurrend und miauend um die Beine strich. Den inzwischen siebzehnjährigen Julian erkannte ich kaum wieder: Er war stark gewachsen und hatte schon beinahe die Gesichtszüge eines Mannes.

Voller Stolz zeigte er mir seinen Motorroller und machte mich mit Michaela bekannt – seiner ersten großen Liebe. Sie war ein hübsches Mädchen mit roter Lockenmähne und ein Jahr jünger als er.

Michaela blickte mich bei unserer ersten Begegnung aus weit aufgerissenen Augen an, die vom gleichen Grün wie Mimmies waren. »Bist du wirklich mit Khaled Mustafas Sohn verheiratet?«, fragte sie ungläubig.

Offenbar hatte mein Bruderherz schon tüchtig mit mir geprahlt ...

Ich nickte gelassen. »Ja.«

»Ist ja irre!«, entfuhr es ihr. »Erzähl: Wie ist er denn so – ich meine, privat?«

»Besser als sein Ruf«, antwortete ich ausweichend. Khaleds vielschichtigen Charakter in einige wenige Wort zu fassen, war unmöglich. Darüber hätte man Bände füllen können ...

*

Die ersten zwei Wochen meines Urlaubs verbrachte ich völlig unbeschwert im Kreis meiner Familie.

Dann lud Aischa mich zu einem gemütlichen Abend in ihre Studentenbude ein.

»Es kommen auch ein paar Freunde von der Uni – alles Beniter«, sagte sie.

»Ich komme. Aber verrate diesen Benitern bloß nicht, wer ich bin! Verstanden? Ich habe keine Lust, wie ein Wesen aus einer anderen Welt behandelt zu werden.«

Sie versprach hoch und heilig, mich nicht zu verraten.

Die vier Beniter waren alle ungefähr in meinem und Aischas Alter – ein Junge und drei Mädchen, die fließend Deutsch sprachen.

Keiner von ihnen erkannte mich und darüber war ich froh.

Ich hatte mich lediglich als Sina vorgestellt. Und wenn einer zu einem anderen etwas auf Arabisch sagte, tat ich, als verstünde ich kein Wort.

Bei Chips und Cola saßen wir gemütlich auf Aischas Sofa, hörten Musik und redeten über Gott und die Welt.

Als sich der Junge nach einer vom Tischchen vor uns gefallenen Chipstüte bückte, rutschte sein T-Shirt ein wenig nach oben. Für einen Moment sah ich ein Stück seines bloßen Rückens und erschrak.

»Was ist dir passiert?«, entfuhr es mir.

Er blickte mich verständnislos an. »Wie meinst du das?«

»Dein Rücken ...« Ich stockte.

»Ach so – du meinst die Narben.« Er zuckte scheinbar gelassen mit den Schultern. »Die habe ich mir in Khaled Mustafas Folterkammer geholt.«

Ich schluckte. »Welche Folterkammer?«

»Als ich Vierzehn war, wurde mein Vater dabei erwischt, wie er Flugblätter verteilte. Darin rief er alle Beniter zum Widerstand gegen das Regime auf.« Seine Stimme klang ruhig und emotionslos, aber in seinem Gesicht arbeitete es. »Er wurde zum Tode verurteilt – verbrannt bei lebendigem Leib.«

»Und wieso haben sie dich eingesperrt?«, wunderte sich Aischa. »Hattest du etwas damit zu tun?«

Er schüttelte den Kopf. »Nein. Aber die Polizei hielt es für möglich und so steckten sie mich für ein paar Monate ins Gefängnis ... Es war die Hölle! Fast täglich wurde ich geschlagen – manchmal so, dass ich fast das Bewusstsein verlor ... Einmal hat ein Wächter meinen ganzen Rücken mit irgendeiner Säure übergossen – daher die Narben.

Sobald ich entlassen wurde, wanderte meine Mutter mit mir und meinen kleinen Geschwistern aus.«

»Mein Onkel wurde gesteinigt«, erzählte eines der Mädchen. »Dabei war er unschuldig. Ein neidischer Nachbar sagte bei der Polizei aus, er habe böse Dinge über den Präsidenten gesagt und ein Gemälde von ihm bespuckt. Weil der Nachbar seit Jahren Mitglied der Volkspartei war, glaubte man ihm ...«

Jeder hatte plötzlich aus erster Hand etwas von Khaleds Grausamkeit zu berichten: Verwandte und Bekannte, die mit schrecklichen Narben, zertrümmerten Knochen oder herausgeschnittenen Zungen von Verhören zurückgekehrt waren ... Menschen, die spurlos verschwunden waren oder öffentlich erhängt wurden ...

Ich erfuhr, dass alle Vier Exil-Beniter waren – die also vor dem Regime geflohen waren und nicht zurück konnten.

»Präsident Khaled Mustafa ist der schlimmste Verbrecher der Welt«, sagte der Junge hasserfüllt. »Die Amerikaner hätten ihn töten sollen!«

»Irgendwann wird er seine gerechte Strafe erhalten«, prophezeite das zweite Mädchen. »Und ich schwöre, dass ich auf seinem Grab tanzen werde!«

»Das werden wir alle tun!«, kam es vom dritten Mädchen. »Wir werden tanzen und ein Fest feiern!«

Da hielt ich es nicht mehr aus. Ich stand mit zitternden Knien auf und verabschiedete mich. Mein Gesicht war zu einer Grimasse verzerrt, die ein Lächeln sein sollte.

Aischa begleitete mich hinaus.

»Es tut mir Leid!«, sagte sie, sobald wir außer Hörweite der anderen waren. »Ich habe nicht geahnt, dass das Gespräch in diese Richtung gehen würde. Ich wollte dir das nicht zumuten.«

Ich schwankte und hielt mich am Türrahmen fest.

»Sina?« Meine beste Freundin legte mir den Arm um die Schultern. »Alles in Ordnung?«

Ich machte mich von ihr los. »Ja, mir geht es gut!«, hörte ich mich tonlos sagen.

Das war wohl die größte Lüge meines Lebens, denn nie zuvor hatte ich mich so hundsmiserabel gefühlt.

»Soll ich dich nach Hause bringen?«

»Nein, es geht schon – danke! Tschüss ...«

Mir war übel und meine Knie zitterten. Um mich herum schien sich alles zu drehen.

Auf dem Weg zum Bus musste ich immer wieder stehen bleiben und tief Luft holen, weil ich fürchtete, ohnmächtig zu werden.

Ein Glück, dass ich nicht mit dem Auto gekommen war, denn in diesem Zustand hätte ich es mir kaum zugetraut, sicher nach Hause zu fahren.

In meinem Kopf kreisten die Gedanken und vielfältige Empfindungen quälten mich: Wut, Entsetzen, Verzweiflung, Schuldgefühle und vor allem grenzenlose Trauer und Enttäuschung ...

36

Wie betäubt kehrte ich zwei Tage später nach Benit zurück und stellte Saleh zur Rede. Er gab zu, jede Einzelheit über die Bestrafungsmethoden seines Vaters zu wissen.

»Aber ich kann es nicht ändern, Sina. Das weißt du doch!«

»Das ist nicht wahr!«, fuhr ich ihn an. »Wenn du wolltest, könntest du!« Ich war außer mir vor Zorn und Enttäuschung.

»Und wie?«, wollte er ratlos wissen.

»Weiß ich doch nicht!« Meine Stimme überschlug sich fast. »Rede mit ihm, mach eine Revolution – mir egal!«

Nun wurde auch er böse. »Revolution?«, schrie er, »bist du noch zu retten? Er ist mein Vater. Du tickst wohl nicht mehr richtig!«

Wir standen uns gegenüber wie Feinde. Nie zuvor hatten wir uns so ernsthaft gestritten.

Ali, der bis jetzt mit großen Augen in einem Sessel gesessen und uns beobachtet hatte, hielt sich die Ohren zu und rannte weinend aus dem Zimmer.

»Ich ticke sehr wohl richtig. Endlich sehe ich wieder klar und begreife, was du und dein Vater für welche seid.«

»Sina, hör auf!« Er funkelte mich an. »Ich habe dir nichts getan! Wenn du ein Problem mit meinem Vater hast, mach das mit ihm aus, anstatt dich hier so aufzuführen.«

Ich ballte die Hände zu Fäusten. »Ich werde deinem Vater schon noch sagen, was ich von ihm denke!«, fauchte ich. »Und danach gehe ich – für immer.« Damit drehte ich mich einfach um und eilte schnellen Schrittes der Tür zu, durch die zuvor schon Ali geflohen war.

»Sina!« Salehs Stimme klang plötzlich nicht mehr wütend, sondern nur noch entsetzt.

Aber ich reagierte nicht. Laut schlug ich die Tür seines Gemachs hinter mir zu und fing an zu rennen – den Gang entlang, die Treppe hinunter, an zwei verblüfften Dienern vorbei, durch die Säulenhalle und hinaus in den Park, der bereits dunkel war. Schließlich bremste der Ghaniim meinen Lauf. Heftig atmend blieb ich am Ufer stehen.

Schlagartig verrauchte meine Wut. Nur eine grenzenlose Trauer blieb zurück und ein Gefühl von Leere. Meine Kehle war wie zugeschnürt und meine Augen brannten. Aber ich konnte nicht weinen.

Ohne recht zu wissen warum, ging ich mit schnellen Schritten am Ufer hin und her – wie ein Tiger im Käfig. Dabei wanderten meine Blicke ziellos über das im Mondschein glänzende Wasser, die Schatten der Palmen und Olivenbäume des Parks, die Lichter des Palastes, den Sternenhimmel ...

Könnte ich das alles einfach so verlassen? Und Ali? Und Saleh?

Beim Gedanken daran drehte sich mir der Magen um. Benit war doch meine Heimat. Alles, was ich wirklich liebte, befand sich hier. Wie sollte ich ohne dieses Land und seine Menschen leben können?

In diesem Moment wünschte ich mir verzweifelt, tot umzufallen. Hätte ich nicht schwimmen können, wäre ich vielleicht in den Ghaniim gesprungen.

»Sina?«

Ich zuckte zusammen und schaute mich um.

Eine dunkle Gestalt trat aus dem Schatten der Palmen ins helle Mondlicht. Da erst erkannte ich Khaled.

Er blieb mit hängenden Schultern stehen und sah zu mir herüber. Ein nicht zu deutender Ausdruck lag auf seinem Gesicht. Ob Saleh ihm alles erzählt hatte?

Ich war unfähig, mich zu bewegen.

Hatte ich nicht vorgehabt, ihm die Meinung zu sagen? Nun, da die Gelegenheit denkbar günstig gewesen wäre, brachte ich keinen Ton heraus.

Khaled, der dort ihm fahlen Mondlicht stand, der für all diese unvorstellbar schrecklichen Dinge die Verantwortung trug ... Und doch ...

Ich wollte ihn hassen und konnte es nicht.

»Komm!«, sagte er unvermittelt. »Setzen wir uns ans Ufer!«

Ich folgte ihm willenlos – nicht weil er der Präsident war, sondern weil ich ihn gern hatte ...

Eine Weile saßen wir schweigend nebeneinander und blickten auf den dunklen Ghaniim hinaus. In mir kämpften Wut und Zuneigung.

Khaled! dachte ich. Warum kannst du nicht entweder ganz schlecht oder ganz gut sein? Wieso dieser absolute Widerspruch in einer Person? Warum machst du es mir so verdammt schwer?

»Ich weiß, was du mich fragen möchtest«, sagte er da wie ein Echo auf meine Gedanken. »Du möchtest wissen, warum ich diese Dinge getan habe, von denen du gehört hast – nicht wahr?« Er holte tief Luft und ich merkte, dass er mit den Tränen kämpfte.

Vor Überraschung blieb mir fast der Mund offen stehen. Ich hatte ihn nie weinen sehen – nicht einmal bei Abdullahs Tod.

Mit gepresster Stimme fuhr er fort: »Die Macht ist wie eine Droge, Sina.

Wenn du einmal davon geschmeckt hast, bist du süchtig danach. Und mit der Zeit brauchst du mehr davon – immer mehr ... Du tust alles – absolut alles, um sie dir zu sichern und auszubauen, denn du kannst nicht mehr ohne sie leben ...« Nun begann er wirklich zu weinen. Verstohlen wischte er sich die Tränen aus den Augen.

Khaled Mustafa – einer der Mächtigsten in der arabischen Welt ...

Es erschreckte und faszinierte mich zugleich, diesen gefürchteten Mann derart schwach und verletzlich zu erleben.

Er wandte das Gesicht von mir ab und blickte zum anderen Ufer des Flusses hinüber, welches in der Dunkelheit nicht zu sehen war.

Er kämpfte um seine Fassung und darum, weiterzusprechen.

Ich verhielt mich ganz ruhig und wartete mit klopfendem Herzen. Die Zuneigung zu ihm hatte schon über meine Wut gesiegt.

»Oft wachst du nachts auf und erschrickst vor dir selbst, weil dir klar wird, was für ein Mensch du geworden bist ...« Er schluchzte, rang förmlich um jedes Wort. »Du würdest einfach alles tun, um die Dinge ungeschehen zu machen, zu denen dich deine Machtgier getrieben hat. Aber du kannst nicht zurück und tust diese Dinge immer wieder – noch schlimmere sogar. Du bist ein Sklave der Macht ...«

Er wandte mir das Gesicht zu und blickte mich aus seinen nassen dunklen Augen eindringlich an. Die Tränen auf seinen Wangen leuchteten wie silberne Perlen im Mondlicht.

»Versprich mir, Sina: Lass dich nie von der Macht zu ihrem Sklaven machen!«

Ich erwiderte seinen Blick und fühlte mich ihm plötzlich sehr nahe.

Wahrscheinlich hatte er seit langem keinem mehr einen derart tiefen Blick in seine Seele gewährt – vielleicht noch nie jemandem ...

Ich fühlte mich geehrt und gerührt. Kaum vorstellbar, welch rasenden Zorn ich gerade noch gegen Khaled empfunden hatte.

Zögernd legte ich die Arme um seinen Hals. »Ich verspreche es!«, flüsterte ich.

Khaled ließ zu, dass ich ihn an mich zog. Er lehnte den Kopf an meine Schulter und weinte leise weiter. Sein Schluchzen schüttelte meinen ganzen Körper.

Während ich ihn festhielt, dachte ich über das nach, was er mir eben gesagt hatte.

Stimmte es? War die Macht wirklich mit einer Droge zu vergleichen?

Ach, Khaled! dachte ich wieder. Warum machst du es uns allen so schwer?

37

Ich bin nicht weggegangen. Wie hätte ich auch können?

Meine Familie, die Landschaften Benits, die Farben, das Licht ... Hier war mein Platz und außerdem trug ich eine Verantwortung für dieses Land.

Salehs Ausbildung war nun beinahe abgeschlossen und Khaled ernannte ihn zum Vizepräsidenten.

In einer feierlichen Zeremonie übergab er seinem Sohn den Oberbefehl über die Republikanische Sicherheit und sämtliche Geheimdienste.

Damit waren alle Vorbereitungen für seine Machtübernahme getroffen.

Khaleds eigene Herrschaft baute ebenfalls zu einem großen Teil auf die Geheimdienste, die in der ganzen Welt im Einsatz waren.

Khaled, Ali, Saleh und ich standen, umgeben von zahllosen Leibwächtern, auf dem abgerundeten Balkon an der Fassade des Parlamentes.

Von hier oben hielt der Präsident oft Reden, die sich direkt ans Volk richteten.

Doch heute sprach nicht Khaled in das am Geländer befestigte Mikrofon, sondern Saleh.

Er schwor bei Allah, Benit als zukünftiger Präsident nach bestem Gewissen zu regieren und notfalls mit seinem Leben zu verteidigen.

Unter uns hatten sich Hunderttausende Menschen mit benitischen Flaggen versammelt, die von der Republikanischen Sicherheit auf Distanz gehalten wurden.

Sobald mein Mann seine Stimme erhob, kehrte auf dem überfüllten Chedidscha-Platz mit der bronzenen Statue Khaleds Totenstille ein. Tausende von Ohren und Blicken waren wie gebannt auf Saleh gerichtet, dessen ganze Haltung Stolz und Würde ausdrückte, gemischt mit seiner natürlichen Bescheidenheit.

Die heiße Sonne strahlte auf sein ebenmäßiges Gesicht und ließ auf seiner Stirn ein paar Schweißperlen entstehen.

Seine dunklen Locken glänzten, die Augen funkelten und seine klare Stimme schallte über den riesigen Platz hinaus.

Mein Herz dehnte sich weit vor Stolz und Zärtlichkeit.

Ich liebte Saleh immer noch genau sosehr wie am ersten Tag. Der Alltag hatte die Romantik und den Zauber zwischen uns nicht zerstören können.

Ali, der neben mir stand, tippte mich am Arm an.

Ich beugte mich so weit hinunter, dass sich seine Lippen und mein Ohr auf gleicher Höhe befanden.

Besonders tief musste ich mich gar nicht mehr bücken, wie ich feststellte: Mein Stiefsohn war im letzten Jahr kräftig in die Höhe geschossen und dabei beinahe mager geworden.

Kein Wunder, dass er kaum noch satt zu kriegen war. Die Diener staunten immer wieder, wie viel ein neunjähriger Knirps essen konnte, und Saleh nannte Ali jetzt manchmal scherzhaft »Staubsauger«.

»Baba macht das gut, Sina. Nicht wahr?«

Ich zwinkerte ihm liebevoll zu und drückte seine Hand. »Und ob, Ali!«

Er lächelte mich an und ich stellte fest, dass auch sein Gesicht sich leicht verändert hatte: Es war schmaler geworden und die Züge zeichneten sich schärfer ab.

Eines Tages wird er genauso schön wie sein Vater sein! dachte ich.

Inzwischen hatte Saleh seine Rede beendet und auf dem Chedidscha-Platz vor dem Parlament war plötzlich der Teufel los. Ein regelrechter Sturm fegte durch die Massen.

Die Menschen schwenkten ihre Flaggen, jubelten, sangen, schrieen und riefen Salehs und Khaleds Namen.

Ich hatte das Gefühl, von einer riesigen Welle getragen zu werden und freudige Erregung strömte durch meine Adern.

Nun fand auf der zu diesem Anlass gesperrten und von der Republikanischen Sicherheit frei gehaltenen Straße direkt vor dem Parlament eine Militärparade statt.

Panzer rollten vorbei und Soldaten schritten in geordneten Formationen einher. Es waren Hunderte.

Vor dem Balkon, auf dem wir standen, hielten die uniformierten Männer an, legten ihre Gewehre an und salutierten.

Plötzlich tauchte ein Diener mit einem Schaf an der Leine auf.

Khaled gab seinen Soldaten den Befehl, es mit bloßen Händen zu töten und danach zu essen, was sie ohne Zögern taten.

Ich kannte derartige Vorführungen und hatte vorsorglich mein Gesicht abgewandt.

Auf diese Weise demonstrierte der Präsident den absoluten Gehorsam seiner Armee.

Erst als die Soldaten weiterzogen – nun zum Teil blutverschmiert – sah ich wieder hin.

Ich empfand Mitleid mit dem armen Schaf und Abscheu vor dieser brutalen Methode, Gehorsam zu verlangen. Doch gleichzeitig wurde ich von einem Gefühl der Macht regelrecht berauscht.

Das Jubeln der Menge schwoll in meinen Ohren zu einem gewaltigen Wirbelsturm an. Ich fühlte mich leicht und völlig schwerelos. Gleich würde ich einfach abheben.

Mein Herz klopfte heftig. Ich empfand Stärke und Unbesiegbarkeit. Es war wunderbar.

Doch in dieser Nacht lag ich lange mit einem nagenden Unbehagen wach im Bett.

Mir war klar geworden, dass Khaled genau von diesem Gefühl gesprochen hatte: Für einen Moment hatte die Droge der Macht an diesem Tag Besitz von mir ergriffen.

So leicht war es also, ihrem Bann zu erliegen ...

38

Die Sonne brannte erbarmungslos auf mich nieder und die Luft über den kahlen Hügeln am Horizont flimmerte in der Hitze.

Ich hatte Sand in den Schuhen, den Haaren, zwischen den Zähnen und im Ausschnitt, was besonders unangenehm war. Schweißperlen liefen mir übers Gesicht und mein Kleid klebte mir am Körper. Die Luft war so heiß und staubig, dass meine Lungen brannten.

Der Mann, mit dem ich sprach, sah ebenfalls mitgenommen aus: Sein ölverschmiertes Hemd war durchgeschwitzt, die Hose von Rissen geziert und in den Falten seines dunklen, wettergegerbten Gesichtes saß Sand. Dazu blickte er äußerst missmutig drein.

Er war der Leiter der Ölquelle, auf der wir uns befanden.

Ich blickte zu dem Bohrturm hinüber, dessen Umrisse in der flirrenden Luft verschwammen. Dort rührte sich nichts und zwei Dutzend Arbeiter standen ratlos vor der Bescherung.

»Haben Sie eine Ahnung, wo das Problem liegt?«, fragte ich den Chef.

Der zuckte mit den Schultern und rückte seinen löchrigen Strohhut zurecht. »Es liegt an der Pumpe«, seufzte er. »Mehr kann ich nicht sagen. Dazu müsste ich das ganze Ding auseinander nehmen.«

»Wie lange wird das dauern?«

»Kommt darauf an, was genau kaputt ist. Ein paar Tage denke ich auf jeden Fall.«

»Mist!«, rief ich aus. »Indien erwartet eine große Lieferung.«

»Ich kann es nicht ändern, Leila Khaled Mustafa«, entgegnete er zerknirscht. »Tut mir Leid ...«

Ich klopfte ihm beruhigend auf die Schulter, obwohl es in diesem Teil der Welt für eine Frau als unsittlich galt, einen fremden Mann zu berühren. Aber ich hatte mit einigen Leuten auf meinen Ölquellen ein sehr enges Verhältnis, sodass ich mir das erlauben konnte. »Schon gut! Ich weiß, Sie tun ihr Bestes.«

»Meine Leute und ich machen uns gleich an die Arbeit«, versprach er. »Sobald wir wissen, woran es liegt, melden wir uns bei Ihnen.«

»In Ordnung. Bis dann also!« Ich wandte mich zum Gehen.

Der Jeep, mit dem ich heute hierher gekommen war und die Begleitfahrzeuge der Republikanischen Sicherheit standen auf dem Parkplatz am Rand der Ölquelle. Dort warteten auch meine Leibwächter auf mich. Mit unterdrückter Ungeduld blickten sie mir entgegen, die wohl nicht in erster Linie daher kam, dass sie aus der brütenden Hitze heraus wollten. Viel mehr zu schaffen machte den Männern das strikte Rauchverbot auf dem Gelände der Ölquelle ...

Ein Glück, dass ich selbst nicht von diesen Glimmstängeln abhängig war.

Trotzdem wollte auch ich jetzt so schnell wie möglich hier weg. Ich sehnte mich nach einer kalten Dusche und einem Glas Eiskaffee.

Schnellen Schrittes eilte ich auf die Männer der Republikanischen Sicherheit und die Fahrzeuge zu.

In Gedanken entspannte ich bereits in einem Liegestuhl im Park des Palastes von Hadschid, unterhielt mich mit Saleh, trank Eiskaffee und schaute Ali und den anderen Kindern zu, die auf dem Rasen Fußball spielten ...

Ein lautes Knattern riss mich aus meinem Tagtraum.

Erschrocken hielt ich inne und blickte in die Richtung, aus der das Geräusch kam.

Über den Hügeln im Osten tauchten zwei Apache-Hubschrauber auf und steuerten direkt auf uns zu.

Unter den Arbeitern der Ölquelle breitete sich Unruhe aus. Die Männer rannten wild gestikulierend durcheinander und schrieen gegen den Lärm der Rotoren an. Was genau sie riefen, konnte ich freilich nicht verstehen.

Ich wunderte mich über die Aufregung der Arbeiter, denn der Anblick der beiden Kampfhubschrauber war nichts Besonderes und allenfalls ärgerlich.

Wir befanden uns schließlich mitten in der entmilitarisierten Zone, über der die amerikanische Luftwaffe ständig ihre Runden drehte.

Nur mühsam unterdrückte ich meinen Ärger, während die beiden Hubschrauber näher kamen. Es ging mir jedes Mal gewaltig gegen den Strich, Amerikaner über unser Territorium fliegen zu sehen. Ich empfand das als Demütigung für Benit.

Direkt über der Ölquelle blieben die Apache plötzlich in der Luft stehen und sanken noch tiefer.

Nanu – was sollte denn das?

Die Arbeiter gerieten jetzt völlig in Panik. Sie rannten nach allen Seiten auseinander und flohen schreiend in die Wüste.

Nur ich begriff noch immer nicht. Reglos stand ich da und beobachtete die beiden Kampfhubschrauber. Sie waren mir jetzt so nahe, dass ich die USA-Flaggen auf ihren Flanken erkennen konnte.

»Sina!« Hassans gellender Schrei übertönte das Rattern der Rotoren.

Ich fuhr herum und sah ihn auf mich zusprinten.

»Lauf!« Er packte mich am Arm und zerrte mich mit sich auf die Geländewagen zu.

Im nächsten Moment erschütterte eine ohrenbetäubende Explosion die Luft. Der Boden bebte und ein glühend heißer Wind berührte schmerzhaft meine nackten Unterschenkel.

»Nicht umdrehen!« Hassan umklammerte meinen Arm fester und rannte mit mir weiter.

Plötzlich waren wir in eine derart dicke Wolke aus aufgewirbeltem Sand gehüllt, dass wir die nur wenige Meter entfernten Jeeps nicht mehr sehen konnten.

Da erfolgte eine zweite Explosion. Glas splitterte – wahrscheinlich die Fenster eines der Geländewagen. Und ein Teil des Bohrturmes flog haarscharf an uns vorbei.

Ich geriet in Panik.

Sie schießen auf uns! Mein Gott, die schießen auf uns!

Die Luft war erfüllt vom Echo der Explosionen, Schreien, dem Rattern der Rotoren und dem rasenden Hämmern meines Herzens.

In dem aufgewirbelten Staub hatte ich völlig die Orientierung verloren. Ich hustete und spuckte und klammerte mich an meinen obersten Leibwächter.

Hassan zog mich unbeirrbar und zielstrebig weiter.

Die nächste Explosion war noch näher als die beiden vorhergegangenen.

»Runter!« Hassan riss mich mit sich zu Boden und drückte mein Gesicht in den Sand.

Im nächsten Moment traf mich die Druckwelle. Ich spürte, wie ich in die Luft geschleudert wurde. Dann versank die Welt um mich her in Dunkelheit ...

*

Das erste, was ich hörte, war Salehs Stimme: »Sina? Sina! Bitte komm zu dir!« Es klang flehend und ich spürte, dass seine Hand meine Finger fest umklammert hielt.

Mühsam öffnete ich die schweren Augenlider und schaute in sein Gesicht, das über mich gebeugt war.

»Sina ...«, flüsterte er schwach. Seine Augen waren weit aufgerissen und die Lippen zuckten. »Allah sei Dank!«

Meine Blicke wanderten über die Schläuche, die aus meinem rechten Arm ragten, über die weißen Wände und die Decke des Zimmers zu Safia, die ebenfalls an meinem Bett stand. Sie hatte Tränen in den Augen.

»Ein Glück, dass du wieder da bist, Sina«, schluchzte sie und nahm meine andere Hand.

Mir dröhnte der Kopf und jede einzelne Faser meines Körpers schmerzte. Reglos lag ich da und versuchte mich zu erinnern, was geschehen war.

Die amerikanischen Kampfhubschrauber fielen mir ein. Hatten sie tatsächlich auf uns geschossen?

»Wo bin ich hier?«, erkundigte ich mich schwach.

»In Sarana, im Krankenhaus«, antwortete Saleh.

»Hassan ...«

»Ihm geht es gut«, beruhigte mich mein Mann. »Ein gebrochener Arm, zwei angeknackste Rippen und ein Hörsturz. Das kommt wieder in Ordnung.«

Ich atmete auf. Hassan hatte mir das Leben gerettet. Wenn er umgekommen wäre ... Ich durfte gar nicht daran denken.

»Aber zwei seiner Männer sind tot und ein paar Arbeiter der Ölquelle«, sagte Safia finster, die sich inzwischen wieder gefangen hatte. »Die Amis haben dort alles dem Erdboden gleichgemacht.« Sie schluckte. »Du hattest mehr Glück als Verstand, Sina! Eine Rakete ist nur ein paar Meter von dir entfernt eingeschlagen. Wenn du nicht auf dem Boden gelegen hättest ...« Sie vollendete den Satz nicht.

Mit zusammengebissenen Zähnen setzte ich mich auf.

»Bleib liegen!«, rief Saleh erschrocken. »Du hast eine schwere Gehirnerschütterung und eine gebrochene Rippe.«

»Warum haben die auf uns geschossen?«, erkundigte ich mich schwach, ohne seiner Aufforderung nachzukommen. Noch immer konnte ich kaum fassen, was geschehen war.

Saleh zuckte mit den Schultern. »Keine Ahnung. Baba versucht gerade, es herauszufinden.« Seine Hände begannen sanft mein Gesicht zu streicheln, was die Schmerzen auf geheimnisvolle Weise etwas linderte. »Ruh dich noch ein wenig aus!«, flüsterte er. »Wir reden später weiter, ja?«

*

Die Amerikaner behaupteten, meine Wagenkolonne für Militärfahrzeuge gehalten zu haben, was mehr als abwegig war.

»Sicher wollten sie ein Mitglied meiner Familie auf einfache Weise beseitigen«, mutmaßte Khaled, der mit finsterem Gesicht auf meiner Bettkante saß.

Ich schwieg betroffen. Nie zuvor war mein Glaube an ein Land auch nur annähernd so stark erschüttert worden.

Saleh, der den ganzen Tag nicht von meinem Krankenbett gewichen war, ballte die Hände zu Fäusten. Sein Gesicht war blass geworden vor Zorn und die sonst so sanften schwarzen Augen funkelten wild. »Diese Schweine!«, stieß er zwischen zusammengebissnen Zähnen hervor. Noch nie hatte ich ihn derart wütend erlebt. »Das werden sie büßen! Lass uns sofort alle amerikanischen Stützpunkte am Rand der entmilitarisierten Zone vernichten, Baba! Mit einem Blitzangriff rechnen die bestimmt nicht.«

»Sei nicht albern!«, wies ich ihn schwach zurecht. »Wenn du das tust, provozierst du einen Krieg. Damit würdest du den Amerikanern noch einen Gefallen tun. Die warten doch nur auf einen Grund, uns zu beseitigen und das benitische Öl an sich zu reißen. Willst du ihnen den geben?«

»Sina hat Recht, Saleh!«, stimmte Khaled mir zu. »Wir haben der Waffengewalt der USA nichts entgegenzusetzen. Ein weiterer Krieg wäre wahrscheinlich unser aller Untergang.«

Saleh seufzte resigniert. »Ich frage mich nur, warum die Amerikaner uns so sehr hassen«, grübelte er.

»Sie sind wie wilde Tiere«, meinte Khaled verächtlich. »Wenn sie einmal ein Feindbild haben, lassen sie es nicht mehr los. Diese Aktion auf der Ölquelle hat wieder einmal gezeigt, wie sehr wir vor ihnen auf der Hut sein müssen.«

Mein Kopf brummte und meine gebrochene Rippe pochte. Es fiel mir schwer, mich länger auf das zu konzentrieren, was sie sagten.

»Was werden wir jetzt tun?«, erkundigte ich mich ratlos.

Saleh zuckte mit den Schultern. »Dasselbe, was wir nach einem Angriff der Amerikaner immer tun: Die Toten begraben, das Zerstörte wieder aufbauen und versuchen weiterzumachen wie davor ...« Er schnaubte wütend. »Wie ich es hasse, dass diese Verbrecher uns derart überlegen sind.«

»Wir sollten dankbar sein, dass Sina lebt«, erinnerte ihn sein Vater ernst.

Saleh sah mir fest in die Augen. »Stimmt!«, sagte er und nahm meine Hände, die inzwischen von den Schläuchen befreit worden waren. »Dich zu verlieren ... Das hätte ich nicht ertragen können.« Jetzt schimmerten seine Augen feucht.

»Ich lebe doch«, erinnerte ich ihn schnell. »Und lassen wir die Amerikaner einfach Amerikaner sein! Wir können die nicht ändern. Ich glaube sowieso nicht, dass sich dieser Vorfall wiederholen wird ... Wahrscheinlich war es wirklich ein Versehen.«

»Ein Versehen?« Khaled musterte mich fassungslos. »Merk dir eines, Sina: Bei den Amerikanern gibt es keine Versehen. Wenn sie angreifen, tun sie das ganz bewusst und bis ins letzte Detail geplant.«

Ich wusste nicht, was ich darauf erwidern sollte. Ein Teil von mir ahnte, dass er recht hatte, aber der andere wollte es immer noch nicht wahrhaben: Das Land, von dem ich einst ein großer Fan gewesen war, hatte ganz gezielt Raketen auf mich und meine Leibwächter abgefeuert – ohne Kriegserklärung oder sonstige Vorwarnung.

Ein Verhalten, das auch bei den Bündnispartnern auf wenig Zustimmung stieß. Die USA mussten scharfe Kritik seitens der UNO einstecken.

Und in der arabischen Welt gab es wieder einmal heftige Demonstrationen gegen die ohnehin verhassten Amerikaner: USA-Flaggen wurden verbrannt, wütende Sprechchöre geschrieen und Steine auf amerikanische Gebäude geworfen.

Während die jordanische Polizei Demonstranten mit Wasserwerfern und Schlagstöcken von der Stürmung eines McDonalds-Restaurants in Amman abhielt und die israelische Armee mit Maschinengewehren auf eine Horde wild gewordener Palästinenser feuerte, besuchten mich mehrere Vertreter der UNO im Krankenhaus. Amerikaner waren nicht darunter.

Sie entschuldigten sich »im Namen ihres Bündnispartners USA« für den »tragischen Vorfall« und versicherten mir, dass so etwas nicht mehr vorkommen werde.

Doch ich hatte meine Zweifel, ob die UNO die Amerikaner von weiteren Aktionen gegen Benit würde abhalten können. Diese taten immer das, was sie für richtig hielten. Das war auch eine Eigenschaft, die ich an den USA früher bewundert hatte, die nun aber eine tödliche Bedrohung für mein Land bedeutete.

Ich versuchte, nicht daran zu denken, was noch alles geschehen konnte.

Man muss den Augenblick genießen und darf sich nicht ständig durch ungelegte Eier verrückt machen lassen. Das hatte meine inzwischen verstorbene Großmutter mütterlicherseits immer gesagt. Wirklich eine weise Frau ...

*

Nach zwei Tagen verließ ich das Krankenhaus – allerdings mit der Auflage der Ärzte, mich noch eine Weile zu schonen.

Die hatten leicht reden. Ich war Ölministerin, Mutter und Teil einer Großfamilie. Wie sollte man sich da schonen?

Dann kam auch noch meine Mutter angereist.

Die Tagesschau hatte ihr den Vorfall brühwarm zum Abendessen serviert und nun war sie völlig hysterisch.

»Du hättest tot sein können, Kind!«, kreischte sie, sobald sie mich und meine Leibwächter in der Menschenmenge am Khaled-International-Airport erspäht hatte. Dann brach sie in wildes Schluchzen aus und presste mich an sich. »Oh, Gott! Tu mir das nie wieder an!«

Ich drehte meinen Kopf, so weit es ihre Umklammerung zuließ, zur Seite und fing Hassans Blick auf. Er war heute den ersten Tag wieder im Dienst.

Sein Gesicht wurde von zahllosen Blutergüssen geziert und er trug den linken Arm in Gips.

Der Chef meiner Leibwächter grinste amüsiert und ich zog eine hilflose Grimasse.

Das Verhalten meiner Mutter war mir schrecklich peinlich. Was glaubte sie, wer ich war? Ihre kleine Tochter Sina, die gerade einen Zusammenstoß mit Nachbars VW Golf hinter sich hatte?

Übrigens hatte ich jenen Vorfall im zarten Alter von fünf Jahren weit weniger gut überstanden als den Angriff der Kampfhubschrauber: Gegen die Schmerzen der Oberschenkelfraktur von damals waren meine gebrochene Rippe und die Gehirnerschütterung ein Klacks.

Ich ließ meine Mutter erst einmal in den Hauptpalast schaffen, wo ich ihr zwei Gläser von Khaleds teurem Whiskey verordnete.

Danach hatte sie sich so weit beruhigt, dass ich einigermaßen vernünftig mit ihr reden konnte.

Ich versicherte ihr mit großen Worten die Harmlosigkeit meiner Verletzungen und versprach, in Zukunft vorsichtiger zu sein.

Davon, dass ich inzwischen nach gründlichem Überlegen die Pille abgesetzt hatte, erzählte ich ihr lieber nichts. Ich befürchtete einen weiteren hysterischen Anfall. Schließlich hielt sie Saleh im Grunde noch immer nicht für den Richtigen und hoffte wahrscheinlich insgeheim, dass ich das irgendwann selbst einsehen würde.

Tja – keine Chance, Mama!

Mein Wunsch nach einem Kind von Saleh war in den letzten Wochen plötzlich übermächtig geworden. Warum, konnte ich nicht sagen. Es war einfach so.

Aber das war sowieso eine Sache zwischen meinem Mann und mir, die meine Mutter im Grunde nichts anging ...

*

Ich erholte mich rasch von meinen Verletzungen. Aber noch Monate nach dem Vorfall bei der Ölquelle zuckte ich unwillkürlich zusammen, wenn ich das Geräusch eines Hubschraubers hörte und bekam Herzrasen.

Doch das würde sich mit der Zeit schon wieder legen.

Was bleiben würde, war die Enttäuschung – die Enttäuschung über ein Land, das ich einst glühend verehrt hatte ...

39

Saleh, Ali und ich fuhren zum Ausspannen in die Berge. Was wir vorhatten, sollte ein für Mitglieder der Präsidentenfamilie sehr ungewöhnlicher Urlaub werden: Ohne Leibwächter und den üblichen Luxus wollten wir ein paar Tage durch die atemberaubende Gebirgslandschaft wandern.

Bei uns hatten wir nur ein Zelt, Kleidungsstücke zum Wechseln, Dosen mit Essen, Wasserflaschen und ein Funkgerät für den Notfall.

Saleh nahm außerdem ein Maschinengewehr zu unserem Schutz mit. Denn die Berge waren wild und unzugänglich und wurden daher zuweilen von zwielichtigem Gesindel als Unterschlupf genutzt: flüchtige Verbrecher, Regimegegner, islamische Fundamentalisten, illegale Grenzgänger, Drogenhändler ... Da war es besser, bewaffnet zu sein.

Nur wenige Menschen lebten in den benitisch-durahnischen Bergen. Die meisten davon waren Nomaden, die auf den fruchtbaren Hängen nach Norden hin ihre Schafe und Ziegen weiden ließen.

Wir versteckten Salehs gelben Sportwagen in einem abgelegenen Tal und gingen zu Fuß weiter. Jeder trug einen großen Rucksack auf dem Rücken.

Ali, dessen Idee dieser Abenteuerurlaub gewesen war, schritt fröhlich voran. Er murrte kein einziges Mal, obwohl der Marsch wirklich anstrengend war.

Den ganzen ersten Tag wanderten wir unter der heißen Sonne steile Hänge hinauf und hinunter, schleppten uns über Geröllhalden und durch ausgetrocknete Flussbetten.

Weit und breit war kein Baum oder Strauch, der uns Schatten spenden konnte. Nur hier und da entdeckten wir mickrige Dornbüsche, die der Trockenheit standhielten.

Saleh behielt ständig den Kompass im Auge, damit wir auch ja genau nach Norden gingen, wo das Land fruchtbarer war.

Erst gegen Abend führte lautes Vogelgezwitscher uns in ein grünes Tal, durch das ein kleiner Fluss floss. Üppige Büsche und Bäume säumten seine Ufer und auf den Hängen wuchs dichtes Gras.

Der Fluss stürzte über die Felskante am Eingang des Tales und bildete einen etwa fünf Meter hohen, rauschenden Wasserfall. Genau an dieser Stelle schlugen wir unser Zelt auf.

Von dem langen Marsch waren wir völlig erhitzt und fertig und die Beine taten uns weh.

Es war ein herrliches Gefühl, in das kalte Wasser des Flusses einzutauchen und sich von den Spritzern des Wasserfalls berieseln zu lassen.

Ali hatte einen Mordsspaß und auch Saleh und ich waren übermütig wie kleine Kinder.

Wir veranstalteten Wasserschlachten, schwammen um die Wette, tanzten wild in den Fluten unterhalb des Wasserfalles, versuchten uns gegenseitig umzuwerfen ...

Erst als wir völlig außer Atem waren, gingen Saleh und ich an Land, während Ali noch weiter plantschen wollte.

Im Schatten eines Olivenbaumes legten mein Mann und ich uns ins Gras.

Salehs Hände streichelten mich. »Sina ...« flüsterte er. Sein Gesicht war ganz nahe vor meinem.

»Hm?«

»Wir sollten öfter auf Alis Ideen hören! Dieser Urlaub war das Beste, was uns passieren konnte.«

Da stimmte ich ihm voll und ganz zu.

Seine Berührungen und die romantische Atmosphäre des Gebirgstales dazu ... Mein Blut geriet gewaltig in Wallungen.

Ich küsste ihn leidenschaftlich und schmeckte dabei die Oliven, die er kurz zuvor gegessen hatte. Plötzlich empfand ich den Geschmack dieser Früchte gar nicht mehr als unangenehm – im Gegenteil: Er prickelte auf meiner Zunge und brachte mich fast um den Verstand.

Saleh angelte nach einem tief hängenden Ast, pflückte eine der Früchte und steckte sie mir in den Mund. Dann küssten wir uns wieder. Und wäre Ali nicht in der Nähe gewesen, wäre bestimmt noch mehr passiert ...

Von diesem Tag an liebte ich Oliven.

Als es dunkel wurde, entfachte Saleh ein Feuer und ich kochte einen großen Topf Chili aus der Dose.

Nach dem Essen saßen wir noch lange ums Feuer herum, unterhielten uns, lachten und sangen arabische, englische und deutsche Lieder.

Unsere Stimmen vermischten sich mit dem Rauschen des Wasserfalls, dem Knistern des Feuers und den Schreien der Nachtvögel.

Ali wurde mit der Zeit immer stiller und ein paar Mal fielen ihm fast die Augen zu. Kein Wunder. Es war spät und der Tag lang gewesen.

Doch als Saleh Ali darauf ansprach, behauptete dieser, überhaupt nicht müde zu sein.

Aber ich merkte ihm seine Erleichterung an, als wir Erwachsenen verkündeten, wir wollten sowieso gerade zu Bett gehen.

Er gab jedem von uns einen Gutenachtkuss und verschwand dann im zweiten Raum des Zeltes.

Saleh und ich schliefen im ersten – direkt hinter dem Eingang und durch eine Zwischenwand von Ali getrennt.

Es war etwas eng für zwei Personen, aber das machte uns nichts aus.

Wir liebten uns mehrmals in dieser Nacht – lautlos, jedoch wild und leidenschaftlich. Die verträumte Atmosphäre der Berge musste irgendetwas bei uns bewirkt haben: Wir konnten kaum genug voneinander bekommen.

Erst gegen Morgen schliefen wir, in mehrere Decken gewickelt, eng umschlungen ein.

Ich träumte, dass Saleh und ich Hand in Hand über eine Bergwiese wanderten, auf der jede Menge bunte Blumen blühten.

Plötzlich lag vor uns ein Tal, in dem sich mein Heimatdorf befand. Die Glocken der Kirche läuteten – sie hörten gar nicht mehr auf ...

Langsam erwachte ich und stellte fest, dass das Läuten nicht Teil meines Traumes sondern real war. Und es klang auch nicht wie Kirchenglocken, sondern war ein vielstimmiges, durchdringendes Gebimmel.

Verwundert schlug ich die Augen auf. Gedämpftes Tageslicht fiel durch die Zeltplane.

Neben mir regte sich Saleh. »Sina ...« murmelte er schläfrig. »Hörst du das?«

»Natürlich! Aber ich habe auch keine Ahnung, was es ist.«

Eilig zogen wir uns an und schlüpften aus dem Zelt.

Die Sonne stand schon wieder hoch am Himmel und von der Kühle der Nacht war nichts mehr zu spüren.

Am anderen Ufer des Flusses weidete eine Ziegenherde das saftige Gras ab. Das Bimmeln der Glöckchen, welche jedes Tier um den Hals trug, hatte uns geweckt.

Bewacht wurde die Herde von einem mageren alten Mann mit schneeweißem Haar, der reglos auf einem großen Stein saß und die Ziegen beobachtete. Er trug ein langes, buntes Gewand, das ich sofort als Beduinentracht identifizierte.

Offenbar gehörte er zu jenen Nomaden, die zwischen Durah und Benit hin und her wanderten – immer auf der Suche nach guten Weideplätzen für ihre Tiere.

In diesem Moment entdeckte uns der alte Mann, wie wir vor dem Zelt standen und zu ihm hinüberblickten.

Er winkte und rief uns mit brüchiger Stimme einen Gruß zu.

Ich war erleichtert, dass er uns offensichtlich nicht erkannte. Denn sonst hätte er anders reagiert.

»Das ist nicht weiter verwunderlich«, sagte Saleh dazu. »Die Nomaden kommen durch mehrere Länder und wer diese regiert, ist ihnen völlig egal.«

Wir wateten durch den Fluss und gesellten uns zu dem einsamen Hirten.

Er lächelte uns mit beinahe zahnlosem Mund an. »Habt ihr euch verlaufen?«, fragte er. »Ihr seht nicht aus, als ob ihr hier leben würdet.«

»Wir machen eine mehrtägige Gebirgstour«, erklärte ihm Saleh. »Unser Sohn hat es sich gewünscht.«

Wieder dieses zahnlose Lächeln. »Wirklich? Das ist schön. Ich freue mich immer über die Gesellschaft junger Menschen. Setzt euch doch ein wenig zu mir und genießt den Morgen!« Er rückte auf seinem Felsbrocken ein wenig zur Seite, um Saleh und mir Platz zu machen.

»Sind Sie ganz allein unterwegs?«, wunderte ich mich.

Der Hirte schüttelte den Kopf. »Nein. Meine Familie baut dort hinten gerade ihre Zelte auf.« Mit zitternden Fingern hob er seinen Hirtenstab und deutete auf die Gruppe von Olivenbäumen, die das Tal in zwei Hälften teilten. Sie wuchsen jedoch so dicht, das man nicht sehen konnte, was dahinter war.

Eine Weile saßen Saleh, der Hirte und ich schweigend auf dem Felsen und beobachteten die Herde.

Die Ziegen grasten friedlich. Ab und zu gingen sie an den Fluss, um zu trinken.

Der Wasserfall rauschte und hoch über unseren Köpfen kreiste ein riesiger Vogel. Ich machte Saleh darauf aufmerksam.

»Das ist ein Adler«, erklärte uns der Hirte. »Ein gutes Zeichen. Adler bringen Glück.«

Saleh und ich verfolgten den Adler mit den Augen. Majestätisch und ohne einen einzigen Flügelschlag schwebte er über den spitzen Zacken der Berggipfel. Seine Silhouette hob sich scharf vom Blau des Himmels ab.

»Manchmal wünschte ich, ich könnte auch fliegen«, sagte Saleh verträumt. »Das muss ein herrliches Gefühl sein – die absolute Freiheit.«

Der Hirte sah ihn ernst an. »Wir können alle fliegen, junger Mann. Zumindest unsere Seelen – sobald sie den Körper verlassen haben.«

»Sie meinen, wenn wir sterben?« fragte ich.

Er nickte mit glänzenden Augen und sein faltiges, wettergegerbtes Gesicht begann zu strahlen. »Ja. Für mich wird es bald Zeit, davonzufliegen.« Er machte eine weit ausholende Handbewegung. Dann blinzelte er Saleh und mir spitzbübisch zu. »Aber für euch junge Leute ist es natürlich noch viel zu früh, um abzuheben. Ihr müsst euch erst einmal auf der Erde bewähren.«

Irgendwie faszinierte mich der alte Mann in seinem bunten Gewand.

Aus seinen Augen sprach eine solche Weisheit und tiefe innere Ruhe, wie ich sie noch nie erlebt hatte – bei keinem Menschen.

Ali störte den morgendlichen Frieden: Prustend und schnaubend rannte er durch den Fluss auf uns zu, dass das Wasser nach allen Seiten spritzte.

Die Ziegen, die eben noch friedlich getrunken hatten, stoben mit einem empörten Meckern auseinander und der Rest der Herde erstarrte.

»Wo bleibt ihr denn?«, wandte sich Ali vorwurfsvoll an Saleh und mich. »Ich habe Hunger.«

»Wann hast du das nicht, du kleiner Vielfraß?«, seufzte ich.

In diesem Moment bemerkte mein Stiefsohn erst, dass Saleh und ich nicht allein waren.

Er nickte dem Hirten zu und der alte Mann hob lachend die Hand zum Gruß.

»Guten Morgen, mein Junge! Wie heißt du denn?«

»Ali!«

»Ich bin Omar!«

Auch Saleh und ich stellten uns vor, nannten jedoch nur unsere Vornamen.

Der Hirte schöpfte keinen Verdacht und fragte zu meiner Erleichterung nicht, wer genau wir seien und woher wir kämen. Er meinte, wir hätten alle drei wunderschöne Namen und lud uns zum Frühstück bei seiner Familie ein.

»Seid meine Gäste und esst mit uns!«, sagte er herzlich und war ehrlich erfreut darüber, dass wir sein Angebot annahmen.

Er pfiff seine Herde zusammen und die Ziegen folgten ihm wie Hunde.

Ali staunte. »Wie haben Sie ihnen das beigebracht?«

Omar zwinkerte ihm zu. »Sie wissen, dass ich sie immer dorthin führe, wo es Gras und Wasser gibt. Ohne mich wären sie verloren.«

Die Herde umströmte unsere Beine und man musste sehr genau aufpassen, wohin man trat.

Saleh stolperte einmal fast über einen Ziegenbock, der daraufhin den Kopf senkte und ihm mit den Hörnern drohte. Ali und ich lachten über Salehs verblüfftes Gesicht.

Omar ging uns voran durch den Olivenhain. Er bewegte sich langsam und benutzte seinen Hirtenstab als Spazierstock. Obwohl sein Gang schon etwas schwerfällig war, lag in seinen Bewegungen eine gewisse Eleganz. Er hielt sich aufrecht und strahlte den Stolz eines wilden Tieres aus.

Die Familie des Hirten bestand aus acht bereits erwachsenen Kindern mit Ehepartnern, vierzehn Enkeln und zwei Urenkeln, drei Brüdern, drei Schwägerinnen, vier Schwestern, zwei Schwagern, sowie zahllosen Neffen und Nichten.

All diese Personen verteilten sich auf etwa zehn geräumige Zelte.

Wir wurden mit einer Herzlichkeit empfangen, als ob wir lange vermisste Verwandte seien und keine Fremden.

Die Frauen in ihren langen bunten Gewändern und den perlenbesetzten Schleiern gaben uns Ziegenmilch zu trinken und getrocknetes Fleisch zu essen, während wir uns mit den Männern unterhielten.

Wohin genau wir unterwegs seien, wurden wir gefragt.

Saleh, Ali und ich erklärten, dass wir kein bestimmtes Ziel hätten.

»Wir haben vor, kreuz und quer durch die Berge zu wandern – so wie es uns gefällt«, sagte Ali mit leuchtenden Augen.

Die Nomaden boten uns an, doch eine Weile mit ihnen und ihrer Herde zu ziehen.

»Wir zeigen euch die schönsten Plätze hier oben«, versprach Omar.

Saleh, Ali und ich wechselten einen Blick.

Das war eine großartige Idee! Auf diese Weise könnten wir das einfache, freie Leben und die Gastfreundschaft der Beduinen genießen.

»Wir ziehen gerne mit euch«, sagten wir alle drei wie aus einem Mund.

»Na, das klang überzeugend«, kicherte ein etwa fünfzehnjähriger Enkel von Omar.

Wir lachten mit den Nomaden, fühlten uns glücklich und geborgen.

*

Die folgende Woche wurde zu einer der schönsten meines Lebens. Ich kann mich nicht erinnern, jemals die Natur und die mich umgebenden Menschen derart intensiv wahrgenommen zu haben.

Wir wanderten mit Omars Familie von einem fruchtbaren Tal ins nächste, lebten von Ziegenfleisch, -käse, -milch und wilden Früchten, lernten abends am Feuer die Tänze dieses unabhängigen Volkes und hörten seine Geschichten und Märchen.

Ali freundete sich mit den Kindern des Clans an, während Saleh und ich uns von den Frauen zeigen ließen, wie man Ziegen molk.

Wir lernten viel über die Lebensweise der Beduinen.

Besonders faszinierend war ihre Religion – eine Mischung aus Islam und Naturkult: Neben Allah und seinem Propheten Mohammed verehrten sie allerlei in den Bergen lebende Geistwesen und brachten ihnen hin und wieder ein Tier als Opfergabe dar.

Einmal im Jahr trafen sich alle Nomadengruppen der Berge in einem versteckten Tal in Durah, um zu heiraten, Feste zu feiern und die alten Geschichten und Bräuche zu bewahren.

Sie standen über jeder Art von Landesgrenze und wanderten ständig zwischen den verfeindeten Staaten Benit und Durah hin und her. Niemand konnte sie daran hindern, denn sie gehorchten nur Allah und den Berggeistern und hatten ihre eigenen Gesetze.

»In Benit geht es uns besser als in Durah«, erklärte uns ein junger Mann. »Die Durahner verfolgen uns als Heiden und töten uns, wenn sie uns erwischen. Aber zum Glück geschieht das nicht oft. Wir kennen die Berge besser als jeder andere.«

Abends, wenn wir am Feuer saßen, hörten wir oft ein unheimliches Heulen, das von den Berghängen herunterschallte und einem das Blut in den Adern gefrieren ließ.

Beim ersten Mal erschrak ich fürchterlich.

»Was war das?«, fragte ich Omar.

»Hyänen«, entgegnete er. »Sie bewachen diesen Teil der Berge und haben es auf unsere Tiere abgesehen. Darum müssen immer ein paar Männer nachts Wache halten.«

Wieder ertönte das Heulen. Es war vielstimmig und schien von allen Seiten zu kommen.

Unter den zwischen den Zelten grasenden Ziegen entstand Unruhe. Sie meckerten warnend.

Ali umklammerte fest meine und Salehs Hand. Der Feuerschein bestrahlte sein Gesicht und leuchtete in seine weit aufgerissenen Augen. »Können sie auch uns gefährlich werden?«

»So lange wir zusammen bleiben, nicht«, beruhigte ihn Omar. »Und in die Nähe des Feuers kommen sie sowieso nicht.«

»Du würdest ihnen bestimmt nicht schmecken, Ali«, neckte Saleh seinen Sohn. »Dein Dickkopf macht das Fleisch zäh und unverdaulich.«

»Du schmeckst auch nicht besser, Baba«, entgegnete Ali frech, worauf wir alle drei lachen mussten.

Dass die Hyänen nicht an uns herankamen, beruhigte mich ungemein. Trotzdem lief mir jedes Mal, wenn ich ihr Heulen hörte, ein Schauer den Rücken hinunter.

»Es klingt, als würden die Berggeister singen«, meinte ich an Saleh gewandt. »Richtig unheimlich.«

Mein Mann zwinkerte mir zu. »Ich sollte mir das Hyänen-Heulen angewöhnen. Vielleicht hättest du dann endlich mehr Respekt vor mir.«

Ich puffte ihn spielerisch in die Seite. »Vergiss es!«, prustete ich.

Hier draußen in der Wildnis waren wir uns näher als je zuvor. Wir erlebten unsere Liebe ganz neu und waren regelrecht verrückt nacheinander. Wann immer es möglich war, küssten, berührten und liebten wir uns.

»Vielleicht sollten wir bei den Nomaden bleiben«, meinte Saleh an unserem fünften Abend in den Bergen scherzhaft.

Wir lagen in mehrere Decken gehüllt im Zelt und hielten uns im Arm. Die Nacht war kühl, aber wir froren nicht.

»Red keinen Unsinn!« Ich küsste meinen Mann auf die Nasenspitze. »Wir haben in der Zivilisation unsere Verpflichtungen – schon vergessen?«

Er seufzte und vergrub sein Gesicht in meiner Halsbeuge. »Schade!«, murmelte er. »Es ist doch einfach schön, ein normaler Mensch zu sein.«

»Ja!«, stimmte ich ihm zu. »Ein Glück, dass die Beduinen keine Ahnung haben, wer wir wirklich sind.«

Saleh hob den Kopf und sah mir in die Augen, so weit das in der Dunkelheit möglich war. »Ich glaube nicht einmal, dass es einen Unterschied machen würde, wenn sie es wüssten«, meinte er. »Für diese Menschen gelten andere Werte als für uns, Sina.«

Ich nickte, obwohl er es wahrscheinlich nicht sehen konnte. »Genau das beeindruckt mich an ihnen. Sie haben nichts außer ihren Ziegen und sind wahrscheinlich trotzdem glücklicher, als wir es in unserem ganzen Luxus je sein werden.«

Saleh streichelte gedankenverloren mein Gesicht. »Am meisten fasziniert mich Omar«, sagte er. »Er ruht in sich, wie ich es noch bei keinem Menschen erlebt habe. Nichts kann ihn ärgern und nichts macht ihm Angst – nicht einmal der Gedanke an seinen Tod. Außerdem ist er so unglaublich weise, obwohl er eine Schule nie auch nur von Weitem gesehen hat. Egal, was er sagt: Immer trifft er genau den Punkt. Wenn ich einmal alt bin, möchte ich so sein wie er ...«

*

Omar war es dann, der uns zurück zu Salehs Sportwagen begleitete.

Beim Abschied umarmte er uns alle drei herzlich.

»Lebt wohl!«, sagte er mit seiner vom Alter brüchigen Stimme. »Und vergesst mich nicht!«

Ich küsste ihn spontan auf die faltige Wange. »Das werden wir nicht – nie!«

Er schenkte mir sein warmes, beinahe zahnloses Lächeln und zwinkerte dann meinem Mann zu. »Du kannst froh sein, dass du diese Frau hast, Saleh Khaled Mustafa al-Adnan!«

Ali, Saleh und ich starrten ihn mit offenen Mündern an.

»Du weißt ...?« Mehr brachte ich nicht heraus. Ich war wie vom Donner gerührt.

Er nickte gelassen. »Ja.«

»Seit wann?«, wollte Saleh fassungslos wissen.

»Oh – ich habe euch gleich erkannt!« Omar kicherte. »Ich bin nämlich nicht ganz so weltfremd wie ich aussehe.«

Saleh schüttelte amüsiert den Kopf. »Du hinterlistiger alter Mann. Uns so an der Nase herumzuführen.«

»Ihr wolltet uns an der Nase herumführen«, erinnerte Omar. »Sich einfach nicht zu erkennen geben. Was sind das für Manieren?«

Ali klatschte in die Hände. »Eins zu Null für Omar«, rief er.

Da brachen wir alle vier in Gelächter aus.

»Danke, dass ihr uns trotzdem als ganz normale Menschen behandelt habt!«, sagte Saleh gerührt zu dem alten Mann, nachdem wir uns wieder beruhigt hatten.

»Nichts zu danken!«, entgegnete Omar einfach. »Es ist mir eine Ehre gewesen, euch als Gäste zu haben.« Er legte die rechte Hand auf die linke Hälfte seiner Brust und senkte den Kopf. »Allah sei mit euch!«

Als wir losfuhren, drehte ich mich auf meinem Sitz noch einmal um.

Omar stand in sein buntes Gewand gehüllt und auf seinen Hirtenstab gestützt da und blickte dem gelben Sportwagen nach.

Das Letzte, was ich von ihm sah, war seine zum Gruß erhobene Hand und das in der Sonne glänzende, schneeweiße Haar.

40

Ich lag am sandigen Ufer des Ghaniim, hatte die Hände hinter meinem Kopf verschränkt und blickte in das Blätterdach der Palmen, die mir Schatten spendeten.

Es war Anfang März und die Hitze hielt sich für benitische Verhältnisse noch einigermaßen in Grenzen.

Das Bad im Fluss hatte mich angenehm erfrischt. An meinem nassen Körper und dem Bikini klebte der Sand, aber das störte mich nicht.

Ich war so glücklich – ich hätte die ganze Welt umarmen können. Leise summte ich vor mich hin.

Als ich Schritte hörte, wandte ich das Gesicht zur Seite.

Da stand Saleh – schön wie immer. Er kam gerade aus dem Parlament und trug einen edlen, dunkelbraunen Anzug mit der dazu passenden Krawatte.

Mein Herz machte einen Sprung und Zärtlichkeit durchflutete mich wie eine heiße Welle.

Mit ein paar Schritten war mein Mann bei mir. »Alles in Ordnung, Sina?«, erkundigte er sich besorgt. »Safia sagte, du seiest beim Arzt gewesen und wolltest mich sofort sprechen ...«

Ich lächelte still in mich hinein und streckte die Arme nach ihm aus. »Komm her!«, sagte ich sanft. »Ich habe auf dich gewartet. Diese politischen Gespräche dauern immer so verdammt lange.«

Ohne Rücksicht auf seinen teuren Anzug ließ er sich neben mir auf die Knie sinken und drückte mich nass wie ich war an sich. »Du fehlst mir auch immer, mein Schatz!«, flüsterte er mir ins Ohr. »Seit du Ölministerin bist, hast du gar nicht mehr so viel Zeit für mich wie früher ...«

Wir küssten uns lange und leidenschaftlich.

»Saleh?«, sagte ich fragend, nachdem ich wieder genug Luft zum Sprechen hatte.

Er sah mich aufmerksam an. »Ja?«

»Was wäre dir lieber: Junge oder Mädchen?«

Es dauerte einen Moment, bis er den Sinn dieser Frage begriff. Ein strahlendes Leuchten ging über sein Gesicht und er legte fast beschützend eine

Hand auf meinen Bauch, der schon ein wenig dicker geworden war.

Plötzlich standen Freudentränen in seinen Augen. »Seit wann ...?«, war alles, was er herausbrachte.

»Ich denke, es ist in den Bergen passiert«, entgegnete ich lächelnd, seine Frage erratend.

»Oh, Sina!«, flüsterte er erstickt und küsste mich wieder, dass mir fast die Luft wegblieb. »Ich kann dir gar nicht sagen, wie sehr ich mich freue! Und es ist mir vollkommen egal, ob es ein Junge oder ein Mädchen wird.«

»Wenn es ein Sohn ist, nenne ich ihn Omar«, sagte ich entschlossen und wischte ihm mit der Hand die Tränen aus den Augen.

»Und wenn es eine Tochter ist, nennen wir sie Aischa«, entschied Saleh. »Weil sie es war, die dich zu mir geführt hat.«

Ich bettete seinen Kopf an meine Schulter. »Dann wäre ja alles geklärt«, lächelte ich.

41

Saleh war sehr besorgt und hätte am liebsten jede Aufregung und Anstrengung von mir fern gehalten. Ich musste erst einmal mit aller Deutlichkeit klarstellen, dass ich nur schwanger und nicht krank war.

Abgesehen davon, dass mein Appetit proportional zu meinem Bauchumfang wuchs, fühlte ich mich wohl. Ich litt weder unter der berühmten Übelkeit noch sonstigen Beschwerden – im Gegenteil: Ich war gut gelaunt und voller Energie. Was sprach also dagegen, mich weiterhin ums Erdöl zu kümmern? Als Ölministerin trug ich schließlich eine Verantwortung für den Wohlstand Benits, von dem eines Tages auch das Glück meines ungeborenen Kindes abhängen würde.

Die von mir erreichte Lockerung der UNO-Handelsblockade begann gerade, erste Früchte zu tragen: Ein schwaches aber stetiges Wirtschaftswachstum zeichnete sich ab. Da lag mir nichts ferner, als mich nun auf die faule Haut zu legen.

Es gab ein ziemlich hitziges Hin und Her über den Sinn oder Unsinn meiner Namenswahl. Khaled und Selwa zeigten sich von meiner Idee, das Kind nach einem Beduinen zu benennen, falls es ein Sohn werden sollte, wenig begeistert.

»Der Junge wird zur mächtigsten Familie des Landes gehören!«, rief der Diktator aus. »Da kann er doch nicht den Namen eines hergelaufenen Ziegenhirten tragen!«

Selwa stimmte ihm zu, was mich nicht wunderte. Noch nie hatte ich erlebt, dass sie ihrem Mann widersprach.

»Omar ist kein hergelaufener Ziegenhirte, sondern der beeindruckendste Mensch, dem ich je begegnet bin«, kam mein Mann mir zu Hilfe. »Und im Übrigen stammen wir alle von Beduinen ab – außer Sina.«

Doch davon wollte sein Vater nichts wissen: »Das ist fast tausend Jahre her«, entgegnete er abweisend.

»Ich finde, es ist ganz allein die Entscheidung von Sina und Saleh, wie sie ihr Kind nennen wollen«, meinte Safia. Sie war ebenfalls wieder schwanger. Ihr Kind sollte etwa eine Woche vor meinem zur Welt kommen.

Auch Ledan und Barif samt Ehemännern waren auf unserer Seite – und Mohammed meinte, Omar sei ein wunderschöner Name.

Intisar glättete schließlich die Wogen, indem sie anführte, Omar sei ein klassischer arabischer Name.

»Er steht für Liebe, Männlichkeit und Potenz«, sagte sie.

Woher die stille, schüchterne Intisar das wusste, war mir ein Rätsel. Doch auf jeden Fall überzeugten ihre Worte Khaled und Selwa. Sie stellten meine Namenswahl nicht länger in Frage.

Ein weiteres Problem, das besprochen werden musste, ergab sich aus der Tatsache, dass Saleh und ich aus verschiedenen Kulturkreisen stammten: Welche Religion sollte unser Kind annehmen?

Khaled pochte auf eine Erziehung im Sinne des Islam, obwohl er von übertriebenem religiösen Eifer sonst wenig hielt.

Saleh jedoch überließ mir die Entscheidung. »Es gibt in Benit genügend christliche Einrichtungen«, meinte er. »Wenn du es also wirklich willst, können wir das Kind auch taufen lassen.«

Ich zögerte. Nicht etwa, weil ich plötzlich gläubige Christin gewesen wäre.

Spontan hätte ich gesagt, das Kind solle als Moslem aufwachsen. Saleh war überzeugt von seinem Glauben und konnte ihn daher sicher besser vermitteln als ich meinen.

Aber ich hatte ein Problem mit der im Islam üblichen Beschneidung. Sollte das Kind ein Junge werden, würde ihm diese Tortur nicht erspart bleiben.

Davor graute mir, obwohl Beschneidungen in der heutigen Zeit im Krankenhaus und unter Narkose stattfanden – jedenfalls in Benit.

Ich erinnerte mich an Asis' Beschneidung, die ich unmittelbar miterlebt hatte: Tagelang immer dieses herzzerreißende Geschrei, wenn er in die Windel gemacht hatte ... Wollte ich das meinem Kind wirklich antun?

Was mich schließlich doch zu Gunsten des Islam entscheiden ließ, war die Tatsache, dass die meisten Beniter Moslems waren. Hätte ich das Kind christlich taufen lassen, wäre es in seinem Land Mitglied einer Minderheit und im al-Adnan-Clan wahrscheinlich ein Außenseiter gewesen. Da war die Beschneidung wirklich das kleinere Übel ...

*

Irgendwann waren alle nötigen Vorüberlegungen getroffen und Saleh, Ali und ich mussten nur noch auf das neue Familienmitglied warten.

Mein Stiefsohn wünschte sich sehnlichst einen Bruder.

»Mädchen sind doof«, behauptete er. »Mit denen kann man gar nicht richtig spielen. Außerdem heulen sie immer gleich.«

Saleh und ich konnten uns nur mit Mühe das Lachen verbeißen. Ali spielte nämlich genauso gern mit seinen Cousinen wie mit seinen Cousins. Und wenn er mit Saad, Nawir und Ismael herumtobte, gab es meist nach fünf Minuten schon die ersten Tränen ...

Mein Mann beharrte nach wie vor darauf, ihm sei es egal, welches Geschlecht das Kind habe.

»Ist es nicht das oberste Ziel eines Mannes, möglichst viele Söhne in die Welt zu setzen?«, neckte ich ihn.

Er grinste. »Meines nicht. Ich fände eine Tochter großartig. Stell dir vor, sie würde dein hübsches Gesicht erben ...«

Ich streckte ihm die Zunge heraus. »Blödmann!«

In diesem Moment bekam ich von innen einen recht kräftigen Tritt gegen die Bauchdecke. Ich verzog das Gesicht. »Ob Sohn oder Tochter – es gehört auf jeden Fall zur rabiaten Sorte.«

Saleh lachte. »Dann muss es wirklich ein Mädchen sein«, mutmaßte er.

*

Gegen Ende der Schwangerschaft ließ ich es langsamer angehen, obwohl ich weiter Ölministerin blieb.

Ich genoss viel freie Zeit im Kreis meiner großen Familie.

Meine Schwägerinnen, die mit dem Gebären ja schon einige Erfahrung hatten, bereiteten mich geistig auf das vor, was mich erwartete. Das nahm mir die Angst vor dem Unbekannten.

Kurse zur Geburtsvorbereitung gab es in Benit nicht. Hier hatte jede Frau genügend weibliche Verwandte, die sie beraten konnten ...

Am meisten unterhielt ich mich mit Safia, deren Bauch inzwischen ungefähr dieselben Ausmaße wie meiner hatte. Regelmäßig maßen wir nach, welche von uns beiden die »bessere« Figur hatte und lachten uns halbtot dabei.

Doch manche unserer Gespräche waren auch ernst:

»Weißt du«, sagte ich. »Irgendwie wäre mir ein Mädchen lieber. Vor der Beschneidung graut mir einfach ...«

Safia, die meine kulturell bedingten, manchmal seltsam anmutenden Ansichten akzeptierte, musterte mich nachdenklich.

Wir lümmelten auf dem Sofa in ihrem Gemach des Palastes bei Schafra – beide inzwischen im siebten Monat schwanger.

Die Kinder spielten draußen im Park. Ihr Geschrei drang durch das halb geöffnete Fenster bis zu uns.

»Du bist!«, rief Nawir gerade.

»Nein!«, protestierte Ali. »Du hast Nur zuerst berührt. Sie muss fangen!«

»Schon gut«, war da Nurs Stimme zu vernehmen. »Ich fange – bevor ihr euch wieder prügelt.«

»Wenn du dir eine Tochter wünschst, soll mein Kind ein Junge werden«, sagte Safia und hielt mit beiden Händen ihren dicken Bauch. »Zu viele gleiche Geschlechter auf einem Haufen ist nicht gut. Das gibt nur Streit.«

Ich lächelte. »Stimmt! Man braucht immer einen Ausgleich.«

Safia stand mir von meinen drei Schwägerinnen am nächsten. Seit unserer ersten Begegnung waren wir unzertrennlich – und die intimen Gespräche über unseren Zustand vertieften diese Freundschaft noch mehr.

*

Am 28. September – nach westlichem Kalender – wurde am späten Abend Safias Kind geboren. Es war ein Mädchen.

Als ich sie am nächsten Morgen besuchte, war sie wie damals nach Khaleds Geburt schon wieder putzmunter und schön wie eine junge Königin.

»Na, Sina: Jetzt ist es doch ein Mädchen geworden!« Sie nahm es locker und mit dem für sie typischen Humor.

Ich hob resigniert die Schultern. »Dann muss ich eben einen Jungen zur Welt bringen ...«

Fünf Tage später war es auch bei mir so weit: Ich befand mich gerade auf dem Rückflug von einer Ölquelle, als die Wehen einsetzten.

Der Hubschrauber brachte mich in aller Eile nach Sarana ins Krankenhaus.

Ledan, Barif und Safia hatten mich auf schmerzhafte Stunden vorbereitet. Doch bei mir ging es schneller als erwartet. Das kleine Wesen in meinem Bauch konnte es offensichtlich gar nicht erwarten, endlich das Tageslicht zu sehen.

Keine zwei Stunden nach Beginn der Wehen hielt ich mein Kind in den Armen.

Es war ein Junge!

Oft hört man, dass die Geburt eines Kindes das schönste Ereignis im Leben einer Frau sei.

Dem kann ich nur zustimmen.

Während ich das Gesicht meines Sohnes betrachtete, welches unverkennbar die Züge seines Vaters hatte, weinte ich vor Freude.

Kurze Zeit später kamen Saleh und Ali. Auch sie waren hingerissen von dem Kleinen.

»Wie winzig er ist«, staunte Ali. »Es geht wohl noch eine Weile, bis ich mit dem Fußball spielen kann.«

Saleh zählte die Finger und Zehen des Babys und streichelte liebevoll sein Gesicht.

»Omar«, flüsterte er. Dann hob er den Kopf und sah mich mit leuchtenden Augen an.

»Heute ist doch auch euer Nationalfeiertag, Sina«, sagte er plötzlich.

»Stimmt – der dritte Oktober.« Daran hatte ich gar nicht gedacht ...

Mein Mann lächelte zufrieden. »Unser Sohn wollte wohl unbedingt zeigen, dass er auch deutsches Blut in den Adern hat.« Er zwinkerte mir zu.

Mir war der Tag der Deutschen Einheit völlig egal. Was zählte, war einzig die Geburt meines Kindes.

In diesem Moment tat ich etwas, was seit meiner Kindheit nicht mehr vorgekommen war: Ich betete. Ich dankte Gott – oder Allah – von ganzem Herzen für dieses unvergleichliche Geschenk.

Mein Glück, das vor vier Jahren in einem Restaurant in Sarana begonnen hatte, war nun endgültig perfekt.

Gegenwart

Nach fünfstündiger Autofahrt sind Omar und ich wieder zu Hause.

Mein Sohn ist völlig erschöpft und ich bringe ihn sofort ins Bett. Aber er schläft nicht wie erwartet gleich ein.

Als ich zur Tür gehen will, ruft er mich zurück: »Mama?«

»Ja, mein Schatz?« Ich setze mich auf seine Bettkante und schaue in sein Gesicht – dieses Gesicht, das dem seines Vaters so sehr ähnelt ...

»Tahir hat doch gesagt, dass die Amerikaner bald weggehen aus Benit.« Mit weit aufgerissenen Augen blickt er zu mir hoch. »Stimmt das?«

Ich zucke mit den Schultern. »Kommt darauf an, welche Partei die Beniter wählen ...«

Mein Gott! Wie soll ich einem Siebenjährigen die politischen Zusammenhänge erklären?

»Möglich wäre es.«

»Können wir dann wieder zurück?«, erkundigt sich Omar leise.

Ich mustere ihn prüfend. »Wieso? Möchtest du das: Zurück nach Benit?«

Er schaut durch mich hindurch zur Decke. »Weiß nicht ...« murmelt er. »Ich kann mich an das Land fast gar nicht mehr erinnern ... Nur noch an Baba und Ali – und Großvater.«

Ich schlucke. Der alte Schmerz bohrt sich erneut in mein Herz.

»Wirklich?« Mehr bringe ich nicht heraus.

Omar sieht mich jetzt wieder direkt an. »Ja! Großvater hat mich immer auf den Rücken genommen und ist mit mir im Ghaniim geschwommen. Am Anfang hatte ich ein wenig Angst. Aber er hat schon aufgepasst, dass ich nicht untergehe ... Und Ali hat mich immer in seinem Auto mitfahren lassen – du weißt schon: In dem Blauen, mit dem er alle Rennen gewonnen hat ... Und er hat ganz viel mit mir gespielt.« Mein Sohn lächelt still vor sich hin, während ich mit den Tränen kämpfe.

»Baba hat mir immer ganz tolle Geschichten erzählt, wenn ich nicht einschlafen konnte ...

Und immer wenn er nach Hause kam, hat er erst dich umarmt. So lange musste ich warten. Dann hat er mir zugezwinkert und ich bin das Treppengeländer runtergerutscht und er hat mich aufgefangen. Aber ich durfte nur ab einer bestimmten Höhe rutschen, weil es sonst zu gefährlich gewesen wäre. Ich war ja noch ganz klein ...«

Ich atme langsam und äußerst vorsichtig. Dabei überlege ich, was mir selbst am besten im Gedächtnis geblieben ist: Das Funkeln in Salehs Augen, Alis fröhliches Lachen, Khaleds wohlklingende, mitreißende Stimme ...

Aber ich sehe auch die anderen vor mir: Selwa, Intisar, Barif, Ledan und Safia ... Souad und der treue Hassan ...

Ich denke an das glitzernde Wasser des Ghaniim, die goldenen Kuppeln der Paläste, das intensive Blau des Himmels, die flimmernde Luft in der Wüste, das muntere Treiben in den Straßen von Sarana, die Berge ... Ob der alte Omar wohl noch lebt?

Mein Sohn reißt mich aus meinen Gedanken: »Ich glaube, ich würde schon gern zurück nach Benit, Mama«, sagt er ernst. »Obwohl ich meine Freunde hier vermissen würde ...«

Ich küsse ihn auf die Stirn. »Wir werden sehen, was geschieht, Omar«, flüstere ich und lösche das Licht. »Schlaf jetzt!«

Noch eine Weile bleibe ich reglos auf der Bettkante sitzen.

Erst als ich Omars gleichmäßige Atemzüge höre, verlasse ich leise das Zimmer.

Im Wohnzimmer sitzen meine Eltern vor dem Fernseher.

Ein Paar sind sie seit Jahren nicht mehr, aber wenigstens haben sie jetzt wieder ein freundschaftliches Verhältnis. Mein Vater ist oft bei uns zu Besuch.

»Schläft er?«, fragt mich Papa.

»Ja!« Ich lasse mich zwischen ihn und Mama fallen und wende meine Aufmerksamkeit dem Bildschirm zu.

Normalerweise vermeide ich es, Nachrichten zu schauen.

In der Welt passiert ja doch fast nur Schreckliches. Das drückt auf die Stimmung.

Und von Kriegsbildern wird mir sogar richtig übel. Ich muss dann schnell aus dem Zimmer rennen, um mich nicht zu übergeben ...

Aber heute ist mir irgendwie nach der Tagesschau und ich bin entschlossen, mich zusammenzunehmen.

Benit und die bevorstehenden Wahlen sind an diesem Abend das Hauptthema der Nachrichten.

Die Innenstadt von Sarana wird gezeigt, welche ohne Bilder und Statuen von Khaled Mustafa leicht verändert wirkt.

Aber den Ghaniim, das Parlament und die exotische Atmosphäre über allem erkenne ich wieder. Vor Sehnsucht krampft sich mein Herz zusammen.

Verschwommen nehme ich die Worte des Nachrichtensprechers wahr, sehe die von den USA eingesetzten Mitglieder der Übergangsregierung, deren Zeit nun beinahe abgelaufen ist.

Die amerikanischen Militärfahrzeuge in den Straßen der Hauptstadt lösen wilden, wahnsinnigen Hass bei mir aus. Mein Zorn ist so groß, dass ich zu zittern beginne.

»Alles in Ordnung, Sina?«, erkundigt sich meine Mutter besorgt.

Ich beiße die Zähne zusammen und nicke.

Demonstranten fordern lautstark den Rückzug der Besatzungstruppen – misstrauisch beäugt von den Amerikanern und der benitischen Polizei.

Zum Schluss kommen noch die beiden aussichtsreichsten Präsidentschaftskandidaten zu Wort: Mohammed bin Hafa und Ibrahim al-Scharif.

Ich höre ihren Wahlkampfreden nur mit halbem Ohr zu und frage mich, ob Benit es wohl schaffen wird. Werden diese Wahlen die Weichen zur Freiheit meines Landes stellen?

Aischas Vater jedenfalls ist überzeugt davon.

Beim Abschied hat er mir beide Hände auf die Schultern gelegt, mich eindringlich angesehen und gesagt: »Wir sehen uns in Sarana, Leila Khaled Mustafa.«

Nun ja: Egal wie die Wahl in zwei Wochen ausgehen wird: Auf dieses Treffen in der Hauptstadt wird er wohl noch eine Weile warten müssen. Selbst ein Ibrahim al-Scharif wird es kaum schaffen, den Rückzug der amerikanischen Truppen von heute auf morgen durchzusetzen ...

Und zurückkehren kann ich sowieso nur als Sina Jäger. Leila Khaled Mustafa würden die Beniter zum Teufel jagen ...

Ach, das ist alles so verdammt verzwickt. Warum kann es nicht wie früher sein?

Früher ... Die Erinnerung daran schmerzt und ist doch schön.

Während die Nachrichten weiterlaufen, wird mein Geist von einer geheimnisvollen Kraft wieder nach Benit zurückkatapultiert – in ein anderes Benit als das da auf dem Bildschirm: mein Benit ...

TEIL 4

»Die Macht ist wie eine Droge. Wenn du einmal davon geschmeckt hast, bist du süchtig danach. Und mit der Zeit brauchst du mehr davon – immer mehr. Du tust alles – absolut alles, um sie dir zu sichern und auszubauen, denn du kannst nicht mehr ohne sie leben.«

Khaled Mustafa al-Adnan, Präsident von Benit.

42

»... und Ali Saleh Khaled al-Adnan gewinnt!«, tönte die Stimme aus dem Lautsprecher. »Gratulation an den Enkel von Präsident Khaled Mustafa!«

Saleh, Omar und ich standen am Rand der Geländerennstrecke inmitten der syrischen Wüste, klatschten und schrien uns vor Begeisterung die Kehlen heiser.

Die uns umgebenden Männer der Republikanischen Sicherheit lächelten nachsichtig.

Als wir mit dem Strom der anderen Zuschauer in Richtung Ziel strömten, folgten sie uns auf dem Fuß.

Ich hielt Omars Hand fest, um ihn in der Menge nicht zu verlieren und verrenkte den Hals nach Ali.

Sein dunkelblauer Geländewagen stand hinter dem Ziel zwischen den anderen.

Noch immer lag der Geruch von Abgasen in der Luft und der Staub, den die Räder der zwanzig Autos aufgewirbelt hatten, erschwerte die Sicht.

Plötzlich stand der Sieger des Rennens mit einem glücklichen Lächeln auf dem Gesicht vor mir.

Er war jetzt Dreizehn – ein großer, schlaksiger Junge mit dunklen Locken und glänzenden schwarzen Augen.

Ich dachte voller Stolz, dass Ali in einem Land mit weniger strengen moralischen Sitten als Benit schon von Mädchen umschwärmt gewesen wäre.

»Herzlichen Glückwunsch!« Ich schloss meinen Stiefsohn fest in die Arme. Er überragte mich bereits um ein gutes Stück.

»Danke, Sina!« Ali strahlte mich an und umarmte als nächsten Omar, der wie Rumpelstilzchen um uns herumhüpfte und sich im Siegesrausch die Kehle heiser schrie.

Sein großer Bruder küsste ihn lachend auf die Nase. »He, Omar! Ich habe gewonnen – nicht du!«

Saleh verwuschelte Alis dunkle Locken. »Gut gemacht, mein Sohn. Ich bin stolz auf dich!«

Dies war Alis erstes Rennen im Ausland gewesen, nachdem er in Benit schon einige gewonnen hatte. Und wieder hatte er es geschafft, obwohl die anderen Fahrer der Jugendrallye allesamt älter gewesen waren als er.

Ohne Zweifel: Der Junge hatte Talent – und ehrgeizig war er.

Fast jeden Tag brauste er mit seinem Geländewagen kreuz und quer durch die Wüste, um zu trainieren.

Sein Traum war es, eines Tages ein berühmter Rennfahrer zu sein. Darauf arbeitete er seit nunmehr sechs Jahren verbissen hin und konnte sich inzwischen sogar Khaleds Unterstützung sicher sein. Der Diktator zahlte immer schön brav die horrenden Startgebühren und ließ den Wagen, der schon einige schwere Schäden hinter sich hatte, von den besten Mechanikern Benits immer wieder auf Vordermann bringen. Und als Ali vor einem Jahr sein erstes Rennen gewonnen hatte, war der Großvater fast noch stolzer gewesen als Saleh und ich ...

Direkt nach der Siegerehrung flogen wir mit einem Privatjet nach Benit zurück, in dem auch Alis Wagen gut transportiert werden konnte.

Im Hauptpalast angekommen, eilten Ali und Omar sofort zu Khaled, um ihm vom Ausgang des Rennens zu berichten. Der Präsident würde nun ausgiebig Alis neuen goldenen Pokal bewundern müssen ...

Beim Gedanken daran lächelte ich still vor mich hin, während ich mich in die vergoldete Badewanne sinken ließ.

Immer wenn ich in der Wüste gewesen war, brauchte ich als Erstes ein Bad, um meine Poren vom Sand zu befreien.

Ach, tat das gut!

Ich seufzte genüsslich und schloss die Augen.

Doch mein reinigendes und entspannendes Bad dauerte keine zehn Minuten. Dann hämmerten Omar und seine Cousine Alina an die Tür.

»Mama! Mama! Komm schnell!«, rief Omar schrill.

»Es ist etwas Furchtbares passiert!«, keuchte Alina.

Die Aufregung der Kinder alarmierte mich. »Ich komme!«

Mit klopfendem Herzen stieg ich aus der Wanne, ließ das Wasser ab, schlüpfte nass wie ich war in meine Kleider und wickelte notdürftig ein Handtuch um meine triefenden Haare.

Als ich die Tür aufriss, standen die zwei Kinder davor und blickten mich aus großen Augen an.

»Was ist passiert?«, fragte ich besorgt.

»Da ist etwas Giftiges explodiert«, sprudelte Omar los. »In dem Zug!«

»In welchem Zug?« Ich musterte meinen Sohn skeptisch. Ob da nicht wieder nur die Fantasie mit ihm durchging ...

Omar zuckte mit den Schultern. »Weiß nicht.«

»Es sind ganz, ganz viele Leute gestorben«, schilderte Alina dramatisch. »Die anderen schauen es gerade im Fernsehen an.«

Die beiden eilten mir voran in eines der riesigen Palast-Wohnzimmer.

Wirklich saßen Selwa, Saleh, Ali, Khaled junior und Safia vor dem Fernseher. Gebannt starrten sie auf den Bildschirm.

»In New York hat es einen Anschlag gegeben«, klärte Saleh mich auf. »Irgendein Wahnsinniger hat in einer U-Bahn zwei Sprengsätze mit Nervengas gezündet. Es hat etwa vierhundert Tote gegeben.« Obwohl er Amerika an sich hasste, wirkte er betroffen. Ich merkte, dass ihm der Tod dieser Menschen nahe ging.

Ich nahm zwischen ihm und Safia auf dem Sofa Platz und verfolgte ebenfalls die Nachrichten.

Rettungskräfte wurden gezeigt, die mit Gasmasken und Schutzanzügen in die verseuchten U-Bahn-Schächte eindrangen. Sie gaben die Hoffnung nicht auf, noch Überlebende zu finden.

Doch die Chancen dafür standen gleich Null: Nervengas war eine furchtbare Waffe. Wer es einatmete, erstickte qualvoll und unter Krämpfen.

Vielleicht würden einige überleben, die nur eine kleine Prise erwischt hatten. Aber viele von diesen würden trotzdem Folgeschäden davontragen ...

Mit Schaudern dachte ich daran, dass auch Khaled dieses Zeug in der Vergangenheit eingesetzt hatte. Welcher Wahnsinn mochte ihn bloß dazu getrieben haben?

Wer für den Anschlag verantwortlich war, wusste niemand und vorläufig interessierte sich scheinbar auch keiner dafür.

Die USA standen erst einmal unter Schock.

Der Präsident sprach den Angehörigen der Opfer sein Beileid aus und versprach, die Schuldigen zu finden.

»Wo ist Khaled?«, wandte ich mich an Safia.

»Baba ist ins Parlament gefahren, um zu dem Vorfall seinen Kommentar abzugeben«, seufzte sie und verdrehte die Augen.

Selwa starrte noch immer fassungslos auf den Bildschirm. »Diese armen Menschen«, murmelte sie geschockt. »Das ist einfach schrecklich!«

Ihr Mann sah das freilich etwas anders: Als ich am Abend im Fernsehen die Rede sah, mit der er sich ans benitische Volk gewandt hatte, erschauderte ich.

»Dies ist die gerechte Strafe für das, was die Amerikaner unserem Land angetan haben«, verkündete er. »Nun haben sie Grausamkeit und Brutalität auch einmal am eigenen Leib erfahren. Allah möge die Attentäter segnen!« Er wirkte fröhlich und gelöst. Endlich hatte jemand seinem übermächtigen Feind USA eine Lektion erteilt.

Hätte er jedoch gewusst, welche Folgen dieses Ereignis für Benit und seine Familie haben sollte, hätte er seine Schadenfreude sicher im Zaum gehalten ...

43

In den folgenden Tagen verfolgte ich mit besonderer Aufmerksamkeit die Nachrichten.

Die Zahl der Todesopfer in New York stieg im Lauf der Woche auf vierhundertneunzehn. Einigen der Verletzten konnte nicht mehr geholfen werden.

Der gesamte Westen zeigte Betroffenheit und auch die Regierungen einiger arabischer Länder sprachen den USA ihr Beileid aus.

Auf der ganzen Welt wurden vor amerikanischen Botschaften Blumen abgelegt und Kerzen angezündet.

Viele Staaten gingen sogar so weit, sämtliche Fahnen tagelang auf Halbmast setzen zu lassen – unter ihnen Deutschland.

Mein Schwiegervater hatte für solche Solidaritätsbekundungen nur Spott und Ärger übrig.

»Allen Ländern, die sich jetzt so ins Zeug legen, geht es nur um die Gunst der Amerikaner und deren wertvolle Dollars«, behauptete er. »Im Grunde können sie die USA nicht ausstehen – die allermeisten jedenfalls.« Er schüttelte ärgerlich den Kopf. »Da bleiben wir Beniter doch lieber gleich ehrlich, anstatt uns für diese Verbrecher zum Affen zu machen.«

In Benit löste der Anschlag Jubel aus.

Tausende Menschen tanzten auf den Straßen herum, verhöhnten die USA und die Opfer.

Ich empfand es als schockierend und sagte das auch zu Saleh: »Diese Menschen waren alle Zivilisten. Sie hatten mit dem Militärschlag gegen Benit nichts zu tun. Wieso also sind hier alle derart schadenfroh?«

Mein Mann zuckte nur mit den Schultern. »Um meinem Vater nach dem Mund zu reden«, antwortete er betrübt. »Er hat seine Schadenfreude ausgedrückt und darum tut das Volk es auch.«

»Das ist das Zweite, was ich nicht verstehe: Warum gönnt Khaled vierhundert Menschen den Tod?« Wieder einmal lehnte sich ein Teil von mir zornig gegen den benitischen Diktator auf. Doch andererseits konnte ich ihm nicht wirklich böse sein.

Ich dachte daran, wie er an diesem Morgen Omar verarztet hatte, der sich das Knie aufgeschlagen hatte. Es war direkt nach dem Frühstück passiert: Mein Sohn wollte von seinem Stuhl aufstehen und fiel aus unerfindlichen Gründen – typisch für meinen Tollpatsch.

Sofort fing er mörderisch zu schreien an.

Eigentlich warteten ja wichtige Regierungsangelegenheiten auf Khaled.

Trotzdem nahm er sich die Zeit, Omar ein großes Pflaster aufs Knie zu kleben – und danach wiegte er meinen Sohn noch eine halbe Stunde lang auf seinem Schoß, bis er zu weinen aufhörte.

Hinterher war sein Jackett nass von Omars Tränen und die Hose zerknittert gewesen, so dass er sich umziehen musste. Aber das hatte ihn überhaupt nicht gestört ...

Saleh stieß einen tiefen Seufzer aus. »Du weißt doch, wie mein Vater ist, wenn es um die Amerikaner geht. Er freut sich über jeden, den es weniger gibt.«

Allerdings – das wusste ich. Khaleds Hass auf Amerika war seit seiner verheerenden Niederlage im letzten Krieg beinahe zu einer Besessenheit geworden. Wahrscheinlich hätte er für Israel, Durah und Bireh zusammen mehr Mitleid aufbringen können als für die Vereinigten Staaten ...

*

Inzwischen schlug die Trauer in den USA langsam in Wut um.

Noch immer gab es keinen konkreten Hinweis auf die für den Anschlag Verantwortlichen – geschweige denn Festnahmen.

Die Amerikaner frustrierte das. Sie wollten sehen, dass die Schuldigen ihre gerechte Strafe erhielten.

Kritik am Präsidenten wurde mit jedem Tag lauter, der ohne irgendwelche Ergebnisse verging.

Was es gab, waren lediglich wilde Spekulationen, die von islamisch-fundamentalistischen Gruppen bis zu Kubas Präsident Fidel Castro reichten.

Auch Khaled Mustafas Name stand auf der Liste der möglichen Übeltäter – wie konnte es anders sein?

Niemand in Benit wunderte sich darüber oder war beunruhigt.

Khaled konnte aber nichts mit dem Anschlag zu tun haben, da er bereits seit Jahren kein Nervengas mehr besaß. Benit hatte nichts zu verbergen.

*

Die Ermittlungen stockten hartnäckig. Es ging einfach nicht voran und der Anschlag auf die U-Bahn lag inzwischen fast zwei Wochen zurück.

Die Wut der Amerikaner, die eigentlich den unbekannten Attentätern galt, richtete sich zunehmend gegen den eigenen Präsidenten. Ihm und seiner Regierung wurde Unfähigkeit vorgeworfen und immer lauter wurden jene Stimmen, die seinen Rücktritt forderten.

In dieser Zeit der Krise erschien plötzlich ein schon beinahe vergessener Mann wieder im Licht der Öffentlichkeit: Jason Simon Montgomery.

Er war in Benit wohl bekannt, und sein Name ließ den gesamten al-Adnan-Clan erschaudern:

Jason S. Montgomery war der Anführer der Truppen gewesen, die Bireh befreit und Khaleds Armee geschlagen hatten.

Er war ein »Hard-liner« – gnadenlos sowohl gegenüber Kriegsgegnern als auch eigenen Leuten:

Noch ziemlich am Anfang seiner Karriere hatte er einen jungen Soldaten zu Tode geprügelt, der unter seinem Kommando auf einem Kriegsschiff diente.

Das Opfer habe ihn provoziert, behauptete er und kam mit dieser Entschuldigung irgendwie durch.

Er wurde nicht aus der US-Armee entlassen, sondern stieg im Gegenteil weiter auf.

Dass seine Truppen aus Benit zurückgezogen worden waren, ehe er in Sarana einmarschieren konnte, war ihm übel aufgestoßen.

Seine Worte, die ich damals im Fernsehen gehört hatte, waren mir gut im Gedächtnis geblieben. Sie hatten mich erschreckt und empört, obwohl mich zu dieser Zeit ja noch nichts mit der benitischen Regierung verbunden hatte: »Khaled Mustafa ist einer der schlimmsten Verbrecher aller Zeiten. Es genügt nicht, ihn nur in seine Schranken zu weisen. Er muss vernichtet werden – und mit ihm alle, die ihm helfen oder auch nur auf seiner Seite stehen.«

Doch trotz seines Protestes war der Feldzug abgebrochen worden, was allerdings noch nicht das Ende seiner Karriere bedeutet hatte: Bei der letzten Wahl war er der schärfste Konkurrent des jetzigen Präsidenten gewesen.

In mitreißenden Reden hatte er gegen ihn und dessen Partei gewettert, ihn als »Feigling« und »Schwächling« bezeichnet, der das Land in den Ruin treiben würde.

Doch trotz aller Bemühungen und Beschimpfungen hatte er die Wahl verloren und war ziemlich kleinlaut von der Bildfläche verschwunden.

Nun witterte er offenbar eine neue Chance: Kein anderer verlangte heftiger nach dem Rücktritt des Präsidenten als er.

Er gab ihm die Schuld dafür, dass die Ermittlungen stockten und – was absurd war – auch für den Anschlag selbst.

»Sie hätten darauf vorbereitet sein müssen, dass so etwas geschieht, Mr. President!« Er hatte eine sehr männliche, klangvolle Stimme, die mitreißen wollte. *»Es ist schließlich bekannt, dass die Vereinigten Staaten viele Feinde haben. Sie hätten etwas tun müssen, um eine solche Katastrophe zu verhindern. Doch Sie haben die Menschen dieses Landes, die fest an sie glaubten, im Stich gelassen.«*

Und immer mehr Menschen stellten sich auf Jason S. Montgomerys Seite ...

44

Saleh, Ali, Omar, Saad, Nawir, Khaled junior, Alina, Safia und ich befanden uns in der versteckten Bucht am Strand unterhalb des Palastes von Soum.

Alle trugen wir Badeanzüge oder Badehosen und waren bester Laune.

Diener brachten uns jede gewünschte Köstlichkeit und rückten immer wieder unsere Sonnenschirme zurecht, damit wir Schatten hatten.

Etwas abseits standen sechs Männer der Republikanischen Sicherheit, die ihre Blicke keine Sekunde von uns, ihren Schützlingen, abwandten.

Saleh, Ali, Omar und ich saßen um einen riesigen Teller Oliven herum und ließen es uns schmecken.

Safia, die sich im warmen Sand räkelte, warf mit einer Kopfbewegung ihr vom Schwimmen nasses Haar zurück. Sie grinste mich an.

»Seit wann bist du eigentlich so ein Fan von Oliven, Sina?«, erkundigte sie sich hinterhältig.

Ich merkte, wie ich rot wurde. Darauf wollte ich nun wirklich nicht näher eingehen ...

Saleh, der mich vor drei Jahren beim Urlaub in den Bergen auf den Geschmack dieser Früchte gebracht hatte, kam mir zur Hilfe: »Das bleibt unser kleines Geheimnis.« Er zwinkerte erst mir, dann seiner Schwester zu.

Safia kicherte und verdrehte die Augen. »Schon gut! Ich habe keine weiteren Fragen.«

Da hob Alina, die neben ihrer Mutter auf dem Bauch im Sand lag, den Kopf. Eben war die Kleine noch ganz vertieft in ein Bilderbuch gewesen.

Sie tippte Safia an. »Ich möchte auch Oliven«, sagte sie.

»Dann sprich mit den Dienern!« entgegnete Safia, die in letzter Zeit sehr darum bemüht war, Alina mehr Selbstständigkeit beizubringen.

Die Kleine blickte sie beinahe entsetzt an, steckte ihren Daumen in den Mund und senkte betreten den Kopf. »Ich trau mich nicht«, murmelte sie.

Im Gegensatz zu ihrem Bruder Khaled, der mit Saad und Ismael gerade eine wilde Wasserschlacht im Meer veranstaltete, war sie ein ruhiges und schüchternes Kind.

»Dann bekommst du eben keine Oliven«, meinte Safia streng.

Alina schlug die Hände vors Gesicht und begann zu weinen.
Das weckte schlagartig Omars Beschützerinstinkt. Er stand auf, eilte zu seiner Cousine und nahm ihre Hand. »Komm, Alina! Wir fragen zusammen!« Und ehe sie protestieren konnte, zog er sie mit sich zu den drei auf Anweisungen wartenden Dienern.

Hoch aufgerichtet blieb mein Sohn vor dem Ersten stehen, schaute zu ihm auf und sagte: »He, du! Meine Cousine möchte gerne einen Teller Oliven – einen großen.«

Der Mann nickte ihm schmunzelnd zu. »Bin schon unterwegs, Omar!« Damit verschwand er in Richtung Palast.

Omar wandte sich triumphierend an Alina, die ihn mit großen Augen anstarrte: »Siehst du. So leicht ist das!«

Saleh und ich wechselten einen amüsierten Blick. Omar war genau das Gegenteil seiner Cousine: Mit einer gehörigen Portion Selbstbewusstsein, Schläue und dem Dickkopf seines Großvaters ging er geradewegs auf sein Ziel zu. Hindernisse, die sich ihm in den Weg stellten, wurden mit der größten Selbstverständlichkeit beiseite geräumt.

Ali steckte sich noch eine Olive in den Mund und schüttelte kichernd den Kopf. »Typisch Omar!«

Ich dachte, dass er ebenfalls diese Charakterstärke hatte, welche Khaled ganz nach oben gebracht hatte.

Ali und Omar würden es beide auch einmal weit bringen – daran zweifelte ich nicht.

Nachdem er die Oliven für Alina bestellt hatte, kehrte Omar zu uns zurück und setzte sich wieder auf seinen Platz zwischen Saleh und mir – gegenüber von Ali.

Er blickte seinen großen Bruder, dessen Äußerung er gehört hatte, leicht verärgert an. »Du bist auch typisch – mit deiner Rallye Dakat.«

»Dakar!«, verbesserte Ali würdevoll. »Und du wirst schon sehen: Irgendwann fahre ich dort mit und gewinne!«

Ach ja: Ali und seine Rennfahrerträume.

Er trainierte schon wieder hart für eine Rallye in Ägypten, die in drei Wochen anstand ...

Unsere Reisen für seine Rennen wurden immer weiter. Das war schwierig bei Salehs und meiner knapp bemessenen Freizeit. Aber wenn der Junge doch so einen Spaß an der Sache hatte und dazu noch erfolgreich war ...

Safia wandte sich an mich: »Ich wünschte, Alina wäre wie deine Söhne«, seufzte sie.

Ich verdrehte die Augen. »Glaube mir: Für deine Nerven ist es das beste, wenn sie so bleibt wie sie ist!«

Saleh stimmte mir zu: »Genau! Ein lebhaftes Kind wie Khaled sollte dir reichen. Zu viele davon sind ungesund.«

Ali grinste seinen Vater verschmitzt an. »Ich weiß gar nicht, was du meinst«, sagte er unschuldig. »Wir sind doch immer ganz brav.«

»Mhm!«, kam es bekräftigend von Omar, der gerade eine Olive im Mund hatte.

»Ja – wenn ihr schlaft!«, entgegnete Saleh trocken.

»Baba!«, beschwerte sich Ali. Es klang derart empört und vorwurfsvoll, dass Safia, Saleh und ich lachen mussten.

Mein Stiefsohn verschränkte die Arme vor der Brust. »Das ist nicht komisch«, maulte er mit gespielter Verärgerung.

Eine kurze und nicht wirklich ernst gemeinte Diskussion über böse und artige Kinder, sowie deren Vor- und Nachteile entbrannte.

Das Meer rauschte sanft, ein Schwarm Seevögel über uns schrie mit Saad, Ismael, Nawir und Khaled um die Wette und wir alle waren bester Laune.

Bis Mohammed auftauchte. Er trug weiße, kurze Jeans und ein grellgelb leuchtendes T-Shirt – aber das war auch das einzige an ihm, was leuchtete: Mit finsterem, nachdenklichen Gesicht kam er den steilen Klippenpfad vom Palast her herunter, schenkte uns ein knappes »Hallo!« und ließ sich dann neben Safia in den Sand fallen.

Seine Frau musterte ihn mit gerunzelter Stirn. »Was ist los?«, wollte sie misstrauisch wissen.

Mohammed schüttelte mit einem Seitenblick auf Alina, Omar und Ali kaum merklich den Kopf. Nicht vor den Kindern! hieß die Botschaft wohl.

Erst als die Drei ihre Oliven gegessen hatten und sich zu Saad, Nawir, Ismael und Khaled im Wasser gesellten, sagte er, was ihn bedrückte: »Der Präsident der Vereinigten Staaten ist zurückgetreten.«

Ich sah ihn überrascht an. »Was? Aber er hat doch gestern noch öffentlich verkündet, er werde auf jeden Fall im Amt bleiben – egal wie sehr Jason S. Montgomery, die gegnerischen Parteien und die Bevölkerung gegen ihn hetzten.«

Mohammed seufzte. »Ja, aber er hat seine Entscheidung über Nacht geändert. Plötzlich sind Fotos aufgetaucht, die ihn beim Liebesspiel mit zwei Frauen auf einmal zeigen.«

Man hörte seiner Stimme an, dass er das eine Ungeheuerlichkeit fand.

Ich musste unwillkürlich lachen. »Warum regt dich das so auf? In Benit dürfen Männer doch auch mehrere Frauen haben.«

»Aber vorher muss geheiratet werden«, klärte Mohammed mich mit ernster Miene auf, dem es nie in den Sinn gekommen wäre, Safia durch eine weitere Frau zu ergänzen. »Der Präsident war mit diesen Frauen nicht verheiratet ... Und seine First Lady hatte keine Ahnung von seinen Affären.«

»Habe ich mir fast gedacht«, entgegnete ich trocken. »Weiß man, woher diese Fotos auf einmal kommen?«

»Ich wette, dass Montgomery da seine Hände im Spiel hat«, meinte Saleh hasserfüllt. »Er hat verdammt gute Kontakte zu FBI, CIA und wie diese zwielichtigen Vereinigungen alle heißen.

Sicher hat er irgendwelche Leute auf den Präsidenten angesetzt, damit sie ihm nachschnüffeln. Er wollte etwas finden, das ihn zur Aufgabe zwingen konnte.«

Mohammed nickte finster. »Ich vermute auch, dass er dahintersteckt ... Warum musste der Präsident bloß diese Schweinereien veranstalten? Sein Rücktritt ist eine Katastrophe.«

Saleh stimmte ihm bedrückt zu.

Ich verstand nicht, warum die beiden sich plötzlich mit dem Präsidenten der USA solidarisierten und seinen Rücktritt sogar als »Katastrophe« bezeichneten. Schließlich war er – wie schon sein Vorgänger im amerikanisch-benitischen Krieg – ein Feind unserer Familie.

Kurz nach seinem Amtsantritt hatten seine Truppen jene Ölquelle mit Raketen beschossen, auf der ich mich gerade aufgehalten hatte. Nur durch pures Glück hatten ein Großteil meiner Leibwächter und ich den Angriff überlebt.

Diese Aktion hatte ich der Regierung und ihrer Armee bis heute nicht verziehen.

Dass der Präsident nun bis auf die Knochen blamiert und bloßgestellt zurücktrat, geschah ihm ganz recht.

Safia sprach aus, was ich dachte: »Warum habt ihr Mitleid mit diesem Mistkerl?«, fragte sie fassungslos. »Ich verstehe zwar nicht viel von Politik, aber eines weiß ich: Er hätte uns beim kleinsten Anlass mit Vorliebe seine Bomben nachgeworfen ... Wie damals auf der Ölquelle, als seine Leute Sinas Leibwächter angeblich für Soldaten gehalten haben.«

»Das Problem ist seine politische Alternative«, erklärte Saleh seiner Schwester. »Dagegen war er selbst Babas bester Freund.«

Safia schluckte, während ich noch immer nicht begriff. »Du meinst ...«

»Ja«, sagte Mohammed und schaute seiner Frau ernst in die Augen. »Die Amerikaner sind von Jason S. Montgomery begeistert.

Ich habe gerade im Fernsehen eine Rede gesehen, in der er bei Gott geschworen hat, die für den Anschlag auf die U-Bahn Verantwortlichen zu finden und ihrer gerechten Strafe zuzuführen.

Ihr hättet den Jubel der um ihn versammelten Menschen sehen sollen. Und bei den Meinungsumfragen in allen Bundesstaaten liegt er klar vorne.«

Safia schlug die Hände über dem Kopf zusammen. »Sag, dass das nicht wahr ist!«, rief sie entsetzt.

»Doch, das ist es leider. In ein paar Tagen finden die Neuwahlen statt und wir müssen davon ausgehen, dass Montgomery der nächste US-Präsident wird ...«

Eine Weile schwiegen wir betroffen und beobachteten die Kinder, die fröhlich im Meer plantschten – völlig unberührt von den politischen Ereignissen dieser Welt.

Schließlich sprach Saleh mit tonloser Stimme: »Wenn dieser Wahnsinnige tatsächlich zum mächtigsten Mann der Welt aufsteigt, ist absolut alles möglich.«

Etwas krampfte mir das Herz zusammen. Ich griff nach seiner Hand und hielt mich daran fest.

Keiner von uns fragte, was Saleh mit »alles« meinte, denn niemand wollte es wissen.

Urplötzlich hatte sich die Sonne verdunkelt und finstere, undurchsichtige Gewitterwolken bedeckten unseren strahlend blauen Himmel.

Noch weigerte sich unsere vage Furcht, zu einem konkreten Gedanken zu werden. Aber sie war da und ließ sich nicht vertreiben.

45

Jason S. Montgomery wurde tatsächlich zum Präsidenten gewählt.

In seiner Amtsantrittsrede sagte er, nun breche eine neue Ära an. Die Vereinigten Staaten, die in den letzten Jahren Schwäche gezeigt hätten, würden sich nicht länger von ihren Feinden verspotten lassen.

»Wir werden alle vernichten, die dieses Land von innen oder außen bedrohen!«

Etwa eine Woche später gab es endlich einen Erfolg bei der Suche nach den Attentätern: Drei Vietnamesen wurden festgenommen, die jahrelang völlig unauffällig in New York gelebt hatten. In Verhören gestanden sie, das Attentat geplant und durchgeführt zu haben.

Ihre Familien wurden im Vietnamkrieg von Amerikanern getötet und seitdem hatte sie der Wunsch nach Rache angetrieben. Auf die Frage, wie sie zu dem Nervengas gekommen seien, antworteten die drei Männer nur, sie hätten eben die »richtigen Kontakte« gehabt.

Mehr sagten sie dazu nicht und die Amerikaner bekamen auch keine Chance, sie weiter auszuquetschen: In der Nacht nach ihrer Festnahme erhängten sich die drei Attentäter in ihren getrennten Gefängniszellen. Wahrscheinlich hatten sie das vorher abgesprochen.

Die Geheimdienste versuchten, die Spur des Nervengases zurückzuverfolgen. Doch die drei Vietnamesen waren eindeutig nicht dumm gewesen: Alle Spuren verloren sich im Dunkeln.

Und die Analyse der Bombenreste half auch nicht weiter: Sprengsätze dieser Art wurden von zahlreichen Ländern auf der ganzen Welt eingesetzt.

Die Amerikaner standen mit ihren Ermittlungen also wieder am Anfang – so die letzte Meldung der Nachrichten.

*

Zwei Tage nach dem Selbstmord der Attentäter am anderen Ende der Welt besuchte ich wieder einmal eine der zahlreichen Ölquellen Benits. Diesmal begleitete mich Saleh.

Die Bohrstation war noch relativ neu – drei Monate genau.

Wir wollten uns über die Ergiebigkeit der Quelle informieren. Dann würden wir entscheiden, ob es sich lohnte, die Bohrungen fortzuführen.

Benit hatte trotz der Lockerung der UNO-Handelsblockade noch immer gewaltige finanzielle Probleme. An unergiebigen Stellen bohren zu lassen, konnten wir uns nicht leisten.

Sollte sich der Ort allerdings als geeignet erweisen, müsste einiges mit dem Team auf der Ölquelle besprochen werden. Zum Beispiel, wie sich der Weitertransport des Erdöls am besten bewerkstelligen ließ.

Sobald unser Hubschrauber gelandet war und Saleh und ich ausstiegen, eilte der Chef der Bohrstation mit zwei Arbeitern auf uns zu.

Zur Begrüßung senkten die drei Männer unterwürfig ihre Köpfe. Wie alle Beniter vermieden sie es, uns in die Augen zu sehen.

»Kommen Sie schnell mit!«, sagte der Chef. »Es gibt da etwas, das Sie sich ansehen sollten!« Seine Stimme klang gepresst und er hatte die Stirn in Falten gelegt, sodass er älter aussah, als er war.

Saleh und ich wechselten einen besorgten Blick.

Irgendetwas schien den Mann zutiefst zu beunruhigen und auch seine Arbeiter machten Gesichter, als habe es ihnen in die Suppe geregnet – was gar nicht möglich war: Hier in der benitischen Wüste regnete es nur alle paar Jahre.

»Gibt es Probleme mit den Bohrungen?«, erkundigte ich mich.

Die Männer schüttelten einmütig die Köpfe.

»Nein!«, antwortete mir der Chef und wischte sich mit einer fahrigen Bewegung den Schweiß von der Stirn. »Bei uns ist alles in Ordnung. Aber Sie müssen sich unbedingt anschauen, was wir vor einer halben Stunde auf CNN ...« Er biss sich erschrocken auf die Lippen und wurde leichenblass.

Gerade hatte er gegenüber Mitgliedern der Regierung zugegeben, amerikanisches Fernsehen zu schauen, was strengstens verboten war.

»Schon gut!«, winkte Saleh ab. »Vergessen wir die Satellitenschüssel auf Ihrem Dach. Zeigen Sie uns die Aufnahme!«

Mein Mann und ich, sowie vier unserer Leibwächter folgten den Männern zu einem hässlichen Betonbau zur Rechten des Bohrturmes.

Hier wohnten die Arbeiter in ihrer Dienstzeit. Ihre Familien sahen sie nur am Wochenende und während ihres knapp bemessenen Urlaubes.

Die Arbeiter, an denen Saleh und ich vorbeikamen, standen stramm und blickten an uns vorbei. An dieses Verhalten der meisten Benit hatte ich mich mittlerweile gewöhnt, aber es missfiel mir noch immer.

Der Chef führte uns in einen Raum mit sechs ungemachten Betten, wo das reinste Chaos herrschte: Kleidungsstücke, Zettel und Chipstüten lagen überall verstreut.

Es roch nach Schweiß, Öl und einigen undefinierbaren Dingen.

»Entschuldigen Sie bitte die Unordnung«, murmelte der Leiter der Bohrstation beschämt. »Meine Männer haben nicht mit solch hohem Besuch gerechnet ...«

Er kämpfte sich bis zu Fernseher und Videorekorder durch, die in der Ecke auf einem niedrigen Tischchen standen, und schaltete beide an. Dann ließ er sich neben Saleh und mir auf der Kante eines der sechs Betten nieder.

Auf dem Bildschirm erschien Jason S. Montgomerys Gesicht.

Der neue amerikanische Präsident stand hinter einem Rednerpult und machte ein finsteres Gesicht – wie eigentlich immer. Lächeln sah man ihn so gut wie nie – und wenn, dann wirkte es nicht echt.

Ich merkte, wie sich Saleh neben mir versteifte. Aus jeder Faser seines Körpers sprach die Abneigung gegen diesen Mann – und Furcht.

Montgomery war einst mit wilder Entschlossenheit und Brutalität gegen sein Land vorgegangen. Um ein Haar hätte er seine Familie vernichtet ... Und nun besaß er noch weit mehr Macht als damals. Wenn das kein Grund war, sich Sorgen zu machen ...

Ich versuchte, mich auf das zu konzentrieren, was Jason S. Montgomery sagte: » *...denke, wir wissen alle, wer den Attentätern das Nervengas zur Ermordung unserer Zivilisten gegeben hat: Jemand, der der größte Feind unseres Landes und der ganzen Welt ist. Jemand, der mit der Macht des Bösen gegen Demokratie, Frieden und Wohlstand eintritt, der keinerlei Gewissen und Skrupel hat.*

Dieser Mann scheute sich in der Vergangenheit nicht, Nervengas einzusetzen: gegen Alte und Junge, Männer, Frauen und Kinder. Ihm ist es egal, wen er tötet – Hauptsache, er kann überhaupt töten!« Kalter Hass schwang in seiner Stimme und funkelte in seinen Augen.

Diese Augen ... Sie waren das, was mich an ihm am meisten erschreckte: klein, eisblau und voll von gnadenloser Härte und wilder Entschlossenheit ...

Ich schauderte. Rasch blickte ich von seinem Gesicht fort auf die gelbe Krawatte – das Einzige an ihm, dessen Anblick mich nicht abstieß.

»Sie alle wissen, von wem ich spreche: Khaled Mustafa al-Adnan – Präsident von Benit.

Meine Vorgänger haben den Fehler gemacht, ihn weiter sein Unwesen treiben zu lassen. Doch wir, die wir nun seine Unmenschlichkeit am eigenen Leib erfahren haben, müssen klüger sein.

Sobald unsere Geheimdienste genügend Beweise für seine Schuld gefunden haben, wird Khaled Mustafa die Folgen dieses feigen Aktes tragen – und ich weiß, dass wir Beweise finden werden.

Khaled Mustafa ist der Schuldige – niemand sonst kommt in Frage. Keiner außer dem benitischen Diktator ist zu solch einer Gräueltat fähig.

Ich schwöre bei Gott, dass er für den Giftgasanschlag in New York und jedes einzelne seiner anderen Verbrechen gegen die Menschlichkeit bezahlen wird!«

Tosender Applaus und Jubel antwortete Jason S. Montgomery.
Er bedankte sich bei seinen Zuhörern und verließ dann das Rednerpult.
Der Chef der Ölquelle schaltete Fernseher und Videorekorder aus.
Saleh und ich saßen wie vom Donner gerührt da.
»Das ist absurd!«, rief mein Mann fassungslos. »Mein Vater besitzt seit Jahren kein Nervengas mehr!«
Ich war vor allem wütend. »Was fällt diesem Menschen eigentlich ein, so über deinen Vater zu sprechen? Er tut, als sei es eine erwiesene Tatsache, dass Khaled die Attentäter unterstützt hat.«
Saleh blickte mich ernst an. »Ich fürchte, Montgomery sucht einen Grund, uns noch einmal den Krieg zu erklären, Sina«, sagte er tonlos.
Bei dem Wort Krieg zuckte ich zusammen. »Hör auf, so einen Unsinn zu reden!«, erwiderte ich heftig.
»Er kann er uns gar nicht den Krieg erklären, weil er an der Spitze eines demokratischen Landes steht und sich außerdem an die Beschlüsse der UNO halten muss!«
Mein Mann seufzte schwer. »Ich hoffe, dass du recht hast ...«
»Der Kerl ist wahnsinnig!«, meinte der Leiter der Ölquelle. »Die Amerikaner müssen verrückt sein, so jemanden zu wählen!«
Damit schlossen wir das Thema Jason S. Montgomery ab und wandten uns dem Öl zu.
Die Arbeiter versicherten mir, die Quelle sei äußerst ergiebig und ich wusste, dass ich ihrer Erfahrung vertrauen konnte.
»Wir brauchen unbedingt mehr Tanklastwagen«, sagte der Chef. »Mit den Fahrzeugen, die wir haben, kommen wir kaum noch um die Runden – zumal wir die Ladungen immer bis nach Soum schaffen müssen. Das ist ein weiter Weg und hier stockt jedes Mal alles, bis die Lastwagen wieder da sind.«
Ich wandte mich an Saleh: »Wir könnten von der nächsten Ölquelle weiter nördlich ein bis zwei Tanklastwagen abziehen. Dort läuft die Ölförderung nicht so gut.«
Mein Mann zwinkerte mir liebevoll zu. »Das überlasse ich dir, Leila. Du kennst dich da besser aus. Aber darf ich zum Transport noch etwas vorschlagen?«
»Ja, natürlich!« Ich verkniff mir ein Lächeln. Wie sehr er darauf achtete, sich nicht in den Vordergrund zu drängen! Für das Erdöl war ich zuständig, und dieses Feld wollte er mir auf keinen Fall streitig machen.
Unsere Ehe war nicht so wie viele in diesem Teil der Welt, wo der Mann bestimmte und die Frau zu gehorchen hatte. Saleh behandelte mich stets als gleichberechtigten Partner mit allen Rechten.
»Es gäbe die Möglichkeit, das Öl von hier aus in die Raffinerie nach Tikur zu schaffen. Das wäre näher als Soum – jetzt, wo die neue Straße fertig ist.«

Ich nickte nachdenklich. »Stimmt! Gute Idee!«

Damit war das größte Problem schon einmal aus der Welt. Aber einige Kleinigkeiten mussten noch geklärt werden.

Weder meinem Mann noch mir blieb die Zeit, weiter an Jason S. Montgomerys Beschimpfungen und Drohungen zu denken.

Die Angst, welche mich während seiner Rede plötzlich überfallen hatte, war sowieso längst wieder verflogen.

Montgomery stellte keine Bedrohung für uns dar. Als Präsident eines demokratischen Landes waren ihm die Hände gebunden. Ohne Zustimmung seiner Leute und der UNO konnte er uns kein Haar krümmen.

46

Ich weiß nicht, wie viel Zeit zwischen diesem Besuch auf der Ölquelle und jenem Nachmittag verging, als Saleh mit einem Gesicht nach Hause kam, in dem das blanke Entsetzen stand.

Im Rückblick scheint mir eine Ewigkeit dazwischen zu liegen: Regierungssitzungen, das Rennen in Ägypten, bei dem Ali wieder einmal gewann, Bäder im Ghaniim, alltägliche Pflichten einer Ölministerin und gemütliche Abende im Kreis meiner großen Familie ... Jede Menge Stress und Arbeit, Freizeit und Vergnügen ...

Doch in Wirklichkeit vergingen wohl kaum mehr als zwei Wochen.

Ich hatte es mir in einem Liegestuhl auf dem Balkon des Palastes von Zara bequem gemacht. Im Schatten des großen Sonnenschirmes las ich ein Buch und trank Eiskaffee.

Ali und Saad leisteten mir Gesellschaft. Sie hatten sich von den Dienern einen wuchtigen Schreibtisch herausbringen lassen und machten dort nun ihre Hausaufgaben.

Eifrig rechneten die Jungen vor sich hin. Sie beide waren gute Schüler, obwohl Ali in letzter Zeit etwas abgebaut hatte.

Das Interesse meines Stiefsohnes galt mehr seinen Rallyes als der Schule, was zu einigen ernsten Gesprächen zwischen ihm, Saleh und mir geführt hatte. Sein Vater hatte gedroht, ihm weitere Rennen zu verbieten, wenn er nicht fleißiger lernte. Mal sehen, ob es etwas bringen würde ...

Die Sonne ließ das vergoldete Balkongeländer leuchten und glitzerte auf dem Wasser des Ghaniim.

Ein leichter Wind bewegte die Wipfel der Palmen unter uns im Park. Er machte das Treibhausklima, das hier nahe des Sumpfwaldes herrschte, etwas erträglicher.

Plötzlich stand Saleh in der mit prächtigen Schnitzereien verzierten Balkontür. Ein Blick auf sein Gesicht genügte, um mir das Blut in den Adern gefrieren zu lassen.

Mit einem Ruck richtete ich mich in meinem Liegestuhl auf. Das Buch, in dem ich gelesen hatte, rutschte zu Boden.

Ali und Saad hoben die Köpfe von ihren Schulheften und starrten Saleh an.
»Ist etwas passiert, Baba?«, fragte mein Stiefsohn ängstlich.

Saleh verzog das Gesicht zu einer Grimasse, die wohl ein versuchtes Grinsen war. »Alles in Ordnung, Ali!«, presste er hervor. »Was macht die Schule?«

»Ganz okay!«, murmelte der Junge, der sein Ablenkungsmanöver sofort durchschaute.

»Schön!« Wieder diese Grimasse. »Dann lernt fleißig weiter! Ich muss einen Moment allein mit Sina sprechen, ja?«

Ali und Saad wechselten einen ängstlichen Blick. »Ist gut!« kam es dann im Chor.

Mit zitternden Knien folgte ich meinem Mann ins Innere des Palastes.

Wir schlossen uns in seinem Gemach ein.

»Wo ist Omar?«, fragte mich Saleh als Erstes.

»Irgendwo hier«, antwortete ich. Mein Mund war seltsam trocken. »Er spielt mit Alina und Asis.«

»Gut!« Er schluckte. »Es ist schön, dass er seinen Spaß hat ...« Seine Unterlippe zuckte und er senkte den Kopf.

»Saleh!« Ich legte die Arme um seinen Hals. »Sag mir, was los ist!«

Er reagierte nicht.

»Schau mich an!« Jetzt klang meine Stimme richtig schrill.

Unsere Augen trafen sich und ich las Verzweiflung und rasende Angst in seinen.

Er holte tief Luft. »Jason Montgomery versucht, von der UNO die Erlaubnis zu einem Militärschlag gegen Benit zu bekommen«, flüsterte er. »Er sagt, er könne beweisen, dass mein Vater noch immer Nervengas produziere.«

»Was?«, rief ich ungläubig. »Aber die UNO wird da doch nie zustimmen. Die wissen doch, dass wir kein Nervengas haben!«

Saleh zuckte nur mit den Schultern. Er schien nicht überzeugt zu sein.

Ich streichelte seinen Nacken. »Komm, mach dir keine Sorgen! Montgomery ist möglicherweise alles zuzutrauen. Aber die Amerikaner sind nur ein Teil der UNO. Dort sitzen zum Beispiel auch Deutsche, Saleh. Das sind meine eigenen Leute. Sie werden uns nichts tun.« Meine Worte sollten nicht nur ihn, sondern auch mich selbst beruhigen.

In Salehs Augen schimmerten Tränen. »Ich würde so gern glauben, dass du Recht hast, Sina. Aber ich kann nicht ... Weißt du, ich habe heute noch manchmal Albträume vom letzten Krieg und wache dann schweißgebadet auf ... Es war schrecklich damals. Wir sind von einem Bunker in den nächsten geflohen, obwohl wir wussten, dass es dort nicht wirklich sicher war. Die Waffen der Amerikaner können selbst die stärksten Betonwände durchbrechen.« Er schluckte. »Keiner von uns sprach es aus, aber wir wussten die ganze Zeit, dass jeder Atemzug der letzte sein konnte ...«

Sanft wischte ich ihm mit der Hand die Tränen weg. »Das muss schrecklich gewesen sein«, sagte ich leise. »Kein Wunder, dass du und deine Familie die Amerikaner hasst.

Aber der Krieg ist vorbei, Saleh, und es wird keinen mehr geben – jedenfalls für Benit nicht.«

Er musterte prüfend mein Gesicht, als suche er dort nach einem Beweis dafür, dass ich die Wahrheit sagte. »Küss mich!«, flüsterte er, noch immer unter Tränen.

Ich lächelte. »Zu Befehl!« Und ich tat es so lange, bis er zu weinen aufhörte und sich alle Schatten der Vergangenheit, Gegenwart und Zukunft verzogen.

*

Das Abendessen nahm ich mit meiner Familie, sowie mit denen von Ledan, Barif und Safia ein. Auch Khaled und Selwa waren nach Zara gekommen.

Der Präsident kochte vor Zorn. Er schimpfte auf die USA im Allgemeinen und Jason Montgomery im Besonderen.

»Was, glaubt dieser Wahnsinnige, gibt ihm das Recht, mein Land zu bedrohen? Glaubt er allen Ernstes, wir hätten Angst vor ihm und seinen Handlangern? Die sollen nur kommen, wenn sie den Krieg wollen. Meine Armee wird sie gebührend empfangen.«

Wir anderen lauschten schweigend seinem Wutausbruch. Keiner unterbrach ihn. Wenn es ihm gut tat, sollte er ruhig schimpfen und fluchen ...

Doch trotz seiner zur Schau gestellten Stärke wirkte Khaled erschöpft. Montgomerys Drohungen hatten ihn ganz offensichtlich nicht so unberührt gelassen wie er tat. Schließlich wusste er, dass hinter dem »Wahnsinnigen« die stärkste Armee der Welt stand ...

Als er sich einigermaßen beruhigt hatte, wagte ich ein heikles Thema anzusprechen: »Jason S. Montgomery glaubt, dass du die Attentäter von New York unterstützt hast«, begann ich zögernd. »Das stimmt doch nicht, oder?«

Für einen Moment schaute er mich nur ernst an. Dann schüttelte er zu meiner Erleichterung den Kopf. »Nein, ich hatte damit nichts zu tun, Sina. Das musst du mir glauben!«

»Und du hast wirklich überhaupt kein Nervengas mehr?«

»Nein! Ich schwöre es!«

Ich atmete auf.

»Dann ist doch alles in Ordnung«, meinte Ledan. »Wenn es in Benit nirgendwo Nervengas gibt, haben die Amerikaner nichts gegen uns in der Hand.«

»Ja!«, stimmte Safia ihrer Schwester zu. »Sie können also gar keinen Krieg mit uns anfangen.« Zustimmung erwartend wandte sie sich an Khaled: »Stimmt's, Baba?«

Doch ihr Vater schwieg. Stumm nahm er die Whiskeyflasche vom Tisch und schenkte sich ein. Sein Gesichtsausdruck war unergründlich, aber eine steile Sorgenfalte stand auf seiner Stirn.

Saleh räusperte sich. »Wir sollten die Wehrmacht auf einen möglichen Militärschlag der Amerikaner vorbereiten, Baba«, meinte er gefasst. »Nur für den Fall ...« Er warf mir einen Blick zu und verstummte.

»Das werden wir tun«, sagte Khaled matt. »Morgen rufe ich alle Generäle und Hatem zu einer Krisensitzung zusammen. Wir brauchen konkrete Pläne, was wir tun, falls die US-Armee angreift.« Er sah meinen Mann und mich an. »Euch beide möchte ich da auch gern dabeihaben!«

Wir versprachen, zu kommen.

Khaled musterte die blassen, angespannten Gesichter seiner Lieben.

Er schüttete sein Glas Whiskey in einem Zug hinunter und rieb sich die Schläfen, als ob er Schmerzen hätte. »Wir sollten jetzt gleich schlafen gehen und uns nicht über Dinge den Kopf zerbrechen, die vielleicht nie geschehen werden.«

Das war leichter gesagt als getan.

Ich brachte Omar ins Bett und las ihm eine Gutenachtgeschichte vor. Doch danach schlief er nicht wie sonst sofort ein.

»Was ist Krieg, Mama?«, erkundigte er sich mit großen, weit aufgerissenen Augen. »Ist das schlimm?«

Es fiel mir schwer, ihm ehrlich zu antworten. Schließlich war er erst drei. Ich wollte ihn nicht ängstigen. Aber andererseits konnte ich ihm auch nicht erklären, Krieg sei schön. Er hätte es mir sowieso nicht geglaubt, da er die Angst und Sorge der Erwachsenen genau spürte.

»Ja, Omar«, antwortete ich daher ernst. »Krieg ist etwas sehr, sehr Schlimmes. Es bedeutet, dass zwei oder mehrere Gruppen von Menschen gegenseitig versuchen, sich umzubringen.«

»Warum?«, wollte er wissen.

Ich seufzte. »Das wissen die, die Krieg führen, oft selbst nicht so genau.«

»Könnte es auch in Benit Krieg geben?«

»Nein!«, versicherte ich. »Bestimmt nicht. Das wird dein Großvater schon verhindern!«

Nachdem er endlich eingeschlafen war, ging ich nach Ali sehen.

Auch dieser lag noch wach.

Ich setzte mich zu ihm auf die Bettkante und musterte sein fein geschnittenes, bronzefarbenes Gesicht. Im Licht der Nachttischlampe wirkten seine

Augen noch dunkler als sonst.

»Alles in Ordnung, mein Großer?«, fragte ich und versuchte, meine Stimme unbeschwert klingen zu lassen.

Doch Ali konnte man nicht so einfach täuschen. Er sah mich unverwandt an.

»Du hast Angst«, stellte er schließlich tonlos fest.

Ich zögerte den Bruchteil einer Sekunde. »Ja, ich habe Angst!«

Es war das erste Mal, dass ich es aussprach. Bisher hatte ich mir meine Furcht nicht einmal im Stillen eingestanden. Wenn es tatsächlich zum Krieg mit den USA kommen würde ... Daran durfte ich gar nicht denken.

»Die Amerikaner wollen uns alle töten, nicht wahr?« Jetzt zitterte seine Stimme ein wenig, aber er weinte nicht. Mit denselben großen, ängstlichen Augen wie zuvor Omar blickte er zu mir hoch. Seine Lippen waren fest zusammengepresst.

Er sah in diesem Moment sehr erwachsen aus und mit einem Mal begriff ich, dass mein Stiefsohn kein Kind mehr war. In einem halben Jahr würde er vierzehn werden. Mein Herz krampfte sich zusammen.

»Niemand von uns wird sterben, Ali!«, sagte ich heftig. »Du wirst eines Tages eine tolle Frau finden, eine Familie gründen und ein berühmter Rennfahrer werden.« Ich nickte zu dem riesigen Poster über seinem Bett hin, das eine Gruppe durch die Wüste jagender Geländewagen zeigte.

»Die Dakar ...« flüsterte Ali erstickt.

Ich strich über seine dunklen Locken. »Du wirst irgendwann dabei sein.«

Er runzelte die Stirn und blickte mir prüfend in die Augen. Wirklich überzeugt schien ich ihn noch nicht zu haben. »Meinst du wirklich?«

»Ja!« Ich legte alle Entschiedenheit in meine Stimme, die ich aufbringen konnte.

»Aber die Amerikaner ...«

»Zwischen ihnen und deinem Großvater gab es ein Missverständnis. Das regeln wir schon. Und du hörst auf, dir Sorgen zu machen! In Ordnung?«

Sobald Ali schlief, ging ich noch einmal zu Omar ins Zimmer und kehrte dann wieder zu Ali zurück.

Ich betrachtete meine Söhne, die im Schlaf friedlich und entspannt wirkten.

Konnte es wirklich wahr sein, dass sie in tödlicher Gefahr schwebten – ebenso wie Saleh, ich und der Rest meiner arabischen Familie?

Rasch wandte sich mein Geist von solchen Überlegungen ab und ich eilte zu Saleh.

Ich wollte in seinen Armen liegen und ihn spüren. Allein seine Nähe konnte die Ängste bannen, die mir plötzlich die Kehle zuschnürten.

47

Saleh, Ali, Omar und ich fuhren im gelben Sportwagen meines Mannes nach Norden. Dort wollten wir ausspannen und unsere Sorgen vergessen.

Zahlreiche Verwandte Khaleds empfingen uns in ihren prächtigen Villen.

Bei Hatems Familie blieben wir drei Tage lang.

Ali und Omar plantschten im Pool des Hauses herum, ließen sich von Hatems acht Töchtern bemuttern und zogen mit seinen zahllosen Enkeln durch Farul, sodass die Leibwächter alle Mühe hatten, ihnen auf den Fersen zu bleiben.

Saleh und ich hatten also viel freie Zeit für uns.

Wir ließen alles, was mit Politik zu tun hatte, hinter uns und genossen Farul aus vollen Zügen: Die prächtig verzierten Gebäude im Zentrum, die verschiedenartigen Menschen, die exotischen Gerüche und die Musik, die aus vielen Fenstern klang.

Wir bummelten durch die Geschäfte, über den Markt und kauften alles Mögliche und Unmögliche – vom T-Shirt bis zum Regenschirm in den deutschen Nationalfarben. Wahrscheinlich war die Farbkombination Schwarz, Rot und Gold nur Zufall, da die meisten Beniter Deutschland noch nicht einmal vom Hörensagen kannten, geschweige denn dessen Flagge.

Trotzdem war Saleh begeistert und schaffte den Schirm zu einem Wucherpreis an.

Ich schüttelte halb amüsiert, halb missbilligend den Kopf. »Jetzt, wo der Winter gerade vorbei ist, kaufst du einen Regenschirm.«

Er zeigte sein lausbubenhaftes Grinsen, das ich in letzter Zeit sehr vermisst hatte. »Na und?«

»Vielleicht, sehr geehrter Herr Khaled Mustafa al-Adnan, ist Ihnen schon einmal aufgefallen, dass es in Benit acht bis neun Monate im Jahr keinen Tropfen regnet.«

»Oh, doch!«, korrigierte er mich lachend. »Hier im Norden und in der Gegend um Zara schon ab und zu.«

Ich verdrehte die Augen. »Ab und zu ...«

Mein Mann zwinkerte mir charmant zu. »Wenn es regnet, will ich doch wenigstens deine Flagge über mich halten können. Denkst du, ich würde je irgendwo anders unterkriechen?«

»Schleimer!« Spielerisch puffte ich ihn in die Seite und er zog an meinem Pferdeschwanz.

»Undankbares Stück!«

Unbeschwert blödelten wir herum. Es war fast wie bei unserem ersten gemeinsamen Aufenthalt in Farul ...

Das heißt, so unbeschwert war ich damals gar nicht gewesen ...

»Erinnerst du dich, was du mir bei diesem Zwischenstopp in den Bergen erzählt hast?«, fragte ich Saleh, als wir im Schatten einer Khaled-Mustafa-Statue Rast machten.

Er nickte und ein verträumtes Lächeln huschte über sein Gesicht. »Natürlich! Ich habe dir gesagt, dass ich meine Frau nicht liebe, sondern eine andere.«

»Weißt du überhaupt, was du mir damit angetan hast?«, kicherte ich. »Warum konntest du mir das nicht näher erklären?«

Unter den Blicken der Leibwächter legte er verstohlen seine Hand über meine und streichelte sie unauffällig mit dem Daumen. »Ich wollte, aber ich habe mich nicht getraut«, gestand er freimütig.

Ich zuckte mit den Schultern. »Stimmt! Ich mich ja auch nicht. Aber immerhin: Letztlich hat doch alles geklappt. Ich sitze jetzt hier neben dir als deine Frau.«

Unsere Blicke versenkten sich ineinander.

»Allah sei Dank!«, flüsterte Saleh.

*

Mit neuer Kraft kehrten wir zurück nach Sarana und damit in die Politik.

Die UNO hatte den USA die Erlaubnis zu einem Militärschlag gegen Benit verweigert.

Der Generalsekretär verkündete, dass der Verdacht, Khaled Mustafa habe mit dem Anschlag in New York zu tun, reine Spekulation und ziemlich weit hergeholt sei.

Erstens würden die benitischen Waffenlager ständig auf Massenvernichtungswaffen untersucht und zweitens habe Khaled Mustafa nicht die geringste Verbindung zu Vietnam.

»Vietnamesen, die es auf Nervengas abgesehen haben, werden sich doch wohl eher an Staaten mit ähnlicher Ideologie wenden«, meinte der Generalsekretär. *»Nordkorea zum Beispiel würde zu einem Anschlag in den USA sicher seinen Segen geben. Auf solche Länder sollten die Ermittlungen konzentriert werden.«*

Doch Jason S. Montgomery dachte gar nicht daran, seine Ermittlungen auf irgendwelche dem Kommunismus verfallene Staaten zu richten.

Zwar brachte er den Kommunisten wie seine Vorgänger Abscheu und Verachtung entgegen, aber sein Hauptfeind hieß Khaled Mustafa. Auf ihn hatte er es abgesehen – nicht auf Nordkorea.

Und er gab nicht auf: Plötzlich präsentierte er Fotos benitischer Waffenfabriken, die seine Flugzeuge angeblich von der entmilitarisierten Zone aus aufgenommen hatten.

Darauf waren deutlich große Chemietanks zu erkennen.

»Das ist der Beweis, dass Khaled Mustafa lügt und die Welt zum Narren hält«, wetterte er. *»Hinter unserem Rücken produziert er munter weiter seine schrecklichen Waffen.*

Und Nervengas ist noch nicht alles. Mir liegen Berichte des CIA vor, die alle friedliebenden Staaten dieser Erde alarmieren sollten: Benit besitzt Pläne zur Herstellung von Atombomben und versucht seit zwei Jahren, die dafür nötigen Utensilien zu beschaffen. Möglicherweise stehen Khaled Mustafas Wissenschaftler kurz vor der Fertigstellung ...

Die Welt darf nicht länger warten. Wir müssen dieses verbrecherische Regime beseitigen, ehe es zu spät ist!«

»Atombombe!« Khaled wusste ganz offensichtlich nicht, ob er über Montgomerys letzte Aussage besorgt, verärgert oder belustigt sein sollte.

»Unsere besten Raketen haben eine Reichweite von hundertfünfzig Kilometern und unsere Bomben sind von ihrer Durchschlagskraft her lächerlich. Von wegen also Bedrohung für die Welt.«

Die angeblichen Fotos seiner Waffenfabrik ließ er sich sofort von der Pressezentrale ins Parlament bringen.

Er, Saleh, Achmed Scharif, Hatem und ich standen zu fünft mit Lupen um die Aufnahmen herum.

»Die Fabrik gibt es wirklich«, sagte mein Schwiegervater. »Aber diese Tanks« – Er tippte mit dem Zeigefinger darauf – »sind mir neu!«

»Dann haben die Amerikaner die Aufnahmen gefälscht«, rief Saleh triumphierend. »Wir müssen nichts weiter tun, als der UNO das zu sagen.«

Sein Vater bremste seinen Optimismus: »Und dann müssen die uns nur noch mehr Glauben schenken als den Vereinigten Staaten von Amerika ...« bemerkte er ironisch.

Wir andern schwiegen betroffen. Es stimmte: Dafür standen die Chancen denkbar schlecht.

Khaled galt als einer der schlimmsten Diktatoren der Welt, während die USA als das Vorbild für die Menschheit verehrt wurden. Wessen Wort da wohl mehr Vertrauen geschenkt würde ...

Doch wider Erwarten blieb die Mehrheit der Mitgliedsstaaten Jason S. Montgomerys Behauptungen gegenüber skeptisch: Wie sollte ein Land, das seit Jahren überwacht wurde, heimlich Atomwaffen produzieren?

Dass Khaled noch irgendwo Nervengas versteckt hatte, hielten die Vereinten Nationen dagegen plötzlich wieder für durchaus möglich.

Die Waffeninspekteure, mit denen wir eigentlich erst wieder in einem Monat gerechnet hatten, standen auf einmal in Sarana mit der Auflage, alles noch gründlicher als sonst zu durchsuchen.

Diesmal sollte sich ihre Suche nach Massenvernichtungswaffen nicht auf die Waffenfabriken beschränken. Auch sämtliche Präsidentenpaläste und –villen, sowie sonstige »verdächtige Orte« wollten sie genau unter die Lupe nehmen.

Khaleds erste Reaktion darauf war ein striktes »Nein!«.

»Ich schnüffle auch nicht in ihren Schlafzimmern herum«, bemerkte er wütend.

Der dänische Chef der Waffeninspekteure versuchte, ihn umzustimmen: »Wenn Sie uns nicht in Ihre Paläste lassen, wird die UNO das als Hinweis darauf sehen, dass Sie etwas zu verbergen haben«, sagte er mit ernster Miene »Das kann sehr gefährlich für Sie und Benit werden!«

Khaled funkelte ihn an. »Soll das etwa eine Drohung sein?«

Der Däne hob beschwichtigend die Hände. »Nein, ich will Ihnen nicht drohen«, entgegnete er ruhig. »Glauben Sie mir: Ich bin der Letzte, der mit ansehen möchte, wie dieses Land in einen weiteren Krieg schlittert. Darum flehe ich Sie an, vernünftig zu sein!«

»Sie haben mir nicht zu sagen, was vernünftig oder unvernünftig ist!«, ereiferte sich mein Schwiegervater. »Immerhin habe ich es etwas weiter gebracht als zum Schnüffler der UNO!«

»Baba!«, rief Saleh entsetzt. »Er meint es doch nur gut. Hör auf ihn!«

Khaled blickte seinen Sohn ungehalten an. »Es gibt keine Durchsuchung unserer Paläste und Villen«, wiederholte er entschieden. »Und dabei bleibt es!«

»Was, wenn die Amerikaner aus genau diesem Grund die Erlaubnis zu einem Militärschlag bekommen?«, versuchte ich, Khaled umzustimmen. »Willst du das etwa riskieren?«

»Ja! Wenn die Amerikaner angreifen, weil ich niemanden in meinen Privaträumen herumschnüffeln lasse, dann ist der Krieg eben unausweichlich!«

Saleh und ich wechselten einen verzweifelten Blick. Es war aussichtslos. Dieser sture alte Mann ...

Die Waffeninspekteure kehrten unverrichteter Dinge zur UNO-Botschaft zurück.

Zu Hause redete noch einmal die ganze Familie auf Khaled ein. Sogar die sonst so stille Intisar und Selwa, die ihrem Mann normalerweise nie widersprach, gingen plötzlich aus sich heraus.

Verzweifelt flehten wir den Diktator an, mit der UNO zu kooperieren.

»Sollen sie hier doch alles auf den Kopf stellen«, meinte Intisar. »Wir haben ja nichts zu verbergen und bestehlen werden sie uns schon nicht.«

Schließlich gab Khaled zu unserer unendlichen Erleichterung nach – wenn auch äußerst widerwillig.

Er schimpfte auf die »verdammten Kriegstreiber und Erpresser des Westens« und sprach von »Spionage«.

Natürlich empfand er die Durchsuchung seiner Paläste und Villen als Demütigung. Und das war sie für einen derart mächtigen Mann ja auch. Doch die Alternative war schließlich noch weitaus schrecklicher.

Khaled hätte es nie zugegeben, aber ich wusste, dass er große Angst vor einem Krieg hatte.

Es gab zu viel zu verlieren: Seine über alles geliebte Familie, den Reichtum und seine Macht, die er sich so mühsam erkämpft hatte – die sein Freund und Gegner zugleich war ...

Nein, diese Dinge wollte er bei aller Tapferkeit und allem Stolz dann doch nicht aufs Spiel setzen.

48

In den folgenden Monaten durchsuchten die Waffeninspekteure absolut alles, was wir besaßen.

Es war ausgesprochen lästig, ihnen ständig ausweichen zu müssen. Denn irgendwie stürzten sie sich immer ausgerechnet auf die Zimmer, in denen man sich gerade aufhielt.

Sie scheuchten die Diener auf und ärgerten die Republikanische Sicherheit.

Doch meine Familie und ich ertrugen die Waffeninspekteure mit stoischer Ruhe. Selbst Khaled zügelte seinen Zorn.

Manchmal amüsierten wir uns sogar über die seltsamen Orte, die auf Spuren von Nervengas untersucht wurden.

Zum Beispiel, als Nawir und Ismael ganz außer Atem angerannt kamen.

»Sie versenken gerade ihre Messgeräte im Klo«, keuchte Nawir.

Ismael konnte gar nichts sagen. Er lachte so, dass er fast keine Luft und außerdem Schluckauf bekam – und auch wir anderen konnten angesichts dieser Neuigkeit nicht ernst bleiben.

»Das Gas, das sie da verfolgen, ist kein Nervengas«, prustete Ali. »Das kommt von Samiras Blähungen!«

»Ali!«, wies Saleh ihn zurecht, musste sich aber selbst vor Lachen den Bauch halten.

Die UNO ging dann sogar so weit, speziell ausgebildete Taucher auf die unterirdischen Kläranlagen unserer Paläste anzusetzen.

Ich empfand ehrliches Mitleid mit diesen armen Männern. Um nichts in der Welt hätte ich ihren Job machen wollen. Und Erfolg bei der Suche nach illegalen Waffen hatten sie erst nicht.

»Vielleicht sollten wir ihnen einen Gefallen tun und ein paar kleine, harmlose, entschärfte Bomben in den Klärbecken versenken«, meinte ich zu Saleh.

»Ja, und die schicken uns dann große, scharfe, gar nicht harmlose hinterher«, entgegnete er trocken.

Solche Experimente ließen wir doch lieber ...

*

Nach Wochen erfolglosen Suchens gaben die Waffeninspekteure vor der Welt bekannt, dass es in Benit keinerlei Hinweise auf Massenvernichtungswaffen jeder Art gebe. Ein Krieg sei also nicht gerechtfertigt.

Doch unsere Erleichterung währte nur kurz: Jason S. Montgomery war nicht bereit, sich einfach so abspeisen zu lassen.

»Dass die Waffeninspekteure kein Nervengas gefunden haben, beweist gar nichts«, war sein Kommentar. *»Ich habe gegen Khaled Mustafa gekämpft und weiß, wie gerissen dieser Mann ist. Er wird seine Massenvernichtungswaffen schon so versteckt halten, dass sie niemand findet. Aber wir, die Vereinigten Staaten von Amerika, haben genügend Beweise, dass er diese Waffen besitzt und weitere produziert.«* Und er präsentierte der internationalen Öffentlichkeit weitere Fotos von verdächtigen Gebäuden, die Khaled allesamt als Fälschungen identifizieren konnte.

Außerdem erinnerte Montgomery wortreich an Khaleds Verbrechen in der Vergangenheit und Gegenwart: Überfälle auf andere Länder, Todesurteile, Folterungen und zuletzt der Giftgasanschlag in New York, für den er ihn nach wie vor verantwortlich machte, obwohl die Beweise, die es angeblich dafür gab, nie an die Öffentlichkeit kamen.

Seine Ausführungen gipfelten in der Erklärung, die USA forderten eine Abstimmung der Mitgliedsstaaten über einen Militärschlag gegen Benit.

Mir erschien das alles wie ein schlechter Film. Wäre die Lage nicht so ernst gewesen, hätte ich über dieses absurde Theater am anderen Ende der Welt sogar lachen können ...

*

Voller Panik zitterten meine Familie und ich dem Tag der Abstimmung entgegen.

Wir wussten, dass die meisten Staaten gegen den Krieg waren – unter ihnen Deutschland, was mich immerhin etwas tröstete.

Doch wie viele Länder würden sich in einer Abstimmung gegen die USA stellen? Wie viele konnten es sich leisten, die guten Beziehungen zur größten Wirtschaftsmacht der Welt zu riskieren?

Jason S. Montgomery zeigte sich siegessicher. Er wusste um den Einfluss seines Landes in der Welt und sparte nicht mit bissigen Bemerkungen und versteckten Drohungen in Richtung der Kriegsgegner.

»Wer nicht mit uns ist, ist gegen uns!« Dieser Satz kam in jeder seiner Reden und Interviews in dieser Zeit mindestens fünfmal vor. Fast so häufig wie die Erwähnung seines Lebensmottos: *»Was ich anfange, führe ich auch zu Ende – so wahr mir Gott helfe!«*

Der drohende Krieg sorgte für einigen Wirbel auf der ganzen Welt: Überall wurde abwechselnd für und gegen den Militäreinsatz demonstriert. Und Politiker, Reporter und Intellektuelle, sowie ganz normale Bürger aller Länder versuchten sich zu entscheiden, wo sie standen.

Meine Mutter, Julian und Aischa veranstalteten in Deutschland Unterschriftenaktionen und Mahnwachen mit Fackeln in der Hoffnung, das Schlimmste zu verhindern.

Nie zuvor hatten sie sich öffentlich engagiert oder an Demonstrationen teilgenommen.

Meine Mutter bezeichnete Demonstranten sogar als »Unruhestifter«, die nur »auf sich aufmerksam machen wollten«.

Doch nun, da es um mein Leben ging, legten sich meine deutschen Angehörigen plötzlich mächtig ins Zeug. Ich wusste nicht, ob mich das ärgern oder rühren sollte.

Und ich hatte wahrhaftig andere Sorgen, als mir darüber den Kopf zu zerbrechen ...

Seit ich von der alles entscheidenden Abstimmung erfahren hatte, schlief ich kaum noch. Wie ein Gespenst irrte ich herum.

Manchmal war ich wie betäubt, dann schüttelten mich wieder Panikattacken mit Zittern und Schweißausbrüchen, die ich nur mühsam vor meinem Umfeld verbergen konnte.

Ich gehörte zu den Obersten des Landes und durfte keine Schwäche zeigen. Aber es fiel mir schwer, mich zusammenzureißen und ich wusste, dass es Saleh, Khaled und den anderen genauso ging.

Was in den Kindern vorging, war nicht zu ergründen.

Wir versuchten, sie aus dem politischen Geschehen so weit wie möglich herauszuhalten.

Bei Omar, Asis und Alina klappte das noch am ehesten. Sie waren ja noch klein.

Aber auch sie spürten natürlich die Angst der Erwachsenen.

Omar kam fast jede Nacht zu mir und Saleh ins Bett gekrochen und kuschelte sich fest an uns. Das hatte er früher selten gemacht.

Die Großen bekamen sowieso genau mit, was lief und wollten immer auf den neusten Stand gebracht werden.

Ali sprach nicht offen über seine Gefühle. Aber jedes Mal, wenn ich in seinen Augen die Angst und Verzweiflung sah, schnürte es mir das Herz zusammen.

Saleh und ich ließen ihn weiter Rennen fahren, um ihn abzulenken und ein Gefühl von Normalität zu vermitteln. Doch es half nichts: Ali war nicht zu beruhigen.

Immer öfter ließ er Rallyes aus und machte lieber mit Hassan im Park Schießübungen.

»Wenn es Krieg gibt, werde ich helfen, mein Land zu verteidigen«, sagte er mir eines Tages ernst. Dabei drückte sein Gesicht wilde Entschlossenheit aus.

Ich musste mich von ihm abwenden, um nicht in Tränen auszubrechen ...

Dann kam der Tag der Entscheidung, an dem in der UNO über mein Schicksal und das meiner Familie abgestimmt wurde – und zum Glück fiel das Ergebnis nicht so aus, wie Montgomery es erwartet hatte: Eine große Mehrheit der Mitgliedsstaaten stimmte gegen einen Militäreinsatz zur Beseitigung des benitischen Regimes.

Nie zuvor war mir ein größerer Stein vom Herzen gefallen.

Nun konnten die USA nichts mehr gegen uns unternehmen. Meine Familie und mein geliebtes Benit waren in Sicherheit.

Überall im Land wurden in den Straßen rauschende Feste gefeiert.

Die gesamte Präsidentenfamilie badete mit den Leibwächtern in der Menge und ließ sich von dem wirbelnden Freudentaumel mitreißen.

Wir tanzten, lachten, winkten, nahmen Blumensträuße und Jubelrufe entgegen.

Es tat unendlich gut, ganz oben zu stehen und zu wissen, dass man nichts zu befürchten hatte – rein gar nichts.

Nur Khaled hielt sich erstaunlicherweise sehr zurück.

Zwar ließ auch er sich ab und zu bei den Feierlichkeiten blicken, wie es von ihm als Staatsoberhaupt erwartet wurde. Aber erleichtert wirkte er nicht.

Und wie von einer dunklen Ahnung getrieben, rüstete er weiter seine Streitkräfte auf.

»Ich traue den Amerikanern nicht«, war sein Kommentar gegenüber Saleh und mir dazu.

49

Ich saß mit Omar auf dem Schoß in einem teuren Plüschsessel. Wir befanden uns in einem der prächtigen Wohnzimmer, von denen der Hauptpalast zwei Dutzend hatte.

Es war Anfang April, aber draußen herrschten Temperaturen, von denen man in Deutschland im August nur träumen konnte.

Ich war froh, mich für eine Weile in klimatisierten Räumen aufhalten zu können.

Mein Sohn und ich betrachteten zusammen ein Bilderbuch, das ihm meine Mutter zum Geburtstag geschenkt hatte. Es handelte von zwei kleinen Bären, die sich auf den Weg machten, einen Schatz zu suchen.

Omar liebte dieses Buch. Ich musste es mindestens fünfmal am Tag mit ihm zusammen anschauen und daraus vorlesen.

Der Text war Deutsch, aber das machte ihm keine Probleme. Er beherrschte meine Sprache beinahe ebenso gut wie Arabisch. Immer wenn wir allein waren, wechselten wir ganz automatisch ins Deutsche.

Ali beneidete seinen kleinen Bruder um die Fähigkeit, meine Sprache zu sprechen.

Zwar lernte er in der Schule Englisch, aber Deutsch wurde in Benit nicht angeboten.

Oft quetschte er Omar und mich aus, wie dieses oder jenes Wort auf Deutsch heiße. Dadurch verstand er inzwischen auch einiges und konnte sich mit meiner Mutter und Julian sogar einigermaßen verständigen.

Plötzlich zog der Fernseher meine Aufmerksamkeit auf sich. Er lief schon die ganze Zeit, aber bisher hatten ihn weder mein Sohn noch ich beachtet.

Doch nun wurde das Vormittagsprogramm durch eine aktuelle Meldung unterbrochen.

Achmed Scharifs Gesicht war auf dem Bildschirm erschienen. Seine Miene wirkte wie versteinert.

» ...die Meldung erhalten, dass Benit kurz vor einem Krieg steht«, sagte er gerade. *»Die USA werden angreifen. Möge Allah uns allen beistehen!«*

»Mama?«, fragte Omar ängstlich. »Was hast du plötzlich?«

Ich antwortete nicht, sondern saß einfach nur fassungslos da.

Wie bitte? Was sollte das bedeuten? Der Krieg war doch gerade noch einmal abgewendet worden.

Rasch schaltete ich um auf CNN. Hier erfuhr ich Näheres: Die Regierung der USA hatte beschlossen, Benit auch ohne Erlaubnis der UNO anzugreifen.

»*Es ist uns egal, was der Rest der Welt denkt*«, verkündete Jason S. Montgomery. »*Den Vereinigten Staaten von Amerika gebietet der Glaube an Gott und die Menschlichkeit, das verbrecherische Regime in Sarana zu stürzen. Zweihunderttausend Soldaten sind bereits auf dem Weg nach Bireh, von wo aus wir nach Benit einfallen werden. In wenigen Tagen können unsere Truppen kampfbereit sein.*« Er machte eine bedeutungsvolle Pause. »*Auf dass das Gute siege!*«, schloss er dann seine Rede.

»Mama!«, quengelte Omar weinerlich. »Sag doch was!«

Irgendwie schaffte ich es, mich zusammenzureißen. Ich hob ihn von meinem Schoß und stellte ihn auf den Boden. »Ich muss schnell weg, Omar!«, sagte ich mit erzwungener Ruhe. »Souad wird so lange auf dich aufpassen!«

Er starrte mich aus seinen großen, schwarzen Augen an. »Wo willst du denn hin?«

»Ins Parlament. Ich muss mit Baba sprechen!« Flüchtig küsste ich ihn auf die Wange. »Sei brav, ja? Und ärgere Souad nicht!«

»Natürlich ärgere ich sie nicht! Souad ist so lieb und schimpft gar nie mit mir.«

Ich rannte durch die langen, verwinkelten Gänge und riesigen Säulenhallen, als sei der Teufel persönlich hinter mir her.

Der Boden unter meinen Füßen schwankte und die Wände schienen mir immer näher zu kommen – gleich würden sie mich zerquetschen.

Auf dem Weg zum Ausgang hatte ich genug Zeit, um Souad und Hassan anzufunken.

Meine erste Dienerin stellte keine Fragen, als ich sie anwies, auf Omar aufzupassen, da ich schnell weg müsse.

Aber ihre Stimme war noch leiser als sonst und ein nie da gewesenes Zittern lag darin. Daraus schloss ich, dass sie eine Katastrophe ahnte.

Wissen, was genau los war, konnte sie kaum. Souad sah weder Fernsehen, noch hörte sie Radio.

Hassan dagegen war schon informiert.

Ich befahl ihm, meinen Wagen vorzufahren und seine Männer bereit zu halten.

»Sofort, Sina!«, bestätigte er mit tonloser Stimme. Dann fügte er noch jenen Satz hinzu, den ich unseren Premierminister vor ein paar Minuten hatte im Fernsehen sagen hören: »Möge Allah uns allen beistehen!« Der einzige Unterschied bestand darin, dass Achmed Scharif mit »Allah« den Gott der Christen gemeint hatte, Hassan dagegen den der Moslems.

Alle Bewohner Benits – egal ob Christen oder Moslems – würden in nächster Zeit wohl dringend göttlichen Beistand brauchen ...

Umgeben von den Wagen meiner Leibwächter jagte ich kurz darauf durch die überfüllten Straßen von Sarana. Die Menschen, die unterwegs waren, ahnten noch nichts von der drohenden Gefahr.

Arglos gingen sie ihren Geschäften und Besorgungen nach, plauderten hier und da mit Bekannten, Freunden und Verwandten.

Doch ich wusste, dass sich die Nachricht des bevorstehenden Krieges in Windeseile herumsprechen würde. Was dann in Benit los sein würde, wollte ich lieber nicht wissen ...

Ich dachte an Saleh, Ali, Omar, Khaled und die anderen.

Montgomery hatte als Kriegsziel den Sturz des Regimes genannt. Das hieß, dass er es ganz gezielt auf meine Familie abgesehen hatte.

Plötzlich zitterten meine Hände so, dass ich kaum mehr das Steuer halten konnte. Panik wollte in mir aufsteigen, die ich nur mit Mühe unterdrücken konnte.

Doch komischerweise hatte ich kaum Angst um mein eigenes Leben, sondern um das meiner Angehörigen – besonders meiner Kinder.

Ali, der gerade in der Schule war und einen englischen Aufsatz schreiben musste ...

Omar, der in diesem Augenblick Souad auf Trab hielt ...

Der Gedanke, dass ihnen etwas zustoßen könnte, war unerträglich.

Mit einem Mal rannen mir Tränen übers Gesicht.

»Gott!«, flüsterte ich. »Wenn es sein muss, lass mich sterben! Aber meinen Kindern darf nichts passieren!« Und ich meinte das absolut ernst.

In diesem Moment klingelte mein Handy-Funkgerät.

Es war Saleh. Seine Stimme klang dumpf und hohl – wie aus einer anderer Welt.

»Es ist etwas Schreckliches passiert, Sina! Bis jetzt habe ich es nicht über mich gebracht, dich anzurufen ...« Er stockte.

»Schon gut«, entgegnete ich erstickt. »Ich habe im Fernsehen gerade Achmed Scharifs Rede gehört und bin schon unterwegs ins Parlament.«

Mein Mann atmete tief durch. »Ich habe Angst, Schatz!«, stieß er hervor.

»Ich auch! Warte – ich bin gleich bei dir!«

Im Parlament war der Teufel los.

Khaled hatte in aller Eile eine Krisensitzung einberufen. Nun waren sämtliche Mitglieder der Regierung, sowie seine höchsten Generäle um ihn versammelt.

Der Präsident trug jene berühmte, mit vielen Orden geschmückte Uniform, mit der er sich während des letzten Krieges ständig in der Öffentlichkeit gezeigt hatte. Seit ich ihn persönlich kannte, hatte ich sie aber noch nie an ihm gesehen.

Er gab sich kämpferisch, redete vom Sieg und der Vernichtung der Amerikaner. Doch seine Augen wirkten müde und das Gesicht um Jahre gealtert. Wahrscheinlich glaubte er selbst nicht ganz an das, was er da sagte ...

»Wenn der Krieg beginnt, werde ich untertauchen«, verkündete er zum Schluss. »Ich bin zu alt, um der US-Armee gegenübertreten zu können. Die Verteidigung des Landes liegt dann in Salehs Hand. Er erhält ab heute die volle Befehlsgewalt über alle benitischen Truppen.«

Mein Mann saß wie vom Donner gerührt neben mir an dem langen Tisch im Sitzungssaal. Im Blitzlichtgewitter der Fotografen und dem Jubel und Beifall der Anwesenden, versuchte er verzweifelt, Haltung zu bewahren.

Saleh – der sensible, bescheidene Junge, der es hasste, im Mittelpunkt zu stehen, der aus Abscheu vor Gewalt jeder Art die Augen vor Khaleds Politik verschlossen hatte – sogar noch, als er bereits Teil davon war ...

Nun sollte er plötzlich den gnadenlosen Feldherrn spielen in einem Krieg, der praktisch nicht zu gewinnen war.

Ich merkte ihm an, dass die Last dieser Verantwortung über seine Kräfte ging und er trotz seiner nach außen hin zur Schau gestellten Gelassenheit am Rande eines Zusammenbruchs stand.

In jenem überfüllten Sitzungssaal stieg plötzlich wilder Zorn gegen Khaled in mir auf.

Wie konnte er meinem Mann bloß diese Last aufbürden und sich selbst aus dem Staub machen? Er kannte Saleh doch und wusste, dass er kein Kämpfer und kein Held war. Wieso zwang er ihn und damit auch mich in diese Rolle?

Aber ebenso schnell wie meine Wut gekommen war, verrauchte sie wieder.

Wir saßen schließlich alle in einem Boot ...

*

In Benit brach Panik, aber auch wilder, entschlossener Patriotismus aus.

Jeder Mann, der sich einigermaßen auf den Beinen halten konnte, griff zur Waffe.

Millionen Menschen gingen auf die Straße, um dem Präsidenten ewige Treue zu schwören.

Die Beniter gelobten, ihr Land – insbesondere die Hauptstadt – »bis zum letzten Blutstropfen zu verteidigen«. Damit zitierten sie aus einer Rede Khaleds, welche jetzt immer kämpferischer und fanatischer wurden.

Ich konnte meinem Schwiegervater bei seinen öffentlichen Auftritten kaum noch zuhören. Dabei hatte ich diese doch – wenn auch mit einem schwachen Unbehagen im Bauch – immer genossen und mich von den Flügeln seiner Macht mittragen lassen.

Dieses berauschende Gefühl stellte sich nun nicht mehr ein: Wenn ich ihn vom »Tod der Ungläubigen« und der »Vernichtung aller Feinde Benits« reden hörte, empfand ich nur noch Abscheu – nicht vor ihm, sondern vor seinen Worten.

»Tod den Ungläubigen« – das klang nach den von ihm verfolgten Fundamentalisten, aber nicht nach meinem Schwiegervater!

Derart in die Enge getrieben, griff er plötzlich auf den religiösen Fanatismus zurück, um das Volk mit allen Mitteln gegen die Amerikaner aufzuhetzen. Wollte er so den Sieg erzwingen?

Innerhalb weniger Tage waren alle Vorbereitungen für den Angriff der USA getroffen: Das Militär stand mit allen zur Verfügung stehenden Männern und Waffen bereit. Doch gegen die Armee der Vereinigten Staaten wirkten unsere Truppen nahezu lächerlich. Es würde ein mehr als ungleicher Kampf werden ...

»Ich muss dauernd an diese ganzen jungen Männer denken, die ich in den Tod schicken werde«, sagte Saleh eines Abends – mehr zu sich selbst als zu mir. »Ob es Montgomery wohl auch so geht?«

Ich bezweifelte, dass Jason Simon Montgomery auch nur einen einzigen Gedanken an seine Soldaten verschwendete, äußerte das aber nicht. Stattdessen schloss ich Saleh einfach stumm in die Arme.

Mit einem Mal bereute ich, dass Khaled nicht doch noch Nervengas oder sonstige Massenvernichtungswaffen besaß und schämte mich nicht einmal für diesen Gedanken.

Es ging um das Leben meines Mannes und meiner Kinder. Diese Tatsache löschte jeden Skrupel in mir aus. Wahrscheinlich hätte ich ohne mit der Wimper zu zucken Atombomben auf Washington geworfen ...

Langsam begann ich zu begreifen, wie weit der Mensch in bestimmten Situationen zu gehen bereit war ...

Zusammen mit Ali machte ich unter Hassans Aufsicht im Park Schießübungen.

Wilder Zorn und grenzenloser Hass auf die USA verliehen mir dabei erstaunliche Geschicklichkeit.

Ali, Saleh, Omar und Hassan waren stolz auf mich und Khaled, der normalerweise strikt gegen Frauen an der Waffe war, äußerte sich nicht dazu. Wahrscheinlich war er um jeden mehr dankbar, der schießen konnte ...

*

Meine Mutter rief jeden Tag an, flehte unter Tränen, ich solle nach Deutschland zurückkehren.

»Die Amerikaner wollen keinen Krieg gegen *Benit* führen!«, rief sie hysterisch. »Ihnen geht es ganz gezielt um die Vernichtung von Khaled Mustafa! Wenn du dort bleibst, werden sie dich mit ihm umbringen!«

Auch mein Vater, der seit Jahren nicht mit mir gesprochen hatte, versuchte verzweifelt, mich zur Rückkehr nach Deutschland zu bewegen. »Bring Ali und Omar doch einfach mit!«, schlug er vor. »Niemand hier muss je erfahren, wer sie sind.«

»Und Saleh?«, hörte ich mich wie aus weiter Ferne fragen. »Er kann nicht gehen. Sein Vater hat das Schicksal Benits in seine Hände gelegt.«

Auch Ali wollte unbedingt bleiben. Er hatte es sich in den Kopf gesetzt, sein Land zu verteidigen. Und gegen den Dickkopf meines Stiefsohnes musste man erst einmal ankommen ...

»Ich bleibe!«, verkündete ich meinen schockierten Eltern und Aischa, die ebenfalls ständig anrief, um mich zum Verlassen des Landes zu überreden. »Wenn meine Familie sterben muss, sterbe ich mit ihr!«

Im ganzen Land wurden geheime Quartiere eingerichtet, die Khaled und seinen Angehörigen Unterschlupf gewähren sollten.

Wir wussten, dass die US-Truppen trotz heftigster Gegenwehr der Beniter schnell in Sarana sein würden. Ihre Waffentechnologie war unserer schließlich gnadenlos überlegen – zumal die UNO ja über Jahre unser Waffenarsenal stark beschränkt hatte. Unsere einzige Chance bestand darin, uns nach der Einnahme Saranas zu verstecken und einen Guerillakrieg zu führen.

»Auf diese Weise wurden die USA damals im Vietnamkrieg zur Aufgabe gezwungen«, erklärte Khaled. »Es könnte auch hier funktionieren. Aber erst einmal werden wir Montgomery so lange wie möglich eine offene Schlacht liefern!«

Für die Verteidigung der Hauptstadt machte er die Republikanische Sicherheit verantwortlich. Unsere Leibwächter waren die am besten ausgebildeten Soldaten im Land. Und mehr noch als auf den Rest der Armee konnte sich der Präsident auf ihre absolute Ergebenheit verlassen. Diese Elitetruppe, die schon seit Längerem Salehs Befehl unterstand, sollte den Amerikanern eine Schlacht auf Leben und Tod liefern, sobald sie sich Sarana näherten.

*

Wie ich die Zeit unmittelbar vor dem Krieg überstand, weiß ich bis heute nicht. Ich versuchte Omar das Gefühl zu vermitteln, dass alles in Ordnung sei, hielt nachts Alis Hand, wenn er nicht einschlafen konnte ...

Saleh, Khaled und ich kamen kaum noch aus dem Parlament heraus. Ständig mussten noch irgendwelche Dinge geregelt und besprochen, das Volk durch mitreißende Reden in Kampfesstimmung gehalten werden ...

Ich kam mir vor wie in einem viel zu engen Käfig, in dem man schreien und um sich schlagen wollte und es doch nicht konnte.

Saleh und ich rückten in dieser Zeit noch näher zusammen, gaben uns gegenseitig Trost, Halt und Mut. Trotzdem war ich im Innersten allein mit meinen Sorgen und meinem schrecklichen Kummer.

Selwa, sowie Barif, Ledan und Safia mit ihren Familien hatten inzwischen in einer Nacht- und Nebelaktion das Land verlassen. Ich hatte mich nicht einmal von ihnen verabschieden können.

Aber ich tröstete mich mit dem Gedanken, dass sie in Sicherheit waren: Sie würden in anderen arabischen Ländern untertauchen.

Und überhaupt: Bestimmt würden wir uns eines Tages alle wiedersehen – am Tag unseres Sieges.

Ich klammerte mich an die Hoffnung, dass Khaleds Pläne aufgehen würden.

Irgendwann gab es nichts mehr zu tun. Wir konnten nur noch dasitzen und warten – und diese Untätigkeit war schlimmer als die vorausgegangenen intensiven Vorbereitungen auf den Krieg. Ich schickte meine geliebten Fotoalben und Tagebücher nach Deutschland. Auch wenn es wahrscheinlich keine Rolle mehr spielte: Diese Dinge wollte ich in Sicherheit wissen.

Es gibt keine Worte, mit denen ich die Angst beschreiben könnte, die mich in dieser Zeit umtrieb. Oft hatte ich das Gefühl sie nicht länger ertragen zu können. Sie brachte mich an den Rand des Wahnsinns. Andererseits war ein Teil von mir plötzlich voller Zuversicht. Irgendwo tief in mir war ich auf einmal überzeugt, dass die USA nicht zum Äußersten gehen würden. Mein Glaube an dieses Land war doch noch nicht ganz erloschen.

Sicher: Die Amerikaner hätten mich einst fast getötet – aber hier ging es schließlich nicht um eine einsame Ölquelle in der Wüste. Es ging um einen völkerrechtswidrigen, unbegründeten Angriffskrieg, zu dem die UNO ihre Zustimmung verweigert hatte. Montgomery würde damit gegen alles verstoßen, wofür sein Land stand. Bestimmt würden die Menschen in den USA nicht zulassen, dass er diesen Krieg führte.

Ich zwang mich, daran zu glauben, aber ich sprach weder mit Saleh noch Khaled darüber. Über meinen unerschütterlichen Glauben an Amerika konnten sie seit jeher nur den Kopf schütteln. Und in dieser Situation hätten sie bestimmt an meinem Verstand gezweifelt, wenn ich ihnen mit meiner Naivität gekommen wäre ...

50

Ich werde nie die Nacht vergessen, als ich durch das Heulen der Luftschutzsirenen aus unruhigem Schlaf hochschreckte.

Neben mir saß Saleh bereits aufrecht im Bett.

In der Dunkelheit wechselten wir einen entsetzten Blick, den wir nicht sehen aber fühlen konnten. Uns beiden war schlagartig klar, was vor sich ging: Der Krieg hatte begonnen!

Kaum hatte ich diesen Gedanken zu Ende gedacht, als mit einem lauten Knall die Tür meines Gemachs aufflog.

Ein dunkler Schatten stand schwer atmend im Rahmen. »Kommen Sie schnell!«, keuchte er. An der Stimme erkannte ich einen von Khaleds Top-Agenten. »Wir haben herausgefunden, dass der Hauptpalast zu den ersten Zielen gehören wird!« Damit verschwand er im dunklen Gang.

Mir blieb gerade noch Zeit, in meine Hausschuhe zu fahren, ehe Saleh mich am Arm packte und vor sich her zur Tür stieß. »Lauf!«, schrie er im vergeblichen Versuch, die Sirenen zu übertönen. »Wir müssen hier weg!«

Ich stemmte beide Füße so fest ich konnte in den Boden. »Ali ...!«, stieß ich hervor. »Omar ...!«

Meine Kinder! Ich musste meine Kinder retten!

Saleh zerrte mich weiter. »Die Agenten werden sie in Sicherheit bringen. Los, komm jetzt!«

Halb blind rannten wir durch die dunklen Gänge.

Die Luftschutzsirenen dröhnten in meinen Ohren und mein Herz raste.

Auf der Treppe wäre ich fast gestürzt, doch Saleh verstärkte den Griff um meinen Arm und fing mich so auf.

Endlich waren wir im Freien.

Innerhalb von Sekunden durchdrang die Kälte der Nacht meinen dünnen Schlafanzug.

Ich fror erbärmlich – doch das war nicht der einzige Grund, warum meine Zähne klapperten.

Erste Explosionen erschütterten die Nacht und über den Vierteln weiter nördlich war der Himmel mit einem Mal taghell erleuchtet.

An der Eingangstreppe aus weißem Marmor standen Khaled, Hassan, einige weitere Männer der Republikanischen Sicherheit, vier Diener, Souad und Intisar, die Ali und Omar an der Hand hielt.

Als ich meine Söhne da im schwachen Licht des Mondes stehen sah, wäre ich vor Erleichterung fast in Tränen ausgebrochen.

Die beiden zitterten vor Kälte, wirkten verängstigt und verstört. Ich schloss sie gleichzeitig in die Arme.

Omar klammerte sich an mir fest und blickte mit großen Augen Richtung Norden. »Es brennt«, flüsterte er halb ängstlich, halb andächtig. »Die Stadt brennt, Mama!«

Die Explosionen kamen eindeutig näher. Sie übertönten jetzt beinahe die Luftschutzsirenen und ließen den Boden unter unseren Füßen zittern. Die Fensterscheiben des Palastes klirrten gefährlich.

»Sie werden jeden Moment hier sein!«, rief Intisar in Panik. Ein leichter Wind blies ihr das lange, weiße Nachthemd um die Beine.

Sie war die einzige vom Rest der Familie, die beschlossen hatte, bei uns auszuharren.

»Schnell – zu den Wagen!«, befahl Saleh.

»Nein!« Hassan drückte ihm sein Maschinengewehr in die Hand. »Das dauert zu lange. Lauft runter zum Fluss! Dort steht eines von Abdullahs Schnellbooten bereit.«

Ich starrte ihn an. »Kommst du etwa nicht mit?«

»Wenn alles gut geht, stoße ich wieder zu euch. Los jetzt – geht!«

Wie Hasen auf der Flucht vor einer Horde Raubtiere hechteten wir zum Ghaniim hinunter.

Ich trug Omar auf dem Arm und presste ihn so fest ich konnte an mich. Meine Gelenke ächzten unter seinem Gewicht, doch ich merkte es kaum.

Endlich hatten wir das Boot erreicht und kletterten an Bord. Es war das schnellste von den zweihundert Stück, die Abdullah besessen hatte.

Erschöpft stellte ich Omar auf die Füße.

»Hier, Ali!« Saleh warf seinem Ältesten das Maschinengewehr zu. »Falls uns irgendwelche Flugzeuge oder Hubschrauber verfolgen, ziele auf ihren Motor. Verstanden?«

Ali war leichenblass und sine Zähne klapperten vor Kälte und Angst. Aber er nickte tapfer und umklammerte fest die Waffe.

Saleh startete den Motor und unter dem Heulen der Sirenen und den immer näherkommenden Explosionen jagten wir flussaufwärts.

Die beiden Leibwächter, die uns begleiteten, verteilten Schwimmwesten und Decken, denn Khaled, Intisar, Saleh, Ali, Omar und ich in unseren Schlafanzügen waren mittlerweile blaugefroren.

Mit klammen Fingern zog ich den Verschluss von Omars Schwimmweste zu und wickelte die Decke fest um mein zitterndes Kind.

Omar schluchzte leise vor sich hin. »Mir ist so kalt, Mama. Und ich habe Angst.«

Ich ließ mich zwischen Khaled und Intisar an der Reling nieder und zog ihn an mich. »Es wird alles gut, Omar!«, flüsterte ich und versuchte, meine Stimme zuversichtlich klingen zu lassen. Wahrscheinlich gelang es mir nicht ...

Ich warf Khaled einen Seitenblick zu, der neben mir mit dem Rücken am Geländer lehnte.

Mit versteinerter Miene saß der Präsident da und starrte vor sich hin auf die Planken.

Gerne hätte ich ihm etwas gesagt, aber ich fand keine Worte.

Mein Gehirn war wie ausgeschaltet und ich fror trotz der Decke so, dass ich glaubte, nie wieder warm zu werden.

Das Quartier, zu dem wir fuhren, war ein kleines, unauffälliges Häuschen im Süden Saranas und lag direkt am Ghaniim.

Die drei Zimmer, aus denen es bestand, waren völlig leer bis auf mehrere Matratzen auf dem Boden und ein helles Tischchen mit einem Fernseher.

Im größten der beiden Räume stand ein kleiner Ölofen.

Ein Leibwächter heizte und der andere schraubte am Sicherungskasten herum.

Plötzlich flammte Licht auf und erhellte unsere blassen, von Müdigkeit, Angst und Kälte gezeichneten Gesichter.

Heftige Explosionen ließen die Wände des Hauses erzittern. Aber im Inneren herrschte Totenstille. Keiner von uns sprach ein Wort.

Wie hypnotisiert trat ich ans Fenster, das nach Norden hinaus ging.

Über dem Regierungsviertel und dem Zentrum leuchtete der Himmel rot. Hier und da stieg dichter Rauch auf, den der Wind davon trug. Ich glaubte zu erkennen, dass eine dieser unheilvollen Rauchsäulen direkt über der Stelle hing, an welcher der Hauptpalast stand.

In meiner Kehle saß ein dicker Kloß und in meinem Herzen loderte ein derart wilder Hass, dass ich vor mir selbst erschauderte. Wäre in diesem Moment Jason S. Montgomery vor mir gestanden, hätte ich ihn ohne Zögern erschossen.

Omar weinte noch immer. Er saß auf meinem Rücken und hatte das Gesicht Schutz suchend an meinem Hals vergraben.

Plötzlich spürte ich Salehs Arm auf meiner Schulter, der neben mich ans Fenster getreten war. Er hatte Tränen in den Augen und sein Gesicht drückte eine derart tiefe Verzweiflung aus, dass ich es nicht ertragen konnte, ihn anzusehen.

Ich schaute mich nach den anderen Menschen im Raum um.

Ali stand mit weit aufgerissenen Augen mitten im Zimmer, die Gesichter der beiden Leibwächter an der Tür waren ausdruckslos wie immer,

Intisar lehnte mit finsterem Gesicht an der Wand und Khaled saß zusammengesunken auf einer Matratze und starrte zu Boden.

Von dem mächtigen Diktator, den alle Welt fürchtete, war nichts mehr zu sehen. Er wirkte alt, am Ende seiner Kräfte und schien kaum zu registrieren, was um ihn herum geschah.

Mein Zorn auf Amerika wurde von einem tiefen Mitleid überlagert, das ich für ihn und für uns alle empfand.

Es gab keinen Zweifel: Er war zu Ende, mein Traum aus Tausendundeiner Nacht.

Die tausendzweite Nacht war angebrochen und vielleicht würde sie keiner von uns überleben – es war sinnlos, diesem Gedanken länger auszuweichen.

Ein Gefühl von Schwere und Vergeblichkeit stieg in mir auf und zugleich spannte sich die Angst immer enger um meinen Brustkorb – drohte zur Panik zu werden.

Ich streichelte Salehs tränennasse Wange und ließ meine Augen erneut über die Gesichter der Menschen schweifen, die dem Untergang geweiht waren.

Es ging nicht mehr um Macht, Reichtum und Ehre. Die größte Militärmacht der Welt hatte unsere Vernichtung beschlossen und ich wusste, dass uns ein knallharter Kampf ums nackte Überleben bevorstand.

51

Irgendwann im Verlauf dieser Nacht schliefen wir erschöpft auf den dicken Matratzen ein, während die Amerikaner weiter Luftangriffe gegen Sarana flogen.

Im Morgengrauen ließ mich ein Geräusch von draußen aus unruhigem Schlaf hochschrecken.

Mit einem Ruck setzte ich mich auf und weckte damit auch Omar, der bei mir gelegen hatte.

Mein Sohn blickte mich aus großen, ängstlichen Augen an. »Mama ...« begann er.

»Pst!«, zischte ich und legte den Finger an die Lippen. »Ich glaube, da draußen ist jemand.«

Omar und ich lauschten angestrengt und tatsächlich waren auf dem Weg, der vom Ghaniim zum Haus führte, Schritte zu hören.

Omar wimmerte ängstlich und ich schaute mich gehetzt nach etwas um, mit dem ich uns verteidigen konnte.

Mein Blick fiel auf das Maschinengewehr, welches Hassan Saleh in der Nacht gegeben hatte. Es lag neben meiner Matratze, da sie sich am nächsten bei der Tür befand. »Geh hinter mich, Omar!«, befahl ich meinem Sohn und griff danach.

Er schälte sich mit fahrigen Bewegungen aus seiner Decke und gehorchte. Vor Angst liefen ihm schon wieder Tränen die Wangen hinunter, doch er gab keinen Laut mehr von sich.

Ich entsicherte die Waffe und richtete sie mit rasendem Herzklopfen, aber finsterer Entschlossenheit auf die Tür. Jeden – egal ob Amerikaner oder Beniter – der sich an meiner Familie vergreifen wollte, würde ich ohne Zögern niederschießen.

Die Schritte kamen näher und verharrten vor der Tür.

Meine Panik wuchs. Wo sind diese verdammten Leibwächter? dachte ich in hilflosem Zorn. Sie sollten doch die ganze Nacht Wache halten.

Oder war ihnen am Ende etwas zugestoßen?

Die Vorstellung vom möglichen Tod der beiden Männer zusammen mit dem Wissen, dass wir in diesem Fall völlig auf uns allein gestellt wären, erschreckte mich zutiefst. Meine Finger am Abzug zitterten und um ein Haar hätte ich die einfache Holztür in ein Sieb verwandelt.

Hassans Stimme hielt mich im letzten Augenblick davon ab: »Saleh? Sina? Herr Präsident?«

Jede Kraft wich aus meinem Körper und das Maschinengewehr sank auf mein unangenehm raues Kopfkissen.

»Wir sind hier«, sagte ich schwach und da öffnete sich die Tür.

Hassan trat ein, gefolgt von den beiden Leibwächtern, Souad und einem General in Uniform.

Die vier Männer waren schwer bewaffnet, während Souad nur vier große Plastiktüten trug.

Hassan musterte mein Gesicht. »Du siehst furchtbar aus«, stellte er fest.

Irgendwie brachte ich ein gequältes Lächeln zustande. »Danke für das Kompliment!«

Omar kam jetzt zögernd hinter meinem Rücken hervor. Er machte den Hals lang, um in Souads Plastiktüten spähen zu können. »Was ist da drin?«, wollte er wissen.

»Kleidungsstücke«, antwortete meine erste Dienerin mit ihrer dünnen, leisen Stimme. »Schließlich seid ihr alle noch in den Schlafanzügen.«

Inzwischen waren auch die anderen aufgewacht.

Nachdem wir uns einzeln im Nebenzimmer angezogen hatten, wandte sich Khaled an Hassan und den General: »Was gibt es Neues?«, wollte er wissen.

Der Präsident sah an diesem Morgen besser aus. Seine Energie und Entschlossenheit waren zurückgekehrt und das alte Feuer blitzte wieder in seinen Augen.

»Die Luftangriffe heute Nacht haben sich auf das Regierungsviertel, das Zentrum und zwei Viertel im Norden konzentriert, Herr Präsident«, berichtete Hassan. »Dort hat es große Schäden gegeben. Der Hauptpalast und das Gebäude des Staatsfernsehens liegen in Schutt und Asche und das Parlament wurde leicht beschädigt.«

Khaled schloss kurz die Augen, atmete tief durch. Dann schien er sich wieder gefangen zu haben.

»Wie angekündigt fallen die US-Bodentruppen von Bireh her ein«, sagte der General. »Aber sie greifen auch vom Meer aus an. In Soum haben sie bereits den halben Hafen zerstört und versuchen, die Stadt einzunehmen. Unsere Leute leisten erbitterten Widerstand.«

Khaled nickte gefasst. »Gut! So einfach, wie Montgomery hofft, werden wir es ihnen nicht machen.« Er blickte auf sein rechtes Handgelenk, wo normalerweise seine teure Armbanduhr ihren Platz hatte. Doch die war wohl mit dem Hauptpalast in die Luft geflogen ...

»Wie spät haben wir, Hassan?«

»Es ist genau sieben Uhr, Herr Präsident«, antwortete mein erster Leibwächter.

Da erhob sich der Diktator von seiner Matratze, auf der er bis jetzt gesessen hatte. »Kommt! Brechen wir auf, bevor sie die nächste Angriffswelle starten!«

»Wohin sollen wir gehen?« Aus Intisars Stimme sprach die Mutlosigkeit, die wir wohl alle fühlten.

Khaled seufzte. »Zum einzigen, der uns jetzt noch retten kann.«

Ich hatte keine Ahnung, wen mein Schwiegervater damit meinte, folgte ihm aber wie die anderen zur Tür.

Sobald wir im Freien waren, taute die schnell heißer werdende Sonne meine klammen Glieder auf. Ich fühlte förmlich, wie meine Lebensgeister zurückkehrten. Aber die dunkle Angst in meinem Herzen blieb.

Bei Tageslicht betrachtet, wirkte das Häuschen, in dem wir die Nacht verbracht hatten, ziemlich heruntergekommen. Die Außenwände, welche ich im Mondlicht für weiß gehalten hatte, waren in Wirklichkeit schmutzig grau-braun und an vielen Stellen blätterte der Verputz ab. Außerdem hingen die meisten Fensterläden schief in den Angeln oder fehlten ganz.

Der kleine Garten mit Oliven- und Zitronenbäumen, welcher die Hütte umgab, war verwildert. Vermutlich hatte hier lange niemand mehr gewohnt.

Auf dem Sandweg, der zum Fluss hinunterführte und am Ufer endete, standen zwei rostige rote Kleinwagen. Unser Fluchtboot dagegen war verschwunden. Wahrscheinlich hatten die Leibwächter es weggebracht, um die amerikanische Luftwaffe nicht auf unsere Spur zu locken.

Hassan deutete auf die rostigen Kleinwagen und wandte sich an Khaled: »Sie sagten, wir sollten unauffällige Fahrzeuge beschaffen, Herr Präsident. Sind diese da in Ordnung?«

Mein Schwiegervater zuckte mit keiner Miene. »Sie entsprechen meinen Erwartungen, Hassan«, lobte er kühl. »Darin vermuten die Amerikaner uns bestimmt nicht.«

Ich blickte Saleh an. »Soll ich fahren?«

Mein Mann grinste in einem Anflug von Galgenhumor. »Nein, lass mich nur! Von solch einem Wagen habe ich mein Leben lang geträumt.«

Doch keiner von uns lachte über die ironische Bemerkung.

Khaled, Intisar, Souad und die beiden Leibwächter bestiegen das erste Fahrzeug, Saleh, Ali, Omar, Hassan und ich das zweite.

Der General blieb zurück. Er hatte seinen eigenen Wagen.

Ich saß auf dem Beifahrersitz neben Saleh und schaute trübsinnig aus dem Fenster.

Sarana wirkte an diesem Morgen wie ausgestorben. In den sonst so überfüllten Gassen war kein Mensch zu sehen und wir begegneten nur wenigen anderen Autos. Die meisten, die uns über den Weg fuhren, waren Polizei-, Krankenwagen oder Fahrzeuge der Republikanischen Sicherheit.

In den ersten Vierteln, durch die wir kamen, war noch recht wenig Schaden zu erkennen. Nur hier und da entdeckte ich von verirrten Bomben getroffene Häuser.

Doch je weiter wir nach Norden kamen, desto schlimmer wurde der Anblick, der sich unseren Augen bot. Der schönste Teil Saranas hatte in der vergangenen Nacht stark gelitten: Männer, Frauen und Kinder standen fassungslos vor den Überresten ihrer Häuser. Manche weinten, andere hatten nichts als Leere im Blick.

Wieder steigerte sich meine Wut auf Amerika ins Unermessliche.

Eigentlich wollten wir nicht am Hauptpalast vorbeifahren. Doch da mehrere Straßen stark beschädigt oder durch Trümmer blockiert waren, blieb uns nichts anderes übrig.

Das prächtige Gebäude – bis gestern Zentrum von Khaleds Macht – war nur noch eine qualmende Ruine. Seine Trümmer lagen im halben Park verstreut und ein Großteil der Mauer darum herum war eingerissen. Nur wenige verkohlte Wände waren stehen geblieben und die letzte goldene Kuppel ragte rissig und schief in den Himmel.

Der Anblick des Hauptpalastes trieb mir Tränen in die Augen.

Ich dachte an die hohen Gäste, die hier ein und aus gegangen waren. Die Stunden, die ich auf dem Balkon mit dem vergoldeten Geländer verbracht und über den Ghaniim geblickt hatte. Die Zeit im Kreis meiner Familie ...

Saleh tätschelte mit der freien Hand tröstend meine Schulter. »Sieh nicht hin, Sina!«, flüsterte er, die Zähne fest zusammengebissen. Er kämpfte selbst um seine Fassung.

Ich befolgte seinen Rat und wandte mein Gesicht von den Überresten des Palastes ab.

Besorgt drehte ich mich nach meinen Kindern auf dem Rücksitz um.

Ali und Omar weinten nicht. Regungslos saßen sie neben Hassan – der Große rechts, der Kleine links – und starrten apathisch auf die Ruine.

Die Leere in ihren Augen tat mir noch weit mehr weh als die Zerstörung des Hauptpalastes ...

Zum Glück bogen wir schnell um die nächste Straßenecke, sodass das Gebäude außer Sicht geriet.

Plötzlich hielt der Wagen der anderen vor uns am Straßenrand.

Zu unserer Linken lag ein riesiger, gepflasterter Platz, in dessen Mitte eine Khaled-Mustafa-Statue stand.

In meinem verwirrten, übernächtigten Zustand erkannte ich zunächst gar nicht, wo wir uns befanden. Doch dann blitzten im Licht der Morgensonne zwei schlanke Türme mit goldenen Kuppeln auf. Sie überragten ein Gebäude mit prächtig verzierten Außenwänden: die Kischara- Moschee.

Mir fiel ein, dass heute Freitag war – der Sonntag der Moslems.

An diesem Morgen strömten weniger Leute als gewöhnlich in das Gotteshaus. Aus Angst vor weiteren Luftangriffen hatten sich wohl viele in ihren Häusern verschanzt.

Trotzdem waren es bestimmt noch ein paar hundert Leute, die vor dem Eingang Schlange standen. Respektvoll machten sie dem Präsidenten und seiner Familie Platz, sodass wir nicht anstehen mussten.

Automatisch zog ich meine Schuhe aus, streifte das lange Gewand über, das Souad mir reichte, und verbarg mein langes, blondes Haar unter einem Kopftuch.

Ich hatte Saleh öfter zum Freitagsgebet begleitet, weil das von einem Mitglied der Präsidentenfamilie erwartet wurde.

Dann folgte ich Souad und Intisar die geschwungene Treppe hinauf zu dem Teil der Moschee, welcher für Frauen reserviert war.

Der Imam predigte lautstark vom Sieg des Guten über das Böse.

»Mit Allahs Hilfe wird unsere heilige Armee die Truppen der Ungläubigen zerschlagen und vernichten ...«

Ich hörte ihm nur mit halbem Ohr zu.

Während ich auf meinem Gebetsteppich kauerte, betete ich lautlos und mit Tränen der Verzweiflung in den Augen.

Ich flehte Gott – welchen auch immer – an, meine Familie und mein Land zu beschützen.

Doch schnell gingen mir die Worte aus. Ich war ungeübt im Beten ...

Neben mir schluchzte Intisar in ihren Schleier und murmelte leise und eindringlich etwas vor sich hin. Ihre schmalen Schultern zuckten. Seit Abdullahs Tod hatte ich sie nicht mehr so aufgelöst erlebt.

Als wir nach dem Gebet aus der Moschee traten, wurden wir plötzlich von einer wahren Menschenmenge umringt.

Die Leute ließen ihren Präsidenten hochleben und gelobten ihm lautstark ewige Treue.

Khaled lächelte würdevoll, bedankte sich gerührt, schüttelte Hände und küsste Kinder.

Ein letztes Mal genoss er das Bad in der Menge und den Jubel seiner Anhänger.

Saleh, Intisar, meine Kinder und ich hatten dagegen weder die Kraft noch die Lust, uns stolz und siegessicher zu geben. Mit Hassans Hilfe kämpften wir uns zu den Wagen durch und warteten dort auf Khaled.

»Ich hoffe, die zerquetschen ihn nicht«, meinte Omar besorgt und verrenkte

den Hals nach seinem in der Menge untergegangenen Großvater.
»Bestimmt nicht, Omar«, tröstete Ali. »Die Leute lieben und verehren ihn doch. Sie passen schon auf.«
Tatsächlich stieß Khaled wenig später unversehrt wieder zu uns.

Wir fuhren weiter zu Abdullahs Villa, welche die letzte Nacht mit viel Glück überstanden hatte.
Hier duschten wir und kamen anschließend zu einem reichlichen Frühstück zusammen.
Erst als ich die vielen Köstlichkeiten sah, welche Intisars Diener aufgetragen hatten, merkte ich, wie hungrig ich war.
Während des Essens sprachen wir nur über belanglose Dinge: die Hitze draußen, Geburten und Todesfälle im al-Adnan-Clan, wie sehr Omar gewachsen war und sowohl seinem Vater als auch Ali glich ...
Keiner erwähnte den Krieg auch nur mit einem Wort. Es war ein ganz normales Familienfrühstück, wie ich sie in den vergangenen Jahren fast täglich erlebt hatte.
Doch die Familie war extrem geschrumpft: Meine Schwiegermutter und meine Schwägerinnen mit ihren Ehemännern und Kindern befanden sich weit weg.
Ich vermisste Selwas mütterliche Fürsorge, Safias ansteckende Energie, Ledans und Barifs ruhige, ausgeglichene Art und das Geplänkel der Kinder bei Tisch ...
Ob es je wieder so sein würde wie früher? Konnten wir diesen Krieg gewinnen?
Angesichts der Waffengewalt der USA gab es wenig Hoffnung. Aber ich klammerte mich an den Gedanken, dass unsere Lage immerhin nicht völlig aussichtslos war. Khaleds Plan musste einfach funktionieren.

Khaled ... Nach dem Essen verabschiedete er sich von uns. Für ihn war es nun Zeit, unterzutauchen.
Ich hatte damit gerechnet, denn schließlich hatte er es ja vor dem Krieg angekündigt.
Trotzdem ging es mir jetzt zu schnell.
Er legte Saleh beide Hände auf die Schultern. »Viel Glück, mein Sohn!« sagte er ruhig. »Das Schicksal Benits liegt nun in deiner Hand.«
Dann umarmte der Diktator Intisar, Omar, Ali und mich.
Omar klammerte sich verzweifelt an seinen Großvater. Er weinte herzzerreißend und wollte ihn nicht gehen lassen. Saleh und ich mussten ihn mit sanfter Gewalt von ihm wegziehen.
Khaled wandte sich an meinen Stiefsohn. »Pass gut auf deine Familie auf, Ali!« Er zwinkerte ihm mit erzwungener Fröhlichkeit zu.

Ali biss die Zähne zusammen und nickte. Seine Augen glänzten dunkler denn je und hatten einen feuchten Schimmer. Aber er weinte nicht.

Zum Schluss fiel Khaleds Blick auf mich. Er nahm mein Gesicht in beide Hände und musterte mich ernst. »Allah sei mit dir, meine Tochter!«, sagte er leise.

In meiner Kehle saß ein dicker Kloß. Ich schluckte und küsste ihn auf die wie immer tadellos rasierte Wange. »Mit dir auch, Khaled!«

Gerne hätte ich ihm noch mehr gesagt – wie viel mir seine Freundschaft bedeutete, wie leid es mir tat, dass ich früher schlecht über ihn gedacht hatte ... Tausend Dinge fielen mir plötzlich ein, die er unbedingt noch hätte wissen müssen. Doch ich hatte nicht einmal mehr genug Zeit, ihm einfach nur auf Wiedersehen zu sagen ...

Hassan meldete, dass der oberste Leibwächter des Präsidenten gerade angekommen sei, der meinen Schwiegervater als Einziger begleiten würde.

Khaled wünschte uns noch einmal alles Gute, ehe er an Hassan vorbei zur Tür ging. Dieser stand stramm und salutierte, was sonst gar nicht seine Art war.

Saleh, Ali, Intisar, Omar und ich beobachteten vom Salonfenster aus, wie Khaled zu seinem obersten Leibwächter in den Wagen stieg. Es war ein klappriger dunkelgrüner Kombi, wie es sie in Sarana tausendfach gab. Niemand würde darin den Präsidenten vermuten.

Während der Fahrer den Wagen wendete und über den schmalen Weg in Richtung Haupttor fuhr, schnürte sich meine Kehle noch enger zusammen. Ich fragte mich, ob wir Khaled jemals wiedersehen würden. Erst jetzt merkte ich, wie sehr ich wirklich an meinem Schwiegervater hing ...

Doch weder mir noch den anderen blieb Zeit, ihm lange nachzutrauern: Auch wir konnten nicht länger in Abdullahs Villa bleiben. Die Präsidentenpaläste und –villen waren bevorzugte Ziele der Amerikaner.

In aller Eile packte jeder von uns ein paar Kleidungsstücke und Kosmetikartikel zusammen – gerade so viel, wie in die von unseren Dienern bereitgestellten Rucksäcke ging.

Außerdem wurden wir mit Handy-Funkgeräten, Maschinengewehren und Munition ausgestattet.

Omar wurde wütend und bockte, weil er als Einziger keine Waffe bekam. Er schloss sich im Esszimmer ein und verkündete, er werde nicht mit uns kommen.

Zuerst versuchten Saleh, Ali und ich es mit gutem Zureden, wodurch wir eher das Gegenteil erreichten. Omar fasste die Tatsache, dass wir hinter der Tür standen und ihn zum Aufmachen bewegen wollten, wohl als Triumph auf.

»Ich komme nur raus, wenn ich auch ein Maschinengewehr haben kann«, beharrte er.

Saleh seufzte und verdrehte die Augen. »Wie kann ein Dreijähriger bloß schon so stur sein«, rief er verzweifelt aus.

Schließlich taten wir, als würden wir einfach ohne den kleinen Dickkopf gehen.

Das veranlasste Omar endlich, aus dem Esszimmer zu kommen. Mit finsterer Miene und trotzig vorgeschobenen Lippen folgte er Saleh, Intisar, Ali, den Leibwächtern und mir zu den Wagen.

Gerade als wir es uns auf den löchrigen Sitzen einigermaßen bequem gemacht hatten, begannen die Luftschutzsirenen erneut zu heulen.

Da war es vorbei mit Omars Bockigkeit: Er schluchzte auf und vergrub das Gesicht in meinem T-Shirt.

Ali umklammerte fest meine Finger. Seine Hand fühlte sich schwitzig und doch zugleich kalt an.

In aller Eile fuhren wir über Schleichwege zu unserem nächsten Quartier: eine Hütte im Armenviertel.

»Hier sind wir sicher«, meinte Saleh.

Doch natürlich wusste er ebenso gut wie ich und wir alle, dass das nicht stimmte. Sicherheit gab es für uns nirgendwo mehr.

52

Eine Woche lang bombardierten die Amerikaner Sarana und die umliegenden Orte derart heftig, dass wir es nicht wagen konnten, unser Quartier zu wechseln.

So harrten wir in unserer armseligen Hütte aus.

Es gab kein fließendes Wasser. Jedes Mal wenn wir hinaus an den Brunnen gingen, um uns zu waschen und zu trinken, riskierten wir unser Leben. Ebenso wenn wir aufs Klo mussten, das sich ebenfalls im Freien in einem Bretterverschlag befand.

Doch im Grunde machte es wohl keinen Unterschied, ob wir nun in der Hütte oder im Freien von einer Rakete getroffen wurden ...

Die Angst war zu unserem ständigen Begleiter geworden – so selbstverständlich, dass wir sie manchmal gar nicht mehr spürten.

Wir unterhielten uns ganz normal, machten zum Zeitvertreib Fingerspiele, erzählten uns Geschichten und lachten hin und wieder sogar zusammen.

Erst bei Nacht meldete sich die Angst deutlich in Gestalt scheußlicher Träume von Blut, Zerstörung und Tod. Sie plagten uns alle. Aber sobald es hell wurde, rückten die Schrecken der Dunkelheit angesichts anderer Probleme in den Hintergrund. Zum Beispiel, wie wir unser Essen einteilen sollten, damit es möglichst lange reichte.

Zwar versuchten die Diener trotz größter Gefahr, uns Lebensmittel zu bringen. Doch oft kamen sie nicht durch. Entweder waren Straßen blockiert oder ihre Fahrzeuge explodierten unter dem Beschuss der US-Luftwaffe.

Täglich erreichte uns die Nachricht vom Tod weiterer Diener. Manche blieben auch einfach spurlos verschwunden.

Ich hatte viele dieser Leute schätzen gelernt, die ihr Leben ganz in den Dienst meiner Familie gestellt hatten. Jede Meldung über einen weiteren toten Diener traf mich tief.

Nie war mir der Tod derart nahe gekommen.

Sicher: Ich hatte miterlebt, wie Abdullah starb. Aber das war anders gewesen – nur eine einzelne Person, die ich nicht einmal besonders leiden konnte.

Nun war der Tod dagegen überall und konnte jeden treffen: meine Kinder, meinen Mann, Hassan, Intisar, Khaled, Souad, mich selbst ...

Am liebsten hätte ich nur noch altes, trockenes Brot gegessen, damit sich kein Diener mehr für uns opfern musste. Doch es ging ja nicht allein um mich: Ali und Omar wuchsen noch und brauchten wenigstens einigermaßen vernünftiges Essen ...

*

Saleh stand über Funk ständig mit den Truppen in Kontakt. Die Meldungen von der Front waren so, dass ich sie am liebsten gar nicht hören wollte.

Innerhalb weniger Tage hatten ein paar hundert benitische Soldaten den Tod gefunden. Wie viele Zivilisten täglich bei den Bombenangriffen starben, wusste niemand.

Amerikaner dagegen waren erst etwa fünfzig umgekommen. Die militärische Übermacht der Feinde war mehr als erschreckend.

Am vierten Tag, an dem wir in unserer Hütte festsaßen, sprach Saleh zwei Stunden lang über Funk mit irgendwelchen Mitgliedern der Armee.

Ich wollte nicht wissen, was es Neues gab. Fast die ganze Zeit verbrachte ich auf dem Plumpsklo im Garten, der eigentlich kein Garten, sondern eine Sand- und Steinwüste mit vereinzelten Grashalmen war.

Mutlos und niedergeschlagen saß ich auf der provisorischen Kloschüssel aus fleckigem Holz.

In dem Bretterverschlag war es brütend heiß und stank erbärmlich.

Vom anderen Ende der Stadt her waren Explosionen zu hören. Manche davon waren so heftig, dass ich den Boden unter meinen Füßen beben spürte.

Ich verwünschte diesen sinnlosen Krieg, unser armseliges Versteck, die Amerikaner, die mein geliebtes Benit in Schutt und Asche legten ... Und am meisten Jason S. Montgomery.

Doch was nützten mir mein Hass und Zorn? Weder Montgomery noch seinen Leuten konnte ich etwas anhaben. Mir blieben nur das Warten und das Hoffen.

Irgendwann hielt ich den Gestank und die Hitze nicht mehr aus und kehrte in die Hütte zurück.

Intisar spielte mit Ali und Omar am Tisch Karten, während Saleh und Hassan auf einer Matratze in der Ecke saßen, die Köpfe zusammensteckten und sich leise unterhielten.

Mit angstvoll klopfendem Herzen trat ich zu den Männern.

Saleh hob den Kopf und sah mich finster an. »Sie haben Soum genommen«, sagte er.

Kraftlos sank ich neben ihn auf die Matratze.

Soum – unter der Kontrolle der Feinde ...

»Weiß man, wie es den Leuten dort geht?«, hörte ich mich fragen.

Er stieß ein halb müdes, halb trauriges Schnauben aus. »Gut! Anscheinend werden die Amerikaner dort als Befreier begrüßt. Die Leute jubeln und tanzen in den Straßen. Sie zerstören die Statuen und Gemälde meines Vaters.«

Ich starrte ihn ungläubig an. »Das ist nicht wahr ...«, flüsterte ich.

Saleh nickte nur. »Doch! Und außerdem haben sie angefangen, unseren Palast zu plündern.«

Ich konnte es nicht fassen: Unsere eigenen Leute fielen uns in den Rücken.

Vor Enttäuschung, Trauer und Wut traten mir Tränen in die Augen.

Saleh zog mich wortlos an sich und streichelte mein Gesicht, während Hassan diskret den Kopf zur Seite wandte.

»Es wird gut, Sina«, murmelte mein Mann. »Alles wird gut!«

Ob er das wirklich glaubte? Auf jeden Fall tat es gut, seine Nähe zu spüren.

53

Am Freitag hörten die Luftangriffe zum ersten Mal seit Tagen für mehrere Stunden auf. Endlich konnten wir es wagen, die scheußliche Baracke im Armenviertel zu verlassen.

Wir zogen um in eine Zweizimmerwohnung nahe des Zentrums. Auch sie war nicht gerade luxuriös, aber immerhin gab es hier eine Dusche und ein vernünftiges Klo.

Es tat gut, lauwarmes Wasser über den Körper rinnen zu lassen, Duschgel und Shampoo zu riechen und zum ersten Mal seit Tagen in frische Kleider zu schlüpfen.

Nach dem Duschen fanden wir uns duftend und wie neu geboren in der Küche ein, wo die Diener ein reichhaltiges Essen zubereitet hatten.

Ali und Omar stürzten sich sofort mit Heißhunger darauf. Saleh, Intisar und ich gingen besonnener vor, aber auch uns schmeckte es ausgezeichnet.

»Hier gefällt es mir, Mama«, bemerkte Omar mit vollem Mund. »Bleiben wir bitte hier, bis der Krieg vorbei ist!«

»Das geht nicht«, antwortete ich. »Wenn wir zu lange an einem Ort bleiben, finden uns die Amerikaner.«

Mein Jüngster seufzte schwer. »Schade!«

Ali sprach überhaupt nicht. Stumm schaufelte er das Essen in sich hinein.

»Langsam!«, ermahnte ihn Saleh. »Du verschluckst dich noch!«

Ali grinste seinen Vater nur spitzbübisch an. »Keine Sorge, Baba! Ich bin doch Rennfahrer. Bei mir geht alles schneller.«

Saleh verdrehte mit gespielter Verzweiflung die Augen. »Dieser Bengel muss immer das letzte Wort haben.«

Intisar, Omar und ich brachen in Gelächter aus. Saleh und Ali stimmten mit ein.

Für einen Moment war der Krieg vergessen.

Doch er rief sich schnell in unser Gedächtnis zurück: Nach dem Essen erschienen Verteidigungsminister Hatem, Walid al-Kawi und Achmed Scharif.

Saleh hatte sie einbestellt, weil er genau wissen wollte, was sich in den letzten Tagen ereignet hatte. Zwar war er ständig über das Geschehen an der Front informiert worden. Aber von den Dingen, die sich im Rest des Landes ereignet hatten, waren wir in unserer Hütte weit gehend ausgeschlossen gewesen.

»Die Luftangriffe der Amerikaner beschränkten sich auf die reicheren Viertel der großen Städte und unsere Militärstützpunkte«, berichtete Achmed Scharif. Er wirkte körperlich und seelisch erschöpft und bemühte sich ganz offensichtlich darum, trotzdem Stärke und Zuversicht auszustrahlen.

Achmed Scharif war nicht mehr der Jüngste und nach Khaled und Saleh trug er die größte Verantwortung im Land. Der Premierminister tat mir leid.

»Lassen Sie alle Stützpunkte räumen und die Reservetruppen in die Berge verlegen!«, befahl Saleh.

Ich wusste sehr gut, was mein Mann damit bezweckte: In der unzugänglichen Bergwelt hatten die Amerikaner kaum eine Chance, unser Militär zu finden.

Achmed Scharif nickte. »Ich werde mich darum kümmern.«

Hatem meldete sich nun zu Wort: »Die Amerikaner rücken langsam aber unaufhaltsam vor, Saleh. Außer Soum haben sie bereits vier weitere Ortschaften eingenommen. Nun nähern sie sich Tikur.«

Saleh und ich wechselten einen entsetzten Blick.

Tikur war eine äußerst wichtige Stadt. Fast die Hälfte unseres geförderten Erdöls wurde dort gelagert, weiterverarbeitet und dann in alle Welt geschickt.

Falls Tikur in die Hände der Amerikaner fiel, bedeutete das eine Katastrophe für Benit.

Wie immer, wenn es um Öl ging, überließ Saleh mir die Entscheidung: »Was sollen wir tun, Si ... Leila?«

»Wir müssen das Öl und die Maschinen zur Verarbeitung sofort weiter nach Norden schaffen!«, bestimmte ich.

Der Verteidigungsminister räusperte sich. »Einen Teil können wir wohl noch rechtzeitig aus der Stadt schaffen, Leila. Aber bestimmt nicht alles. Was soll mit dem Rest geschehen ... Und den Raffinerien selbst?«

Die Blicke aller waren plötzlich auf mich gerichtet.

Ich zögerte, schloss für einen Moment die Augen. Stumm bat ich mein Volk, Khaled und meinen Vorgänger Nabil um Verzeihung für das, was ich nun anordnen musste.

Ich holte tief Luft. »Alles, was nicht in Sicherheit gebracht werden kann, muss zerstört werden!«, sagte ich mit fester Stimme. »Ich werde nicht zulassen, dass unser Öl und unsere Raffinerien in die Hände der Amerikaner fallen.«

Hatems Gesicht war ausdruckslos. »Ja, Leila. So wird es geschehen!«

Saleh drückte kurz meine Hand. »Nabil hätte genauso entschieden«, sagte er so leise, dass nur ich es hören konnte.

Seine Worte trösteten mich wenig.

Mein Gott: Was hatte ich da angeordnet? Vom Erdöl hing der Wohlstand Benits ab. Wie konnte ich sämtliche Raffinerien Tikurs in die Luft jagen lassen?

Zum Glück blieb mir jedoch keine Zeit, länger zu grübeln.

Achmed Scharif sprach nun über die Schäden, welche die Luftangriffe angerichtet hatten: »Am schlimmsten hat es Sarana und Farul getroffen. In den Zentren dieser Städte ist ein Großteil der Häuser zerstört.

Die Stromversorgung von Farul und den umliegenden Dörfern funktioniert seit Tagen nicht mehr. Hunderte von Technikern arbeiten daran.«

Ich erhob mich von dem riesigen Orientteppich, auf dem wir im Kreis saßen und ging zur Wand neben der Tür. Probeweise legte ich den Schalter um.

Ich seufzte erleichtert und schaltete das Licht wieder aus. »Wenigstens ein Problem, das wir hier nicht haben.«

»Dafür haben wir genügend andere«, bemerkte Walid al-Kawi, der wie immer seine schwarze Maske trug. »Sarana hat von allen Städten am meisten abbekommen.« Er zog einen Zettel aus der Tasche seiner tadellosen, dunkelgrauen Hose. »Zentrum: 34% Schaden«, las er. »Regierungsviertel: 60% Schaden, Karani-Viertel: 42%, Kischara-Viertel: 20%, Westviertel: 82% ...

Gerade hatte ich mich wieder zwischen Saleh und Achmed Scharif setzen wollen, doch nun erstarrte ich mitten in der Bewegung. Das Blut gefror mir in den Adern.

82% Schaden im Westviertel ... Dort wohnte Aischas Vater.

Saleh erriet meine Gedanken. »Wieso das Westviertel?«, fragte er fassungslos mit einem besorgten Seitenblick auf mich. »Dort leben doch nur einfache Leute.«

Al-Kawi zuckte mit den Schultern. Ihm schien der Krieg überhaupt nicht nahe zu gehen. »Anscheinend hat das CIA Hinweise erhalten, dass Ihr Vater und andere Regierungsmitglieder sich dort befinden. Daraufhin beschloss die Regierung in Washington, das gesamte Viertel dem Erdboden gleich zu machen.«

54

Hatem, al-Kawi und Achmed Scharif hatten sich längst verabschiedet.

Ich ging unruhig im Zimmer auf und ab.

Durch die Wand hörte ich Intisar etwas zu Omar und Ali sagen, die sich in der Küche befanden.

Saleh lehnte am Fensterbrett und verfolgte mich mit den Augen. »Alles in Ordnung, Schatz?«, erkundigte er sich besorgt.

Mit einem Ruck hielt ich im Laufen inne. «Ich fahre hin«, verkündete ich.

Mein Mann richtete sich auf. »Das wirst du nicht! Jeden Moment können die Amerikaner ihre nächste Angriffswelle fliegen.«

Ich funkelte ihn an. »Doch! Und du wirst mich nicht daran hindern!«

Er seufzte schwer. »Sei doch vernünftig!«

»Nein!«

»Sina!« Er fasste mich am Arm. Seine Stimme klang flehend. »Ich kann das nicht zulassen!«

Grob riss ich mich von ihm los. »Ich habe Sie auch meines Wissens nicht um Erlaubnis gebeten, sehr geehrter Herr Vizepräsident«, fauchte ich.

Saleh musterte mich verwirrt. »Wieso wirst du denn so wütend?«, wollte er fassungslos wissen. »Ich will dir doch nichts Böses. Ich habe Angst um dich.«

»Ganz einfach: Ich hasse es, wenn mir jemand sagt, was ich zu tun oder zu lassen habe«, entgegnete ich unfreundlich. Doch im Grunde wusste ich selbst nicht, warum ich ihn so anfuhr. Saleh konnte schließlich am wenigsten dafür, dass das Westviertel bombardiert worden war.

Er litt unter diesem Krieg genauso wie ich – wahrscheinlich noch mehr, da auf ihm die größere Verantwortung lastete.

Aber der Gedanke an Tahir machte mir zu schaffen und meine Nerven waren bis zum Zerreißen gespannt.

Unvermittelt gab Saleh nach. »Also gut! Aber ich lasse dich nicht allein fahren. Ich komme mit!«

Genau in diesem Moment flog die Tür auf und Ali stand im Rahmen. »Ich auch«, verkündete er entschlossen. Er trug ein Maschinengewehr auf dem Rücken.

»Und ich!« Omar trat mit vor der Brust verschränkten Armen hinter seinem großen Bruder hervor.

»Nein!«, war meine spontane Reaktion.

»Habt ihr etwa an der Tür gelauscht?«, rief Saleh empört.

»Allerdings«, kam es aus der Küche von Intisar. »Die beiden haben sich fast um den besten Platz am Schlüsselloch geschlagen.«

Saleh musterte seine Söhne streng und sie machten betretene Gesichter.

»Entschuldige, Baba!«, murmelte Ali. »Aber wir haben mitbekommen, dass etwas nicht stimmt und wollten wissen, was.«

»Bitte nehmt uns mit!«, bettelte Omar. »Im Krieg muss man zusammenbleiben.«

Ich warf ihm einen erstaunten Blick zu. »Wo hast du denn das aufgeschnappt?«

»Von Ali«, antwortete Omar.

»Ich habe es irgendwo gelesen«, sagte sein großer Bruder. »Und es ist doch so: Familien, die im Krieg getrennt werden, finden sich manchmal nie wieder.«

Das stimmte allerdings ...

Saleh und ich wechselten einen resignierten Blick.

»Na gut«, sagte mein Mann. »Fahren wir also alle zusammen! Ich denke, es reicht, wenn Hassan und Intisar das Haus hüten.«

Unser Weg führte uns durch die stark beschädigte Innenstadt.

Heute waren mehr Menschen unterwegs als bei unserer letzten Fahrt durch Sarana. Die Leute nutzten die Angriffspause, um einzukaufen oder einfach, um sich die Füße zu vertreten.

Alle machten düstere Gesichter und starrten müde vor sich hin – sogar schon die Kinder. Von der Munterkeit und Kontaktfreude der Beniter fehlte plötzlich jede Spur.

Ali warf einen traurigen Blick auf das zerstörte Gebäude, in dem sich die UNO-Botschaft befunden hatte. Sie war ein paar Tage vor Ausbruch des Krieges evakuiert worden.

»Wieso musste es wieder zum Krieg kommen?«, fragte er sich verzweifelt.

Überrascht sah ich ihn an. »Kannst du dich an den letzten erinnern?«

Ali schüttelte den Kopf. »Nein! Ich war noch zu klein – zum Glück ...«

Ich legte den Arm um ihn und er ließ den Kopf an meine Schulter sinken. »Ich hasse Amerika!«, sagte er aus tiefstem Herzen.

Je mehr wir uns dem Viertel näherten, in dem Tahir lebte, desto größer wurde das Bild der Zerstörung, welches sich unseren Augen bot.

In diesem Stadtteil war kaum ein Gebäude erhalten geblieben – und von denen, die noch standen, wiesen die meisten Schäden auf.

Westviertel: 82% Schaden ...
Die Zahl war erschreckend, aber das wahre Ausmaß der Zerstörung konnte sie nicht vermitteln. Die Realität sah schlimmer aus – viel schlimmer!
Meine Erwartungen schwanden, je näher wir unserem Ziel kamen.
Anfangs hatte ich noch die Hoffnung, das Häuschen und der Laden könnten unversehrt geblieben sein. Dann hoffte ich auf eine geringe bis mittelschwere Beschädigung.
Schließlich betete ich nur noch, Aischas Vater lebend vorzufinden ...
Trümmerhaufen reihte sich an Trümmerhaufen und Saleh steuerte den Wagen vorsichtig um Sprengkrater in der Straße und Überreste eingestürzter Häuser herum.
Die Leute, die zwischen den Trümmern herumwanderten, schenkten uns keine Beachtung. Natürlich nicht: Wer erwartete schon Khaled Mustafas designierten Nachfolger und die Ölministerin in einem rostigen Kleinwagen?
Außerdem hatten sie gewiss andere Sorgen als nach den Mächtigen des Landes Ausschau zu halten. Sie hatten ihr Hab und Gut verloren – vielleicht sogar liebe Menschen.
Die Verzweiflung in den Augen der Passanten schmerzte mich fast körperlich. Das waren meine Leute, für die ich mich als Mitglied der Regierung verantwortlich fühlte.
Nur mühsam zügelte ich meinen Zorn. Jetzt ging es um den Vater meiner besten Freundin – nicht um meine Wut auf die USA. Da konnte ich mich noch lange genug hineinsteigern ...
Wir bogen um eine weitere ausgebrannte, eingestürzte Ruine in die Straße ein, in der Tahir lebte.
Nur am Straßenschild konnte ich mich orientieren. Wäre es nicht gewesen, hätte ich wohl geschworen, noch nie zuvor hier gewesen zu sein ...
Ich schluckte. Den Anblick, der sich mir bot, konnte ich kaum ertragen: Auch hier nichts als sinnlose Zerstörung.
Diese ruhige Straße mit den kleinen, malerischen Häuschen, durch die Aischa und ich so oft geschlendert waren ... Die romantischen Gärten mit Olivenbäumen ...
Viel war davon nicht übrig.
Mich tröstete einzig der Gedanke, dass Aischa dieser Anblick erspart blieb.
Es war so weit: Die letzte Kurve. Dahinter lag das Haus.
Unwillkürlich hielt ich die Luft an. Ich wagte kaum hinzusehen, tat es aber doch.
Im nächsten Augenblick weiteten sich meine Augen vor Überraschung. Für einen Moment glaubte ich zu träumen.
Tahirs Haus stand noch. Zusammen mit vier anderen in der unmittelbaren

Nachbarschaft hatte es als Einziges in dieser Straße die Luftangriffe überstanden. Abgesehen von einem schief hängenden Ladenschild und etwas abgeblättertem Verputz war es völlig unversehrt.

Vor Erleichterung hätte ich am liebsten geweint.

Saleh lenkte den Wagen in die Einfahrt und hielt vor dem Eingang zum Laden an.

Ich stieg aus und ging den anderen voran zur Tür.

Die Ladenglocke schellte, als wir eintraten. Es war der gleiche Ton wie seit Jahren und auch sonst hatte sich nichts verändert.

Omar schaute sich um. »Hier ist ja gar niemand«, stellte er empört fest.

Mein Sohn hatte kaum ausgesprochen, da öffnete sich die Tür mit der Aufschrift ›Privat‹.

Tahir blieb wie angewurzelt stehen, sobald er uns erblickte.

»Sina ...«, stieß er hervor und nahm respektvoll seine Baseballmütze ab.

Ich lächelte schwach. »Hallo! Ist schön, dich zu sehen!«

Ein peinliches Schweigen kehrte ein.

Es war Saleh, der es schließlich brach. Er trat auf Aischas Vater zu, legte die rechte Hand auf die linke Seite seiner Brust und senkte den Kopf. »Guten Tag! Wir sind froh, dass es Ihnen gut geht!«

Tahir wusste ganz offensichtlich nicht, wie ihm geschah. Mit ungeschickten, fahrigen Bewegungen erwiderte er den Gruß meines Mannes. »I ... Ihr seid extra we… wegen mir hergefahren?«, stotterte er.

Saleh nickte ernst. »Ja, wir haben erfahren, wie stark Ihr Viertel zerstört wurde. Sina hat sich große Sorgen gemacht und war nicht davon abzuhalten, nach Ihnen zu sehen.« Er zwinkerte ihm zu. »Sie kann ganz schön stur sein, wenn ihr etwas wichtig ist.«

Tahir musste lachen. »Allerdings! Da kennen Sie Ihre Frau gut.« Das Eis war gebrochen.

Aischas Vater lud uns herzlich in seine Wohnung ein. Und während wir in der gemütlichen, kleinen Küche Tee tranken, erzählte er von den letzten Tagen.

»Es war schrecklich. Ich musste mit ansehen, wie ein Nachbarhaus nach dem anderen zerstört wurde. Manche Raketen schienen mich nur um Haaresbreite zu verfehlen. Noch nie in meinem Leben hatte ich solche Angst. Außerdem bin ich traurig, weil einige gute Bekannte gestorben sind.« Er schüttelte fassungslos den Kopf. »Ich verstehe nicht, warum die Amerikaner gerade unser Viertel derart heftig unter Beschuss genommen haben. Wir haben doch nichts getan.«

»Das CIA hatte angeblich Hinweise auf Regierungsmitglieder, die sich im Westviertel versteckt hielten«, erklärte ihm Saleh düster. »Völliger Unsinn. Tut mir Leid ...«

Tahir runzelte erstaunt die Stirn. »Was tut Ihnen leid?«

»Dass die Raketen, die eigentlich für meine Angehörigen bestimmt waren, Ihr Viertel getroffen haben«, murmelte Saleh mit leicht erstickter Stimme.

Aischas Vater blickte ihn erstaunt an. »Ist nicht Ihre Schuld. Sie brauchen sich keine Vorwürfe zu machen!« Dann wandte er sich an mich: »Aischa und deine Familie sind außer sich vor Sorge. Ehe vor zwei Tagen die Telefonverbindung abgebrochen ist, haben sie jeden Abend angerufen, um sich nach dir zu erkundigen. Leider wusste ich auch nicht, wo du bist.«

Ich schluckte. »Würdest du sie anrufen und ihnen sagen, dass es mir gut geht, sobald die Verbindung wieder steht? Ich selbst kann mit niemandem außerhalb des Landes telefonieren. Diese Leitungen sind nicht abhörgeschützt und werden sicher von den Amerikanern überwacht ...« Unwillkürlich war mein Blick zu Omar und Ali gewandert, die bei uns am Tisch saßen.

Omar schlenkerte mit den Beinen und sang leise vor sich hin. Zwischendurch schlürfte er genüsslich an seinem Tee.

Ali dagegen hörte dem Gespräch der Erwachsenen aufmerksam und mit ernster Miene zu.

Tahir hatte bemerkt, wohin meine Augen gewandert waren. Er nickte verständnisvoll. »Du hast Angst, du könntest sie auf eure Spur locken, nicht wahr? Das kann ich verstehen. Ich verspreche, ich werde Aischa und deine Familie beruhigen. Aber ich werde am Telefon deinen Namen nicht nennen.«

Ich atmete erleichtert auf und dankte ihm überschwänglich. Obwohl er mir gegenüber distanzierter als früher war, wusste ich, dass ich mich auf ihn verlassen konnte.

Saleh und ich berichteten, wie wir selbst die Zeit seit Kriegsbeginn erlebt hatten.

Es tat gut, mit jemandem zu sprechen, der die eigenen Ängste, die Wut, das Entsetzen und die Ratlosigkeit teilte.

Wie wir wusste Tahir um die ganze Sinnlosigkeit dieses Krieges. Er zweifelte nicht daran, dass es in Benit keine einzige Massenvernichtungswaffe gab. »Montgomery geht es nur um unser Öl und die Abrechnung mit Khaled Mustafa«, meinte er hasserfüllt. »Er hatte kein Recht, unserem Land diesen Krieg aufzuzwingen. Ich hoffe, ihr Mächtigen habt Möglichkeiten, Amerika zu besiegen.«

Er war plötzlich kein Regimegegner mehr, sondern Patriot. Und auf den Mächtigen Benits ruhten nun all seine Hoffnungen.

Unser Aufenthalt bei Aischas Vater dauerte länger als geplant, da die Amerikaner ihre nächste Angriffswelle auf Sarana flogen.

Es wäre zu gefährlich gewesen, zu unserem Quartier zurückzufahren, während über der Stadt Bomben fielen.

In Tahirs Wohnzimmer war es weitaus sicherer – zumindest hatten wir das Gefühl, geschützt zu sein: Das Häuschen – zusammen mit der ruhigen Art unseres Gastgebers – vermittelte Geborgenheit.

Selbst Omar, der bei Luftangriffen normalerweise immer weinte und sich die Ohren zuhielt, blieb ruhig. Er saß auf dem Schoß von Aischas Vater, hatte den Daumen im Mund und lauschte auf die Geschichten, die er ihm erzählte. Es waren alte arabische Märchen, von denen er die meisten schon kannte. Doch sie aus dem Mund eines anderen als Saleh oder mir zu hören, machte sie wohl besonders spannend.

Ali dagegen hatte keine Lust auf Märchen. Mit finsterem Gesicht stand er am Wohnzimmerfenster und schaute hinaus. Draußen tobte der Krieg – zum Glück aber momentan in anderen Teilen der Stadt.

Ali zuckte bei jeder Explosion zusammen und hielt sein Maschinengewehr fest umklammert – als ob er damit gegen die Kampfjets und Bomber etwas ausrichten könnte ...

Es tat mir weh, ihn so ernst und verschlossen zu sehen. Verzweifelt wünschte ich mir das unbeschwerte Kind von einst zurück. Er war doch erst vierzehn – viel zu jung, um mit den Schrecken eines Krieges konfrontiert zu werden.

Omar hatte es da besser: Zwar fürchtete er sich vor den Explosionen und war über die vielen zerstörten Häuser schockiert. Aber das wahre Ausmaß der Gefahr, in der wir schwebten, begriff er mit seinen drei Jahren zum Glück noch nicht ...

Tahir hatte sein nächstes Märchen beendet und nickte mir zu, als habe er meine Gedanken erraten. »Du hast zwei wunderbare Söhne, Sina.«

Ich seufzte schwer und kämpfte plötzlich mit den Tränen. »Ja, ich weiß. Gerade darum würde ich ihnen diesen Krieg gern ersparen«, flüsterte ich erstickt. Mein Gott – ich wollte nicht schon wieder heulen.

Saleh nahm meine Hand und drückte sie fest. Er saß rechts von mir auf dem Sofa, Aischas Vater mit Omar links.

»Wir können sie nicht vor schlimmen Erlebnissen bewahren, Sina«, sagte mein Mann ernst. »Unsere Aufgabe ist es, ihnen Kraft und Halt zu geben, damit sie sie durchstehen.«

Tahir stimmte ihm zu: »Saleh hat Recht! Und Ali und Omar haben alle Voraussetzungen, um mit dem Leben fertig zu werden: Sie sind stark, klug, wissen, was sie wollen ... Und sie haben die besten Eltern, die sich ein Kind nur wünschen kann.« Er zwinkerte Saleh und mir aufmunternd zu.

Omar zupfte ihn am Ärmel seines T-Shirts. »Erzählst du mir bitte noch eine Geschichte?«, bettelte er.

Tahir lächelte. »Kein Problem! Ich kenne noch viele. Meine Tochter Aischa hat diese Märchen auch geliebt, als sie in deinem Alter war.« Und er begann von Neuem zu erzählen.

Nachdem die Angriffswelle vorüber war, verabschiedeten wir uns schnell. Man konnte nie wissen, wann die US-Luftwaffe wieder zuschlug.

Tahir strich Ali und Omar übers Haar. Dann verabschiedete er sich mit dem traditionellen arabischen Gruß bei Saleh und mir, wobei er seine Baseballmütze an seiner Brust platt drückte.

»Passt auf euch auf!«, mahnte er eindringlich. »Und lenkt dieses Land und seine Truppen klug.«

Wir versprachen, unser Bestes zu geben.

Ich war Aischas Vater dankbar, dass er die ganze Zeit nicht eine politische Frage gestellt oder sich nach Khaled erkundigt hatte. Das hätte meine ohnehin wacklige Selbstbeherrschung garantiert zusammenbrechen lassen ...

55

Heftige Sandstürme stoppten vorübergehend den Vormarsch der amerikanischen Bodentruppen auf Sarana. Doch die Luftangriffe gingen mit unverminderter Heftigkeit weiter.

Während unsere Soldaten in der Wüste um ihr Leben kämpften, hetzten wir von einem Quartier zum nächsten. Darin bestand unsere einzige Chance, den gezielten Bombardierungen zu entkommen.

Diener brachten nach wie vor in regelmäßigen Abständen Essen, Seife und Wechselkleidung, sodass wir uns wenigstens ein klein wenig Lebensstandart bewahren konnten.

Die Zahl unserer Diener schmolz jedoch rasant dahin. Viele zogen sich aus Angst vor den Luftangriffen aufs Land zurück, obwohl Khaleds Strafe für Untreue der Tod war. Aber das spielte jetzt keine Rolle mehr. Niemand wusste, wohin der Präsident verschwunden war und ob er überhaupt noch lebte. Da wog die eigene Sicherheit plötzlich entschieden mehr als seine und unsere ...

Die Diener, die Sarana nicht verließen, kamen häufig bei Luftangriffen um oder verschwanden spurlos.

»Wenn das so weitergeht, stehen wir irgendwann ganz allein da und müssen sehen, wie wir zurechtkommen«, bemerkte Saleh eines Nachts düster, der es nicht fertig brachte, die flüchtigen Diener töten zu lassen.

Wir befanden uns in einer kleinen Wohnung am Ghaniim, lagen auf einer dicken Matratze und hielten uns im Arm. Jeder suchte beim anderen Trost, Halt und Wärme.

Ich ermahnte Saleh, nicht so zu reden. »Ein paar Leute werden uns schon treu bleiben.«

Ich versuchte das nicht nur ihm, sondern auch mir selbst einzureden.

In allen Städten, die die Amerikaner bis jetzt eingenommen hatten, waren sie mit Jubel empfangen worden. Viele Beniter sahen in ihnen offenbar Befreier.

Gemälde und Statuen von Khaled – Symbole seiner langjährigen, teilweise brutalen Herrschaft – wurden systematisch zerstört.

Aber so konnten doch nicht alle Beniter empfinden. Wo waren die Leute, die Khaleds Reden mit angehaltenem Atem gelauscht hatten und anschließend in beinahe hysterischen Jubel ausgebrochen waren? Die ihn geliebt und verehrt hatten? Die ihm und Benit noch unmittelbar vor dem Krieg ewige Treue geschworen hatten?

Auf ihnen ruhte meine ganze Hoffnung – und auf den Männern der Republikanischen Sicherheit, die bereitstanden für die Entscheidungsschlacht um Sarana.

Das beste Beispiel für absolute, bedingungslose Treue war Hassan. Er wich nicht eine Sekunde von unserer Seite und machte keinen Hehl daraus, dass er jederzeit bereit war, für Saleh, Intisar, Ali, Omar und mich sein Leben zu opfern.

»Als Mitglied der Republikanischen Sicherheit habe ich einen Eid geleistet«, sagte er. »Ich habe geschworen, dem Präsidenten und seinen Angehörigen notfalls mein Leben zu opfern. Ich bin bereit zu sterben, damit ihr lebt!«

Seine Worte jagten mir einen kalten Schauer den Rücken hinunter, denn ich ahnte, wie ernst sie gemeint waren.

Ich wollte nicht, dass Hassan oder sonst jemand sich für uns opferte. Aber genauso wenig wollte ich meine Kinder, Saleh oder mein eigenes Leben verlieren ...

Dieser Krieg gefährdete alles, woran ich hing und hatte mein Leben über Nacht in einen Albtraum aus Angst, Ungewissheit und Verzweiflung verwandelt.

Souad kam wie die meisten anderen Diener nur noch selten. Wenn es ihr aufgetragen wurde, uns etwas zu bringen, tat sie das ohne Zögern. Ansonsten hielt sie sich von uns fern und ich konnte es ihr nicht einmal verübeln. Bei uns zu sein bedeutete, sich im Zentrum der Zielscheibe zu befinden – kein besonders erstrebenswerter Zustand ...

Saleh hielt über Funk ständigen Kontakt zu Armee und Republikanischer Sicherheit.

Wir wussten nicht, was aus Khaled geworden war. Seit unserem Abschied in Abdullahs Villa hatten wir nichts mehr von ihm gehört.

Ich kannte meinen Schwiegervater – vielleicht sogar besser als sein Sohn Saleh.

Wir hatten in den vergangenen Jahren sehr vertrauliche Gespräche geführt, von denen ich nicht einmal meinem Mann erzählt hatte ...

Insgeheim vermutete ich, dass Khaled nach Norden aufgebrochen war, wo er den Schutz seiner zahlreichen Verwandten genießen konnte.

Es war Saleh, der nun Benit zu führen hatte, obwohl sein Vater nach wie vor Präsident war und offiziell alle Fäden in der Hand hielt.

Mein Mann erfüllte seine schwierige Aufgabe mit einer Tapferkeit und Entschlossenheit, die ich ihm vor dem Krieg nie zugetraut hätte.

Vielleicht stimmte es ja: Ein Krieg machte aus Jungen Männer und aus Männern Helden ...

*

Ich lag zwischen Saleh und Intisar am sandigen Ufer des Ghaniim und las in einem Buch, welches Hassan mir an diesem Morgen aus der Stadt mitgebracht hatte.

Um uns herum hockten drei füllige Frauen und unterhielten sich halblaut. Im Gegensatz zu uns, die wir in Badeanzügen und Badehosen waren, trugen sie unförmige schwarze Gewänder und Schleier in derselben Farbe.

Die drei waren Schwestern und ihnen gehörte das Haus, in dessen Erdgeschoss wir zur Zeit zwei Zimmer bewohnten. Saleh hatte den Frauen viel Geld dafür gezahlt, dass sie niemandem von uns erzählen würden. Doch wahrscheinlich hätten sie auch so dicht gehalten.

Ihre Ehemänner befanden sich als Soldaten im Krieg und sie fühlten sich geehrt, derart hohe Gäste und einen Mann im Haus zu haben. Sie behandelten uns mit einem unterwürfigen Respekt, der nahezu peinlich war.

Ihre insgesamt achtzehn Kinder plantschten gerade mit Ali und Omar im Fluss herum.

Im Gegensatz zu uns Erwachsenen gab es für sie keine Standesunterschiede. Meine Söhne wurden als ganz normale Kameraden behandelt und darüber war ich froh.

Hassan stand etwas abseits und beobachtete uns wachsam. Sein Maschinengewehr trug er lässig auf dem Rücken.

Vor ein paar Tagen hatte er beschlossen, seine Uniform abzulegen, weil er damit nur unnötige Aufmerksamkeit auf uns lenkte.

Nun ging er in Zivil – ein Anblick, an den ich mich noch nicht so ganz gewöhnt hatte. Dabei standen ihm die hellbraune Hose und das grüne T-Shirt gut. Diese Kleidung betonte seinen durchtrainierten Körper – besonders die muskulösen Schenkel und Oberarme.

Meine Aufmerksamkeit galt nur zur Hälfte der Handlung des Romans. Gleichzeitig nahm ich auch den warmen Sand unter meinem Körper wahr, die Hitze, das Lachen der Kinder, den Olivenbaum, der uns Schatten spendete, den fernen Verkehrslärm ...

Vom Minarett einer nahen Moschee her ertönten die klagenden Rufe des Muezzin. Er rief alle gläubigen Moslems zum Gebet, aber nur unsere schwarz gekleideten Gastgeberinnen kamen der Aufforderung nach. Sie begannen leise zu murmeln, verbeugten sich dreimal und warfen sich dann vor Allah in den Sand.

Ich klappte das Buch zu und betrachtete Saleh, der neben mir mit geschlossenen Augen auf dem Rücken lag. Wie ich genoss er die momentane Ruhe inmitten eines Krieges, der nun schon drei Wochen ging. Mir kam es wie eine Ewigkeit vor und ein Ende des Alptraumes war nicht in Sicht. Doch jetzt wollte ich weder an die Vergangenheit noch an die Zukunft denken.

Saleh war noch immer ein Bild der Vollkommenheit, obwohl er seit Beginn des Krieges stark abgenommen hatte. Sein ebenmäßiges Gesicht und der von mir so geliebte, geschmeidige Körper waren schmal geworden. An manchen Stellen zeichneten sich unter der Haut deutlich Knochen ab.

Auch Ali, Omar, Intisar und ich waren ein wenig dünner geworden, aber kein Vergleich mit Saleh.

Es gab längst nicht so viel zu essen wie früher. Doch von ein paar Ausnahmen abgesehen, wurden wir immer satt. Die uns gebliebenen Diener versorgten uns nach wie vor zuverlässig mit Lebensmitteln.

Aber mein Mann hatte wenig Appetit. Die Verantwortung, die er trug und die Sorgen, die ich ihm nicht abnehmen konnte, machten ihm schwer zu schaffen.

Eine Welle von Mitleid und Zärtlichkeit durchflutete mich. Spontan legte ich meine Hände über seine knochigen Wangen und küsste ihn auf den Mund.

Intisar schaute diskret zur Seite und unsere Gastgeberinnen waren ganz in ihr Gebet vertieft. Das ersparte ihnen den Schock.

Saleh seufzte genüsslich und hielt meinen Kopf fest, um den Kuss in die Länge zu ziehen.

Erst als die Frauen ihr Gebet beendet hatten, lösten wir uns wieder voneinander.

Mein Herz klopfte heftig und ich wäre in diesem Moment zu gern mit meinem Mann allein gewesen – irgendwo weit weg, wo tiefster Frieden herrschte.

Unwillkürlich fiel mir Hawaii ein, wo wir unsere Flitterwochen verbracht hatten. Doch das war ja nun absolut feindliches Gebiet ...

Ich legte meinen Kopf auf Salehs spärlich behaarter Brust ab, lauschte seinem Herzschlag und beobachtete die Kinder im Fluss. Sie plantschten, schwammen, tauchten und prusteten um die Wette.

Ali trug Omar auf den Schultern und rannte mit ihm so schnell er konnte durchs knietiefe Wasser. Es spritzte nach allen Seiten und bis zu meinem Jüngsten hinauf. Dieser krallte sich an Alis Haar fest und jauchzte vor Vergnügen. »Juhuu!«, rief er und hopste übermütig auf und ab und hin und her, sodass sein großer Bruder Probleme hatte, das Gleichgewicht zu halten. »Schneller, Ali! Schneller!«

Mein Stiefsohn keuchte. »Du hast leicht reden, Omar. Weißt du, wie schwer du bist?«

»Sei doch froh!«, kam es vergnügt zurück. »So wirst du stark!«

Ali kicherte. »Nun ja – wenn man es so betrachtet ...« Er drehte um und rannte in die entgegengesetzte Richtung zurück.

Die anderen Kinder schauten Ali und Omar aufmerksam zu.

Dann nahm der älteste Sohn des Hauses eines der kleineren Mädchen auf seine Schultern und begann ebenfalls, hin und her durchs seichte Wasser zu gehen. Er war fünfzehn Jahre alt und hieß zufällig auch Ali.

»Wie wäre es mit einem Wettrennen?«, schlug er unserem Ali vor und dieser ließ sich nicht zweimal bitten. Ihm fehlten seine Rallyes – und zu Fuß um die Wette zu laufen, war besser als gar nichts ...

Fein säuberlich wurden eine Start- und eine Ziellinie in den Sand gezeichnet.

Ein etwa zwölfjähriges Mädchen gab das Zeichen zum Start, indem sie mit der flachen Hand aufs Wasser klatschte.

Die anderen Kinder feuerten die Läufer an. »Ali, Ali!«, schrieen sie, wobei offen blieb, welchen sie meinten.

Es wurde ein knappes Rennen: Ali Saleh Khaled ging mit Omar um Haaresbreite als Erster ins Ziel.

Sein kleiner Bruder und die anderen Kinder jubelten und klatschten in die Hände.

Der besiegte Ali zeigte sich fair und reichte dem Gewinner feierlich die Hand.

Saleh streichelte mein Haar. »Unseren Kindern scheint es hier zu gefallen«, stellte er halblaut fest. »Gleich so viele neue Freunde auf einmal ...«

Ich hob den Kopf, um ihm ins Gesicht schauen zu können und er schenkte mir sein warmherziges Lächeln. Es wirkte trauriger als früher, war ansonsten aber unverändert. Mit genau diesem Lächeln hatte er bei unserer ersten Begegnung vor nun beinahe acht Jahren mein Herz erobert.

Auch das Funkeln in seinen schwarzen Augen war nicht erloschen, sondern allenfalls etwas schwächer geworden, seit Krieg herrschte.

»Mir gefällt es hier auch«, sagte ich. »Diese Leute sind nett und ihr Haus ist gemütlich. Aber wir können ja auch hier nicht lange bleiben ...«

Er schüttelte den Kopf. »Nein, natürlich nicht. Morgen oder spätestens übermorgen wechseln wir in unser nächstes Quartier.«

Ich seufzte schwer. »Ich wünschte, dieser verdammte Krieg hätte endlich ein Ende!«

»Pst!«, machte Saleh und legte sanft seine Finger auf meine Lippen. »Sprich jetzt nicht darüber, Schatz! Im Moment ist doch alles ruhig.«

Er hatte kaum ausgesprochen, als die Luftschutzsirenen zu heulen begannen.

Mit einem Satz waren Saleh, Intisar, die drei schwarz gekleideten Frauen und ich auf den Beinen. Unsere Gastgeberinnen legten dabei eine Behändigkeit an den Tag, die mich angesichts ihrer fülligen Gestalt überraschte.

Die Kinder waren mitten im Spiel erstarrt und blickten mit weit aufgerissenen Augen in den Himmel, wo gleich die feindlichen Flugzeuge auftauchen mussten.

»Es geht wieder los«, stieß Intisar zwischen zusammengebissenen Zähnen hervor, und die älteste der drei Schwestern warf in einer theatralischen Geste beide Hände in die Höhe. »Allah, beschütze uns!«, murmelte sie.

Unvermittelt brach unter den Kindern Panik aus. Kreischend kämpften sie sich aus dem Wasser und stürmten triefend an uns und Hassan vorbei ins Haus.

Nur Ali, der noch immer Omar auf den Schultern trug, hielt auf halbem Weg an und drehte sich nach uns um. »Sina!«, rief er mit angstvoll zitternder Stimme. »Baba! Intisar! Bitte kommt schnell rein!«

Sein kleiner Bruder klammerte sich verzweifelt an ihn und konnte vor lauter Schluchzen gar nichts sagen.

Hassan winkte uns Erwachsenen mit dem Maschinengewehr. »Los, schnell ins Haus!«, forderte er energisch.

Ich schnappte mein Buch und dann sprinteten wir los – Saleh, Intisar und ich gefolgt von den drei Frauen.

Erst als alle das schützende Dach erreicht hatten, trat auch mein erster Leibwächter ein und schloss die Haustür.

Saleh, Intisar, Ali, Omar, Hassan und ich zogen uns in unseren Teil des Hauses zurück.

Von draußen war jetzt das lauter werdende Dröhnen der im Tiefflug nahenden amerikanischen Kampfjets und Bomber zu hören.

Dann schlugen erste Bomben und Raketen ein – ganz in der Nähe, wie mir schien.

Die Explosionen ließen die Wände des Hauses zittern. Aber der Lärm tat nicht nur unseren Ohren sondern auch unseren Nerven weh, die bis zum Zerreißen gespannt waren.

Dicht aneinander gedrängt kauerten meine Familie und ich auf Salehs Bett.

Todesangst schnürte mir die Kehle zu und ich begann unkontrolliert zu zittern. Ich wusste genau: Ein einziges Geschoss konnte dieses Haus zum Einsturz bringen und uns alle töten.

Saleh legte einen Arm fest um meine Taille und drückte mit dem anderen Omar an sich.

Mein Sohn schluchzte und schrie abwechselnd in Panik. Er hielt sich die Ohren zu und hatte die Augen fest zugekniffen.

Die Bomben schienen jetzt direkt über uns zu fallen und ich rechnete jeden Moment mit einem Treffer auf unser Haus.

Intisar hatte sich vor dem Bett auf den Boden geworfen und murmelte leise ein Gebet.

Ali stand mit blassem Gesicht neben Hassan am Fenster und schaute hinaus. Seine schwarzen Augen waren weit aufgerissen und spiegelten die ganze Angst und das Entsetzen in ihm wider. Zugleich versuchte er, sich stark, männlich und erwachsen zu geben. Er stand sehr aufrecht mit gestrafften Schultern und vorgeschobenem Kinn.

Ich betrachtete den schönen, hoch gewachsenen Jungen, den Hassan jetzt nur noch um ein paar Zentimeter überragte.

In einem Monat würde Ali vierzehn. Er war kein Kind mehr, aber auch noch lange kein Mann. Trotzdem war er entschlossen, seine Familie und wenn möglich auch sein Land zu verteidigen. Das spürte ich.

Plötzlich stieß Hassan Ali unvermittelt vom Fenster weg und drückte ihn neben mich auf die Bettkante nieder. Das ging so schnell, dass mein Stiefsohn gar keine Zeit fand zu protestieren.

»Sie werfen Streubomben«, sagte mein erster Leibwächter tonlos.

Saleh sprang mit einem Ruck auf. »Bist du sicher?«

Hassan nickte. »Ja!«

»Also ...« Salehs Gesicht verzerrte sich in wildem Hass und seine Stimme bebte vor Zorn. »Das ist ja ...«

» ...wirklich das Letzte«, vervollständigte Intisar düster und erhob sich vom Boden.

Ich verstand, was die Gemüter so erhitzte: Streubomben waren brutale und äußerst grausame Waffen. Durch ihre Streuung richteten sie in weitem Umkreis großen Schaden an.

Wer sie abwarf, machte keinen Unterschied zwischen Regierung, Militär und Zivilisten.

Der Einsatz von Streubomben wurde international geächtet. Sie gehörten zu den Waffen, deren Herstellung Khaled seit Ende des letzten Krieges verboten war.

Dass Montgomery sie hier einsetzte, zeigte deutlich, wie egal ihm die Meinung der restlichen Welt war. Sein Krieg gegen Benit war ein Alleingang und als solchen wollte er ihn auch durchziehen.

Plötzlich ertönte zwischen den Detonationen noch ein anderes Geräusch: Ein kurzes, abgehacktes Rattern, das sich in schneller Folge wiederholte und kaum weniger ohrenbetäubend als die Bombeneinschläge war. Es schien direkt von der Straße vor dem Haus zu kommen.

Ich lauschte mit angehaltenem Atem.

»Hört ihr das auch?«, fragte ich die anderen.

Ein Blick auf ihre Gesichter machte mir die Überflüssigkeit dieser Frage bewusst: Alle saßen oder standen wie zu Salzsäulen erstarrt da und horchten.

»Was ist das?«, wollte Ali mit dünner Stimme wissen.

Saleh und Hassan wechselten einen Blick, den ich nicht deuten konnte. Offensichtlich wollte keiner von beiden die Frage beantworten.

Für einen Moment kehrte bedrückendes Schweigen ein.

»Das Flagfeuer der Republikanischen Sicherheit ...« rückte Saleh schließlich heraus. Er sprach langsam, wie unter großer Mühe.

Ich spürte, wie die Angst in mir zur Panik wurde. »Was?«, stammelte ich und krallte mich mit den Händen an der Matratze fest, dass meine Finger schmerzten. »Direkt vor unserem Haus?«

Er nickte nur.

Ich biss die Zähne zusammen, um die hysterischen Schreie zurückzuhalten, welche aus mir herausbrechen wollten und starrte auf meine schlotternden Knie.

Wenn das Feuern der Luftabwehrgeschütze so nahe war, mussten die amerikanischen Flugzeuge wirklich direkt über unseren Köpfen sein.

Tausend Gedanken schossen mir gleichzeitig durch den Kopf: Wissen sie, dass wir hier sind? Hat uns jemand verraten? Nehmen sie gerade dieses Haus ins Visier?

Ich muss Saleh und meine Kinder retten! Ist noch genug Zeit, um zu fliehen? Wir müssen hier weg – sofort! ICH WILL HIER RAUS!

Wieder einmal erriet Saleh, was in mir vorging.

Unvermittelt berührte er sacht meine Wange, was mich in meinem verängstigten Zustand wild zurückzucken und nach dieser Hand schlagen ließ.

Doch mein Mann zog sie nicht zurück und langsam durchströmte mich die Wärme, die von seinen Fingern ausging. Mein klarer Verstand kehrte zurück.

»Bleib ganz ruhig, Sina!«, sagte Saleh sanft. »Sie können nicht wissen, wo wir sind. Außerdem lenkt die Republikanische Sicherheit ihre Flugzeuge ab.«

Intisar machte große Augen. »Ihr lenkt sie ab?«, wandte sie sich mit zitternder Stimme an Hassan.

Dieser nickte. »Ja! Unsere Flagschützen haben sich so postiert, dass es aussieht, als würden sie ein Gebäude ganz in der Nähe bewachen. Die Amerikaner werden annehmen, dass sich Angehörige des Präsidenten oder Regierungsmitglieder dort versteckt halten.«

»Was befindet sich wirklich in dem Gebäude?«, erkundigte ich mich besorgt und schaute Saleh an.

Dieser zuckte mit den Schultern. »Keine Ahnung. Da fragst du den Falschen. Hassan ...?«

Mein oberster Leibwächter zwinkerte mir zu. »Gar nichts befindet sich darin«, entgegnete er grinsend. »Es ist ein ehemaliger Teppichladen, der seit Jahren leer steht.«

»Und du meinst, darauf fallen die Amerikaner herein?« Intisar hatte da offensichtlich ihre Zweifel.

Schlagartig wurde Hassan wieder ernst. »Ich hoffe es«, lautete seine knappe Antwort.

Intisar seufzte. »Ich glaube, ich werde noch etwas beten«, murmelte sie.

Saleh verzog das Gesicht zu einem erzwungenen Lächeln. »Eine Gute Idee. Ich bete jetzt auch.«

Hassan, Ali und Omar schlossen sich den beiden an.

Während plötzlich alle auf dem Boden kauerten und Allah um Schutz anflehten, saß ich weiterhin auf der Bettkante.

Ich hatte ebenfalls das Bedürfnis zu beten, wusste jedoch nicht so recht wie. Ich war weder Moslem noch richtiger Christ.

Zuletzt hatte ich mit Fünfzehn anlässlich meiner Firmung eine Kirche betreten – und auch damals nicht unbedingt aus Überzeugung, sondern weil eben alle meine katholischen Freunde und Freundinnen gefirmt wurden ...

Sicher: Es hatte Momente gegeben, in denen ich an Gott geglaubt hatte: Meine erste Begegnung mit Saleh, Omars Geburt ... Doch abgesehen davon spielte Religion in meinem Leben keine Rolle.

Ich versuchte, das Vaterunser zu beten, stockte aber bereits nach der zweiten Zeile und wusste nicht weiter. Andere deutsche Gebete kannte ich nicht – und von den arabischen fiel mir nur das islamische Glaubensbekenntnis ein: »Es gibt keinen Gott außer Allah und Mohammed ist sein Prophet.« Ich murmelte die Worte leise vor mich hin und kam mir ausgesprochen dumm und albern dabei vor.

Schließlich beschloss ich, ganz normal mit Gott, Allah oder wie auch immer er genannt werden wollte zu sprechen.

Ich bat ihn, meine Familie und alle Menschen in Benit zu beschützen und dafür zu sorgen, dass dieser Krieg bald zu Ende sein würde.

» ...und bitte halte auch ein Auge auf unsere Angehörigen im Ausland!«, flüsterte ich unter Tränen. Ich dachte an Selwa, Safia, Khaled junior, Alina, Mohammed, sowie Ledan und Ijad, Barif und Abed mit ihren Kindern. Wo mochten sie sein und wie ging es ihnen wohl gerade?

» ...und tröste meine Verwandten und Freunde in Deutschland!« Ganz automatisch sprach ich Deutsch mit Gott, weil mir diese Sprache trotz meiner acht Jahre in Benit immer noch am nächsten lag. Die größten Anliegen meines Herzens konnte ich nur in meiner Muttersprache richtig in Worte fassen.

»Bitte mach, dass wir diesen Angriff überleben – egal, welche Waffen die

Amerikaner einsetzen!«

Wie als Antwort auf diese Bitte ertönte in diesem Augenblick ein ohrenbetäubender Knall, der uns alle zusammenfahren ließ.

Die Explosion war näher als alle vorhergegangenen. Ihre Druckwelle ließ die Fensterscheibe, vor der Hassan und Ali vorhin gestanden hatten, in tausend Stücke zersplittern.

Unwillkürlich schloss ich die Augen und wartete auf das, was kommen musste: Dass das Haus einstürzte und uns unter seinen Trümmern begrub.

Doch nichts geschah – abgesehen davon, dass die Kriegsgeräusche jetzt nicht mehr von draußen kamen, sondern sich direkt bei uns im Zimmer befanden. Der Lärm war einfach ohrenbetäubend.

Omar hatte wieder zu weinen begonnen und erneut beide Hände an die Ohren gepresst. So lag er auf dem Boden, wo er gerade gebetet hatte.

Rasch hob ich ihn auf meinen Schoß und zog ihn an mich. »Beruhige dich, Omar!«, flüsterte ich und versuchte, meine Stimme ruhig klingen zu lassen. »Es war nur die Scheibe. Die kann man reparieren lassen.«

»Das war verdammt nah«, stellte Saleh halblaut fest, während er sich neben mich aufs Bett fallen ließ. Auch Intisar und Ali setzten sich wieder hin.

»Allerdings!«, stimmte Hassan meinem Mann düster zu. Geduckt tastete er sich näher ans Fenster heran.

»Pass auf, Hassan!«, rief Ali besorgt. Er hatte Mühe, den Lärm der Bombeneinschläge und des Flagfeuers zu übertönen. Ängstlich biss er sich auf die Lippen und ließ den Leibwächter keinen Moment aus den Augen.

Vorsichtig stieg Hassan über die Scherben der Glasscheibe, welche im halben Zimmer verstreut lagen. Unterhalb des Fensters hielt er kurz inne und schob sich dann Zentimeter für Zentimeter höher, bis er nach draußen sehen konnte.

»Es hat das Nachbarhaus getroffen«, stellte er nüchtern fest. »Dort steht kein Stein mehr über dem anderen.«

In diesem Moment ertönte erneut eine besonders nahe Explosion.

Rasch duckte sich Hassan wieder und kehrte eilig zu uns zurück.

»Unsere Gebete haben wohl gewirkt«, vermutete er und setzte sich neben Intisar. »Das ging um Haaresbreite an uns vorbei.«

Eine Weile kauerten wir schweigend auf der Bettkante und warteten – auf das Ende dieses Luftangriffes, den Einsturz unseres Hauses, den Tod oder das Leben ...

Außer dem Kriegslärm war nur Omars leises Schluchzen zu hören.

Auf einmal hob mein Jüngster das Gesicht von meiner Schulter. Seine tränennassen Augen weiteten sich vor Entsetzen. »Da ist jemand«, stieß er schwach hervor.

»Wo?« Ich blickte ihn verständnislos an.
»Draußen vor dem Haus«, antwortete er.
Wir anderen lauschten, hörten aber nichts außer weiteren Detonationen.
»Da ist niemand, Omar«, beruhigte Saleh seinen jüngsten Sohn. »Das hast du dir nur ...« Ein Klopfen an der Haustür unterbrach ihn.
Hassan sprang vom Bett und griff nach seinem Maschinengewehr, das noch an der Stelle lag, wo er gebetet hatte. »Rührt euch nicht von der Stelle!«, wies er uns an, ehe er mit eiligen Schritten zur Tür ging. Er riss sie auf, trat in den Gang hinaus und ließ sie hinter sich ins Schloss fallen.
Wir anderen blieben halb gespannt, halb ängstlich zurück.
Wer mochte da bloß anklopfen?
Von der Treppe, die in den ersten Stock führte, waren die schweren Schritte einer unserer Gastgeberinnen zu hören.
»Was wollen Sie mit dem Gewehr?«, hörte man sie fragen. Ihre Stimme klang entsetzt und ließ eine ausgeprägte Schusswaffenphobie vermuten.
Hassan antwortete nicht auf ihre Frage. »Bleiben Sie hinter mir!«, forderte er sie auf.
»Oh, Allah!«, murmelte sie mit bebender Stimme und noch einige andere Dinge, welche man nicht verstand.
Wir hörten, wie mit einem Ruck die Haustür aufgerissen wurde, dann Hassans strenge Stimme: »Wer sind Sie und was wollen Sie?«
Ein Stöhnen antwortete ihm und nach einer kurzen Pause eine schrille Frauenstimme. »Kind!«, kreischte sie. »Mein Kind ...« Damit brach sie unvermittelt ab, als sei der Sprecherin plötzlich die Luft ausgegangen. Trotz des unvermindert lauten Kriegsgetöses vernahmen wir einen dumpfen Aufprall. Dann ertönte der schrille Aufschrei unserer Hausherrin.
Saleh und ich wechselten einen Blick. »Da stimmt etwas nicht«, kam es gleichzeitig über unsere Lippen und ebenso gleichzeitig waren wir an der Tür.
Ich drehte mich nach Intisar, Ali und Omar um. »Rührt euch nicht von der Stelle!«, befahl ich, Hassans Worte wiederholend.
»Aber ich will auch wissen, was los ist, Sina«, beschwerte sich Ali. »Schließlich bin ich kein kleines Kind mehr.«
»Keine Diskussion: Du bleibst hier!«, sagte ich streng. »Pass auf Omar und Intisar, ja?«
Ohne die Antwort meines Stiefsohnes abzuwarten, folgte ich Saleh in den Gang hinaus.
Dort bot sich uns ein merkwürdiges Bild: Die dicke Frau lehnte mit blassem Gesicht am Treppengeländer und hatte beide Hände vor den Mund gepresst.
Hassan kniete direkt hinter der halb offen stehenden Haustür und beugte sich über eine am Boden liegende Gestalt. Als er meine und Salehs heraneilende Schritte hörte, hob er den Kopf.

»Es sieht nicht gut aus«, sagte er leise. Auf seiner Stirn stand eine steile Falte – ein Zeichen großer Besorgnis.

Zögernd traten mein Mann und ich neben ihn.

Die Gestalt am Boden war eine junge Frau. Ich schätzte sie etwa auf zwanzig. Sie trug ein züchtiges, hochgeschlossenes Kleid mit weißen Blumenmustern, aber keinen Schleier oder Kopftuch.

Ihr langes, dunkles Haar breitete sich fächerförmig um ihren Kopf aus. Es bildete einen scharfen Kontrast zu den hellen Fliesen der Diele.

Ich musterte das Gesicht der jungen Frau, welches in Richtung Decke zeigte. Es war an sich hübsch, jedoch von Kratzern, Schrammen und Blutergüssen übersät.

Sie schien ohnmächtig zu sein. Die Pupillen hinter ihren halb geschlossenen Lidern verdrehten sich so stark, dass nur noch das Weiße im Auge zu sehen war. Ab und zu stieß sie ein leises, gequältes Stöhnen aus.

»Als ich ihr die Tür geöffnet habe, hat sie irgendetwas von einem Kind geredet und ist dann plötzlich zusammengebrochen«, erzählte Hassan. »Kein Wunder! Es ist mir ein Rätsel, wie sie überhaupt bis hierher laufen konnte ... Seht euch das an!« Er wich ein wenig zurück, sodass wir den gesamten Körper der Frau sehen konnten.

Saleh sog scharf die Luft ein und mir drehte sich spontan der Magen um: Etwa fünf Zentimeter oberhalb des Bauchnabels hatte ihr Kleid einen langen und breiten Riss. Eine tiefe, klaffende Wunde zog sich quer über ihren Bauch. Das Fleisch hing in Fetzen herab und der Stoff um die Wunde war mit Blut getränkt. Auch unter ihrem Körper hatte sich bereits eine große Lache gebildet. Es sah scheußlich aus.

Vor Entsetzen war ich unfähig, mich zu bewegen.

Erst als ich Alis Stimme hinter mir vernahm, erwachte ich aus dieser Erstarrung. Gegen meine Anweisung war er uns doch gefolgt. »Was ist mit der Frau?«, fragte er beklommen.

Saleh, Hassan und ich stellten uns rasch so, dass wir den Blick auf die hässliche Wunde verdeckten.

»Sie ist schwer verletzt, Ali!«, sagte Saleh gepresst. »Geh schnell ans Telefon und ruf einen Krankenwagen!«

»Aber Baba: Die Telefone funktionieren seit Tagen nicht«, erinnerte ihn der Junge.

»Versuch es!«, wies Saleh ihn ungeduldig an. »Und wenn das Telefon nicht geht, ruf über Funk die Republikanische Sicherheit. Die Frau muss sofort in ein Krankenhaus oder sie stirbt.«

Ali sauste davon in unser zweites Zimmer, das sich zur Rechten des Flures befand.

Mein Mann legte behutsam seine Arme um die Verletzte, hob sie auf und trug sie zu der Matte mit Schlafsack neben der Treppe. Hier schlief normalerweise Hassan, damit er die Haustür im Auge behalten konnte.

Salehs weißes T-Shirt und die helle Leinenhose waren sofort blutverschmiert, doch er achtete nicht darauf. Vorsichtig legte er die Frau ab.

Ohne dass ich es richtig registriert hatte, waren auch Intisar und Omar herangekommen.

Nun standen wir zu fünft schockiert vor der Verletzten.

Saleh wandte sich an unsere Gastgeberin, die noch immer in der gleichen Haltung am Treppengeländer lehnte: »Kennen Sie das Mädchen?«

Sie nickte mit zusammengebissenen Zähnen, ohne ihm direkt ins Gesicht zu sehen. »Ja. Sie wohnt mit ihren Schwiegereltern, ihrem Mann und drei Kindern im Haus nebenan.«

Das Haus, das sie meinte, musste jenes sein, welches zusammen mit unserem Fenster zerstört worden war.

»Wo ist der Rest der Familie?«, fragte ich besorgt die füllige Hausherrin.

»Sie sind vor einer Woche zu Verwandten nach Hadschid gefahren. Nur sie blieb zurück. Ich glaube, sie hatte noch irgendetwas Wichtiges zu erledigen und wollte später nachkommen.«

Intisar hatte inzwischen ein sauberes Handtuch geholt und versuchte damit die Blutung zu stillen – ein hoffnungsloses Unterfangen ...

Die Verletzte stöhnte und wand sich, ohne aus ihrer Ohnmacht zu erwachen, sobald Intisar an die Wunde kam. Meine Schwägerin redete beruhigend auf sie ein.

»Wird sie sterben?«, erkundigte sich Omar ängstlich.

»Nein, natürlich nicht«, entgegnete ich schnell.

Saleh trat unruhig von einem Fuß auf den anderen. »Wo bleibt Ali bloß so lange? Erzählt der am Telefon Romane?«

Doch da tauchte unser Großer schon wieder auf. »Die Telefonleitungen sind immer noch tot«, sagte er atemlos. »Aber die Republikanische Sicherheit habe ich über Funk erreicht. Sie schicken Leute, die die Frau ins Krankenhaus bringen werden.«

Sein Vater nickte ihm anerkennend zu. »Gut gemacht!«, lobte er.

»Ich glaube, sie kommt zu sich«, sagte Intisar in diesem Augenblick.

Der Blick der Verletzten war plötzlich klar geworden. Ihre Augen wanderten suchend durch den Raum und über unsere Gesichter.

»Alles in Ordnung«, sagte Intisar sanft. »Sie sind in Sicherheit und Hilfe ist unterwegs.«

Die junge Frau sah sie aus glasigen Augen an und stöhnte. Ihre Lippen bewegten sich, als ob sie etwas sagen wolle.

»Was?« Intisar legte ein Ohr an ihre Lippen.

»Kind ...« brachte sie mühsam hervor und schloss dann erschöpft die Augen. »Mein Kind ...«

»Was ist mit Ihrem Kind?«, fragte Intisar alarmiert.

Für einen Moment schien es, als habe die Verletzte sie gar nicht gehört. Dann öffnete sie langsam den Mund. »Rettet ... mein Kind!« Ihre Stimme war nur ein schwaches Flüstern. Jedes Wort schien ihr Schmerzen zu bereiten und sie unendlich anzustrengen. »Es ... ist ... Haus ...«

»Was redet sie da bloß?«, wunderte sich Omar und blickte fragend seinen großen Bruder an.

Ali zuckte mit den Schultern. »Keine Ahnung. Aber es scheint wichtig zu sein.« Mit gerunzelter Stirn musterte er das Gesicht der Frau, als könne er dort ihre Gedanken lesen.

Omar dagegen starrte mit einer Mischung aus Entsetzen und Faszination auf ihre klaffende Bauchwunde, die noch immer heftig blutete.

Wenn nur die Republikanische Sicherheit endlich kam. Die Verletzte musste schleunigst ins Krankenhaus oder sie würde hier vor unseren Augen verbluten.

Der Gedanke war so schrecklich, dass ich ihn rasch beiseite schob.

Die Männer bei der Republikanischen Sicherheit waren absolut zuverlässig – das wusste ich schließlich aus Erfahrung. Wenn sie versprachen zu kommen, kamen sie auch. Sie würden sich von der Hölle, die draußen tobte, nicht aufhalten lassen.

Plötzlich stieß unsere Gastgeberin erneut einen spitzen Schrei aus.

Alle drehten sich erschrocken nach ihr um.

»Ich weiß, was sie uns sagen will«, flüsterte die dicke Frau gepresst. »Sie hatte ihre einjährige Tochter bei sich – daran hatte ich gar nicht mehr gedacht. Das Kind muss unter den Trümmern des Hauses verschüttet sein.«

Saleh schluckte. »Sind Sie sicher?«

Sie nickte.

Betretenes Schweigen kehrte ein. Nur noch das leise Stöhnen der Verletzten und der Kriegslärm von draußen waren zu hören.

Ich dachte mit Grauen an das kleine Mädchen, das unter den Überresten des Nachbarhauses begraben lag. Ob es tot war? Ob es noch lebte und voller Schmerz und Angst nach seiner Muter schrie?

Auf einmal hatte ich ein Bild im Kopf: Ich sah Omar und Ali eingeklemmt zwischen den Trümmern eines Hauses. Sie zappelten und kämpften, um sich zu befreien, schafften es jedoch nicht. Und über ihnen kreisten weiterhin die amerikanischen Flugzeuge. Jeden Moment konnten sie eine weitere Ladung ihrer tödlichen Fracht abwerfen und die beiden töten ...

Mir wurde regelrecht übel bei dieser Vorstellung.

Ich blickte auf die junge Frau, die schwer verletzt auf Hassans Schlafsack lag. Sie war wieder ohnmächtig geworden.

Intisar drückte das bereits blutdurchtränkte Handtuch fest auf die Wunde. »Wenn sie nicht bald ins Krankenhaus kommt, sehe ich schwarz«, murmelte meine Schwägerin bedrückt. »Sie verliert zu viel Blut und ich glaube, es stecken Splitter in der Wunde.«

Ich straffte die Schultern. Meine Entscheidung war getroffen. »Ich gehe ihre Tochter suchen«, verkündete ich.

Ich wollte nicht da hinaus, wo nichts als Schrecken, Tod und Zerstörung lauerte. Aber der Gedanke an dieses Kind, das genauso gut auch eines von meinen hätte sein können, verlieh mir unglaublichen Antrieb.

Saleh hielt mich am Arm fest. »Du kannst doch nicht aus dem Haus gehen, so lange Streubomben fallen«, rief er entsetzt.

Trotzig und zu allem entschlossen sah ich ihm in die Augen. »Doch!«

Er seufzte schwer und ließ mich los. Wahrscheinlich erkannte er, dass er keine Chance hatte, mich umzustimmen. »Gut, aber dann komme ich mit«, sagte er nur.

Ich starrte ihn an und wollte protestieren. Wenn ich da hinausging, war das mein Risiko. Während Saleh ...

Ich machte den Mund auf, um etwas zu sagen, aber mein Mann kam mir zuvor: »Falls du glaubst, ich ließe dich allein zwischen fallenden Bomben herumwandern: Schlag dir das aus dem Kopf! Außerdem kannst du nicht allein jeden einzelnen Stein des Nachbarhauses umdrehen. Da brauchst du ja ein Jahr.« Wie ich war er wild entschlossen.

Auch die dicke Frau wollte bei der Suche nach dem Kind helfen. Sie verschwand nach oben, um ihre beiden Schwestern zu informieren. Mit ihnen würde sie dann noch einige Nachbarn zur Verstärkung zusammentrommeln.

Endlich trafen auch zwei Männer der Republikanischen Sicherheit in einem unauffälligen Wagen ein. Sie wickelten die Verletzte in eine Decke und legten sie auf den Rücksitz des blauen Kombis. Dann jagten sie über die noch weitgehend intakte Straße davon, wobei sie Slalom um auf der Fahrbahn liegende Trümmer und zerstörte Wagen fahren mussten.

Im Freien war der Lärm kaum erträglich. Ständig durchschnitten neue Explosionen die Luft.

Über der Stadt lag eine derart dichte Staubwolke, dass man kaum atmen konnte und nur eine Sicht von wenigen Metern hatte.

Die feindlichen Flugzeuge am Himmel waren nicht zu sehen, aber es hörte sich an, als seien sie direkt über uns.

Ich hustete. »Etwas Gutes hat der Staub ja«, schrie ich Saleh ins Ohr, während wir über den rissigen, schmalen Bürgersteig zum Nachbarhaus hinübereilten. Dessen Grundstück war von dem unseres Quartiers durch eine niedrige Sandsteinmauer getrennt. »Wenn wir die Flugzeuge nicht sehen können, sehen die uns bestimmt auch nicht.«

Doch mein Mann raubte mir diese Illusion: »Täusch dich nicht, Sina! Die haben Radar, Infrarotsensoren und was weiß ich noch alles. Sie können uns auf jeden Fall sehen – ob in diesem Staub oder bei völliger Dunkelheit.«

Mein Mut sank und meine Panik wuchs. »Wieso verdunkeln wir dann nachts überhaupt unsere Städte, wenn es doch nichts hilft?«

Er zuckte mit den Schultern. »Eine alte Gewohnheit meines Vaters. Im Krieg gegen Durah hat sich das bewährt, aber die Durahner haben ja auch nicht die Technologie der USA ...«

»Was ist mit den benitischen Kampfjets?«

Er verzog das Gesicht und winkte ab. »Bei denen muss man froh sein, wenn sie sich überhaupt in der Luft halten«, knurrte er düster. »Da auch noch ausgefallene, moderne Technik einzubauen, wäre Mord an den Piloten.«

Verzweifelt kämpfte ich in dieser Hölle aus Staub, Explosionen, dem ohrenbetäubenden Rattern der Flaggeschütze und dem Dröhnen der feindlichen Bomber gegen meine Angst an.

Ich versuchte krampfhaft, mich auf meine Aufgabe zu konzentrieren.

Gemeinsam mit Saleh kletterte ich in den verstreuten Überresten des Hauses herum, schob Trümmer aller Art hin und her: Steine, die Reste von Möbeln und des Daches ... Die meisten dieser Bruchstücke waren so schwer, dass ich sie kaum oder gar nicht heben konnte. Meine Fingernägel brachen und schon nach zehn Minuten hatte ich höllische Kreuzschmerzen.

Es war entsetzlich heiß und stickig unter der dicken Staubschicht. Saleh und ich schwitzten schon nach kürzester Zeit erbärmlich und hatten Probleme mit dem Atmen. Immer wieder schüttelten uns heftige Hustenanfälle.

Wir waren erleichtert, als endlich unsere Gastgeberinnen mit der versprochenen Verstärkung aus der Nachbarschaft anrückten – hauptsächlich Frauen, aber auch ältere Männer. Die meisten jungen Männer befanden sich an der Front.

Es waren um die zwanzig Leute und alle mit stabilen Schaufeln bewaffnet. Auch für uns hatten sie zwei mitgebracht.

Nun, da wir so viele waren, konnten wir bei der Suche gezielter vorgehen: Systematisch durchkämmten wir jeden Zentimeter der Trümmer.

Die Gemeinschaft gab mir auf geheimnisvolle Weise Kraft und meine Angst rückte in den Hintergrund. Wir arbeiteten zusammen, als hätten wir nie etwas anderes gemacht.

Von diesen Leuten wusste kaum jemand, wer Saleh und ich waren. Und für die, die es wussten, spielte es keine Rolle mehr. Standesunterschiede hatten aufgehört zu existieren.

Wir hatten alle gemeinsam ein Ziel: Das kleine Mädchen zu retten.

Es war ein wunderbares Gefühl der Zusammengehörigkeit, welches wir da erlebten. Und so verrückt es klingen mag: Im Rückblick erscheint mir diese Suche in den Trümmern als schönstes Erlebnis während des ganzen Krieges.

Eine ältere Frau fand das Kind schließlich zwischen den Überresten seines Kinderbettchens.

Wie durch ein Wunder war die Kleine völlig unverletzt. Ihr verzweifeltes Schreien hatte ihre Retterin auf die richtige Spur gelockt.

Glücklich und erleichtert umarmten wir uns alle und lachten und weinten gleichzeitig.

Ohne dass wir es überhaupt registriert hätten, war auch dieser Luftangriff vorübergegangen.

Der Staub begann sich zu legen und enthüllte das gesamte Ausmaß der Zerstörung: Einige Häuser in dieser Straße waren wie Kartenhäuser zusammengefallen und viele weitere beschädigt.

Doch nicht einmal das konnte unsere Freude trüben.

Hassan brachte das gerettete Kind zu seiner Mutter ins Krankenhaus und unsere Gastgeberinnen bereiteten ein Fest vor.

In der Abenddämmerung fanden sich die Familien der drei Frauen, sowie sämtliche Nachbarn und wir am Ghaniim ein.

Inmitten des Krieges aßen, tranken und tanzten wir zu arabischer Musik aus dem Radio.

*

Als Saleh, Ali, Omar, Intisar, Hassan und ich zwei Tage später in ein neues Quartier umzogen, waren nicht nur wir traurig. Auch unsere Gastgeberinnen hätten uns gerne länger behalten.

Beim Abschied fielen wir uns in die Arme und wünschten uns gegenseitig alles Gute.

Die Frauen hatten ihre Distanz und den unterwürfigen Respekt endlich abgelegt.

56

Die Sandstürme in der Wüste hatten sich gelegt und die amerikanischen Bodentruppen rückten weiter vor – in rasantem Tempo.

Immer häufiger musste ich unseren Sicherheitskräften den Befehl zur Sprengung einer weiteren Bohrstation oder Raffinerie geben. Alles, was sich zur Ölbohrung und Weiterverarbeitung dort befand, wurde in Lastwagen nach Hadschid geschafft – auch das bereits geförderte Öl.

Was nicht in Sicherheit gebracht werden konnte, flog in die Luft, ehe es den Feinden in die Hände fallen konnte.

»Ich überlasse den Amerikanern auf keinen Fall unsere Öltechnologie«, sagte ich entschlossen zu Saleh. »Das ist doch genau das, was sie wollen.« Irgendwie hatte ich das Bedürfnis, meine »Politik der verbrannten Erde« vor ihm und mir selbst zu rechtfertigen.

Doch Saleh kritisierte mein Vorgehen nicht: »Du hast recht, Schatz! Alle Bohrstationen und Raffinerien müssen zerstört werden, ehe die Amerikaner sie an sich reißen können.«

Seine Stimme hatte seit Tagen einen müden Unterton, obwohl er sich nach außen hin immer noch kämpferisch gab.

Ständig hing er am Funkgerät und sprach mit Mitgliedern der Regierung, der Republikanischen Sicherheit, der Wehrmacht, der Polizei und der Geheimdienste.

In unserem derzeitigen Quartier – einer Dreizimmerwohnung – gingen Tag und Nacht Leute ein und aus: Offiziere, Geheimagenten, Polizisten, Politiker, Leibwächter ...

Ich hielt mich von ihren Besprechungen so gut es ging fern. Schließlich hatte ich mit der Landesverteidigung nichts zu tun und wollte auch nichts damit zu tun haben.

Das Wesentliche hatte ich sowieso längst begriffen: Es sah übel aus für uns und Benit.

Wie übel genau, wusste ich nicht und verspürte auch nicht das Bedürfnis, es zu erfahren ...

Und schließlich gab es ja immer noch »Plan B«: Sollten die US-Truppen Sarana einnehmen, würden wir mitsamt unseren Soldaten untertauchen und einen Untergrundkampf führen.

Khaled war sicher gewesen, dass eine solche Taktik funktionierte und an diese Zuversicht klammerte ich mich, um nicht den Verstand zu verlieren.

Dieser Krieg verleitete einen geradezu zum Verrücktwerden: Tägliche Luftangriffe mit Raketen und Streubomben und die damit verbundene Todesangst ... Eine übermächtige feindliche Streitkraft, die der Hauptstadt stetig näher kam ... Bewohner eingenommener Städten, die den Amerikanern zujubelten ... Die Verlustmeldungen von der Front und aus den bombardierten Großstädten: Seit Beginn des Krieges waren ein paar Tausend Beniter gestorben – dagegen nur etwa hundert Amerikaner ...

Am meisten bedrückte mich meine Sorge um Ali und Omar – sowohl um ihr Leben als auch ihre seelische Gesundheit.

Ali wurde immer stiller und bedrückter. Nachts schlief er schlecht und klagte beinahe täglich über Bauchschmerzen.

Omar hatte begonnen, wieder in die Hose zu machen. Dazu war er dauernd schlecht gelaunt und nörgelte an allem herum: dem Essen, unseren Quartieren, den Spielen, die Ali vorschlug ...

Gleichzeitig brach er bei jedem kleinen Tadel durch Saleh, Intisar oder mich in Weinen oder wütendes Geheul aus. Dann war er fast nicht mehr zu beruhigen.

Meine Kinder waren mit der Situation dieses Krieges eindeutig überfordert: Sie hatten all ihre vertrauten Orte und den Kontakt zu Menschen verloren, mit denen sie ihr ganzes Leben verbracht hatten. Besonders schmerzlich vermissten sie ihre Großeltern, Cousins und Cousinen.

Hinzu kam die ständige Angst vor Luftangriffen, der Stress, pausenlos auf der Flucht und doch regelrecht eingesperrt zu sein ...

Wie sollten ein Drei- und ein Vierzehnjähriger mit Krieg zurechtkommen – wo doch schon wir Erwachsenen daran beinahe zu Grunde gingen?

*

Unser derzeitiges Quartier hatte einen Fernseher. Es war der erste, den wir seit Wochen zu Gesicht bekamen.

Ali und Omar gerieten darüber regelrecht aus dem Häuschen. Endlich würden sie wieder ihre Lieblingsfilme schauen können.

Doch die Begeisterung währte nicht lange: Wir konnten nur ausländische Satellitenprogramme empfangen, da alle Gebäude des benitischen Staatsfernsehens zerstört waren. Als wichtigstes Propagandawerkzeug hatten sie zu den ersten Zielen der amerikanischen Kampfjets gehört.

Meine Söhne waren bitter enttäuscht und verloren schlagartig jedes Interesse an dem Gerät.

Dafür saßen Saleh, Hassan, Intisar und ich während der paar Tage, die wir uns in diesem Quartier aufhielten, jeden Abend vor dem Fernseher – sofern nicht gerade Stromausfall war ...

Früher hatte ich häufig CNN geschaut. Jetzt war mir jedoch alles Amerikanische zuwider. Allein der Klang der englischen Sprache reichte aus, mich vor Hass und Zorn innerlich fast zu zerreißen. Saleh, Hassan und Intisar ging es genauso.

Aber leider stellten die Fernsehprogramme arabischer Länder eine schlechte Alternative zu CNN dar: Ihre Berichte waren schlecht recherchiert und sprühten häufig vor religiösem Wahn und Fanatismus.

Viel über die aktuelle Situation in Benit gaben die Nachrichten nicht her: *»Präsident Khaled Mustafas Armee steht mutig, stolz und heldenhaft dem Heer der Ungläubigen gegenüber. Möge Allah mit unseren benitischen Brüdern zum Schwert greifen und ihnen zum Sieg verhelfen!«*

So oder ähnlich klang das in sämtlichen Programmen des Orients.

Und wieder einmal zeigte sich Hassan als Meister aller Lebenslagen und Retter in der Not: Trotz der ständigen Gefahr durch Luftangriffe stieg er aufs Dach und machte sich an der dort angebrachten Satellitenschüssel zu schaffen.

Als er zu uns ins Wohnzimmer zurückkehrte, empfingen wir plötzlich zwei deutsche Sender. Weiß der Kuckuck, wie mein erster Leibwächter das geschafft hatte, aber es war in vielerlei Hinsicht goldwert: Aus unabhängiger Quelle konnten wir nun erfahren, was in Europa, den USA und auch in Benit selbst lief. Denn noch immer befanden sich deutsche und europäische Reporter im Land.

Sie machten so ziemlich den gefährlichsten Job, den man sich vorstellen konnte. Oft genug endete er tödlich:

Menschen aus dem Westen wurden von vielen Benitern mit den Amerikanern gleichgesetzt und bekämpft. Gleichzeitig beschoss auch die US-Luftwaffe ganz gezielt Hotels, in denen sich ausländische Reporter aufhielten – obwohl die Regierung das heftig bestritt.

Montgomery nannte Vorfälle dieser Art »bedauerliche Versehen«. Er sprach den Angehörigen der Reporter, welche von Amerikanern getötet wurden, sein Beileid aus und entschuldigte sich bei den Regierungen ihrer Heimatländer.

Doch selbst im Westen glaubte kaum jemand, dass die Unterkünfte der Reporter versehentlich bombardiert wurden. Dafür geschah es viel zu oft und mit auffallender Präzision: Den Hotels benachbarte Gebäude wurden kaum jemals in Mitleidenschaft gezogen.

Montgomery wollte bei seinem Feldzug gegen Benit ganz offensichtlich keine neutralen Augenzeugen ...

Es tat mir gut, jeden Abend im Fernsehen meine Muttersprache zu hören. Irgendwie vermittelte sie ein Gefühl von Sicherheit und Geborgenheit inmitten des Krieges. Und die nüchternen, unbeteiligten Stimmen der Nachrichtensprecher halfen mir, für kurze Zeit selbst etwas Abstand zu unserer trostlosen Lage zu gewinnen.

Wie die meisten europäischen Regierungen distanzierte sich die deutsche ausdrücklich vom Vorgehen der USA gegen Benit.

Der Bundeskanzler kritisierte besonders den Einsatz von Streubomben: *»Es ist bedauerlich, wenn sich die mächtigste Nation der Erde gezwungen sieht, solche Waffen einzusetzen«*, sagte er.

Aber seine Kritik war im Vergleich zu der aus anderen Ländern zahm und zurückhaltend.

Montgomery wurde oft genug als »Kriegsverbrecher«, »Mörder«, »Wahnsinniger« und »Pistolen schwingender Cowboy« beschimpft.

Die weltweiten Demonstrationen gegen diesen Krieg, der ohne Zustimmung der UNO gestartet worden war, nahmen kein Ende.

Während die Mehrzahl der amerikanischen Bürger nach wie vor fest hinter ihrem Präsidenten stand, hatte Montgomery im Ausland nicht mehr viele Freunde.

Es schien ihm gleichgültig zu sein. Schließlich wusste er genau, dass der Rest der Welt von ihm abhängig war.

Letztlich brach auch kein Land ganz mit den USA. Alle Regierungen betonten, ihre Kritik beziehe sich nur auf einzelne politische Handlungen und nicht auf Amerika an sich.

Die USA waren eben weiterhin das Maß aller Dinge in der Welt ...

Über vieles herrschte offensichtlich im Rest der Welt Unklarheit und widersprüchliche Meldungen stifteten zusätzlich Verwirrung.

Zum Beispiel wusste niemand, ob Khaled noch lebte und wo er sich befand.

Hielt er sich noch in Sarana auf? War er geflohen oder bei einem Luftangriff umgekommen? Saß er bereits sicher irgendwo im Ausland? Regierte er Benit überhaupt noch?

Wilde Spekulationen machten die Runde. Mehr denn je war mein Schwiegervater in aller Munde.

Ich selbst hätte die Frage nach seinem Verbleib zu gerne für mich beantworten können ...

Einmal sickerte die Meldung durch, die US-Armee stehe bereits vor Sarana. Doch das wurde schnell wieder dementiert. Ebenso wie die Nachricht, es habe einen Nervengasanschlag auf einen amerikanischen Stützpunkt gegeben.

Auch die Anzahl der Todesopfer schwankte je nach Quelle erheblich. Die Beniter bauschten gern die Zahl der feindlichen Opfer auf und verringerten die der eigenen. Bei den Amerikanern war es genau umgekehrt.

Über Sarana wurden an einem Tag drei Apache-Hubschrauber abgeschossen, die nach US-Angaben gar nicht existierten. Waffenfabriken und Militärstützpunkte wurden zerstört, die es nach benitischen Angaben nicht gab ...

Es war äußerst kompliziert und verwirrend – und vor allem einfach schrecklich.

Ich übersetzte Saleh, Intisar und Hassan wie ein Automat die deutschen Nachrichten und war froh, dass mein Mann in diesem Chaos aus Realität und Propaganda den Durchblick behalten musste und nicht ich ...

*

Sechs Wochen nach Beginn des Krieges trafen Saleh und ich uns wieder einmal mit führenden Vertretern aus Politik und Wehrmacht: Achmed Scharif, Verteidigungsminister Hatem, dem neuen Chef der Republikanischen Sicherheit – Mohammed befand sich ja längst mit seiner Familie im Ausland – und zwei Geheimagenten.

Ursprünglich war als Treffpunkt unser Quartier gedacht. Doch sowohl Saleh als auch Intisar, meine Kinder, Hassan und ich litten inzwischen an einem regelrechten Gefängniskoller.

Tagelang mussten wir in unserem Quartier ausharren und konnten höchstens einmal für zehn Minuten an die frische Luft. Wir ertrugen den Anblick der immer gleichen Wände kaum noch. Sie erdrückten uns fast und nahmen uns den Atem.

Saleh beschloss also spontan, das Treffen in ein Café nahe der Innenstadt zu verlegen. Schließlich hatte es den ganzen Morgen keine Luftangriffe gegeben, sodass wir es wagen konnten, unser Versteck für eine Weile zu verlassen.

Intisar, Ali und Omar nahmen wir mit. Sie hatten die Abwechslung genauso nötig wie Saleh, Hassan und ich.

Die Straßen von Sarana waren wieder fast so voll wie vor dem Krieg. Die Leute verkrochen sich nicht länger in ihren Häusern. Sie hatten sich mit der Situation abgefunden und versuchten, ihren Alltag im Angesicht des Krieges weiterzuleben.

Es spielte sowieso keine Rolle, wo man sich befand, wenn die amerikanischen Flugzeuge kamen. Auf der Straße konnte man genauso umkommen wie in den eigenen vier Wänden ...

Jedes zerstörte Gebäude, an dem wir vorbeifuhren, tat mir weh und ich war froh, dass wir um die am stärksten beschädigten Viertel einen Bogen machten.

Aber trotz der Narben, welche die Amerikaner Sarana zugefügt hatten, waren die besondere Ausstrahlung und Atmosphäre dieser Stadt erhalten geblieben. Über all der Zerstörung konnte ich den Charme von Tausendundeiner Nacht noch immer spüren. Strahlend und von exotischer Schönheit lagen die Reste unserer Hauptstadt unter dem intensiven Blau des Himmels.

In unserem weißen Fiat Panda, den wir heute fuhren, staute sich die Hitze, zumal er für sechs Leute entschieden zu eng war. Intisar, Ali, Omar und ich kamen uns auf dem Rücksitz vor wie Sardinen in der Dose.

Es fiel mir schwer, mich daran zu erinnern, dass wir noch vor wenigen Wochen Sportwagen mit Klimaanlage gefahren hatten. Diese glücklichen Zeiten voller Luxus schienen mir unendlich lange zurückzuliegen – vielleicht waren sie ja nur ein Traum gewesen ...

Omar auf meinem Schoß quengelte. Ihm sei heiß, er habe Durst und überhaupt ...

Dabei hatte er es mit seiner Kleidung am besten: Er trug kurze Hosen und ein T-Shirt.

Saleh, Ali und Hassan in ihren dunklen Anzügen, sowie ich in meinem schwarzen Kleid gingen fast ein vor Hitze.

Die Fahrt zog sich hin, da wir in einen Stau nach dem anderen gerieten und alle Ampeln aus Gründen, die ich nicht verstand immer genau dann auf Rot schalteten, wenn wir uns näherten.

Es fehlten die Begleitfahrzeuge der Republikanischen Sicherheit, die uns bis vor dem Krieg stets einen Weg durch das Verkehrschaos gebahnt hatten. Ihre Dienste konnten wir nicht mehr in Anspruch nehmen. Sonst wären wir aufgefallen und das hätte unser Tod sein können.

Erst vor dem Eingang des Restaurants erwarteten uns acht Leibwächter in unauffälliger Kleidung. Ihre Schusswaffen waren unter weiten, beigen Leinenhemden verborgen.

Saleh hielt an der Straße im Parkverbot und wir stiegen aus.

Omar nahm meine Hand. »Bestellst du mir bitte gleich was zu trinken, Mama?«, fragte er leidend.

Ich schmunzelte. »Nun lass uns doch erst einmal hineingehen! So lange wirst du schon nicht verdursten.«

Die Männer der Republikanischen Sicherheit nickten uns unterwürfig zu.

»Sie werden bereits erwartet, Saleh Khaled Mustafa«, sagte einer zu meinem Mann, während ein anderer uns die Eingangstür des Restaurants auf hielt.

Nachdem wir eingetreten waren, folgten sie uns.

Kurz spürte ich die Blicke der anderen Gäste. Doch sobald sie uns erkannt hatten, taten sie so, als seien wir nicht vorhanden.

Für die Besprechung war ein langer Tisch im hinteren Teil des Restaurants besetzt worden.

Eine Reihe exotischer Pflanzen in großen Blumentöpfen schirmte ihn von den gewöhnlichen Gästen des Restaurants ab.

Die bereits versammelten Mitglieder der Krisensitzung standen von ihren Stühlen auf, um uns zu begrüßen. Sie alle schienen mir seit unserer letzten Begegnung vor zwei Wochen um Jahre gealtert.

Ich nahm an der Längsseite des Tisches zwischen Hatem und Achmed Scharif Platz.

Mir gegenüber an der reich verzierten Wand hing ein riesiges Foto von Khaleds Gesicht. Schön, stolz und erhaben lächelte der Diktator auf mich herunter ...

Vor Kummer und Sorge schnürte sich meine Kehle zusammen. Am liebsten wäre ich weinend aus dem Restaurant gerannt. Doch als höchste Frau des Landes musste ich mich wohl oder übel beherrschen.

Rasch wandte ich meine Augen von dem Foto ab, starrte abwechselnd auf die weinrote Tischdecke und die drei Sträuße von Wüstenblumen, die unseren Tisch schmückten.

Wir bestellten etwas zu essen und zu trinken, aber ich hatte keinen richtigen Hunger. Nur aus Höflichkeit aß ich mit.

Mein Magen rebellierte – nicht nur, weil mich das Foto an der Wand schmerzlich an meinen wie vom Erdboden verschluckten Schwiegervater erinnert hatte. Da war mehr: Eine bedrückende Spannung lag in der Luft, die man fast greifen konnte.

Obwohl die Gespräche sich vorerst noch ungezwungen um die Ehefrauen, Kinder und Verwandten der Anwesenden drehten, ahnte ich, dass es schlechte Neuigkeiten gab.

Und ich irrte mich nicht: Auf die Plaudereien folgte das geplante politische Gespräch, dessen Anfang ich kaum mitbekam. Zu sehr war ich damit beschäftigt, mein Essen hinabzuwürgen, ohne dass es mir gleich wieder hoch kam.

Erst als die drei anwesenden Generäle vom Geschehen an der Front berichteten, fesselten sie meine Aufmerksamkeit. Krampfhaft schluckte ich mein letztes Stück Hammelfleisch mit Reis hinunter und lauschte.

Spätestens jetzt verging auch den anderen der Appetit – nur Omar nicht. Er futterte mit Heißhunger weiter und schenkte den ernsten Gesprächen der Erwachsenen keine Beachtung.

»Wir können die Amerikaner nicht aufhalten«, sagte der erste General – ein breitschultriger Mann Mitte vierzig – düster. Dabei starrte er niedergeschlagen auf seinen halb leeren Teller. »Ihre Streitkräfte sind zu stark. Es ist aussichtslos.«

Saleh, der mir schräg gegenüber an der Schmalseite des Tisches saß, schloss erschöpft die Augen. Seine auf dem Tisch liegenden Hände ballten sich zu Fäusten. »Wo sind sie jetzt?«, wollte er gefasst wissen.

»Kurz vor Zara, Saleh Khaled Mustafa«, entgegnete der zweite General. »Wir versuchen, ihren Vormarsch zu verlangsamen, so weit wir können.«

Saleh nickte und rang sich ein gequältes Lächeln ab. »Gute Arbeit. Auf diese Weise gewinnen wir Zeit.«

Der dritte General sah ihn ernst an. »Das ändert nichts an den Tatsachen, Saleh Khaled Mustafa. Bald werden die Amerikaner vor Sarana stehen. Sie sollten nach Norden aufbrechen, ehe die entscheidende Schlacht um die Hauptstadt beginnt!«

Saleh schüttelte müde den Kopf. »Kommt nicht in Frage! Man braucht mich hier. Was nütze ich Sarana und Benit, wenn ich mich im Norden verstecke?«

»Es könnte Sie ihr Leben kosten«, wandte der Chef der Republikanischen Sicherheit besorgt ein.

Mein Mann zuckte resigniert mit den Schultern. »Dieser Krieg kann uns alle das Leben kosten«, sagte er fest. »Egal wo wir uns aufhalten. Seid stark und kämpft! Versucht weiter mit allen Mitteln, sie aufzuhalten – das ist ein Befehl!«

Erneut hatte ich den Drang zu weinen. Halb aus Mitleid mit ihm und uns, halb aus Stolz auf seine Tapferkeit.

Als Achmed Scharif, die Generäle, Hatem, die Geheimagenten und der Chef der Republikanischen Sicherheit gingen, blieben Hassan und die anderen Leibwächter, Intisar, meine Familie und ich schweigend und niedergeschlagen zurück.

Die anderen Gäste unterhielten sich halblaut. Von der Straße her war das vielstimmige Hupen der Autos und das Läuten von Kirchenglocken zu hören. Mir fiel ein, dass wir uns hier in einem überwiegend von Christen bewohnten Viertel befanden.

Es war Intisar, die schließlich unser Schweigen brach. »In Zara sind sie jetzt also«, sagte sie tonlos. »Das heißt, sie sind nur noch zweihundert Kilometer von uns entfernt.«

Wen sie mit »sie« meinte, wussten wir alle ...

Plötzlich wandte sich Saleh in nie da gewesenem Befehlston an mich: »Ich möchte, dass du mit Omar sofort das Land verlässt! Ein paar Männer der Republikanischen Sicherheit werden euch über die Grenze nach Schatt al-Houria schaffen, ehe wir hier in der Falle sitzen.«

Ali starrte ihn mit offenem Mund entsetzt an. Omars Gesicht dagegen drückte nur Erstaunen aus. Er verstand nicht, was sein Vater meinte.

In meinem Kopf überschlugen sich die Gedanken.

Ich sollte Benit verlassen – mein geliebtes Benit mit all seinen Farben, Gerüchen, Geräuschen und dem märchenhaften Zauber? Gerade jetzt, wo es um Sieg oder Niederlage ging?

»Was ist mit dir und Ali?«, hörte ich mich fragen, obwohl ich die Antwort bereits kannte.

Mein Mann sah mich ernst an. Seine Augen waren schwarz wie zwei tiefe Brunnen.

Dann senkte er die Blicke. »Wir müssen hier bleiben – das weißt du«, sagte er leise und mit einem Zittern in der Stimme. »Ich habe einen Eid geleistet, dieses Land notfalls mit meinem Leben zu verteidigen und werde ihn nicht brechen! Und Ali ist meinem Vater und mir wie aus dem Gesicht geschnitten. Er würde auffallen und euch in Gefahr bringen.« Er warf Ali einen kurzen Blick zu, ohne ihm in die Augen zu sehen.

Alis Lippen zuckten. Er blinzelte und schluckte krampfhaft, mit aller Macht gegen die Tränen ankämpfend. Ich liebte ihn genauso wie Omar. Dass er nicht mein richtiger Sohn war, kümmerte mich nicht ...

»Nein!«, sagte ich entschlossen und setzte mich kerzengerade auf.

Ich fühlte die Blicke der Leibwächter auf mir ruhen, die um unseren Tisch herumstanden.

Hassan grinste verstohlen.

In Benit war es nicht üblich, dass eine Frau ihrem Mann widersprach – noch dazu in aller Öffentlichkeit. Ein Mann, der seiner Ehefrau einen derartigen Freiraum gewährte, galt leicht als schwach und charakterlos.

Gut möglich, dass ich Saleh nun bis auf die Knochen blamiert hatte.

Normalerweise widersprach ich ihm nur, wenn wir unter uns oder zumindest im engeren Kreis der Familie waren, um ihm Peinlichkeiten zu ersparen.

Doch diese Angelegenheit war einfach zu wichtig, um ihre Erörterung auf später zu verschieben.

Und verdammt: Schließlich war ich keine Araberin!

»Ohne Ali und dich gehe ich nirgendwo hin!«

Mein Mann verdrehte halb wütend, halb ratlos die Augen. »Rede doch keinen Unsinn! Du kannst uns sowieso nicht helfen!«

Ich verschränkte die Arme vor der Brust und sah ihm trotzig ins Gesicht. »Woher willst du das wissen? Jedenfalls bleibe ich hier – und wenn ich mit euch und diesem Land untergehe.«

Er schnaubte ärgerlich. »Sei doch nicht so stur!«

»Doch! In dieser Hinsicht bin ich stur!«

»Sina ...«

Uns blieb keine Zeit, länger darüber zu streiten: Draußen begannen wieder die Luftschutzsirenen zu heulen und ihr Lärm übertönte Salehs letzte Bemerkung.

Ali, Omar, Intisar und ich sprangen von unseren Stühlen auf.

Omars Augen waren vor Angst weit aufgerissen. »Die Amerikaner«, stammelte er. »Die Amerikaner!«

»Pst – ganz ruhig mein Kleiner!«, murmelte Intisar beruhigend und nahm seine Hand.

Unter den andern Gästen im Restaurant und den Kellnern brach Panik aus. Sie flohen in Richtung Ausgang, als sei der Teufel hinter ihnen her. Dabei stießen sie Tische und Stühle um, kreischten und redeten wild durcheinander.

Es herrschte ein solcher Lärm, dass man sein eigenes Wort nicht mehr verstand.

»Gehen Sie voraus!«, schrie Saleh den Männern der Republikanischen Sicherheit zu. »Die US-Luftwaffe darf uns nicht zusammen erwischen! Fahren Sie zurück zu Ihren Posten! Wir brauchen jeden verfügbaren Flagschützen!«

Die Leibwächter salutierten, wünschten uns alles Gute und bahnten sich ihren Weg zwischen den panischen Menschen hindurch nach draußen. Nur Hassan blieb wie selbstverständlich bei uns.

Saleh, Ali, Intisar, Omar und ich ließen uns von dem Strom der Flüchtenden mit ins Freie tragen.

Bis jetzt waren noch keine Explosionen zu hören – doch vielleicht wurden diese auch einfach vom Heulen der Sirenen und dem Schreien der Menschen übertönt.

Direkt über unseren Köpfen tauchten vier Kampfhubschrauber im Tiefflug auf. Sie flogen nur wenige Meter über den Hausdächern. Das Dröhnen ihrer Rotoren ließ den Boden beben.

Ich war innerlich wie gelähmt vor Entsetzen. Die Szene erinnerte mich an mein Abenteuer vor vier Jahren auf einer Ölquelle.

Fest umklammerte ich inmitten der wild gewordenen Menschenmenge Salehs Hand, der wiederum die von Ali hielt.

Ich versuchte krampfhaft einen klaren Kopf zu behalten, indem ich mir in Gedanken gut zuredete:

Ruhig bleiben, Sina! Bloß nicht durchdrehen! Langsam – einen Schritt nach dem anderen ...

Da vorne steht das Auto – nur ein paar Meter entfernt. Einfach bis dorthin durchkämpfen und dann wegfahren ...

Intisar war mit Omar ein paar Meter zurückgefallen, Hassan schon ein Stück voraus.

Wir versuchten, unseren Wagen zu erreichen – ein schwieriges Unterfangen.

Ruhig bleiben! Nicht in Panik geraten – es ist nicht mehr weit ...

Die Leute rannten ziellos hin und her und die Fahrzeuge auf der Straße standen still. Ihre Fahrer waren ausgestiegen, um zu Fuß zu fliehen und irgendwo Deckung zu suchen.

Ich verlor den Überblick. Einmal drängte uns die Menge nach links, dann nach vorne, zurück, nach rechts ... Wir wurden geboxt, gestoßen, beinahe überrannt und umgeworfen ...

Weitergehen – immer weiter ...

Saleh, Ali und ich waren noch keine zwanzig Meter vom Restaurant entfernt, als ich sah, wie einer der Hubschrauber vor dem Gebäude Kampfposition einnahm.

Ein Entsetzensschrei blieb mir im Hals stecken und rasende Angst jagte durch jede Faser meines Körpers. Ich wusste, dass wir zu nahe waren, dass die Explosion uns in tausend Stücke reißen musste.

Alles in mir schrie nach Flucht, aber es gab keinen Fluchtweg: Wir waren gefangen und eingeklemmt in einer panischen Menschenmasse.

Mein Atem stockte. Ich rang nach Luft und mein Herz raste. Irgendwie hatte ich das Gefühl, gleich ohnmächtig zu werden und sehnte diesen Zustand herbei. Er bedeutete Erlösung von meiner dunklen Todesangst und würde mich außerdem mein Ende nicht spüren lassen.

Doch ich wurde nicht ohnmächtig. Stattdessen musste ich mit ansehen, wie zwei Raketen über unsere Köpfe hinweg direkt auf das Restaurant zusteuerten.

Es erfolgte eine ohrenbetäubende Detonation, die meine Zähne schmerzhaft aufeinanderschlagen ließ und mir beinahe das Trommelfell zerriss.

Das Gebäude explodierte in einem gleißenden Feuerball. Der Lichtblitz fuhr mir wie eine glühende Nadel mitten ins Gehirn.

Saleh riss Ali und mich inmitten der Menge zu Boden. Dann verlor ich seine Hand.

Staub und kleine und große Trümmer regneten zum Teil schmerzhaft auf mich herab. Unwillkürlich schütze ich meinen Kopf mit beiden Händen.

Die Angstschreie rundherum verwandelten sich in Schreckens- und Schmerzensschreie.

Jemand fiel schwer auf mich.

Ich hob den Kopf und sah nichts. Die Luft war voll von dichtem Staub.

Ich versuchte, mich von dem Gewicht zu befreien, das auf meinem Rücken lastete und mich aufzurichten. Es war unmöglich.

Füße auf der Flucht traten mich in die Seiten, auf meine Beine und gegen meine Schläfen, dass ich Sterne sah ...

Sobald ich mich nur ein paar Zentimeter vom Boden erhoben hatte, wurde ich von irgendjemandem wieder umgeworfen.

Meine Panik wuchs und mein Kopf dröhnte von den Fußtritten und dem Lärm naher Explosionen.

Ich lag inmitten einer um ihr Leben rennenden Menge. Der Staub, die Hitze, der reglos auf meinem Rücken liegende Mensch und meine Todesangst nahmen mir fast die Luft zum Atmen. Außerdem konnte ich Saleh und Ali nicht mehr sehen – und das war das schlimmste.

Wo waren sie? Und Omar? Und Intisar?

Meine Familie! Was ist mit meiner Familie geschehen?

Die Angst um sie schnürte mir die Kehle zu. Ich wollte schreien – ihre Namen rufen. Doch ich brachte keinen Ton heraus, sosehr ich mich auch bemühte. Etwas blockierte meine Stimme.

Erneut versuchte ich mich mit aller Kraft aufzurichten. Meine Arme zitterten und schmerzten vor Anstrengung. Mein Gott: Was für ein Schwergewicht lag da bloß auf mir? Und warum bewegte er oder sie sich nicht?

Ein Tritt gegen die Schulter warf mich auf den Boden zurück, und ich konnte immer noch nichts sehen als hastende Füße und Staub.

Jede Faser meines Körpers schmerzte. Die Schreie der Menschen und die nicht allzu fernen Bombeneinschläge pochten in meinen Schläfen.

Mir schoss durch den Kopf, dass das wohl das Ende war. Hier würde ich nicht lebend herauskommen. Aber ich wollte nicht sterben.

Saleh, Ali, Omar…

Plötzlich fühlte ich etwas Flüssiges unangenehm warm zwischen meinen Schulterblättern hindurch meinen Hals hinab rinnen. Ich hielt es für meinen Schweiß und wischte es instinktiv mit der Hand weg. Im nächsten Augenblick packte mich rasendes Entsetzen: Meine ganze Handfläche war voller Blut.

Ich bin getroffen! dachte ich. Ich verblute.

Unter großer Anstrengung drehte ich mein Gesicht zur Seite, um nach der Verletzung auf meinem Rücken zu schauen. Sie musste ernst sein. Aber wieso spürte ich an dieser Stelle keinen Schmerz außer der drückenden Last des auf mir liegenden Menschen? Das war seltsam ...

Da blickte ich in die leeren Augen eines jungen Mannes. Sein rundes Gesicht war seltsam verzerrt und aus seinem halb geöffneten Mund floss Blut auf mein linkes Schulterblatt.

Für einen Moment schien mein Herzschlag auszusetzen. Mein Mund öffnete sich zu einem stummen Schrei. Ich strampelte und schlug wild um mich. In meinem Kopf war nichts mehr außer jenem gellenden Schrei, der nicht über meine Lippen kommen wollte.

Mit einem Mal war ich frei: Der übergewichtige Tote rutschte wie ein schwerer Sack von mir herunter.

Im nächsten Moment packte jemand meinen Arm und zog mich hoch.

Ich schwankte, hustete und blinzelte.

Vor mir standen Saleh, Hassan und Ali – verschwitzt, mit zerknitterten Anzügen und bedeckt von dem hellen Staub.

Mein Mann hielt meinen Arm fest umklammert und musterte mich von oben bis unten – gerade so, als wolle er sich versichern, dass noch alles dran war ...

Seine Wange wurde von einem hässlichen Bluterguss geziert und seine

Krawatte fehlte. Doch ansonsten schien er wie Ali und Hassan unversehrt zu sein.

»Alles in Ordnung, Schatz?«, erkundigte er sich besorgt.

Seine Stimme, der Ausdruck seiner Augen oder beides zusammen lösten etwas in mir. Meine Knie gaben nach und ich fiel genau in seine Arme. Dort brach ich in wildes, unkontrolliertes Schluchzen aus.

Stumm drückte er mich an sich und ich weinte hemmungslos – das Gesicht gegen seine Schulter gepresst.

Die Schreie der Menschen und die Kriegsgeräusche rückten in weite Ferne.

»Omar ...?«, brachte ich schließlich mühsam hervor. »Intisar ...?«

»Wir wollten uns gerade auf die Suche nach ihnen machen«, sagte Saleh. Er versuchte, seine Stimme normal klingen zu lassen. Doch ich hörte Angst und Sorge darin.

Mühsam riss ich mich zusammen und löste mich von ihm. Als ich die Schultern straffte, schoss eine Welle des Schmerzes durch meinen ganzen Körper, die mich zusammenzucken ließ. Ich biss die Zähne zusammen und unterdrückte ein Stöhnen. »Los! Worauf warten wir!«

Die Explosionen hatten aufgehört und die Geräusche der Flugzeuge und Hubschrauber verklangen in der Ferne.

Langsam legte sich auch der Staub – wurde zu einem gelb-grauen Schleier über den verlassenen Autos, den Häusern, der Straße, dem Bürgersteig ...

Unseren Augen bot sich ein Bild des Grauens, das ich mein ganzes Leben nicht vergessen werde: Zwischen den Trümmern des Restaurants lagen zahlreiche blutüberströmte Menschen.

Manche wanden sich stöhnend vor Schmerzen. Andere waren bereits tot und weinende, klagende und schreiende Angehörige kauerten über ihnen. Einige irrten völlig unter Schock ziellos umher oder suchten wie wir nach Vermissten.

Saleh, Ali und ich hielten uns aneinander fest, stützten uns gegenseitig, während wir über das Trümmerfeld wanderten.

Meine Angst um Omar und Intisar wuchs mit jeder Minute, die verstrich. Ich sah die Welt wie durch einen nebligen Schleier und zugleich war das Licht viel zu grell.

Die Bilder taten meinen Augen weh: Überall Blut, Tote, Verletzte und abgerissene Gliedmaßen ...

Vier Krankenwagen kamen mit Blaulicht und Sirene um die Ecke gebogen. Sie mussten anhalten, da die mitten auf der Straße abgestellten Fahrzeuge und Trümmer von Gebäuden den Weg versperrten. Sanitäter war ein undankbarer Beruf im Krieg.

Ich fragte mich, wie sie all die Verletzten transportieren wollten und wohin sie überhaupt noch gebracht werden sollten. Es gab wohl im ganzen Land kein einziges Krankenhaus, das nicht hoffnungslos überfüllt war ...

Mein Blick fiel auf eine junge Frau, die ihren toten Säugling im Arm wiegte. Sie weinte nicht. In ihrem Blick lag vollkommene Leere. Ihre Augen erinnerten mich an die des Toten, der auf meinem Rücken gelegen hatte ...

Ich dachte an Omar und würgte. Wahrscheinlich hätte ich mich übergeben, wenn ich nicht genau in diesem Moment ein vertrautes Schluchzen vernommen hätte. Es war leise und übertönte doch alle anderen Geräusche.

Mein Kopf schnellte zur Seite und ich sah Omar. Er saß neben einer fremden Frau auf dem Boden, die den Arm um ihn gelegt hatte. Beide hatten uns den Rücken zugewandt.

Ich machte mich von Saleh und Ali los und begann zu rennen. Wie von selbst sprangen meine Füße über Trümmer und Leichen und wirbelten den Staub auf. »Omar!«

Mein Sohn drehte sich langsam zu mir um. Sein Gesicht und sein Haar waren von einer grauen Schicht überzogen und seine Züge in Angst und Entsetzen verzerrt. Die Kleidung war voller Blut, aber ich konnte keine Verletzung erkennen.

»Mama!«, stieß er hervor. Tränen liefen wie Sturzbäche seine Wangen hinunter und hinterließen dabei Spuren wie Flüsse in der Wüste. »Mama!«

Ich kniete neben ihm nieder, schloss ihn fest in die Arme und küsste sein ganzes Gesicht. Dass ich dabei Staub und Tränen schluckte kümmerte mich nicht. Auch ich musste weinen.

Oh, Gott – wenn ich ihn verloren hätte ...

Die fremde Frau musterte mich prüfend und voller Mitgefühl.

Sie war nicht mehr ganz jung, trug ein unförmiges Gewand und ein Kopftuch – beides von nunmehr undefinierbarer Farbe. Ihre dunklen Augen wirkten gütig und drückten tiefe Herzlichkeit aus. Auf beinahe magische Weise strahlten sie aus dem eintönigen, trostlosen Gelb-Grau heraus, das über allem lag.

»Sind Sie die Mutter?«, fragte sie mich. Offensichtlich erkannte sie mich nicht und wusste auch nicht, wer Omar war.

Ich nickte nur – brachte kein Wort heraus.

»Beruhigen Sie sich!« Behutsam tätschelte sie meine Wange. »Ihm ist nichts passiert. *Sie* hat sich für ihn geopfert.«

Schlimmes ahnend starrte ich die Frau an. »Wer?«, wollte ich wissen und schluckte.

»Diese Frau da.« Sie deutete mit dem Finger nach rechts auf eine am Boden liegende Gestalt, etwa fünf Meter von uns entfernt. »Vielleicht kennen Sie sie ...«

Vor der Toten, die die Frau meinte, standen wie versteinert Saleh, Ali und Hassan. Fassungslos starrten sie auf sie nieder.

»Vielleicht kennen Sie sie ...?«

Nein – im ersten Moment erkannte ich sie nicht. Ich sah nur Blut und die Gesichter von Saleh und Ali.

Dann fiel mein Blick auf die Schuhe der Toten: Olivgrüne Sandalen – genau wie Intisar sie an diesem Tag getragen hatte ...

Intisar ...

»Sie hat sich genau in dem Moment über ihn geworfen, als die Raketen einschlugen«, hörte ich die Frau wie aus weiter Ferne sagen. »Ich habe es genau gesehen. Hätte sie es nicht getan, wäre der Kleine in tausend Stücke zerrissen worden.«

Ganz plötzlich fühlte ich gar nichts mehr. Ich war wie betäubt. Gleichzeitig drehte sich alles um mich herum.

Den schluchzenden Omar noch immer fest an mich gedrückt, stand ich schwankend auf.

Automatisch setzte ich mich in Bewegung, meine Augen auf die blutige Masse gerichtet, die einmal Intisars Rücken gewesen sein musste.

Saleh trat mir mit Ali an der Hand entgegen und versperrte mir die Sicht.

Jede Farbe war aus dem Gesicht meines Stiefsohnes gewichen. Er zitterte trotz der Hitze am ganzen Körper und seine Zähne klapperten. Seine Augen starrten durch mich hindurch.

»Wir gehen nach Hause«, sagte Saleh tonlos. »Hassan wird alles für ihre Beerdigung vorbereiten.« Sein Gesicht war eine leere Maske, doch in seinen Augen standen Tränen.

»Ich möchte zu ihr«, hörte ich mich sagen. Meine Stimme klang sehr dünn.

Noch einmal wollte ich Intisars Gesicht sehen, in ihre klugen, empfindsamen Augen schauen ...

Aber Saleh hielt mich am Arm zurück. »Nein, Sina!«, sagte er nur und schob mich samt Ali und Omar vor sich her zum Wagen.

Ich hatte nicht die Kraft zu protestieren ...

57

Nur Saleh, Omar und Hassan waren dabei, als Intisar noch am selben Abend auf dem Westfriedhof beigesetzt wurde.

Ich musste in unserem Quartier bei Ali bleiben, der fast einen Nervenzusammenbruch erlitten hatte. Er hatte nur noch gestammelt, unkontrolliert gezittert und war kaum ansprechbar gewesen.

Außerdem bekam er wenige Stunden nach der Rückkehr in unsere Wohnung Fieber, sodass Saleh es für besser hielt, einen Arzt zu rufen.

Aber wieder funktionierten die Telefone nicht. Er musste über Funk die Republikanische Sicherheit mit der Suche nach einem Arzt beauftragen.

Als dieser endlich kam – ziemlich verschreckt durch die Aufgabe, Khaled Mustafas Enkel zu behandeln – glühte Ali bereits vor Fieber.

Der Arzt spritzte ihm ein Mittel, dass die Nerven beruhigen und das Fieber senken sollte. Außerdem verordnete er meinem Stiefsohn ein paar Tage Ruhe.

Ruhe – im Zentrum der Zielscheibe. Wie stellte er sich das vor?

Auf diese Frage wusste er natürlich keine Antwort. Er zuckte nur mit den Schultern, nickte uns unterwürfig zu und wünschte mit gesenktem Blick Allahs Segen.

Dann ging er, und bald darauf auch Saleh, Hassan und Omar.

Ich blieb mit meinem kranken Stiefsohn allein zurück.

Ali fantasierte.

Manchmal murmelte er nur leise vor sich hin oder stöhnte. Doch ab und zu schrie er, schlug um sich und wälzte sich wild hin und her.

Ich versuchte ihn festzuhalten und daran zu hindern, vom Sofa zu fallen. Gleichzeitig redete ich beruhigend auf ihn ein.

Es war nicht leicht: Der Junge entwickelte in seinem Fieberwahn Bärenkräfte und einmal traf seine Faust derart heftig meine Nase, dass sie blutete.

Jedes Mal, wenn ein weiterer Tobsuchtanfall vorüber war, atmete ich auf.

Aber solche Erholungspausen hatten auch gravierende Nachteile: Sie verleiteten zum Denken.

Immer wieder schob sich Intisars Bild in meinen Geist.

Ich sah sie neben Abdullah stehen, mit meinen Kindern spielen, sich mit meiner Mutter unterhalten, am Ufer des Ghaniim im Sand liegen ...

Diese Erinnerungen taten scheußlich weh – so sehr, dass sie mir Tränen in die Augen trieben. Dagegen waren die Schmerzen meiner Prellungen am ganzen Körper eine Wohltat ...

Doch die Erinnerungen an Intisars Leben waren noch nicht die schlimmsten: Nach einer Weile verschwammen die Bilder und wurden zu dem, das ich zuletzt gesehen hatte: Ihr zerfetzter Körper zwischen den Trümmern des Restaurants ...

Mir war schlecht. Mein Magen rebellierte und schien sich auf geheimnisvolle Weise um die eigene Achse zu drehen.

Ein paar Mal rannte ich auf Klo, weil ich glaubte, mich übergeben zu müssen. Aber es kam nichts. Es gab keine Möglichkeit, meine Trauer, Verzweiflung, Wut und Übelkeit zu lindern.

Draußen wurde es dunkel und ich saß noch immer neben Alis Krankenlager. Er schien ruhiger zu werden, atmete jetzt tief und gleichmäßig.

Ich legte meine Hand auf seine Stirn, die nicht mehr ganz so heiß war.

Jetzt wirkten diese verdammten Medikamente endlich – wurde ja auch Zeit!

Während ich in der schnell dichter werdenden Dämmerung neben dem Sofa saß, war die Hälfte meiner Gedanken bei Saleh und Omar auf dem Friedhof.

Intisar musste inzwischen unter der Erde sein.

Ich sah auch dieses Bild deutlich vor mir: Ihr junger, übel zugerichteter Körper im weichen, sandigen Boden – das Gesicht Richtung Mekka.

Ihr Gesicht hatte ich nicht gesehen, dort zwischen den Trümmern, da es von mir abgewandt gewesen war.

Im Geiste sah ich es völlig unversehrt in der Dunkelheit des Grabes: Intisars Augen waren geschlossen. Sie schien nur zu schlafen ...

Erst in diesem Moment begriff ich richtig, was heute geschehen war – das ganze Ausmaß des Verlustes.

Meine blöde Fantasie. Wieso musste sie mir solche Bilder vorgaukeln und mich noch zusätzlich quälen?

Ganz plötzlich sprudelten die Tränen wie Sturzbäche aus meinen Augen.

Seit Stunden war mir nach Heulen zu Mute. Doch bis jetzt hatten die Tränen nur in meinen Augen gebrannt, ohne wirklich hervorzubrechen.

Sämtliche Schleusen standen mit einem Mal offen und ließen sich nicht mehr schließen.

Ich presste die Hände vor den Mund und rutschte von meinem Stuhl auf den Boden.

Die Stirn ans Sofa gelehnt weinte ich so, dass ich glaubte, mich nie mehr beruhigen zu können.

Ich weinte und weinte und schluchzte, dass es mich nur so schüttelte.

Dazwischen packte mich wilder Zorn. Ich stieß halb wütende, halb hysterische Schreie aus und schlug fest mit den Fäusten auf den Boden ein.

»Ihr verdammten, verfluchten Amis!«, brach es aus mir heraus. »Dafür werdet ihr büßen, ihr Schweine! Wir bringen euch alle um!«

Immer wieder schlug ich zu – so lange, bis meine Finger vor Schmerz fast taub waren.

Dann hatte ich mich wieder unter Kontrolle. Mein kombinierter Wein- und Wutanfall hatte mir gut getan: Ich konnte wieder freier atmen. Aber die Trauer um Intisar blieb.

Kurze Zeit später kehrten Hassan, Saleh und Omar zurück – mein Mann mit finsterem Gesicht und verweinten Augen, mein Sohn zusätzlich mit einer nassen Hose.

Während ich ihn umzog, erzählte er mir, wie »Baba und der Mann« Intisar in das »Loch« gelegt hatten.

Er wirkte verwirrt und verängstigt, aber nicht wirklich traurig. Wahrscheinlich war er noch zu klein, um den Tod zu begreifen.

»Sie war in Tücher gewickelt und nur der Kopf schaute raus«, berichtete er ernst. »Baba und Hassan haben Erde auf sie geworfen, bis sie ganz vergraben war, aber ich wollte nicht ...

Baba hat die ganze Zeit geweint. Wieso, Mama? Intisar ist doch jetzt im Himmel bei Allah – und dort ist es schön!«

»Dein Vater ist eben traurig, dass Intisar ...« Ich stockte und atmete tief durch. » ...nicht mehr da ist.«

Omar seufzte schwer. »Das bin ich auch. Wann kommt sie wieder vom Himmel zurück?«

Ich machte den Knopf an seiner Hose zu. Meine Finger zitterten so, dass ich alle Mühe dabei hatte. »Sie kommt nicht zurück, Omar – nie mehr«, brachte ich mit erstickter Stimme hervor.

Er starrte mich mit großen Augen an, verstand den Sinn meiner Worte nicht ...

Ich konnte es ihm nicht übel nehmen. Schließlich war es auch für mich unvorstellbar, dass wir Intisar für immer verloren hatten.

In dieser Nacht lag ich stundenlang wach und weinte.

Saleh hielt mich im Arm und versuchte mich zu trösten. »Sie ist nun dort, wo sie am liebsten war: bei Abdullah«, sagte er behutsam.

Ich wollte glauben, dass er recht hatte. Ich hoffte und betete, dass Intisar ihren geliebten Mann finden würde – wo auch immer sie jetzt sein mochte ...

58

Eine knappe Woche nach Intisars Tod standen die amerikanischen Bodentruppen vor Sarana. In den südlichen Vierteln lieferten sie sich erste blutige Kämpfe mit Männern der Republikanischen Sicherheit, welche sich in den Häusern verschanzt hatten.

Je nachdem, wo in der Stadt wir uns gerade aufhielten, konnten wir schon den Gefechtslärm hören. Gleichzeitig schienen die Luftangriffe immer heftiger zu werden. Montgomerys Armee setzte zum Endspurt an.

Der Khaled-International-Airport war bereits unter der Kontrolle der Feinde, aber das spielte keine Rolle: Flugzeuge starteten und landeten dort seit Langem nicht mehr.

Das Rollfeld und die Ankunftshalle waren mehrmals von Raketen getroffen worden und in diesem Zustand sowohl für uns als auch für die Amerikaner nutzlos.

Wir flohen in ein Quartier im Norden der Stadt – ein kleines zerfallendes Häuschen, dessen Bewohner Benit schon im letzten Krieg verlassen hatten. Notdürftig hatten unsere Diener vor dem Krieg ein paar Reparaturen durchgeführt und ein paar Möbel hineingestellt. Aber gemütlich war es noch immer nicht ...

Die bunten Teppiche waren vergilbt und abgeschossen, die Tapeten fleckig, der Steinboden hatte Sprünge und es roch leicht modrig. Nachts kamen die Ratten aus ihren Verstecken und machten sich über unsere Essensreste her. Hier würden uns die Amerikaner zuletzt suchen.

Mit diesem Gedanken trösteten wir uns, wenn uns unser heruntergekommenes Quartier gar zu sehr auf die Nerven ging.

*

Wir wohnten erst zwei Tage in unserem »Rattenloch«, wie Saleh es halb scherzhaft, halb verzweifelt nannte, als ich noch halb im Schlaf ein tiefes, brummendes Dröhnen vernahm.

Ein Lastwagen, dachte ich. Nein – mehrere ...

Es mussten riesige Fahrzeuge sein. Sie ließen die Wände des Hauses erzittern.

Wo kamen die her mitten im Krieg? Aber im Grunde interessierte mich das nicht um fünf Uhr früh. Ich wollte noch etwas schlafen – mochte da vorbeifahren, was wollte.

Seufzend drehte ich mich auf die andere Seite und zog mir die Bettdecke über die Ohren.

Doch ich fand keine Ruhe mehr. Mein Gefühl sagte mir, dass etwas nicht stimmte.

Der Krieg hatte meine Sinne für Gefahr geschärft und diese rebellierten nun.

Das sind doch keine Lastwagen dort draußen. Kein Lastwagen hat einen derart lauten Motor und lässt Hauswände so erzittern.

Neben mir setzte sich Saleh unvermittelt mit einem Ruck auf. Ich erschrak so, dass ich ebenfalls in die Höhe fuhr. Wir wechselten einen Blick.

Mein Mann sah blass aus. »Panzer«, murmelte er.

Ich war verwirrt. Panzer? Vor unserer Haustür? Wo sollten die herkommen? Alle unsere Militärfahrzeuge waren an der Front und versuchten, die letzten Städte zu halten ...

In diesem Moment brach der Gefechtslärm los: Das vielstimmige Rattern von Maschinengewehren und das Dröhnen schwerer Geschütze.

Es war so laut und nah, dass ich eine Sekunde lang glaubte, unser Quartier sei das Ziel.

Saleh und ich schälten uns aus den Decken und waren mit ein paar Schritten am Fenster.

Die sonst stark befahrene Straße lag verlassen im Licht der aufgehenden Sonne. Nur ein paar rostige, altersschwache Wagen parkten am Straßenrand – darunter auch unser weißer Kombi.

Ein zerbeultes Verkehrsschild wies den Weg in Richtung Stadtzentrum, Fußballstadion und Krankenhaus.

In den Häusern auf der anderen Straßenseite regte sich nichts, was mich wunderte. Der Lärm musste doch absolut jeden aufschrecken! Aber vielleicht hatten die Leute so große Angst, dass sie sich in ihren Betten verkrochen.

Mein Blick wanderte nach rechts und da sah ich die Panzer.

Es waren fünf Stück, die ein paar Meter unterhalb unseres Hauses Stellung bezogen hatten.

Ihre Geschütze feuerten pausenlos, dass der Boden bebte – wohin, konnte ich aus diesem Blickwinkel nicht erkennen. Auf jeden Fall ungefähr in Richtung Stadtzentrum.

Auf Anhieb sah ich, dass das keine benitischen Panzer waren.

Ich hatte viele Militärparaden miterlebt, seit ich Salehs Frau war und wusste, wie unsere Panzer aussahen.

Diese hier waren größer als alle benitischen und auch die Farbe stimmte nicht.

Ich verrenkte den Kopf und kniff die Augen zusammen, um die kleinen Flaggen an ihren Flanken erkennen zu können.

Im nächsten Moment schnürte mir die Angst – wie so oft in letzter Zeit – die Kehle zu.

Trotz der Entfernung konnte ich die Stars-and-Stripes-Flagge erkennen und darunter die Aufschrift »US Army« erahnen ...

Sie waren hier. Über Nacht waren sie gekommen und lieferten sich in unserer Straße Gefechte mit der Republikanischen Sicherheit.

Saleh nahm meine Hand und drückte sie. Ernst sah er mir in die Augen. »Jetzt hat sie begonnen: die entscheidende Schlacht«, flüsterte er.

Je länger ich die Panzer betrachtete, desto größer wurde meine Angst.

Nie zuvor hatte ich derart riesige Panzer mit solch einer Feuerkraft gesehen.

Wie lange würden unsere Leute diesen Höllenmaschinen standhalten können? Und was geschah, wenn die Amerikaner uns hier fanden?

Beide Fragen wollte ich lieber nicht beantworten ...

Hassan trat mit Ali und Omar in unser Schlafzimmer.

Meine Kinder sahen verschlafen, verschreckt und verängstigt aus und waren wie Saleh und ich noch im Schlafanzug.

Hassan dagegen war fertig angezogen. Er trug Jeans und ein T-Shirt, unter dem seine Muskeln hervortraten.

»Geht in die Küche!«, wies mein oberster Leibwächter uns an. »Dort seid ihr auf der Rückseite des Hauses und fürs Erste in Sicherheit. Ich habe euch etwas zu essen gerichtet.«

Ali blickte ihn aus weit aufgerissenen Augen an. »Und was ist mit dir, Hassan?«, fragte er besorgt. »Kommst du nicht mit in die Küche?« Ich wusste, dass mein Stiefsohn den mutigen, treuen Hassan heimlich glühend bewunderte.

Der Leibwächter schüttelte den Kopf und nahm sein Maschinengewehr von der Schulter, das er wie immer bei sich trug. »Nein. Ich werde die Straße im Auge behalten.«

Ehe wir seinen Anweisungen folgend in die Küche gingen, warf ich einen mutlosen Blick auf seine Waffe. Was wollte er damit gegen die amerikanischen Panzer ausrichten?

Lustlos würgten wir unser Frühstück hinunter, während draußen der Kampf tobte.

Niemand sprach ein Wort. Wir hatten alle schreckliche Angst – Angst, dass die Amerikaner uns hier finden würden. Sollte das geschehen, wäre es unser Ende gewesen. Ich wusste, dass Montgomery keine Kapitulation und keine weiße Fahne akzeptieren würde.

Die USA führten keinen herkömmlichen Krieg, der beendet war, sobald das feindliche Lager irgendein Papier unterzeichnete.

Montgomery hatte seine Truppen mit dem Ziel nach Benit geschickt, die Regierung zu vernichten. Was letztlich seine Motive dafür waren, stand in den Sternen: Geltungsbedürfnis, ein fast krankhafter Drang, Angefangenes zu beenden, Abrechnung mit einem Feind, den er beim letzten Mal hatte verschonen müssen, Benits Ölreserven oder einfach nur die Lust am Erobern und Zerstören? Auf jeden Fall hatte er nicht vor, ein Mitglied der Regierung am Leben zu lassen ...

Ich betrachtete die Gesichter der Menschen, die mir die wichtigsten auf der Welt waren.

Das von Saleh drückte Angst, Entschlossenheit, Müdigkeit und Hoffnung zugleich aus.

Ali sah einfach nur verängstigt aus. Der traurige Ausdruck in seinen Augen, der seit Intisars Tod immer da war, trat in diesem Moment wieder besonders stark hervor.

Omar kaute an den Fingernägeln und blickte betreten zwischen seine Beine. Er hatte sich schon wieder in die Hose gemacht. Es rann an den Stuhlbeinen hinunter und bildete eine Pfütze auf dem Boden.

Ich hatte plötzlich rasende, pochende Kopfschmerzen. Außerdem trat mir der Angstschweiß aus allen Poren, und das Essen lag mir schwer wie ein großer Stein im Magen. Ich hatte Mühe, ein Zittern zu verbergen.

Warum? dachte ich verzweifelt und voller Wut. Warum zerstören die mein Land, meine Familie und mein Leben? Was hat Jason Montgomery davon?

59

Den ganzen Tag und die halbe Nacht tobte in unserer unmittelbaren Nachbarschaft der Kampf.

Ich weiß nicht, wie wir diese Stunden herumbrachten.

Wir aßen, obwohl wir keinen Hunger hatten. Wir redeten, ohne zu wissen, über was. Wir spielten Karten, um uns abzulenken ...

Wir wagten es nicht einmal, Funkkontakt mit der Armee oder der Republikanischen Sicherheit aufzunehmen. Die Gefahr, dass unsere Feinde den Funkspruch abfangen und uns finden würden, war zu groß.

Jeden Moment rechneten wir damit, dass die Amerikaner unser Haus stürmen oder zerstören würden – dass sie uns umbringen würden.

Doch nichts geschah und gegen ein Uhr nachts kehrte draußen plötzlich Ruhe ein. Wir gingen ins Bett und fielen in einen erschöpften, tiefen Schlaf wie lange nicht. Es schien, als hätten unsere Gehirne beschlossen, sich vorübergehend einfach abzuschalten – sich aus dem unerträglichen Geschehen auszuklinken ...

Auch am nächsten Morgen herrschte draußen völlige Ruhe. In unserer Umgebung fiel kein einziger Schuss. Aber es ließ sich auch kein Mensch auf der Straße sehen.

Die Stille, die herrschte, war fast noch schlimmer als der ständige Kriegslärm der vergangenen Wochen. Etwas Beängstigendes, Unheilvolles ging von ihr aus, dem ich mich nicht entziehen konnte.

Endlich wagte es Saleh, Funkkontakt mit der Republikanischen Sicherheit und der Armee aufzunehmen.

Er versuchte es ein paar Mal, doch vergeblich: Die Verbindung war unterbrochen und aus dem Funkgerät kam nur ein statisches Rauschen.

Auch ans Funktelefon in der Polizeizentrale ging niemand mehr, obwohl das Freizeichen ertönte.

Mein Mann, Hassan und ich rätselten, was das zu bedeuten hatte. Auf jeden Fall verhieß es nichts Gutes – darüber waren wir uns einig.

Hassan fasste den Beschluss, loszuziehen und sich nach dem Verbleib unserer Landesverteidigung umzusehen.

Stunden vergingen und er kehrte nicht zurück. Wir warteten, bangten, hofften und beteten, er möge auftauchen. Doch den ganzen Vormittag und Nachmittag geschah nichts und die unheimliche Stille hielt weiter an. Auch über Funk konnten wir meinen obersten Leibwächter nicht erreichen.

Erst mit der Abenddämmerung, als wir die Hoffnung schon fast aufgegeben hatten, kehrte Hassan zurück.

In der rechten Hand hielt er sein Maschinengewehr, in der linken ein Kofferradio. Sein Gesichtsausdruck verhieß Schlimmes.

»Hast du es geschafft, mit der Armee und deinen Leuten in Verbindung zu treten?«, fragte Saleh vorsichtig.

Hassan stellte mit einem Ruck das Radio auf dem Küchentisch ab und räusperte sich. »Es gibt keine Armee und keine Republikanische Sicherheit mehr«, murmelte er, ohne uns anzuschauen. »Es ist vorbei!« Damit drehte er sich um und verließ die Küche. Krachend fiel die Tür zu seinem Schlafzimmer hinter ihm ins Schloss.

Saleh, Ali, Omar und ich standen da wie vom Donner gerührt.

Mein Stiefsohn schaltete mit zitternden Fingern das Radio an. Nun erfuhren wir die ganze Wahrheit: Eine uns wohlbekannte englische Stimme mit arabischer Übersetzung verkündete, was wir nicht hatten wahrhaben wollen:

»Sehr geehrte Beniter und Beniterinnen. Ich spreche zu Euch im Namen der Vereinigten Staaten von Amerika: Sarana ist heute Nacht gefallen und damit betrachten wir den Krieg als beendet.

Die benitische Armee ist desertiert oder geflohen und die Republikanische Sicherheit hat sich aufgelöst.

Khaled Mustafa ist am Ende!

Wir fordern alle Beniter auf, ihre Waffen niederzulegen und sich mit den USA an einen Tisch zu setzen. Denn die Vereinigten Staaten von Amerika kommen nicht als Besatzer, sondern als Befreier ...«

Achmed Scharif hatte sich den US-Truppen ergeben und war festgenommen worden – ebenso vier weitere führende Mitglieder der Regierung.

»Leider fehlt vom Rest des Regimes bis jetzt jede Spur.

Doch ich schwöre: Wir – die Vereinigten Staaten von Amerika – werden Khaled Mustafa und all diejenigen finden, welche das freie benitische Volk unterdrückt und gedemütigt haben. Sie werden ihre gerechte Strafe erhalten.

Für Benit bricht nun eine neue Ära an: Eine Ära der Freiheit und Demokratie. Lasst uns gemeinsam diesem Ziel entgegengehen.

Khaled Mustafa al-Adnan ist gestürzt. Er wird nie mehr irgendeinem Beniter oder einer Beniterin Leid zufügen können.

Gott segne Euch, liebe Freunde!

Ich bin Jason S. Montgomery – Präsident der Vereinigten Staaten von Amerika.«

60

»Nein!« Ich funkelte Saleh zornig an. »Das werde ich nicht! Wenn ich dieses Land und euch verlasse, dann nur in einem Sarg!«

Mein Mann redete verzweifelt und mit einer Engelsgeduld auf mich ein: »Red keinen Unsinn, Sina! Du weißt, dass ich lieber tausend Tode sterben würde, als deinen mitzuerleben.«

»Und ich würde lieber Zehntausend sterben, als deinen und Alis mitzuerleben«, konterte ich. »Ich bleibe dabei: Entweder gehen wir alle oder keiner von uns!«

Er verdrehte verzweifelt die Augen zur Decke unseres Schlafzimmers, wo die Diskussion stattfand. »Sei vernünftig! Denk an Omar!«

»Omar ist in Benit zu Hause«, schrie ich mit Tränen in den Augen. »Wie soll ich ihm beibringen, dass er von hier weg muss – vielleicht für lange Zeit?«

»Er wird sich damit abfinden. So lange du bei ihm bist, ist für ihn die Welt in Ordnung.«

Unvermittelt brach ich in wildes Schluchzen aus. »Ich kann das nicht, Saleh! Ich kann dieses Land nicht im Stich lassen – und dich und Ali!«

Mein Mann legte behutsam die Arme um meine Taille. »Du lässt uns nicht im Stich! Es gibt nichts mehr, was du für Benit tun könntest. Es ist vorbei.«

Verzweifelt klammerte ich mich an ihn. Das Weinen schüttelte mich heftig. »Ich habe solche Angst, dass sie euch umbringen – dass wir uns nie wiedersehen ...«

Er küsste mich zärtlich auf die Stirn. »Mach dir um uns keine Sorgen!«, tröstete er und kämpfte dabei selbst mit den Tränen. »Wir werden in ein sicheres Versteck im Norden gehen und von dort aus den Widerstand gegen die Amerikaner organisieren. Dieser Krieg ist noch nicht entschieden, wie Montgomery glaubt.«

Ich hob den Kopf und sah ihm in die Augen – diese schönen, warmherzigen Augen. »Sei ehrlich, Saleh: Können wir es schaffen? Können wir die Amerikaner vertreiben und wieder an die Macht kommen?«

Für einen Moment spürte ich sein Zögern. Dann versuchte er ein Lächeln, das ihm erstaunlich gut gelang. »So lange es dich gibt, kann ich alles schaffen«, flüsterte er zärtlich und strich mir eine widerspenstige Locke aus der Stirn. »Aber ich kann mich nur auf die Rückeroberung Benits konzentrieren, wenn ich euch in Sicherheit weiß. Ich liebe dich über alles, Sina! Und das Erste, was ich tun werde, sobald die Amerikaner weg sind, ist, dich und Omar zurückzuholen.«

Ich musterte ihn eindringlich. »Schwöre es!«, schniefte ich.

Er hob feierlich seine rechte Hand zum Schwur und hielt mich mit der anderen fest an sich gedrückt. »Ich schwöre es!«

Er schluckte. »Bitte – du musst einfach hier raus! Tu es für mich – und für Omar!«

Damit war es also beschlossen: Ich würde mit Omar nach Deutschland zurückkehren, während Saleh mit Ali im besiegten Benit blieb.

Es war der schwerste Entschluss meines Lebens. Doch ich hatte erkannt, wie wichtig es meinem Mann war, mich in Sicherheit zu wissen.

Ich wollte es ihm nicht noch schwerer machen, als es schon war. Er litt genug ...

*

Ein letztes Mal fuhr ich zum Palast am Ghaniim – meinem liebsten Ort in Benit. Das war riskant, denn die Amerikaner hielten ständig nach Mitgliedern des gestürzten Regimes Ausschau.

Saleh und Hassan versuchten mich zurückzuhalten, aber ich setzte mich durch.

Ich trug ein traditionelles arabisches Gewand und verbarg mein blondes Haar unter einem Schleier. Niemand würde in mir Leila Khaled Mustafa erkennen.

Wie im Traum lenkte ich den altersschwachen Kombi durch die Straßen der Hauptstadt – vorbei am rasant gewachsenen Friedhof, auf dem auch Intisar begraben lag.

Intisar ...

Der Gedanke an sie war nach wie vor unerträglich. Aber im Grunde hatte sie Glück gehabt, dass sie den letzten Akt nicht mehr miterleben musste ...

Die Straßen waren voll von jubelnden Menschen, die benitische und amerikanische Flaggen schwenkten.

An allen Ecken wurden Gemälde und Fotos von Khaled verbrannt und Statuen symbolisch gesteinigt.

In Sprechchören forderten viele Beniter den Tod des Diktators. Andere sahen dem Treiben nur mit ängstlichen Gesichtern zu und blickten sich immer wieder gehetzt um – so, als könne Khaled plötzlich hinter ihnen stehen und diese Respektlosigkeit bestrafen.

Ich war verwirrt, geschockt und verzweifelt. In meinem Herzen brannte die Enttäuschung wie Feuer.

Waren das dieselben Menschen, die meinem Schwiegervater noch vor zwei Monaten zugejubelt und ewige Treue geschworen hatten? Sollte das etwa alles bloß Theater gewesen sein, um sich die Gunst des Präsidenten zu sichern? Hatten sie auch mir nur aus Angst vor seiner Politik zugejubelt?

Ich konnte es mir nicht vorstellen. Sicher gab es sie, unsere treuen Anhänger. Irgendwo in dieser Trümmerstadt mussten sie sich aufhalten – nur vorübergehend von den US-Truppen zum Schweigen gebracht ...

Aber Tatsache war, dass sich über Jahre ein erschreckender Hass in der Bevölkerung angestaut hatte.

Ich wusste um Khaleds Methoden, seine Macht zu sichern. Mit brutaler Härte war er gegen jeden vorgegangen, an dessen Loyalität auch nur geringste Zweifel bestanden. Wer den Mund aufmachte, riskierte sein Leben, denn Polizei und Geheimdienste hatten ihre Augen und Ohren überall. Folter und Hinrichtungen gab es in Benit jeden Tag – so selbstverständlich wie in Deutschland die Morgenpost ...

Ich hatte immer so weit es ging meine Augen davor verschlossen.

Was hätte ich tun sollen? Ich liebte meinen Mann und meinen Schwiegervater.

Doch Khaleds Politik ändern konnte ich nicht. Er war besessen von seiner Macht, wie er mir gegenüber einst selbst zugegeben hatte. Nie hätte er sich von Saleh oder mir da hineinreden lassen ...

»Präsident« nannte mein Schwiegervater sich, was nach einem demokratischen Staatschef klang. Regiert hatte er jedoch wie ein Tyrann. Im Grunde war es kein Wunder, dass sein Volk ihn hasste.

Nun war er gestürzt und mitsamt seinen Geheimdiensten, der Armee und der Republikanischen Sicherheit wie vom Erdboden verschluckt. Die Beniter mussten ihn und seinen riesigen Unterdrückungsapparat nicht mehr fürchten. Jetzt wollten sie Rache.

Ich konnte bloß hoffen, dass sich Khaled an einem sicheren Ort befand ...

Wenn ihm nur nicht bereits etwas zugestoßen war.

Ich hielt es nicht länger aus zu denken und die jubelnden und vor Hass sprühenden Menschen zu sehen. Rasch drehte ich die Lautstärke des Radios auf, aus dem wunderschöne arabische Musik tönte, schaltete mein Gehirn ab und richtete meine gesamte Aufmerksamkeit auf die überfüllten Straßen.

Überall waren amerikanische Militärfahrzeuge. Sie kreuzten meinen Weg, überholten, parkten am Straßenrand oder bewegten sich langsam durch jubelnde und winkende Massen.

Bei jedem, dem ich begegnete, fürchtete ich, die Fahrer könnten mich erkennen. In diesem Fall hätte ich zwei Möglichkeiten gehabt: Entweder mich von den Amerikanern erschießen zu lassen oder mich der zornigen benitischen Masse zu ergeben. Davon wäre eines so tödlich gewesen wie das andere ...

Der Schweiß stand mir auf der Stirn – nicht nur wegen der Hitze – und mein Herz raste.

Als ich endlich mein Ziel erreichte, hätte ich vor Erleichterung weinen können. Meine Knie zitterten so, dass ich mich unwillkürlich fragte, wie sie mich tragen sollten.

Ich fuhr nicht in den Park des Palastes, sondern hielt etwa zweihundert Meter entfernt – etwas abseits des Zufahrtsweges im Dattelpalmenwald.

Die Palmen rauschten leise in einem leichten Lufthauch. Angenehmes Dämmerlicht umgab mich, was mir ein Gefühl von Sicherheit gab, und das Blätterdach bot Schutz vor der brütenden Hitze.

Ich atmete tief durch, um zur Ruhe zu kommen. Dann beeilte ich mich, zum Palast zu gelangen. Obwohl außer mir keine Menschenseele zu sehen war, ging ich nicht den schmalen Asphaltweg entlang, sondern huschte quer durch den Wald wie ein ängstliches Reh. Dabei war ich jederzeit bereit, mich schnell hinter einem Baumstamm zu verstecken, sobald jemand kam.

Ein Teil der Mauer um den Park war eingestürzt, doch der Palast selbst wie durch ein Wunder unversehrt geblieben. Wahrscheinlich war er den Amerikanern entgangen, weil er sich etwas außerhalb der Stadt befand und im Schutz des Dattelpalmenwaldes lag.

Die Tore in der Mauer waren allesamt aufgebrochen worden. Aber das hatte ich erwartet. Warum hätten die Plünderer ausgerechnet vor diesem Ort Halt machen sollen, nachdem sie alle anderen Paläste und Villen ausgeräumt hatten?

Mit einem mulmigen Gefühl in der Magengegend trat ich durch eines der Seitentore in den Park.

Das Gras wucherte wild und in dem einst gepflegten Marmorbecken des Springbrunnens wuchsen Moos und Algen.

Ich setzte mich auf den Brunnenrand, ließ mich von den feinen Wasserperlen beregnen und blickte unschlüssig zum Palast hinüber.

Die goldenen Kuppeln leuchteten in ungebrochenem Glanz unter der heißen Sonne. In einem Olivenbaum zwitscherte ein einsamer Vogel und der Springbrunnen plätscherte friedlich. Sonst war alles vollkommen still.

Ich vermisste die Stimmen der Leibwächter und Diener, den Klang von arabischer Musik, der stets aus irgendwelchen Fenstern drang, das Kinderlachen und -geschrei ...

Aber trotz der ungewöhnlichen Stille gaukelte mir die verträumte Atmosphäre des Parks Normalität vor. Mir war, als müsste ich nur die Marmortreppe zum Haupteingang des Palastes überwinden und eintreten. Im

Inneren würde ich sie gewiss alle antreffen: Safia, Mohammed, Khaled junior und Alina. Ledan, Barif und ihre Familien. Khaled, Selwa und Intisar ... Und natürlich würden auch Saleh, Ali und Omar dort sein – glücklich und unbeschwert ...

Für einen Moment spielte ich mit dem Gedanken, wirklich in den Palast zu gehen.

Was mich davon abhielt, waren die aufgebrochene Tür des Haupteingangs und mehrere zertrümmerte Fenster im Erdgeschoss – sichere Zeichen dafür, dass tatsächlich Plünderer hier gewesen waren.

Den Anblick der ausgeräumten Zimmer wollte ich mir ersparen. Lieber behielt ich den Palast in seiner ganzen Pracht in Erinnerung ...

Mit einem Seufzer stieß ich mich vom Brunnenrand ab und machte mich auf den Weg zum Ghaniim hinunter. Das kniehohe Gras kitzelte meine Waden.

Dann stand ich am Ufer des breiten Flusses. Ruhig floss er dahin wie seit Menschengedenken – völlig ungeachtet der dramatischen Ereignisse in dem Land, dessen Markenzeichen er war.

Das klare Wasser glänzte und zu gerne wäre ich noch einmal in die warmen, weichen Fluten eingetaucht. Aber ich hatte keinen Badeanzug dabei.

Wenn die Amerikaner das Land verlassen haben und Saleh mich zurückholt, werde ich als Erstes im Ghaniim schwimmen gehen! schwor ich mir.

Und wenn etwas schief geht? drängte sich da plötzlich eine düstere Stimme in mein Gehirn. Wenn Saleh es nicht schafft, die Amerikaner zu vertreiben? Wenn Khaled nicht mehr zurück an die Macht kommt? Dann wirst du Benit, den Ghaniim, deinen Mann und Ali vielleicht nie wiedersehen.

Entsetzt brachte ich diese schreckliche Stimme in mir zum Schweigen.

Natürlich würde Saleh es schaffen. Schließlich hatte er mir das versprochen.

Trotzdem wusste ich, dass dieser Abschied der schwerste meines Lebens sein würde.

Während ich über das glitzernde Wasser zum fernen anderen Ufer hinüberschaute, zogen vor meinem inneren Auge Bilder der letzten acht Jahre vorüber.

Der Ghaniim war untrennbar mit meinem Leben in Benit verbunden.

An seinem Ufer hatten Saleh und ich uns zum ersten Mal geküsst und im Palast hinter mir zum ersten Mal geliebt.

Wie viele Stunden hatte ich mit meiner Familie und den zahllosen Verwandten beim Baden und Plantschen im Fluss verbracht? Wie oft hatte ich mich an seinen Ufern im Sand geräkelt und mich dabei mit Khaled, Safia, Ledan oder Barif unterhalten?

Meine schönsten Erinnerungen hatten sich am Ghaniim oder in seiner unmittelbaren Nähe abgespielt ...

Plötzlich merkte ich, dass mir Tränen die Wangen hinunterliefen.

Ich hatte weder gemerkt, wann es angefangen hatte, noch konnte ich es stoppen.

Rasch wandte ich mich vom Fluss ab und stolperte halb blind durch den Park zurück, über die Trümmer der eingestürzten Mauer ...

Diesmal benutzte ich keine Schleichwege durch den Wald, sondern ging die schmale Zufahrtsstraße entlang zum Wagen zurück. Es war mir plötzlich gleichgültig, ob mich jemand sah oder nicht ...

61

Saleh, Ali, Omar, Hassan und ich verließen Sarana über die letzte intakte Ghaniimbrücke und fuhren weiter in Richtung Osten.

Niemand hielt uns auf. Weder die Amerikaner noch irgendwelche Beniter schenkten uns Beachtung.

Hassan saß am Steuer, Ali neben ihm, Saleh, Omar und ich auf dem Rücksitz.

Es war kurz vor acht Uhr – die Zeit, wo die meisten Leute zur Arbeit aufbrachen. Wir hatten ganz bewusst diese Uhrzeit ausgewählt, denn in dem Chaos der Hauptverkehrszeit war es mehr als unwahrscheinlich, dass wir auffallen würden.

Trotzdem hatte ich Angst – Angst vor jedem amerikanischen Militärfahrzeug, dem wir begegneten, vor jedem Passanten, der in unsere Richtung blickte ...

Als ein alter Mann mit einem Eselkarren uns zuwinkte, der vor unserem Wagen die Straße überquerte, blieb mir fast das Herz stehen.

Ich fing Salehs Seitenblick auf. Er hatte sich den Schnurrbart abrasiert, was sein Gesicht erstaunlich stark veränderte. »Bleib ruhig, Schatz!«, sagte er leise und beruhigend – wie zu einem verängstigten Kind. »Niemand hier ahnt, wer wir sind. Wie sollten uns die Leute auch erkennen?«

Er hatte recht: In unserem klapprigen Kombi waren wir perfekt getarnt.

Auch das Gepäck war unserer unwürdig: Eine Segeltuchtasche mit Fladenbrot und Wasserflaschen, sowie ein paar Kleidungsstücken zum Wechseln – das war alles.

Aber trotz unserer unauffälligen Erscheinung und Ausrüstung konnte ich erst aufatmen, als wir die Großstadt hinter uns gelassen hatten und auf der Autobahn weiter in Richtung Osten fuhren.

Anfangs bewegten wir uns durch die fruchtbare Ghaniimebene.

Felder mit Gemüse, Reis, Dattel- und Olivenplantagen säumten den Weg.

Abseits der Städte war von den Folgen des Krieges kaum etwas zu sehen. Hier ein Bombenkrater zwischen einer Gruppe von Obstbäumen, dort ein zerstörtes Haus ...

Doch die meisten Gebäude am Rand der Autobahn waren unversehrt.
Ich sah einen Jungen in Alis Alter, der ein traditionelles arabisches Gewand trug. Er ließ eine Herde Ziegen weiden.
Die Wiese wirkte ziemlich mager. Aber den Tieren schien es zu schmecken. Sie sahen wohl genährt und gepflegt aus.
Früher hatte ich es geliebt, mit dem Auto durch das Land zu fahren, hatte Benits Schönheit und märchenhafte Ausstrahlung genossen und war glücklich gewesen.
Jetzt empfand ich nur Angst und eine quälende, dumpfe Trauer.

Je weiter wir nach Osten kamen, desto trockener wurde das Land.
Wie immer gelang es mir nicht, genau den Punkt zu bestimmen, wo die Wüste begann.
Es war ein allmählicher, fließender Übergang: von der fruchtbaren Ghaniimebene über die Steppe mit trockenem Gras, das immer spärlicher spross und Dornbüschen, die immer weniger wurden, bis zum Ödland aus Sand und Steinen.
Als wir von der Autobahn auf einen rissigen Asphaltweg und kurz danach auf eine Sandpiste abbogen, hatte die Sonne ihren höchsten Stand erreicht. Die Hitze flimmerte über den kahlen Hügeln und Dünen aus gelbem Sand.
In unserem vollen Auto wurde es heiß wie in einem Backofen, und meine Kleidung machte alles noch schlimmer. Ich trug das lange schwarze Gewand einer strengen Muslimin und einen Schleier in derselben Farbe, der nur meine Augen frei ließ. Darunter hatte ich das Gefühl, zu ersticken.
Omar maulte und quengelte, bis sein Vater die Geduld verlor.
»Es reicht, Omar!«, fuhr er den Jungen an. »Wir schwitzen alle und haben Durst, aber jetzt halten wir noch nicht an. Und nun will ich kein Wort mehr hören!«
Unser Jüngster biss sich auf die Lippen und begann lautlos zu weinen.
Saleh legte stumm den Arm um ihn und drückte ihn an sich.
Ali wischte sich seufzend den Schweiß von der Stirn. »Diese Hitze ist aber auch wirklich nicht auszuhalten«, meinte er genervt. »Wie kann man nur ohne Klimaanlage quer durch die Wüste fahren – und noch dazu in diesem Auto?«
Ich wusste, was er meinte: Der Kombi war wirklich nicht geeignet fürs Gelände – weder von seinem Fahrverhalten noch der Ausstattung her.
Bisher hatten wir uns nur mit Vierradantrieb, Klimaanlage und Funkgeräten für den Notfall in die Wüste gewagt.
»Wir haben keine besseren Wagen mehr als diesen, Ali«, sagte Saleh ruhig. »Das weißt du doch!«
Der Junge schnaubte verächtlich und kurbelte das Fenster herunter.
»Das ist eine schlechte Idee«, mahnte Hassan und hustete. »Es kommt

doch bloß Sand herein.«

Ali warf ihm einen trotzigen Blick zu. »Besser sandige Luft in der Nase, als überhaupt keine.«

Da hatte er zwar recht, aber Kühlung verschaffte uns das geöffnete Fenster nicht – im Gegenteil: Die Luft von draußen war so heiß, dass meine Lungen davon schmerzten. Und meine Augen brannten von dem Sand, den die Räder des Wagens aufwirbelten.

Ali begriff seinen Irrtum schnell und schloss das Fenster wieder. »Mist!«, stieß er hervor und schlug mit der Faust aufs Armaturenbrett. »Verdammter Mist!«

Ich sah sein Gesicht nur von der Seite: das schmale, stolze Profil, die gerade Nase und die bronzefarbene Haut, auf der – sehr zu seinem Ärger – noch kein einziges Barthaar wuchs.

Wie Hassan, Saleh und Omar trug er ein weißes Leinengewand über der weiten, weißen Hose und als Kopfbedeckung eine rot-weiß karierte Kefijeh.

Ali bemerkte meinen Blick und wandte mir das Gesicht zu. Ein kurzes, müdes Lächeln huschte über seine Lippen. »Tut mir Leid, Sina«, sagte er. »Ich wusste nicht, dass es so sehr staubt.«

Ich lächelte zurück, obwohl das unter meinem Schleier ja nicht zu sehen war. »Schon gut, Ali! Ich kann schließlich sowieso keinen Sand in die Nase bekommen.«

Wieder sein Lächeln – das kurze Aufblitzen gesunder, weißer Zähne, das Funkeln in seinen Augen. »Stimmt!« Ohne Zweifel: Er wurde Saleh immer ähnlicher ...

Im Schutz meines Schleiers kämpfte ich mit den Tränen.

Ali, den wie meinen eigenen Sohn liebte – und Saleh: Ich würde beide zurücklassen müssen in einem Land, welches nicht mehr ihr eigenes war ...

Ali hatte den Kopf wieder von mir abgewandt und blickte starr geradeaus durch die staubige Windschutzscheibe.

Wir schwiegen alle Vier, wie wir es die meiste Zeit der Fahrt getan hatten.

*

Die Stunden zogen sich schleppend hin. Da der Kombi kein Geländewagen war, kamen wir nur langsam voran.

Teilweise musste Hassan im Schritttempo über steile Schotterpisten fahren, und einmal steckten wir mit dem rechten Hinterrad in einer Sanddüne fest.

Ali, Saleh, Omar und ich mussten aussteigen und mit aller Kraft schieben, während Hassan Vollgas gab, dass uns der Sand nur so um die Ohren flog.

Der Wagen rutschte und schlitterte und kam schließlich frei.

Erst als wir wieder im Auto saßen und die Fahrt weitergehen konnte, wurde mir bewusst, dass diese Situation lebensgefährlich gewesen war: Die nächste Oase lag hundert Kilometer entfernt – zu Fuß in der Wüste eine unüberwindbare Distanz.

Wie so oft in den letzten Wochen und Monaten hatten wir auch diesmal wieder Glück gehabt.

Ab und zu hielten wir an, um etwas zu trinken und unsere Beine zu vertreten. Bei dieser Hitze war es wichtig, dafür zu sorgen, dass der Kreislauf in Schwung blieb.

An einer Oase, wo es ein kleines Dorf und eine heruntergekommene Tankstelle gab, füllten wir Benzin nach und stockten unsere Wasservorräte auf.

Die Leute waren freundlich und hilfsbereit, erkannten uns jedoch nicht.

Der hagere, bärtige Mann an der Kasse der Tankstelle fragte Saleh, woher wir kämen.

»Aus Sarana«, antwortete dieser.

Der Kassierer, seine Frau, die ihm beim Kassieren half und ihre vier kleinen Kinder, die überall herumwuselten, starrten uns mit großen Augen an.

»Stimmt es, dass die Amerikaner die Hauptstadt eingenommen haben?«, wollte die Frau mit dünner, ängstlicher Stimme wissen. »Und dass der Präsident geflohen ist?«

Saleh holte tief Luft. »Ja, das stimmt: Die Amerikaner sind in Sarana und Khaled Mustafa ist untergetaucht. Niemand weiß, wo er sich jetzt aufhält.« Für Außenstehende musste seine Stimme ruhig und sachlich klingen. Nur ich bemerkte die Emotionen darin.

Die Frau schlug entsetzt die Hände über dem Kopf zusammen. »Allah möge ihn und unser Land schützen!«, murmelte sie.

*

Die beiden amerikanischen Militärjeeps tauchten wie aus dem Nichts auf: Als wir in langsamer Fahrt um einen Hügel aus Sand und Steinen bogen, waren sie plötzlich vor uns.

Wie auf Kommando bremsten sie gleichzeitig scharf, dass der Sand spritzte und zwangen uns so ebenfalls zum Anhalten.

An ein Entkommen war nicht zu denken: Die Jeeps waren im Gegensatz zu unserem Kombi für dieses Gelände geschaffen.

Omar und Ali gaben keinen Ton von sich. Wie gebannt starrten sie auf die Flaggen an den Flanken der Jeeps und die Aufschrift »US Army«.

Auch als acht Soldaten heraussprangen, blitzschnell unseren Wagen umstellten und ihre Maschinengewehre auf uns richteten, rührten sie sich nicht.

Ich fühlte Panik in mir aufsteigen. Mein Herz fing an zu rasen und ich begann unkontrolliert am ganzen Körper zu zittern.

Noch nie hatte der Lauf einer Schusswaffe auf mein Gesicht gezeigt. Ich hatte nicht geahnt, welches blanke Entsetzen man dabei empfand.

Lauf! schrie etwas in mir. Lauf um dein Leben – so schnell du kannst!

Ich wollte dieser Stimme gehorchen, aus dem Wagen springen und kopflos in die Wüste stürmen – rennen bis ich zusammenbrach.

Doch zugleich wusste ich, dass ich das nicht tun würde. Bevor ich Saleh und meine Kinder hier zurückließ, würde ich lieber sterben.

Ich blickte in die Läufe der Maschinengewehre wie eine Maus in die Augen einer Katze: mit einem Gefühl von Panik und gleichzeitiger Resignation – dem Wissen, dass es kein Entkommen gab.

Als ich Salehs Hand an meinem Arm spürte, zuckte ich zusammen.

»Hab keine Angst!«, hörte ich ihn wie aus weiter Ferne sagen. »Wir sind unbewaffnet. Sie haben keinen Grund, uns zu erschießen.«

Unauffällig musterte ich die US-Soldaten hinter meinem Schleier hervor und war erstaunt, wie jung sie waren – einige sicher jünger als ich.

Eine Frau war auch darunter: blond, mit einer sportlichen Figur und von der Sonne verbrannter Haut.

Alle Acht sahen erschöpft aus und wirkten – von den Maschinengewehren abgesehen – überhaupt nicht gefährlich. Doch natürlich wusste ich, dass dieser Schein trügen konnte.

»Langsam aussteigen und Hände hoch!«, forderte uns ein Schwarzer in diesem Moment mit barscher Stimme auf Englisch auf. Er war etwa vierzig – ein großer, kräftiger Kerl mit breitem Südstaatenakzent und offenbar der Ranghöchste.

Wir gehorchten.

Als ich aus dem Wagen stieg, zitterten meine Knie so, dass ich mich an der Autotür festhalten musste. Sofort wurde mir der Lauf einer Waffe schmerzhaft ins Kreuz gestoßen. »Hände hoch!«, wiederholte der Soldat die Anweisung seines Vorgesetzten.

Erschrocken ließ ich die Tür los und hob meine Hände hinter den Kopf.

»Wohin wollt ihr?«, fragte der Schwarze mit lauter, herrischer Stimme, ohne sein Gewehr sinken zu lassen. »Versteht ihr mich?«

Saleh blickte ihm ruhig in die Augen. »Ja, wir verstehen Sie«, sagte er in seinem besten Englisch. »Wir wollen über die Grenze nach Schatt al-Houria.«

Der Schwarze spuckte vor ihm aus. »So, ihr wollt euch also aus dem Staub machen!«, bemerkte er spitz und musterte meinen Mann abschätzig. »Ihr seid wohl Helfer des Regimes, wie? Und nun versucht ihr, eure kleinen, feigen Ärsche zu retten!« Er lachte höhnisch. »Aber daraus wird nichts!«

»Wir haben alles verloren«, sagte Saleh wahrheitsgemäß. Noch immer hielt er dem Blick des Soldaten stand. Er schien keine Angst zu haben und ließ sich nicht provozieren.

Stolz und hoch aufgerichtet stand er inmitten der auf uns gerichteten Gewehrläufe.

Auch Hassan wirkte ganz gelassen, während meine Kinder noch immer starr vor Schreck waren.

Ich selbst hatte den Verdacht, dass ich mir vor Angst gleich in die nicht vorhandenen Hosen machen würde.

Der Schwarze musterte Saleh wie ein widerliches Insekt. Erneut spuckte er vor ihm aus. Diesmal traf er. »Ihr dreckigen, kleinen Beniter habt nicht alles verloren, sondern alles gewonnen. Aber das begreift ihr nicht. Ihr seid zu dumm dazu. Trauert diesem wahnsinnigen Tyrannen nach und zeigt euren Befreiern gegenüber keinen Funken Dankbarkeit.«

In mir begann es angesichts seiner Arroganz und Unverschämtheit zu brodeln, doch Saleh zuckte mit keiner Miene. Verstohlen wischte er die Spucke auf seiner Schuhspitze im Sand ab.

»Ich werde nicht mit Ihnen streiten«, sagte er. »Und ich habe ein reines Gewissen. Alles, was ich will, ist, dass meine Frau und mein jüngster Sohn sicher die Grenze passieren können.«

Aus den Augenwinkeln bemerkte ich, wie die blonde Soldatin ihn anstarrte.

Ich konnte es ihr nicht übel nehmen, denn ich verstand, wie er auf sie wirkte: Ein schöner, stolzer Araber im leuchtend weißen Gewand. Welche Frau im Westen hatte noch nicht von einem Mann wie ihm geträumt – einem Prinzen aus Tausendundeiner Nacht?

Doch gleichzeitig wusste ich, dass sie keine Chance bei ihm hatte; sie hätte auch dann keine gehabt, wenn sie nicht zur Seite der Feinde gehört hätte. Salehs Herz gehörte mir allein. Er bemerkte ihre bewundernden Blicke nicht einmal, sondern sah weiterhin beschwörend dem Schwarzen in die Augen.

Ich fühlte trotz meiner Angst und dem Wissen, dass die Amerikaner uns besiegt hatten, auf einmal einen leichten Triumph ...

In diesem Moment ließ der ranghöchste Soldat plötzlich seine Waffe sinken. »Ich nehme an, ihr habt keine Ausweise bei euch«, knurrte er.

Saleh, Hassan und ich schüttelten einmütig die Köpfe, obwohl das nicht ganz der Wahrheit entsprach.

Er seufzte genervt. »Die übliche Geschichte«, murmelte er. Dann wandte er sich an zwei seiner Soldaten: »Murphy, Newton! Durchsucht sie – alle!«

»Zu Befehl, Sir!«, kam es im Chor und die beiden begannen, Saleh und Hassan von oben bis unten abzutasten.

»Und Sie, Smith«, fuhr der Schwarze da unvermittelt die blonde Soldatin an, »ziehen gefälligst Ihre Stielaugen ein und durchsuchen den Wagen!«

Die junge Frau wurde rot und salutierte. »Ja ... ja ...« stotterte sie und machte sich daran, unseren Kofferraum zu durchsuchen.

Murphy und Newton hatten Saleh und Hassan inzwischen fertig abgetastet und wandten sich nun meinen Kindern zu.

Ali hatte die Schultern gestrafft und blickte stur geradeaus. Er wirkte wie versteinert. Omar dagegen hatte angefangen zu weinen. Er schluchzte leise, aber herzzerreißend, während der Soldat ihn durchsuchte. Es brach mir fast das Herz. Zu gerne hätte ich ihn in den Arm genommen und getröstet. Doch ich wagte nicht, mich von der Stelle zu rühren, da vier Maschinengewehre noch immer auf uns gerichtet waren. Und ich traute den Amerikanern durchaus zu, dass sie mich ohne mit der Wimper zu zucken erschießen würden.

Voll rasender Angst dachte ich an die Schätze, die ich unter meinem Gewand trug – versteckt in der Unterhose. Von diesen Dingen hing alles ab, und außerdem konnten sie den Amerikanern unsere wahre Identität verraten. Ich hoffte verzweifelt, dass die Soldaten mich nicht zu genau abtasten würden ...

Es war Murphy, der mich durchsuchte.

Ich wandte mein Gesicht ab, als er auf mich zukam – wie eine moralische Muslimin, die nicht von einem fremden Mann angeschaut werden wollte. Aber in Wirklichkeit ging es mir darum, meine blauen Augen vor ihm zu verbergen.

Ich versuchte ihn zu ignorieren, während er mich abtastete und blickte mit angstvoll klopfendem Herzen zu den kahlen Hügeln am Horizont hinüber. Die flimmernde Luft ließ den Eindruck entstehen, dass sich dort ein riesiger See mit glitzerndem Wasser befand. Doch ich wusste es besser: Weit und breit war nichts als Wüste.

Der junge Soldat wirkte unsicher, während er mich durchsuchte – fast schüchtern. Mit fahrigen Bewegungen tastete er meinen Körper ab und war um einiges schneller fertig als bei den anderen.

An die Stelle, wo ich jene wichtigen Dinge versteckt hatte, kamen seine Hände gar nicht ...

»Sie hat auch nichts«, wandte er sich an seinen Vorgesetzten.

Ich atmete auf. Wäre dieser Junge kein Amerikaner gewesen, hätte ich ihn direkt sympathisch gefunden in seiner Verlegenheit.

Auch die blonde Soldatin meldete, dass in unserem Wagen nichts Besonderes zu finden sei. »Wasserkanister, ein paar Kleider und Brot. Das ist alles.«

Der breitschultrige Schwarze nickte zufrieden. »In Ordnung!« Er winkte uns mit seinem Maschinengewehr. »Verschwindet schon! Worauf wartet ihr?«

Rasch kletterten wir in unseren Kombi, ehe er es sich anders überlegen konnte.

Im Davonfahren sah ich, dass die Soldaten noch immer ihre Waffen auf uns gerichtet hatten.

Es war mir gleichgültig. Ich wusste, dass sie uns jetzt nicht mehr aufhalten würden.

Ich hielt Omar auf meinem Schoß fest, der noch immer herzzerreißend weinte – das Gesicht an meiner Schulter. Mit der freien Hand streichelte ich Alis Wange, der am ganzen Körper zitterte.

Saleh warf mir einen triumphierenden Blick zu. »Siehst du: Ich habe doch gesagt, dass sie uns nichts tun werden! Die haben es nur auf die Regierung abgesehen und können nicht wissen, dass wir Teil davon sind.«

Ich lachte hysterisch auf, weil ich nicht wie Omar einfach losheulen wollte. »Ja!«, stieß ich hervor.

»Obwohl ...« fuhr mein Mann mit gerunzelter Stirn fort. »Ich muss zugeben, dass ich mir vor Angst fast in die Hosen gemacht hätte ...«

*

Es war mir ein Rätsel, wie Hassan in dieser endlosen Wüste einen Flüchtlingstreck fand, dem Omar und ich uns anschließen konnten. Aber er fand ihn: Als wir bei Sonnenuntergang einen Hügelkamm erreichten, lag er direkt unter uns.

Ich sah etwa zehn klapprige Kleinlastwagen, deren Laderampen mit Töpfen, Pfannen, Möbeln und sonstigen Dingen, sowie Dutzenden von Kindern vollgeladen waren.

Manche Flüchtlinge hatten ihr Hab und Gut – oder besser gesagt: das, was davon übrig war – auf die Rücken von Eseln geladen. Andere hatten Maultiere vor Karren gespannt.

Im Moment rastete der Zug – aus welchen Gründen auch immer.

Ich hatte mir fest vorgenommen, mich zusammenzureißen, um es meiner Familie nicht noch schwerer zu machen, als es ohnehin schon war. Doch ich schaffte es nicht: Während ich Abschied von Saleh und Ali nahm, weinte ich wie noch nie in meinem Leben. Ich schluchzte so, dass ich glaubte, daran zu ersticken. Und der Schmerz in meinem Herzen schien mich regelrecht zu zerreißen. Am liebsten wäre ich auf der Stelle tot umgefallen – nur um nicht gehen zu müssen.

Auch Saleh und Omar weinten.

Ali dagegen war sehr tapfer. Er umarmte mich und küsste mich liebevoll auf beide Wangen. »Du musst nicht weinen!«, sagte er ruhig. »Ich verspreche dir, dass ich auf Baba aufpassen werde! Wenn die Amerikaner ihn töten wollen, müssen sie vorher zuerst mich umbringen!«

»So darfst du nicht reden, Ali!«, stieß ich hervor. »Ich könnte es nicht ertragen, einen von euch beiden zu verlieren.«

Nun lächelte er sogar. »Mach dir keine Sorgen, Mama! Alles wird gut!« Damit beugte er sich zu Omar hinunter und küsste ihn ebenfalls. »Bis bald, kleiner Bruder!«

Ich wandte mich Saleh zu. Seine tränennassen Augen begegneten meinen. »Nichts kann uns trennen, mein Schatz«, sagte er leise und nahm mein Gesicht in beide Hände. »Nicht einmal Allah selbst. Denk immer daran!«

»Küss mich!«, flüsterte ich erstickt. »So wie du mich immer küsst!«

Seine Lippen pressten sich auf meine und ich erwiderte den Kuss mit wilder Leidenschaft und in dem Wissen, dass es für eine Weile der letzte sein würde. Dass Hassan und unsere Kinder danebenstanden, war sowohl mir als auch Saleh gleichgültig.

Wie viel Zeit bis zu unserem Wiedersehen vergehen sollte, stand in den Sternen. Und genau das war das schlimmste. Sonst hatte ich vor jeder Trennung von meinem Mann und meiner Familie in Wochen oder Monaten rechnen können. Diesmal nicht.

Vom Tal unter uns waren plötzlich laute Rufe zu hören.

Ich achtete nicht darauf, bis Hassan sich vernehmlich neben mir räusperte.

Erschrocken löste ich meine Lippen von Salehs, ließ ihn jedoch nicht los.

»Sie brechen auf, Sina«, sagte mein oberster Leibwächter, der gleichzeitig mein letzter war. »Du musst dich beeilen!«

Ich rührte mich nicht von der Stelle. Mit großen Augen blickte ich Hassan an.

Er salutierte. »Es war mir eine Ehre, für dich gearbeitet zu haben«, sagte er feierlich. »Allah sei mit dir!«

»Mit dir auch!«, schluchzte ich. »Danke für alles, Hassan! Und versprich mir, dass du auch dann noch auf die beiden achtest, wenn ich fort bin!«

Er nickte mir zu. »Ich verspreche es!«

Die Rufe im Tal wurden lauter und Motoren starteten.

Ich sah, dass die ersten Wagen bereits anrollten. Doch noch immer war ich unfähig, mich zu rühren.

»Geh jetzt, Sina!«, schluchzte Saleh und stieß mich weg – beinahe grob. »Geht!«

Da nahm ich Omar auf den Arm und stolperte mit ihm über das Geröll, welches den Hügel bedeckte, ins Tal hinunter.

Die Wasserflasche, die sich in der Segeltuchtasche auf meinem Rücken befand, schlug mir bei jedem Schritt schmerzhaft ins Kreuz. Ich merkte es kaum – ebenso wenig wie Omars Gewicht auf meinen Armen. Nur sein Weinen drang in mein Bewusstsein vor. »Baba ...« wimmerte er. »Ali ...«

Ich bewegte mich wie im Traum und drehte mich nicht mehr um, weil ich das nicht ertragen hätte. Aber ich wusste genau, wie Saleh, Ali und Hassan dort oben auf dem Hügel standen und uns hinterherschauten, während die untergehende Sonne ihren Gestalten einen roten Schimmer gab und ihre Schatten lang zog. Und ich wusste, dass auch sie den lauen Abendwind spürten, der nach der Hitze des Tages angenehm erfrischte.

Gegenwart

Ich stehe auf dem abgerundeten Balkon an der prächtig verzierten Fassade des Parlamentes. Unter mir hat sich eine riesige Menschenmenge versammelt, die gespannt ist, was die Ölministerin sagen wird. Benitische Flaggen werden hochgehalten und Hälse gereckt.

Ich habe den Geruch von heißem Asphalt, exotischen Gewürzen, Abgasen und des Ghaniim in der Nase. Es riecht eben nach Sarana und ich liebe es.

Wie so oft in diesem Land umgibt mich eine nahezu unerträgliche Hitze. Mein Kleid klebt mir bereits feucht am Rücken und ich habe das Gefühl, nicht richtig Luft zu bekommen. Trotzdem spreche ich mit aller Kraft in das Mikrofon am Geländer ...

Dies ist der Moment, in dem ich plötzlich beginne, mich von außen zu sehen: Ich befinde mich jenseits der lauschenden Menge auf dem Chedidscha-Platz mit der großen, bronzenen Khaled-Mustafa-Statue.

Ich sehe mich dort oben stehen und höre meine Stimme durch die engen Gassen der Stadt schallen.

Ein wenig nervös bin ich schon – wie vor jedem öffentlichen Auftritt ... Aber nicht sehr.

Dies ist nicht meine erste Rede und so langsam entwickle ich Routine.

Ich verstehe nicht, worüber ich spreche, doch den Benitern scheint es zu gefallen.

Sobald ich geendet habe, brechen sie in enthusiastischen Jubel aus.

Es ist ein wunderbares Gefühl: das Gefühl, auf einer sanften, großen Welle getragen zu werden.

Langsam drehe ich mich zu Saleh und Khaled um, die hinter mir stehen.

Sie nicken und lächeln mir anerkennend zu ...

Mein Wecker klingelt pünktlich um sechs Uhr.

Widerwillig öffne ich die Augen und kehre damit in die Wirklichkeit zurück.

Es ist komisch, von etwas zu träumen, das sich genauso zugetragen hat. Aber in letzter Zeit passiert mir das öfter: In meinen Träumen kehre ich immer wieder nach Benit zurück – zu Saleh, Ali, Khaled und den anderen.

Als Ölministerin halte ich noch einmal Reden vor dem Volk und dem Parlament.

Ich gehe schwimmen im Ghaniim, besuche Ölquellen in der Wüste oder wandere durch unsere Paläste und Villen.

Manchmal verwandeln sich diese Träume nach einer Weile in Albträume. Von dem her kann ich dem verdammten Wecker vielleicht sogar dankbar sein, dass er mich rechtzeitig aus dem Schlaf gerissen hat ...

Ich schwinge die Beine über die Bettkante, taumle ins Bad, dusche und ziehe mich an.

Dann gehe ich Omar wecken, der noch tief schläft. Er wacht auch nicht auf, als ich den Rollladen hochziehe und sein Zimmer in gleißendes Licht getaucht wird.

Mein Sohn liegt zur Hälfte aufgedeckt und in leicht schrägem Winkel im Bett. Sein Mund ist halb geöffnet und zeigt zur Zimmerdecke. Sogar im Schlaf sieht er Saleh verblüffend ähnlich ...

Vorsichtig umfasse ich seine Schulter und schüttle sie leicht. »Aufwachen, Omar! Du musst zur Schule!«

Er brummt und dreht sich auf die andere Seite. »Ich will nicht«, murmelt er. »Ich bin müde!«

Wie jeden Morgen muss ich ihm eine Weile gut zureden und schließlich schimpfen, ehe er geruht, sich zu erheben.

Dafür trödelt er dann beim Anziehen herum und beschwert sich, dass ich drängle.

»Ich bin schließlich noch nie zu spät zur Schule gekommen«, erinnert er mich.

»Das hast du aber bestimmt nicht deiner eigenen Pünktlichkeit zu verdanken. Wenn ich nicht jeden Morgen drängeln würde ...«

Wir sind eine ganz normale Familie – fast ...

Endlich ist mein Sohn fertig angezogen und wir können frühstücken gehen.

Meine Mutter ist auch schon wach. Sie sitzt am Küchentisch, liest Zeitung und isst nebenher ein Honigbrot.

»Hier ist eine Reportage über Khaled Mustafa«, sagt sie plötzlich und will mir die Zeitung reichen.

Ich lehne ab. »Nein, danke! Da wird er doch nur wieder als Tyrann und Kriegsverbrecher dargestellt.« Und so einfach ist mein Schwiegervater nun wahrhaftig nicht zu charakterisieren ...

Omar läuft, um eine Schere zu holen. Er will das Bild seines Großvaters ausschneiden – wie jedes, das er irgendwo findet.

In letzter Zeit begegnet einem Khaleds Gesicht aber nicht mehr oft. Er scheint mehr und mehr in Vergessenheit zu geraten: Ein weiterer Diktator, der unrühmlich geendet hat und dem niemand nachtrauert – nichts Besonderes. Es passiert so viel anderes in der Welt, das die Gemüter bewegt ...

Während ich selbst esse, beobachte ich Omar dabei, wie er seine beiden Nutellabrote schmiert – eines für jetzt und eines für die Schulpause.

Er ist munter und fröhlich wie immer, erzählt seiner Großmutter und mir die tollsten Dinge, die er heute vorhat: Mit diesem Kind wird er spielen, jenes wird er ärgern, bei diesem Lehrer werden sie heute etwas aus Ton formen ... Und wenn er nach der Schule nach Hause kommt, dann ...

Er ist ein Plappermaul wie Ali es war ...

Nachdem Omar gegessen hat, befindet sich mehr Nutella in seinem Gesicht als in seinem Magen.

Ich schicke ihn ins Bad, um sich zu waschen und die Zähne zu putzen.

Frisch und sauber kommt er nach einer Weile zurück.

Nun ist es höchste Zeit. Ich fahre ihm schnell mit einem Kamm durch die dunklen Locken und bekomme einen Abschiedskuss auf die Wange. »Tschüss, Mama! Tschüss, Oma!« Er winkt meiner Mutter zu, die noch immer am Küchentisch sitzt und Zeitung liest – vielleicht die Reportage über Khaled.

Mama winkt flüchtig zurück. Sie ist ganz in ihre Lektüre vertieft.

Omar schultert seine Schultasche und verlässt das Haus.

Durchs Fenster schaue ich ihm nach, wie er die Straße hinunter zur Bushaltestelle hüpft.

*

Ich stelle meinen altersschwachen Fiat Panda auf dem Parkplatz ab – direkt vor dem Schild mit der Aufschrift: »Nur für Mitarbeiter!«

Dann betrete ich den Verkaufsraum der Tankstelle durch den Hintereingang.

Mein Blick wandert über Regale voller Süßigkeiten, Motoröl, Getränke, die Kühltruhe mit Eis in allen Geschmacksrichtungen.

Es riecht nach Benzin und Diesel – vielleicht aus benitischem Öl gemacht, wer weiß ...

Ich mag den Geruch. Er weckt Erinnerungen. Das ist mit ein Grund, warum ich an der Tankstelle arbeite.

Es ist ein Teilzeitjob: Fünf Tage die Woche bin ich jeweils vier Stunden hier – meistens morgens.

Den Rest des Tages brauche ich für mein Kind. Es ist mir das Wichtigste von der Welt, Omar eine gute Mutter zu sein.

Ich verdiene keine Reichtümer, aber das Geld reicht für uns beide.

Langsam gehe ich zur Kasse.

An diesem Morgen ist noch nicht viel los. Nur drei Kunden stehen an der Kasse an und haben schnell bezahlt. Ehe sie hinausgehen, wünschen meine beiden Kolleginnen ihnen einen schönen Tag. »Danke, gleichfalls!«, kommt es gut gelaunt zurück.

In diesem Moment bemerkt mich Carla. »Guten Morgen, Sina!«, ruft sie und winkt mir zu. »Schön, dich wiederzusehen!« Das klingt, als sei ich mindestens ein Jahr weg gewesen.

Dabei hatte ich mir nur eine Woche frei genommen.

Ich lächle still in mich hinein. »Hallo, Carla!«

Sie ist eine Schönheit mit südländischem Aussehen und einer Traumfigur. Außerdem versteht sie es, sich so zu kleiden, dass ihre Reize zur Geltung kommen: Meistens trägt sie knappe Blusen und Miniröcke.

Ich mag Carla von allen Kollegen und Kolleginnen am liebsten. Ihr vor Energie sprühendes Wesen und ihre lockere, offene Art erinnern mich an meine Lieblingsschwägerin Safia.

Die beiden würden sich bestimmt gut verstehen. Ich hoffe, dass ich sie eines Tages einander vorstellen kann.

Safia lebt jetzt mit ihrer Familie in Jordanien und möchte gerne einmal zu Besuch nach Deutschland kommen. Aber bisher hat das Geld dazu nie gereicht. Mohammeds Job in einer Maschinenbauteilefabrik in Amman ist schlecht bezahlt.

Doch trotz aller Probleme der Gegenwart und Schicksalsschläge der Vergangenheit hat Safia sich ihre Energie und Lebensfreude bewahrt ...

Die andere Kassiererin, Lina, ist genau das Gegenteil von Carla: dick, gemütlich und rothaarig mit rosa Schweinchenhaut.

Sie strahlt mich an, dass die Augen in ihrem runden Gesicht leuchten. »Na endlich! Da kommt ja meine Ablösung. Wurde aber auch Zeit!« Sie zwinkert mir zu.

Erschrocken schaue ich auf meine Armbanduhr. »Bin ich zu spät?«

Lina winkt ab. »Unsinn! Du bist pünktlich wie die Eisenbahn.«

Sie ist der ruhende Pol der Tankstellencrew. Nichts kann Lina aus der Fassung bringen – weder unser Chef mit seinen Launen noch ihr Mann, der die Nächte am liebsten im Bordell verbringt.

Oft beneide ich sie um ihre Gelassenheit.

In diesem Moment geht die Ladenglocke und eine ältere Frau streckt den Kopf zur Tür herein.

»Mein Auto braucht einen Ölwechsel«, sagt sie knapp und verschwindet wieder.

Lina seufzt und strafft die Schultern. »Das übernehme ich noch schnell und gehe dann anschließend gleich heim. Bis morgen, Mädels!« Erstaunlich flink und behände saust sie davon.

Carla und ich bleiben allein hinter der Kasse zurück.

»Was macht dein Kleiner, Sina?«, erkundigt sich meine Kollegin.

»Ihm geht es gut. Wir waren gerade bei meiner besten Freundin zu Besuch. Sie hat letzte Woche geheiratet.

Die Hochzeitsgäste waren hingerissen von Omar und er hat es genossen, im Mittelpunkt zu stehen.«

Sie grinst. »Kann ich mir vorstellen. Omars Charme kann sich niemand entziehen. Er sollte Politiker werden.«

Muss wohl an den Genen liegen! schießt es mir durch den Kopf, aber laut äußere ich mich nicht dazu.

Carla ist wie ich allein erziehende Mutter und hat eine fünfjährige Tochter.

Über den Vater weiß ich nichts – nicht einmal, ob sie überhaupt mit ihm verheiratet ist oder war. Sie spricht nie über ihn – genauso wenig wie ich über Saleh.

Vielleicht – wenn wir uns noch besser kennen lernen – werde ich ihr irgendwann meine Geschichte erzählen und sie mir ihre ...

»Meine Laura hat sich am Samstag an einer Tischkante den Kopf aufgeschlagen«, berichtet Carla. »Wir mussten ins Krankenhaus zum Nähen.« Sie verdreht die Augen zur Decke. »Das war vielleicht ein Theater, kann ich dir sagen ...«

Wie jeden Morgen unterhalten wir uns noch eine Weile über Laura und Omar – alles, was wir haben.

Doch wie meistens ab neun Uhr wird der Ansturm auf die Tankstelle dann so groß, dass wir uns voll und ganz aufs Kassieren konzentrieren müssen.

Aber wir verabreden uns noch schnell für abends um acht im besten Eiscafé der Stadt.

62

Meine Flucht aus Benit erscheint mir im Rückblick wie ein schlechter Film. Ich hatte keinen Einfluss auf die Handlung, sondern stolperte blind von einer Szene in die nächste.

Im Laufschritt holte ich den Flüchtlingszug ein, der zum Glück nur langsam vorwärts kam.

Ohne zu überlegen ging ich auf eine Frau mit einem Eselkarren zu, die wie ich vollkommen verschleiert war. Sie hatte ein halbes Dutzend Kinder dabei.

»Entschuldigung!«, sprach ich sie an. »Ist auf Ihrem Wagen noch Platz für meinen Sohn?«

Ihre schwarzen Augen musterten mich prüfend und richteten sich dann auf das weinende Kind in meinen Armen. Sie nahmen einen mitleidigen Ausdruck an. »Ja, natürlich ist noch ein Platz frei«, sagte sie. »Setzen Sie ihn einfach zu meinen Kindern!«

Ich bedankte mich schüchtern und hob Omar auf den Wagen zwischen die Möbel und Kinder.

»Haben Sie Wasser?«, erkundigte sich die Frau.

Ich nickte nur und deutete auf meine Segeltuchtasche. Die Freundlichkeit der Fremden trieb mir erneut Tränen in die Augen.

Schweigend ging ich neben ihr und dem Eselkarren her.

Ich hatte keine Ahnung, wer den Treck anführte. Auf jeden Fall kannte er die Wüste wie seine Westentasche: Er führte uns von einer Oase zur nächsten, wo es Wasser für uns und die Tiere gab.

Außerdem wanderten wir nur morgens und abends. Nachts und in der größten Mittagshitze rasteten wir, um Energie zu sparen.

Trotzdem zogen sich die Stunden, die ich neben dem Eselkarren hergehen musste, endlos hin. Bereits am zweiten Morgen hatte ich wunde Füße und der Sand brannte auf der Haut unter meinem Gewand.

Unser Vorrat an Fladenbrot war beinahe aufgebraucht, und auch die anderen Familien hatten kaum noch etwas zu essen.

Nachts hielt mich das Weinen der hungrigen Kinder oft stundenlang wach und schürte meinen Hass auf Amerika noch mehr – falls das überhaupt möglich war ...

Ich selbst aß kaum noch etwas, damit Omar satt wurde. Er bekam auch den größten Teil der Decke ab – unserem einzigen Schutz vor der Kälte, die mit der Dunkelheit kam.

Hier in der Wüste sanken die Temperaturen nachts fast bis auf den Gefrierpunkt ab.

Manchmal fror ich so, dass ich glaubte zu sterben.

Ich vermisste Salehs Arme und Hände, die mich in jeder Situation aufwärmen konnten ... Mir fehlte seine zärtliche Stimme, die nachts zu mir sprach ...

So fest ich konnte, drängte ich mich an Omar.

Morgens waren meine Arme und Beine so steif gefroren, dass ich sie kaum bewegen konnte.

Doch bald darauf wurde es heiß – und die Hitze des Tages war nicht weniger schlimm als die Kälte der Nacht ...

*

Hungrig und durstig zogen wir am Morgen des vierten Tages über die Grenze von Schatt al-Houria.

Es war keine sichtbare Grenze: Die Wüste des Nachbarlandes sah genau wie die benitische aus: Sand und Steine, so weit das Auge reichte.

Doch als wir einen flachen Hügel überquerten, fing uns eine Militärpatrouille ab.

Omar geriet beim Anblick der Soldaten in Panik und begann wie verrückt zu schreien. Aber zu meiner Erleichterung beruhigte er sich schnell, nachdem ich ihm erklärt hatte, dass diese Soldaten unsere Freunde seien.

Erneut wurden wir durchsucht und wieder entgingen den Soldaten die in meiner Unterhose versteckten Dinge.

Alle Flüchtlinge wurden angewiesen, ihre Sachen zu nehmen und in die Militärtransporter zu steigen.

Ich wandte mich an den nächsten Soldaten, der mir über den Weg lief: »Wo bringen Sie uns hin?«, wollte ich mit schwacher Stimme wissen.

Mir war ganz schlecht vor Hunger und Durst. Meine verschwitzte Haut juckte und mein Mund war so trocken, dass mir die Zunge am Gaumen klebte.

Zuletzt hatte ich vergangenen Abend etwas gegessen und getrunken.

Den letzten Rest Wasser und trockenes Fladenbrot hatte Omar an diesem Morgen bekommen. Aber auch sein Magen war längst wieder leer und seine Lippen vor Trockenheit aufgeplatzt.

Mein Sohn wirkte müde und erschöpft. Mit mattem Griff hielt er meine Hand und sah aus, als würde er gleich im Stehen einschlafen. Seine von Natur aus schon schmalen Wangen waren jetzt regelrecht eingefallen.

Der Soldat musterte mich überrascht. Es war ungewöhnlich, dass eine strenge Muslimin einen fremden Mann ansprach. »I ... Ins nächste A ... Auffanglager für Flüchtlinge ...«, stotterte er.

Er war sehr jung – bestimmt noch keine Zwanzig – und mit meiner direkten Art ganz offensichtlich überfordert. »Dort wird man entscheiden, was weiter mit euch geschehen wird.«

Ich fühlte Panik in mir aufsteigen. »Ich muss zum Flughafen«, sagte ich dringlich. »Mein Sohn und ich möchten nach Deutschland weiterreisen.«

Er warf dem erschöpften Kind an meiner Hand einen kurzen Blick zu. »Man kann nicht in unser Land kommen und einfach weiterreisen, ohne vorher genau kontrolliert zu werden«, erklärte er mir kühl. »Nun nimm dein Kind und steig ein, Frau! Du bringst mich sonst in Schwierigkeiten.«

Da beschloss ich, es zu riskieren.

Ich warf meinen Schleier zurück und zog gleichzeitig den Pass unter meinem staubigen Gewand hervor. »Ich bin Leila Khaled Mustafa al-Adnan und möchte Ihren Vorgesetzten sprechen.«

Seine Kinnlade klappte herunter und er starrte mich aus großen, erschrockenen Augen an.

Mit zitternden Fingern nahm er meinen Pass und betrachtete ihn. Dann gab er ihn mir zurück, nickte hilflos und wandte sich zum Gehen.

Nur eine Minute später kehrte er mit seinem Vorgesetzten zurück – einem Offizier, dessen Brust mit beinahe ebenso vielen Orden wie Khaleds dekoriert war. Umso seltsamer war mir zu Mute, als er vor mir, dem armseligen Flüchtling, respektvoll seinen Kopf senkte.

»Willkommen in Schatt al-Houria, Leila Khaled Mustafa!«, sagte er feierlich. »Es ist mir eine Ehre! Ich werde Sie persönlich in die Hauptstadt zum Palast unseres Sultans begleiten. Der Hubschrauber ist schon unterwegs.«

Ich atmete auf. Der Sultan von Schatt al-Houria war ein guter Freund Khaleds. Ich wusste, dass er uns helfen würde.

*

Der Herrscher von Schatt al-Houria hieß Omar und mich herzlich als seine Gäste willkommen.

Wir durften in seinem Palast ein Bad nehmen und bekamen frische Kleider zum Anziehen.

Gleich fühlte ich mich besser und fasste zum ersten Mal seit unserem Abschied von Saleh, Ali und Hassan wieder ein wenig Mut.

Auch Omar machte gleich ein ganz anderes Gesicht.

Er ließ sich von den vier Frauen des Sultans bemuttern und lachte mit seinen zahllosen Kindern.

Ich war froh, ihn wieder einmal fröhlich zu erleben.

Wir aßen mit dem Sultan und seiner Familie im riesigen Festsaal des Palastes zu Mittag und zu Abend. Es war das erste Mal seit Tagen, dass ich wieder richtig satt wurde.

Angesichts der Köstlichkeiten, die uns die Diener servierten, lief mir das Wasser im Mund zusammen und mein Magen verkrampfte sich vor Verlangen.

Omar war so gierig, dass er fast seine guten Manieren vergaß. Ich musste ihn mehrmals ermahnen, anständig zu essen.

Doch weder der Sultan noch seine Angehörigen störten sich an der Art, wie mein Sohn aß.

»Das Kind hat eben Hunger«, meinte die Lieblingsfrau des Herrschers verständnisvoll. Sie war ein junges hübsches Ding mit sehr weiblicher Figur.

Ich erzählte dem Sultan von unserer Flucht aus Benit. Er hörte aufmerksam zu.

»Es war richtig von Saleh, Sie und Omar in Sicherheit zu bringen«, sagte er. »Er ist ein guter Mann!«

Ich nickte. »Ja, das weiß ich. Der beste, den es gibt!«

»Allah möge ihn segnen und schützen – und Khaled, meinen Freund!«

Der Sultan war ein großer, schwerer Mann, dessen Haar genauso weiß wie sein Gewand war.

Er machte einen klugen und besonnenen Eindruck auf mich, obwohl auch er im Westen als Bösewicht galt.

Er stand im Verdacht, zahllose terroristische Vereinigungen mit Waffen zu beliefern.

Aber ich fühlte mich wohl im Kreis seiner Großfamilie, die mich an meine eigene denken ließ.

Und die Pracht seines Palastes erinnerte mich an die, in welcher ich selbst bis vor dem Krieg gelebt hatte ...

Am nächsten Morgen saßen Omar und ich im Flugzeug nach Stuttgart – einem Privatjet des Sultans.

Der Flug kostete mich nichts, sodass ich die zehntausend Beniti gar nicht anbrechen musste, die ich bei mir trug.

Sie waren der Rest von unserem Vermögen. Hassan hatte sie irgendwo aufgetrieben – wo, war mir ein Rätsel, denn an unsere Bankkonten kamen wir längst nicht mehr heran.

Nun nahm ich die Geldscheine, auf denen Khaleds Gesicht abgebildet war, mit nach Deutschland – quasi als Andenken an mein geliebtes Benit.

Das einzige, was ich sonst noch bei mir trug, war der zweite – gefälschte – Pass, welcher mich als Sina Jäger und deutsche Staatsbürgerin auswies. Denn niemand in meiner alten Heimat durfte erfahren, wer ich in Wirklichkeit war. Nur so konnte vermieden werden, dass das CIA meine Spur verfolgen und uns finden würde.

63

Meine Mutter und Julian fielen fast in Ohnmacht, als Omar und ich plötzlich vor der Tür standen.

Sie hatten uns schon fast aufgegeben gehabt – besonders Mama. Vor Wiedersehensfreude und Erleichterung darüber, dass ich lebte, weinte sie zwei Stunden lang ohne Unterbrechung.

Ich dachte schon, sie würde nie mehr aufhören.

Aischa und mein Vater erfuhren in Windeseile, dass ich wieder da war. Sie ließen alles stehen und liegen und kamen, um Omar und mich in die Arme zu schließen.

Nur meine Großmutter väterlicherseits weigerte sich nach wie vor, mich zu sehen.

Ich rechnete es meinen Angehörigen hoch an, dass sie mir keine Fragen nach dem Krieg oder dem untergetauchten Regime stellten.

Ich war müde und erschöpft. Die Angst der vergangenen Monate und der Abschiedsschmerz saßen mir noch in allen Knochen und mein Hass auf die USA fraß mich innerlich fast auf.

Es war mir unmöglich, über die schrecklichen Dinge zu sprechen, die ich erlebt und gesehen hatte.

Die Leute im Dorf dagegen waren nicht so rücksichtsvoll.

Sie wussten nicht viel – nur, dass ich irgendwo im Ausland verheiratet war. Die Spekulationen reichten dabei von Australien bis Südamerika.

Nun wollte natürlich jeder wissen, warum ich wieder da war.

Meine Ehe sei doch nicht etwa in die Brüche gegangen?

Das konnte ich guten Gewissens verneinen. Doch damit gab sich die klatschsüchtige Dorfbevölkerung nicht zufrieden:

»Woher hat dein Sohn denn bloß dieses südländische Aussehen?«

»Wo, sagst du, hast du noch mal gewohnt?«

»Wie heißt dein Mann?«

»Du wirkst so bedrückt. Bist du krank?«

Ich beantwortete alle Fragen so knapp wie möglich. Die heiklen überging ich mehr oder weniger geschickt, und irgendwann gaben auch die neugierigsten Zeitgenossen auf.

Ich konnte aufatmen – zumindest in dieser Hinsicht ...

*

Vor meiner Abreise aus Benit hatte es so ausgesehen, als seien die Kampfhandlungen beendet.

Doch nun erfuhr ich durch die deutschen Nachrichten, dass dem nicht so war: Anhänger Khaleds hatten begonnen, die Besatzer mit allen zur Verfügung stehenden Waffen anzugreifen.

Autobomben explodierten neben amerikanischen Militärkolonnen, Heckenschützen feuerten aus dem Hinterhalt und Raketen wurden von versteckten Orten aus auf Militärstützpunkte abgeschossen.

Es sah aus, als habe der von Khaled geplante Guerilla-Krieg doch noch eine Chance.

Ich fragte mich, ob er oder Saleh wohl hinter den Angriffen steckten.

Jason Simon Montgomery jedenfalls war davon überzeugt. Er machte Khaled für die Aufstände verantwortlich.

Das ganze Land wurde systematisch nach Mitgliedern des Regimes durchgekämmt.

Die US-Regierung setzte hohe Belohnungen auf Khaled und seine wichtigsten Helfer aus.

Wer einen der Gesuchten tot oder lebendig fing oder den Besatzungstruppen den entscheidenden Hinweis gab, würde ein reicher Mann sein: Khaled allein war den Amerikanern schon zehn Millionen Dollar wert, Saleh immerhin noch fünf.

Meinem Mann wurden Kriegsverbrechen vorgeworfen, da er zum Schluss die benitischen Streitkräfte befehligt hatte.

Bei seinem Vater war die schwarze Liste um einiges länger: Kriegsverbrechen, Menschenrechtsverletzungen der übelsten Art, ein blutiger Militärputsch und Terrorismus – womit wohl der Anschlag in New York gemeint war. Dabei gab es nach wie vor keinen einzigen Hinweis, dass mein Schwiegervater noch Nervengas besessen hatte – geschweige denn, dass er es an Feinde der USA verkauft hatte.

Die Amerikaner hatten beschlossen, noch einmal auf eigene Faust alle verdächtigen Orte nach verbotenen Waffen zu durchsuchen. Schließlich war der Nervengasanschlag in New York Montgomerys Hauptgrund gewesen, Benit anzugreifen. Sollte sich nun herausstellen, dass Khaled unschuldig war, hätte der Präsident ein Problem gehabt, das seinen Wählern zu erklären.

Ich konnte mir vorstellen, wie bestrebt Montgomery war, Nervengas zu finden. Bestimmt würde er ganz Benit auf den Kopf stellen. Doch Glück würde er bei dieser Suche keines haben; wahrscheinlich wusste er das selbst ...

Ich hatte wahnsinnige Angst um Saleh und Ali.

Der Gedanke, dass auf meinen Mann ein Kopfgeld ausgesetzt worden war, machte mich fast verrückt. Ich durfte mir nicht ausmalen, was das bedeutete.

Verzweifelt klammerte ich mich an das Versprechen, das Saleh mir gegeben hatte: in ein sicheres Versteck im Norden zu gehen und dort zu bleiben, bis alles in Ordnung war.

Ich hoffte, die Amerikaner würden das Land bald verlassen, damit er Omar und mich endlich nach Benit zurückholen könnte.

Wir würden unsere Paläste und Villen wieder aufbauen und diesen schrecklichen Krieg vergessen. Alles würde gut werden.

*

Immer wenn ich glaubte, die Sehnsucht nach Benit nicht länger ertragen zu können, blätterte ich in den Fotoalben, welche ich vor dem Krieg nach Deutschland geschickt hatte.

An jenem Nachmittag, etwa zwei Monate nach unserer Flucht, betrachtete ich Fotos von Saleh, Ali, Omar und mir in dem Tal, das nach Keralon führte – jene alte Geisterstadt in der Wüste.

Die Fotos waren etwa drei Jahre alt. Ich erinnerte mich gern an diesen Ausflug. Der Fluss im Tal hatte gerade Wasser geführt und die sonst kahle, trostlose Schlucht in ein Blütenmeer verwandelt. Das Tal leuchtete in allen Rot-, Blau-, Gelb- und Grüntönen. Nichts war damit zu vergleichen gewesen – nicht einmal die Pracht der Präsidentenpaläste.

Auf den Fotos sah ich eine glückliche Familie, umgeben von Blumen:

Ali, der in Badehose im seichten Wasser des Flusses stand. Er hielt Omar an der Hand, der zu dieser Zeit gerade laufen lernte.

Ich neben Saleh in dem Blütenmeer stehend. Er hatte den Arm um meine Schultern gelegt und betrachtete mich zärtlich von der Seite.

Auf anderen Fotos picknickten wir alle vier unter einem gelben Sonnenschirm, machten Wasserschlachten, unterhielten uns mit den Leibwächtern oder lehnten oberhalb der Schlucht an Salehs gelbem Sportwagen.

Gerade hatte ich mich in den Anblick meines Mannes vertieft, der Omar auf seinem Schoß schaukelte. Mein Jüngster strahlte vor Vergnügen und Saleh schenkte ihm das Lächeln eines stolzen Vaters ...

Da klingelte das Telefon im Flur.

Seufzend schlug ich das Fotoalbum zu und stand von meinem Schreibtischstuhl auf.

Meine Mutter war noch bei der Arbeit, Omar schlief im ersten Stock und Julian hatte Mittagsschule. So musste ich wohl oder übel drangehen.

»Jäger«, meldete ich mich.

Am anderen Ende der Leitung herrschte Stille.

»Hallo?«, rief ich ungeduldig in den Hörer. »Jemand da?« Solche billigen Scherze mochte ich gar nicht.

Ein tiefer Atemzug war zu hören, dann Aischas Stimme. Sie klang irgendwie anders als sonst. Doch ich hätte nicht sagen können, wie anders.

»Mach das Radio an, Sina!«, sagte meine beste Freundin.

Was sollte das denn?

»Wir haben kein Radio im Haus«, erinnerte ich sie. »Und ich denke nicht daran, mich wegen deiner komischen Ideen jetzt ins Auto zu setzen, um Radio zu hören. Worum geht es überhaupt?«

Aischa ignorierte meine Frage. »Dann schalte den Fernseher an ... Aber schau nicht auf den Bildschirm, Sina!« Jetzt klang ihre Stimme beschwörend. Und noch immer hatte sie diesen merkwürdigen Unterton, den ich nicht deuten konnte. »Hast du verstanden: Schau nicht auf den Bildschirm!« Damit legte sie auf.

Verdutzt stand ich da, den Hörer noch in der Hand. Ich war nicht beunruhigt, nur ein wenig verwirrt.

Was um Himmels Willen war bloß in Aischa gefahren?

Kopfschüttelnd ging ich ins Wohnzimmer und schaltete den Fernseher an.

Sie hat nicht gesagt, welches Programm! schoss es mir durch den Kopf.

Sollte ich etwa durch alle Kanäle zappen ohne zu wissen, wonach ich eigentlich suchte? Das war doch ...

» ...getötet worden.

Nach Angaben eines US-Militärsprechers hatte es Hinweise aus der Bevölkerung gegeben, wonach sich in einem Haus in Farul Mitglieder des Regimes aufhalten sollten.«

Flüchtig dachte ich an Aischas Ermahnung, nicht auf den Bildschirm zu schauen. Doch ich konnte nicht anders.

Mein Blick fiel auf die Ruine einer einst prächtigen Villa.

Ich spürte, wie sich mir der Magen zusammenkrampfte. Mein Atem stockte und für einen Augenblick hörte mein Herz zu schlagen auf.

Ich kannte dieses Haus ...

»Das Haus gehörte Hatem Rafta al-Adnan – ein Cousin Khaled Mustafas und gleichzeitig sein Verteidigungsminister. Seit Beginn des Krieges stand es leer. Wahrscheinlich fühlten sich die untergetauchten Männer hier sicher.

Nachdem eine dreihundert Mann starke Spezialeinheit die Villa umstellt hatte, wurden die Insassen von der US-Armee aufgefordert, mit erhobenen Händen herauszukommen.

Daraufhin eröffneten Saleh Khaled Mustafa, sein ältester Sohn Ali, sowie Hatem

Rafta und der Leibwächter das Feuer.

Der Kampf dauerte mehrere Stunden. Als von den Angreifern keine Schüsse mehr kamen, stürmten die US-Soldaten das Haus und fanden die Leichen der vier Männer.

Präsident Jason Montgomery bezeichnete Saleh Khaled Mustafas Tod vor wenigen Minuten in seiner Fernsehansprache als gute Nachricht. Damit sei der schlimmste Komplize des Diktators ausgeschaltet.

Die US-Armee veröffentlichte umgehend Fotos der Toten, um Zweifel an ihrer Identität in der benitischen Bevölkerung auszuräumen ...«

Schau nicht hin! schrie es in meinem Kopf. Du musst dir das nicht ansehen und nicht anhören! Mach doch einfach den verdammten Fernseher aus!

Aber ich war unfähig, mich zu rühren oder nur das Gesicht vom Bildschirm abzuwenden.

Ich weiß, dass mich das, was ich nun sah, mein ganzes Leben lang verfolgen wird. Nie wird mich dieser letzte Anblick meines Mannes und meines Stiefsohnes loslassen ...

Die Bilder waren gestochen scharf und gnadenlos. In Nahaufnahme wurden ihre Gesichter gezeigt: Saleh, Ali, Hassan und Hatem.

Jemand hatte flüchtig das meiste Blut abgewischt, aber die Einschusslöcher waren noch deutlich zu sehen.

Saleh, Hassan und Hatem hatten die Augen geschlossen. Die von Ali dagegen standen offen. Mit leerem Blick starrte er in die Luft. Seine Augen hatten die Schmerzen eingefangen, die er in den letzten Augenblicken seines Lebens empfunden haben musste ...

Irgendwie schaffte ich es, mich vom Sessel zu erheben und den Fernseher abzuschalten.

Ich schwankte ein wenig, aber ich fühlte nichts – nur eine völlige Fassungslosigkeit und Leere.

Verschwommen nahm ich das Wohnzimmer wahr: das Sofa, die Sessel, der große Schrank, der CD-Player, der Fernseher ... Ich sah alles wie durch einen dichten Nebel hindurch.

Vielleicht, dachte ich flüchtig, bin ich ja selbst tot – einfach mit ihnen gestorben ...

Indem ich mich von Wand zu Wand tastete, schleppte ich mich in den Gang hinaus.

Ich wollte zu Omar, der im ersten Stock seinen Mittagsschlaf hielt. Er war das einzige Ziel, das ich jetzt noch hatte.

Auf der Treppe überwältigte mich plötzlich und ohne jede Vorwarnung der Schmerz in Form eines glühenden Messers, das in meine Brust fuhr.

Ich brach zusammen, krümmte mich unter Krämpfen und schnappte nach Luft.

»Saleh ...« wimmerte ich. »Ali ...«

Der Schmerz in meiner Brust wurde schlimmer. Ich hatte das Gefühl, von innen heraus zu verbrennen, und das vernichtende Feuer breitete sich rasend schnell aus – über mein Herz, meine Seele und die Eingeweide.

In meinem Kopf drehte sich alles, ohne dass ich einen klaren Gedanken fassen konnte.

Ein Universum stürzte auf mich ein und explodierte in meinem Gehirn ...

Das Nächste, an das ich mich erinnere, ist das Gesicht meiner Mutter über mir.

»Sina?«, fragte sie ängstlich. »Bist du gestürzt?«

Lass mich in Ruhe, Mama! wollte ich sagen. Bitte, lass mich hier einfach liegen bleiben und sterben! Doch ich brachte kein Wort heraus, weil dieser entsetzliche Schmerz mir den Atem nahm.

Ich hatte nicht einmal Tränen, um weinen zu können. Mein Inneres bestand nur noch aus Trauer, Leere, Schmerz und Verzweiflung.

Das Gesicht meiner Mutter verschwamm vor meinen Augen.

Ihre nächsten Worte hörte ich noch, verstand sie aber nicht.

Etwas trug mich davon in unerreichbare Fernen – sanft wie das Wasser des Ghaniim.

Dann versank mein Bewusstsein für eine Weile in gnädiger Dunkelheit ...

Gegenwart

Omar keucht. »Wann sind wir denn endlich da, Mama? Ich kann nicht mehr!«

Seufzend halte ich an. Wir stehen mit unseren Fahrrädern im Wald, etwa zehn Kilometer von unserem Dorf entfernt.

Ich weiß, dass ich mich verfahren habe. Doch so schnell gebe ich nicht auf. Ich muss einfach finden, was ich suche!

»Warte einen Moment, Omar! Lass mich einen Augenblick nachdenken!«

Mein Sohn verdreht die Augen, stützt sich auf seinen Lenker und wartet.

Ein weiterer Radfahrer kommt vorbei. Der junge Mann hat einen hochroten Kopf und wischt sich in voller Fahrt den Schweiß von der Stirn.

Als er auf gleicher Höhe mit uns ist, grüßt er freundlich: »Hallo, Sportsfreunde! Heißer Tag heute, was?«

Ich erwidere seinen Gruß und schüttle innerlich den Kopf. Manche Leute haben einfach keine Ahnung, was heiß ist. Der deutsche Sommer gehört jedenfalls nicht dazu ...

Plötzlich fällt mein Blick auf einen verwitterten Wegweiser, der halb im Brombeerdickicht versteckt ist.

»Jetzt weiß ich wieder, wo wir sind!«, wende ich mich triumphierend an Omar. »Wir müssen ein paar Meter zurück und dann rechts abbiegen.«

Fünf Minuten später stellt sich heraus, dass ich Recht habe: Der Wald lichtet sich und wir befinden uns zwischen gerade abgemähten Wiesen. Zu unserer Rechten liegt ein Fischweiher. Ich halte an und stelle mein Fahrrad ab.

»Wo sind wir hier?«, will Omar misstrauisch wissen.

»Diesen Ort haben dein Vater und ich entdeckt – ein paar Monate vor unserer Hochzeit«, erkläre ich ihm. »Damals warst du noch nicht einmal geplant.«

Ich nehme den großen Strauß roter Rosen von meinem Gepäckträger, den ich unterwegs in einer Gärtnerei gekauft habe. Rote Rosen als letztes Zeichen meiner Liebe zu einem Menschen, der heute Geburtstag hätte.

Zugleich sind sie für mich Symbol eines Verlustes, der nie auszugleichen ist ...

Ich gehe quer über die Wiese auf den Waldrand zu – vorbei am Teich, über dem Libellen ihre Kreise ziehen. Frösche quaken heute keine im Schilf. Wahrscheinlich ist es ihnen zu warm.

Omar lässt sein Fahrrad in die Wiese fallen und folgt mir.

Die Hütte steht noch immer versteckt im Dickicht des Waldes.

Das Dach scheint neu zu sein, doch ansonsten hat sich nichts verändert.

Sogar die Inschrift an der Tür ist noch lesbar, obwohl die Buchstaben durch die Witterung leicht verwaschen aussehen: »Salehs Haus« steht da – oben auf Englisch, darunter auf Arabisch.

Ich lege die Blumen direkt neben dem Eingang ab.

Eigentlich müsste ich sie auf sein Grab legen, denke ich.

Aber dort kann ich ja nicht hin – zumindest noch nicht. Und dieser Ort scheint mir der einzig geeignete Ersatz zu sein.

Gestern habe ich mit Ledan telefoniert.

Sie wohnt seit einem Jahr wieder in Benit. Da weder sie noch ihr Mann je eine politische Aufgabe hatte, konnte sie es wagen, mit ihrer Familie zurückzukehren.

Oft besucht sie oft die Gräber von Saleh und Ali, richtet meine Grüße aus und sagt ihnen, wie sehr ich sie liebe.

Schweigend schaue ich auf den Rosenstrauß neben der Tür.

Ein paar Tränen laufen meine Wangen hinunter.

»Herzlichen Glückwunsch zum Geburtstag, Saleh«, murmle ich. »Ich vermisse euch!«

Omar verhält sich ganz ruhig.

Aber als wir über die Wiese zurück zu unseren Fahrrädern gehen, spüre ich seine Erleichterung.

Er mag es nicht, wenn ich weine.

64

Der Tod von Saleh und Ali nahm mir jeden Lebensmut. Ich wollte nur noch sterben.

Zum Glück war meine Mutter da und kümmerte sich um Omar. Ich selbst wäre in diesen Wochen nicht dazu in der Lage gewesen.

Die meiste Zeit lag ich in meinem Bett, die Decke bis zur Nasenspitze hochgezogen.

Ich mochte nichts sehen, nichts hören, nichts essen und nichts trinken.

In diesem todesähnlichen Zustand fühlte ich meinem Mann und meinem Stiefsohn nahe, die ich so verzweifelt vermisste.

Ich wollte wieder mit ihnen reden, in ihre Gesichter schauen und sie in die Arme schließen ...

Die Gewissheit, dass ich sie in diesem Leben nicht wiedersehen würde, war unerträglich.

Wie sollte ich mich je damit abfinden? Wie sollte ich je wieder Freude am Leben haben? Wieso sollte ich in einer Welt weiterleben, in der es Saleh und Ali nicht mehr gab?

Meine Mutter, Julian und Aischa zwangen mich immer wieder, aufzustehen und etwas zu essen.

Manchmal hasste ich sie dafür.

Ich wollte nichts essen. Essen bedeutete leben – und ich wollte nicht mehr leben. Mein Leben war zu Ende. Warum sahen meine Angehörigen das nicht ein und ließen mich in Ruhe?

Anfangs ging ich nach dem Essen sofort aufs Klo und steckte mir den Finger in den Hals, ohne dass meine Familie etwas merkte.

Fast eine Woche hielt ich das durch und registrierte mit beinahe freudiger Erleichterung, wie mein Körper zusammenfiel und mich immer mehr die Kraft verließ.

Doch nach fünf Tagen konnte ich mich nicht mehr übergeben. Mein Magen weigerte sich, das Essen weiter von sich zu geben – da konnte ich noch so lange auf zitternden Knien, die mein Gewicht kaum noch tragen konnten, über der Kloschüssel knien und mir den Finger in den Hals stecken.

Im Gegensatz zu meinem Geist wollte mein Körper leben und kämpfte um jede Kalorie ...

»Saleh hätte nie gewollt, dass du dich so hängen lässt«, ermahnte mich Aischa.

Ich lag in meinem Bett und schaute stumm an ihr vorbei zur Wand.

Welche Rolle spielte es, was Saleh gewollt oder nicht gewollt hätte? Er war tot!

Nur Omar schaffte es ab und zu, mich aus meiner Lethargie zu reißen.

Ich nahm ihn in die Arme, wenn er weinte, spielte mit ihm und hörte seinen Erzählungen aus einer Welt zu, die nicht mehr meine war.

»Mit dir kann man gar nicht mehr so gut kuscheln wie früher, Mama«, bemerkte er einmal trübsinnig. »Du bist so hart!«

Kein Wunder: Ich hatte inzwischen zwölf Kilo abgenommen ...

Der Junge war alles, was ich noch hatte.

Heute weiß ich, dass er mir das Leben gerettet hat: Wäre er nicht gewesen, hätte ich mich tatsächlich umgebracht.

Was mich am Leben hielt, war das Gefühl, dass er mich brauchte. Ich konnte ihn nicht im Stich lassen, nachdem er schon seinen Vater und seinen Bruder verloren hatte ...

Omar hatte die Fotos der Leichen nicht gesehen. Aber er wusste, dass Saleh und Ali tot waren. Meine Mutter hatte es ihm gesagt.

Natürlich war er traurig darüber. Doch ich glaube nicht, dass er wirklich begriff, was es bedeutete.

Er sagte, die beiden seien jetzt im Himmel und redete von ihnen, als seien sie nur auf eine längere Reise gegangen.

Was ihm weit mehr zu schaffen machte, waren die Dinge, die er im Krieg erlebt hatte.

Sobald es irgendwo knallte oder ein Kampfjet im Tiefflug über unser Haus hinwegfegte, geriet er in Panik. Er schrie dann so lange, bis er fast ohnmächtig wurde. Auch in die Hose machte er nach wie vor – hauptsächlich nachts.

*

Nur am Rande bekam ich mit, wie Khaled gefasst wurde. Amerikanische Soldaten fanden ihn in einer Baracke im Armenviertel von Farul.

Er war halb verhungert, von Läusen und Flöhen übersäht und leistete keinen Widerstand.

Seine Festnahme wurde gefilmt und das Band war bereits am nächsten Tag überall in den Nachrichten zu sehen: Ein magerer, alter Mann in einem löchrigen, schmutzig braunen Gewand.

Sein zerzaustes Haar und der verfilzte Vollbart waren völlig ergraut.

Ich erkannte meinen Schwiegervater kaum wieder.

Mit müden Schritten kam er langsam auf die Kamera zu, links und rechts von je einem US-Soldaten flankiert.

Die Hände des gestürzten Diktators steckten in Handschellen und seine Blicke schweiften ziellos umher. Nur einmal schienen seine Augen kurz die Kamera festzuhalten.

Ich sah, dass der kämpferische Funke in ihnen erloschen war.

Ohne Zweifel: Khaled hatte aufgegeben.

Die Festnahme meines Schwiegervaters löste in Benit, den USA und der ganzen Welt Jubel aus.

Jason S. Montgomery sprach vom »Ende einer dunklen Ära«.

Ich teilte die allgemeine Freude nicht. Es tat mir weh, diesen einst so mächtigen Mann derart gedemütigt zu sehen. Und ich fragte mich fassungslos, wie die Leute angesichts der Bilder von seiner Verhaftung jubeln konnten.

Sahen sie denn nicht, dass er alt, ausgemergelt und am Ende seiner Kräfte war?

Bemerkten sie nicht den Ausdruck in seinen Augen, der einem unwillkürlich das Herz zusammenschnüren musste: Resignation, schreckliche Angst und tiefe Trauer? Es war der Blick eines geschlagenen Hundes. Doch vielleicht fiel er niemandem außer mir auf, da keiner Khaled so kannte wie ich.

Unter normalen Umständen hätte ich beim Anblick dieser Bilder sicher weinen müssen.

Aber seit Alis und Salehs Tod hatte ich immer noch keine Tränen.

Erst einen Monat später, als Khaled in einem Eilverfahren, das nur pro forma stattfand, zum Tode verurteilt wurde, konnte ich wieder weinen – zum ersten Mal seit Langem.

Die benitische Bevölkerung hatte in dieser Sache – wie bei allem seit Ende des Krieges – nichts mitzureden. Richter und Vollstrecker waren die amerikanischen Besatzer.

Sogar die Giftspritze, die Khaled tötete, setzte ein amerikanischer Militärarzt ...

Khaled – der brutale Diktator, der seine Gegner und Kritiker ohne mit einer Wimper zu zucken foltern und töten ließ. Der gnadenlose Kriegsherr. Der Familienmensch. Der liebevolle Vater und Großvater ...

Nie bin ich einem Menschen begegnet, dessen Charakter stärker von

Widersprüchen geprägt war als seiner.

Wie ich wirklich zu dem benitischen Diktator stehe, kann ich bis heute nicht sagen.

Aber eines ist sicher: Ich möchte keinen der Momente missen, die ich je in seiner Gegenwart verbracht habe und bin dankbar, dass ich als seine Vertraute hinter die Fassade aus Härte und Machtgier schauen durfte.

Niemals werde ich Khaled vergessen. Er ist ein zentraler Teil dessen, was ich verloren habe.

Um Saleh und Ali wird mein Herz sowieso immer weinen.

Ein tief in mir verborgener Teil wird den Verlust stets spüren und für den Rest meines Lebens die Trauer mit sich tragen. Auf diese Weise bleiben mein Mann und mein Stiefsohn immer bei mir.

*

In jenen Monaten der Dunkelheit quälten mich die Erinnerungen an glückliche Tage in Benit ebenso wie die Bilder der Toten.

Oft musste ich daran denken, wie ich Saleh zum ersten Mal gesehen hatte: Als er aus der Limousine stieg und im Sonnenlicht stand – schön wie ein Prinz aus Tausendundeiner Nacht. Dann war er ins Restaurant gekommen und unsere Blicke hatten sich getroffen.

In diesem Moment war es um mich geschehen gewesen. Ich hatte für immer mein Herz an ihn verloren ...

Auch an Ali musste ich ständig denken: Das übermütige, unbeschwerte Kind von sechs Jahren, welches ich bei meinem ersten Besuch in Benit kennen gelernt hatte.

Dann der schlaksige, hochgewachsene Teenager mit dem feinen Händchen für schnelle Geländewagen, der von der Dakar träumte.

Er hätte es dort bis ganz nach oben geschafft – da war ich sicher. Bei der Dakar und überall im Leben ...

»Ich verspreche dir, dass ich auf Baba aufpassen werde! Wenn die Amerikaner ihn töten wollen, müssen sie vorher zuerst mich umbringen!« Das hatte er mir beim Abschied gesagt.

Und er hatte Wort gehalten: Bis zu seinem letzten Atemzug hatte er Saleh verteidigt.

Wie viel Mut gehörte dazu, sich als Vierzehnjähriger einer Streitmacht von dreihundert Mann entgegenzustellen?

Ali, den ich wie meinen eigenen Sohn geliebt hatte, war als Held gestorben. Doch das tröstete mich nicht ...

*

Inzwischen kam die Wahrheit über den Anschlag in der New Yorker U-Bahn ans Licht.

Ein Mitglied der Regierung in Moskau packte aus. Der Mann sagte, er könne es mit seinem Gewissen nicht länger vereinbaren zu schweigen und sei bereit, die Konsequenzen zu tragen.

Das angeblich aus Benit stammende Nervengas war in Wirklichkeit in Russland gestohlen worden.

Offensichtlich hatten die vietnamesischen Attentäter gute Beziehungen zum russischen Schwarzmarkt gehabt, wo man beinahe alles bekommen konnte.

Nach dem Anschlag in New York hatte Moskau dem neuen Präsidenten der USA mitgeteilt, woher das Nervengas stammte.

Doch anstatt seinen Bürgern und der Welt die Wahrheit zu sagen, hatte Montgomery mit der russischen Regierung eine Vereinbarung getroffen, dass nichts davon an die Öffentlichkeit dringen durfte. Diese »Vereinbarung« bestand in einer großzügigen finanziellen Unterstützung für das heruntergekommene Russland.

Montgomery hatte mit der Behauptung, das Nervengas stamme aus Benit, seine eigenen Leute und die ganze Welt getäuscht. Er hatte die Menschen in den USA systematisch gegen Khaled aufgehetzt, sodass es in den eigenen Reihen kaum Widerstand gegen den Krieg gegeben hatte.

Anfangs stritt der Präsident der Vereinigten Staaten alles ab, bezeichnete die Äußerungen des Russen als Lügen und Verleumdungen.

Aber es nützte ihm nichts: Immer mehr Eingeweihte aus Russland und den USA packten aus und bestätigten die Geschichte in allen Einzelheiten.

Damit war Montgomery für die Weltöffentlichkeit endgültig gestorben und selbst seine eigenen Leute wandten sich von ihm ab.

Zwar blieb er bis zu den Wahlen im Amt, verzichtete dann jedoch freiwillig auf alle politischen Ämter. Es hätte ihn sowieso niemand mehr gewählt ...

*

Benit stand zu dieser Zeit am Rande eines Bürgerkrieges.

Nachdem die Menschen dort erkannt hatten, dass sie gegen die Besatzungsmacht nichts ausrichten konnten, waren sie in ihrem Frust dazu übergegangen, sich gegenseitig zu bekämpfen.

Sunniten, Schiiten und Christen lieferten sich blutige Schießereien und jeden Tag brannten Häuser, Kirchen und Moscheen.

Es war keine starke Hand mehr da, die diese Dinge verhindern konnte.

Die Amerikaner fühlten sich dem nicht gewachsen. In ihrer Not setzten sie eine demokratische Übergangsregierung ein. Diese sollte die Lage stabilisieren, bis die Bevölkerung reif war, selbst vernünftig zu wählen.

Einen neuen Khaled Mustafa sollte es nicht geben.

*

Mich ließen sowohl Montgomerys Niedergang als auch die Zustände in Benit ziemlich kalt.

Noch immer war ich eine Gefangene meiner eigenen Trauer.

Manchmal wünschte ich mir, das CIA möge kommen, um mich zu holen und ebenfalls hinzurichten.

Doch nichts geschah.

Da ich in der Öffentlichkeit einen anderen Namen getragen hatte, wusste niemand, wer ich wirklich war – geschweige denn, wo ich mich befand.

Außerdem war ich nur Ölministerin gewesen und hatte nichts mit den Dingen zu tun, welche die Amerikaner dem Regime vorwarfen. Folglich stand ich nicht auf der Liste der gesuchten Beniter.

Auf mich wartete eine weit schlimmere Strafe als Gefängnis oder Tod: Ich war dazu verdammt, weiterzuleben – ohne Saleh, Ali und Benit ...

Gegenwart

Der Sommer ist zu Ende. Die Kornfelder wurden abgemäht und die Zugvögel haben sich schon zu ihrer Reise in den Süden aufgemacht.

Bald feiert Omar seinen achten Geburtstag.

Die Wahlen in Benit sind längst entschieden: Ibrahim al-Scharifs Partei hat sie haushoch gewonnen. Er ist nun der erste demokratische Präsident Benits und arbeitet verbissen daran, den Rückzug der amerikanischen Truppen zu erreichen.

Doch bis jetzt weigern sich die Besatzer standhaft zu gehen. Das benitische Öl ist einfach zu verlockend ...

Nach der Arbeit fahre ich mit Omar in ein nahegelegenes Dorf.

Wir wollen einen Reitstall besuchen, wo eine gute Freundin von mir ihre beiden Pferde untergestellt hat.

Sie ist eine der wenigen Menschen, welche die ganze Wahrheit über mich wissen.

Wir unterhalten uns über ihre Eltern, die beiden jüngeren Geschwistern und über Julian, der in Berlin studiert. Wir sprechen über das Ergebnis der benitischen Wahlen und natürlich ihr Lieblingsthema Pferde.

Sie führt uns herum, zeigt uns den Stall und die Koppeln.

Omar strahlt vor Stolz, weil er auf dem Rücken ihrer Pferde ein paar Runden um die Wiese drehen darf. Ich bin verdammt froh, dass sie den Strick dabei fest in der Hand hält ...

Dann verliebt Omar sich in ein Pony-Fohlen. Es ist schwarz-weiß gescheckt und hat sehr sanfte, braune Augen.

Geduldig hält es still, während er es streichelt.

»Auf dem möchte ich auch reiten«, wendet Omar sich mit glänzenden Augen an meine Freundin.

»Das geht nicht«, erklärt sie ihm. »Er ist doch noch ein Baby!«

»Wo ist seine Mama?«, will Omar wissen.

»Verkauft.«

»Und sein Vater?«

»Auch verkauft.«

Mein Sohn schluckt. »Armes Kerlchen! Dann werde ich jetzt dein Baba sein.« Er küsst das Fohlen sanft auf die Nase, worauf es beginnt, vorsichtig an seinen Haaren zu ziehen.

Ohne Zweifel: Die beiden haben sich gefunden.

»Er steht zum Verkauf«, sagt meine Freundin. »Wenn du willst, spreche ich mit der Besitzerin des Stalles.«

Das muss ich zu meinem Bedauern entschieden ablehnen: »Bevor ich nicht weiß, wie meine Zukunft aussieht, kaufe ich kein Pferd. Und außerdem ist Omar noch zu jung, um eine derartige Verantwortung zu übernehmen.«

Das sieht sie ein.

Plötzlich macht das Fohlen einen übermütigen Bocksprung und jagt über die Koppel davon – Omar mit einem Jauchzen hinterher.

Ich blicke den beiden nach.

Sie sind jung. Das Leben liegt mit all seinen Höhen und Tiefen vor ihnen. Und auch ich lebe.

»So hast du es gewollt – nicht wahr Saleh?«, sage ich mit lautloser Stimme. »Du wolltest, dass wir weiterleben, Omar und ich ...

Als die Amerikaner vor Sarana standen, wusstest du, dass sie dich töten würden – ich habe das gespürt damals. Aber ich habe es nicht wahrhaben wollen ...

Und dir war klar, dass du Ali genauso wenig retten konntest wie dich selbst. Da wolltest du wenigstens uns beide retten ...«

Tief in meinem Herzen fühle ich seine Antwort: »Ich liebe dich, Sina! Nichts kann uns trennen – wir bleiben verbunden in alle Ewigkeit! Aber du musst weitermachen und meinen Sohn aufziehen, hörst du? Omar ist ein Stück von mir!

Du stehst erst am Anfang deines Lebens und es gibt noch Vieles, was du tun und erfahren musst!«

»Ja, Saleh – ich weiß! Und ich werde weitermachen! Aber ich werde dich und Ali nie vergessen ...«

*

Es war fünf Monate nach seinem Tod, als ich zum ersten Mal glaubte, Salehs Stimme zu hören:

Ich lag in meinem Bett und fand wie so oft keinen Schlaf. Mit leer geweinten Augen starrte ich in die Dunkelheit. Der Schmerz des Verlustes nagte in mir – fraß mich regelrecht auf. Es gab keine Linderung für ihn, keinen Trost. Ich wünschte, er würde mich zerreißen ...

»Sina!« Die Stimme kam aus mir selbst und doch nicht. Sie durchströmte mich wie eine warme Welle und pulsierte in meinem Blut. Zum ersten Mal seit langer Zeit spürte ich wieder, dass ich einen Körper hatte.

Es war nur eine kurze Empfindung, die man leicht als Wunschdenken hätte abtun können.

Aber ich wusste, dass ich meinen Mann wiedergefunden hatte.

Montgomery war zu diesem Zeitpunkt der mächtigste Mensch der Welt.

Seine Armee hatte Salehs Körper getötet – eine Kleinigkeit, nur ein Routineeinsatz. Doch das, was uns beide verband, war unzerstörbar. Salehs Liebe lebte in mir weiter und war stärker als jede Macht dieser Erde.

Die Erfahrung jener Nacht und das Wissen, dass ich einen Teil von Saleh für immer in meinem Herzen trug, änderte alles: Ich rappelte mich auf und machte mich daran, das Leben, welches mir geblieben war, in den Griff zu bekommen – obwohl der Schmerz nach wie vor wie Feuer in mir brannte und obwohl mich weiterhin schreckliche Albträume plagten.

Saleh, Ali, Khaled, Intisar, Hassan, Hatem ... Sie waren für diese Welt tot, aber umso lebendiger in meiner Erinnerung. Mit jedem Einzelnen von ihnen verband mich etwas: eine Stimme, ein Gesicht, unzählige Gespräche, kurze Bilder, vielfältige Gefühle ... So wird es immer bleiben.

Ich begann, wieder unter Leute zu gehen, knüpfte neue Freundschaften und lernte auch das Lachen neu.

Ich änderte meinen und Omars Nachnamen und suchte mir als Sina Jäger einen Job, der uns ernähren konnte.

Mein Sohn kam wie ein ganz normaler deutscher Junge in den Kindergarten und später in die Schule. Er ist ein fröhliches, charmantes Kind – und schön wie ein kleiner Prinz.

Ich weiß, dass ich dem Himmel dafür danken kann, dass er sich so entwickelt hat – trotz der traumatischen Erlebnisse seiner frühen Kindheit.

Nur manchmal gerät er auch heute noch in Panik, wenn irgendwo eine Sirene heult oder ein Flugzeug im Tiefflug über uns hinwegdonnert. Er schluchzt dann herzzerreißend und hält sich so fest er kann die Ohren zu.

Ich kann es ihm nicht übel nehmen, denn auch ich bekomme in solchen Situationen Herzrasen und eine Gänsehaut ...

Ich habe heute viele Bekannte und Freunde aus aller Welt.

Noch immer fällt es mir leicht, Fremdsprachen zu lernen. Ständig raten mir irgendwelche Leute, doch noch Dolmetscherin zu werden – so, wie ich es mir vor meiner Begegnung mit Saleh überlegt hatte. Aber im Moment bin ich mit der Arbeit zufrieden, die ich habe ...

Unter meinen zahlreichen Bekannten sind auch einige Araber, mit denen ich mich besonders gerne in ihrer Muttersprache unterhalte.

Immer wieder stoße ich wegen meines fließenden Arabisch auf ungläubiges Staunen. Niemand traut einer blonden und blauäugigen Frau enge

Kontakte mit dem Orient zu.

Ich amüsiere mich oft im Stillen über die Verwunderung, die ich für meine Arabisch-Kenntnisse ernte. Doch mein Geheimnis, wie ich diese Sprache gelernt habe, behalte ich stets für mich ...

Hin und wieder lasse ich mich von einem jungen Mann in einen Flirt verwickeln. An mehr bin ich nicht interessiert.

Saleh war meine große Liebe. Ich kann mir nicht vorstellen, jemals für einen anderen Mann ähnlich zu empfinden ...

*

Noch immer stehe ich am Rand der Koppel und schaue Omar und dem Fohlen zu.

Weiter oben am Hang haben sie Halt gemacht. Das Pony stupst meinen Sohn sanft mit der Nase an und er wirft ihm stürmisch die Arme um den Hals.

Es ist ein schönes Bild: Der kleine Junge und das gescheckte Fohlen auf dem Hügel – über ihnen ein wolkenloser Herbsthimmel. Ich bedaure, dass ich keinen Fotoapparat mitgenommen habe.

»Sieh dir die beiden an!«, kichert meine Freundin neben mir. »Sie sind ein Herz und eine Seele!«

»Ja – ein Herz und eine Seele ...« Ich lächele still vor mich hin.

Egal, was ich in den letzten Jahren tat – ob ich arbeitete, mit meinem Kind spielte, Aischas Hochzeit feierte oder ausging: Saleh und Ali blieben immer bei mir – wie auch alle anderen Menschen, die ich in jenem einzigartigen Land gekannt und geliebt habe. Sie leben weiter in meinem Herzen und meiner Seele.

Benit wird meine Heimat und das Ziel meiner Träume bleiben, obwohl es nicht mehr mir gehört.

Bei jedem Fluss, den ich sehe, werde ich an den Ghaniim denken müssen, beim Klang von arabischer Musik wird mir stets das Herz aufgehen und immer werde ich eine Schwäche für Oliven haben ...

Wer weiß: Vielleicht kann ich ja eines Tages wirklich zurückkehren, den verstreuten Rest meiner arabischen Großfamilie um mich sammeln und mir meinen Traum aus Tausendundeiner Nacht wenigstens im Kleinen zurückholen.

Ich bete, dass es so kommen wird.

Tausendfach Zersplittert

G.F.W. Hofmann
Juso Š. D.

ISBN 3-934625-60-6, 222 Seiten, Paperback
Format: 12 x 19 cm, € 17,90

»Tausendfach Zersplittert« umreißt das Leben eines Mannes und seiner Familie im ehemaligen Jugoslawien und nach der Neuaufgliederung des Staates. Der im Jahre 1956 geborene Juso Š. D. erzählte mir, wie er in einem kleinen Dorf in Bosnien aufwuchs, erzählte mir wie er erwachsen wurde und von seinem gespalteten Verhältnis zu seinen Eltern, besonders zu seinem Vater. Er berichtete mir über seine ersten Liebeleien, über Freundschaften, über das Leben unter Tito im Allgemeinen und vieles vieles mehr.

G.F.W. Hofmann

Diese Erzählung berichtet auch über den Zerfall eines Staates und über die Veränderung in den Köpfen der dort lebenden Menschen. Wie Angst das Leben beherrschte, wie es im zivilisierten Europa, so kurz vor dem Wechsel ins nächste Jahrtausend, möglich war, ganze Volksgruppen anzustacheln und gegeneinander auszuspielen. Wir hier in Deutschland sahen meist nur die Bilder im Fernsehen oder lasen in Magazinen vom Krieg vor unserer Haustür, von den vielen Gräueltaten, doch dieses Manuskript erzählt wie es wirklich war. Nicht in allen Einzelheiten, aber es reicht wohl, um zu verstehen, wie man damals fühlte. Denn es ist eine Lebensgeschichte, und, Gott sei Dank, gab es mehr als diesen Krieg im Leben des Moslem Juso Š. D.